‘उग्र’ संचयन

(संचयन)

ज्ञान गरिमा के
70 वर्ष

भारतीय ज्ञानपीठ

'उग्र' संचयन

सम्पादक

राजशेखर व्यास

भारतीय ज्ञानपीठ

पहला संस्करण : 2013
दूसरा संस्करण : 2015

लोकोदय ग्रन्थमाला : ग्रन्थांक 1182

ISBN 978-93-263-5194-2

'उग्र' संचयन
(संचयन)
सम्पा. राजशेखर व्यास

दूसरा संस्करण : 2015
मूल्य : 400 रुपये

प्रकाशक : **भारतीय ज्ञानपीठ**
18, इन्स्टीट्यूशनल एरिया, लोदी रोड, नयी दिल्ली-110 003

मुद्रक : नागरी प्रिंटर्स, दिल्ली

आवरण-सज्जा : ज्ञानपीठ कला प्रभाग

'UGRA' SANCHAYAN
(Selection)
Edited by Rajshekhar Vyas

Published by
Bharatiya Jnanpith
18, Institutional Area, Lodi Road, New Delhi-110 003
Ph. : 011 24698417, 24626467; 23241619 (Daryaganj)
Mob. : 9350536020; e-mail : bjnanpith@gmail.com
sales@jnanpith.net, website : www.jnanpith.net

Second Edition : 2015
Price : Rs. 400

क्रान्तिकारी कथाकार 'उग्र'

पांडेय बेचन शर्मा 'उग्र' सचमुच एक अद्वितीय, विलक्षण, बहुमुखी, बहुरंगी-व्यक्तित्व थे। स्वतन्त्रता से वर्षों पूर्व जब मदाम काँमा ने राष्ट्रध्वज का निर्माण किया था, तब 'उग्र' सही और सच्चे अर्थों में उसके प्रथम एवं अद्‌भुत प्रचारक थे। वे उस तिरंगे ध्वज के कपड़े को अपने शरीर पर इस प्रकार लपेट लेते मानो वह कोई शाल हो। बाद में तो उन्होंने तिरंगे कपड़े ही बनवा लिये थे, जिन्हें पहनकर वे गाँव-गाँव में गाँधी जी, खादी और कांग्रेस का प्रचार करते फिरते थे। तिरंगे वस्त्रों को अपने तन पर युवावस्था में ही लपेटने वाले 'उग्र' अपने आप में भी कम रंगीन-व्यक्तित्व नहीं थे।

जीवन में कई रंगों को एक साथ जीनेवाले 'उग्र' के अनेक रंगों का मूल्यांकन एक ऊर्ध्व रेखा में आज भी नहीं किया जा सकता। अनेक रंगों को अपने आप में सँजोए उग्र जी महाराज विमुग्ध कर देनेवाले शैलीकार पत्रकार, उपन्यासकार, कवि, नाटककार और सम्पादक थे। उग्र क्रान्तिकारी और चिन्तक मनुष्य थे, इसलिए उनके जीवन के विभिन्न आयामों का, रंगों का एक साथ आकलन करना हो तो एक व्यापक फैलाव से गुजरना होगा। उग्र का जन्म पौष शुक्ल अष्टमी वि. सं. 1957 की रात्रि 8.30 बजे, चुनार, जिला मिर्जापुर के सद्‌दूपुर मोहल्ले में, एक निर्धन ब्राह्मण पं. वैद्यनाथ पांडेय के यहाँ हुआ था। माँ का नाम जयकली देवी था। पं. वैद्यनाथ के यद्यपि एक दर्जन से अधिक पुत्र-पुत्रियाँ हुईं, मगर उनमें से अधिकांश पैदा होते ही काल के ग्रास बन गये थे। अत: उग्र के जन्म पर कोई हर्षोल्लास नहीं मनाया गया, न ही जन्मपत्री बनवाई गयी, बल्कि गाँव की एक मज़ेदार प्रथा के अनुसार उनकी माता ने उन्हें एक टके में अपनी पड़ोसन को बेच दिया तथा उस टके का गुड़ मँगवाकर खा गयी, जिससे बालक 'बेचन' बचा रहे। पैदा होते ही उन्हें बेचा गया, अत: 'उग्र' जी महाराज का नामकरण हुआ—'बेचन' बेचन पांडेय। यही बेचन पांडेय नाम 'उग्र' को परम सार्थक सिद्ध हुआ। अपनी आत्मकथा 'अपनी खबर' में 'उग्र' ने स्वयं लिखा है—

''आज जीवन के साठवें साल में साधिकार कह सकता हूँ कि मुझे ही नहीं मौत को भी यह नाम नापसन्द है। लेकिन अब इस उम्र में तो यह लगता है कि यह नाम नहीं, तिलस्मी गंडा है, जिसके आगे काल का हथकंडा भी नहीं चल पा रहा है।''

अत्यन्त गरीब और अभावग्रस्त परिवार में पैदा होकर उग्र ने गरीबी की भयावहता को बाल्यावस्था में भोगा था। जब वे तुतलाना भी नहीं सीखे थे, उनके पिता का देहावसान हो गया था। परिवार की सारी जिम्मेदारी 'उग्र' के बड़े भाई 'त्रिदंडी जी' (पं. उमाचरण पांडेय) पर आ पड़ी थी। वे बांग्ला, अँग्रेजी, संस्कृत के अच्छे जानकार थे। अभावग्रस्तता में उन्होंने विभिन्न मुद्रणालयों में 'प्रूफ रीडिंग' की थी। उन्हें पत्रकारिता का भी थोड़ा ज्ञान था। बालक बेचन पर प्रथम प्रभाव उन्हीं का पड़ा। 'चुनार' में जहाँ ब्राह्मण भिखमंगों-सी जिन्दगी बिता रहा था, बालक बेचन का ब्राह्मण परिवार भी उसी जिजमानी वृत्ति से अपना जीवन-यापन करता था। इस भिक्षा का क्या था, कभी मिली, कभी न मिली। इसी वातावरण और परिस्थितियों में जन्मने के कारण 'उग्र' ब्राह्मण कुल में भी अपने आपको शूद्र समझते रहे।

'जन्मना जायते शूद्रः'। जन्म से तो हर व्यक्ति शूद्र होता है, मगर संस्कारों से शुद्ध-बुद्ध होकर वह उच्च वर्ग का बन जाता है। परन्तु संस्कार नाम की चीज से वास्ता 'उग्र' को जन्म से कभी पड़ा ही नहीं इस द्विजत्व के अभाव ने ही आगे चलकर 'उग्र' को अक्खड़ बनाया, और वे परम नम्रता से अपने आप को 'शूद्र' कहते रहे।

''मैं यह कहना चाहता हूँ कि आज भी मैं 'निःसंकोच शूद्र हूँ। ब्राह्मण-ब्राह्मणी से मुझे शूद्र-शूद्राणी अधिक आकर्षक अपने अंग के मालूम पड़ते हैं। यहाँ तक कि आज भी जब मैं खानाबदोशों, बंजारों, जिप्सियों के गन्दगी, जवानी, जादू और मूर्खता से भरे गिरोह देखता हूँ, तब मेरा मन कहता है कि ललककर उनमें लीन हो जाऊँ विलीन! उन्हीं के साथ आवारा घूमूँ-फिरूँ—किसी हरजाई आवारा—बंजारिन युवती के मादक मोह में नगर-नगर, शहर-शहर, दर-दर—छुरी-छुरे, मूँगे, कस्तुरीमृग के नाफे और शिलाजीत बेचता।

घर में दाने-दाने की मुहताजी और कर्जदारी में 'उग्र' की शिक्षा-दीक्षा कब, कहाँ और कैसे हो पाती। घर की तंगहाली दूर करने के लिए बालक बेचन और उनके बड़े भाई रामलीला में अभिनय करने लगे।

बालक और बेचन में रामलीला में लक्ष्मण और माता जानकी की भूमिका निभाकर घर की आय में आठ-दस रुपयों की वृद्धि की। लक्ष्मण और सीता के चरित्र को निभाने के कारण संवाद और उसके सस्वर पाठ करने से 'उग्र' को संगीत की पहली शिक्षा भी यहीं मिली। इससे रामायण भी उनकी जिह्वा पर सदा के लिए विराजमान हो गयी। रामायण के कई विशेष अंग-प्रसंग उन्हें कंठस्थ हो गये थे। बचपन से ही घर की मारपीट, झगड़े, किच-किच से (बड़े भाई अक्सर अपनी पत्नी

के साथ-साथ माँ को भी पीट दिया करते थे, 'उग्र' की पिटाई तो दिन में कई बार हो जाती थी। बेचन ने सोच लिया था, शिक्षा-दीक्षा उसके बूते के बाहर की चीज है। इस नन्हीं-सी उम्र में ही उन्होंने 'रामलीला' की साधु-सन्त मंडलियों में चलनेवाले घिनौने-अनैतिक व्यापारों का दर्शन अपनी नंगी आँखों से कर लिया था। यही सत्य आगे 'चाकलेट' में उद्घाटित हुआ। अतः अपने मन में ताप और उद्विग्नता को कम करने के लिए, किसी बुजुर्ग की सलाह से बालक बेचन ने कहीं से 'हनुमान चालीसा' की चोरी की, और उसके पाठ से अपनी समस्याओं का समाधान खोजने लगे।

रामलीला में अभिनय करते समय बालक बेचन से अगर कोई असावधानी या भूल हो जाती तो भाई उन्हें वहीं मंच के पीछे ले जाकर पीटते। भाई के पीटने के डर से 'बेचन' हमेशा अपने अभिनय में निखार लाते। एक बार रामलीला में भरत का 'पात्र' करनेवाले अभिनेता की अनुपस्थिति में बालक 'बेचन' को भरत का अभिनय भी करना पड़ा, और भाई की मार के भय से, हिचकी बाँधे डरते-डरते बेचन ने ऐसा स्वाभाविक अभिनय किया कि जनता ने उसका करतल ध्वनि से स्वागत किया। उसी वक्त पुरस्कार स्वरूप दस रुपयों से अधिक तो मंच पर ही मिल गये और एक रुपये मासिक की वेतन वृद्धि हो गयी।

आखिर रामलीला से ऊबकर 4 वर्ष की उम्र में बेचन 'चुनार' आ गये, जहाँ उनकी विधिवत् शिक्षा-दीक्षा आरम्भ हुई। उनके चाचा ने उन्हें गोद लेकर 'मिशन स्कूल' की तीसरी कक्षा में उनका नाम लिखवा दिया।

दुनियादारी, यारी में अब तक पारंगत बेचन मन लगाकर पढ़ने लगे। छठी कक्षा तक पढ़ते-न-पढ़ते बेचन के चाचा के घर भी पुत्र का जन्म हुआ और धीरे-धीरे बेचन का लाड़-प्यार, मान-सम्मान कम होने लगा। इसी बीच स्कूल में एक मौलवी शिक्षक के खिलाफ शिकायत करने के आरोप में बेचन स्कूल से निकाल दिए गये। (ये मौलवी जी कक्षा में हिन्दू और हिन्दू देवी-देवताओं की बुराई किया करते थे। बेचन ने उनकी शिकायत अँग्रेज अफसर से कर दी थी।) चुनार के स्कूल से निकाले गये बेचन, बनारस आ गये, यहाँ उनकी चचेरी बहन रहती थी। यहाँ बालक बेचन ने छठी कक्षा में प्रवेश लिया। छठी-सातवीं उन्होंने अच्छे ढंग से उत्तीर्ण की, मगर संकट तो अभी और आने बाकी थे। सातवीं कक्षा के बाद बेचन को अपने पैरों पर खड़ा होना पड़ा। उनके प्रधानाध्यापक श्री चक्रवर्ती महाशय ने बाबू शिव प्रसाद गुप्त को लिखकर बेचन की सहायता के लिए प्रेरित किया। बाबू शिवप्रसाद गुप्त की कृपा से बेचन को 'सेवा-उपवन' से सालभर तक खाना आदि मुफ्त मिलता रहा। यहाँ भी अपने एक अध्यापक के शुष्क व्यवहार और कठोर नियन्त्रण के फलस्वरूप बेचन ने उनके खिलाफ एक प्रति व्यंग्यात्मक कविता का पाठ किया। स्कूल की छात्र-अध्यापक गोष्ठी में बेचन की यह कविता सुनने के कारण वार्षिक सत्र समाप्त होने पर प्रधानाध्यापक ने बेचन

को कक्षा में बुलाकर उस शिक्षक से क्षमा माँगने को कहा। मगर बेचन ने अपने जोशीले और अकड़ू स्वभाव के कारण क्षमा नहीं माँगी। वे कक्षा आठ की परीक्षा में अनुत्तीर्ण हो गये। उधर 'सेवा-उपवन' से मिलनेवाली छात्रवृत्ति भी बन्द हो गयी।

बनारस से निराधार ठोकर खाने के बाद बेचन फिर से चुनार लौट आये। फेल हो जाने से पिटाई के भय से भयभीत तो थे ही। गाँव में प्रवेश करते ही एक स्त्री ने बेचन को उनकी भाभी को देने के लिए दस रुपये दिये। वही दस रुपये लेकर पहली ट्रेन से बेचन कलकत्ता भाग गये। कलकत्ता से निकलने वाले पत्र 'विश्वमित्र' के दफ्तर में बनारस के एक सज्जन बेचन के परिचित थे—श्री विश्वनाथ त्रिपाठी। उस महानगर से अपरिचित बेचन जब विश्वमित्र कार्यालय गये तो पता चला कि श्री त्रिपाठी घर लौट चुके हैं।

और बस...यहीं से आरम्भ हो गयी बेचन की यायावरी घुमक्कड़ी। 'विश्वमित्र' कार्यालय से लौटे तो थके-हारे, दीन-हीन, भूखे-प्यासे उग्र ने बर्मन कम्पनी में दोनों समय के भोजन और नाममात्र के वेतन पर डाक पोस्ट करने, पते लिखने की नौकरी कर ली। एक माह बाद भाई का, त्रिपाठी जी के पते पर पत्र आया और 'उग्र' फिर बनारस बैरंग लौट आये। जीवन के अन्तिम समय में लिखे 'दिग्दर्शन' में उन्होंने लिखा है—'मैंने क्या-क्या नहीं किया? किस-किस दर की ठोंकरें नहीं खायी? किस-किस के आगे मस्तक नहीं झुकाया? मेरे राम! आपको न पहचानने के सबब 'जब जननी जननि जग दुःख दसहू दिसी पाएँ।' आशा के जाल में फँसे प्योर मोस्ट ओबीडिएंट सर्वेंट बनकर नीचों को मैंने परम प्रसन्न होकर प्रेमपूर्वक प्रभु! प्रभु! पुकारा। मैंने द्वार-द्वार बार-बार मुँह फैलाया दीनता सुनाने, लेकिन किसी ने उसमें एक मुट्ठी धूल तक नहीं डाली। भोजन और कपड़ों के लिए पागल बन यत्र-तत्र-सर्वत्र, वक्त-बेवक्त मारा फिरा। प्राणों से भी अधिक प्रिय आत्मसम्मान त्यागकर खलों के सामने मैंने खाली पेट खोल-खोलकर दिखाया।

"सच कहता हूँ कौन-सा ऐसा नीच नाच होगा—जो लघु लोभ ने मुझे बेशरम को न नचाया होगा। किन्तु आह! आह! लालच से ललचाने के सिवाय नाथ! हाथ कुछ नहीं लग्यो!"

'उग्र' के पाँच पूज्य गुरु थे—लाला भगवान दीन, पं. बाबू राव विष्णु पराडकर, पं. कृष्णदत्त पालीवाल, श्री काशीपति जी और त्रिदंडी जी। उग्र के ही शब्दों में—त्रिदंडी जी से मुझे लिखने का शौक मिला, काशीपति जी ने सहृदयता, दीनजी से दृष्टि, पराडकर जी से राह और पालीवाल जी से उत्साह। त्रिदंडी जी तो 'उग्र' के सगे बड़े भाई थे। तमाम बुराइयों के बावजूद लेखन की तरफ मोड़नेवाले 'उग्र' के आदिगुरु वही थे। काशीपति जी पं. कमलापति त्रिपाठी के अग्रज थे। उन्होंने उग्र की बड़ी सहायता की जब 'उग्र' अर्थाभाव ग्रस्त रहे। उनकी भतीजी स्व. श्यामादेवी ने ही

'उग्र' के प्रथम काव्य-संग्रह 'ध्रुवधारणा' के प्रकाशन के लिए आर्थिक सहयोग दिया था। लाला भगवानदीन ने 'उग्र' के पहले नाटक 'महात्मा ईसा' की भूमिका लिख उन्हें हिन्दी साहित्य में प्रतिस्थापित किया। पराडकर जी ने बरसों 'आज' में 'उग्र' की आरम्भिक रचनाओं की वर्तनी भाषा, सुधार-सुधार कर प्रकाशित की। पालीवाल जी ने 'उग्र' का नैतिक मानसिक रूप से बेहद उत्साहवर्धन किया।

सन् 1921 में सत्याग्रह आन्दोलन में युवक 'उग्र' भी जेल गये। जेल से आने के बाद, अत्यधिक गरीबी में कम रेट पर 'आज' में लगभग चार बरस व्यंग्य, नाटक, कविता, कहानी लिखते रहे। सन् '23 में 'महात्मा ईसा' नाटक लिखा और '24 में 'भूत' नामक पत्र को जन्म दिया, सन् '24 के जाते-जाते 'उग्र' हिन्दी में चर्चित और उत्तर भारत में लोकप्रिय हो चले थे।

'उग्र' ने अपना विख्यात नाम 'उग्र', जिससे वे हिन्दी जगत में जाने जाते हैं, राष्ट्रीय जागरण द्वन्द्व में शामिल होने से पूर्व ही चुन लिया था, 'अपनी खबर' में उन्होंने अपने इस नामकरण पर लिखा है—"आज मुझे अपने लिए उपनाम चुनना हो तो सम्भव है बुरा न होने पर भी 'उग्र' मैं न चुनूँ लेकिन आज से चालीस वर्ष पूर्व, राष्ट्रभक्त लेखक ऐसे कर्कश नाम चुना करते थे। इसलिए कि बलवान ब्रिटिश राज्य के नृशंस शासक नाम से ही दहल जाएँ। शायद शक्तिहीनता छुपाने को लोग प्रचंड नामोपनाम चुना करने थे, जैसे—त्रिशूल, बज्रपाणि, धूमकेतु, भीष्म, भीम, भयंकर, प्रलयंकर या अपना ढाई अक्षर का 'उग्र'।"

जीविकोपार्जन के लिए वे काशी छोड़ फिर कलकत्ता आ गये। यहाँ 'मतवाला मंडल' ने उग्र को हाथों-हाथ लिया। 'मतवाला' के मुख्य व्यक्ति थे महादेव प्रसाद सेठ, जिनकी मुख्य लत थी गुणियों पर आशिक होना। मंडल में अन्य चार रत्न थे—पं. सूर्यकान्त त्रिपाठी 'निराला', शिवपूजन सहाय, नवजादिकलाल श्रीवास्तव, ईश्वरी प्रसाद। सन् '24 में ही 'स्वदेश' (गोरखपुर) के दशहरा अंक का परम भयानक सम्पादन 'उग्र' कर आये थे। सारा अंक विस्फोटक सामग्री से भरा था। 'स्वदेश' संचालक दशरथ प्रसाद द्विवेदी गिरफ्तार हो गये थे। 'स्वदेश' प्रेस रौंद डाला गया था। 'उग्र' कलकत्ता थे, गोरखपुर का वारंट जब कलकत्ता आया, 'उग्र' बम्बई भाग गये।

बम्बई में 'उग्र' फिल्मी दुनिया में जा पहुँचे। कई मौन फ़िल्म के दृश्य-क्रम व सवाक फिल्मों के सिनेरियो, पटकथा, 'उग्र' ने लिखी। पैसा कम नहीं कमाया, मगर जी भरकर उड़ाया। पाँच-छः माह बाद गोरखपुर पुलिस और सी.आई.डी. ने मालाबार हिल पर 'उग्र' को गिरफ्तार कर लिया। पाँव में बेड़ी, हाथ में हथकड़ी, भुजा पर सूती रस्सी बँधवाए, तीन-तीन सशस्त्र पुलिसवालों के साथ 'उग्र' बम्बई से गोरखपुर भेजे गये। तीन महीने केस चलने के बाद 'उग्र' को नौ महीने की सजा मिली। 'स्वदेश' संचालक द्विवेदी जी को उसी केस में 27 माह की सजा मिली। सारी

गलती 'उग्र' की थी, मगर चूँकि 'उग्र' नाटे थे, न दाढ़ी न मूँछें और दशरथ प्रसाद द्विवेदी ठहरे प्रौढ़ दाढ़ीदार सज्जन, अत: आदालत ने असल अपराधी द्विवेदी जी को ही माना। जेल से आने के बाद, उग्र ने सन् 1927 में 'आज' में 'बुढ़ापा और 'रुपया' दो निबन्ध लिखे। निवेदित संग्रह में 'उग्र-निबन्ध' शीर्षक से संगृहीत ये निबन्ध ललित-रम्य कथाशैली में हैं। इसमें उग्र अपने पूरे तेवर के साथ मौजूद हैं। भाषा-शैली और प्रवाह देखते ही बनता है।

1927 में 'उग्र' फिर से मतवाला मंडल से जुड़े। यहीं से 'उग्र' की चर्चित पुस्तक 'चाकलेट' का प्रकाशन हुआ। 'चाकलेट' के प्रकाशन ने हिन्दी-साहित्य में कोलाहल मचा दिया। हिन्दी में समलैंगिक यौन-सम्बन्धों पर बच्चों के साथ होनेवाले इन घृणित-अनैतिक कुकृत्यों पर, इतने बेबाक और इतने नग्न रूप में सत्य, यथार्थ इससे पहले कभी आया न था। सम्पादकाचार्य बनारसीदास चतुर्वेदी ने इसे परम अश्लील मानते हुए इसे 'घासलेटी-साहित्य' घोषित कर दिया। इसके विरुद्ध एक संगठित और योजनाबद्ध आन्दोलन भी चलाया। पक्ष-विपक्ष में प्रहार-प्रतिकार होते रहे। आरोपियों ने यहाँ तक लिखा—"उग्र पैसा कमाने के लिए अश्लील साहित्य लिखते हैं।" ऐसे आरोपों से 'उग्र' के सत्यान्वेषी हृदय पर दुष्प्रभाव पड़ा। उन्होंने ऐसे साहित्य और साहित्यिकों को परे किया और फिर से फिल्मों की ओर चले गये। सन् 30 से 38 तक वे फिल्म कम्पनियों के लिए लिखते रहे। निवेदित संग्रह में 'सिनेमा संसार और मैं' उग्र का फिल्मी दुनिया के उस दौर का आँखों देखा हाल सुनाता लेख है। उक्त लेख में 'उग्र' ने सिनेमा के पर्दे के पीछे चलनेवाले कृत्यों का इतना प्रखर और तीखा विश्लेषण किया है कि इस नकली संसार के नकली सुखों का असली खाका सामने आ जाता है। 'उग्र' का यह लेख फिल्म संसार का आज भी अच्छा और सच्चा चित्र है।

'चाकलेट' को स्वयं गाँधी जी ने दोबारा पढ़ा और बनारसी दास चतुर्वेदी को पत्र लिखा—"इस रचना का मुझ पर तो वैसा प्रभाव नहीं पड़ा, जैसा आप पर।" बल्कि उन्होंने इसे 'समाज सुधार कृति' घोषित किया। खेद की बात तो यह है कि इस प्रतिक्रिया को, जो चतुर्वेदी जी को आन्दोलन के समय ही प्राप्त हो गयी थी, उन्होंने एक लम्बे अर्से तक छुपाए रखा।

प्रतिभावान को तो सदैव ही समाज की रूढ़ियों से लोहा लेना पड़ता है, मगर इस आन्दोलन का प्रभाव 'उग्र' के लेखन पर भी पड़ा। उनकी बाद की रचनाओं में उग्रता और तेज अस्वाभाविक रूप से मन्द हो गया। चूँकि 'उग्र' विद्रोही थे और लीक छोड़कर चलनेवाले थे, इसलिए उन्हें इसका मूल्य भी चुकाना पड़ा। इस संगठित आन्दोलन के कारण उनकी कलम का प्रवाह भी अवरुद्ध हुआ और बाद के 37 वर्षों में उनकी कृतियों का परिमाण उतना न हो पाया जितना आरम्भ के दस वर्षों में रहा था।

काशी विश्वनाथ के आँगन से अपने रचनात्मक जीवन, लेखन का शंखनाद

उद्घोष करनेवाले 'उग्र' बम्बई में रेस-जुए में हार, कर्जे में डूबे भूतभावन भगवान महाकाल की नगरी उज्जयिनी आये। यहाँ आपने पं. सूर्यनारायण व्यास के साथ 'विक्रम' का सम्पादन आरम्भ किया। एक अर्से तक यहाँ ठहरकर अपने मनमौजी स्वभाव, फक्कड़पन और औघड़-अक्खड़ता की यादें यहाँ भी छोड़ गये।

बहुत से लोग उनसे नाराज होते रहे और कुछ अभी तक हैं। क्योंकि वे व्यावहारिक कम, मुँह-फट अधिक थे। किन्तु बाहर से नारियल की तरह कठोर और अन्दर से मृदु 'उग्र' हृदय से निष्कपट, निर्मल और ईमानदार व्यक्ति थे। स्वाभिमानी और निःस्वार्थी तो वे प्रथम श्रेणी के थे. इसलिए 'उग्र' को समझने के लिए उनके व्यक्तित्व और कृतित्व में अन्तर करना अब नितान्त आवश्यक है। प्रायः 'उग्र' को समझा नहीं गया। औसत आदमी का अगर यह रवैया हो तो बात समझ में आती भी है। क्योंकि उसने 'उग्र' के सम्पूर्ण-साहित्य या स्वरूप को देखा या जाना नहीं और जो कुछ देखा या जाना; वही उसकी समझ का आधार है। मगर हिन्दी के बौद्धिक, प्रगतिशील आलोचकों, समीक्षकों पर मुझे तरस आता है, जो 'उग्र' के बारे में बगैर कुछ जाने-पढ़े-समझे कोई भी टिप्पणी जड़कर उनका आकलन करते हैं।

बम्बई में बिताए उनके समय को साहित्य-समीक्षकों ने उनकी सुप्तावस्था का काल माना था। घासलेटी आन्दोलन के 'प्रणेताओं-प्रवर्तकों' ने तो उन्हें 'खोया हुआ आदमी' तक घोषित कर दिया था। बम्बई से मालवा आते ही मालवा की मादक मधुरता ने 'उग्र' को फिर बनारस-सा वातावरण दिया। 'उग्र' की लौह लेखनी फिर चल निकली और चौतरफा प्रहार सहने को कटिबद्ध हो गयी। मालवा की आबोहवा काशीवासी 'उग्र' को बेहद पसन्द आयी। चर्चित उपन्यास 'घंटा', 'जीजाजी', नाटक 'आवारा', 'अन्नदाता माधव महाराज महान' आदि का जन्म मालवा में ही हुआ।

हिन्दी में यह समय था 'छायावाद' का। उग्र ने इन नवोदित छायावादियों की 'घंटा' उपन्यास की नन्हीं-सी भूमिका में कसकर खबर ली। इसी भूमिका को प्रस्तुत संग्रह में भी लिया गया है।

उनके व्यक्तित्व में कबीरी मस्ती, अक्खड़पन हाजिरजवाबी कूट-कूटकर भरी पड़ी थी। मिर्जापुरी सोंटा उनका अभिन्न था। बम्बई रहे फिल्मी दुनिया में तो भी सोंटा साथ रखते थे। सारा हिन्दी संसार उनकी कोपदृष्टि से काँपता था, किसी भी व्यक्ति का लोहा बजाने में वे पीछे नहीं रहते थे। दद्दा मैथिलीशरण गुप्त ने, जिन्हें उग्र 'मैथिलीशरण हूँ' सम्बोधन से पुकारते थे, लगता है लम्बे और गहरे अनुभव के बाद ही लिखा था—

"धूल और गुलाल दोनों उग्र जी के हाथ
देखना है आज किसका भाग्य किसके साथ?"

बनारस के प्रख्यात कथाकार पं. विनोदशंकर जी व्यास, उज्जैन में पं. सूर्यनारायण

व्यास को पत्र लिखकर कहते—इस 'उग्र' को हिन्दी साहित्य में सिर्फ दो व्यास समझ हैं—एक आप, एक मैं। आप चुप रहते हैं, मैं कह देता हूँ, बस! और सचमुच 'उग्र' थे भी अद्भुत व्यक्ति। व्यासजी के साथ रहे, उन्हीं के 'भारती-भवन' में और उन्हीं के खिलाफ वही आलोचना भी लिखते। मगर अब यह बात मैं निर्भ्रान्त रूप से कह सकता हूँ कि बड़ों के झगड़े भी बड़े ही समझ पाते हैं। आजादी के पूर्व जब स्व. पं. व्यास को 'इंडियन डिफेंस एक्ट' के तहत महाराजा ग्वालियर ने व्यक्तिगत राग-द्वेष से प्रेरित होकर नजरबन्द करवाया तो वे 'उग्र' ही थे, जिन्होंने देसी रियासत में रहते हुए भी महाराज के विरुद्ध खून खौला देनेवाले लेख लिखे। 'राजा के कान होते हैं, आँखें नहीं' इस लेख में उन्होंने लिखा है—

"मैं सूर्य नारायण व्यास का मित्र नहीं शत्रु हूँ, यही बात सारा हिन्दी संसार हमारी आपसी आलोचना के कारण समझता है, पर जो भी लिखा है—उन्हें मार डालने की नीयत से कम, कूट-पीसकर पुष्ट बनाने की नीयत से अधिक। कान खोलकर सुन लें श्रीमन्त...चापलूसों के कान भरने पर एक तेजस्वी साहित्यकार के स्वाभिमान पर, सम्मान पर अगर आँच आयी तो यह बात कोई और चाहे बर्दाश्त कर ले महाकाल 'उग्र' नहीं।"

कहने को पं. व्यास के लाखों मित्र, प्रशंसक, भक्त, स्नेही थे पर उस संकट के समय केवल 'उग्र' सामने आये।

'उग्र' कृतित्व में अत्यन्त सहृदय, मार्मिक और पारदर्शी थे, मगर उनके आलोचक में क्षमा, दया या सहिष्णुता नहीं थी। उनका लेखन यथार्थवादी था और परख पहुँची हुई थी। चलता-फिरता हर व्यक्ति उनका पात्र था। जिस दुकान पर वे क्षणभर खड़े हो जाते, उनकी पैनी निगाह में उसका पूरा चित्र आ जाता था और वही कहानी का विषय बन जाता या उपन्यास।

चेखव की तरह नन्हें-नन्हें, मूक, अबोध पशुओं से लेकर कार गाड़ी, घोड़े, घंटे जैसी निर्जीव वस्तुओं पर भी अपनी कलम चलाई। 'घंटे' पर तो आपने उपन्यास का ही सृजन कर दिया।

विस्मय तो यह है कि उग्र के आरम्भिक दौर में ठीक से शिक्षा भी न पा सकने वाले उग्र संस्कृत, उर्दू, अँग्रेजी, पालि, प्राकृत, मराठी, गुजराती, बांग्ला के भी मर्मज्ञ थे।

मोपासां, डिकेन्स, स्पेन्सर, मौलियर, मोस्तिनी, शेक्सपियर, बर्नार्ड शा, मार्क टूवेन, गालिब, तुलसी के धाराप्रवाह उद्धरण देनेवाले उग्र, साहित्य के पारखी थे। बिहार के विख्यात साहित्यकार आचार्य नलिन विलोचन जी से जब किसी ने व्यंग्यात्मक स्वर में पूछा था—अँग्रेजों के पास बर्नार्ड शा हैं, टूवेन हैं, बंगालियों के पास बंकिम हैं, परशुराम हैं, हिन्दीवालों के पास क्या है?

बगैर सोचे, बगैर रुके तत्क्षण नलिन विलोचन जी ने उत्तर दिया था—"हमारे

पास 'उग्र' है।''

'उग्र' ने जो लिखा सर्वथा मौलिक। किसी से प्रेरित या प्रभावित नहीं थे उग्र। उन्होंने अपना पथ स्वयं बनाया। विचारों में उग्रता, समाज के प्रति विद्रोह, समाज और साहित्य में अकेले किन्तु अपने सिद्धान्त और साहित्य-पथ पर वे निरन्तर दृढ़चरण बने रहे ''न दैन्यं न पलायनम्।''

भीड़ से अलग रहकर भी उग्र जहाँ अपनी सबलता और सद्‌गुणों की सीमा से अपरिचित नहीं थे, वहीं अपने दुर्गुणों और दुर्बलताओं से भी अपरिचित नहीं रहे। निश्छल, निर्मल हृदय से निर्भीक-निश्चिन्त, विचारों की धुन्ध से मुक्त, वाणी को मनोभाव देने में समर्थ मन, वचन और कर्म से एक, 'उग्र' आत्मा से 'महात्मा' थे—'उग्र' तुलसी की 'विनय पत्रिका' और गालिब के दीवान के अनन्य प्रशंसक रहे। यह दोनों उनके धर्मग्रन्थ हो गये थे। गालिब पर तो उन्होंने अपने अन्तिम दिनों में विलक्षण व्याख्या लिखी थी—'गालिब और उग्र'। तुलसी के हजारों उद्धरण उनकी समस्त रचनाओं में यहाँ-वहाँ मिल जाते हैं।

जिन दिनों हिन्दी में रोमांटिक, भावपूर्ण कथा-लेखन का दौर चल रहा था, उस समय राष्ट्रीय चेतना से ओतप्रोत क्रान्तिकारी भावों से भरपूर 'उग्र' के सारे कहानी-संग्रह विस्फोटक, विद्रोहजन्य होने के कारण जब्त कर लिये गये थे।

'उग्र' हिन्दी के युगप्रवर्तक कहानीकार थे। उनकी कहानियों ने दमनकारी ब्रिटिश साम्राज्य के छक्के छुड़ा दिये। निवेदित पुस्तक में चिंगारियाँ (जब्त) और क्रान्तिकारी कहानियाँ (जब्त) कहानी-संग्रहों से ली गयी दो कहानियाँ 'उसकी माँ' और 'सृष्टि' सम्मिलित की गयी हैं।

मैक्सिम गोर्की की 'मदर' अगर उन्हें विश्व-साहित्य में अमर बनाने के लिए पर्याप्त है तो 'उग्र' की यह नन्हीं-सी कहानी 'उसकी माँ।'

दूसरी कहानी 'सृष्टि' भी श्रेष्ठ कहानी है। सच्चे देशभक्त की परिभाषा देते हुए 'उग्र' ने दिखाया कि सच्चा देशभक्त स्वाधीनता के लिए प्रसन्नता से प्राण न्यौछावर कर देता है। ब्रिटिश हुकूमत ने इसे जब्त कर लिया था।

बंगाल के क्रान्तिकारी शचीन्द्रनाथ सान्याल ने अपनी सुविख्यात कृति 'बन्दी जीवन' में युवक 'उग्र' का वर्णन करते हुए लिखा है :

''इधर सन् 1925 में सुरेशचन्द्र की सहायता से एक प्रतिभावान युवक से मेरा परिचय हुआ, ये प्रतिभावान युवक 'आज' में 'उग्र' उपनाम से अपने लेख दिया करते थे।

आज 'उग्र जी' ने साहित्य में अपना सुनिर्दिष्ट स्थान प्राप्त कर लिया है। इसमें तो कोई सन्देह नहीं कि उनकी लेखनी में अत्यन्त शक्ति है। इनकी सहायता से, हमारे दल को एक ऐसा महत्त्वपूर्ण लाभ हुआ, जिसके लिए सदैव उनके कृतज्ञ रहेंगे। बनारस

में अभी तक मुझे जितने व्यक्ति मिले उनमें श्री राजेन्द्र लाहिड़ी (आपको ब्रिटिश सरकार ने काकोरी डकैती केस में फाँसी पर लटका दिया था) और श्री बेचन शर्मा विशेष उल्लेखनीय हैं।

इनके अतिरिक्त और जितने भी व्यक्ति हमारे दल में आये थे, उनमें से बहुतों ने बाद में काम करना छोड़ दिया। सौभाग्य की बात है उनमें से किसी ने भी बाद में विश्वासघात नहीं किया।''

'उग्र' ने जीवन में अनेक पत्रों को जन्म दिया, सम्पादन किया, पर अधिक समय तक जमकर कहीं भी नहीं बैठे। हर किसी से झगड़ पड़ना उनका स्वभाव हो गया था, और शायद इसी में वे अपने नाम की सार्थकता समझते थे। वे दूसरों की क्या अपनी खुद की उग्र-आलोचना करते। आज जब हिन्दी में आत्मकथा साहित्य का बाहुल्य है, चार-चार खंडों में आत्मकथा लिखी जा रही है, 'उग्र' की सत्तर पृष्ठ की आत्मकथा 'अपनी खबर' ऐसी तमाम आत्मकथाओं का बेहतरीन जवाब है जो अनेक छल-छद्‌म, झूठ और प्रपंचों से भरी, अपने ही आत्मीयों पर, गुरुओं, अग्रजों पर कीचड़ उछालती है। 'अपनी खबर' में 'उग्र' ने खुद की खबर ली है। अपने खुद के गरेबान में झाँकने का ऐसा साहस आज कितनों में है?

पैर में शनीचर था, एक जगह टिके नहीं। काशी, कलकत्ता, बम्बई, इन्दौर, उज्जैन, जयपुर, दिल्ली भटकते रहे और अन्त न चाहते हुए भी दिल्ली में हुआ। इन्दौर में 'उग्र' का निवास समिति कार्यालय वीणा-भवन था और उज्जैन में पं. व्यास का आवास भारती-भवन। इन्दौर में समिति प्रबन्धकों से झगड़कर गर्मागर्मी की। आखिर प्रबन्धक जी ने उग्र की रचना तक 'वीणा' में छापने पर ही प्रतिबन्ध लगा दिया।

उज्जैन रहे तो 'विक्रम' में इतना लिखा और ऐसा भी लिखा कि संचालक स्व. पं. सूर्यनारायण व्यास को भी अन्ततः कारावास भोगना पड़ा। ऐसे अनेक काम वे पूर्व में स्वदेश सम्पादक के साथ भी कर चुके थे। सम्पादन किया था उन्होंने और जेल काटी थी द्विवेदी जी ने!

विवाह नहीं किया। परिवार का प्रश्न ही नहीं। मित्रों से भी कम निभी, शिष्य परम्परा से भी नफरत थी। कोई शायद ही उनकी कसौटी पर खरा उतरता अगर वे शिष्य बनाते तो। भारती-भवन, उज्जैन में रहते एक कुत्ता भी पाला—'चिडक्यांग।' उसकी आवभगत भी खुद करते, रोज रबड़ी-जलेबी खिलाते, पीटते भी! उसके मुँह से राम-राम कहलाने को कहते थे। इस कुत्ते को 'अन्ना इराई' से (मलवानाई)। जब तक वह आम-आम न कह दे उसकी शामत रहती! फिल्में भी बनायीं और सब रेस-जुए में हार गये।

जब काशी में रहते तब आचार्य शिवपूजन सहाय भी वहीं पुस्तक प्रकाशन हेतु रहते। शिव जी की द्वितीय पत्नी का सहसा रात्रि में अवसान हो गया। वे अकेले थे।

'उग्र' सहसा उसी रात जुए में हार गये। पैसों की जरूरत थी, वे सीधे शिवपूजन के घर पहुँचे। दूसरी मंजिल पर पहुँचे तो देखा पत्नी का शव, एकाकी शिवपूजन! स्तब्ध रह गये।

शिव जी ने पूछा—"कैसे! कहाँ से आ रहे हैं?"

बताया—जुए में हारकर आ रहा हूँ, पैसों की जरूरत थी पर...यहाँ तो यह हालत है।"

शिव जी ने पूछा—"कितने?"

बताया—"पचास रुपये।"

शिव जी ने कहा—"मेरे पास तो कुल पचास रुपये ही हैं, सुबह होने पर शवयात्रा की कहीं से भी व्यवस्था हो ही जाएगी, तुम तो ले जाओ।"

'उग्र' रुपये लेकर चल दिये। सुबह सब व्यवस्था हो गयी। किन्तु उस अवस्था में भी शिव जी का पचास रुपये दे देना और उग्र का ले लेना, अपने आप में अद्भुत घटना है। उदारता और निर्लिप्तता के साथ मित्रता की कठोर कसौटी तो यही है। यह घटना 'उग्र' के औघड़ चरित्र को समझने में सहायक हो सकती है।

भाँग और मद्य के प्रेमी 'उग्र' सदा मस्त रहते। श्री सूर्यनारायण व्यास ने मैला तहमद, ढीला कुर्ताधारी उग्र का वर्णन करते हुए लिखा है—"वे ठर्रापान के बाद बाँस में बँधी बन्दरियों को नचाते हुए, दीनानाथ जी के साथ एक होटल में जलपान को पहुँचे। जलपान के बाद उग्र ने करीब बासठ रुपये 'टिप' में दे डाले।"

अनेक पुस्तकें उन्होंने लिखीं—दोजख की आग, निर्लज्ज, चाकलेट, क्रान्तिकारी कहानियाँ, रेशमी, जब सारा आलम सोता है, पंजाब की महारानी (जब्त), सनकी अमीर, कला का पुरस्कार, पोली इमारत, मुक्ता आदि (कहानी संग्रह)। चन्द हसीनों के खुतूत, दिल्ली का दलाल, बुधवा की बेटी, शराबी, घंटा, जीजा जी, फागुन के दिन चार (उपन्यास), आवारा, चुम्बन, महात्मा ईसा, गंगा की बेटी, अन्नदाता माधव महाराज महान (नाटक), अपनी खबर (आत्मकथा) व्यक्तिगत, गालिब उग्र (व्याख्या), फाइल एण्ड प्रोफाइल (पत्र)। अनेक अखबारों के सम्पादक रहे—स्वदेश, विक्रम, मतवाला, उग्र, भूत, पंच, संग्राम। उनकी चर्चित और प्रख्यात कृतियों में विवादास्पद रचना चाकलेट, चन्द हसीनों के खुतूत, दिल्ली का दलाल, बुधवा की बेटी, चिंगारियाँ (जब्त), पंजाब की महारानी (जब्त), अपनी खबर, करारे व्यंग्य और यथार्थ चित्रण के कारण लोकप्रिय रहीं।

'चन्द हसीनों के खुतूत' तो लड़के-लड़कियाँ कॉलेज की पुस्तकों के साथ रख ले जाते थे। कुछ लोग 'गीता', 'रामायण' में छुपाकर पढ़ते थे। उग्र शैलीकार थे, उन्होंने अपनी स्वयं की शैली का निर्माण किया। उन्होंने किताबों को पुस्तकालयों, विश्वविद्यालय के परकोटों से बाहर निकाल, अपना एक ख़ास पाठक वर्ग तैयार किया

था।

विनोदशंकर व्यास ने कहानी के उग्र स्कूल के बारे में लिखा है—

"और तीसरा स्कूल है—'उग्र स्कूल' किन्तु इस स्कूल के नायक हैं अकेले 'उग्र'। भाषा, शैली, कहानियाँ तो सिवा उनके हिन्दी में किसी ने लिखी ही नहीं हैं। चिंगारियाँ इसका ज्वलन्त उदाहरण है। एक-एक कहानी पढ़कर तबीयत फड़क उठती है। लिखने का ढंग उनका बड़ा मनमोहक होता है।"

वे हिन्दी के अति यथार्थवादी उपन्यासकार थे। उन्होंने समाज के घृणित जीवन और बीभत्स प्रवृत्तियों को बेबाकी से उद्घाटित किया। उन्होंने सम्पूर्ण मानवता के करुण आर्तनाद, पुरुषों के छल-कपट, स्त्रियों के सतीत्व, कामलोलुपता, मर्यादा का सही-सही विस्मयकारी चित्रण प्रस्तुत किया है। उन्होंने कहानियाँ भी सबसे ज्यादा लिखी हैं।

उनकी अभिव्यक्ति, शिल्प क्षमता उन्हें हिन्दी के तमाम लेखकों से अलग करती है। उनके पात्र कभी भी रूमानी सपने नहीं देखते। ख्याली पुलाव नहीं पकाते। वे छल से पलायन भी नहीं करते अपितु सम्पूर्ण मानवता की शक्ति से जीवन जीने योग्य शक्ति का निर्माण करते हैं, यथार्थ का सामना करते हैं।

आदर्श के नकली उद्घोषकों ने उग्र के यथार्थवाद को भौंड़ा, अश्लील और निरुद्देश्य घोषित करने में कोई कसर नहीं छोड़ी, किन्तु 'उग्र' आदर्शवाद के नकली और अविश्वसनीय झूठे प्रदर्शन से कोसों दूर रहे।

उनके उपन्यास अनीतिमूलक सामाजिक समस्या से लड़ते रहे और वे जीवन भर यही करते रहे।

"है कोई माई का लाल, जो हमारे समाज को नीचे से ऊपर तक देखकर कलेजे पर हाथ रखकर सत्य के तेज से मस्तक तानकर इस पुस्तक के अकिंचन लेखक से यह कहने का साहस करे कि तुमने जो कुछ लिखा है, समाज में ऐसी घृणित, रोमांचकारी, काजलवाली तस्वीरें नहीं हैं। अगर कोई हो तो सोत्साह सामने आये, मेरे कान उमेठे और मेरे छोटे मुँह पर थप्पड़ मारे, मेरे होशों के होशें ठिकाने करे, मैं उसके प्रहारों के चरणों के नीचे हृदय पाँवड़े बिछा डालूँगा, मैं उसके अभिशापों को सर माथे पर धारण करूँगा, सँभाल लूँगा, सच कहता हूँ विश्वास मानिए, सौगन्ध गवाह की हाजत नहीं मुझे।" —उग्र ('दिल्ली का दलाल' भूमिका में)

हिन्दी नाटकों के आरम्भिक काल में 'उग्र' का पहला नाटक 'महात्मा ईसा' आया। आलोचकों ने इसे एकमत से सफल और गम्भीर नाटक माना। 'आवारा' नाटक 'उग्र' ने प्रो. रमाशंकर शुक्ल 'हृदय' के अवसान पर इनके निराश्रित परिवार के लिए पं. सूर्यनारायण व्यास द्वारा स्थापित 'सत्साहित्यिक सेवक समाज' को लिखकर दिया था। इस नाटक से 'उग्र' ने एक भी पैसा रायल्टी नहीं ली। इसे पं. व्यास ने अपने

खर्च से छपवाया और इससे होनेवाली समस्त आय स्व. रमाशंकर शुक्ल के परिवार को प्रदान कर दी गयी थी।

यों तो छुटपुट प्रहसन भी लिखे 'उग्र' ने और एकांकी भी।

जब भी हिन्दी के सम्पादकीय पर ही शोध होगा 'उग्र' का नाम बाबूराव विष्णु पराडकर, गणेश शंकर विद्यार्थी, सिद्धनाथ माधव आगरकर, सूर्यनारायण व्यास, माखनलाल चतुर्वेदी के साथ सम्मानपूर्वक लिया जाएगा।

विक्रम में लिखी 'बिन्दु-बिन्दु विचार' शीर्षक से उनकी सम्पादकीय टिप्पणी भी अब मेरे सम्पादन में 'उग्र के अग्रलेख' शीर्षक से प्रकाशन के लिए तैयार है। उग्र पत्र-व्यवहार में बड़े दक्ष थे, वे एक अच्छे पत्र-लेखक थे। पत्र-साहित्य पर उनकी अन्तरंगता, व्यंग्य-विनोदप्रियता, उग्रता, खुशमिजाजी खुलकर आयी है। मेरे पिता स्व. पं. सूर्यनारायण व्यास से उनकी असीम अभिन्न आत्मीयता थी। वे झगड़ते भी, साथ ही रहते। दोनों के मध्य हुआ मनोरंजक पत्र-व्यवहार तो 'फाइल ऐंड प्रोफाइल' में प्रकाशित हुआ है। किन्तु उसमें केवल 'उग्र' के नाम लिखे पत्र हैं। मेरे पास आज 'उग्र' के 300 से भी अधिक पत्र सुरक्षित हैं। 'उग्र के पत्र' शीर्षक से शीघ्र ही इसे भी प्रकाश में लाने का प्रयास है। गरीब परवर, हुजूरे आला, श्रीयुत-श्रीमन्त जैसे मजेदार सम्बोधनों से लिखे इन पत्रों में व्यास-उग्र हृदय सहस्त्र कमलदलवत प्रस्फुटित है।

अपने जीवन के अन्तिम क्षणों में लिखे पत्रों में उन्होंने लिखा था कि वे दिल्ली से उकता गये थे और मालवा में मिल्कियत चाहते थे।

'उग्र' ने काव्य-सृजन कम ही किया, मगर जो भी किया, उसका भी स्थायी महत्त्व है। उनकी अनेक कविताएँ विक्रम-वीणा में प्रकाशित भी हुई हैं। 'युगाभ' शीर्षक से 'परिजातों का बलिदान' कविता पुस्तक भी प्रकाशित हुई, जिसे उन्होंने स्नेहवश मेरे पूज्य पिता को समर्पित किया है। कलकत्ता से काशी लौटते समय पहली बार उनकी लोकप्रिय पुस्तकों पर कई हजार नगद पुरस्कार मिला। उनके अभिन्न मित्र विनोदशंकर जी ने उन रुपयों को बैंक में जमा कर दिया और उग्र को प्रेरित किया कि रुपयों को व्यर्थ खर्च न कर एक मकान बनवा लें।

'उग्र' का विचार था कि अगर मकान बने भी तो चुनार में गंगातट पर काले पत्थरों का बने और उसका नाम 'श्मशान' रहे। 'उग्र' की इस अनोखी कल्पना में उनकी मृत्युपूजा परिलक्षित होती है, मृत्यु में भी जीवन की पूजा साधक ही करते हैं।

कलम के धनी 'उग्र' का 23 मार्च, 1967 को लम्बी बीमारी के बाद कृष्णानगर, दिल्ली में देहावसान हुआ।

उनकी मौजमस्ती की यादों ने, औघड़ता ने, अक्खड़ता-फक्कड़ता ने, उनकी अद्‌भुत शैली ने, उन्हें हिन्दी में अज़र अमर बना दिया है।

ठीक ही कहा था 'निराला' ने—

'उग्र' की कुख्याति भी साहित्य में
एक दिन ख्याति बनकर चमकेगी।

साहित्यकार का सबसे बड़ा दायित्व होता है कि वह हमारे दोषों, दुर्बलताओं का पर्दाफाश करके हमारे काले और खतरनाक सपनों को, घसीटकर रोशनी में लाये ताकि हम स्वस्थ, सजग, सचेत हों, सुधरें और अग्रगामी हों। इस मामले में 'उग्र' सच्चे और यथार्थवादी साहित्यकार थे जो इस कसौटी पर खरे उतरे।

वे एक साथ उपन्यासकार, नाटककार, कहानीकार, पत्रकार, सम्पादक, कवि, समीक्षक, क्रान्तिकारी और चिन्तक थे। जीवन के इतने रंगों को एक साथ जीनेवाले उग्र बहुमुखी प्रतिभा के धनी थे। शायद यह भी एक वजह है कि किसी एक विधा विशेष में वे हिमालय-सी ऊँचाई नहीं छू सके। भले ही वे साहित्य के भीष्म पितामह या शलाका पुरुष न हों, किन्तु समग्र रूप से देखें—वे एक महान शैलीकार और विलक्षण क्रान्तिकारी लेखक थे।

उनके लिखे अनेक प्रकाशित निबन्ध, कहानियाँ, लेख, कविताएँ, सम्पादकीय, पत्र, भारती-भवन, उज्जैन में मेरे पास अब तक सुरक्षित हैं।

अगर इसे अतिशयोक्ति न समझा जाय तो मैं यहीं यह सत्य कहने का साहस कर सकता हूँ, जिस दिन हिन्दी साहित्य में 'उग्र' अपने समग्र-सम्पूर्ण रूप में उद्घाटित हो जाएँगे, हिन्दी में कई तथाकथित दिग्गज धराशायी होते नजर आएँगे।

'उग्र कुछ अपनी प्रवृत्तियों से, आदतों से, अजाने रह गये तो कुछ विरोधियों के कुचक्रों से। 'उग्र' ने विवाह नहीं किया, औरों की तरह उनका कोई पुत्र भी नहीं जो और 'सुपुत्रों' की तरह अपने पिता का साहित्यिक श्राद्ध कर सके। न उग्र ने ऐसा शिष्य वर्ग या समाज तैयार किया जो उन पर ग्रन्थावली, रचनावली निकालने का प्रयास करता। 'उग्र' निर्लिप्त हृदय से, विशुद्ध भाव से, आत्मप्रचार, आत्मस्तुति से दूर एकान्त साहित्य सेवा में संलग्न रहे, निष्पक्ष, निडर, निर्भीक, बेबाक।

उन्होंने किसी को नहीं बख्शा, यहाँ तक कि खुद को भी।

'उग्र' से मेरे पूज्य पिता स्वं. पं. सूर्यनारायण व्यास का वर्षों सम्बन्ध रहा। वे लम्बे अर्से तक 'भारती-भवन' में रहे भी। बचपन से ही 'उग्र' की रचनाएँ पढ़ते-पढ़ते मैं कब 'उग्र' के रंग में रँग गया, खुद मुझे ही पता भी न चला।

साहित्य में भी, समाज में भी, जो लोग उपेक्षित-से रहे, लीक तोड़कर चले, भीड़ से अलग अकेले, उनसे सहज ही जुड़ गया। मुझे लगा बस ये ही मेरे अपने हैं, मैं भी उनमें से एक हूँ।

'उग्र', प्रो. रमाशंकर शुक्ल 'हृदय', सरदार भगतसिंह, भगवतशरण उपाध्याय,

और स्वयं मेरे पूज्य पिता पं. सूर्यनारायण व्यास, सभी मेरे आराध्य, सभी साहित्य-समाज में योजनाबद्ध तरीकों से उपेक्षित और जानबूझकर अवमूल्यित।

निश्चय कर लिया कि इन पर कुछ काम करूँगा और उसी का प्रतिफल है यह सब। 'उग्र' का मेरे द्वारा लिखी भूमिका, अग्रलेख समीक्षायुक्त उपन्यास 'घंटा' पुनः प्रकाशित हो चुका है। 'उग्र' संचयन आपके हाथों में है। उग्र के अग्रलेख, उग्र के पत्र, उग्र लिखित नाटक 'आवारा', कहानी संग्रह 'रेशमी' प्रकाशित हो रहे हैं।

'उग्र' की सम्पूर्ण रचनावली भी 10 खंडों में अलग से तैयार कर रहा हूँ।

सरदार भगतसिंह द्वारा जेल में लिखी पुस्तक 'मेरी कहानी' भी, उसके असली इतिहास के साथ, भूमिका लिखकर जिनके लिए मन्मथनाथ गुप्त, शिववर्मा भी प्रमाणित कर चुके हैं, वह भी अब प्रकाशित हो चुकी है। इस 'मेरी कहानी' के बाद ही पं. नेहरू की 'मेरी कहानी' प्रकाशित हुई थी। इस पुस्तक को भगतसिंह ने आजाद को समर्पित किया था। यह पुस्तक आजादी से पूर्व लाहौर कांग्रेस के समय भारती-भवन से प्रकाशित होकर जब्त हो गयी थी। इसे फिर से प्रकाश में लाने से मेरा विश्वास है कि भगतसिंह का विचारक-चिन्तक पक्ष भी सामने आएगा।

पैसा कमाना मेरा उद्देश्य नहीं, व्यवसाय मैं करता नहीं, इन पुस्तकों के सम्पादन से होनेवाली सम्पूर्ण आय अगले संकलनों की तैयारी में लगा देता हूँ। निश्चय ही 'उग्र' के सम्पूर्ण रूप को, उनकी 66 वर्षों की विशाल-विराट साधना को, इस क्षीणकाय पुस्तक में समेटा ही नहीं जा सकता, यह सम्भव भी नहीं है।

इस पुस्तक में न उनकी तमाम श्रेष्ठ रचनाएँ हैं न प्रतिनिधि। हाँ, इन रचनाओं में आपको केवल 'उग्र' के क्रान्तिकारी तेवरों, आयामों, विविध रंगों की झलक भर मिलेगी। अगर उनके जीवन की, लेखन की, अन्दाज की बानगी भर भी इससे आपको मिल सकी तो मैं अपना प्रयास और परिश्रम को सफल-सार्थक समझूँगा।

यह जो हिन्दी में परिपाटी है न, अन्त में आभार प्रदर्शन की, उससे मुक्त होकर आपके आगे विनीत-भाव से क्षमा-याचना करते, दो पंक्तियाँ और लिखकर, जो बार-बार मेरे हृदय में उमड़ रही हैं, विराम लेता हूँ—

''हमने तमाम उम्र अकेले सफर तय किया।
हम पर किसी खुदा की कोई इनायत नहीं रही।''

बस, यही उग्र का संक्षिप्त जीवन परिचय है, और यही मेरी भूमिका या अग्रलेख। बस जिसके जो समझ में आ जाए, वही बस अर्थ है और सब व्यर्थ है।

—राजशेखर व्यास
'विजयिनी' 118, सेक्टर, 4, प्लाट नं. 7
दिन एपार्टमेंट्स, द्वारका-I
नयी दिल्ली-110075

अनुक्रम

उग्र-कथा

उसकी माँ

[मैक्सिम गोर्की की 'माँ' अगर उसे अमर बनाने को पर्याप्त है, तो 'उग्र' की 'उसकी माँ' भी 'उग्र' को अमर बनाने के लिए पर्याप्त है। स्वाधीनता-संग्राम के वातावरण में एक माँ के पुत्र-प्रेम की इस कहानी को कई कहानी-संग्रहों में संकलित किया गया है।— सम्पा.]

दोपहर को जरा आराम करके उठा था। अपने पढ़ने-लिखने के कमरे में खड़ा-खड़ा धीरे-धीरे सिगार पी रहा था और बड़े-बड़े अलमारों में सजे पुस्तकालय की ओर निहार रहा था। किसी महान लेखक की कोई महान कृति उनमें से निकालकर देखने की बात सोच रहा था। मगर, पुस्तकालय के एक सिरे से लेकर दूसरे तक मुझे महान-ही-महान नजर आये। कहीं गेटे, कहीं रूसो, कहीं मेजिनी, नीत्शे, कहीं शेक्सपियर, कहीं टाल्सटॉय, कहीं ह्यूगो, कहीं मोपासां, कहीं डिकिन्स, स्पेन्सर, मेकाले, मिल्टन, मोलियर...उफ। इधर से उधर तक एक-से-एक महान ही तो थे। आखिर मैं किसके साथ चन्द मिनट मन-बहलाव करूँ, यह निश्चय ही न हो सका, महानों के नाम ही पढ़ते-पढ़ते परेशान-सा हो गया।

इतने में मोटर की पों-पों सुनाई पड़ी। खिड़की से झाँका तो सुरमई रंग की कोई 'फिएट' गाड़ी दिखाई पड़ी। मैं सोचने लगा—'शायद कोई मित्र पधारे हैं, अच्छा ही है। महानों से जान बची।'

जब नौकर ने सलाम कर आनेवाले का कार्ड दिया, तब मैं कुछ घबराया, उस पर शहर के पुलिस सुपरिंटेंडेंट का नाम छपा था। ऐसे बेवक्त यह कैसे आये?

पुलिस-पति भीतर आये। मैंने हाथ मिलाकर एक चक्कर खानेवाली गद्दीदार कुर्सी पर उन्हें आसन दिया। वह व्यापारिक मुस्कराहट से लैस होकर बोले, "इस अचानक आगमन के लिए आप मुझे क्षमा करें।"

"आज्ञा हो।" मैंने भी नम्रता से कहा।

उन्होंने पाकेट से डायरी निकाली, डायरी से एक तस्वीर...''देखिए इसे, जरा बताइए तो, आप पहचानते हैं इसको?''

''हाँ, पहचानता तो हूँ।'' जरा सहमते हुए मैंने बताया।

''इराके बारे में मुझे आपसे कुछ पूछना है।... इसका नाम क्या है?''

''लाल। मैं इसी नाम से बचपन ही से पुकारता आ रहा हूँ मगर, यह पुकारने का नाम है। एक नाम कोई और है, सो मुझे स्मरण नहीं।''

''कहाँ रहता है यह?'' सुपरिंटेंडेंट ने पुलिस की धूर्त-दृष्टि से मेरी ओर देखकर पूछा।

''मेरे बँगले के ठीक सामने एक दो मंजिला, कच्चा, कच्चा-पक्का घर है, उसी में वह रहता है। वह है और उसकी बूढ़ी माँ।''

''बूढ़ी का नाम क्या है?''

''जानकी।''

''और कोई नहीं है क्या इसके परिवार में? दोनों का पालन-पोषण कौन करता है?''

''सात-आठ वर्ष हुए, लाल के पिता का देहान्त हो गया। अब उस परिवार में वह और उसकी माता ही बचे हैं। उसका पिता जब जीवित रहा, बराबर मेरी जमींदारी का मुख्य मैनेजर रहा। उसका नाम रामनाथ था। वही मेरे पास कुछ हजार रुपये जमा कर गया था, जिससे अब तक उनका खर्चा चल रहा है। लड़का कॉलेज में पढ़ रहा है। जानकी को आशा है, वह साल-दो साल बाद कमाने और परिवार को सँभालने लगेगा। मगर क्षमा कीजिए। क्या मैं यह पूछ सकता हूँ कि आप उसके बारे में क्यों इतनी पूछताछ कर रहे हैं?''

''यह तो मैं आपको नहीं बता सकता... मगर इतना आप समझ लें, यह सरकारी काम है। इसीलिए आज मैंने आपको इतनी तकलीफ दी है।''

''अजी, इसमें तकलीफ की क्या बात है। हम तो सात पुश्त से सरकार के फरमाबरदार हैं। और कुछ आज्ञा...''

''एक बात और...'' पुलिस-पति ने गम्भीरता से धीरे से कहा, ''मैं मित्रता से आपसे निवेदन करता हूँ, आप इस परिवार से जरा सावधान और दूर रहें। फिलहाल इससे अधिक मुझे कुछ कहना नहीं।''

''लाल की माँ!'' एक दिन जानकी को बुलाकर मैंने समझाया, ''तुम्हारा लाल आजकल क्या पाजीपन करता है? तुम उसे केवल प्यार ही करती हो न! हूँ! भोगोगी।''

''क्या है, बाबू?'' उसने कहा।

''लाल क्या करता है?''

''मैं तो उसे कोई भी बुरा काम करते नहीं देखती।''

''बिना किये ही तो सरकार किसी के पीछे पड़ती नहीं। हाँ, लाल की माँ। बड़ी धर्मात्मा, विवेकी और न्यायी सरकार है यह। जरूर तुम्हारा लाल कुछ करता होगा।''

''माँ!'' उसने मुझे नमस्कार कर जानकी से कहा, ''तू यहाँ भाग आयी है। चल तो! मेरे कई सहपाठी वहाँ खड़े हैं, उन्हें चटपट कुछ जलपान करा दे, फिर हम घूमने जाएँगे!''

''अरे!'' जानकी के चेहरे की झुर्रियाँ चमकने लगीं, काँपने लगीं, उसे देखकर, ''तू आ गया लाल! चलती हूँ भैया! पर, देख तो, तेरे चाचा क्या शिकायत कर रहे हैं? तू क्या पाजीपना करता है बेटा?''

''क्या है, चाचाजी?'' उसने सविनय, सुमधुर स्वर से मुझसे पूछा, ''मैंने क्या अपराध किया है?''

''मैं तुमसे नाराज हूँ लाल!'' मैंने गम्भीर स्वर में कहा।

''क्यों, चाचाजी?''

''तुम बहुत बुरे होते जा रहे हो, जो सरकार के विरुद्ध षड्यन्त्र करनेवालों के साथी हो! हाँ, तुम हो! देखो लाल की माँ, इसके चेहरे का रंग उड़ गया, यह सोचकर कि यह खबर मुझे कैसे मिली?''

सचमुच एक बार उसका खिला हुआ रंग जरा मुरझा गया, मेरी बातों से! पर तुरन्त ही वह सँभला।

''आपने गलत सुना, चाचाजी। मैं किसी षड्यन्त्र में नहीं। हाँ, मेरे विचार स्वतन्त्र अवश्य हैं, मैं जरूरत-बेजरूरत जिस-तिस के आगे उबल अवश्य उठता हूँ। देश की दुरवस्था पर उबल उठाता हूँ, इस पशु-हृदय परतन्त्रता पर।''

''तुम्हारी ही बात सही, तुम षड्यन्त्र में नहीं, विद्रोही नहीं, पर यह बक-बक क्यों? इससे फायदा? तुम्हारी इस बक-बक से न तो देश की दुर्दशा दूर होगी और न उसकी पराधीनता। तुम्हारा काम 'पढ़ना है, पढ़ो। इसके बाद कर्म करना होगा, परिवार और देश की मर्यादा बचानी होगी। तुम पहले अपने घर का उद्धार तो कर लो, तब सरकार के सुधार का विचार करना।''

उसने नम्रता से कहा, ''चाचाजी क्षमा कीजिए। इस विषय में मैं आपसे विवाद करना नहीं चाहता।''

''चाहना होगा, विवाद करना होगा। मैं केवल चाचा जी नहीं, तुम्हारा बहुत कुछ हूँ। तुम्हें देखते ही मेरी आँखों के सामने रामनाथ नाचने लगते हैं, तुम्हारी बूढ़ी माँ घूमने लगती है। भला मैं तुम्हें बेहाल होने दे सकता हूँ? इस भरोसे न रहना।''

''इस पराधीनता के विवाद में, चाचा जी, मैं और आप दो भिन्न सिरों पर हैं

आप कट्टर राजभक्त, मैं कट्टर राजविद्रोही। आप पहली बात को उचित समझते हैं—गुप्त कारणों से, मैं दूसरी को—दूसरे कारणों से। आप अपना पथ छोड़ नहीं सकते-अपनी प्यारी कल्पनाओं के लिए, मैं अपना भी नहीं छोड़ सकता।''

''सुनिए क्या है, सुनो तो! जरा मैं भी जान लूँ कि अब के लड़के कॉलेज की गर्दन तक पहुँचते-पहुँचते कैसे-कैसे हवाई किले उठाने के सपने देखने लगते हैं। जरा मैं भी तो सुनूँ? बेटा!''

''मेरी कल्पना यह है कि जो व्यक्ति, समाज या राष्ट्र के नाश पर जीता हो, उसका सर्वनाश हो जाय!''

जानकी उठकर बाहर जाने लगी, ''अरे! तू तो जमकर चाचा से जूझने लगा। वहाँ चार बच्चे बेचारे दरवाजे पर खड़े होंगे। लड़ तूँ मैं जाती हूँ।'' उसने मुझसे कहा, ''समझा दो बाबू, मैं तो आप ही कुछ नहीं समझती, फिर इसे क्या समझाऊँगी?'' उसने फिर लाल की ओर देखा, ''चाचा जो कहें, मान जा, बेटा। यह तेरे भले ही की कहेंगे।''

वह बेचारी कमर झुकाए, उस साठ बरस की वय में भी घूँघट सँभाले, चली गयी। उस दिन उसने मेरी और लाल की बातों की गम्भीरता नहीं समझी।

''मेरी कल्पना यह है कि...'' उत्तेजित स्वर से लाल ने कहा, ''ऐसे दुष्ट, राष्ट्र नाशक व्यक्ति, राष्ट्र के सर्वनाश में मेरा भी हाथ हो?''

''तुम्हारे हाथ दुर्बल हैं, उनसे जिससे तुम पंजा लेने जा रहे हो, चर्र-मर्र हो उठेंगे, नष्ट हो जाएँगे।''

''चाचाजी, नष्ट हो जाना तो यहाँ का नियम है। जो सँवारा गया है वह बिगड़ेगा ही। हमें दुर्बलता के डर से अपना काम नहीं रोकना चाहिए। कर्म के समय हमारी भुजाएँ दुर्बल नहीं, भगवान की सहस्त्र भुजाओं की सखियाँ हैं।''

''तो क्या करना चाहते हो?''

''जो भी मुझसे हो सकेगा, करूँगा।''

''षड्यन्त्र?''

''जरूरत पड़ी तो जरूर...''

''विद्रोह?''

''हाँ, अवश्य!''

''हत्या?''

''हाँ, हाँ, हाँ!''

''बेटा, तुम्हारा माथा न जाने कौन-सी किताब पढ़ते-पढ़ते बिगड़ रहा है। सावधान!''

मेरी धर्मपत्नी और लाल की माँ एक दिन बैठी हुई बातें कर रही थीं कि मैं पहुँच

गया। कुछ पूछने के लिए कई दिनों से मैं उसकी तलाश में था।

''क्यों लाल की माँ, लाल के साथ किसके लड़के आते हैं तुम्हारे घर में?''

''मैं क्या जानूँ बाबू?'' उसने सरलता से कहा, ''मगर वे सभी मेरे लाल ही की तरह मुझे प्यारे दिखते हैं। सब लापरवाह। वे इतना हँसते, गाते और हो-हल्ला मचाते हैं कि मैं मुग्ध हो जाती हूँ।''

मैंने एक ठंडी साँस ली, ''हूँ... ठीक कहती हो। वे बातें कैसी करते हैं, कुछ समझ पाती हो?''

''बाबू, वे लाल की बैठक में बैठते हैं। कभी-कभी जब मैं उन्हें कुछ खिलाने-पिलाने जाती हूँ, तब वे बड़े प्रेम से मुझे 'माँ' कहते हैं। मेरी छाती फूल उठती है...मानो वे मेरे ही बच्चे हैं।''

''हूँ...'' मैंने फिर साँस ली।

''एक लड़का उनमें बहुत ही हँसोड़ है। खूब तगड़ा और बली दिखता है। लाल कहता था, वह डंडा लड़ने में, दौड़ने में, घूँसेबाजी में, खाने में, छेड़खानी करने और हो-हो हा-हा कर हँसने में समूचे कॉलेज में फर्स्ट है। उसी लड़के ने एक दिन, जब मैं उन्हें हलवा परस रही थी, मेरे मुँह की ओर देखकर कहा, 'माँ! तू तो ठीक भारत माता-सी लगती है। तू बूढ़ी, वह बूढ़ी। उसका उजला हिमालय, माथे की दोनों गहरी बड़ी रेखाएँ गंगा और यमुना, यह नाक विन्ध्याचल, दाढ़ी कन्याकुमारी तथा छोटी-बड़ी झुर्रियाँ-रेखाएँ भिन्न-भिन्न पहाड़ और नदियाँ हैं। जरा पास आ मेरे! तेरे केशों को पीछे से आगे बायें कन्धे पर लहरा दूँ, वह वर्मा बना जाएगा। बिना उसके भारत माता का शृंगार शुद्ध न होगा।''

जानकी उस लड़के की बातें सोच गद्गद हो उठी, ''बाबू ऐसा ढीठ लड़का! सारे बच्चे हँसते रहे और उसने मुझे पकड़, मेरे बालों को बाहर कर, अपना बर्मा तैयार कर लिया। कहने लगा, 'देख, तेरा यह दाहिना कान 'कच्छ' की ग्वाड़ी है—बम्बई के आगेवाली, और यह बायाँ बंगाल की खाड़ी। माँ, तू सीधा मुँह करके जरा खड़ी हो। मैं तेरी ठुड्डी के नीचे, उससे दो अँगुली के फासले पर, हाथ जोड़कर घुटनों पर बैठता हूँ। दाढ़ी तेरी कन्याकुमारी! हाँ हाँ हाँ—और मेरे जुड़े, तिरछे, हाथ सीलोन का! हा हा हा हा! बोलो, 'भारत माता की जय!'

''सब लड़के ठहाका लगाकर हँसने लगे। वह घुटने टेककर, हाथ जोड़कर मेरे पाँव के पास बैठ गया। मैं हक्की-बक्की-सी हँसने वालों का मुँह निहारने लगी। बाबू, वे सभी बच्चे मेरे 'लाल' हैं, सभी मुझे 'माँ' कहते हैं।

उसकी सरलता मेरी आँखों में आँसू बनकर छा गयी। मैंने पूछा, ''लाल की माँ! और भी वे कुछ बातें करते हैं? लड़ने की, झगड़ने की, गोली-मोली या बन्दूक की?''

"अरे, बाबू!" उसने मुस्कराकर कहा, "देख, सभी बातें करते हैं। उनकी बातों का कोई मतलब थोड़े ही होता है। सब जवान हैं, लापरवाह हैं। जो मुँह में आता है बकते हैं। कभी-कभी तो पागलों-सी बातें करते हैं। महीना-भर पहले एक दिन लड़के बहुत उत्तेजित थे। वे जब बैठक में बैठकर गलचौर करने लगते हैं, तब कभी-कभी उनका पागलपन सुनने के लोभ से, मैं दरवाजे से सट-छिपकर खड़ी हो जाती हूँ।

"न जाने कहाँ, लड़कों को सरकार पकड़ रही है। मालूम नहीं, पकड़ती थी या वे यों ही गप हाँकते थे। मगर उस दिन वे यही बक रहे थे। कहते थे—'पुलिस-वाले केवल सन्देह पर भले आदमियों के बच्चों को त्रास देते हैं, मारते हैं, सताते हैं। यह अत्याचारी पुलिस की नीचता है। ऐसी नीच शासन-प्रणाली को स्वीकार करना अपने धर्म को, कर्म को, आत्मा को, परमात्मा को भुलाना है। धीरे-धीरे धुलाना-मिटाना है।'

"एक ने उत्तेजित भाव से कहा, 'अजी, ये परदेसी कौन लगते हैं हमारे, जो बरबस राजभक्त बनाए रखने के लिए हमारी छाती पर तो कान मुँह लगाए अड़े और खड़े हैं। उफ! इस देश के लोगों के हिये की आँखें मुँद गयी हैं। तभी तो इतने जुल्मों पर भी आदमी आदमी से डरता है। ये लोग शरीर की रक्षा के लिए अपनी-अपनी आत्मा की चिता सँवारते फिरते हैं। नाश हो इस परतन्त्रतावाद का!'

"दूसरे ने कहा—'लोग ज्ञानी न हो सकें, इसलिए इस सरकार ने हमारे पढ़ने-लिखने के साधनों को अज्ञान से भर रखा है। लोग वीर और स्वाधीन न हो सकें इसलिए अपमानजनक और मनुष्यता-नीतिमर्दक कानून गढ़े हैं। गरीबों को चूसकर, सेना के नाम पर पाले हुए पशुओं को शराब, कबाब से, मोटा-ताजा रखती है यह सरकार, धीरे-धीरे जोंक की तरह हमारे देश का धर्म, प्राण और धन चूसती चली जा रही है यह लूटक-शासन-प्रणाली! नाश हो इस प्रणाली का! प्रणाली की तस्वीर सरकार का!'

"तीसरा वही बंगड़ बोला—'सबसे बुरी बात यह है, जो सरकार रोब से, 'सत्ताबनी'—रोब से, धाक से, धाँधली से, धुएँ से हम पर शासन करती है। वह आँखें खोलते ही कुचल-कुचलकर हमें दब्बू, कायर, हतवीर्य बनाती है। और किसलिए? जरा सोचें तो? मुट्ठी भर मनुष्यों को अरुण-वरुण और कुबेर बनाए रखने के लिए। मुट्ठी-भर मनचले सारे संसार की मनुष्यता की मिट्टी पलीत करें, परमात्मा प्रदत्त स्वाधीनता का संहार करें—छिः! नाश हो ऐसे मनचलों का!'

"ऐसे ही अंट-संट ये बातूनी बका करते हैं, बाबू। कभी चार छोकरे जुड़े, तभी यही चर्चा। लाल के साथियों का मिजाज भी उसी-सी उल्हड़-बिल्हड़ मुझे मालूम पड़ता है। ये लड़के ज्यों-ज्यों पढ़ते जा रहे हैं। त्यों-त्यों बक-बक में बढ़ते भी जा

रहे हैं।''

"यह बुरा है, लाल की माँ!'' मैंने गहरी साँस ली।

जमींदारी के कुछ जरूरी काम से चार-पाँच दिनों के लिए बाहर गया था। लौटने पर बँगले में घुसने के पूर्व दरवाजे पर जो नजर पड़ी, तो वहाँ एक भयानक सन्नाटा-सा नजर आया—जैसे घर उदास हो, रोता हो।

भीतर आने पर मेरी धर्मपत्नी मेरे सामने उदास मुख खड़ी हो गयी।

"तुमने सुनी?''

"नहीं तो, कौन-सी बात?''

"लाल की माँ पर भयानक विपत्ति टूट पड़ी है।''

मैं कुछ-कुछ समझ गया, फिर भी विस्तृत विवरण जानने को उत्सुक हो उठा। "क्या हुआ?'' जरा साफ-साफ बताओ।''

"वही हुआ जिसका तुम्हें भय था। कल पुलिस की एक पल्टन ने लाल का घर घेर लिया था। बारह घंटे तक तलाशी हुई। लाल, उसके बारह-पन्द्रह साथी पकड़ लिए गये हैं। सभी लड़कों के घरों की तलाशी हुई है। सबके घर से भयानक-भयानक चीजें निकली हैं।''

"लाल के यहाँ...''

"उसके यहाँ भी दो पिस्तौल, बहुत से कारतूस और पत्र पाए गये हैं। सुना है, उस पर हत्या, षड्यन्त्र, सरकारी राज्य उलटने की चेष्टा आदि आरोप लगाए गये हैं।''

"हूँ!'' मैंने ठंडी साँस ली, "मैं तो महीनों से चिल्ला रहा था कि वह लौंडा धोखा देगा। अब वह बूढ़ी बेचारी मरी। वह कहाँ है? तलाशी के बाद तुम्हारे पास आयी थी?''

"जानकी मेरे पास कहाँ आयी। बुलवाने पर भी कल नकार गयी। नौकर से कहलाया—पराँठे बना रही हूँ, हलवा, तरकारी अभी बनाना है, नहीं तो वे बिल्हड़ बच्चे हवालात में मुरझा न जाएँगे। जेलवाले और उत्साही बच्चों की दुश्मन यह सरकार उन्हें भूखों मार डालेगी। मगर मेरे जीते-जी यह नहीं होने का।''

"वह पागल है, भोगेगी।'' मैं दुख से टूटकर चारपाई पर गिर पड़ा। मुझे लाल के कर्मों पर घोर खेद हुआ।

इसके बाद प्राय: एक वर्ष तक वह मुकदमा चला। कोई भी अदालत के कागज उलटकर देख सकता है। सी. आई. डी. ने और उसके प्रमुख सरकारी वकील ने उन लड़कों पर बड़े-बड़े दोषारोपण किये। उन्होंने चारों ओर गुप्त समितियाँ कायम की थीं, खर्चे और प्रचार के लिए डाके डाले थे, सरकारी अधिकारियों के यहाँ रात में छापा मारकर शस्त्र एकत्र किये थे, पल्टन में उन्होंने बगावत फैलाने का प्रयत्न किया था। उन्होंने न जाने किस पुलिस के दारोगा को मारा था, और न जाने कहाँ, न जाने किस

पुलिस सुपरिंटेंडेंट को। ये सभी बातें सरकार की ओर से प्रमाणित की गयीं।

उधर उस लड़के की पीठ पर कौन था! प्राय: कोई नहीं। सरकार के डर के मारे पहले तो कोई वकील ही उन्हें नहीं मिल रहा था, फिर एक बेचारा मिला भी, तो 'नहीं' का भाई। हाँ, उनकी पैरबी में सबसे अधिक परेशान वह बूढ़ी रहा करती। वह सुबह-शाम उन बच्चों को लोटा, थाली, जेवर आदि बेच-बेचकर भोजन पहुँचाती। फिर वकीलों के यहाँ जाकर दाँत निपोरती, गिड़गिड़ाती कहती, "सब झूठ है। न जाने कहाँ से पुलिसवालों ने ऐसी-ऐसी चीजें हमारे घरों से पैदा कर दी हैं। वे लड़के केवल बातूनी हैं। हाँ, मैं भगवान का चरण छूकर कह सकती हूँ, तुम जेल में जाकर देख आओ वकील बाबू! भला, ये फूल-से बच्चे हत्या कर सकते हैं?"

उसका तन सूखकर काँटा हो गया, कमर झुककर धनुष-सी हो गयी, आँखें निस्तेज, मगर उन बच्चों के लिए दौड़ना, 'हाय-हाय' करना उसने बन्द न किया। कभी-कभी सरकारी नौकर, पुलिस या वार्डन झुँझलाकर उसे झिड़क देते, धकिया देते। तब वह खड़ी हो जाती छड़ी के सहारे कमर सीधी कर और, "अरे! तुम कैसे जवान हो! कैसे आदमी हो! मैं तो उन भोले बच्चों के लिए दौड़ती-फिरती हूँ और तुम मुझे धक्के दे रहे हो! मैंने तुम्हारा क्या बिगाड़ा है, भैया?"

उसको अन्त तक यह विश्वास रहा कि यह सब पुलिस की चालबाजी है। अदालत में जब दूध-का-दूध और पानी-का-पानी किया जाएगा तब वे बच्चे जरूर बेदाग छूट जाएँगे। वे फिर उसके घर में लाल के साथ आएँगे। हा-हा, हो-हो करेंगे। उसे 'माँ' कहकर पुकारेंगे।

मगर उस दिन उसकी कमर टूट गयी, जिस दिन ऊँची अदालत ने भी लाल को, उस बंगड़ लठैत को तथा दो और लड़कों को फाँसी और दस वर्ष से सात वर्ष तक की कड़ी सजाएँ सुना दीं।

वह अदालत के बाहर झुकी खड़ी थी। बच्चे बेड़ियाँ बजाते मस्ती से झूमते बाहर आये। सबसे पहले बंगड़ की नजर उस पर पड़ी।

"माँ!" वह मुस्कराया, "अरे, हमें तो हलवा खिला-खिलाकर तूने-गधे-सा तगड़ा कर दिया है, ऐसा कि फाँसी की रस्सी टूट जाय और हम अमर के अमर बने रहें, मगर तू स्वयं सूखकर काँटा हो गयी है। क्यों पगली, तेरे लिए घर में खाना नहीं है क्या?"

"माँ!" उसके लाल ने कहा, "तू भी जल्दी वहीं आना जहाँ हम लोग जा रहे हैं। यहाँ से थोड़ी देर का रास्ता है, माँ! एक साँस में पहुँचेगी। वहीं हम स्वतन्त्रता से मिलेंगे। तेरी गोद में खेलेंगे। तुझे कन्धे पर उठाकर इधर-से-उधर दौड़ते फिरेंगे। समझती है? वहाँ बड़ा आनन्द है।"

"आएगी न माँ?" बंगड़ ने भी पूछा।

"आएगी न, माँ?" लाल ने पूछा।

"आएगी न, माँ?" फाँसी-दंड प्राप्त दो दूसरे लड़कों ने भी पूछा।

और वह टुकुर-टुकुर उनका मुँह ताकती रही। "तुम कहाँ जाओगे पागलो?"

जब से लाल और उसके साथी पकड़े गये, तब से शहर या मुहल्ले का कोई भी आदमी लाल की माँ से मिलने से डरता था। उसे रास्ते में देखकर जाने-पहचाने बगलें झाँकने लगते। मेरा स्वयं अपार प्रेम था उस बेचारी बूढ़ी पर, मगर मैं भी बराबर दूर ही रहा। कौन अपनी गर्दन मुसीबत में डालता विद्रोही की माँ से सम्बन्ध रखकर!

उस दिन ब्यालू करने के बाद कुछ देर के लिए पुस्तकालय वाले कमरे में गया, वहीं किसी महान लेखक की कोई महान-कृति देखने के लालच से। मैंने मैजिनी की एक जिल्द निकालकर उसे खोला। पहले ही पन्ने पर पेंसिल की लिखावट देखकर चौंका। ध्यान देने पर पता चला, लाल का वह हस्ताक्षर था। मुझे याद पड़ गयी। तीन वर्ष पूर्व उस पुस्तक को मुझसे माँगकर उस लड़के ने पढ़ा था।

एक बार मेरे मन में बड़ा मोह उत्पन्न हुआ उस लड़के के लिए। उसके पिता रामनाथ की दिव्य और स्वर्गीय तस्वीर मेरी आँखों के आगे नाच गयी। लाल की माँ पर उस पाजी के सिद्धान्तों, विचारों या आचरणों के कारण जो वज्रपात हुआ था, उसकी एक ठेस मुझे भी, उसके हस्ताक्षर को देखते ही लगी। मेरे मुँह से एक गम्भीर- लाचार दुर्बल साँस निकलकर रह गयी।

पर, दूसरे ही क्षण पुलिस सुपरिटेंडेंट का ध्यान आया। उसकी भूरी, डरावनी अमानवी आँखें मेरी "आप सुखी तो जग सुखी" आँखों में वैसे ही चमक गयी, जैसे ऊजड़ गाँव के सिवान में कभी-कभी भुतही चिनगारी चमक जाया करती है। उसके रूखे फौलादी हाथ, जिसमें लाल की तस्वीर थी, मानो मेरी गर्दन चापने लगे। मैं मेज पर से 'इरेजर' (रबर) उठाकर उस पुस्तक पर से उसका नाम उधेड़ने लगा।

उसी समय मेरी पत्नी के साथ लाल की माँ वहाँ आयी। उसके हाथ में एक पत्र था।

"अरे!" मैं अपने को रोक न सका, "लाल की माँ! तुम तो बिलकुल पीली पड़ गयी हो! तुम इस तरह मेरी ओर निहारती हो, मानो कुछ देखती ही नहीं हो। यह हाथ में क्या है?"

उसने चुपचाप पत्र मेरे हाथ में दे दिया। मैंने देखा, उस पर...जेल की मुहर थी। सजा सुनाने के बाद वह वहीं भेज दिया गया था, वह मुझे मालूम था।

मैं पत्र निकालकर पढ़ने लगा। वह उसकी अन्तिम चिट्ठी थी। मैंने कलेजा रूखा कर उसे जोर से पढ़ दिया—

"माँ!"

जिस दिन तुम्हें यह पत्र मिलेगा उसके ठीक सवेरे मैं बाल-अरुण के किरण-रथ पर चढ़कर उस ओर चला जाऊँगा। मैं चाहता तो अन्त समय तुमसे मिल सकता था, मगर इससे क्या फायदा? मुझे विश्वास है, तुम मेरी जन्म-जन्मान्तर की जननी ही रहोगी। मैं तुमसे दूर कहाँ जा सकता हूँ, माँ! जब तक पवन साँस लेती है, सूर्य चमकता है, समुद्र लहराता है, तब तक कौन मुझे तुम्हारी करुणामयी गोद से दूर खींच सकता है?

दिवाकर थमा रहेगा, अरुण रथ लिये जमा रहेगा! मैं, बंगड़, वहाँ यह सभी तेरे इन्तजार में रहेंगे।

हम मिले थे, मिले हैं, मिलेंगे। हाँ, माँ!— तेरा लाल।

काँपते हाथ से पढ़ने के बाद पत्र को मैंने उस भयानक लिफाफे में भर दिया। मेरी पत्नी की विकलता हिचकियों पर चढ़कर कमरे को करुणा से कँपाने लगी। मगर, वह जानकी ज्यों-की-त्यों, लकड़ी पर झुकी, पूरी खुली और भावहीन आँखों से मेरी ओर देखती रही, मानो वह उस कमरे में थी ही नहीं।

क्षण-भर के बाद हाथ बढ़ाकर मौन भाषा में उसने पत्र माँगा। और फिर, बिना कुछ कहे कमरे के फाटक के बाहर हो गयी—डुगुर-डुगुर लाठी टेकती हुई।

इसके बाद शून्य-सा होकर मैं धम से कुर्सी पर गिर पड़ा। माथा चक्कर खाने लगा। उस पाजी लड़के के लिए नहीं इस सरकार की क्रूरता के लिए भी नहीं, उस बेचारी भोली, बूढ़ी जानकी—लाल की माँ के लिए। आह! वह कैसी स्तब्ध थी। उतनी स्तब्धता किसी दिन प्रकृति को मिलती तो आँधी आ जाती। समुद्र पाता तो बौखला उठता।

जब एक का घंटा बजा, मैं जरा सुगबगाया। ऐसा मालूम पड़ने लगा मानो हरारत पैदा हो गयी है—माथे में, छाती में, रग-रग में। पत्नी ने आकर कहा, "बैठे ही रहोगे? सोओगे नहीं?" मैंने इशारे से उन्हें जाने को कहा।

फिर मेजिनी की जिल्द पर नजर गयी। उसके ऊपर पड़े रबर पर भी। फिर अपने सुखों की, जमींदारी की, धार्मिक जीवन की और उस पुलिस-अधिकारी की निर्दय, नीरस, निस्तार, आँखों की स्मृति कलेजे में कम्पन्न भर गयी। फिर रबर उठाकर मैंने उस पाजी का पेंसिल-खचित नाम पुस्तक की छाती पर से मिटा डालना चाहा।

"माँ ा ा ा ा ा ा ा ा ा ा..."

मुझे सुनाई पड़ा। ऐसा लगा, गोया लाल की माँ कराह रही है। मैं रबर हाथ में लिये, दहलते दिल से, खिड़की की ओर बढ़ा। लाल के घर की ओर कान लगाने पर कुछ सुनाई न पड़ा। मैं सोचने लगा, भ्रम होगा। वह अगर कराहती होती तो एकाध आवाज और अवश्य सुनाई पड़ती। वह कराहने वाली औरत है भी नहीं। रामनाथ के मरने पर भी उस तरह नहीं घिघियाई जैसे साधारण स्त्रियाँ ऐसे अवसरों पर तड़पा करती

हैं।

मैं पुनः उसको-उसी को सोचने लगा। वह उस नालायक के लिए क्या नहीं करती थी। खिलौने की तरह, आराध्य की तरह, उसे दुलारती और सँवारती फिरती थी। फिर आह रे छोकरे।

"माँ ा ा ा ा ा ा ा ा ा ा ा..."

फिर वही आवाज। जरूर जानकी रो रही है, वैसे ही, जैसे कुर्बानी के पूर्व गाय रोवे। जरूर वही विकल, व्यथित, विवश बिलख रही है। हाय री माँ! अभागिनी वैसे ही पुकार रही है, जैसे वह पाजी गाकर, मचलकर, स्वर को खींचकर उसे पुकारता था।

अँधेरा धूमिल हुआ, फीका पड़ा, मिट चला। उषा पीली हुई, लाल हुई। रथ लेकर वहाँ क्षितिज के उस छोर पर आकर पवित्र मन से खड़ा हो गया। मुझे लाल के पत्र की याद आ गयी।

"माँ ा ा ा ा ा ा ा ा ा ा ा..."

मानो लाल पुकार रहा था, मानो जानकी प्रतिध्वनि की तरह उसी पुकार को गा रही थी। मेरी छाती धक-धक करने लगी। मैंने नौकर को पुकारकर कहा... "देखो तो, लाल की माँ क्या कर रही है?"

जब वह लौटकर आया, तब मैं एक बार पुनः मेज और मेज़िनी के सामने खड़ा था। हाथ में रबर लिये—उसी उद्देश्य से। उसने घबराए स्वर में कहा, "हुजूर, उनकी तो अजीब हालत है। घर में ताला पड़ा है और वह दरवाजे पर पाँव पसारे, हाथ में चिट्ठी लिये, मुँह खोले, मरी बैठी है। हाँ सरकार, विश्वास मानिए, वह मर गयी है। साँस बन्द है, आँखें खुली..."

(1924)

ईश्वरद्रोही

एक वर्ष पहले की बात है। कलकत्ता के मछुआ बाजार की एक गली में एक भिखारिन चली जा रही थी। उसके तन पर गन्दा और कई स्थानों पर बुरी तरह से फटा हुआ पुराना चूड़ीदार पायजामा और उसी तरह का कुर्ता था। माथे पर चद्दर के स्थान पर दो हाथ लम्बा और हाथ-भर चौड़ा कपड़ा क्या चीथड़ा था। प्रात: नौ-दस बजे का समय था। व्यापारजीवी जन अपने-अपने धन्धे की धुन में इधर-से-उधर और उधर-से-इधर जाकर गली के शान्त हृदय पर अशान्ति का सिक्का बैठा रहे थे।

एक नवयुवक मुसलमान को अपनी बगल से गुजरते देख भिखारिन ने सवाल किया।

''खुदा के नाम पर ए बड़े मिया कुछ रहम हो।''

''क्या?'' नवयुवक ने जरा गौर से सवाल करनेवाली की ओर देखा। वह युवती थी।

''बड़ी भूख लगी है,'' युवक को रुकते देख भिखारिन ने अपने सवाल को दुहराया, ''कल से ही कुछ खाने को नहीं मिला है। कुछ मेहरबान हो, खुदा आपको सलामत रखे।''

''घर पर चलेगी?'' युवक ने भिखारिन से ऐसे स्वर में पूछा जिसमें दया से अधिक शोहदापन था।

युवक की दुष्टता-भरी आँखों और मुस्कराते हुए मुख को देखकर भिखारिन के कपोलों पर सुर्खी दौड़ गयी। उसने विनम्र भाव से उत्तर दिया, ''यहीं कुछ रहम कर दीजिए।''

''घर पर चल तो सब कुछ किया जा सकता है—यहाँ नहीं। पास में पैसे नहीं हैं।''

''तो जाने दीजिए। किसी दूसरे का दरवाजा खटखटाऊँगी। (सामने एक मकान की ओर अँगुली दिखाकर) वह मुसलमान का घर है?

''तो मेरे घर पर न चलेगी?''

"नहीं। जरा बतला दीजिए, यह किसी मुसलमान का घर है?"

नवयुवक मुसलमान ने भिखारिन को घर चलने पर राजी होते न देख, जरा चिढ़कर कहा, "हाँ जाओ। वहाँ तुम्हारी खातिर हो जाएगी। मुसलमान का घर है।"

युवक आगे बढ़ा—भिखारिन भी उस मकान की ओर बढ़ी। मकान का दरवाजा छूते ही खुल गया और सीढ़ियों का सिलसिला दिखाई पड़ा। एक बार क्षण-भर के लिए भिखारिन हिचकी, मगर फिर न जाने क्या सोचकर, धीरे-धीरे सीढ़ियाँ चढ़ने लगी।

सीढ़ियों के सिरे पर दूसरा दरवाजा दिखाई पड़ा जो खुला था। दरवाजे से सटा हुआ, साधारण ढंग से सजा, एक कमरा था। आपस में सटी हुई दो-तीन चौकियों पर गद्दे और सफेद चादर बिछे थे, और उस मसनद के सहारे बैठा कोई नवयुवक कुछ पढ़ रहा था। युवक लम्बा, गोरा और सुन्दर था। उसकी अवस्था सत्रह-अठारह वर्ष की मालूम पड़ती थी। भिखारिन दरवाजे के पास चुपचाप खड़ी होकर युवक की ओर देखने लगी, मगर युवक को इस युवती भिखारिन के आने की कोई खबर नहीं। इसी समय मकान के भीतर से आवाज आयी, "राम! बाहर जाना तो मुझसे कहकर जाना। मैं दरवाजा बन्द कर दूँगा।"

"अच्छा बाबूजी!!" कहकर युवक ने अपनी गर्दन फेरी। दरवाजे पर जो नजर गयी तो देखा कि चीथड़ों में लिपटी हुई लक्ष्मी-सी सुन्दरी कोई स्त्री खड़ी है। यह रूप। यह वेश!! माजरा क्या है? युवक बिना हिले-डुले चुपचाप उस युवती की ओर देखने लगा। युवती के कपोल रूखे थे, मगर ये गुलाबी होंठ सूखे, मगर थे सरस। उसकी आँखों के ओर कालिमा थी, मगर आँखें बोलती थीं। और गन्दे और फटे कुरते पाजामे के बाहर उसका चम्पक-वर्ण शरीर देखने से मालूम पड़ता था मानो सौन्दर्य फट पड़ रहा है। क्षण-भर मुग्ध दृष्टि से उस भिखारिन के सौन्दर्य को देखने के बाद युवक को कर्तव्य का ज्ञान हुआ। वह जरा सँभलकर बैठ गया। उसने, उस मुस्कराहट के साथ जिसे हृदय अधिक देखता है आँखें कम, उससे पूछा, "क्या है?"

उसी स्वर और उसी भाव से भिखारिन ने भी पूछा, "तुम मुसलमान हो?"

भिखारिन का 'तुम' असभ्य था, धृष्ट था, मगर युवक को देखने के बाद युवक को वह बड़ा ही प्यारा मालूम पड़ा। उसने जवाब दिया, "मैं मुसलमान नहीं, हिन्दू हूँ। क्यों?"

"नहीं, तुम मुसलमान हो," कहकर भिखारिन के सामने, दरवाजे के पास जा खड़ा हुआ और कहने लगा, "आखिर तुम्हें चाहिए क्या?"

"भीख...पैसे।"

"तुम भी माँगा करती हो? तुम्हारी जात क्या है?"

"देखते नहीं हो...मैं मुसलमान हूँ।"

"कहाँ घर है?"

"लखनऊ।"

"यहाँ कलकत्ता में क्या करती हो?"

"भीख माँगती हूँ।" भिखारिन युवक के प्रश्नों का ढंग और उसके चेहरे का उतार-चढ़ाव देखकर बोली, "कुछ देते हो?"

"क्या लोगी?...अच्छा, जरा ठहरो। बाबूजी को बुलाता हूँ। वही देंगे।"

"तब मैं जाती हूँ। तुम्हें कुछ देना-लेना नहीं है।"

भिखारिन एक सीढ़ी नीचे उतर गयी मगर लीला से आँखें चढ़ाकर। युवक ने उसे पुकारते हुए कहा, "जाना नहीं, एक बार बाबूजी से पूछ लूँ, फिर तुम्हें कुछ-न-कुछ दूँगा। जरूर दूँगा।"

नवाबजादी

युवक भिखारिन को वहीं छोड़ घर के भीतर गया और थोड़ी देर बाद एक दूसरे पुरुष के साथ लौटा। दूसरे पुरुष की अवस्था पचास वर्ष की मालूम पड़ती थी। उसके सिर के आधे से अधिक बाल सफेद हो गये थे। मुख पर बड़ी-बड़ी मूँछें और दाढ़ी थी। उसका चेहरा बड़ा रोबदार मालूम पड़ता था। वही युवक का 'बाबूजी' था।

भिखारिन की नीचे झुकी हुई आँखें इस प्रश्न पर सजल हो गयीं। भिखारिन को सिर से पैर तक कई बार देख लेने के बाद उन्होंने पूछा, "तुम अकेली हो या तुम्हारे साथ और भी हैं?"

उसने गम्भीर होकर कहा, "इस वक्त मैं दुनिया में अकेली हूँ।"

"तुम्हारा रूप साधारण भिखारियों से भिन्न है। अनुभवी आँखें इस फटी अवस्था में भी तुम्हें भिखारिन मानने को तैयार नहीं हो सकतीं। तुम्हारे माता-पिता क्या करते थे?"

भिखारिन की आँखों से निकलकर पानी के दो छोटे टुकड़े उसके गुलाबी गालों पर चमकने लगे। युवक ने देखा—सौन्दर्य को जीवन मिल गया। वृद्ध ने देखा—रूप कविता करने लगा।

भिखारिन ने कहा, "मेरे माता-पिता दिन में अपनी बदकिस्मती पर रोया करते थे और रात में मुँह छिपाकर वेश बदलकर, पेट को भरने के लिए, भीख माँगा करते थे।"

"क्या वे हमेशा के भिखमंगे ही थे?"

"नहीं।" एक लम्बी साँस खींचकर भिखारिन ने कहा, "हमारे दादा लखनऊ

के एक नवाब थे। अवध से नवाबी का खातमा होने के बाद मेरे दादा ने अँग्रेजों का विरोध और लखनऊ के नवाब वाजिदअली का समर्थन किया था। वाजिदअली शाह के कैद हो जाने के पन्द्रह साल बाद दादा की मौत हो गयी। उस वक्त भी मेरे पिता के पास, हमारी आराम से बसर करने भर को, काफी धन था। मगर, पिता में नवाबों का खून था। उन्हें पैसे को पानी के भाव बहाने का अभ्यास था। हम एकदम भिखमंगे हो गये। दाने-दाने के मुहताज हो गये और हिन्दुस्तान के कोड़ियों नवाबों की तरह हो गये दरवेश। मेरे वालिद और वालदा पर जो मुसीबतें गुजरी हैं उन्हें मैं आपको सुना नहीं सकती। मेरे तीन बड़े भाई और एक बहन एक टुकड़ा रोटी और 'चुल्लू भर' पानी के लिए मर गये। तकलीफें झेलते-झेलते और भीख माँगते-माँगते मेरे माँ-बाप अन्धे होकर, तीन महीने हुए, दुनिया से कूच कर गये। नवाबी के उन लाड़लों को कोई दफनाने वाला भी नहीं था। उनकी वही हालत हुई जो लावारिस मुर्दों की हुआ करती है।

''वालिद के सामने ही लखनऊ के आवारों और शोहदों की बदनजर मेरे ऊपर थी। उनके मरने के बाद मेरा वहाँ रहना दूभर हो गया। मेरी बेइज्जती करने की ताक में पचासों बदमाश लग गये। मुझे सहारा देनेवाला कोई नहीं। लाचार होकर मुझे लखनऊ से भागना पड़ा। कलकत्ता की मैंने बड़ी तारीफ सुनी थी। सुना था वहाँ हजारों गरीब दुखिया सुख से जीते हैं। इसलिए मैं यहाँ भाग आयी। मगर उफ! यहाँ भी दुनिया का वैसा ही रुख है जैसा लखनऊ में। यहाँ रहम करनेवाले कम हैं और दोजखी कुत्तों की भरमार है। पन्द्रह दिनों से इस शहर की हालत देख रही हूँ। जिसे देखो वही आवाज कसने और बेइज्जत करने को तैयार है, मगर खुदा के नाम पर किसी गरीब को पनाह देने वाला कोई नहीं। मैंने जाने कैसा गुनाह किया था जिसका नतीजा इस तरह भुगत रही हूँ। मेरी किस्मत...मेरी किस्मत में मौत भी...''

भिखारिन की आँखों के मोती उसके रूखे और गन्दे पैरों पर बरसने लगे।

युवक के बाबूजी ने कहा, ''इस घर में रहोगी, बेटी?''

''मैं मुसलमान हूँ।''

''कोई हर्ज नहीं। मुसलमान भी आदमी हैं, हिन्दू भी। मैं आदमीपरस्त हूँ, हिन्दू या मुसलमानपरस्त नहीं। तुम्हें अगर कोई एतराज न हो तो इस घर में तुम्हारे लिए बहुत जगह है।''

भिखारिन की नीचे झुकी हुई आँखें ऊपर उठीं। वृद्ध की आँखों ने देखा—उस अभागिनी के नेत्रों में एक इतिहास था जिसे 'हिन्दू' नहीं, 'मुसलमान' या 'ईसाई' भी नहीं, केवल 'आदमी' ही पढ़ सकता था।

गोपालजी

नवयुवक का नाम था रामजी और उसके बाबूजी का गोपालजी। गोपालजी को उनके वंश का जो कुछ इतिहास मालूम था वह विचित्र था। जिस व्यक्ति को गोपालजी अपना पिता समझते थे उसने अन्तिम समय में उन्हें बुलाकर कहा, ''बेटा! तुम मुझे 'बाबूजी' कहकर पुकारा करते हो। सन्तानहीन होने के कारण मैंने और मेरी स्त्री ने तुम्हें पुत्र की तरह पाला-पोसा और प्यार किया है मगर, तुम हमारे पुत्र नहीं, तुम्हारी नसों में इस गरीब व्यक्ति का रक्त नहीं बहता है। मेरी बड़ी इच्छा थी कि मैं इस बात को तुम पर प्रकट नहीं करता और तुम्हारे हृदय को ठेस न देता, मगर अब मुझे ईश्वर के दरबार में जाना है, किसी को असत्य और अन्धकार में छोड़ देने से पाप होगा।

''तुम्हारी असली माँ क्षत्राणी थी, मैं वैश्य हूँ। तुम्हारी माता के पति एक देशी रियासत के कर्मचारी थे। उसी रियासत के राजा की नजर तुम्हारी सुन्दरी और युवती माता पर गड़ी थी। तुम्हारी माँ के पति वीर थे, क्षत्रिय थे। इसी कारण से राजा की हिम्मत न पड़ती थी। अन्त में राजा ने एक युक्ति सोची। तुम्हारी माँ के पति को एक झूठे बहाने से, रियासत के काम से, परदेश भेज दिया, और वहीं—कभी यहाँ, कभी वहाँ-डेढ़ वर्ष तक रखा।

''पति को विदेश भेज उसकी पत्नी को महाराज ने पहले तो सीधे से, लालच दिखाकर और भय दिखाकर अपने काबू में करना चाहा। मगर युक्ति से उनकी दाल न गली तब एक रात अपने गुप्त कर्मचारियों को भेज, उन्हें जबरदस्ती घर से पकड़वा मँगाया। किसी को कानोंकान खबर न हुई। उसी दिन से तुम्हारी माता के पतन का आरम्भ हुआ। फिर यह बिना किसी तरह के एतराज की सेवा में बराबर जाया करती थी। आखिर तुम्हारी सृष्टि हुई।

''मैं रियासत का दस रुपये महीने का साधारण कर्मचारी था। जिस दिन तुमने जन्म लिया उस दिन महाराज ने मुझे बुलाया और मुझे पाँच हजार रुपये की एक थैली और तुम्हें देकर कहा—''इस लड़के को लेकर तुम कहीं और जाकर रहो, देखो, यह रहस्य प्रकट न करना। बस, मैं तुम्हें लेकर कलकत्ता चला आया। मेरी स्त्री, सन्तान न होने के कारण, तुम्हें पाकर बड़ी प्रसन्न हुई और हम दोनों ने तुम्हें अपनी औलाद के नाम पर समाज में परिचित कराया, पढ़ाया-लिखाया। यह सब होते हुए भी हमारी सम्पत्ति तुम्हारी ही है। अब मैं मरनेवाला हूँ। तुम अपने पिता या माता को खोजने की चेष्टा न करना क्योंकि संसार तुम्हारी बातों को सुनकर केवल हँसेगा, तुम्हारा अपमान करेगा। अस्तु, तुम मेरे पुत्र हो, मैं तुम्हारा पिता हूँ और यह धर्ममाता ही तुम्हारी जननी है।''

यही है वृद्ध गोपालजी का वंश-परिचय। मरने के दो वर्ष पूर्व ही उनके पालक पिता ने उनका ब्याह कर दिया था। धर्मपिता की मृत्यु के कुछ ही दिनों बाद उनकी

धर्ममाता की भी इहलीला समाप्त हो गयी फिर गोपालजी और उनकी स्त्री के ही हाथों में उक्त वैश्य परिवार की बची-खुची सम्पत्ति आयी जिसे गोपालजी ने बढ़ाया भी। एक बार लोहे की दलाली में उन्हें एक लाख रुपये का मुनाफा हुआ। बस, उन्हीं रुपयों को बैंक में जमाकर, गोपाल जी समाज से और व्यापार से अलग रहकर जीवनयापन करने लगे।

समाज और व्यापार से अलग होने का एक कारण था। जब से उन्हें अपने जन्म का इतिहास मालूम हुआ तब से उनकी विचित्र अवस्था हो गयी। वह अक्सर, एक ठंडी साँस लेकर अपने किसी मित्र या स्त्री से कहते कि "यह संसार धोखेबाजों, बदमाशों और बेईमानों का अखाड़ा है।" ईश्वर के तो नाम से उन्हें चिढ़ थी। उनकी चर्चा चलने पर गोपालजी तमककर कह उठते कि "सब झूठ है, सब धोखा है। ईश्वर कोई नहीं है, कहीं नहीं है। गरीबों और मूर्खों पर अपनी हुकूमत कायम रखने के लिए अमीरों और दुनिया को नरक बनानेवाले समझदारों की अक्ल ने इस ईश्वर की रचना की है। सब झूठ है, सब धोखा है।"

गोपालजी के हृदय की स्पष्ट तस्वीर को देखने के लिए समाज तैयार नहीं हुआ। एक बात और भी थी। केवल 'मानव धर्म' के पुजारी गोपालजी किसी भी जाति के किसी भी आदमी के हाथ से खाना-पानी ग्रहण कर लेते थे। यह समाज के लिए असह्य था। मगर गोपालजी अपने धर्म के पक्के थे। वह समाज को उपेक्षा की दृष्टि से देखते और समाज के ढोंगी कर्णधारों से नफरत करते थे।

वृद्ध गोपालजी की नजरों में धर्म तुच्छ था, धन तुच्छ था, ढोंगियों का समाज तुच्छ था, मन्दिर, मस्जिद और गिरजे तुच्छ थे और परम तुच्छ था उक्त सारी खुराफातों की जड़ ईश्वर।

उनका हृदय आँसुओं के आगे पिघल उठता था, दुर्बलों पर द्रवित हो उठता था। संसार के कमजोर और अपमानित, द्ररिद्र और पतित उनके ईश्वर थे--मनुष्यता उसका धर्म था।

रामजी

रामजी जिस समय पाँच वर्ष का अज्ञान बालक था उसी समय उसकी माता—गोपालजी की पत्नी का देहान्त हो गया था। तब से बराबर गोपालजी के ही प्रेम से उसका पालन-पोषण हुआ। पिता का पुत्र और पुत्र का पिता पर अलौकिक प्रेम था। स्त्री का देहान्त हो जाने के बाद, चाहते तो, गोपालजी दूसरी शादी कर सकते थे, मगर उन्होंने वैसा नहीं किया। उनका कहना था कि विवाह का मुख्य उद्देश्य प्रेम होना चाहिए, वासना नहीं। स्त्री के न रहने पर भी उनके प्रेम का पात्र, उनका और उनकी

पत्नी सम्मिलित स्नेह-चित्त तो था ही। फिर दूसरा विवाह करने की क्या आवश्यकता?

स्त्री की मृत्यु के बाद, पहले कुछ दिनों तक, गोपालजी ने एक अधेड़ ब्राह्मणी को, रामजी की देख-रेख और भोजन करने के लिए नौकर रख लिया था। मगर, बाद का यह अनुभव कर कि ब्राह्मणी देवी 'राम दोहाई' और 'भगवान जाने' की आड़ में रामजी के हिस्से का दूध, घी और मक्खन अपने या अपने बच्चों के मसरफ में लाती है, उन्होंने उसे निकाल बाहर किया और स्वयं रामजी की धात्री माता बन बैठे। पुत्र को नहलाना, धुलाना, खाना पकाना और खिलाना वह स्वयं करने लगे। सहायता के लिए एक नौकर भी रख लिया। छुटपन से लेकर वयस्क हो जाने तक बराबर वह रामजी को अपने साथ—छाती से लगाकर—सुलाते थे। उनका 'राम' उनकी दृष्टि से इस दुखमय, पापमय और हाय-हायमय संसार का सर्वश्रेष्ठ सुख था। रामजी को देखते ही वह एक अद्वितीय अनिर्वचनीय सुख का अनुभव करते प्रसन्नबदन हो जाते थे। राम को पढ़ाने का उन्होंने यथाशक्य बहुत सुन्दर प्रबन्ध कर रखा था। वह कलकत्ता विश्वविद्यालय की प्रवेशिका परीक्षा पास कर द्वितीय वर्ष की श्रेणी में पढ़ रहा था। कॉलेज में उसने अँग्रेजी के साथ संस्कृत ले रखी थी और घर पर गोपालजी के एक पुराने मित्र मौलवी साहब उसे फारसी पढ़ाया करते थे।

ईश्वरद्रोही गोपालजी का हृदय-सर्वस्व राम, स्वभावतः हिन्दू था, ईश्वर को मानने वाला था। स्वयं देवी-देवताओं में विश्वास न रखते हुए भी, पुत्र के आग्रह से, वह राम-मन्दिर में भी जाते थे और काली-बाड़ी में कभी-कभी नास्तिक पिता और आस्तिक पुत्र में 'ईश्वर' को लेकर बड़ा सुन्दर विवाद हुआ करता था, जिसमें विजयी होने पर भी, गोपालजी को पराजय स्वीकार करनी पड़ती। परन्तु तब, जब पुत्र पिता के गले में हाथ डाल, कपोल-से-कपोल सटाकर कहता था कि, "बाबूजी, जब तक तुम 'राम राम' न कहोगे मैं भोजन न करूँगा, राम हमारे भगवान हैं। "ऐसी परिस्थिति उत्पन्न होने पर गोपालजी मुस्कराकर 'राम राम' कहकर कहने लगते कि "राम तो मेरा दुलारा और प्यारा पुत्र है। भला 'राम राम' में मुझे आपत्ति हो सकती है?"

मौलवी साहब

अभी तक कलकत्ता में जिस दंगे का तांडव नृत्य हो रहा था उसके आरम्भ होने के पन्द्रह दिनों पूर्व गोपालजी के पुराने मित्र और राम के फारसी शिक्षक, मौलवी सदाअतुल्ला और ईश्वर-द्रोही गोपालजी में 'हिन्दू और मुसलमान' विषय पर खासी बहस हुई। बहस का आरम्भ मौलवी साहब ने इस प्रकार किया था—

"आपकी भिखारिन बेटी कैसी है?"

गोपाल—"भली चम्पी और प्रसन्न, क्यों?"

मौलवी—"मुहल्ले के मुसलमान जानते हैं कि आपकी बेटी हिन्दू नहीं है।"

गोपाल—"इसका अर्थ तो मैं नहीं जानता। हाँ, लोग आपस में इस बात की सलाह कर रहे हैं कि उसे आपसे माँगकर फिर से दीन इस्लाम में मिला लें। मुसलमान अपनी औलाद को हिन्दू के घर में, हिन्दू की तरह, नहीं देख सकते।"

"हा हा हा हा!" रूक्ष अट्टहास करते हुए ईश्वरद्रोही ने कहा, "उस दिन मुसलमान कहाँ थे जब भिखारिन भूखों मर रही थी? उसका दीन इस्लाम कहाँ था जब अपने को मुसलमान कहनेवाले कुत्ते उसके पाक दामन को गन्दा करने पर उतारू थे? अरे यारो! बुग्ज, शैतानी, बदमाशी और लड़ाई का नाम दीन इस्लाम नहीं है। काहे को खुदा और मजहब को बदनाम करने पर कसर कसते हो?"

"यह बदमाशी नहीं है जनाब, इसे अपने मजहब की कद्र करना कहते हैं।"

"इन्सान का मजहब इन्सान की कद्र करना है। जिस धर्म में आदमी की इज्जत नहीं, वह धर्म नहीं धोखा है।"

"मुसलमान का धर्म है मुसलमान की कद्र करना। जो मुसलमान नहीं वह काफिर है।"

"ठहरिए।" नास्तिक ने उत्तेजित होकर कहा, "किसी को काफिर समझना आदमीयत का अपमान करना है। वैसे तो मैं किसी भी धर्म, किसी भी ईश्वर को नहीं मानता, मगर...मगर..."

"मगर...अगर कोई अपने को मुसलमान, ईसाई, या कुछ और कहकर और मुझे हिन्दू समझकर अपमानित करना चाहे, तो मुझसे बढ़कर कोई दूसरा हिन्दू नहीं। वैसी हालत में मैं बिक जाऊँगा, मगर 'हिन्दू' रहूँगा, मर जाऊँगा, मगर हिन्दू रहूँगा। वैसी हालत में अपमान 'हिन्दू' का नहीं, आदमी का होता है। मैं आदमी हूँ मौलवी साहब! मेरी नजरों में मजहब की उतनी ही इज्जत है जितनी पोशाकों की। लुंगी पहनने वाला धोती पहनने वाले को काफिर नहीं कह सकता। पगड़ी पहनने वाला तुर्की टोपी वालों को म्लेच्छ नहीं कह सकता। अपनी-अपनी पसन्द है। आप दीन इस्लाम को मानते हैं...लुंगी पहनिए, राम हिन्दू धोती पहने। मैं कुछ भी नहीं हूँ...आदमी हूँ, जो जी में आएगा पहनूँगा। पोशाकों के लिए लड़ना मुसलमानपन नहीं, हिन्दूपन भी नहीं, गधापन है।"

जरा गम्भीर होकर मौलवी साहब ने पूछा, "कलकत्ता में अगर दंगा हो तो आप क्या करेंगे?"

"कमजोरों की तरफदारी, बेगुनाहों की मदद करूँगा और बदमाशों से लड़ूँगा।"

"बदनाम कौन होगा?"

"जो लड़ाई छेड़ेगा। वह हिन्दू हो या मुसलमान, कोई चिन्ता नहीं।"

जिस समय मौलवी और ईश्वरद्रोही में बहस हो रही थी उसी समय मकान के भीतर भिखारिन—जिसे अब लोग 'नवाबजादी' कहकर पुकारते थे—और राम जी में इस प्रकार बातें हो रही थीं :

"नवाबजादी के मालिक-आका।"

"मुझे मालिक क्यों कहती हो?"

"मुझे नवाबजादी क्यों कहते हो?"

"तुम नवाबजादी नहीं हो, तुम्हारे दादा नवाब नहीं थे?"

"तुम मेरे मालिक नहीं हो, तुमने मुझे पनाह नहीं दी है?"

"अच्छा भाई, तुम नवाबजादी नहीं, 'तुम' हो।"

"तुम तरकारी लाने न जाया करो।"

"क्यों?"

"मछुला बाजार के मुसलमान तुम्हें हिन्दू के घर से निकालने की धुन में हैं।"

"वाह रे! निकालने की धुन में हैं। अँग्रेजी राज नहीं, नवाबी है?"

"अच्छा तुम मुसलमान क्यों नहीं हो जाते?"

"मैं हिन्दू हूँ और हिन्दू रहने में फख्र समझता हूँ।"

"जिस धर्म में बाबूजी जैसे लोग हैं और 'तुम' हो, वह धर्म मेरी नजरों में दुनिया के सब धर्मों से बेहतर है।"

"दुनिया की नजरों में तुमने हमें मुसलमान बना दिया है।"

"और तुमने हमको हिन्दू नहीं बना दिया, तुमने...?"

श्रीमती 'तुम' के मुख पर हाथ रखकर श्रीमान 'तुम' ने कहा, 'चुप'। श्रीमान 'चुप' 'तुम' के मुख पर हाथ रखकर श्रीमती 'तुम' ने कहा, 'चुप'।

कलकत्ता के दंगे का तीसरा दिन था। वृद्ध गोपालजी अपनी उसी बैठक में उदास मुँह बैठे थे जिसमें रामजी और भिखारिन की प्रथम भेंट हुई थी। भिखारिन नवाबजादी भी गोपालजी के सामने कुर्सी पर बैठी थी। उसके मुख से भी उदासी और अप्रसन्नता फूटी पड़ती थी।

"बेटी!" वृद्ध ने रुद्धकंठ से कहा, "मेरा राम आर्यसमाज का जुलूस देखने केवल एक घंटे के लिए गया था, मगर अभी तक नहीं लौटा। जरूर उस पर कोई-न-कोई विपत्ति पड़ी है, नहीं तो, बिना अपने बूढ़े बाप के राम को चैन नहीं पड़ता।"

इसी समय किसी ने दरवाजा खटखटाया। नवाबजादी द्वार खोलने के लिए उठी, मगर बूढ़े ने रोका, "तुम न जाओ नवाबजादी, मुमकिन है कोई बदमाश हो। मैं ही जाता हूँ।" दरवाजा खोलने पर गोपालजी का नौकर नन्दन भीतर आया। चेहरे

पर हवाइयाँ उड़ रही थीं। वह इतनी लम्बी-लम्बी साँसें ले रहा था मानो एक साँस में भागता हुआ आया है।

वृद्ध ने पूछा, ''क्या खबर है, नन्दन। राम का कुछ पता चला?''

नौकर नीचे सिर करके चुपचाप खड़ा हो गया।

''नहीं यह कदापि नहीं हो सकता। जहाँ आप होंगे वहीं पर मैं भी होऊँगी, ठहरिए।''

नवाबजादी घर के भीतर गयी और थोड़ी देर बाद मर्दाने कपड़े पहन और हाथ में एक लम्बा छुरा लेकर वृद्ध के सामने आयी। नवाबजादी के मर्दाना कपड़े वही थे जिन्हें रामजी पहनता था। राम ही की तरह गोरी, लम्बी और सुडौल नवाबजादी को पुरुष-वेश में देखकर और राम को स्मरण कर बूढ़े ईश्वरद्रोही की आँखों में आँसू, बाढ़ की नदी की तरह उमड़ चले।

संसार से बहुत दूर रहनेवाले राम की तलाश में ईश्वरद्रोही और नवाबजादी, शस्त्रों से सुसज्जित होकर चल पड़े। उस समय वृद्ध गोपालजी के मुख पर वही भाव था जो किसी समय 'केसरिया बाना' धारण करने पर राजपूतों के मुख पर होता था। नवाबजादी के बदन पर तेज था जो हर जौहर के वक्त राजपुतानियों के बदन पर दिखाई देता था।

युद्धं देहि

वृद्ध वीर गोपालजी और नवाबजादी उस गली को प्रायः पार कर चुके थे कि पीछे से पाँच-सात मुसलमानों ने उन पर धावा बोल दिया, ''अली! अली!! अल्लाह! अल्लाह! अल्लाह! अल्लाह!! मारो सालों को। दोनों के दोनों हिन्दू हैं—काफिर हैं।'' हाथ का डंडा सँभालकर और नवाबजादी को पीछे कर गोपालजी खड़े हो गये और डपटकर उन गुंडों से कहने लगे—

''हत्यारो! 'अली-अली' और 'उल्लाह' क्यों पुकारते हो, 'शैतान-शैतान' का नारा लगाओ। खून का प्यासा खुद शैतान है, ईश्वर नहीं। बदमाश पीछे से धावा करते हैं। खड़े हो जाओ सामने और एक-एक कर निपट लो। तुम सात हो, हम दो। तुममें से एक भी जीता रह जाय तो कहना।''

लम्बी तलवार को बगल से खींच बूढ़ा द्रोही ही शेर की तरह उन गुंडों पर टूट पड़ा। देखते-देखते उस बूढ़े शेर ने तीन मुसलमानों को जमीन पर सुला दिया। इसी समय उनके पीछे से आवाज आयी—''मरी, मरी बाबूजी।''

गोपालजी ने पीछे घूमकर देखा, दो मुसलमान नवाबजादी के कोमल शरीर पर

बड़ी निर्दयता से छुरे चला रहे थे। जब तक वह वीर उस अबला की सहायता के लिए आगे बढ़ा तब तक उन दुष्टों ने उसका काम तमाम कर डाला। गोपालजी झपटकर नवाबजादी के पास पहुँचे। उसकी दोनों आँखें खुली थीं, पर उनमें दर्शन-शक्ति नहीं थी। इसी समय एक मुसलमान ने पीछे से, गोपालजी की बगल में लम्बा छुरा भोंक दिया। वह 'हाय' करके घूम पड़े। उन्होंने तलवार का ऐसा सच्चा हाथ मारा कि वह मुसलमान भी दो होकर नाचने लगा। गुंडों में भगदड़ मच गयी।

गोपालजी को गहरी चोट लगी थी। उनकी अँतड़ियाँ बाहर निकली आ रही थीं। उन्हें भीतर की ओर ठेलकर बूढ़े ने उसी घाव पर अपने दुपट्टे को कसकर बाँधा और विक्षिप्त की तरह आगे पैर बढ़ाया।

कुछ दूर चलने के बाद गली पार हो गयी, सड़क मिली। सड़क पर एक सार्जेंट के साथ पाँच-सात सिपाही खड़े थे। उन्होंने उस वृद्ध वीर को रोककर पूछा, "कहाँ जा रहे हो?" "अपने राम को खोजने।" लड़खड़ाती आवाज में गोपाल जी ने कहा, "आज अगर मेरा राम न मिला तो कलकत्ता के सारे मुसलमानों को मार डालूँगा। मस्जिदों को ध्वस्त कर दूँगा। बेटा राम! प्यारे राम!..."

घाव बहुत गहरा था। वृद्ध वहीं गिरकर ढेर हो गया।

उस सड़क के आस-पास ऊँची-ऊँची अट्टालिकाओं में बहुत देर तक ईश्वरद्रोही गोपालजी के अन्तिम शब्द गूँजते रहे, "बेटा राम! प्यारे राम!..."

नेता का स्थान

[नेता और उनका साम्प्रदायिक दंगों में हिस्सा आज किसी से छुपा तथ्य नहीं है। समाज को लड़वाकर अपने स्वार्थ सिद्ध करने वाली इस पाखंड राजनीति पर 'उग्र' का करारा प्रहार। कहानी 1932 में लिखी गयी थी।—सम्पा.]

1

लड़कपन से लेकर बी.ए. पास हो लेने तक, आठ वर्ष की अज्ञान अवस्था से तेईस वर्ष की अपरिपक्व अवस्था तक वे दोनों अभिन्न मित्र रहे। दोनों तीव्र भी थे, दोनों 'देश के चमकते हुए सितारे' थे। दोनों का ही देश था, एक ही प्रदेश था, एक ही नगर था, एक ही मुहल्ला था, एक ही 'आसरा' था और एक ही धर्म था। दोनों अत्याचार-पीड़ित देश के बालक थे। दोनों ऐसे राजा की छात्रछाया में रहते थे जो अधिकारियों को (अपनी झक की) उँगलियों पर नचाता था। दोनों ऐसे शासकों की रियासत की रिआया थे जो मनुष्य होकर मनुष्य के प्रति हिंसा-द्वेष का प्रचार करते थे। आदमी होकर आदमी को खा जाने पर तैयार थे। दोनों की जननी जन्मभूमि परतन्त्र थी। दोनों के नाम हम नहीं बतलाएँगे। दोनों के देश का नाम भी हम अभी नहीं बतलाएँगे।

2

दोनों के हृदय में प्रेम था—मनुष्यता के लिए उत्साह था—जीवन संग्राम में विजय पाने के लिए दवा थी—दु:ख में पड़े ईश्वर के सुन्दर खिलौनों (सांसारिक जीवों) के लिए बल था—असुविधाओं से लड़ने के लिए।

दोनों स्वदेश का उपकार और उद्धार करना चाहते थे। दोनों स्वदेश-प्रेमोन्मत्त थे।

"हम लोगों की लिखाई-पढ़ाई समाप्त हो गयी," एक दिन उनमें से एक ने दूसरे को छेड़ा, "अब जीवन-क्षेत्र में किधर से और किस रूप में प्रवेश किया जाए?"

पहला—"नहीं, उससे भी अधिक आवश्यकता यह है कि शादी नहीं करेंगे।"

दूसरा—"ठीक कहते हो। अच्छा, तो यह बात तय रही कि हम दोनों शादी

नहीं करेंगे, नौकरी नहीं करेंगे। आगे... ?''

पहला—''मनुष्य, राष्ट्र, समाज और जीवमात्र की कल्याण-कामना और कल्याण चेष्टा ही हमारे व्रत होंगे।''

दूसरा—''मनुष्य, राष्ट्र, समाज और जीवमात्र की कल्याण-कामना और कल्याण चेष्टा ही हमारे व्रत होंगे।''

पहला—''हम सत्य के प्रचारक होंगे, असत्य के विरोधी। हम न्याय के प्रचारक होंगे, द्वेष के विरोधी।''

दूसरा—''और हम मनुष्य की पीठ पर हाथ रखकर उसे ठोंकते हुए उससे कहेंगे—अरे आदमी! तू डरता किससे है? तुझे अपमानित करने का अधिकार स्वर्ग के देवताओं तक को नहीं है। फिर तू डरता किससे है, भाई? आँखें खोल! तू मामूली प्राणी नहीं है—

''मत सहल हमें जानों,
फिरता है फलक बरसों
तब खाक के परदे,
से इन्सान निकलते हैं।''

पहला—''सारा देश हमारा परिवार होगा। भूमंडल हमारा निवास-स्थान होगा। हम बिना आत्मविज्ञापन की चेष्टा किये-चुपचाप-अपने निर्धारित मार्ग पर चलेंगे।''

थोड़ा ठहरकर और सोचकर दूसरे ने कहा—''मगर भाई साहब, यहाँ पर हमारा मतभेद है। मैं जीवन में एक बार 'नेता' होना चाहता हूँ।''

पहला—''चाहते हो तो हो जाओगे, मगर सेवामार्ग में कामना-कामिनी के साथ चलने का अर्थ है शराब पीकर देवस्थान में जाना। नेता से अनुयायी का स्थान किसी प्रकार भी छोटा नहीं है।''

पहला—''इस तरह तो सभी अनुयायी भी नहीं हो सकते। संसार में कुछ भी होने के लिए किसी-न-किसी हद तक अवसर, भाग्य और बुद्धि की आवश्यकता होती है। ऐसे यदि लोकमत स्वयं चुनकर किसी को अपना नेता बना ले तो इससे बढ़कर और क्या होगा। मगर, नेता बनने के लिए उद्योग करना, रूपक बाँधना ठीक नहीं। नेता मनुष्यता का उपदेशक होता है। नेता ईश्वर का प्रतिनिधि होता है। वह देवस्थान की तरह पवित्र और धर्म की तरह ग्रहणीय होता है। नेता सब नहीं हो सकते। वे बनाए भी नहीं जाते। नेता होना खिलवाड़ नहीं है।''

दूसरा—''तुम्हारी इस परिभाषा से तो संसार में कोई नेता ही न रह जाएगा। अजी, हम मनुष्य, राष्ट्र और समाज की सेवा कर साबित कर देंगे कि हम औरों से अधिक बुद्धिमान, चतुर और दक्ष हैं। हमें लीडर बनाओ—तुम्हारा मंगल होगा।''

पहला—''अच्छी बात है। जाओ, देश की सेवा कर उससे बदले में 'लीडरी' माँगो। भगवान तुम्हारा सहायक हो। मैं तो चुपचाप काम करने का उपासक हूँ। हमारा-तुम्हारा ध्येय एक ही है। पन्थ दो हैं। इससे कुछ बनता-बिगड़ता नहीं। हम दोनों यथासमय 'लीडर' और 'सेवक' हो जाने पर भी एक-दूसरे के प्रेमी, बन्धु और शुभाकांक्षी रहेंगे।''

उस देश में मुट्ठीभर आदमियों ने उसके पाप-पुण्य, धर्म-अधर्म, सुख-दुःख, जीवन-मरण आदि को अपने काबू में रखा था। वे मुट्ठीभर आदमी विदेशी नहीं, स्वदेशी थे। ''प्रभुता पाइ काहि मद नाहीं।'' प्राय: ऐसा देखा जाता है कि अधिकार पा जाने पर स्वदेशी-विदेशी दोनों प्रकार के निरंकुश शासकों का रूप एक ही प्रकार हो जाता है। कभी-कभी तो स्वदेशी शासक विदेशियों के भी कान काटते हैं। उस देश की भी यही अवस्था थी। स्वेच्छाचार का बाजार गर्म था। राजा अपने ओछे विचार के चापलूस सहायकों से जो कुछ सुनता उसी को ब्रह्मवाक्य की तरह पकड़ कर बैठ जाता। इसका फल यह हुआ कि व्यर्थ के और नये-नये करों से प्रजा व्यग्र हो उठी। जगह-जगह से धीरे-धीरे पर, गम्भीर विरोध की आवाज आने लगी। निरंकुशों ने सोचा—''रिआया को विरोध करने का क्या हक है। उन्हें गिड़गिड़ाना, हाथ-पैर जोड़ना चाहिए। हम शक्तिशाली हैं। जो हमारी बात काटेगा, हम उसका सिर काट लेंगे।'' उन्होंने किया भी ऐसा ही। जिस प्रदेश से, जिस नगर से या जिस मुहल्ले से विद्रोहसूचक समाचार आये—सच्चे या झूठे—वह नष्ट कर दिया गया, उस स्थान विशेष के बूढ़े, जवान, बच्चे, स्त्रियाँ, अपराधी, निरपराध—सभी पीस डाले गये। शासकों के और शासन के विरुद्ध बोलना मजाक नहीं था। यह उस देश की राजनीतिक अवस्था थी।

उस देश में मुट्ठीभर आदमियों ने सरकार की कृपा से राष्ट्र की सम्पूर्ण सम्पत्ति अपने हाथ में कर रखी थी। देश की अनन्त सम्पत्ति के भोक्ता प्रति करोड़ सौ से भी कम थे। यानी वहाँ के लाख मनुष्य गरीब थे। और एक मनुष्य भयानक अमीर, यह विषमता की चरम सीमा थी। अमीर और अमीरों के कुत्ते-साथियों ने समाज में अनर्थ मचा रखा था। चारों ओर स्वेच्छाचारी और नकद-नारायण के बल पर जुल्म करने का रोग फैला हुआ था। मजदूर और किसान, गरीब और अनपढ़, खून देकर भी पेटभर भोजन नहीं पाते थे। गरीबों की स्त्रियाँ, बेटियाँ, बहनें अमीरों के उन्माद की दासियाँ थीं। शासकों और अमीरों ने गुट बनाकर घर-घर में फूट डाल रखी थी। अपमानित महिलाओं का, प्रताड़ित पुरुषों का और पेट-पीड़ित गरीब परिवारों का खोजलेवा कोई नहीं था—ईश्वर नहीं था।

यह उस देश की सामाजिक अवस्था थी।

मुट्ठी भर धर्म के ठेकेदारों ने पंडे-पुरोहित और ईश्वर बनाम पर संसार को

ठगनेवालों ने—प्रथा, पुराण और धर्म के नाम पर और भी भयानक उत्पात मचा रखा था। उनमें से कोई भी 'अपने' को नहीं पहचानता था। पर ईश्वर-दर्शक होने का दावा सबका था। ईश्वर के निवास-स्थानों (देवालयों, मठों) को उन्होंने होटल और वेश्यालय बना रखा था। त्यागियों और संन्यासियों की विभूति देखकर गृहस्थ चकरा जाते थे। विरागियों का वासनानुराग संसारियों को दहला देता था। सच्चे साधु, सच्चे पंडे और सच्चे धर्माध्यक्षों का कहीं पता नहीं था। चारों ओर धूर्तों, कामुकों, आततायियों और दुष्टों का बोलबाला था। ये पुरोहित-पुजारी भी अत्याचारी सरकार से मिले थे। इस कारण सब धनी भी थे। ये सरकार की मदद करते थे—राजा और राजा के प्रतिनिधियों को ईश्वर का अवतार या अंश बताकर। सरकार इनकी मदद करती थी। प्रथा की, पुराण की दुहाई देकर। धर्म की आड़ में उक्त धर्माध्यक्षों ने न जाने कितने घर तबाह कर डाले, न जाने कितनी कुमारियों का कौमार्य नष्ट कर डाला, न जाने कितनी सतियों का सतीत्व लूट लिया, न जाने कितने गरीबों का गला रेत डाला।

यह उस देश की धार्मिक अवस्था थी।

4

उस देश में गौतम बुद्ध, तीर्थंकर महावीर या गाँधी-जैसे अहिंसाप्रिय महापुरुषों ने किसी युग में भी जन्म न लिया था। अस्तु! वहाँ का आन्दोलन शुद्ध अहिंसात्मक नहीं था। वहाँ जब-जब उपद्रव हुए, सशस्त्र हुए। राक्षसों को राक्षसी भाषा में, दानवों को दानवी ढंग से ठीक करने की नीति वहीं के—यदा-कदा, यत्र-तत्र असत्य के अन्धकार के विरुद्ध सत्य के प्रकाश की तरह टिमटिमा उठनेवाले—नेताओं ने ग्रहण की थी।

अनेक वर्षों तक जनता के साथ रहकर, अखबारों से प्रचार कर, जेल और निर्वासित के दंड भोगकर हमारे पूर्वकथित नवयुवक 'नेता' ने अपने उद्देश्य की प्राप्ति कर ली। जिन दिनों हमारे नेता को (अब हम दूसरे नवयुवक को इसी नाम से पुकारेंगे) नेतृत्व मिला उन दिनों लीडरी का भाव कुछ सस्ता भी था। पहले के नेताओं ने अपनी तपस्या से यशैषणा का मार्ग साफ कर रखा था। नये नेताओं को कुछ साधारण परीक्षाएँ पास कर लेने से ही—किसी समाचार-पत्र की नीति के संचालक हो जाने से और उत्तेजक भाषा में 'भाइयो और बहनो' कहकर गरज लेने से ही—नेतृत्व सुलभ था।

नेता हो जाने के बाद, अपढ़, श्रद्धालु और उत्तेजनप्रिय मूर्ख जनता की नकेल हाथ में आ जाने के बाद, एक दिन, 'नेता' और 'सेवक' दोनों दोस्तों की भेंट हुई।

"मैं नेता हूँ।" नेता ने 'सेवक' से कहा।

"तुम राक्षस भी हो, देवता भी।" सेवक ने उत्तर दिया।

"मैं देवता हूँ, राक्षस नहीं। राक्षस के पीछे मनुष्यता के सुन्दर-सुन्दर खिलौने जय-जय पुकारते हुए नहीं चलते।"

''नहीं, यदि तुम अपने पथ पर, अपने स्थान पर, अपनी प्रतिज्ञा पर, दृढ़ रहे तुम धन्य हो, पूज्य हो, देवता हो और यदि समय आने पर, प्राणों की बाजी लगने पर गरीब जनता को भूल अपने फेर में पड़ गये तो तुमसे बढ़कर कोई राक्षस नहीं। राक्षस तो स्पष्ट होते हैं। तुम नेतृत्व की खाल में राक्षसता का व्यापार करनेवाले हो जाओगे। जो बहुत ऊँचे चढ़ता है, गिरकर उसका पतन भी उतना ही नीचा होता है।''

''सेवक!'' नेता ने अभिमान से कहा, ''देखोगे एक दिन सारा संसार मुक्तकंठ से कहेगा कि मेरा पथ-निर्णय ठीक है। मैं इतिहास में अमर हूँ।''

''नेता!'', सेवक ने नम्रता से उत्तर दिया, ''ईश्वर तुम्हारी बातें सच करे। पर भाई मैं जानता हूँ कि तुम ज्वालामुखी के मुख पर खड़े हो। कब आग भड़केगी और तुम मुँह के बल गिरोगे, इसका कोई ठिकाना नहीं। नेता का स्थान ज्वालामुखी के भयानक मुख पर होता है। इसका ध्यान रखना।''

5

एक दिन नेता ने विचार किया—'इतना बड़ा दल मेरे साथ है कि अन्यायकारी अमीर, धर्माध्यक्ष और राजा तक मेरी परवाह करते हैं। विरोध करते हुए भी, गालियाँ और दंड देते हुए भी वे मुझसे डरते हैं। जनता मेरे इशारे पर मरने और मारने को तैयार है। फिर...फिर...

'क्या बुराई है अगर एक बार आग लगा दूँ, क्या बुराई है अगर गरीबों को अमीरों के विरुद्ध उभार दूँ। अगर एक बार लोहा बजवा देने से इतने बड़े देश का 'उद्धारक' पद मुझे मिलता है, तो इसे क्यों छोड़ दिया जाय! क्रान्ति के बाद विजयी नेता की कैसी पूजा, प्रतिष्ठा होती है, संसार का इतिहास इसका प्रमाण है।

'मगर, मगर...' नेता हिचका, 'यदि जनता में काफी बल न हुआ। यदि मुझमें ही काफी बल न हुआ। यदि राष्ट्रीय पक्ष की हार हुई...

'उह! यह सब मन की दुर्बलता है। जरूर हमारी विजय होगी। जरूर हमारे भाग्य चमकेंगे। जय उद्योग की! जय साहस की!! जय मनुष्य!!!'

नेता ने उस देश की सरकार के विरुद्ध सशक्त युद्ध-घोषणा कर दी। अधिकारियों के ताप से जनता सूखे पुआल की तरह हो रही थी, नेता ने उसमें आग लगा दी।

सेवक ने हाथ जोड़कर नेता से कहा, ''नेता, जल्दी न कर। हाथ से छूट जाने पर तीर लौटाया नहीं जाता। अभी समय नहीं है, युद्ध न छेड़।''

''सेवक!'', नेताओं की-सी राष्ट्रीय मुस्कराहट के साथ नेता ने कहा, ''तेरा विषय सेवा है, अनुगमन है। तू अपने रास्ते जा।''

नेता के चापलूस अनुयायियों ने कहा, ''सत्य वचन, धर्मावतार! यह कायर है, डरपोक है।''

"नेता, आग न लगा। देश के नौनिहाल तबाह हो जाएँगे, माताएँ मर मिटेंगी, बहनें सतायी जाएँगी, विधवाओं की आहों से आकाश हिल जाएगा।"

"सेवक, तेरी सलाह ठीक नहीं। तेरी आत्मा कमजोर है, तू केवल तमाशा देख, चुप रह। मैं अपनी जिम्मेदारी समझता हूँ।" नेता ने कहा।

"सेवक, तू देशद्रोही है, नीच है, पतित है। हमारी आँखों से दूर हो जा! नेता देवता है, नेता सर्वशक्तिमान है। उसकी जय हो।" नेता के अनुयायियों ने कहा।

जाते-जाते आँखों में आँसू भरकर सेवक कहता गया, "नेता भाई! इस समय तेरा सिंहासन ज्वालामुखी के मुख पर है। सावधान!"

6

सरकार काँप उठी, संसार चकरा गया। नेता का नाम ईश्वर के नाम की तरह लोगों की जुबान पर फिरने लगा। इन सब बातों का एक कारण नेता की चतुर बुद्धि थी।

देश में सशस्त्र विद्रोह हुआ। सब जगह नहीं, केवल उन्हीं स्थानों पर, जहाँ नेता ने चाहा। जनता ने जरा-सी छेड़खानी की, पृथ्वी को रक्त-प्लावित कर दिया। कुछ सरकार का बिगड़ा। बहुत कुछ जनता का। मगर, नेता दूध का धोया साफ था। कानून की पहुँच उस तक न हो सकी। सारे देश में खलबली मच जाने के डर से सरकार नेता को सारे खुराफातों की जड़ जानते हुए भी गिरफ्तार नहीं कर सकती थी।

अनेक स्थानों पर जनता के रक्त से होली खेलने के बाद, आग अधिक भड़कते देख सरकार ने नेता को याद किया। राजा ने अपना विशेष प्रतिनिधि भेजकर नेता को निमन्त्रित किया।

एक दिन, रात्रि के दस बजे, नेता राजा के प्रासाद में पहुँचा। बड़ी तैयारी थी—उनके स्वागत के लिए बड़ी धूमधाम थी। बड़े-बड़े सरदारों और दरबारियों से घिरा नेता राजा के सामने पहुँचा। स्वर्ण-दीपक जल रहा था। सुगन्धवाही पवन भवन के कोने-कोने में घूमकर पंखा झेल रहा था। माया की ज्योति से राजभवन देदीप्यमान था। विविध रूप-रंग-की सुन्दरियाँ और शराबें अपने-अपने स्थानों पर शोभित हो रही थीं। नेता का शासन राजा के पास ही, कुछ नीचे था।

उस दिन नेता महामात्य राजा का अतिथि था। राजा ने इशारा किया, दरबारियों ने अपने-अपने प्याले ऊँचे किये। लाल परी शीशे में नाच उठी। मगर नेता ने अपना प्याला न छुआ। उसके हृदय ने कहा, "तू नेता है और वह शराब।"

दाहिनी तरफ बैठे हुए राजा के प्रतिनिधि ने नेता के कान में कहा, "क्षमा कीजिएगा। आप इसे न पीजिएगा तो राजा का अपमान होगा। इसमें हानि ही क्या है!"

"इसमें हानि ही क्या है!" नेता के हृदय में यह बात एक बार प्रतिध्वनित हुई। उसी समय सुन्दरियों ने मधुर तान लेना आरम्भ किया, उसी मन्द मलय समीर का

झोंका नेता के कपोलों को स्पर्श करता हुआ निकल गया। उसी समय भवन की बड़ी और हरे मखमल की कामदार झालरों से जड़ी खिड़की से चन्द्रदेव ने भीतर झाँका, ''इसमें हानि ही क्या है! मैं इतना दुर्बल हृदय नहीं...''

नेता के मन ने मानो उसे फिर चेताया, ''तेरे ही शब्दों में यह 'गरीबों का खून' है। सँभल! देख, तू गिर तो नहीं रहा है!''

नेता को इस तरह इतस्तत: करते देख राजा ने इशारा किया। एक अनुपम सुन्दरी अपनी गति से शराब के भी होश उड़ाती हुई नेता की बायीं कुर्सी पर जा बैठी। नेता को रोमांच हो आया।

जिसके आगे जगत्-गुरु हिन्दुओं के ब्रह्मा, विष्णु और महादेव, विश्वामित्र, पाराशर और नारद ने हार मानकर मस्तक झुका लिया था, उसी के आगे एक देश का नेता कब तक ठहर सकता था। सुन्दरी के हाथ से शराब लेते हुए उसके मन ने कहा, ''कोई हर्ज नहीं, मैं नेता हूँ। औरों से अधिक शक्ति-सम्पन्न हूँ,'' उसके मुख ने कहा—

''बात साकी की न टाली जाएगी,
करके तोबा तोड़ डाली जाएगी।''

दूसरे दिन नेता अत्याचारी राजा के मन्त्रियों में धन के कुत्तों में—था।

7

जब से नेता 'मिनिस्टर' हुआ, उसकी आन-बान का क्या पूछना! पहरा भी, चौकी भी, मोटर भी, महल भी। सेवक के साथ की हुई सब प्रतिज्ञाएँ उसे भूल गयीं। दुष्ट शासन के सहायकों ने उसे बिलकुल अपने काबू में कर लिया। अब नेता सतायी हुई जनता के लिए कराहता नहीं। अखबरों में कभी-कभी कुछ लिखता है। अब नेता की बातों में वह जोर भी नहीं जो पहले था।

एक दिन 'सेवक' उसके बँगले के फाटक पर से लौटा जा रहा था, पहरेदारों ने उसे घुसने नहीं दिया था। वह थोड़ी ही दूर गया था कि उसे एक बहुत बड़ी भीड़ आती दिखाई पड़ी। उस भीड़ में गरीब थे, मजदूर थे, स्त्रियाँ थीं, बच्चे थे और उनके अन्य पुरुष थे। सेवक ने भीड़ के अगुआ से पूछा, ''किधर!''

''मिनिस्टर बने हुए नेता के घर।''

सेवक भीड़ के साथ-साथ फिर नेता के फाटक पर पहुँचा।

पहले पहरेदारों ने आनाकानी की, मगर फिर भीड़ को नेता से मिलने के लिए अत्यन्त उत्सुक देख उसे (मिनिस्टर नेता को) सूचना दी। नेता बाहर आया।

''नेता!'' गरीबों ने पुकारा, ''तू हमें भूल क्या गया? हम तो हमेशा तेरे भक्त रहे! तू आजकल हमारी सुधि क्यों नहीं लेता?''

''यह तुम लोगों ने बड़ा बुरा किया।'' नेता ने भीड़ को फटकारा, ''इतने बड़े दल में आने की क्या जरूरत थी? यह तो मुझे धमकाना है। इस तरह तुम्हारी एक बात नहीं सुनी जाएगी। एक-एक शान्त होकर मुझसे मिलने आओ।''

''तू तो मोटरों में घूमता है, हम गरीब पैदल चलनेवाले हैं। तू राजा के पास रहता है, हम गरीबों के पास रहते हैं, हमसे तुझसे भेंट ही कब होती है?'' भीड़ में से एक आदमी ने कहा।

''नेता!'' दूसरे ने कहा, ''सरकार ने, उसी सरकार ने जिसका तू मन्त्री है, मेरे भाई को फाँसी पर टँगवा दिया है—तेरे कारण, तेरे चलाए हुए आन्दोलन में। अब तू उसी राक्षस सरकार से सहयोग कर रहा है! तू तो पहले मिनिस्टर को बुरा समझता था!''

''चुप रहो।'' नेता ने कहा, ''राजनीति में सदा मत नहीं रहता। उस वक्त मन्त्रित्व से दूर रहने की जरूरत थी, आज स्वीकार करने की आवश्यकता है। तुम मूर्ख हो, राजनीति क्या जानो।''

''नेता?'' एक ओर से किसी स्त्री ने कहा, ''उस बार के आन्दोलन में सरकारी आज्ञा से राजा के सैनिकों ने हमारा घर लूट लिया था और चुन-चुनकर पुरुष प्राणियों को मार डाला था। अब हम स्त्री और बच्चे मर रहे हैं। नेता, हमारी रक्षा कर।''

नेता—''इस वक्त मैं तुम्हारी एक बात भी न सुनूँगा। तुम लोग मुझे भय दिखाने आये हो! उल्टे पाँव लौट जाओ, नहीं तो अनर्थ हो जाएगा।''

''तू हमारी रक्षा कर, हम तुझे लौटाने आये हैं। तू सरकारी सोने और प्रतिष्ठा पर आज मुग्ध है। तू हमें भूल गया है।''

''हम कुछ नहीं सुनते'', नेता ने झिड़की दी, ''सचमुच तुम सब दुष्ट हो।'' मिनिस्टर ने अपने नौकर की ओर देखकर कहा, ''टेलीफोन से पुलिस को बुलाओ। ये बदमाश सीधी तरह नहीं जाएँगे।

''हमारे लिए पुलिस?'' एक ने कहा।

''तू मिनिस्टर होते ही बदल गया।'' दूसरे ने कहा।

''हम जनता हैं।'' एक उत्तेजित नवयुवक ने आगे बढ़कर कहा, ''हम मूर्ख भले ही हों, शक्तिहीन भले ही हों—फिर भी, हम सम्राटों के सम्राट और बादशाहों के बादशाह हैं। फिर भी, हम देवता की तरह दयालु और भोले हैं। हम दानव की तरह क्रूर और भयानक हैं। हम जब बिगड़ते हैं, आकाश काँप उठता है, पृथ्वी हिल जाती है, तू हमारे विरुद्ध हो रहा है! हमारे खून से शक्ति पाकर हमारे विरुद्ध शक्ति-प्रयोग! मूर्ख!''

उत्तेजित भीड़ ने कहा, ''मूर्ख धोखेबाज!''

"अपना कुशल चाहते हो तो लौट जाओ, कुत्ते!" नेता ने कहा।

"हम कुत्ते हैं?" नवयुवक ने क्रोध से पूछा।

"हम कुत्ते हैं?" बूढ़ों ने घृणा से पूछा।

"हम कुत्ते हैं?" बच्चों ने मचलकर पूछा।

नेता ने अपने नौकर को टेलीफोन की ओर भेजा। वह स्वयं भी बँगले की ओर मुड़ा। उत्तेजना बढ़ी।

एक ने भीड़ में से ललकारा, "कहाँ जाता है?"

दूसरे ने कहा, "आज हमारा और तुम्हारा फैसला होकर रहेगा।"

तीसरे ने कहा, "मारो इस मनुष्य रूपधारी राक्षस को।"

कौन सोचता? कौन विचार करता है? भीड़ नेता पर टूट पड़ी। चारों ओर हल्ला मच गया। पुलिस के आने के पहले ही नेता टुकड़े-टुकड़े कर दिया गया।

उत्तेजित जनता शव को टाँगों के सहारे सड़क पर घसीटती हुई पागलों की तरह चली जा रही थी। 'सेवक' हजार चेष्टा करके भी उस क्षुब्ध समुद्र को शान्त नहीं कर सकता था। इसी समय सामने से सशस्त्र घुड़सवार आते दिखाई पड़े।

सेनानायक ने ललकारकर पूछा, "यह कौन है? इस तरह कहाँ लिये जा रहे हो?"

सेवक ने उत्तर दिया, "यह ज्वालामुखी से खेलनेवाला नेता है, अपने स्थान पर पहुँचाया जा रहा है।"

(उग्र ने यह कहानी स्वतन्त्रतापूर्व लिखी थी, लगता यह है
मानो आज अभी लिखी हो।—सम्पा.)

हत्यारा समाज

[एक युवक है, जो दूसरी स्त्री से प्रेम करता है। एक युवती है, जो दूसरे पुरुष से प्रेम करती है। मगर समाज इन्हें आपस में विवाह करने को विवश कर देता है। दोनों दुखी हैं, विवश हैं और इसलिए मिलकर आत्महत्या कर लेते हैं। और कहानी-लेखक व्यंग्य से कहता है, ''ऐसे समाज की जय हो!''—सम्पा.]

कोतवाल का कथन

उस दिन सुबह नौ बजे प्रयाग की कोतवाली में बैठा हुआ मैं अपने अफसर पुलिस सुपरिंटेंडेंट से बातें कर रहा था। इतने में टेलीफोन की घंटी बोली। मैंने एक जमादार से कहा कि देखो कौन बोल रहा है। जमादार ने हाथ में चोंगा लेकर पूछा। आवाज आयी—

''आप कौन हैं?''

''जमादार रहमान खाँ...आपका नाम?''

''मैं कर्नलगंज थाने का इन्स्पेक्टर रघुपतिसिंह हूँ। कोतवाल साहब हैं?''

''हैं।''

''उन्हें फोन पर भेज दो। जल्दी करो।''

मैंने स्वयं टेलीफोन का चोंगा हाथ में लेकर पूछा, ''ठाकुर साहब, आप थाने से बोल रहे हैं?

''जी नहीं, मैं रामानुजप्रसाद के घर से बोल रहा हूँ। साहब कहाँ हैं?''

''यहीं हैं। कहिए, क्या कहते हैं?''

''आप लोग फौरन बाबू रामानुजप्रसाद के बँगले पर आइए। दो हत्याएँ हो गयी हैं।

''हत्याएँ, बाबू रामानुजप्रसाद के यहाँ किस-किसकी हत्याएँ हुई हैं?''

''उनके लड़के और बहू दोनों की। आप लोग जल्द आएँ तो जाँच शुरू हो।

किसी जासूस को भी लेते आइएगा।''

बाबू रामानुजप्रसाद प्रयाग के रईसों में हैं। उनकी सरकार में भी बड़ी प्रतिष्ठा है। हम लोगों से तो उनकी पूरी मैत्री है। उनके एक ही पुत्र रघुनन्दन प्रसाद था।

रघुनन्दन ही उनकी लाखों की सम्पत्ति का मालिक था। उसने म्योर सेंट्रल कालेज से गत वर्ष बी.ए. की उपाधि प्राप्त की थी। लड़का बड़ा ही सुशील और चतुर था।

अभी बीस दिन भी नहीं हुए उसकी शादी को, उसकी और उसकी स्त्री की हत्या! मैं तो यह संवाद सुन भौंचक्का-सा रह गया। तुरन्त साहब और एक जासूस को लेकर मोटर से हम बाबू रामानुज के बँगले पर पहुँचे।

उस समय रामानुजप्रसाद का घर मातमखाना बना हुआ था। चारों ओर हाहाकार मचा था। नौकर-चाकर, स्त्री-पुरुष, जो जहाँ थे वहीं रो रहे थे। सामने के गोल कमरे में इन्स्पेक्टर रघुपतिसहाय और पुलिस के अनेक सिपाहियों के बीच में बैठे बाबू रामानुज बुरी तरह बिलख रहे थे। अभागे को बुढ़ौती में भयंकर चोट लगी थी। मुझे और साहब को देखकर रामानुज बड़े जोर से फूट पड़े। कहने लगे, ''मैं लुट गया, हुजूर! मेरा नाश हो गया। मेरे घर का चिराग बुझ गया। अब मेरा मरना या जीना दोनों एक-सा है। वह पहले ही विवाह नहीं करना चाहता था। यदि मैं यह जानता होता...उफ! पृथ्वी घूम रही है! उफ!''

ठाकुर साहब को धैर्य देकर हम सब उस कोठरी की ओर चले जिसमें युवक-दम्पती के शव थे। हमारे साथ जासूस भी था। पहले वही कमरे में बैठा। उसके पीछे-पीछे हम सब भी गये। हाय! दोनों गुलाब की तरह सुन्दर थे। उनके होंठ काले हो गये थे, दाँत बैठ गये थे और आँखें खुली थीं। खुली हुई आँखें मानो हमारी तरफ पूर्ण निराशा से देख रही थीं। मैंने साहब से कहा, ''जान पड़ता है दोनों ने जहर खा लिया है।''

मेरी बातों का जासूस ने समर्थन किया। उसने दोनों की नब्ज देखी। वे एकदम शान्त थे। इसके बाद पलँग की जाँच होने लगी। एक ही बड़े तकिये पर दोनों के सिर थे। उस तकिये को उठाते ही उसके नीचे से एक लिफाफा निकला जिस पर लिखा था, 'पुलिस के लिए।' जासूस ने उस बन्द लिफाफे को साहब के हाथ में दिया और साहब ने उसे मुझे देते हुए कहा—

''पढ़िए! देखिए, क्या लिखा है? जान पड़ता है इन्होंने आत्महत्या की है।'' लिफाफा फाड़कर मैं पत्र पढ़ने लगा।

रघुनन्दन का बयान

रघुनन्दन के पत्र में निम्नलिखित तीन शीर्षक थे—

"पुलिस के नाम।"

"हम दोनों ने आत्महत्या की है।"

"अपनी हत्या के पूरे जिम्मेदार हम ही हैं।"

इसके बाद पत्र का प्रारम्भ इस तरह हुआ था—

मुझे अपनी पूरी कहानी लिखने की इच्छा न थी, पर शायद मेरी कहानी से समाज की आँखें खुलें और मेरे जैसे अनेक अभागों के जीवन की रक्षा हो जाय इसीलिए इसे लिखता हूँ। मेरी प्रकृति बड़ी ही विचित्र है। यद्यपि मैं धनी पिता का इकलौटा बेटा हूँ, यद्यपि भारतवर्ष के अधिकतर अमीर लड़कों की तरह मुझे भी मनमानी करने का अधिकार है, तथापि सिद्धान्तोपासक हूँ इसलिए कहता हूँ कि हमारे समाज में कोई भी किसी अच्छे सिद्धान्त का पालन नहीं कर सकता। समाज उसका शत्रु हो जाता है। वह पग-पग पर उससे सिद्धान्त त्यागने का आग्रह करता है, दबाव डालता है और किसी हठीले से वास्ता पड़ जाने पर उसे अपमानित भी करता है। ऐसी परिस्थिति में सच्चे व्यक्तियों का समाज में रहना कठिन हो जाता है। उनकी जिन्दगी खराब हो जाती है।

जिस समय मैं स्कूल की दसवीं कक्षा में पढ़ता था उसी समय मुझे एक अँग्रेजी पुस्तक पढ़ने को मिली थी। कौन पुस्तक थी, ठीक याद नहीं। उसके प्रवीण भारतीय लेखक ने हमारे देश के अध:पतन का एक कारण बाल-विवाह भी बतलाया था। अत: मैंने निश्चय किया कि मैं बिना पूर्ण योग्यता प्राप्त किये—विवाह न करूँगा। पर, समाज मेरे निश्चय को क्यों स्वीकार करता? उसने मेरे पिता से मेरे कालेज में आ जाने पर कहा कि, "अरे! तुम लखाधिपति और तुम्हारा लड़का बीस वर्ष का होकर भी अविवाहित! मानो किसी मजूर का पुत्र है। तुम्हारी शादी तो दस वर्ष की अवस्था में हुई थी। लड़के को बेहाथ मत करो। उसकी शादी कर दो!"

इधर लड़की वालों का दल-बादल हमारे द्वार-आकाश पर मँडराने लगा। मोल-भाव शुरू हो गया। पर मैंने बड़ी दृढ़ता से उक्त संकट का सामना किया, पिताजी से साफ-साफ कह दिया कि बिना बी. ए. पास किये मैं शादी नहीं करूँगा। मेरी बातें सुनकर पिताजी अवश्य मेरा सिर तोड़ने को तत्पर हो जाते, पर उस समय माताजी ने मेरी रक्षा की। ऐसा न समझिएगा कि, माता जी की कृपा मुझे सहज में ही प्राप्त हो गयी थी। मैंने उन्हें अपने पक्ष में करने के लिए धमकी दी थी। कहा था, "यदि अभी मेरी शादी करा दोगी तो मैं घर छोड़ भाग जाऊँगा। साधु हो जाऊँगा।" माताजी ने सोचा कि आज नहीं, तीन साल बाद ही सही, लड़का तो खुश रहेगा। उन्होंने पिताजी को

भी राजी कर लिया।

क्रमशः मैं कालेज के थर्ड इयर क्लास में आया। बीते दो-तीन वर्षों में कोई भी ऐसा वर्ष नहीं था जिसमें दस-पाँच लड़कीवाले मेरी शादी के लिए न आये हों। हर साल मुझे परिस्थिति से युद्ध करना पड़ता था। हाँ, मैं कालेज की बात कह रहा था। एक दिन की बात हैं, मैं शायद हॉकी मैच खेलने गया था। जिस समय मैं घर की ओर अपनी बाइसिकल से लौट रहा था, बहुत देर हो गयी थी। मुझे भूख भी जोरों की लगी थी। अतः हवा की तरह बाइसिकल बढ़ाता चला आ रहा था। सहसा मेरी गाड़ी किसी लेंडों गाड़ी से टकरा गयी। मुझे सख्त चोट आयी और मैं गिरते ही मूर्च्छित हो गया। होश आने पर मैंने अपने को सहपाठियों के बीच में पाया। मेरे मित्रों के दल में एक युवती स्त्री भी थी जिसे मैंने उस दिन के पूर्व नहीं देखा था। यद्यपि किसी स्त्री को देखते ही 'हाय-हाय' करने और छाती पीटनेवालों में से मैं नहीं हूँ, फिर भी वह स्त्री बड़ी ही रूपवती थी। उसका सुन्दर गोरा मुख, आशा और लालसा की तरह हृदयाकर्षक दोनों आँखें भोलेपन से भरे कपोल और मादकतामय ओष्ठाधर देखते ही बनते थे। मैं कुछ पूछने ही वाला था कि उस युवती ने मुझसे प्रश्न किया—

"आपकी तबीयत अब कैसी है? कोई प्रत्यक्ष चोट न होने पर भी, भयंकर धक्का लगा था। यह तो कहिए कुशल हुई।"

"जी हाँ?" मैंने कहा, "अपराध मेरा ही था। मैं बेतहाशा गाड़ी दौड़ाता चला जा रहा था, फिर बाइसिकिल में लैम्प भी नहीं था। क्या गाड़ी आपकी थी?"

कुछ लज्जा का भाव दिखाते हुए युवती ने कहा, "मेरी ही गाड़ी के कारण आज आपको इतना कष्ट उठाना पड़ा है। इसके लिए..."

"नहीं, नहीं," मैंने कहा, "मैं तो स्वयं स्वीकार करता हूँ कि गलती मेरी थी।"

"अब आप यदि चलने लायक हो गये हों, तो अपने घर चलें। मेरी गाड़ी खड़ी है, मैं आपको पहुँचा दूँगी।"

"नहीं। आप बहुत कष्ट उठा चुकी हूँ। मैं अपनी गाड़ी मँगा लेता हूँ।"

"इससे फायदा? चलिए।"

धीरे-धीरे मैं गाड़ी में आकर बैठ गया। युवती मेरे सामने आकर बैठ गयी। गाड़ी मेरे घर की ओर चली। मैंने कृतज्ञतापूर्ण भाव से पूछा, "क्या मैं अपने उपकारी का नाम-पता जान सकता हूँ।"

"उपकारी?... मैंने उपकार किया है? स्वार्थ-साधना को आप उपकार कहते हैं? मैंने आपके साथ वैसा व्यवहार न किया होता, तो जानते हैं आप, मेरी गाड़ी पकड़कर पुलिस के हाथ में सौंप दी गयी होती और सम्भवतः कल आपके द्वारा मेरे ऊपर क्षतिपूर्ति का दावा..."

"अरे, आप भी क्या कहती हैं। हाँ, आप कहाँ की रहनेवाली हैं?"

"मैं दारागंज के आनन्दस्वरूप की पुत्री हूँ। मेरा नाम प्रभा है।"

"अच्छा आप ही बाबू आनन्दस्वरूप की सुपुत्री हैं? गत वर्ष मैट्रिकुलेशन परीक्षा में आप ही प्रान्तभर में प्रथम आयी थीं?"

प्रभा ने संकोच से मस्तक झुका लिया। इतने में गाड़ी मेरे बँगले के फाटक पर पहुँच गयी। मैंने गाड़ी से उतरते हुए प्रभावती से कहा—

"मैंने आज आपको बहुत कष्ट दिया। क्षमा कीजिएगा।"

"ऐसा क्यों कहते हैं? क्या आप कभी फिर मेरे घर पधारेंगे?" मैंने कहा, "अवश्य, भरसक कल ही। किस समय?"

"जिस समय आपको अवकाश हो। अच्छा हो, यदि शाम को घूमने के वक्त आएँ।"

एक तरह बाबू आनन्दस्वरूप भी हमारी जाति के हैं, पर समाज ने उनका बहिष्कार कर दिया है। कारण? उन्होंने अपने बड़े पुत्र करुणास्वरूप को बैरिस्टर होने के लिए विलायत भेजा था और लौट आने पर उसे घर से बाहर न निकालकर परिवार में शामिल कर लिया गया। इतने बड़े घातक पर समाज, बाबू आनन्दस्वरूप को कैसे क्षमादान देता? उसने अपना ब्रह्मास्त्र बहिष्कार उनके ऊपर उठा दिया। अब समाज के हिमायती, जो स्वयं तो दुनिया भर की बुराइयों से सम्बन्ध रखते हैं, मांस खाते हैं, शराब पीते हैं, देश-प्रेम में लिप्त रहते हैं, नैनीताल, मसूरी और शिमला में अवसर पाते ही किसी गौरांगी महिला के नेत्रों के शिकार भी हो जाते हैं, बेचारे आनन्दस्वरूप को इसलिए अछूत समझते हैं कि उन्होंने अपने पुत्र को विद्याध्ययन के लिए विदेश भेजा था।

मैं समाज की इस नीचता का बचपन से ही विरोधी हूँ। मैंने स्वयं विलायत जाकर आई.सी.एस. पास करने का विचार किया था। अतः मुझे बाबू आनन्दस्वरूप के घर जाने और जलपान करने में कोई परहेज न था। फिर प्रभा के मधुर व्यवहार से मेरा हृदय और भी मुग्ध हो गया। पहले हमारा सम्मेलन सप्ताह में एक-दो बार होता था, फिर हम लोग नित्य मिलने लगे और कई महीनों तक तो हम चौबीस घंटों में दो बार, तीन बार तक मिलते थे मैंने ध्यान से देखा कि प्रभावती में मेरी स्त्री होने के योग्य सब गुण हैं। हम दोनों एक-दूसरे के हृदय से खूब परिचित हो गये। हम दोनों ने एक नये ढंग से ब्याह कर लिया। उस ब्याह में बारात नहीं निकली, रंडियाँ नहीं नाचीं, शराब-कबाब का दौर नहीं चला, ब्राह्मण ने तोते की तरह संस्कृत के श्लोकों का पाठ नहीं सुनाया, बाबा आदम के जमाने की सामाजिक प्रथाओं की आवृत्ति भी नहीं हुई। वह विवाह तो बड़ी ही पवित्र रीति से हुआ। मेरे हृदय ने 'प्रभा' के हृदय से कहा, "अब मैं तुम्हारा हूँ।" यही उत्तर उधर से भी मिला। इससे अधिक वैवाहिक

बन्धन और क्या हो सकता है।

मगर हत्यारा समाज, नीच समाज, घृणित समाज क्यों मानता। वह तो जोर का भाई, नादिरशाह का बाप और डायर का पितामह है। अत्याचार करना उसका नित्य नियम है, ढोंग उसकी पोशाक है, सत्य के हृदय के लोथड़े उसकी खुराक और उन्नतिशील युवकों का रक्तपान ही उसका जलपान है। ऐसे समाज से हमारे देश की, संसार की कोई भी शक्ति रक्षा नहीं कर सकती। बी. ए. करते ही मेरे सिर पर 'विवाह' वज्रपात हुआ। लड़कीवाले पुनः दरवाजे तोड़ने लगे। इस बार पिताजी मेरी शादी करने को पूरे तैयार बैठे थे। बस, मैं नीलामी पर चढ़ा दिया गया। दहेज और तिलक की 'बोली' लगने लगी। एक हजार, दो हजार, पाँच हजार! पर जिसका बाप कई लाख का असामी है, उसके एकमात्र पुत्र के लिए केवल पाच हजार। असम्भव! पिताजी की 'सरकारी बोली' पन्द्रह हजार से कम होती ही नहीं। पहले रुपये, फिर लड़की।

महीने-भर पहले की बात है मैंने अपनी माता से साफ-साफ कह दिया कि मैं अपनी पसन्द की लड़की से ही विवाह करूँगा, चाहे रुपये मिलें या न मिलें।

"बाप रे, बाप! कलियुग आ गया! जरा लड़के को देखो। कैसे इसके मुँह ऐसी बातें निकलती हैं! जब तक माँ-बाप जीते हैं तब तक लड़के को अपने विवाह के विषय में दखलन्दाजी करने का क्या अधिकार है।"

मैंने कहा, "माँ, विवाह जीवन-मरण का प्रश्न है। इसका निपटारा उसी को करना चाहिए जिसे फल भोगना हो। मैं आप लोगों की पसन्द की लड़की से शादी कर अपना जीवन कदापि नष्ट न करूँगा, चाहे जो हो।"

माँ ने पूछा, "तो तू ही बता, तू कैसी लड़की चाहता है? जहाँ तेरी शादी पक्की हुई है वह कन्या मेमों की तरह गोरी है। उसने पढ़ा-लिखा भी है। वह धनी पिता की पुत्री है। इससे अधिक तू क्या चाहता है?"

"पर, माँ!" मैंने दीनता और नम्रता से कहा, "मैंने तो पहले ही से अपने लिए लड़की तलाश ली है।"

"दुर! बड़ा निर्लज्ज लड़का है। अँग्रेजी पढ़ने से लड़के ईसाई हो जाते हैं। तूने किसे पसन्द किया है? किसी मेम को?"

"नहीं माँ, मैंने आनन्दस्वरूप की पुत्री प्रभा को..."

मेरी बात पूरी भी न होने पायी थी कि पिता जी आ गये। शायद वह छिपकर हमारी बातें सुन रहे थे। उन्होंने आते ही गरजकर कहा—

"तेरे पीछे हमारा घर-भर ईसाई तो होगा नहीं। आनन्दस्वरूप जाति-च्युत हैं। उनकी पुत्री से तेरी शादी कदापि नहीं हो सकती। मैंने जहाँ ठीक किया है वहीं तुझे विवाह करना पड़ेगा। हम तेरे अहित चिन्तक तो हैं नहीं!"

बड़ी ही सुहानी रात्रि थी। चैत्र का पूर्ण चन्द्र बाबू आनन्दस्वरूप के उद्यान में

नाच रहा था। गुलाब की सुन्दर-सुन्दर कालियाँ और खिले हुए फूल निशाकर के करों के स्पर्श से मस्त होकर हँस रहे थे। मन्द मलयानिल मानो उद्यान की शोभा पर मुग्ध दीवाना-सा हो गया था। उसकी स्थिरता चली गयी थी। प्रभा मेरे पास में बैठी फव्वारे के जल से खेल रही थी।

मैंने कहा—"अछूत।"

मैं इसी मनोहर व्यंग्यपूर्ण नाम से उसे पुकारता था।

उसने कहा—"देवता!"

"बड़ी विकट समस्या है। अक्ल काम नहीं कर रही है।"

"कुछ नहीं, देवता तुम विवाह कर लो।"

"कर लूँ? कैसे?" हृदय पर पत्थर रखकर? तुम क्या समझती हो? जिससे मेरी शादी होगी मैं उसे सुखी कर सकूँगा। कदापि नहीं। फिर एक अभागिन हिन्दू ललना का सुख नाश करने का मुझे क्या अधिकार है? एक ही क्यों, तुम—तुम्हारा भी और अपना भी।"

"मेरी चिन्ता क्यों करते हो, देवता? हिन्दू बालिकाएँ संयम रखना खूब जानती हैं। फिर समाज ने अछूत बनाकर मुझे और भी स्वतन्त्र कर दिया है। मेरे ऊपर जो कुछ पड़ेगा, मैं उसे भोग लूँगी। तुम सुखी रहो, देवता! मेरे पापों के प्रायश्चित्त के लिए तुम अपना जीवन क्यों नष्ट करोगे? मैं तुम्हें प्रसन्न-हृदय से सलाह देती हूँ—प्रार्थना करती हूँ—तुम विवाह कर लो!"

"मेरे विवाह के बाद तुम क्या करोगी?"

"और क्या करूँगी? कभी ठंडी साँसें खीचूँगी, कभी रोऊँगी और कभी अपने मन्द भाग्य पर हँसूँगी। और क्या कर सकती हूँ?... रहा मेरे विवाह का प्रश्न, उसके लिए मैंने निश्चय कर लिया है। पहले तो मेरे पिताजी मुझपर अनुचित दबाव डालेंगे नहीं फिर यदि उन्होंने वैसा किया—मेरी शादी कहीं पक्की की—तो मेरे लिए अधिक सुख आत्महत्या में है। मैं समाज के चरणों पर आत्म-बलिदान कर दूँगी। तुम विवाह कर लो।"

मैंने कहा, "अछूत।"

उसने कहा, "देवता।"

मेरी ठंडी साँस-साँस कहने लगी—

"मेरी माता मेरे अछूत से विवाह करते ही आत्महत्या कर लेंगी। उन्हें आज या तो मैं उसकी इच्छानुसार विवाह करने की सूचना दूँगा या कल श्मशान पहुँचाना होगा।"

प्रभा की ठंडी साँस ने कहा—"देवता! तुम्हारी प्रसन्नता ही मेरा सुख है। तुम विवाह कर लो। माता का महत्त्व बहुत बड़ा है। स्त्री, माता के आगे तुच्छ है—हेय

है। माता का प्रेम कहाँ मिल सकता है? तुम माता की आज्ञा का पालन करो!''

''अछूत!''

''देवता!''

''चलो, कहीं भाग चलें। न यहाँ रहेंगे, न यह विपत्ति सिर पर पड़ेगी। थोड़े दिनों में सब ठीक हो जाएगा।''

''नहीं देवता! समाज क्या कहेगा? फिर, वैसी अवस्था में तुम्हारे माता-पिता की क्या हालत होगी। भागोगे क्यों? कर्तव्य-पालन करो। राम का अनुगमन करो, मेवाड़ के भीमासिंह के पथ पर चलो। तुम विवाह कर लो, मैं कहती हूँ न!''

मेरा माथा घूमने लगा, मैं व्यग्र हो गया। मैंने कहा, ''अछूत, कोई गाना गाओ। हाँ, गाओ! कुछ भी गाओ, मैं पसन्द करूँगा।''

अछूत गाने लगी—

सुमिरत प्रीति लाज लागत है उर भयो कुलिश समान।
लोचन रहत बदन बिनु देखत बचन सुने बिनु कान,
हृदय रहत हरि पानि-परत बिनु बधत न मनसिज वान।

ठंडी साँसों से भरा हुआ वह गाना! हृदय के टुकड़ों-आँसुओं से सींचा हुआ वह संगीत, करुणा से लिपटी हुई वह कोमल स्वरलहरी भुवन-मन-मोहिनी थी। अछूत के कंठ से निकलते ही मलय-समीर से दिग्वधुओं, दिशाओं से निशा सुन्दरी और निशा सुन्दरी से अनन्त आकाश के विशाल हृदय में वह संगीत मेरे सुखों की तरह लय हो गया! हाय!!

मेरा विवाह हो गया। मेरे हृदय की हत्या हो गयी!! मेरी स्त्री को मेरे घर में आये बीस दिनों से अधिक हो गये। इस बीच में मैंने एक दिन भी 'अछूत' के दर्शन करने का साहस नहीं किया। उसे कौन-सा मुख दिखाता? उसके क्षत-विक्षत हृदय पर कौन-सा मरहम लगाता? पर आज-आत्महत्या के दिन—मेरी इच्छा अपनी नयी स्त्री से साक्षात् करना था।

''मुझे देखते ही अछूत ने मुस्काते हुए कहा, 'बधाई'।''

मैंने कहा, ''अछूत।''

उसने कहा, ''आज्ञा?''

''देवता'' कहो! उसी प्रिय सम्बोधन से आज-भर और इस अभागे को पुकारो।''

''देवता!''

''आज हमारी सौभाग्य रात्रि है, आज मैं अपनी सामाजिक स्त्री से मिलूँगा। इसी से अन्तिम 'विदा' माँगने आया हूँ।''

"अन्तिम विदा?"

"हाँ, अन्तिम। अब हम फिर एकत्र न हो सकेंगे। मुझे विदा दो। मेरे लिए दुख न करना।"

इसके बाद मैंने अपनी सच्ची स्त्री 'अछूत' का प्रथम और अन्तिम चुम्बन किया, हम दोनों प्रथम और अन्तिम बार लिपट कर रोये। आधे घंटे के भीतर ही प्रभा के घर से लौट आया।

भोजन करने के बाद, भयंकर विष की शीशी जेब में रखकर मैं अपने केलि-मन्दिर में प्रविष्ट हुआ। पर, यह क्या? मैंने दरवाजे ही पर से देखा, मेरी नव-स्त्री पुष्प-शैया पर पड़ी तड़प रही थी! उसका सुन्दर मुख आँसुओं से तर था!!"

स्त्री की कहानी

स्त्री ने तीव्र स्वर में मुझसे कहा, "मैं आपकी नहीं हूँ।"

मैंने व्यंग्यपूर्ण मुस्कराहट के साथ कहा—

"तो मैं तुम्हारा पति भी कहाँ हूँ! जान पड़ता है तुमको मेरी कथा मालूम है।"

स्त्री—"नहीं, मुझे आपकी कोई भी बात मालूम नहीं। मेरी स्वयं एक बड़ी कथा है। मैं जबरदस्ती!...

"वह कैसे? मैंने तो तुमसे विवाह किया है। तुम तो मेरी पाणिग्रहीता हो।"

स्त्री—"हो सकती हूँ। समाज मुझे आपकी स्त्री मान सकता है, पर मैं आपको धोखा देकर अपना धर्म नष्ट नहीं करना चाहती। मुझे पतित समझें, चांडालिन समझें, पर असती न समझें। मेरे माता-पिता ने जबरदस्ती मुझे औरों के हाथों में सौंप दिया है।"

मैं—"स्पष्ट कहो! कैसे?"

स्त्री—"मेरे पिता काशी के एक धनी-मानी व्यक्ति हैं, यह तो आप जानते ही हैं। मेरी बड़ी बहिन की शादी काशी में ही हुई है। उनके पति प्राय: मेरे यहाँ आया करते थे। हमारे यहाँ दामादों की इज्ज़त बहुत अधिक हुआ करती है। भारतवर्ष-भर से अधिक। अस्तु, मेरे बहनोई अक्सर मेरे यहाँ आया-जाया करते थे। हमारे समाज की छोटी बहनें—चाहे वे युवती ही क्यों न हों—खुलेआम बड़ी बहनों के पति के सम्मुख हुआ करती हैं। उनसे परिहास करती हैं। समाज इसमें कोई दोष नहीं देखता। समाज के इसी नियम के कारण मेरा सर्वनाश हुआ है। मेरे बहनोई बड़े सुन्दर, हँसमुख और भावुक हैं। अधिक परिचय होने से हमारा-उनका प्रेम हो गया। जब-जब वह आते तब-तब उनका अधिक समय मेरे ही साथ बीतता। घरवाले समझते थे कि छोटी बहन, बड़ी बहन के नाते अपने बहनोई को प्यार करती है। पर, मैंने तो अपना सर्वस्व

उनके चरणों में अर्पित कर दिया था। उन्होंने मुझे वचन दिया था कि पिता जी से कहकर वह मुझसे भी ब्याह कर लेंगे। बात कहाँ तक छिपती। मेरी बहन को सब खबर हो गयी। पर कब? जब मुझे दस-पन्द्रह दिनों का...

मारे लज्जा के स्त्री की आँखें गड़ गयीं ऐसा जान पड़ता था कि यदि पृथ्वी फट जाती तो उसमें अपने को छिपा लेती। मैंने उसे आश्वासन देते हुए कहा, ''कहो, कहो बहन कहो! हम दोनों एक ही रोग के रोगी हैं।''

फिर क्या, चारों ओर कोलाहल मच गया। फौरन ही मेरी शादी की तैयारी होने लगी। मैंने अपनी माता के सम्मुख रोकर, बिलखकर, अपना दुखड़ा सुनाया, अपने सच्चे पति-बहनोई से विवाह करने की इच्छा प्रकट की, पर सब व्यर्थ। समाज के डर से झूठी मर्यादा की रक्षा के लिए, मैं बरबस आपके गले मढ़ी गयी। अब इस समय मुझे दो माह का गर्भ है। मैं आपके चरणों में स्थान पाने योग्य नहीं हूँ। मेरे लिए कहीं विष न मिलेगा? मैं आत्महत्या करूँगी।

फिर क्या था। जो रोगी को भावे, वही वैद्य बतावे। मेरे मरने का द्वार निर्विघ्न खुल गया। मैंने अपनी कहानी उस बालिका को सुनाकर, जहर की शीशी दिखाते हुए कहा—

बहन! आओ, इसी अमृत को पीकर हम दोनों अमर हो जाएँ। संसार हमारे लिए नहीं बना है। अभागिन बालिका को आधी शीशी विष देकर मैंने शेष का सत्कार स्वयं किया और फिर दोनों सो रहे। हमारी हत्या का जिम्मेदार यदि कोई है, तो वह है हमारा पाषाण-हृदय समाज।

लेखक का कथन

समाज की जय हो!
वह चिरंजीवी हो!!

दोजख की आग

[नरक में जाने के बाद, दोजख मिल जाने के बाद व्यक्ति प्रायश्चित्त कि आग में जलता है, पहली बार हिन्दी में एक अद्‌भुत शैली में दोजख में जलते व्यक्ति की आत्म-कथा। उग्र शैली में।—सम्पा.]

1

मेरी एक बीबी थी। गुलाब की तरह खूबसूरत, मोती की तरह आबदार, कोहनूर की तरह बेशकीमती, नेकी की तरह नेक, चाँद की सादी, लड़कपन की हँसी की तरह भोली और जान की तरह प्यारी।

मेरे एक बच्चा था। चाँदनी-सा गोरा, नये चाँद-सा प्यारा, युवती के कपोल-सा कोमल, प्रेम-सा सुन्दर, चुम्बन-सा मधुर, आशा-सा आकर्षक और प्रसन्न हँसी-सा सुखद।

मेरी एक माँ थी। मस्जिद की तरह बूढ़ी, आम की तरह पकी, दया की तरह उदार, दुआ की तरह मददगार, प्रकृति की तरह करुणामयी, खुदा की तरह प्यारी और कुरानपाक की तरह पाक।

मेरी एक दर्जी का दुकान थी। वह मेरी गरीबी के बुढ़ापे की लकड़ी थी। वही मेरे चार आदमियों के परिवार के होटल की मालकिन थी, वही मेरी रोजी थी, वही मेरी रोटी थी, वही मेरे उजड़े हुए घर की फूस की टट्टी थी, वही मेरी झोंपड़ी का चिराग थी। बीवी की हँसी, बच्चे की खुशी, माँ की दुआ, खुदा की याद, सब कुछ वही थी। वही मेरी दुनिया थी।

मेरी एक बुरी आदत थी। हाँ, हाँ, बुरी आदत थी, अब तो जान गया हूँ, अब तो मान रहा हूँ, अब झूठ क्यों बोलूँ, मेरी एक बुरी आदत थी। मैं खुदा को मानता था। खुदा को इंसान से बढ़कर जानता था। खुदा के लिए इंसान की हस्ती तक मिटा देने का समर्थक था।

मेरी एक मित्र-मंडली थी। उसमें एक-से-एक जाहिल और आवारा इंसान थे।

हरेक आदमी कुरान का हाफिज होने का दावेदार था। हरेक आदमी पैगम्बर और खुदा का असली जानकार था। हरेक आदमी दुनिया की डेढ़ अक्ल में से सवा अक्ल का खुदा का हकदार था। हरेक आदमी पहुँचा हुआ था। हरेक आदमी मुसल्लम ईमान था।

मेरी एक बदकिस्मती थी, उसने मुझे उस दिन जुमा की नमाज के बहाने मस्जिद भेज दिया। भेज क्या दिया, घसीट ले गयी। उसी ने नमाज के वक्त एक हिन्दू-जुलूस को मस्जिद के सामने पहुँचाया, उसी ने मुसलमानों को बाजा रोकवाने पर उतारू कराया, उसी ने हिन्दुओं को अपने हक के नाम पर अड़ाया, उसी ने दोनों दलों में गुर्रागुर्रा कराया, डंडे, तीर, तलवार, बर्छे निकलवाये—और अन्त में उसी ने मुझे, इच्छा के विरुद्ध मजहब के नाम पर मैदान में कुदा दिया। शरीद बना दिया।

मेरी करनी के लिए शैतान के खजाने में एक इनाम था। उसका नाम, 'दोजख की आग' है। इस वक्त मैं उसी आग की खूंखार लपटों से परेशान हूँ। हाय-हाय कर रहा हूँ।

2

मरने के बाद मालूम हुआ कि दुनियावाले दूसरी दुनिया के बारे में जो कुछ सोचते हैं, सब गलत है, सब फिजूल। सब सिर्फ ख्याली पुलाव होता है। वहाँ सुना था दीन पर मरनेवाले को बहिश्त मिलती है, खुदा मिलता है। मगर कहाँ, मेरी जान भी तो मजहब के नाम पर ही गयी है। मैं भी तो दीन के लिए, खुदा ही के लिए, कुर्बान हुआ। फिर, मुझे वे चीजें क्यों न मिलीं? कुछ नहीं। यह सब नासमझ इंसानों की हिमाकत है जो जमीन पर रहकर, आसमान की बातें सोचा करते हैं। यहाँ देखने से मालूम हुआ कि दुनिया की अक्ल आसमानी चीजों के बारे में सोच ही नहीं सकती। यहाँ के आश्चर्य के विषय में केवल यही कहा जा सकता है कि—'जो अक्ल में न आये उसका ख्याल क्या है।'

जरा और विस्तार से कहता हूँ। लोग कहते हैं पैदा होने में और मरने में बड़ी तकलीफ होती है। पैदा होने में तकलीफ हुई थी या नहीं, याद नहीं। मगर, मरने में तो वैसी कोई तकलीफ न हुई। एक बार और ललकारी-ललकार हुआ। दूसरे क्षण डंडे और तलवारें, ईंटें और बर्छे चलने लगे। संयोग से किसी एक हिन्दू के हाथ की ईंट मेरी खोपड़ी पर सटीक पड़ी। सिर घूम गया। आँखों और मुँह से खून की पिचकारी छूटने लगी। मैं बेहोश हो जमीन पर ढेर हो गया। इसके बाद एक बार जरा-सी आहट मिली। मालूम हुआ कोई मुझे होश में लाने की चेष्टा कर रहा है। पर सब व्यर्थ। वह एक ही पन्नहार मेरी जिन्दगी का तमाशा खत्म करने के लिए काफी था।

एकाएक बेहोशी इतनी बढ़ी कि मैं जग उठा। अनुभव किया कि मैं दुनिया के ऊपर, किसी दूसरे लोक की ओर उठाया जा रहा हूँ। जिस समय मेरी अनुभव करने

की शक्ति लौटी उस समय मैं दुनिया से बहुत ऊपर, बहुत दूर था। इन्सान का प्यारा संसार वहाँ से धूल का घरौंदा मालूम पड़ता था। लड़कों के खिलौनों-सा दिखाई पड़ता था। यहाँ से सबसे पहले मेरी यही कोशिश हुई कि एक बार अपनी टूटी-फूटी झोंपड़ी को खोजूँ, एक बार बूढ़ी माँ के मुहब्बत भरे चेहरे को तलाशूँ, एक बार प्यारी बीवी...दुःखों से मेरी दुनिया का बहिश्त बनानेवाले-छोटे से खूबसूरत गुलाबी मुँह को ढूँढ़ूँ, एक बार अपने कलेजे-से प्यारे बच्चे की शक्ति को उस घरौंदे के बाहर खोज निकालूँ। मगर सारी कोशिशें बिलकुल बेकार हुईं। कोई न दिखाई पड़ा, कुछ भी दिखाई न पड़ा। अब दिल तड़पने लगा। ऐसी खूबसूरत, ऐसी ईमानदार, ऐसी भलमानस और ऐसी दिलदार बीवी को मैंने किसलिए छोड़ा; खयाली मजहब के लिए? शायरों की बहिश्त और दोजख के लिए, आपस की तकरार के लिए, इंसान के पागलपन के लिए, काफिरों से बदला लेने उन्हें तंग करने के लिए, मजिस्द की शान के लिए, गाने के लिए, बहलाने के लिए, आखिर यह मैंने किया क्या और क्यों?

देर तक दुनिया की ओर यह देख भी न सका। मेरे पीछे कोई अज्ञात शक्ति अपना काम कर रही थी। मालूम पड़ता है, उसी का इशारा हुआ। बड़े जोरों से, इतने जोर से कि कान के परदे झन्ना उठे, धड़ाके की आवाज हुई। सन्न से किसी जोरावर ताकत ने मेरी रूह को एक बार फिर अपनी ओर खींचा। उफ! ऐसा झटका दिया कि मेरा अंग-अंग झुरकुस हो गया। मैं काँप उठा। दुनिया के अभ्यास के मुताबिक मैंने आँखें मीच लीं। इस वक्त मेरे पास दुनिया की तरह अंग थे या नहीं, ठीक नहीं कह सकता। देखने की शक्ति थी, मगर आँखों का पता नहीं था। छूकर दूसरी चीजों का अनुभव कर सकता था, मगर अपने हाथ खुदा हो रहे थे—दिखाई नहीं पड़ते थे। यही हालत दूसरे अंगों की भी थी।

इस बार आँखें खोलने पर जो देखा—उफ! रूह काँप उठी! होश उड़ गये। चारों ओर घना काला अन्धकार! दुनिया का पता नहीं, आसमान का कोई चिह्न नहीं, वायु नहीं, जल नहीं, सूर्य नहीं, चन्द्र नहीं, साथी नहीं, मित्र नहीं। कोई अपना नहीं, केवल और केवल—घना काला भयप्रद अन्धकार; दम घुट रहा था। बदन पसीने में 'शाल' था, शरीर की चमड़ी—मालूम पड़ता था—झुलसी जा रही थी, आँखों की ज्योति क्षण-क्षण पर क्षीण हुई जा रही थी। अन्धकार के परदे में भयानक ज्वाला, भयानक ताप, भयानक दोजख था!

उफ! उफ! उफ!!!

3

मैं सिसक-सिसक कर मर रहा था, मैं हिचक-हिचककर मर रहा था, मैं बिलख-

बिलखकर मर रहा था। मैं गल-गलकर मर रहा था। बयान नहीं कर सकता उस तपिश का, बयान नहीं कर सकता उस रोमांचकारी हृदय की पीड़ा का, बयान नहीं कर सकता उस रूह को हिला देनेवाली दोजख की आग का! ऐसी गर्मी, ऐसी पीड़ा, ऐसी प्रतारणा, ऐसी दाह, ऐसी दोजख, ऐसा रौरव!

उफ! उफ!! उफ!!!

पीड़ाओं से व्यथित होकर मूर्च्छित हो जाता था। मगर बेहोशी में भी फुर्सत नहीं। वही सपना, वही आग, वही छीछालेदर! स्वप्न में भी मूर्च्छित होने का भ्रम होता था। इस प्रकार मेरी एक-एक बेहोशी में हजार-हजार बेहोशियाँ छिपी रहती थीं। एक-एक मृत्यु में हजार-हजार मृत्यु की पीड़ा होती थी।

उस बार बेहोशी से होश में आने पर देखा—मेरे चारों ओर के अन्धकार में कुछ प्रकाश का उदय हुआ। मन में आशा चमक उठी, परीक्षा समाप्त हो गयी। बहिश्त चलाना होगा। यही ज्योति खुदा की ज्योति है, हक का जलवा है। ध्यान से देखने से पता चला कि वह ज्योति ही नहीं, बल्कि ज्योतिर्मयी अक्षर धारा थी। चमकीले हरूफ थे। आँखों पर जरा जोर डालकर देखा। लिखा था—"दोजख की आग!"

ज्योंही मैंने उक्त शब्दों को अच्छी तरह देख लिया त्योंही—तुरन्त अक्षर बदल गये। अब इन प्रकाशपूर्ण अक्षरों का रूप हो गया—

"भयानक-छाया-चित्र-नाटक!"

अरे! अरे! मैं घबरा गया। यहाँ यह 'सिनेमा' कैसा? अक्षर और शब्द बराबर बदलने लगे—

"नाटककार—अज्ञान।"

"सूत्रधार—ईश्वर 'कल्पना'।"

"मुख्य नायक (हीरो, बहादुर)—यार अली।"

मेरा नाम! इस ड्रामा का 'बहादुर' मैं; मैं अभी यह सोच ही रहा था कि अन्धकार के पर्दे पर के अक्षर लुप्त हो गये। क्षण-भर में एक बार फिर मेरी आँखों के सामने वही अँधेरा आ गया, जिसके वारण की धोवन अपने मुँह पर मलकर, सावन-भादों का अँधेरा अपना रूप चमकाता है। इसके बाद एक चलती-फिरती तस्वीर-सी परदे पर आयी।

ओहो! मैं फौरन पहचान गया। वही जुमा की नमाज का नजारा था। वही मौलवी, वही मुल्ले, वही बूढ़े, वही जवान बदमाश, वही आवारे, वही गुंडे, वही दीनदार, वही दिल के नाम पर—खुदा के नाम पर—खुदा को बदनाम करने वाले, वही सायंकाल का समय, वही हिन्दुओं का जुलूस, वही मुसलमानों की तकरार, वही बातों का बतंगड़, वही तनातनी, वही आकाश में गर्द का छाना, वही आँधी, वही तूफान, वही मैं (यार अली)। वही धर्म के पागलों का आग्रह, वही उत्तेजना, वही विक्षुब्ध

समुद्र में फाँदना, वही वज्रपात, वही प्रलय।

उफ! उफ!! उफ!!!

क्षणभर के अन्धकार के बाद दिखाई पड़ा।

धार्मिक उन्माद का फल

इसके बाद तस्वीरों का सिलसिला चला। मेरे शहर का विहंगावलोकन—चारों ओर हड़ताल, चारों ओर भयानक स्यापा, चारों ओर शोक, घृणा, क्रोध और अपमान की लपटें, अन्न के अभाव में भूखों मरते परिवार, बेटे के दुःख में रोती अनेक माताएँ, पति की अकाल मृत्यु से व्यथित अनेक अबलाएँ, पिता के शोक से सन्तप्त पुत्र और पुत्र के मरण से सन्तप्त पिता—चारों ओर शोक! चारों ओर हाय-हाय!

दूसरे भाग के अन्त में लिखा था—जिस स्थान के लोग ईश्वर या खुदा, धर्म या मजहब, पैगम्बर या अवतार के नाम पर हत्या, घृणा, रक्तपात, लूट, दाह और पाप का प्रचार करते हैं, उस स्थान पर दोनों जहान के मालिक हैं, सर्वेश्वर, परमेश्वर का कोप वज्र की तरह टूटता है।

उस स्थान के लोग रोते हैं और सिसकते हैं और क्षमा-प्रार्थना करते हैं। मगर ईश्वर उन्हें क्षमा नहीं करता। वे दोजख की आग में जलाए जाते हैं। इसके बाद मेरा घर दिखाई पड़ा। अरे! यह जला कैसे? मेरे घर को किसने खाक कर डाला? समझ गया, समझ गया! मेरे घर के पीछे एक हिन्दू बनिए का मकान है। उसी के पाप से मेरा घर भी जला होगा। जौ के साथ घुन भी पिस गया होगा।

मैंने उन तस्वीरों में स्पष्ट देखा, मेरी माँ घर के आँगन में बैठी थी। पहचानी नहीं जाती थी। आँखों में काले-काले गड्ढे पड़ गये थे। होंठ सूख गये थे। चेहरा पीला पड़ गया था। माँ की गोद में मेरा गुलाब का फूल—मेरा लख्तेजिगर, मेरा लाल था। उसकी भी बुरी हालत थी। जान पड़ता था हफ्तों से बिना दाना-पानी के जी रहा था। उसके चेहरे पर हँसी नहीं, प्रसन्नता नहीं, जान नहीं। माँ और प्यारे बेटे की ऐसी हालत देखकर मेरी छाती जलने लगी।

इसके बाद बीवी पर नजर पड़ी। वह माँ और मेरे बच्चे से थोड़ी दूर खड़ी किसी आदमी से बातें कर रही थी। उसके पास ही कुछ मजदूर बाँस और लकड़ी और खपड़े—शायद मेरे घर की खपरैल ठीक करने के लिए—इकट्ठा कर रहे थे।

मेरी बीवी के चेहरे पर अफसोस और फिक्र ने डेरा डाल रखा था। उसकी आँखें कह रही थीं कि वह चिन्ता के नरक में पड़ी है। उसका सूखा मुँह कह रहा था कि वह किसी भयानक ज्वाला से जल रही है। उस पुरुष को भी मैं पहचान गया। वही

मेरी दुकान का मालिक था। उसी से 10 रुपये महीने पर मैंने यह जगह ले रखी थी। मेरी बीवी के पास क्यों खड़ा है; उसका चाल-चलन तो ठीक नहीं। वह ऐसा आवारा-तबीयत है कि उसके रिश्तेदार भी उसे अपने में नहीं घुसने देते। फिर; वह मेरी बीवी के सामने क्यों खड़ा है?

इसके बाद उसने मेरी बीवी से कहा, "यह खरे सोने की तरह जबानी, यह बेदाग हीरे की तरह हुस्न, यों ही चौपट कर देना ठीक नहीं। यार अली की मुहब्बत, यार अली की इज्जत, उन्हीं के साथ कब्र में या जन्नत में गयी। अब तुमसे उससे कोई वास्ता नहीं..."

"चुप रहो!" मेरी बीवी ने कहा, "ऐसी बातें न कहो...!"

"मैं जो कहता हूँ, बिल्कुल ठीक कहता हूँ। तुम कोई हिन्दू औरत नहीं हो, जो सात जन्मों तक पति के नाम पर रंडापा खेओगी, हमारे यहाँ तलाक भी है, निकाह भी। अब तुम मेरे घर को रोशन करो।"

मेरी स्त्री ने कहा, "यह नहीं होने का।"

"यही होगा," उसने कहा, "किसी का दामन न पकड़ोगी तो बच्चे को, बूढ़ी को और अपने को खिलाओगी क्या; मैं तो उजड्ड आदमी हूँ साफ-साफ कहता हूँ। अब वह जमाना नहीं कि कोई मजहब या गरीबी या मेहरबानी के नाम पर किसी के परिवार को बैठाकर आराम देगा। यह दुनिया तो बाजार है। पहले कुछ दो, फिर लेने के लिए हाथ पसारो।"

स्त्री ने कहा, "रहने दीजिए। मैं भीख माँग लूँगी, पर आपकी ये बातें नहीं सुनूँगी। क्या यही सब सुनाने के लिए आप मेरी मदद करने आये हैं? क्या इसलिए मेरे घर का छप्पर ठीक कराया जा रहा है?"

"भीख नहीं मिलेगी, मेरी जान!" जरा उत्तेजित होकर उस नराधम ने कहा, "खूबसूरत लोगों को भीख भी मुफ्त में नहीं मिलती। तुम्हारी सास कहीं हाथ फैलाने लायक है ही नहीं, उसकी जईफी इस लायक नहीं है जो कहीं चल-फिर सके। तुम्हारा लड़का अभी कुल दो बरस का है। फिर... तुम्हीं भीख माँगने जाओगी न; तुम्हें कोई भी कुछ दे तो कहना। तुम्हारी जैसी भिखमंगिनें पहले किसी का ईमान लेती हैं, उसके बाद भीख। मेरी बात मान लो। मेरे घर चलो। छोड़ो इस झोंपड़ी को—रानी बनो। छोड़ो इस रोने को—गले में हाथ डालकर हँसो।"

मेरी स्त्री उस मर्द के सामने से आँखें नीची किये हटने लगी। इस पर उसने एक रुपया जमीन पर फेंकते हुए कहा, "फाका न करना। इस रुपये का कुछ मँगाकर सब कोई खाना-पीना। मैं रात को—एक बार फिर—तुम्हारा निश्चय जानने के लिए आऊँगा।"

दुकान का मलिक रहमत, जाने के लिए जान-बूझकर, औरों की आँख बचा, मेरी बीवी के गाल पर एक हल्की चपत लगाकर कह गया—

"पगली न हो! जल्दी रास्ते पर आ जाओ।"

आगे की तस्वीर न देख सका। सिर घूमने लगा। ऐसा मालूम पड़ने लगा मानो सैकड़ों साँप एक साथ मेरी छाती पर फन मार रहे हैं। मेरी आँखों के सामने उस कुत्ते ने मेरी बीवी से ऐसा सुलूक किया। मेरी आँखों के सामने!!

उफ! उफ! उफ!!!

इस बार आँखें खुलने पर देखा, तस्वीरों का सिलसिला ज्यों-का-त्यों जारी था, मानो दोजख में सज़ा देने की यही तरकीब है। घुला-घुलाकर जान लेना, कोस-कोस कर मारना।

इस बार देखा—एक कमरा था। पलँग बिछा था। सामने कुर्सी पर बैठा वही, शैतान की औलाद रहमत, हुक्का पी रहा था। कमरे में एक अच्छी बड़ी दीवालगीर जल रही थी जिसके उजाले में दो बड़ी-बड़ी अलमारियाँ चमक रही थीं।

कमरे का दरवाजा खुला और मेरी बीवी भीतर दाखिल हुई। अब भी उसका मुँह सूखा था, उसकी आँखें धँसी थीं, अब भी चेहरा उतरा था। मेरी बीवी के पीछे एक दूसरा आदमी था। शायद रहमत का नौकर था।

रहमत को देखकर मेरी बीवी घबरायी। पीछे फिरने को तैयार हुई। मगर उधर दरवाजा बन्द कर नौकर रफूचक्कर हो गया था। रहमत मेरी बीवी की निराशा पर, हा, हा, हा, हा कर हँसने लगा।

"इसका मतलब क्या है?" मेरी बीवी ने सवाल किया।

"इसका मतलब," रहमत ने जवाब दिया, "यही कि मैं तुम्हें छोड़ नहीं सकता। यार अली के सामने से ही मेरी तुम्हारे हुस्न पर नजर है। तुम्हारे ही लिए मैंने अपनी दुकान उसे सस्ते भाड़े में दे रखी थी। तुम मेरी जान हो, जाओगी कहाँ? यह मेरी किस्मत है जो वह नालायक तुम्हारी ऐसी परी मेरे लिए छोड़कर दुनिया से उठ गया। खड़ी क्यों हो? इधर बैठो।"

स्त्री ने कहा, "मुझे जाने दो, नहीं तो मैं हल्ला मचाकर तमाम मुहल्ले को इकट्ठा कर दूँगी। यह शराफत नहीं, कमीनापन है। मेरा बच्चा भूख के मारे तड़प रहा है, मेरी सास मारे कमजोरी के मर रही है। चार फाके हो चुके—आज लाचार होकर भीख माँगने निकली हूँ। मुझे रोको मत, जाने दो।"

पुरुष ने कहा, "तुम्हें जो जरूरत हो, मुझसे लो। दूसरे से माँगने से फायदा! मैं जानता था कि तुम कभी-न-कभी घर के बाहर निकलोगी ही, इसीलिए मैंने एक

नौकर को तुम्हारे दरवाजे पर तैनात कर दिया था। छोड़ूँगा नहीं। तुम मुझसे पल्ला छुड़ाने की कोशिश ही क्यों करती हो? मैं यार अली से बदशक्ल नहीं, गरीब नहीं, किसी बात में कम नहीं। तुम्हें खुश होना चाहिए। मेरे घर रहोगी तो इज्जत ढँकी रहेगी।''

जल्दी से कुर्सी छोड़, मेरी बीवी के सँभलने से पहले ही, उस दुष्ट ने उस हूर की पुतली को अपनी मजबूत बाँहों में कस लिया। इतने जोर से कस लिया कि वह हिल न सके, डुल न सके? हमारी आँखों के सामने, उसने सैकड़ों चुम्बनों से मेरी प्राणप्यारी के अधरों, कपोलों, आँखों और मस्तक को भर लिया। वह अवाक्-सी उसकी भुजाओं में खड़ी रह गयी।

उसी समय कमरे में रखी हुई दोनों अलमारियों के दरवाजे खुले। दोनों में से दो-दो पुरुष निकलकर मेरी बीवी और हरामजादे रहमत की ओर यह कहते हुए बढ़े कि, ''ओ हो-हो! गजब की रंडी है। अरे भाई रहमत! हम दोस्तों का भी...''

इसके बाद? इसके बाद बहुत सी ऐसी तस्वीरें दिखाई गयीं जिनका वर्णन नहीं किया जा सकता। जिन्हें किताब में, दिल में, आँखों में जगह नहीं दी जा सकती।

सबका अर्थ यह था कि पेट के कारण मेरी स्त्री वेश्या हो गयी। देखते-देखते ही उसकी आँख का पानी भर गया, दिल की बहिश्त दोजख हो गयी, खुदा की तस्वीर मिट्टी में मिल गयी।

मैंने अपने दोस्तों में से बहुतों को, मेरी बीवी के पाक दामन को गन्दा करते अपनी इन्हीं आँखों से देखा।

उफ! उफ!! उफ!!!

मैं तमककर, पाँव के कुचले गये साँप की तरह गरजकर, उबलते हुए तूफान की तरह अपने आप को भूलकर, पागलों की तरह-खड़ा हो गया। कौन है वह शैतान जो मेरी बीवी की इज्जत लूट रहा है? हट जाओ। कहता हूँ मुझे छोड़ दो। मैं खून पीकर रहूँगा। यह वह बेइज्जती है जिसका बदला दुश्मन की जान से लिया जाता है। मैं दोस्ती का दम भरने वाले शैतानों पर टूटूँगा। उन्हें उनकी हस्ती को, उनकी दुनिया को, चूर-चूर करके दम लूँगा। मुझे छोड़ दो-मुझे छोड़ दो! मेरे खुदा! मेरे मालिक!!

किसने मेरे मुँह पर जोर से एक थप्पड़ मारा? किसने अपने गुस्से की साँस से दोजख की आग को छेड़ दिया? किसने मेरे कान में क्रोध से ललकार कर कहा, ''खुदा के नाम पर शैतान को पूजनेवाले इंसान! घबराता क्यों है? यही तेरी सज़ा है।''

कौन मुझे चिढ़ा-चिढ़ाकर हँस रहा है? कौन मेरे जले पर नमक झुरझुरा रहा है। उफ! इस मुल्क में रहम नहीं है? खुदा नहीं है? इन्साफ नहीं है?

यही शैतान का दोजख है?

वह देखो, वह देखो! फिर वही नजारा, फिर वही शैतान दोस्तों का जलसा।

मेरी बीवी की चादर के धब्बे! वह देखो, वह देखो! कैसी भयानक शक्लें। किसी का सिर कटा है, किसी की आँतें बाहर निकली हैं, किसी का धड़ नाच रहा है और सब-के-सब मेरी लुटती हुई इज्जत की ओर इशारा कर रहे हैं—''और खुदा का पाक नाम बदनाम करो! हा-हा-हा-हा! यह हम बेकसूरों की आह का नतीजा है, हमारे ठंडे खून का बदला है। जल! तुम्हारे ऐसे शैतान हजारों बरस तक, इसी तरह दोजख में जलाए जाते हैं।'

बर्दाश्त की हद हो गयी। इस होश से बेहोशी ही अच्छी, इस जागने से सोना ही अच्छा, मरना ही भला। दोनों हाथों से जोर से मैंने अपना गला धर दबाया। गला हाथ में आया या नहीं—याद नहीं, पता नहीं। मगर दम घुटने लगा। जान निकलने लगी। मैं बेहोश होकर उसी काले अन्धकार में, उसी दोजख में, जा गिरा।

मेरे मलिक, मेरे खुदा! कान पकड़ता हूँ, तोबा करता हूँ। जितना किया उससे कहीं ज्यादा मुसीबत उठा चुका। अब सहा नहीं जाता। देखा नहीं जाता। मुझे इन शैतानों से, इनके दोजख से बचाओ। रहम—मेरे अल्लाह! करम—मेरे मालिक!

दोजख! नरक!!

[दंगों के खिलाफ 'उग्र' का सशक्त व्यंग्य, साम्प्रदायिक ईर्ष्या और द्वेष के खिलाफ 'उग्र' ने बेहद तीखी कलम चलायी थी। ऐसी कहानियों ने पर्याप्त समाज-सुधार किया।—सम्पा.]

अदालत

उनका सिंहासन किसी चीज पर टिका तो जरूर था। पर चीज पृथ्वी नहीं थी। सिंहासन के चारों ओर का दृश्य—स्वप्न-सा दिखाई पड़ता था। नीचे और कुछ नहीं दिखाई पड़ता था। सामने, सिंहासन से अन्दाजन पाँच सौ गज के फासले पर, दो बड़े-बड़े थाल थे। उस फाटक पर बड़े-बड़े चन्द्रिकावल अक्षरों में लिखा था, "स्वर्ग! बहिश्त!"

सिंहासन पर वे थे। वे, जिन्हें हिन्दू "नमोस्त्वनन्ताय सहस्त्रमूर्तये सहस्त्रपादाक्षि-शिशेरूबाहवे" कहकर पुकारते हैं। कोई ऊँ कहता है, कोई ईश्वर! कोई बुद्ध कहता है, कोई तीर्थंकर। कोई राम कहता है, कोई श्याम। कोई उग्र कहता है और कोई शंकर।

सिंहासन पर वे ही थे जिनका जल्वा पवित्र काबा में दिखाई पड़ता है। जो मशरिक में हैं और मगरिब में भी। जो मदीने में भी हैं और जुमा-मस्जिद में भी और...और विश्वनाथ मन्दिर में भी। कहीं भी नहीं और सभी जगह हैं। प्रेम से प्रकट होनेवाले भगवान हैं। जिनके बारे में उर्दू के एक सूफी शायर ने कहा है—

"दिले दीदये अहले आलम में घर हैं,
तुम्हारे लिए हैं मकां कैसे-कैसे।"

जिनकी कल्पना के आगे मुस्लिम दुनिया दो जानू होकर झुक पड़ती है, जिन्हें मुअजजन (अजा देनेवाला) अपनी ऊँची और मनुष्यता को मुग्ध कर देनेवाली आवाज से पुकारता है—"अल्लाहो अकबर! अल्लाहो अकबर!"

सिंहासन पर वे ही थे जिनकी तलाश में लोहार का लड़का ईसा—शरीद ईसा, महात्मा ईसा अपने-आपको भूल गया था। जिनकी दिव्य ज्योति को, संसार की नापाक

और अन्धी आँखों को दान देने के अपराध में संसार के चन्द अन्धे सनातनियों ने ईसा को क्रूस पर चढ़ाकर मार डालना चाहा था, पर, अपनी मूर्खता से (या बुद्धिमानी से) 'क्रूस' को भी ईसा बना दिया। गिरजाघर के पीतल के घंटे का जड़ हृदय जिनको पुकारा करता है, जिन्हें अन्य जातियों की तरह ईसाई जाति, अपनी भाषा में, 'ग्रेट', 'ऑलमाइटी', 'मरसिपुरल' आदि के नामों से पुकारती है। जो सम्राटों के सम्राट, लाटों के लाट, सत्ताधारियों के शासक और नाशकारियों के नाशक हैं।

उस एक ही सिंहासन पर संसार के अनेक मतों, धर्मों, सम्प्रदायों और हृदयों के एक सम्राट विराजमान थे। खुदा थे, वही गॉड थे, वही ईश्वर थे।

मुलजिम

अदालत के सामने, खुदा के सामने, दो मुलजिम पेश किये। मुलजिमों का चेहरा सूखा हुआ था, उनके पैरों में लोहे की मोटी-मोटी, चमड़ा न जलाकर भी भयानक कष्ट देनेवाली, दोजखी बेड़ियाँ पड़ी थीं। मुलजिमों के दायें-बायें और पीछे, डरावनी सूरत वाले दूत या सिपाही खड़े थे। उनके हाथों में भी जलते हुए लोहे के भयानक डंडे थे।

खुदा ने एक मुलजिम की ओर इशारा कर रहा, "ऐ दुनिया के बन्दे! ऐ इंसान! कृपा कर मेरी बेड़ियाँ कटवा दीजिए। इसकी तकलीफ से मैं जला जा रहा हूँ। उफ्!!"

दूसरा बन्दी

दूसरा बन्दी हिन्दू था। उसने उन्हीं खुदा या भगवान के सामने अपना बयान इस प्रकार दिया—

दीनानाथ! मैं हिन्दू हूँ। मैं भी कलकत्ता के दंगे में मारा जाकर आपके सामने आया हूँ। मेरा नाम रम्भूसिंह, जाति क्षत्रिय और उम्र पैंतीस साल है। केवल बाजे के बहाने पर मुसलमान हिन्दुओं को पीट रहे हैं और हिन्दू-मन्दिरों को जलाकर नष्ट-भ्रष्ट कर देने की धुन में लगे हैं, यह सुनकर मेरे मन में बैठा हुआ 'हिन्दू' व्यग्र हो उठा। मैं हाथ में डंडा लेकर अपने कुछ दूसरे साथियों के साथ, मुसलमानों से बदला लेने के लिए, मन्दिर के बदले मस्जिद जलाने, हिन्दू-जान के बदले मुसलमान-जान लेने के लिए, घर से बाहर निकल पड़ा। उस वक्त हमारे सामने जो कोई भी मुसलमान की तरह आया, बुरी तरह मारा गया।

अदालत—"सजा देने के पूर्व तुम लोग अपराध का निर्णय कर लेते थे या बिना निर्णय किये ही जो मिल जाता, उसी पर हाथ छोड़ देते थे।"

हिन्दू—"प्रभो! जब मुसलमान कसूरवार और बेकसूर दोनों को मारते थे तब भी लूटा, आग लगाई, छुरे और डंडे चलाये।"

अदालत—"बेकसों को सताने से भगवान रुष्ट होते हैं, बेकसूरों के हृदय की पीड़ा ईश्वर की हृदय की पीड़ा होती है, यह तुमने नहीं सुना था?"

हिन्दू—"सुना तो था, पर मुसलमान जो सभी तरह के हिन्दुओं को मार रहे

थे। लड़ाई हिन्दू-मुसलमान की थी। फिर हम लोग बेकसूर व्यर्थ में क्यों ढूँढ़ते? लड़ाई तो एक मत की दूसरे मत से थी। ऐसे युद्धों में मत-विशेष को माननेवाला होने से ही आदमी अपराधी हो जाता है। हमारी दुनिया में तो ऐसा ही नियम देखा जाता है, भगवन्!''

अदालत—''दुनिया और स्वर्ग में, दोनों जगहों के नियमों में, बड़ा अन्तर है। खैर।''

हिन्दू—''यार दूसरे कैदी, जो अपने को नजर अहमद नाम से बताता है, स्वयं कह चुका है कि वह खुद भी हत्यारा है। मैंने इसे अपनी आँखों से, एक हिन्दू के पेट में छुरा भोंकते देखा, इस पर वार किया था। एक ही डंडे में तो इसका वारा-न्यारा हो गया था। मगर, उसी वक्त हमारे पीछे से सैकड़ों मुसलमान गुंडे टूट पड़े। हिन्दू दल बिखर गया और मैं मारा गया। मैं तो युद्ध में मारा गया हूँ, स्वामिन्! मुझे शक्ति मुक्ति मिलनी चाहिए—वीरगति मिलनी चाहिए। किस अपराध में मेरे पैरों में ये लाल-लाल जलती हुई लोहे की बेड़ियाँ डाली गयी हैं? धर्म के काम में जान देने पर भी आपकी अदालत में इतनी छीछालेदार होती है, यह मुझे वहाँ पर नहीं मालूम था!'' इसके बाद पाप ने दोनों के विरुद्ध गवाही देते हुए कहा—

''ये दोनों के दोनों पापी हैं। मैं इन्हें खूब पहचानता हूँ। संसार में इन्होंने प्रेम से बढ़कर द्वेष को माना, सत्य से बढ़कर असत्य को समझा। हमारे विद्वान दोस्त धर्म से बढ़कर अपने को समझते हैं। और अपनी ही प्रसन्नता को ईश्वर की प्रसन्नता मान दुनिया में हत्या, विद्वेष और रक्तपात का प्रचार करते हैं।''

धर्म ने भी आँखों में आँसू भरकर पाप के बयान का समर्थन किया मगर इन शब्दों के साथ—

''प्रभो! इनमें इनका क्या अपराध है? तुम मनुष्यों को इतना दुर्बल बनाते ही क्यों हो? संसार को हत्या, रक्तपात, हाहाकार और विद्वेष का दान तुमने नहीं तो और किसने दिया है? ये अपराधी हैं जरूर, मगर ऐसे अपराधियों से संसार भरा हुआ है।''

अन्त में सरकारी वकील 'मनुष्यत्व' महोदय ने अपने लम्बे-चौड़े भाषण द्वारा यह साबित किया कि ''दोनों ही मनुष्यता की दृष्टि से भयानक अपराधी हैं। दोनों ने सर्वेश्वर, सम्राटों के सम्राट, ईश्वर के नाम पर संसार में विद्वेष और युद्ध फैलाया है। मनुष्यों की हत्या कर दोनों ने ही सम्राट की परम पवित्र थाती को नुकसान पहुँचाया है। दोनों ही गुमराह हैं, भयानक अपराधी हैं।''

फैसला

भगवान या खुदा ने पवित्र मुख से दोनों मुलजिमों के मुकदमों का फैसला इस प्रकार सुनाया—

''ये दोनों भयानक हत्या के अपराधी हैं। स्वर्गलोक की इस बड़ी अदालत के सामने कोई झूठ बोल ही नहीं सकता। अस्तु, कोई कारण नहीं दिखाई पड़ता कि

मुलजिमों का बयान असत्य माना जाए।

''मनुष्य को आत्म-संरक्षण के सिवा मनुष्य की हत्या करने का कोई भी हक नहीं। मनुष्य-हत्या से बढ़कर कोई भी भयानक पाप नहीं।

''ये दोनों 'धर्म' और 'ईश्वर' के नाम पर लड़ते हैं। जो धर्म दूसरे धर्मवालों की हत्या की आज्ञा दे, वह धर्म हो ही नहीं सकता। उस धर्म से सांसारिक अधर्म कहीं श्रेष्ठ होता है, क्योंकि अधर्म स्पष्ट होता है। वैसा धर्म तो, धर्म के पर्दे में अधर्म होता है। वह ईश्वर राक्षस है, वह खुदा शैतान है, जिसके नाम पर हिंसा की अग्नि में स्नेह दान दिया जाय। वह मनुष्य भयानक पापी है जो ईश्वर के नाम पर संसार में अपने हृदय की विद्वेषाग्नि फैलाए।

''मनुष्य का काम हत्या करना नहीं प्यार करना है जिसके हृदय में प्यार करने की शक्ति नहीं वह मनुष्य नहीं। हत्या शैतान का नाम है और प्यार खुदा का। हत्यारे खुदापरस्त नहीं, शैतान-परस्त हैं। वे चाहे हिन्दू हों या मुसलमान अथवा ईसाई। ईश्वर के नाम पर आज तक संसार में जितने मत या धर्म बने हैं वे सब मनुष्य की कल्पना के चित्र हैं। मनुष्य हजार सम्पूर्ण हो जाने पर भी अपूर्ण ही है। भला अपूर्ण सम्पूर्ण को क्या सोचेगा, क्या समझेगा? अस्तु, संसार के सभी धर्म झूठे हैं, सभी सच्चे हैं, किसी पर किसी को लांछन लगाने का, बुरा कहने का अधिकार नहीं। मस्जिद, मन्दिर, गिरजा, आदि मनुष्य की कल्पना है और मनुष्य ईश्वर की कल्पना है। क्षुद्र मनुष्य की कल्पना (मस्जिद या मन्दिर) के लिए ईश्वर की कल्पना मनुष्यों का नाश करना इतना बड़ा पाप है जिसका कोई पर्याप्त दंड ही नहीं हो सकता।

''अस्तु, इस भयानक पाप के पापी इन दोनों—मनुष्य का नाम बदनाम करने वाले—नरपशुओं के लिए एक ही सजा है, और वह है दोजख! नरक!!

''इन्हें जब तक जमीन की हस्ती है तब तक के लिए भयानक नरक में बन्द किया जाए। जरूरत पढ़ने पर ये कुष्ठ का कष्ट भोगने, तेल में डूबने, भूखों मरने, आग में जलने, वैधव्य दुःख भोगने और इसी तरह की सासतें सहने के लिए मर्त्यलोक में भी भेजे जाएँगे, क्योंकि नरक और स्वर्ग की कुछ शाखाएँ मर्त्यलोक में भी हैं।''

जिस समय वे दोनों (हिन्दू-मुसलमान) नारकीय नरक की ओर भयानक दूतों के साथ-जा रहे थे, उसी समय स्वर्ग के द्वार की ओर जुलूस जा रहा था जिसमें देवताओं के बीच में एक तेजस्वी नवयुवक दूल्हे की तरह सजा हुआ जा रहा था। दोनों ने दूतों से दरियाफ्त किया—''यह किसका जुलूस है भाई?''

''चुप रहो!'' दूतों ने डाँटकर जवाब दिया, ''तुम्हारे जैसे पापियों को इनके पैर धोने का भी अधिकार नहीं है। ये स्वर्गीय प्राणी हैं। जुलूस एक हिन्दू नवयुवक का है जिसकी जान कलकत्ते के दंगे में एक मुसलमान की रक्षा करने में चला गयी।''

उग्र-निबन्ध

रुपया

मैं लड़कों के लड़कपन का खिलौना हूँ, मिठाई हूँ। मैं जवानों की जवानी की जान हूँ, मस्ती हूँ। मैं बूढ़ों की बुढ़ौती की लकड़ी हूँ, सहारा हूँ। मैं रुपया हूँ!

मनुष्य मेरा गुलाम है। मैं उसे हजार नाच नचा सकता हूँ, नचा चुका हूँ, नचा रहा हूँ। दुनिया मुझसे दबती है। मैं उसे उलट सकता हूँ, उलट चुका हूँ, उलट रहा हूँ। प्रकृति मेरी वशवर्तिनी है। मैं उसे बनाता हूँ, बिगाड़ता हूँ, तोड़ता हूँ, मोड़ता हूँ। मैं रुपया हूँ!

विशाल विश्व में यदि कोई ईश्वर हो तो मैं हूँ; धर्म हो तो मैं हूँ; प्रेम हो तो मैं हूँ। मैं सत्य हूँ, मैं शिव हूँ, मैं सुन्दर हूँ। मैं सत् हूँ, मैं आनन्द हूँ। परलोक मैं हूँ, लोक मैं हूँ; हर्ष मैं हूँ, शोक मैं हूँ; क्षमता मैं हूँ, ममता मैं हूँ। मैं रुपया हूँ!

मेरी झनझनाहट में जो अलौकिक मधुरिमा है वह वीणापाणि की वीणा में कहाँ? लक्ष्मीपति के पाञ्चजन्य में कहाँ? कोकिल कल-काकली में कहाँ? कामिनी के कोमल कंठ में कहाँ? मुरलीधर की मुरली में कहाँ? डमरूवाले के डमरू में कहाँ? मृदंग-मुरचंग में कहाँ? सितार-जलतरंग में कहाँ? यहाँ कहाँ? वहाँ कहाँ? मैं सप्तस्वर से ऊपर अष्टम स्वर हूँ, परम मधुर हूँ। मैं रुपया हूँ!

गीता के गायको, चंडी-सप्तशती के पाठको, भागवत के भक्तो, सत्यनारायण कथा के प्रेमियो, रामायाण के अनुरागियो, महाभारत के माननेवालो—मेरा गीत गाओ, मेरा पाठ पढ़ो, मेरे भक्त बनो, मेरी कथा सुनो, मुझसे अनुराग करो, मुझे मानो मेरी शरण में आओ! तारनतरन मैं हूँ, भव-भय-हरण मैं हूँ, अशरण-शरण मैं हूँ, जन-दुःख-हरण मैं हूँ, धवल वरण मैं हूँ, मंगलकरण मैं हूँ, पुण्याचरण मैं हूँ। मैं रुपया हूँ!

मुझको आँख दिखाकर, मुझे ठुकराकर, मुझसे विद्रोह कर कोई बच सकता है?—कोई नहीं। अभी कल की बात है, मैंने अपने एक प्रबल विद्रोही को धम्म से दे मारा था। जरा उस 'त्यागी' की कथा सुनो!

उस मनुष्य के हृदय के बारे में, मुझमें और देशभक्ति में विवाद हो गया, देशभक्ति कहने लगी—'इस पुरुषरत्न के हृदय पर मेरा और मेरा ही सिक्का बैठ सकता

है, तेरा नहीं! यह हृदय नहीं जो रुपये की गरमी से पिघल जाय।' मैंने देशभक्ति के भद्दे मुख पर नफरत की नजर डालते हुए उत्तर दिया—'मूर्ख! मुझसे एक नहीं, हजार बार पराजित होने पर भी तुम लड़ने का दम भरती हो। पहले चलकर मेरी मदद से एक आईना खरीद और उसमें अपना दुःखमय, कठिन क्लेशमय, अपमानित, दलित और गलित मुख देख! फिर मेरी बराबरी का दावा कर! मेरे लिए मानसिंह धर्म और शर्म छोड़ बैठा—याद है? मेरे लिए जयचन्द धर्म और शर्म छोड़ बैठा था—याद है? तेरी निर्लज्ज आँखों के आगे मैंने भारतवर्ष की छाती पर मुसलमान सिराजुद्दोला का सर्वनाश कर इस देश में अँग्रेजी राज्य की नींव डाली थी—याद है?

मगर हठीली देशभक्ति पर मेरी बातों का कुछ भी प्रभाव न पड़ा, वह अड़ी ही रही। हम दोनों ने उस देशभक्त को अपनी-अपनी कसौटी पर कसने की कसम खा ली। मैंने पहला मौका देशभक्ति को दिया। देशभक्ति ने—मायाविनी देशभक्ति ने भुवनमोहन रूप बनाकर उस मनुष्य के हृदय पर अपना अधिकार जमा लिया। वह देशभक्ति का युग था। चारों ओर मेरी विरोधिनी देशभक्ति की हवा बँधी थी। विदेशियों के विरुद्ध असहयोग की आँधी गाँधी के नेतृत्व में हो-हो करती हुई चल पड़ी थी। जहाँ देखों वहीं देश की चर्चा, जहाँ देखो वहीं देशभक्ति की पूजा और जहाँ देखो वहीं स्वराज्य, स्वतन्त्रता और स्वाधीनता की पुकार मची थी।

वह मनुष्य देशभक्ति में उन्मत्त हो उठा, अपने आपको भूल बैठा। एक दिन उसकी स्त्री ने उससे कहा—

'प्यारे, किधर जा रहे हो? हम थोड़ी शक्ति, साधारण पूँजी के आदमी हैं। आधुनिक देशभक्ति कुछ पूँजीपतियों के आत्म-विज्ञापन, प्रभाव-प्रदर्शन और मनोविनोद की चीज है। वह ऐसा खेल नहीं जिसे सभी खेलकर इस जीवन को सुखी बना सकें। वह ऐसा नाटक नहीं जिसे सभी हँसते-हँसते देख सकें। फिर किसलिए उस ओर जा रहे हो? घर-गृहस्थी देखो, बीवी-बच्चों को सँभालो, तोड़ो-जोड़ो, हँसो और चार गैरों को भी हँसाओ। हँसना ही जीवन है, हँसना ही सुख है—सब कुछ है! छोड़ो इस देशभक्ति के कंटकाकीर्ण पथ को।'

'प्रियतमे!' मतवाले देशभक्त ने उत्तर दिया—'हम मनुष्य हैं, और देशभक्ति मनुष्यता की जान है! वही हमारी भी जान है तो सब कुछ है। देशभक्ति ऐसा खेल है जो तभी जमता है, जब राजा, रंक, झोंपड़ी, महल सभी खेलें और एक साथ खेलें। परतन्त्रता की हँसी में प्राकृतिकता नहीं, उन्माद नहीं, सुख नहीं। और देशभक्ति के रुदन में अनन्तकाल तक बहनेवाली, तरंगमयी, शान्तिमयी मधुर-हास्य की धारा है। सत्य-पथ पर चलनेवालों को भगवान हँसाता है—सुखी रखता है!''

देशभक्त जिस समय अपनी स्त्री को उत्तर दे रहा था, उस समय मैं अप्रकट रूप से उसकी स्त्री के पीछे था और मेरी विरोधिनी देशभक्ति उस पुरुष के। उसका उत्तेजक

उत्तर सुन मेरी विरोधिनी ने मेरी ओर देखकर कहा—"देखो, यह है!" मैंने कहा—"ठहर, मेरी बारी आने दे!"

उफ! उफ! इसके बाद उस पुरुष का नाम उस जिले में शैतान की तरह मशहूर हो गया। उसका परिचय प्राप्त कर सैकड़ों धन्य हो गये, उसके दर्शन कर हजारों कृतकृत्य हो गये, उसका भाषण सुन लाखों अनपढ़, गरीब, मूर्ख देशभक्ति के प्रवाह में बह गये। अनेक लोगों ने एक स्वर से, एक भाव से, एक भक्ति से उसकी ओर देखकर कहा—"तू लाखों में एक है—देशभक्त है।"

देशभक्ति अपनी विजय पर इतराती हुई मुझसे बोली—"बस, मेरी परीक्षा समाप्त हो गयी, अब तुझे जो करना हो कर!"

आक्रमण करने के पूर्व मैंने उस पुरुष के मर्मस्थान का निरीक्षण करना आरम्भ किया। मुझे मालूम हुआ कि अधिक श्रद्धेय और विश्वस्त होने के कारण वही उस स्थान के कांग्रेस मंडल का सर्वेसर्वा था। फिर क्या था, मेरी सफेद कसौटी उसकी ओर बढ़ी!

गरीबों ने अपना पेट काटकर, स्त्रियों ने आभूषण उतारकर, मजूरों ने खून गारकर देश के नाम पर तोड़े-के-तोड़े रुपये कांग्रेस को दिये और कांग्रेस ने उस देशभक्त को। देखते-देखते बीस हजार की गठरी-रुपये, नोट, रेजगारी—उसकी काठ की सन्दूकची में इकट्ठी हो गयी। सन्दूक में चमकते हुए रुपयों और नोटों के पुलिन्दों को देख एक बार उसका हृदय भर आया। हृदय की उस साधारण गति में स्वार्थ भी हो सकता है, यह उस पुरुष को नहीं मालूम हुआ। मेरे दर्शनों से जिसका हृदय भर आए, प्रसन्न हो उठे, मैं उसे कमजोर समझ लेता हूँ! अस्तु, प्रथम आक्रमण में ही मैं विजयी रहा।

रात्रि के 10.30 बजे थे। देशभक्त किसी सभा से व्याख्यान देकर लौटा था। जब वह व्यालू करने बैठा तो उसकी स्त्री ने कहा—

"जरा उस सन्दूक की ताली तो दो!"

"क्यों?"

"देखूँगी कि उसमें क्या चीज है? बड़ी वजनी हो गयी है।"

"कांग्रेस के रुपये हैं।"

"इतने रुपये? झूठ बोलते हो, हँसी करते हो! दो ताली...देखूँ!"

"लो...!" ताली देते हुए देशभक्त ने कहा—"देख लो! बीस हजार रुपये हैं।"

रुपये देखते ही स्त्री की आँखें चमक उठीं, अधरों पर मुस्कराहट दौड़ गयी, हृदय धड़कने लगा। इतने रुपये! बीस हजार, दो दस हजार!

स्त्री ने अपने पति की ओर गर्व से देखकर पूछा—

"ये तुमने कमाये हैं?"

"नहीं, ये रुपये देश के हैं—चन्दे में आये हैं। दो-चार दिनों में जहाँ-के-तहाँ भेज दिए जाएँगे।"

"पागल हो! ये रुपये तुम्हारे हैं। इतने से हम लोग बादशाह हो जाएँगे। कोई आयी हुई लक्ष्मी को लौटाता नहीं। रुपये हमारे हैं!"

देशभक्त ने जरा रूक्ष होकर कहा—"चुप रहो! क्या बकबक करती हो?"

"बकबक नहीं, ठीक कहती हूँ! ये रुपये हमारे भाग्य से इस घर में आये हैं। इन्हें किसी तरह भी लौटाना मत! अभी तुम्हारे ब्याह का ऋण माथे पर नाच रहा है। दो हजार रुपये मय सूद के देने हैं। फिर भी अट्ठारह हजार बच रहेंगे; कोई रोजगार करना और राजाओं की तरह रहना। देशभक्ति किसलिए है? क्या मरने के लिए? नहीं, उसका भी मुख्य उद्देश्य सुख है। वह सुख तुम्हारे चरणों में बैठा है। एक बात मेरी भी मान लो—इस सुख को ठुकराओ मत!"

उस दिन उस पुरुष को रात भर नींद न आयी। रह-रहकर स्त्री की बात और बीस हजार रुपये आँखों के आगे चमक जाते। मन तर्क करने लगा—'मान लो, मैं इन रुपयों को किसी तरह हड़प...।' हृदय धड़क उठा—'खबरदार! यह बड़ी पवित्र थाती है। नाश हो जाएगा—मर मिटोगे!' मगर मन फिर भी न माना; तर्क करने लगा—"कितने हड़प जाते हैं, कितने हड़प चुके हैं। कागज-पत्र सब मेरे ही हाथ में है। मेरे जरा-से इशारे पर ये बीस हजार मिल सकते हैं। इसमें देशद्रोह कहाँ है? इन रुपयों से मैं शक्तिशाली बनूँगा, धनी बनूँगा, बड़ा रोजगारी बनूँगा और आमदनी होते ही, सूद-ब्याज समेत, देश के रुपये देश को लौटा दूँगा। बल्कि, उस वक्त सच-सच कह दूँगा कि मैंने देश के लिए ही ऐसा पतित काम किया था। अपना-अपना विचार है, अपना-अपना पथ है। क्रान्तिकारी रुपयों के लिए डाके डालते हैं, हत्या करते हैं। मैं जरा-सी बेईमानी भी...! बेईमानी कैसी जी? अपना-अपना मत है, अपना-अपना पथ है! मेरे ऊपर कोई सन्देह कैसे करेगा? मेरी बड़ी साख बड़ी धाक है...!"

जिस समय वह मनुष्य इस प्रकार सोच रहा था, देशभक्ति उसके पीछे थी और मैं सामने। मैंने उस मूर्खा अभिमानिनी को ललकारकर कहा—

"कहो बीवी, क्या खबर है?"

उसने मस्तक झुका दिया।

मैंने कहा—"हा-हा-हा हा...अब मुझे कभी न छेड़ना! तुम अभी छोकरी हो, तुम्हारी जैसी लौंडियों को मैं आये दिन चराता रहता हूँ। संसार में जब तक मेरा अस्तित्व है, तब धर्म-कर्म, देश-विदेश, मस्जिद-मन्दिर-गिरजा, ईश्वर, विश्वप्रेम, सब नगण्य हैं, सब नाचीज हैं! मेरी कृपा से देवता की मूर्ति में ज्योति आती है। मेरी कृपा से मित्र मित्र रहता है, भाई भाई रहता है और स्त्री स्त्री रहती है। मैं अनन्त रूप

हूँ, मैं सहस्रनाम हूँ, मैं कर्ता हूँ, मैं धर्ता हूँ, मैं हर्ता हूँ, मैं ब्रह्मा-विष्णु-महेश हूँ। मैं रुपया हूँ!''

देवनगर का जमींदार मेरा भक्त था। मेरा भक्त मेरा ही भक्त होता है—खुदा का बन्दा नहीं, ईश्वर का दास नहीं, ईसा का 'डिवोटेड सन' नहीं!

जमींदार की एक नौजवान रखेली थी। ऐसी रखेली नहीं, जिसे परदे में रखा जाता है। उसका पति था और वह जानता था कि उसकी स्त्री का जमींदार बाबू से बुरा सम्बन्ध है। फिर भी, मेरा मुँह देखकर—वह पति अपनी पत्नी को व्यापार का केन्द्र बनाये था। उस गाँव में यह प्रकट रहस्य था।

उसी गाँव में एक मध्यम श्रेणी का गृहस्थ रहता था, जिसके एक युवती विधवा कन्या थी। एक दिन आफत की मारी उस विधवा ने जमींदार बाबू की रखेली को ताना मार दिया। कह दिया—''बहन, तुम्हारी जैसी दस-बीस सतियाँ और पैदा हो जाएँ तो यह पृथ्वी रसातल को चली जाए!'' रखेली के मन में विधवा की बात चुभ गयी। उसने अपने खरीदार जमींदार के कान भर दिये; कहा—''वह अपने को परी समझती है, तुम्हें कुत्ता। अपने को सती समझती है, तुम्हें पिशाच! कहती थी कि जमींदार क्या राजा भी; और राजा क्या बादशाह भी, सती आँखों में तृण से भी तुच्छ हैं।'' बस, इतना सुनते ही जमींदार बाबू तैश में आ गये। मेरा भक्त मेरे बल पर, किसी की परवाह नहीं करता। उसने उसी वक्त प्रतिज्ञा की कि इस दक्ष की बेटी से समझे बिना नहीं रहूँगा, चाहे कुछ भी क्यों न हो जाए!

दूसरे ही दिन से जमींदार के गुलाम उस विधवा की फिराक में लग गये। शतरंज की पहली चाल चली गयी। विधवा का बाप जमींदार के यहाँ बुलाया गया।

''भाई साहब...'' वृद्ध को आसन देते हुए जमींदार ने कहा, ''आप दिखाई नहीं पड़ते! आप वृद्धों के आशीर्वाद से ही हमारी सम्पत्ति अचल है। आप लोगों का हम से दूर रहना अच्छा नहीं! एक-दूसरे की सहायता से ही जीवन सुखमय होता है। आप हमसे दूर क्यों रहते हैं?''

''राजा मेरे!'' वृद्ध ने उत्तर दिया, ''आप लक्ष्मीपति हो, भाग्यवान हो। हमें हजार चिन्ताएँ घेरे रहती हैं। घर-द्वार की फिक्र, खेती-बाड़ी का ध्यान और महाजन के ऋण की चिन्ता से हमें इतनी फुर्सत ही नहीं मिलती कि आपकी सेवा कर सकें। आप दयावान हो, गरीब परवर हो जो इस अभागे को याद रखते हो, नहीं तो हम किस लायक हैं!''

''यह तो मुझे आज मालूम हुआ कि आप ऋणी भी हैं। सज्जनों के उपर चिन्ताएँ अधिक प्रसन्न रहा करती हैं; दुःख भी उन्हीं के लिए बने हैं। मगर, इसकी कोई चिन्ता नहीं। आपकी कृपा से रुपये बहुत हैं। किस महाजन का कितना ऋण है? मुझसे

कहिए! फिलहाल मैं आपको उस चिन्ता से छुड़ा देना चाहता हूँ। चार की मदद करना मेरा धर्म है! धन की शोभा उपयोग से है। बतलाइए, आप पर किसका कितना ऋण है?''

बहुत पूछने पर वृद्ध ने महाजन का नाम और ऋण का परिमाण बताया। मगर सहायता लेने से बराबर इनकार ही करता रहा; कहता रहा, ''ऋणी हमेशा ही रहेगा! आज मैं आपकी सहायता से अपने पुराने महाजन से छुटकारा पा सकता हूँ; मगर, कल आप महाजन हो जाएँगे। अस्तु, आपकी कृपा चाहिए! ईश्वर चाहेगा तो, समय आने पर सब ठीक हो जाएगा!''

उस दिन इतनी ही बातें हुईं। वृद्ध अपने घर लौट गया। यद्यपि उस समय जमींदार के घर से वह ऋण-मुक्त होने की प्रसन्नता नहीं ले गया, पर गाँव के मालिक के सहानुभूतिपूर्ण व्यवहार का गहरा प्रभाव उसके सरल हृदय पर पड़ा; उसे उस व्यवहार में किसी कूटनीति के दर्शन नहीं हुए। घर पहुँचकर अपनी वृद्धा और कन्या के सामने जमींदार की प्रशंसा करते हुए वह कहने लगा—

''बड़ा भला आदमी है; गरीबों का तो ईश्वर है! बेचारा मुझे महाजन ऋण से मुक्त करने के लिए रुपये देने को तैयार था—आग्रह कर रहा था।''

पिता के मुख से जमींदार की प्रशंसा सुन विधवा कहने लगी, ''बाबूजी, मैंने तो उसकी बड़ी निन्दा सुनी है; वह बड़ा दुराचारी और पतित है!''

पिता ने उत्तर दिया, ''बेटी, संसार में हजार तरह के लोग हुआ करते हैं। दोष ढूँढ़नेवाले ईश्वर तक को बदनाम करते हैं। वह ऐसा नहीं है!''

पाँच-सात दिन बाद एक दिन प्रातःकाल वृद्ध अपने दरवाजे पर बैठा रामायण पढ़ रहा था। उसी समय उसके महाजन ने आकर कहा—

''मेरे सब रुपये मुझे मिल गये। कल जमींदार बाबू ने मुझे बुलाकर आपके जिम्मे का हिसाब साफ कर दिया है और कागज-पत्र स्वयं ले लिये हैं।''

महाजन की बातें सुनकर वृद्ध अवाक् रह गया।

वृद्ध ने कहा, ''आखिर जमींदार के घर जाने में हर्ज क्या है?''

''मैं तो कोई हर्ज नहीं समझती'', वृद्धा ने उत्तर दिया, ''मगर, तुम्हारी बेटी जाने को राजी नहीं होती।''

''क्यों बेटा, वहाँ जाने में क्या हानि है? ये हमारे उपकारी हैं, गाँव के राजा हैं। उनके निमन्त्रण को लोग तरसा करते हैं।''

''तो आप लोग जाइए,'' विधवा ने कहा, ''मैं नहीं जाऊँगी। उनके यहाँ मंगल कार्य है। वहाँ विधवाओं की क्या आवश्यकता हो सकती है?''

''आवश्यकता तो मैं नहीं जानता—उन्होंने आग्रह किया है कि घर के सब लोग निमन्त्रण में सम्मिलित हों। मैंने वचन भी दिया है। गाँव के और भी अनेक परिवार

निमन्त्रित हैं। अगर तुम न जाओगी तो मेरी बात न रहेगी, नाक कट जाएगी!"

माता-पिता के बहुत आग्रह और हाय-हाय करने पर लाचार होकर विधवा को जमींदार बाबू के घर, कथा के निमन्त्रण में जाना ही पड़ा।

कथा सुन रही थीं जमींदार बाबू की माता। आँगन में निमन्त्रित पुरुषों और नौकरों-चाकरों की भीड़ थी। दालान में, चिक की आड़ में, पुर-महिलाएँ मंगल गा रहीं थीं। जमींदार बाबू भी अपनी माता के पीछे बैठे कथा सुन रहे थे। एकाएक वे उठे, चिक के भीतर से दो आँखों ने उन्हें उठते देखा; वे आँखें जमींदार की रखेली की थीं। वह विधवा की माता के पास जाकर कहने लगी—

"माँ, और लोग तो गा ही रहे हैं। चलिए, आपको जमींदार का घर दिखा दूँ। स्वर्ग की तरह सजा है!"

बूढ़ी उसकी बातें में आ गयी और विधवा पुत्री को वहीं बैठने को कह भीतर की ओर चली। अभी उन दोनों को गये पन्द्रह मिनट से अधिक न हुए होंगे कि भीतर से एक लड़की आयी और विधवा से कहने लगी—

"चलो, तुम्हारी माँ बुला रही हैं!"

माँ की इस बुलाहट में यदि किसी प्रकार के षड्यन्त्र की जरा भी गन्ध होती, तो विधवा भूलकर भी भीतर पैर न रखती। वह बिल्कुल सरल चित्त से, निर्भय होकर जमींदार के मकान में, लड़की के पीछे-पीछे चली। लड़की भी जमींदार के घर की मजदूरिन थीं। दो-तीन कोठरियों को पार करने के बाद वह एक सुन्दर सजी हुई छोटी कोठरी में पहुँची। ज्योंही दोनों ने उसमें पैर रखा, त्यों ही बाहर से किसी ने दरवाजा बन्द कर दिया। लड़की ठठाकर हँस पड़ी। विधवा के सामने गाँव के जमींदार बाबू उत्तेजित अवस्था में खड़े थे!

मंगल गानेवाली स्त्रियों ने, विधवा की वृद्ध जननी ने किसी नवयुवती को जमीदार के घर से निकलते देखा। उसके वस्त्र अस्त-व्यस्त थे, बाल बिखरे थे, कपोल ताँबे की तरह कालिमा-मिश्रित लालिमा लिये हुए थे और उसकी आँखें रक्त की तरह लाल थीं। वह चंडी की तरह आँगन में आकर खड़ी हो गयी।

लोग स्तब्ध-से होकर उसकी ओर निहारने लगे।

वह वृद्ध की विधवा बेटी थी।

आँगन को दहलाती हुई, सिंहनी की तरह गजरती हुई उसने कहा—

"इस जमींदार का सर्वनाश हो जाय! इस जमींदार का सर्वनाश हो जाय! हे भगवान, यदि तुझमें कुछ भी सत्य हो तो इस नीच का सर्वनाश हो जाय!!"

इतना कह आँगन से बाहर की ओर झपटती हुई चली तो गली में लोगों ने देखा आगे-आगे विधवा बेटी और पीछे उसका वृद्ध बाप, दौड़े जा रहे थे। तेजी से दौड़ने में असमर्थ होने के कारण बूढ़ा बहुत पीछे पड़ गया था, मगर प्राण छोड़कर दौड़ता

और चिल्लाता जा रहा था—"क्या हुआ बेटी? क्या हुआ?"

घर पहुँचकर वह एक कोठरी में घुस गयी और उसमें से एक लम्बा देहाती छुरा लेकर बाहर निकली। तब तक बूढ़ा भी हाँफता हुआ आ पहुँचा।

"क्या हुआ बेटी? क्या हुआ री? बोलती क्यों नहीं...हे भगवान!"

"बोलती हूँ! ठहरो, दूर ही रहो! कहती हूँ, पैर आगे न बढ़ाओ, नहीं तो कुछ भी न सुन सकोगे। हाँ, ठीक, वहीं खड़े रहो!"

जमींदार के घर की आपबीती सुनाने के बाद क्रोध से पिता को कोसती हुई विधवा ने कहा—

"मेरा सर्वनाश तुमने कराया है! तुम्हारे ही कहने से, हठ करने से, मैं उस नीच के घर गयी; अब देखो, तुम्हारी ही आँखों के सामने मैं तुम्हारे पापों का प्रायश्चित्त करती हूँ। (छुरा तानकर) खबरदार! खबरदार!! मुझे रोकना मत, कहे देती हूँ!"

बूढ़े के दौड़कर पहुँचने, चिल्लाने, गिड़गिड़ाने के पूर्व ही छुरे का आधा हिस्सा विधवा की छाती में घुस गया था।

इसके बाद?

इसके बाद मैंने अपने परम भक्त उस जमींदार की रक्षा की। मेरी सेना—रुपया दल—के दो हजार सिपाहियों ने वृद्ध और वृद्धा के हृदय-दुर्ग को एकदम घेर लिया। बूढ़ा भूल गया अपनी विधवा बालिका की दुर्दशा-मृत्यु! पाँच सौ सैनिक दारोगा उस पर बरसे और पाँच-पाँच कांस्टेबिल पर किसी को कानोंकान इस घटना की खबर भी न हुई। मेरा भक्त बाल-बाल बच गया।

पानी में रहकर मच्छ से बैर करना जिस तरह मूर्खता है, उसी तरह दुनिया में रहकर मुझसे शत्रुता करना हिमाकत है, बेवकूफी है; न चलनेवाली गाड़ी है। न बहने वाली नाव है, न निभनेवाली बात है। मूर्खा शाप देखकर मरी थी—"इस जमींदार का सर्वनाश हो जाए!" जमींदार मानो कोई मेरा साधारण भक्त था जो उस छोकरी के शाप से नष्ट हो जाता!

जमींदार मैं हूँ, राजा मैं हूँ, बादशाह मैं हूँ, बादशाह का बादशाह मैं हूँ, मैं ईश्वर हूँ—मैं रुपया हूँ!

लंका, सीता की रुष्टि-तुष्टि से नहीं मेरी रुष्टि-तुष्टि से जली थी। मैं विभीषण पर प्रसन्न था। कौरव, द्रोपदी के कोप से नहीं मेरे कोप से नष्ट हुए थे; मैं पांडवों पर प्रसन्न था। जर्मनी, ब्रिटेन या अमेरिका की धूर्तता से नहीं, मेरी धूर्तता से पराजित हुआ; मैं ब्रिटेन पर प्रसन्न हूँ। गाँधी को चोराचोरी या गुलाम देश ने नहीं, मैंने पराजित किया; मैं अँग्रेजों पर प्रसन्न हूँ।

ठाकुर जी बोलते नहीं, मैं बोलता हूँ—उनसे बड़ा हूँ। ठाकुर जी चलते नहीं मैं चलता हूँ—उनसे मेरी अधिक साख है। देवताओं में वह आकर्षण नहीं जो मुझमें

है। ईश्वर में वह तेज नहीं, शक्ति नहीं, जो मुझमें है। यह युग तर्क का है, उदाहरण का है, प्रत्यक्षवाद का है, स्वयं प्रभुता का है। मैं प्रत्यक्ष हूँ, सद्य:फल का दानी हूँ, स्वयं प्रभु हूँ, आकर्षक हूँ—ईश्वर से बड़ा हूँ। मैं रुपया हूँ!

मुझसे वरदान लेकर पाप करो; तुम देवताओं से पूजे जाओगे! मुझसे वरदान लेकर एक-दो नहीं, सात खून करो; साफ बच जाओगे। साम्राज्य को साम्राज्य से भिड़ा दो। मनुष्यता की बढ़ी हुई खेती को बेरहमी से कटवा डालो—जलवा डालो! गरीबों की हड्‌डी तक पीसकर उसके पैसे बना लो। स्त्रियों की मर्यादा को और पैसे में दो सेर के हिसाब से दिन में दस बार खरीदो ओर बेच डालो। संसार को, विधवाओं, बच्चों, बूढ़ों और अपाहिजों की 'हाय' से भर दो। भूकम्प उठा दो, प्रलय कर दो—जो चाहे सो कर दो—मगर मुझसे वरदान लेकर। मैं सर्वशक्तिमान हूँ। मैं रुपया हूँ—

सर्वधर्मान् परित्यज्य मामेकं शरणं ब्रज!

बुढ़ापा

लड़कपन के खो जाने पर उन्मत्त जवानी फूल-फूलकर हँस रही थी; बुढ़ापे के पाने पर फूट-फूटकर रो रही है। उस 'खोने' में दुःख नहीं, सुख था; सुख ही नहीं, स्वर्ग भी था। इस 'पाने' में सुख नहीं, दुख है; दुख ही नहीं, नरक भी है! लड़कपन का खोना—वाह! बुढ़ापे का पाना—हाय! हाय!!

लड़कपन स्वर्गदुर्लभ सरलता से कहता था, "मैया, मैं तो चन्द खिलौना लैहों!" जवानी देवदुर्लभ प्रसन्नता से कहती थी—"दौर में सागर रहे, गार्दिश में 'पैमाने रहे और अंगम गलितं पलितं मुंडं' वाले बुढ़ावर में भव्य सागर के विकट थपेड़ों से व्यग्र होकर कहता है—"अब मैं नाच्यो बहुत गोपाल!"

कौन कहता है कि जीवन का अर्थ उत्थान है, सुख है, हा-हा-हा-हा है? यह सब सफेद झूठ हैं, कोरी कल्पना है, धोखा है, प्रवंचना है। मुझसे पूछो! मेरे तीन सौ पैंसठ लम्बे-लम्बे दिनों और लम्बी-लम्बी रातोंवाले—एक, दो, दस-बीस नहीं-साठ वर्षों से पूछो! मेरे कटु अनुभव से पूछो! मेरी लाचारी से पूछो, दुर्बलता से पूछो! वे तुम्हें, दुनिया के बालकों और जवानों को बतलाएँगे कि जीवन का अर्थ 'वाह' नहीं, 'आह' है; हँसी नहीं, रोदन है—स्वर्ग नहीं, नरक है!

लड़कपन ने पन्द्रह वर्षों तक घोर तपस्या कर क्या पाया?—जवानी के रूप में सर्वनाश, पतन! जवानी ने बीस वर्षों तक कभी धन के पीछे, कभी रूप के पीछे, कभी यश के पीछे और कभी मान के पीछे दौड़ लगाकर क्या हासिल किया?—वार्धक्य के लिफाफे में सर्वनाश, पतन! और-और अब यह बुढ़ापा घंटों नाक दबाकर, ईश्वर-भजन कर, सिद्धियों की साधना में दत्तचित्त होकर, खनननननन् का खजाना इकट्ठा कर, बेटों की 'बटालियन' और बेटियों की 'बेटरी' तैयार कर कौन-सी बड़ी विभूति अपनी मुट्ठी में कर लेगा! —वही सर्वनाश, वही पतन! मुझसे पूछो, मैं कहता हूँ और छाती ठोंककर कहता हूँ—जीवन का अर्थ है, 'प-त-न!'

रोज की बात है—तुम भी देखते हो, मैं भी देखता हूँ, दुनिया भी देखती है—प्रातःकाल उदयाचल के मस्तक पर शोभित दिनमणि कैसा प्रसन्न रहता है! सुन्दरी

उषा से होली खेल-खेलकर गंगा की बेला को, तरंगों को, मद मलयानिल को, नीलाम्बर को, दसों दिशाओं को और भगवती प्राची के अंचल को उन्माद से, प्रेम से और गुलाबी रंग से भर देता है। अपने आगे दुनिया का नाच देखते-देखते मूर्ख दिवाकर भी उसी रंग में रँगकर वहीं नाच नाचने लगता है। जीवन का अर्थ सुख और प्रसन्नता में देखने लगता है। मगर-मगर- ?

रोज की बात है—तुम भी देखते हो, मैं भी देखता हूँ, दुनिया भी देखती है—सायंकाल अस्ताचल की छाती पर पतित, मूर्च्छित दिनमणि कैसा अप्रसन्न, कैसा निर्जीव रहता है! वह गुलाबी लड़कपन नहीं, वह चमकती-दमकती गरम जवानी नहीं, वह ढलता हुआ—कम्पित करोंवाला व्यथित बुढ़ापा भी नहीं। श्री नहीं, तेज नहीं, ताप नहीं, शक्ति नहीं। उस समय सूर्य को उसकी दिन भर की घोर तपस्या, रसदान, प्रकाशदान का क्या फल मिलता है? सर्वनाश, पतन! उस पार-क्षितिज के चरणों के निकट, समुद्र की हाहामयी तरंगों के पास—पतित सूर्य की रक्त-चिता जलती है। माथे पर सायंकाल-रूपी काला चांडाल खड़ा रहता है। प्राची की अभागिनी बहन पश्चिता 'आग' देती है। दिशाएँ व्यथित रहती हैं, खून के आँसू बहाती रहती हैं। प्रकृति में भयानक गम्भीरता बनी रहती है। पतित सूर्य की चिता की लाली से अनन्त ओतप्रोत रहता है।

उस समय देखनेवाले देखते हैं, ज्ञानियों को ज्ञात होता है कि जीवन का असली अर्थ और कुछ नहीं, केवल सर्वनाश है!

2

कोरी बातों में दार्शनिक विचार रखनेवालों की कमी नहीं। कमी होती है कर्मियों की, बातों के दायरे से आगे बढ़नेवालों की! जीवन का अर्थ पतन या सर्वनाश है—यह कह देना सरल है। दो-चार उदाहरण देकर अपनी बात की पुष्टि कर देना भी कोई बड़ी बात नहीं। पर, पतन और सर्वनाश को आँखों के सामने रखकर जीवन-यात्रा में अग्रसर होना केवल दुरूह ही नहीं, असम्भव भी है!

उस दिन गली पार कर रहा था कि कुछ दुष्ट लड़कों की नजर मुझ पर पड़ी। उनमें से एक ने कहा—

"हट जाओ, हट जाओ! हनुमानगढ़ी से भागकर यह जानवर इस शहर में आया है। क्या अजीब शक्ल पायी है! पूरा किष्किन्धावासी मालूम पड़ता है।"

बस, बात लग गयी! बूढ़ा हो जाने से ही इंसान बन्दर हो जाता है? इतना अपमान? बूढ़ों की ऐसी अप्रतिष्ठा? झुकी हुई कमर को कुबड़ी के सहारे सीधी कर मैंने उन लड़कों से कहा—

"नालायको! आज कमर झुक गयी है। आज आँखें कम देखने और कान कम

सुनने के आदी हो गये हैं। आज दुनिया की तस्वीरें भूले हुए स्वप्न की तरह झिलमिल दिखाई दे रही हैं। आज विश्व की रागिनी अतीत की प्रतिध्वनि की तरह अस्पष्ट सुनाई पड़ रही है मगर हमेशा यही हालत नहीं थी!

"अभी छोकरे हो, लौंडे हो, बच्चे हो, नादान हो, उल्लू हो। तुम क्या जानो कि संसार परिवर्तनशील है! तुम क्या जानो कि प्रत्येक बाप, अगर जीता रहा तो जवान होता है और प्रत्येक जवान अगर जल्द खत्म न हो गया तो एक-न-एक दिन 'हनुमानगढ़ी का जानवर' होता है। लड़कपन और जवानी के हाथों बुढ़ापे पर जैसे अत्याचार होते हैं, यदि वैसे ही अत्याचार बुढ़ापा भी उन पर करने लगे तो ईश्वर की सृष्टि की इति हो जाए—बच्चे जनमते हुए ही मार डाले जाएँ। लड़के होश सँभालते ही अपना पेट पालने के लिए घर से बाहर निकाल दिए जाएँ। संसार से दादा के माल पर फातेहा पढ़ने की प्रथा ही उठ जाए।

"अब भी सौ में निन्यानवे धनी अपने बूढ़े बापों की कृपा से गद्दीदार बने हुए हैं, हजार में नौ सौ साढ़े निन्यानवे शौकीन जवानों के भड़कीले कपड़ों के दाम, कंघी-शीशा, ऑटो-लवेंडर, सोप-पाउडर-पालिश, वेश्या की फरमाइश और शराब की बोतलों के पैसे बूढ़ों की गाढ़ी कमाई की थैली से निकलते हैं। अब भी संसार में दया, प्रेम, करुणा और मनुष्यता की खेती में पानी देनेवाला, कमजोर हृदय-वाला बुढ़ापा ही है, बेवकूफ लड़कपन नहीं, मतवाली जवानी नहीं!

"फिर बूढ़ों का इतना अपमान क्यों? बुढ़ापे के प्रति ऐसी अश्रद्धा क्यों?"

मगर उन लड़कों के कान तक मेरी दोहाई की पहुँच न हो सकी। सब ने एक स्वर से ताली बजा-बजाकर मेरी बातों की चिड़ियों को हवा में उड़ा दिया।

"भागो! भागो!! हनुमानजी खाव-खाव कर रहे हैं। ठहरोगे तो किट-किटाकर टूट पड़ेंगे, नोचखाने पर उतारू हो जाएँगे।"

लड़के हू-हू, हो-हो करते भाग खड़े हुए। मैं मुग्ध की तरह उनके अल्हड़पन और अज्ञान की ओर आँखें फाड़-फाड़कर देखता ही रह गया। उस समय एकाएक मुझे उस सुन्दर स्वप्न की याद आयी जो मैंने आज से युगों पूर्व लड़कपन और यौवन के सम्मेलन के समय देखा था। कैसा मधुर था स्वप्न!

3

एक बार जुआ खेलने को जी चाहता है। संसार बुरा कहे या भला—परवाह नहीं! दुनिया मेरी हालत पर हँसे या जो करे—कोई चिन्ता नहीं! कोई खिलाड़ी हो तो सामने आये। मैं जुआ खेलूँगा!

एक बार जुआ खेलने को जी चाहता है। जी चाहता है—एक ओर मेरा साठ वर्षों का अनुभव हो, मेरे सफेद बाल हों, झुर्रीदार चेहरा हो, काँपते हाथ हों, झुकी

कमर हो, मुर्दा दिल हो, निराश हृदय हो और मेरी जीवन भर की गाढ़ी कमाई हो। सैकड़ों वर्षों के प्रत्येक सन् के हजार-हजार रुपये, लाख-लाख गिनतियाँ और गड्डियाँ, नोट एक ओर हों और कोई जवानी एक ओर हो! मैं पासे फेंकने को तैयार हूँ—सबकुछ देकर जवानी लेने को राजी हूँ। कोई हकीम हो तो सामने आये, उसे निहाल कर दूँगा; मैं बुढ़ापे के रोगों से परेशान हूँ—जवानी की दवा चाहता हूँ। कोई डॉक्टर हो तो आगे बढ़े, मुँहमाँगा इनाम दूँगा। कह चुका हूँ, कह रहा हूँ—निहाल कर दूँगा, मालामाल कर दूँगा!

हर साल बसन्त आता है। बूढ़े से बूढ़ा रसाल माथे पर मोर धारण कर ऋतुराज के दरबार में खड़ा होकर झूमता है। सौरभ-सम्पन्न शीतल समीर मन्द गति से प्रकृति के कोने-कोने को उन्माद से भर देता है। कोयल मस्त कुहू-कुहू करने लगती है। मुहल्ले-टोले के हँसते हुए गुलाब-नवयुवक उन्माद की सरिता में सब कुछ भूलकर विहार करने लगते हैं, खिलखिलाते हैं, धमाचौकड़ी मचाते हैं, चुम्बित होते हैं, लिपटाते हैं—दुनिया के पतन को उत्थान का और सर्वनाश को मंगल का जामा पहनाते हैं। और मैं, टका-सा मुँह लिये, कोरी आँखों तथा निर्जीव हृदय से इस लीला को टुकुर-टुकुर देखा करता हूँ।

उस समय मालूम पड़ता है, बुढ़ापा ही नरक है!

हर साल मतवाली वर्षा ऋतु आती है। हर साल प्रकृति के प्रांगण में यौवन और उन्माद, सुख और विलास, आनन्द और आमोद की तीव्र मदिरा का घड़ा ढुलकाया जाता है। लड़कपन मुग्ध होकर लोटपोट हो जाता है—"काले मेघा पानी दे!" जवानी पगली होकर गाने लगती है—"आयी कारी बदरिया ना!" और मेरा बुढ़ापा? अभागा ऐसे स्वर्गीय सुख के भोग के समय कभी सर्दी के चंगुल में फँसकर खाँसता-खँखारता रहता है, कभी गर्मी के फेर में पड़कर पंखे तोड़ता है। सामने की परोसी हुई थाली भी हम अपने दुर्भाग्य के कारण नहीं खा सकते! तड़प-तड़पकर रह जाते हैं...उफ!

उस समय मालूम पड़ता है—बुढ़ापा ही नरक है!

इस नरक से कोई मुझे बाहर कर दे, युवक बना दे—मैं आजन्म गुलामी करने को तैयार हूँ। बुढ़ापे की बादशाही से जवानी की गुलामी करोड़ दर्जा अच्छी है—हाँ-हाँ, करोड़ दर्जा अच्छी है! मुझसे पूछो, मैं जानता हूँ, मुझ पर बीत रही है।

कोई यदु (पुरुष) हो तो इस बूढ़े ययाति की सहायता करे! मैं मरने के पहले एक बार फिर उलझने लगने चार होने और फँसने का उन आँखों को चाहता हूँ जिन्हें बात-बात स्वर्गीय रोग होता है। इच्छा है, एक बार फिर किसी के प्रेम में फँसकर गाऊँ—

ठाढ़े रहे घनश्याम उतै, इत
मैं पुनि आनि अटा चढ़ि झाँकी।

जानति हो तुमहू ब्रजरीति,
न प्रीति रहै कबहूँ पल ढाँकी।।
'ठाकुर' कैसे हू भूलत नाहिं नै,
ऐसी अरी वा बिलोकनि बाँकी।
भावतो ना छिन भौनको बैठिबो,
घूँघट कौन को? लाज कहाँ की?

इच्छा है, एक बार फिर किसी मनमोहन को हृदय-दान देकर, बैठे-बिठाये, दुनिया की दृष्टि में व्यर्थ परन्तु स्वर्गीय पागलपन को सिर चढ़ाकर प्रार्थना करूँ—

रोज न आइयै जौ मनमोहन,
तो यह नेक मतौ सुन लीजिए!
प्रान हमारे तुम्हारे अधीन,
तुम्हें बिन देखे सु कैसे कै लीजिए।।
'ठाकुर' लालन प्यारे सुनौ,
बिनती इतनी पै अहो चित दीजिए।
दूसरे, तीसरे, पाँचवें, सातवें,
आठवें तौ भला आइबो कीजिए।।

मगर नहीं, वार्धक्य वह रोग नहीं, जिसकी दवा की जा सके! यह मर्ज ही लाइलाज है। यह दर्द-सर ऐसा है कि सर जाए तो जाए, पर दर्द न जाए!

लड़कपन के स्वर्ग का विस्मृतिमय अद्वितीय सुख देख चुका। जवानी की अमरावती में विविध भोग-विलास कर चुका। अब बुढ़ापे के नरक में आया हूँ— भोगना ही पड़ेगा! इस नरक से, मनुष्य की तो हस्ती ही क्या है, ईश्वर भी छुटकारा नहीं दिला सकता! बुढ़ापा वह पतन है, जिसका उत्थान केवल एक बार होता है, और वह होता है—दहकती हुई चिता पर। हमारे रोग की अगर दवा है तो एक 'जाह्नवी तोयं', यदि वैद्य है तो एक—'नारायणो हरिः।'

फिर अब देर काहे की, प्रभो? दया करो, 'समन' भेजो, जीवन की रस्सी काट डालो! अब यह नरक भोगा नहीं जाता। भवसागर में हाथ मारते-मारते थक गया हूँ। मेरा जीवन-दीप स्नेह-शून्य है, गुणरहित है, प्रकाशहीन है। इसका शीघ्र ही नाश करो, पंचत्व में लय करो!

फिर से, नये सिरे निर्माण हो; फिर से, नये सिर से सृष्टि हो; फिर से नये सिरे से जन्म हो; फिर से, नये सिरे से शैशव हो; फिर से, नये सिरे से यौवन हो; फिर से, नये सिरे से भोग हो, विलास हो, सुख हो, आमोद हो, विनोद हो, कविता हो, प्रेम

हो, पागलपन हो—मान में अपमान और अपमान में मान हो! फिर से, नये सिरे से यौवन की मतवाली अँगूरी—सुरा ऐसी छने—ऐसी छने कि लोक भूल जाए, परलोक भूल जाए, भय भूल जाए, शोक भूल जाए, यह भूल जाए, वह भूल जाए, हम भूल जाएँ, और तुम-ईश्वर-भूल जाए! तब जीवन का सुख मिले, तब पृथ्वी का स्वर्ग दिखाई पड़े!

फिर, अब देर काहे की प्रभो? दया करो, 'समन' भेजो; जीवन की रस्सी काट डालो!

संस्मरण

सिनेमा-संसार और मैं!

सिनेमा-संसार से अपना सम्बन्ध परम पुराना, सन् 1924 से है। सन् 24 में मैंने गोरखपुर के साप्ताहिक 'स्वदेश' के विजया अंक का सम्पादन किया था। वह अंक इतना उग्र और गरम था कि यू. पी. पुलिस ने दर्जनों हिन्दी-लेखकों की मानवता और भक्ति का भेद अपनी काली कसौटी पर कसकर पहचाना था। विशेषांक प्रेमचन्द जी के 'सरस्वती प्रेस' में छपा, प्रकाशित कराके, मैं तो यू.पी. से बंगाल अर्थात् बनारस से कलकत्ता उड़ गया; पर 'स्वदेश' के प्रकाशक पंडित दशरथप्रसाद द्विवेदी, 'सरस्वती' प्रेस के मुद्रक प्रेमचन्द जी के अनुज बाबू महताब राय, कविवर श्री अनूप शर्मा, श्री रामनाथ सुमन, मेरे अग्रज उमाचरण पांडेय 'त्रिदंडी' तथा कई हिन्दी लेखक और भक्त घोर संकट में पड़ गये। मुद्रक, प्रकाशक और सम्पादक पर लखनऊ के गवर्नर-इन-कौसिल की आज्ञा से ताजीराते-हिन्द की मशहूर दफा 124-ए के वारंट निकले। 'सरस्वती' प्रेस की सख्त तलाशी हुई। 'स्वदेश' प्रेस बब्बर पुलिस ने बरबाद कर डाला। अनूप शर्मा गिरफ्तार होकर जमानत पर छूटे। मेरे परिवार के लोगों को पुलिस ने काफी धमकाया, मेरी माँ को रुलाया—फिर भी मुझे वे न पा सके।

सुराग पा यू. पी. पुलिसवाले जब कलकत्ता 'मतवाला' कार्यालय में मुझे पकड़ने आए, तब मैं बंगाल से बम्बई चला गया और वहाँ अपने अभिन्न-हृदय पंडित भगवती प्रसाद मिश्र, बी.ए. के साथ मलावार पहाड़ पर ठहरकर फिल्म में अभिनय करने लगा। तब फिल्में मूक बना करती थीं और उद्योग का आरम्भ ही हो रहा था। पर प्रथम प्रवेश में फिल्म-जगत में चार-पाँच महीने से ज्यादा मैं न रह पाया। एक दिन गोरखपुर के कोतवाल ने बनारस के एक बंगाली सी.आई.डी. वाले मेरे मित्र की मदद से मुझे गिरफ्तार कर लिया। बम्बई से पहली बार जब मैं विदा हुआ तो मेरे हाथों में हथकड़ी थी, भुजा पर मजबूत सूती रस्सा (1. फिल्म विशेषांक—पांडेय बेचन शर्मा 'उग्र'; वर्ष 6, अंक 9, फाल्गुन शुक्ल 5, सं. 2011, ता. 27 फरवरी सन् 1955 ई., पृ. सं. 111) कसा हुआ था। तीन तगड़े बन्दूकधारी मेरे साथ थे—दो मराठे और एक मुसलमान। तब मैं 21 वर्ष का था—नाटा, दुबला; तब तक मूँछें प्रकट नहीं हुई थीं।

मजिस्ट्रेट ने सजा देते हुए मेरे बारे में लिखा था कि यह 21 साल का छोकरा है!

दूसरी बार सिनेमा-संसार में जब मैं पहुँचा, तब बोलते चित्रों का सौभाग्य-सूर्योदय हो ही रहा था। तब मूक चित्रों का भविष्य सुबह के सितारे की तरह पीला पड़ा जा रहा था। फिर भी, चलन मूक चित्रों का ही था। इस बार मैं हिन्दी जगत् से चिढ़कर फिल्म-जगत् में पहुँचा था। यह सन् 29 की बात है। तब मेरे विरुद्ध घनघोर घासलेट आन्दोलन चल रहा था। सहृदय नामधारी मुझे पहचानने को तैयार न थे, कुछ मेरी कमियों के कारण, कुछ मेरी विशेषताओं से चौंधिया कर। मैंने सोचा हिन्दी के माथे कोई सेहरा थोड़े बँधा है—तुम नहीं और सही! लिखूँ न तो मैं भूखा मर जाऊँगा—इसे न तो मैंने पहले कभी माना था, न आज ही मंजूर करता हूँ। मेरा विचित्र विश्वास है कि हम विधाता की बारात में निमन्त्रित होकर आये हैं और घी वाले के लिए घी और शक्कर वाले के लिए शक्कर स्वयं विश्वनियन्ता, जिनमें पत्थर के कीड़े को हजार तरह के अन्दर हरी घास पहुँचाने की क्षमता है, करते हैं। खैर!

सन् 1932-33 तक भारत में इनी-गिनी ध्वनिग्राहिणी मशीनें ही आयी थीं। भारतीय फिल्मों का पहला बोल—चित्र 'आलमआरा' जब बम्बई की इम्पीरियल फिल्म कम्पनी में बनकर तैयार हो रहा था, उन्हीं दिनों शारदा फिल्म कम्पनी में जर्मन रेकार्डिंग मशीन पर मेरा लिखा हुआ चित्र उतारा जा रहा था—'सस्सी-पुन्नू'—सिन्धी प्रेमियों की लोककथा पर आधारित। तब तक टॉकी मशीनों का उतना विकास नहीं हुआ था, जितना आज प्रत्यक्ष है। भारतीय यन्त्रों ने तब तक उन मशीनों के हथियाने का अभ्यास भी साधारण ही किया था। बढ़िया विदेशी यन्त्रों के साथ प्रायः विदेशी मिस्त्री भी आया करते थे जो ध्वनिचित्रण के विशेषज्ञ तो होते, पर भारतीय भाषाओं के उतार-चढ़ाव, उच्चारण, स्वर-ताल से उनका परिचय नहीं के बराबर होता था। इसके अलावा तब तक सिनेमा-निर्माण-कला और व्यवसाय कम तथा मुक्त भोग-विलास का जरिया ही ज्यादा था। कम्पनी के मालिक, फाइनेंसर, डायरेक्टर, ऐक्टर—प्रायः सभी चन्द्रमुखी तारिकाओं के इर्दगिर्द मस्त मँडराते थे।

'बॉस' या कम्पनी का मालिक पीकर स्टूडियो में आता था और ऑफिस में भी बोतल-गिलास उसकी पहुँच से अधिक दूर नहीं होते थे। निर्देशक भी ढालकर आता था, साथ ही 'सेट' पर भी सामग्री साथ रखता था। पुरुष तो पुरुष, अनेक कोमलांगिनियाँ भी पीकर पार्ट अदा करती थीं। तीस साल का उन्मत्त तरुण तब भी पीपे की तरह पीने की इच्छा ही नहीं, जवानी भी रखता था। पृथ्वीराज कपूर की तरह अपवाद, पुत्र राजकपूर का मुँह देखकर माफ करें! हमारे फिल्म-उद्योग में जो भी आज सफल हैं, वे पीते और माँगते हुए वाममार्गियों की तरह ही हैं। उन दिनों बोलते चित्र जनता की नजरों में कुछ ऐसे क्रान्तिकारी आश्चर्य थे कि महज मामूली रेकार्डिंग से ही फिल्म सफल हो जाती थी—कहानी, चित्रालेख, शूटिंग, स्क्रिप्ट, निर्देशन, अभिनय-कला,

छवि-अंकन, सम्पादन आदि की कोई खास जरूरत नहीं होती थी। फिर भी मेरा लिखा चित्र 'सस्सी-पुन्नू' स्टूडियो में ही असफल फेलमफेल हो गया था, क्योंकि उन्मादजन्य अज्ञानवश संचालकों ने लाखों रुपये लगाकर सारी फिल्म तैयार करने के बाद एक रील का नमूना देखा और तब खुला यह भेद कि जर्मन मशीन रद्दी होने से ध्वनि-अंकन ऐसा खराब हुआ था कि संवाद कोलाहल और संगीत चीत्कार मात्र बनकर रह गये थे। उस चित्र के फेल होने से उस कम्पनी की रीढ़ ही टूट गयी, बधिया बैठ गयी।

मेरे उस असफल चित्र के प्रोड्यूसर थे श्री भोगीलाल भावजी दवे, फोटोग्राफर श्री बम्बालाल जेठाभाई पटेल, रेकॉर्डिंग जर्मन इंजीनियर हर सेटलर, डायरेक्टर श्री नगेन्द्र मजूमदार, नायक श्री नन्दराम पहलवान, नायिका सुश्री मोतीबाई (पंजाबिन), कॉमेडियन श्री गौरी और वह साँवली-सलोनी औरत, जिसे चिढ़ाने के लिए लोग 'अफ्रीका' कहा करते थे। उस चित्र में कोई छोटा काम सुश्री महताब को भी दिया गया था जो आज फिल्मी दुनिया की महारानी मोदी मशहूर हैं। छोटा ही काम श्री जयराज को भी मिला था।

उक्त सूची में श्री भोगीलाल दवे—शारदा कम्पनी के मालिक—नशे और भोग से क्षीण होकर मर गये। पर, भोगीलाल दवे—क्या खूब आदमी था—खुदा मगफरत करे! हीरो नन्दराम पहलवान भी नशे और भोग से मरे। डायरेक्टर मजूमदार को असफलता और अर्थकष्ट के बाद 'लकवा' मार गया और चित्रों के मुखर परिस्थानों का वह संचालक वाचा बन्द हो जाने से वर्षों मौन संकट सहने के बाद काशी में मुक्त हुआ। मोती जान कहीं बची होंगी भी तो न वह रूप होगा न वह यौवन और न वह चंपक वर्ण, जिसके बगैर (मनचली) स्त्री मर ही जाती है।

उक्त फेहरिस्त के जो लोग बचे हैं, उनमें कैमरामैन एजी पटेल आज करोड़पति हैं, लेकिन फिल्मों से कम और व्यावसायिकी बुद्धि से विशेष गत महायुद्ध में फोटो-व्यवसाय-सामग्री से उन्हें इतने रुपये मिले जितने पतझड़ में पृथ्वी को सूखे पत्ते मिलते हैं। दूसरे हैं, भारतीय फिल्मों के बहुरंगी सदाबहार कलाकार जयराज, जो बाहर से कुशल-से मालूम पड़ते हैं, अन्दर की बात राम जाने! तीसरा मैं हूँ जो जिन्दादिल हूँ, सकुशल हूँ और स्कॉच व्हिस्की जॉनी वाकर के विज्ञापन के चित्र की तरह (स्टिल गोइंग स्ट्रांग) सदा तेजी पर हूँ।

'सस्सी-पुन्नू' की असफलता के बाद ही मैंने फिल्म-जगत् का त्याग किया हो सो बात नहीं! अपनी लिखी चार और फिल्मों के नाम मुझे याद आ रहे हैं— 'रामविलास' (शारदा फिल्म), 'पतितपावन' (प्रतिमा पिक्चर्स फोटोफोन), 'राधामोहन नन्दलाल' (महालक्ष्मी फिल्म कम्पनी, जिसमें मेरे बाद प्रेमचन्द जी भी गये थे) और

'छोटी बहू'—उन दिनों की सफलता की कसौटी पर सफल चित्र थे। 'छोटी बहू' की कहानी गुजराती लेखक शैदा जी की थी, केवल संवाद मेरे थे।

उक्त चित्रों में अच्छे-अच्छे अदाकार थे—जैसे सुश्री दुर्गा खोटे, मराठा रंगमंच के विख्यात नट और गायक श्री मामा 'गोरे', श्री यमराज, विख्यात जुबेदा बानू, मास्टर मोदक, नलिनी जयवंत। कहने का अभिप्राय यह कि वर्तमान पीढ़ी के पूर्व वाले, यानी पृथ्वीराज कपूर युग के बम्बई-फिल्म-कलाकार, डायरेक्टर, कैमरामैन, साउंड-रेकॉर्डिंग की और फिल्म कम्पनियों के मालिक मुझे मजे में जानते हैं—परिचित और अपरिचित दोनों! वे यह जानते हैं कि 'उग्र' लिखना तो खाक-पत्थर जो भी जाने, पर लड़ाका लट्ठम-लट्ठ थे (उन दिनों एक मोटा सोंटा लेकर मैं स्टूडियो जाता था)। अँग्रेजी टैजेंट शब्द का अर्थ खुरचाली, हैरान करनेवाला होता है, यह मैंने उसका प्रयोग अपने ही लिए किसी फिल्म कम्पनी के मालिक के मुँह से दूर से सुनकर जाना था।

आज मैं गम्भीरता से विचार करता हूँ तो लगता है कि इस 'टैजेंट' ने मुझे बचा लिया, नहीं तो मैं अब तक अवश्य मर चुका या—मार डाला गया होता, अवश्य पागल हो गया होता! अपने भावुक बनारसी बन्धु पंडित भगवती प्रसाद मिश्र का मरण मैं देख चुका हूँ, जो फिल्म-जगत की सफलता से ही उन्हें मिला था। मिश्र जी उस युग के मशहूर निर्देशक, अभिनेता, चित्रकार, मूर्तिकार, यानी बहुरंगी कलाकार थे। उनकी बहुमुखी प्रतिभा का तत्कालीन फिल्मी दुनिया पर बड़ा रौब था। वह मेरे बुजुर्ग और दोस्त दोनों ही थे। वह भावुक भी थे, भोक्ता भी। हिन्दी को नमस्कार कर जब मैं मिश्र जी के पास पहुँचा, तब वह बम्बई के उपनगर सान्ताक्रूज में रहते थे—साथ में एक सलोनी-गोयिगनी संगिनी, जिसे रूपमात्र से उन्होंने 'हीरोइन' बना दिया था। मिश्र जी के पास बड़ी 'ब्यूक' मोटर गाड़ी थी और मिश्री (मैंगोयिनी देवी को इसी तरह याद करता) के पास छोटी टू-सीटर, अमेरिकी कार। मिश्र जी के पास एक कठियावाड़ी घोड़ी भी थी—सफेद चमचम, आया थी, बॉय था, बावर्ची था। मिश्र जी के दस्तरखान पर, क्या मजाल कि छप्पनों प्रकार से कम व्यंजन हों! वह स्वयं खाना पकाने के शौकीन थे, वैष्णवी भोजन और शाक्त भी—मुरगी, मछली और मांस तीनों, तरह-तरह से हमेशा उनके दस्तरखान पर सजते हैं। अक्सर पान के बाद ही वह दस्तरखान पर आते, मिश्रा-मिश्री दोनों, और अक्सर खाने के वक्त लड़ पड़ते-फिजूल की बातों पर। एक दिन मिश्रजी ने कहा कि गोश्त में नमक ज्यादा है, तो तुरन्त मिश्री जी बोल उठीं—बनारस वालों के बाप ने भी ऐसा गोश्त न चखा होगा, यह मेरा पकाया हुआ है मिस्टर। मैंने गिड़गिड़ाती आवाज में सुरा-सी उनकी सुन्दरी-सलोनी से निवेदन किया कि मैं भी बनारसी हूँ! तो चट से उसने अँग्रेजी में जवाब दिया कि उसका हैट आप अपने सर पर क्यों रखते हैं?

इस तरह महीने में सत्रह दिन, न तो मिश्र जी खाते और न मैं ही, और आराम की कमाई के छप्पन प्रकार दस्तरखान से हटाकर कूड़ेदान में फेंक जाते। दोनों जवानी और जमाने से सनके, मुक्त प्रेमी की तरह रहते थे, पर न तो मुक्त थे और न प्रेमी।

रोज दोनों एक-दूसरे से अलग हो जाने की कसम खाते—मिश्र जी गंगा और जनेऊ का नाम लेकर तथा मिश्री जी मरियम और मसीहा का, पर रोज ही दोनों निकट से निकटतर होते। उनका प्रेम (वासना) जलन से भरा हुआ था। वे एक-दूसरे की जवानी नष्ट कर बूढ़ा या बूढ़ी बना देने के लिए प्रेम का रूपक बाँधते थे। वे सिनेमा-प्रेमी उन्मत्त कलह में अक्सर एक-दूसरे को समाप्त कर डालने की धमकी देते थे, और एक दिन जब मिश्र जी काल या अकाल के गाल में चले ही गये, तब मिश्री जी ने उनके शव पर खुले बाल रोते-रोते फोटो खिंचवायी!

उक्त वर्णन, अगर आप विश्वास करें तो, मैंने इसलिए नहीं किया है कि दुनिया जाने कि मैं सुख के किन-किन नरकों के बीच गुजरा हूँ, न इसीलिए कि मिश्रजी और मिश्रीजी की निन्दा हो—मेरे वर्णन का उद्देश्य मात्र यह है कि हर चमकीली चीज सोना नहीं होती। फिल्मी दुनिया के चाँद और सितारे बाहर और दूर से जो इतने चमकीले लगते हैं, अक्सर उनके पीछे वह अँधेरा होता है कि हाथ न सूझे!

मैंने कहा कि 'टेजेंट'—हैरान करने वाला, उद्विग्न करने वाला होने ही से मैं बच गया। व्यापारिक दृष्टिकोण से मेरा फर्ज होना चाहिए था कहानी, संवाद और गीत लिखना और रुपये कमाना। इधर अपनी अनेक पुस्तकों में नैतिकता के तराने गाने के बाद मैं बम्बई पहुँचा था, सो कला के नाम पर अनाचार मुझसे देखा न जाता। अनाचार केवल वासनाजन्य ही नहीं—बहुरंगी! कहानी चुनने, गीत पसन्द करने, कैरेक्टर या पार्ट बाँटने, तनख्वाह या मजदूरी बाँटने, सब में खुशामदपरस्ती, दलालबाजी चलती थी। अधिकारियों के कान बड़े होते थे, अक्सर इतने कि पशु विशेष के कानों से भी बड़े! उन दिनों बम्बई में ऐसे स्टूडियो भी थे, जिनमें पूँजी लगानेवाले मनचले सेठों को फँसाने के लिए सजे-सजाए कमरे अलग रहते थे और सेठ के आते ही सुन्दरी या सुन्दरियाँ उस कमरे में कम्पनी-मालिक की आज्ञा से पहुँचा दी जाया करती थीं—रात में ही नहीं दिन में भी! मुझे मजे में याद है कि छोटे-छोटे राजा को फँसाने के लिए एक फिल्म-कम्पनी के मालिक ने उस समय की एक फिल्म-अभिनेत्री को नंगा नचाया था। जिन दिनों मैं था, बम्बई की फिल्मों का वातावरण ऐसा नहीं था कि सुधारक वृत्ति का कोई आदमी उसमें सफल हो सकता। यह जो श्री पृथ्वीराज कपूर इतने सरनाम हैं, सो स्टूडियो वालों की कृपा से नहीं, अपनी रणनीति बदलने के सबब से। जबकि पृथ्वीराज ऐक्टर थे, प्रायः असफल रहे; सफल हुए तब, तब उसके साथ पब्लिकमैन बने! जहाँ तक मेरा ख्याल है कि पृथ्वीराज को 'पृथ्वी थियेटर्स' ने बचा लिया—आदर पाने और संसद में सजने के लिए; नहीं तो फिल्म जगत के तानाशाहों

ने उनकी मिट्टी पलीत करने में कोई कसर नहीं रखी थी। श्री पृथ्वीराज कपूर मेरे खास मित्र हैं—यह कहने में मुझे संकोच होता है, इसलिए कि बड़ाई में 'मेकप' से मण्डिल मूर्खों की तरफ देखकर मेरा दम्भ उपेक्षा से ओंठ निपोरने लगता है। निर्देशक देवकी बोस और स्वर्गीय बरुआ तथा गायक-नट सहगल से मेरा परिचय कलकत्ता के न्यू थियेटर्स में श्री पृथ्वीराज ने कराया था।

कहानी अच्छी न होने से सर्वांग सुन्दर फिल्म भी असफल हो जाती है और शरत् बाबू जैसी कहानी होने से अन्य गुणों के अभाव में भी तस्वीरें सफलता का सोना बरसा जाती हैं।

तत्त्वत: फिल्म के धन्धे में कहानी की जगह सर्वोच्च है; स्टूडियो के प्रशासन में लेखक की पूछ टाइपिस्ट से ज्यादा नहीं। फलत: ज्यादातर कहानी-लेखकों को अपना 'ड्यू' पाने के लिए निर्देशक बनना पड़ा। कमाल अमरोही पहले कहानी-संवाद-लेखक थे, जिया सरहदी भी, ख्वाजा अहमद अब्बास तो अभी कल तक कोरे-कोरे कहानी-लेखक थे। सन्तोषी, रामचन्द्र ठाकुर, डॉ. सफदर 'आह' और केदार शर्मा, सभी संवाद या कहानी लिखते-लिखते डायरेक्ट करने लगे हैं। गर्ज कि आज भी बिना निर्देशक बने, अच्छे कहानी-लेखक की इज्जत नहीं के बराबर है और जब आज यह हालत है, तब मेरे जमाने यानी आज से तीस, पच्चीस, बीस वर्ष पहले क्या गति रही होगी कोई भी अनुमान लगा सकता है।

जब मैं लेख लिखकर दे देता तो शूटिंग के पहले साधारण दृश्यों के रिहर्सल तो मेरी उपस्थिति में कराए जाते पर 'लव' या प्रेम-संवाद के रिहर्सल किसी लौंडे मुखनायक के साथ मस्त निर्देशक केवल अपने या कम्पनी-मालिकों के आगे कराता और अभ्यास के बहाने सलोनी सुन्दरियों को प्रेम की मुद्राएँ बतलाने तथा 'प्यारी', 'प्रियतमे' कहने का लुत्फ लेता। मैं चिढ़ जाता। एकाधिक बार मैंने कहानी-लेखक की हैसियत से निर्देशकों को ललकारा कि निर्माण की जगह निर्माण हो, विलास नहीं; बढ़िया चित्र बनाया जाय न कि बढ़िया औरत पर डोरे डाले जाएँ, नहीं तो मैं भी जवान हूँ—व्यक्तित्व, वैभवशाली डोरे मेरी आँखों में भी हैं। यहाँ तक नौबत आते-आते अक्सर फिल्म-कम्पनियाँ मुझे नमस्कार कर देतीं और मैं हार जाता।

अच्छे-अच्छे मालिकों को मैंने बद्दुआएँ दीं कि तू मरेगा, तेरा नाश होगा; और मरे, उनका नाश हुआ! जुए के खेल की तरह फिल्म-उद्योग में भी दुनिया केवल जीतनेवालों का मुँह देखकर उत्साहित होती है, जो चन्द चार से ज्यादा हरगिज-हरगिज नहीं होते। फिल्मों के फेर में कितने बरबाद हुए, जरा इस पर भी ध्यान दिया जाय तो उनकी सारी उपादेयता अनर्थक, भयानक दीखने लगती है। जबसे यह धन्धा इस देश में चला है, तब से बला से करोड़ों कलाकारों की कमाई हुई हो, पर करोड़ों देशवासियों के चरित्र और पवित्र नैतिकता के मुँह में कलंक भी ऐसा लगा है कि सौ

मन साबुन से भी शायद ही छूटे। सारे देश के युवक-युवतियों ने सिनेमा-सफलता को ही मानव-जीवन का वरदान मान लिया है।

स्त्री सुकुमार होती है, लजीली होती है, सभ्य होती है, शीलवती होती है, आदि मान्यताएँ सिनेमा की स्त्री को देखने के बाद मलिन पड़ जाती हैं और स्पष्ट होता है कि यदि लोभ या मोह प्रबल पड़ जाए तो स्त्री-पुरुष में कोई भेद नहीं होता। इसका एक उदाहरण और यह मोहक प्रसंग समाप्त!

मेरी एक कहानी की एक ऐसी युवती नायिका चुनी गयी जो बाजारू नहीं थी, जो घर और कॉलेज से सीधे स्टूडियो आयी थी—कलदार से खिंची, कला का नाम जपती वह इतनी मादक थी कि सभी उसमें कोई भद्र नाता-रिश्ता लगाकर बातें करते। कोई बहन कहता, कोई बेटी, कोई बाबा! मगर इन सारे सम्बोधनों का अभिप्राय वही होता जो आवारों की 'मेरी जान!' का होता है।

सारे स्टूडियो में एक मैं ही ऐसा था जो वे बे-रिश्ते उससे बातें करता और उसके नाम में अपनी ओर से जरा-सा 'जी' लगाकर सम्बोधित करता।

आखिर उस तेज छोकरी ने एक दिन मुझसे पूछा कि आप मुझे 'बहन' या 'बाबा' क्यों नहीं कहते? मैंने कहा, 'पत्थर की औरत को भी याने देवता को भी बहन, बेटी या माँ कहने से मेरा मन झूठ और बेईमानी से घबराता है। औरत मेरे आगे हमेशा औरत ही होती है!' उसने तमककर पूछा, 'माँ भी?' तेजी से उत्तर दिया, 'हाँ, मगर मैं तत्त्व-चर्चा कर रहा था और आप गाली दे रही हैं।' इतना कहकर मैं वहाँ से हट गया। मैं 'मूड' बिगाड़ना नहीं चाहता था, क्योंकि उसी दिन से उस चित्र की शूटिंग होने वाली थी, जिसकी वह नवेली नायिका थी।

थोड़ी देर बाद, न जाने क्यों मैं 'मेकप' रूम में गया तो क्या देखता हूँ कि उस युवती को, अपनी पालथी को तकिया बनाकर लेटाए, डायरेक्टर महोदय उसके गालों पर चित्रकारी रच रहे थे। वह मुझे देखकर यों चमकी, जैसे प्यासातुर दूध में मक्खी देखकर चौंके। डायरेक्टर ने कहा, 'आइए उग्र जी! अरे कौन है? उस कैमरामैन साहब को भी यहीं बुलाओ कि वह इनके अंगों के कर्व या बाँकपन देख-समझ लें। आज वाले सीन में 'सेक्स' अपील (कामुक आकर्षण) का चित्रण बहुत आवश्यक होगा।' अब कैमरामैन ने आकर युवती को अपने सामने खड़ी कर, आँखों पर चश्मा लगा परिक्रमाएँ कर-करके चारों तरफ से मजे में देखा, वैसे ही जैसे कसाई गाय या बकरी को देखता है। सेट पर आने पर डायरेक्टर और कैमरामैन दोनों उसके दुपट्टे और कंचुकी का सम्बन्ध कैमरा के दर्शन योग्य सुधारने-सँवारने लगे। इसके बाद लौंड-मुख नायक उसके पीछे खड़े हो, स्थान ग्रहण कर, बाँया हाथ युवती की बायीं कोख के नीचे ले जाकर अर्धांगिनी बनाकर कैमरे का सामना करने लगा। युवक ठीक तरह से खड़ा नहीं हो रहा था—कहकर तीन बार डायरेक्टर ने युवती को वामांगनी बनाकर

दिखाया, दो बार कैमरामैन ने। लिख गया मैं जल्द, यह सब होने में घंटों लगे थे। इसके बाद उस युवती के एक-एक लजीले या मोहक अंग के चित्र, हजार-हजार शक्तिशाली प्रकाश में, दस-दस तरह से, 11 बजे रात से 3.30 बजे भोर तक उतारे गये—एक नहीं, पचास-पचास पुरुषों के सामने।

और मैं दुष्ट ही नहीं क्रूर भी, शूटिंग समाप्त होने पर उसके पास जाकर बोला—"अब आप समझ गयी होंगी कि मैं आपको बहन जी क्यों नहीं कहता? मेरी बहन के साथ इतने खिलवाड़ किये जाते, जितने कि अभी आपसे किये हैं, तो यह मेरा मिर्जापुरी सोंटा डाइरेक्टर, कैमरामैन और हीरो की खोपड़ी पर नाचता होता—वैसे ही, जैसे, उनकी पवित्र उँगलियाँ आपके पवित्र अंगों पर नाच रही होतीं।"

दूसरे दिन उस युवती ने कम्पनी के मालिक से कहा कि 'उग्र जी 'सेट' पर होंगे, तो मैं काम नहीं करूँगी!'

और तीसरे दिन, न तो मैं सेट पर था और न उस फिल्म कम्पनी में।

मेरा विश्वास है, आज भी सिनेमा-वातावरण में नयी सनकीली सुराएँ होंगी, बला से सदाचार की नयी बोतलों में। जो हो...?

उग्र-रिपोर्ताज

पेशावर एक्सप्रेस

इंग्लैंड के कैंटरबरी के महापादरी का जो स्थान और महत्त्व विलायत में है, मैं कहूँगा वही स्थान और महत्त्व मालवा में ज्योतिषाचार्य पंडित सूर्यनारायण व्यास जी का होना चाहिए। कैंटरबरी का महापादरी धार्मिक पदाधिकारी होते हुए भी योग्य राजनीति के चिन्तक और साहित्यिक व्यक्ति हैं। वैसे ही धर्म, भाग्य, संस्कृति एवं कर्म में लिपटे रहने पर भी हमारे व्यास जी चतुरंगी व्यक्तिखान हैं, वह आजकल मध्य-भारत हिन्दी-साहित्य-सम्मेलन के सभापति हैं, मालवा-निवासी होने के कारण जिसकी यथाशक्ति सेवा करना मैं अपना कर्तव्य समझता हूँ।

उज्जैन के विख्यात प्रतिभाशाली वकील श्री गो. पं. हिरवेजी को भी मैं ग्वालियर-राज का उगता हुआ चर्चिल कहना चाहता हूँ—वह चर्चिल, जिसके उग्र आरम्भ को देख विलायत वाले उसे 'इंफैंट टेरिबल' पुकारने लगे थे—यानी 'भयानक राजनीति-शिशु, ऐसे मिस्टर हिरवे के साथ व्यास विशालबुद्धि के आज्ञार्थ मैं ग्वालियर-राज में अ. भा. हि. सा. सम्मेलन का प्रचारादि करने गत 24 जनवरी को सवेरे उज्जैन से निकला।

उज्जैन और भोपाल के बीच में बैरागढ़ नामक स्टेशन की भी एक कहानी कभी कहूँगा, जो भोपाल से एक स्टेशन पहले पड़ता है। भोपाल खुद पर दर्जनों कहानियाँ मेरे मन में एक ही दर्शन में जागीं, लेकिन अभी तो मैं 'करौंदा' नामक एक मामूली स्टेशन की बात बतलाना चाहता हूँ।

भोपाल से गाड़ी बदलकर हम ग्वालियर के लिए कोई साढ़े तीन बजे रवाना हुए; लेकिन सवा सात बजे रात, बीना से एक स्टेशन आगे करौंदा में, असल प्लेटफार्म से कोई हजार-डेढ़ हजार गज की दूरी पर हमारी ट्रेन, यानी 'पेशावर एक्सप्रेस' अचानक खड़ी हो गयी। हम थर्ड क्लास में थे, मिस्टर हिरवे निचली बर्थ पर थे—भोपाल देखने के बाद बीमार-से थके, तनिक बुखार से हैरान। मैं था ऊपरी बर्थ पर। मेरे पास सर्दी के लबादे कम थे और सर्दी बहुत अधिक। आखिर माघ का महीना। अत: ऊपरी बर्थ पर ही अपनी मुफलिसी की इज्जत बचती देख मैंने आसन लगाना

मुनासिब समझा। उज्जैन से चलते वक्त जब हिरवे जी ने लश्कर की सर्दी की कठोरता की चर्चा की, तब उनकी बातों का महत्त्व मजे में न समझ मैंने दार्शनिकता दिखलायी थी, यह कहकर कि—"मेरे पास तो गत चार वर्षों से दो कम्बल और एक कोट हैं। ये काफी हों या नाकाफी, लश्कर की सर्दी को इन्हीं से हरारत हासिल करनी होगी!" लेकिन ट्रेन के 'करौंदा' पहुँचते वक्त दर्शनिकता बहुत ठंडी लगने लगी।

मेरे सामने की ऊपरी बर्थ पर अक्सर सामान रखा था और आदमी एक-आध थे भी तो सर्दी से कसकर सिकुड़कर सीधे। जाग्रत-भाव नहीं तो अभाव ही से सही—एक मैं था—उच्चासीन (भंग के नशे से) आत्मलीन और नीचे की सीटों पर अजब नजारा बिखरता हुआ था, देखने लायक और जो देख न पाएँ उनके सुनने काबिल।

रेल के डिब्बे में सीटें तीन कतार में डबल और मेरी दाहिनी ओर दरवाजे के पास एक छोटी सीट थी, जिस पर दिल्ली जानेवाले दो मुस्लिम भाई बैठे थे, एक अधेड़ दूसरा मोटा नौजवान, सूर्यमुखी के फूल-सा खिला-खिला बड़ा मुखड़ा। उनके साथ एक नौकरनुमा आदमी भी था, जो ठीक मेरी सीट के नीचे बैठा बीड़ी पी रहा था। दोनों पंजाबी भाई जाड़े की गर्म पोशाक से कसे थे और बड़ा भाई सिगरेट भी पी रहा था, जो अपने छोटे भाई के साथ रावलपिंडी जा रहा था। लेकिन ये दोनों भाई पहले दोनों भाइयों से कहीं मुफलिस थे। छोटा भाई तो उम्र में भी बारह साल से ज्यादा का नहीं था जो बीच की बेंच पर मेरे सामने ही देहाती नये कुत्ते की तरह चुलबुला रहा था। वकील हिरवे बीच की बेंच के उत्तरी खंड पर अपना 'होल्डॉल' फैलाये अस्वस्थ फैले थे। और उनके पाँव की तरह एक बूढ़े, विलायती-वेशी बैरिस्टर का बिस्तर बिछा था, याने दो वकील-बैरिस्टरों ने एक पूरी बेंच पर अपने दबदबे और ठाट-बाट या मुवक्किलों के बल पर कब्जा कर रखा था। रावलपिंडी वाले छोकरे के सिर फ्लेक्स हैट और फ्लेनल के पैंट का कोर सटाये एक तीसरे नये वकील भी, जो बैरिस्टर के शायद रिश्तेदार थे, चित पसरे हुए थे। उनके सिर पर एक बूढ़ा सिख, जो गश्ती खूफिया-सा मालूम पड़ता था, सर्दी से सिकुड़-कर बैठा था, लेकिन उसी के सामने दूसरे दो सरदार, तगड़े और मोटे कपड़े से गर्म, बड़ी-बड़ी बातें मार रहे थे। मेरे सामने की आखिरी बेंच एजेंटनुमा एक लम्बे पंजाबी और नाटे-मोटे अंगों वाले जवान भोपाली मुसलमान ने घेर रखी थी।

बोगी-डिब्बा बड़ा था, मगर इतने आदमियों के योग्य कदापि नहीं, जितने वे बैरिस्टर साहब थे या वे वकील मिस्टर हिरवे। बैरिस्टर और उनका साथी जवान वकील तो देखते ही स्टेशन-ट्रेन के पैसेंजर मालूम पड़ते थे। सूट, सूटकेस, थर्मस, दो-दो होल्डॉल, दो-दो बड़े-बड़े चमड़े के बॉक्स, बैग, बैरिस्टर साहब के काँपते पंजे में पॉलिस, छड़ी, मुँह में निरन्तर धुआँधार सिगरेट, शायद आँत और दाँत के रोग जाने पर भी।

वकील हिरवे के साथ मैं और एक उनका आत्मीय, वृद्ध लेकिन चुस्त

मुवक्किल, जो जवान वकील की खिदमत भी करता था—हिरवे का मुँह यों ताका करता था, जैसे मजनू लैला का। हिरवे ने खूब गर्म कपड़े थे, यद्यपि आपकी पोशाक स्वदेशी थी—मोटा लम्बा कोट, फिर देशी ऊन का लबादा, फिर ऊनी कंटोप, फिर ऊनी मफलर, फिर बढ़िया गरम-गरम-टूश, फिर मोटा-तगड़ा कम्बल।

उसी तरह विलायती अच्छे ऊनी कपड़ों की एक खासी दूकान बैरिस्टर साहब और उनके निजी नौजवान वकील के तन की एक कसी हुई थी। मुझे याद है, नौजवान वकील ने जो डिब्बे में, भोपाल में, घुसते ही पहले गर्म कपड़े उतार फेंकने शुरू किये थे--''क्या अनाप-शनाप मैंने भी हिफाजत के लिहाज से लाद लिया...'' कहकर, मेरा ख्याल है, कपड़ों का जो बोझ दो पाँवों पर उक्त सज्जन उठाए हुए थे, बोझ ढोने वाला मशहूर वह चौपाया अपने चार पाँवों पर भी मुश्किलन उतना भार सँभाल पाता!

और कपड़े ट्रेन में सबसे कम थे तीन व्यक्तियों के पास, जिनमें दो स्त्रियाँ थीं और तीसरा स्वयं इंजानिव। एक स्त्री सिख तरुणी थी—पंजाबी रेशमी सलवार, कमीजनुमा कुर्ता और बूरेदार ओढ़नी में लिपटी हुई; दूसरी कोई गरीब मालवी मजूर की स्त्री थी जो सूती धोती पर पीली रंगी सूती ही साटी से सजी श्यामा दिखती थी। औरत के साथ जब वह घूसर या घमघूसर सिख गाड़ी में दाखिल हुआ, सारी सीटें भरी नहीं, घिरी थीं। मगर उसने टिकट खरीदा था—एजेंटनुमा पंजाबी के बिस्तर को सिर की तरफ से कोई डेढ़ फुट खिसकाकर अपनी स्त्री के लिए काफी जगह पर कब्जा किया, फिर अपने वास्ते बूढ़े बैरिस्टर पर चढ़ाई कर उनके सिरे की तरफ से कोई डेढ़ फुट पीछे ठेलकर वह सूती खेस बिछाकर जम गया।

मगर बेचारे तन और मन से दुर्बल मालवी मजूर में वह पुरुषार्थ न था कि वकील-बैरिस्टरों के सिरों को सिकोड़कर अपने या अपने परिवार के लिए स्थान प्राप्त करता, या अपने खरीदे हुए टिकट का महत्त्व समझ/समझा सकता। अत: बँधे बिस्तर पर स्त्री को उसने पाखाने और बैरिस्टर के सिरहाने सिकुड़ कर सोये घमघूसर सिख के पायने के पास बैठाया—खुद वह खिड़की से सटा खड़ा ही यात्रा करता रहा।

उधर घमघूसर सिख ने मौका पाते ही प्रतिक्षण बैरिस्टर साहब के बिस्तर को पीछे ठेलना शुरू किया—उनके खाने के लिए उठने पर आधा फुट सरकाया, पेशाब जाने पर एक फुट, और साथ ही बैरिस्टर का अनवरत सिगरेट पीना भी उसने चन्द युक्तियों से बन्द करा दिया। पाखाने के मालवी मजूर को बीड़ी पीते देख उसने रोका—''अरे, धुआँ बन्द करो!'' इस पर दूसरे सिखों ने भी घमघूसर का साथ दिया। फलत: खाना खाने के बाद अपनी सीट से हट, खिड़की से मुँह निकालकर बूढ़े बैरिस्टर ने सिगरेट के धुएँ को घमघूसर की आँखों से बचाया। मगर पुन: आसन पर लौटने पर उन्हें मालूम पड़ा कि किसी ने उनके बिस्तर को सिकोड़कर आधा कर दिया है।

''यह है नाजायज कब्जा!'' उन्होंने वकील हिरवे की ओर करुण-दृष्टि से देखकर कहा।

"मगर, क्या मैंने आपकी जगह पर कब्जा किया है?" स्थान देने को तैयार हिरवे जी ने पूछा। इस पर बैरिस्टर के साथी नौजवान कानूनदाँ ने कहा—"जगह पर तो ये सरदार जी दखल करते जा रहे हैं।"

मगर पहले फासिस्टों की तरह सारी जमीन पर फैलने वाले बैरिस्टर एक तगड़े प्रतिद्वन्द्वी को देखकर एकाएक 'डिमोक्रेट' बन उठे।

'अजी', उन्होंने अपने साथी जवान को समझाया, लाचारी से, "सोने दो सरदार को—आखिर आराम सभी चाहते हैं!"

वकील हिरवे श्री जमुनालाल बजाज और महात्मा गाँधी के बहुत निकट बरसों रह चुके हैं, उन्होंने एक इंच सरके बिना पड़े-ही-पड़े राय दी—"महात्मा जी तो थर्ड क्लास में अपने साथियों को हर्गिज सोने नहीं देते! कहते हैं कि सोने का भाड़ा थर्ड क्लास में नहीं दिया जाता; महज बैठने की जगह घेरनी चाहिए।"

करौंदा स्टेशन के निकट ट्रेन के रुकने के पहले उक्त बातें समाप्त हो चुकी थीं। हवा बर्फ की तरह ठंडी और अन्धड़ की तरह तेज सरक रही थी। चुपचाप सिकुड़कर बैठने या लेटने के अलावा बात करने में सर्दी लगती थी। तारीख 14 जनवरी, 1942, आठ बजे रात। करौंदा स्टेशन पर की ठंड, रूसी मैदान के ठंड का भाई बना हुआ था, जिसके सामने लड़ना भूल, बड़े-बड़े लड़ाके सिकुड़कर पड़े रहने या भागने में ही जान की खैर मानते।

"मामला क्या है? साढ़े नौ बजे झाँसी पहुँचना था, सो साढ़े आठ तो यहीं बजे जा रहे हैं।"

मुझे मालूम था कि ग्वालियर स्टेशन पर गाड़ी 11 बजे पहुँचने वाली है; मगर ऐसी ऋतु में, कम कपड़ों से ग्वालियर में सिकुड़ने में मन-ही-मन मेरा मन सिकुड़ने लगा। मैंने सोचा, अगर यह गाड़ी इतनी लेट हो सके कि ग्वालियर सुबह पहुँचे तो अयाचित सर्दी के ताप से मैं बच जाऊँ, साथ ही बँचूँ वकील हिरवे का ऊनी कपड़ा उधार लेने से। अत: बिना किसी से कहे, मैंने कहा—

"मैं तो पहली बार ग्वालियर रात में नहीं देखना चाहता, अत: खुदा से मिन्नत करता हूँ कि वह इस गाड़ी को कम-से-कम चार घंटे लेट ग्वालियर पहुँचावे।"

इस पर पहली बार बैरिस्टर साहब मेरी तरफ मुखातिब हुए—"खुदा है?"

"इस वक्त जिस बुलन्दी पर मैं बैठा हूँ", ऊपरी सीट से मैंने मजाक किया—"वहाँ से अपने को खुदा ही महसूस कर रहा हूँ; दुनिया के आप लोग नीचे प्राणी मुझे नजर आ रहे हैं।" फिर अनेक मुसलमान दोस्तों की दिलशिकनी न हो, इसलिए महा जोड़ा (गोकि अपने को खुदा कहना मुसलमान कूर्फ मानता मगर हम हिन्दू तो हर एक जीव को उसी परमात्मा का प्रतिरूप मानते हैं...!"

"तो क्या परमात्मा हमारी प्रार्थनाएँ सुनकर उन पर माकूल तवज्जो देता है?" पंजाबी एजेंटनुमा व्यक्ति ने मुस्कराकर पूछा।

मैंने जवाब दिया—''ईश्वर प्रार्थना पर फल देता तो जरूर है, मगर अक्सर घोड़ा माँगने पर गधा!''

इस पर ट्रेन में खासा कहकहा लगा और नीचे की कई नजरें मुझ पर इस अदा से पलक-पंख मारकर झपटीं, मानो कहेंगी कि—''कपड़े कम होने पर भी अक्ल शायद तुझे बहुत है। घमघूसर सिख ने भी ओढ़ने से मुँह निकाल मुझे तरेरकर ताका, जिसकी तरुणी पत्नी बार-बार मेरे चेहरे, लम्बे बाल, बड़ी दाढ़ी में साधुत्व तलाश रही थी और मैं उसकी नजरों में दुष्टता। मगर वह दुष्ट नहीं थी और न मैं था साधु। लेकिन मालवी मजूर या उसकी पत्नी पर मेरी बातों का कोई प्रभाव नहीं पड़ा। मर्द खिड़की के बाहर मुँह किये चिल्ला रहा था—''बीना की तरफ से गाड़ी आ रही है, उसके निकल जाने पर यह खुलेगी।'' और औरत बिस्तर पर गट्ठर का सहारा लिये ऊँघ रही थी। मुझे ताकने के बाद, सोने की चेष्टा में घमघूसर ने अबके जो पाँव असावधानी से पसारा तो ऊँघती मालवीया के मुँह पर उसके दोनों पंजे लगे। हाथ से सिख के पाँवों को ठेलती हुई मजूर-पत्नी भनककर बोली—''कैसा आदमी...!''

आठ, नौ, दस, ग्यारह के बाद लो, बारह बजने को आये, मगर ट्रेन अंगद के पाँव की तरह अचल बनी रही। अभी तो लोग सर्दी, रात और परदेस से परेशान थे, अब पानी भी झड़ने लगा—झड़ाझड़ और ऐसी झड़ में मेरे नीचे मैली रजाई में लिपटा लेटा रावलपिंडी जानेवाला मुसलमान प्यासा। थोड़े ही पहले उसने रोटी खायी थी, उस छोटे भाई के साथ जिसे टट्टी लग रही थी। इस पर बड़े भाई ने छोटे से कहा—''पाखाने में पानी नहीं है। जाना है तो पहले जाकर स्टेशन के नल से बधना भरता आ!'' और अँधेरी रात, झड़झड़ाते पानी में टट्टी से हैरान वह बालक हवा में तागे की तरह काँपता, बधना भर लाया। अब बधने के साथ उसे टट्टी में घुसते देख खुफियामुखी सिख ने बतलाया कि पाखाने में पानी तो पुष्कल है—बधने की जरूरत? तब तक बालक के बड़े भाई ने उससे बधना छीन लिया—''अबे साले, पानी तो टट्टी में है; ला इसे मुझे दे!''

''अपनी प्यास की खातिर तुमने मुझे परेशान कर मारा!'' रुआँसा बालक टट्टी में घुसा। जो जागते थे, सभी इस घटना पर जी खोलकर हँस पड़े।

बारह बजे, एक और दो भी। व्याकुल यात्रियों के समूह घड़ियों में टिक-टिक गये, मगर गाड़ी न हिली न डुली।

''कहीं कोई एक्सीडेंट हो गया क्या?'' एक ने सोते से चौंककर बिना किसी से पूछे, सबसे पूछा।

''मिलिट्री गाड़ियों के लिए शायद यह एक्सप्रेस रोकी गयी है। वे निकल जाएँगी, तब यह चलेगी!'' घमघूसर जी ने कम्बल से दाढ़ीदार चेहरा निकालकर राय दी।

''बम्बई से ही'', रावलपिंडी जानेवाले मुसलमान ने टिप्पणी की—''गाड़ी

साली के बारह बज रहे हैं। देखें, खुदा कब घर पहुँचाता है!''

''मेरे कई दोस्त'', भोपाली मुसलमान बोला—''इस शैतानी मौसम में झाँसी स्टेशन पर कड़कड़ा रहे होंगे—तोबा!''

खुफिया ने कहा—''कहीं जापान का गजब गोला न गिर पड़ा हो!''

मगर उसकी बात पर किसी ने भी टिप्पणी न की और लाचार मुसीबतों की मार से थककर सभी सो गये, और सातवें तबक पर बैठा-बैठा मैं भी उँघने लगा। इतने में पंजाबी एजेंट के पास की खिड़की अपने आप 'खड़क्' से खुल गयी, साथ ही बर्छी की तरह हवा की ठंडी और धारदार वायु भीतर घुस गयी। मेरे नीचे बैठा मुसलमान उस खिड़की के सामने बैठा था और उसके पास भी गर्म कपड़े कम थे। वह धीरे-धीरे उठा और एजेंट की बेच के पास जा, खिड़की उसने होशियारी से बन्द कर दी; लेकिन पंजाबी एजेंट उसी बीच जाग उठा। ऐसी सन्दिग्ध दृष्टि उसने फेंकी, खिड़की की तरफ झुके गरीब मुसलमान नौकर पर, मानो वह चलती गाड़ी का चोर हो। पंजाबी की आँखों से जैसे सहमकर वह पुनः अपनी सीट पर आ सिकुड़ा।

और सोनेवाले समुदाय से बहुत ऊँचे रहने पर भी मेरा काम सोये बिना कहाँ चला। ट्रेन के आलस्य से अलसाकर कब मैं सो गया, बैठे ही बैठे—जागते-ही जागते-पता नहीं, और पता नहीं कब वह पेशावर एक्सप्रेस अपनी अचल निद्रा से जागी। जागने पर हमने सवेरा देखा, दुर्दिन और घनीभूत। ट्रेन जोश और जीवन से सरपट खड़खड़ा रही थी। चारों तरफ चांचल्य, मगर प्रकृति-प्रकोप से परम व्यग्र।

याने खुदा ने चार घंटे ट्रेन रोकने की प्रार्थना पर उसे बारह घंटे जो रोक दिया तो पल में 'घोड़ा', 'गधा' बन गया। सवा 11 बजे रात की जगह, पूरे 12 घंटे बाद, सवा 11 बजे दिन में हम ग्वालियर पहुँचे—सर्दी और हवा, झड़ और कीचड़—सर्वथा प्रतिकूल परिस्थिति में, ज्योतिषाचार्य पंडित सूर्यनारायण व्यास के संकेत पर अ. भा. हिन्दी साहित्य सम्मेलन का प्रथम प्रचार करने।

(सरस्वती—हीरक जयंती ग्रन्थ से)

सोसायटी आफ डेविल्स उर्फ शैतान मंडली

पहले तारघर में जाकर डेविल्स सोसायटी के जनरल-सेक्रेटरी को तार दिया—''शैतान-मंडली के सभापति आज 7 बजे काशी पहुँच जाएँगे।

नाव और भाँग बूटी का प्रबन्ध रहे।''

फिर इलाहाबाद जंक्शन से काशी के लिए सेकेंड क्लास का टिकट लेकर गाड़ी की ओर लपका। मेरे साथ मेरा बॉडीगार्ड भी था। इस लेख में हम अपने दल के किसी भी व्यक्ति का असली नाम न बतलाकर शैतान-मंडल का दिया हुआ नाम ही बताएँगे।

यद्यपि मेरा बॉडी-गार्ड मेरा नौकर था; फिर भी, साम्यवाद कायम होने के कारण हम उसे बॉडी-गार्ड कहा करते हैं और हमारी मंडली उसे 'पीटर दि ग्रेट' कहा करती है। पीटर दि ग्रेट मारपीट में एक ही है? अपने को 'तू' कहने वाले को 'मैं' कहना और अँगुली दिखानेवाले की गर्दन नापना उसके लिए बाएँ हाथ का खेल है। उसकी बाइबिल में—''यदि कोई तुम्हारे बाएँ गाल पर चपत लगाए तो उसके सम्मुख अपना दाहिना गाल भी कर दो''—उपदेश नहीं है। वह पराधीनों की अहिंसा को कायरता कहा करता है। पीटर दि ग्रेट उसी जाति का भूषण है, जिस जाति में पलकर भगवान् श्रीकृष्ण ने अर्जुन के सामने अहिंसा की हिंसा की थी। उसने पढ़ा-लिखा तो खाक भी नहीं है, पर उजड्डता की भरपूर स्टडी की है। वह मजबूत भी काफी है।

खैर, हम लोग गाड़ी के कोयला-पानी से लेकर प्रस्थानसूचक सोटी देने तक इधर-उधर घूमते रहे, क्योंकि स्थान न मिलने की कोई चिन्ता नहीं थी, दूसरे दर्जे का टिकट था। ज्यों ही गार्ड की सीटी और हरी झंडी ने गाड़ी को चलने का इशारा किया, त्यों ही हम दोनों झपटकर एक सेकेंड क्लास के डिब्बे में जा घुसे। गाड़ी पहले मॉडरेटों की तरह परम मन्दगति से, फिर लिबरलों की तरह साधारण गति से, फिर एक्स्ट्रीमिस्टों की तरह कुछ वेग से और अन्त में क्रान्तिकारियों की तरह दानवी गति से दूसरे स्टेशन की ओर चली। उसका वह रूप देख, जान पड़ता था, प्रकृति डर गयी। उसके सामने आने वाले—लोहे की रेल (लाइन) पर के चन्द रोड़े पिसकर चूर-चूर हो गये। आसपास की धरती, पहाड़ और वृक्ष काँपने लगे। आधे काले तार के लट्ठे

और तो पीछे की ओर भागते जाते थे, और दूसरी ओर चंडीरूप धारणी गाड़ी और मीलों की संख्या बतलाते जाते थे। आग उगलने वालों से कौन नहीं डरता?

मजे में बैठे मेरी दृष्टि उन गोरे महानुभाव पर पड़ी जो उसी डिब्बे में एक सीट पर अकड़कर बैठे थे। हमने गाड़ी में घुसते ही देखा था, पर उपेक्षा की दृष्टि से। हमारे अनेक भारतीय भाई रेल में गोरों को देखकर वैसे ही काँपने लगते हैं, जैसे कोई बच्चा अयोध्या की हनुमानगढ़ी या काशी के दुर्गा-मन्दिर का मोटा बन्दर देखकर। पर यह गुण हममें नहीं था। स्कूल और कॉलेज के जीवन में न जाने कितनी बार हॉकी-फुटबाल का मैच खेलते-खेलते, पल्टनिये गोरों से गुर्रागुर्री और लकड़ी-बाजी हो चुकी थी। हम यह निश्चयपूर्वक कह सकते हैं कि गोरे केवल बन्दरघुड़की देने में हमसे बली होते हैं, शारीरिक बल में नहीं। अस्तु, साहब बहादुर के लाल मुख की परवाह न कर मैं अपनी सीट पर लेटा रहा। बिजली का पंखा चल रहा था। मुझे झपकी आने लगी।

पीटर दि ग्रेट को रेल में बैठने में उतना सुख नहीं मिलता है, जितना उसे गाड़ी में लघुशंका करने में मिलता है। पेशाबखाने की हड़हड़ाहट उसके कौतूहल को बढ़ाती है। वह पेशाबखाने में घुसने के पूर्व मुस्कराता है और निकलते समय खिलखिलाता हुआ निकलता है। फिर उस दिन तो सेकेंडक्लास में चल रहा था। सबसे पहले उसे लघुशंका करने की इच्छा हुई। मुझे आराम से लेटा देखकर उसने अपना डंडा एक सीट पर रख दिया और धोती सँभालता हुआ पेशाबखाने की ओर बढ़ा। साहब जिस सीट पर बैठे थे, वह पेशाबखाने के पास थी। एक काले आदमी को अंग्रेजी पेशाबखाने में घुसते देखकर उनका क्षुब्ध होना साधारण बात थी। उन्होंने बैठे-ही-बैठे आँखें लाल कर और जबान बिगाड़कर कहा—

‘‘यूँ! कॉ जाटा है?’’

पीटर दि ग्रेट केवल भाषा जानता है और वह भी गँवारू। उसी में उसने उत्तर दिया—‘‘पिसाब करे! काहे?’’

‘‘उडर नेई! हाटो, वो टुमार वास्टे नेई हाय।’’ साहब ने डाँटकर कहा।

इसके उत्तर में—‘‘बाह रे, हम्मै पिसाब लगल हो। ई रंग दूसरे के उप्पर गाँठे!’’ कहकर पेशाबखाने में घुस गया। साहब बहादुर दाँत किटकिटाते ही रह गये।

पीटर दि ग्रेट सभ्यता क्या जाने? उसने पेशाब करने के बाद हाथ धोया और फिर हाथों का पानी झटकारता पेशाबघर से बाहर निकला। मैंने देखा, उसके हाथों के पानी के छींटे साहब बहादुर के चेहरे पर पड़े जिन्हें उन्होंने बड़े क्रोध से अपने रूमाल से पोछा। पीटर मेरे सम्मुख सीट पर कैसे बैठता, वह जमीन पर ही बैठकर साहब की ओर आश्चर्यपूर्ण दृष्टि से देखने लगा। पाउडर पुता हुआ साहब का लाल चेहरा, उनकी टाई और सबसे अधिक उनका लम्बा सिगार देखकर पीटर न जाने क्या विचारने

लगा। सम्भवत: साहब उसकी नजर में एक विचित्र जन्तु थे। उधर साहब का हृदय पीटर को अपमानित करने के लिए छटपटा रहा था। उन्होंने कहा—

"यू! डूशरी गाड़ी में जाओ! गेट आउट!"

पीटर की समझ में कुछ नहीं आया। वह साहब की ओर देखकर खिल-खिलाने लगा, मानो साहब की बातों से उसे हँसी आती थी; वह और कुछ सुनना चाहता था।

इस बार साहब ने कहा—"ह्वेयर इज योर टिकट? यू, नेटिव!"

पीटर ने कहा—"हम लंका की बोली ना ही समझित, चुप रहा!"

इसके बाद साहब के उत्तर का इन्तजार किये बिना ही पीटर जी ने 'बिरहा' गाना आरम्भ किया—

कलकत्ते की काली माई, रेहल चलावलिन।
भगतन के दुनिया के ओरे पहुँचावलिन।
भेड़ी, भेड़ा, बकरी कऽ बल जब पावलिन।
लोहू भर पेट पीके, चारों ओर धावलिन।
देखल रेहलिया कऽ खेल!

पीटर की एक तान ने मेरी निद्रा को कोसों दूर भगा दिया। एक बार जी में आया कि उसे गाने से रोकूँ। फिर साहब के चेहरे की ओर देखकर उस इच्छा को रोकना पड़ा। पीटर को गाते को देखकर साहब अपनी सीट से उठ पड़े और कमीज की बाँहें चढ़ाते हुए इधर-से-उधर, बूटों को जोर से पटकते हुए घूमने लगे। ऐसा जान पड़ता था, मानो अभी पीटर को गाड़ी के बाहर फेंक देंगे। मैंने सोचा, वह गाता है क्या बुरा करता है! हमने भी किराया दिया है। हम जैसे चाहेंगे, वैसे जाएँगे! हमारे लिए साहब अपना सिगार पीना तो नहीं बन्द कर सकते, फिर हम उनकी चिन्ता क्यों करें?

पीटर को साहब की किसी भी चेष्टा की चिन्ता नहीं। वह गाता ही रहा—

गोरवा कऽ लड़िका मसिनिया चलावला।
करिखा रेहलिया कऽ मुँह में लगावला।
गाई-गोरू देखला त सिटिया बजावला।
खाँव-खाँव करिके लड़किया डेरावला।
टोपवा कऽ करला गुमान।

बर्दाश्त की हद ही हो गयी। सीट पर बैठते-बैठते साहब ने कहा—"येई, डांट सिंग हीयर। डैम, ब्लडी, शट-अप!"

साहब जितने ही लाल-पीले होते, पीटर उतना ही हँसता। उसने सुन रखा था कि गोरे हर वक्त शराब के नशे में चूर रहते हैं, इसलिए उसने उन साहब को भी मदहोश समझा। वह कहने लगा—

"सूत जा, सूत जा! तोहार होश ठेकाने नाहीं हो। मत हल्ला कर! हमारे मालिक कऽ उँघाई खुल जाईं, खुल जाई त बिगड़िहें।"

अँग्रेजी बोलना बेकार समझकर साहब ने लँगड़ी हिन्दी की शरण ली—

"यू शुआर!"

पीटर—"देख, सुअर-ऊअर मत कहे। नाहीं न कह देत हई! आपन मुँह ना हीं देखतन बनरे के...।"

साहब—"तुम इस गाड़ी में काहे आया?"

पीटर—"तू काहे अइलऽ? पइसा देहली तब अइली। केहू के बाप कऽ साझा...।"

साहब—"बाहर निकल आओ...गाधा!"

पीटर—"कहथई सूत जा! पी के बउरा मत! गदहा बनेबऽ तऽ लात खा जाबऽ!"

पीटर हँसने लगा। उधर साहब बहादुर अंगारे की तरह लाल और गरम हो गये। वह एक बार फिर उठकर खड़े हो गये और कमीज की बाँहें चढ़ाने-उतारने लगे। पीटर को निश्चय हो गया कि गोरा आक्रमण करेगा। फिर भी वह साहब को शराब के नशे में चूर समझता था। उसने कहा—

"पागल मत बन जा! धीरे से सूत रह। नाहीं त झूठे पछताब!"

मगर अँग्रेज बहादुर कब थे मानने वाले!—"सुअर, कुत्ता, बदमाश! मारेगा।" कहकर पीटर के ऊपर टूट ही पड़े। इधर पीटर ने भी आव देखा न ताव, लपककर आक्रमण करने के पहले ही—साहब को पृथ्वी के ऊपर उठा लिया और बोला—

"बॉड़ी बिस्तुइया, बाधन से नजारा? उठा के सरऊ गाड़ी के बहरे झोंक देब!"

फिर साहब बहादुर मुगलसराय तक बिल्कुल चुप रहे। गाड़ी में सैकेंड क्लास का एक ही डिब्बा था, नहीं तो वह चले भी गये होते!!

3

साहब जरूर कोई ऑफिसर थे, क्योंकि मुगलसराय में आकर उन्होंने हमारे पीछे एक डिटेक्टिव लगा दिया। गोरे की चुमकारी पर काला जासूस हमारी स्त्री के पिता का सुपुत्र बन गया। उसने हमारे पास आकर इस तरह 'आदाब अर्ज? किया, मानो हमारा सगा झाड़ू देनेवाला हो। उसने कहा—

"आप लोग कहाँ तशरीफ ले जाएँगे?"

मैंने पूछा—"क्यों? आप कौन हैं?"

जासूस—"ऐसे ही पूछता हूँ! जान पड़ता है कि आप बनारस जा रहे हैं।"

मैं—"जी हाँ!"

जासूस—"आपका इस्मशरीफ?"

मैं—"जी, मेरा नाम कचालू खाँ है।"

जासूस—"आप मुझसे मजाक करते हैं। एक हिन्दू का नाम कचालू खाँ? सच बताइए, आपका असली नाम क्या है?"

"मैं—"भाई, हमारा-आपका कोई रिश्ता भी तो नहीं है—आप मेरी जोरू के भाई भी तो नहीं हैं—फिर मैं आपसे मजाक क्यों करने लगा? हाँ, आपका नाम क्या है? क्या मैं जान सकता हूँ?"

जासूस—"हाँ, हाँ, बड़ी खुशी से! मेरा नाम जामवन्त सिंह है।"

मैंने जरा मुस्कराकर कहा—"जामवन्त सिंह!!"

पीटर दि ग्रेट से भी चुप न रहा गया। उसने मुझसे पूछा—"कौन जामवन्त, मालिक? रामायन के 'जामवन्त के वचन सुहाए' वाला कि जेके कृष्णजी मारत-मारत बेदम के देहले रहलन तौन? जामवन्तजी तऽ भालू रहलन न?"

मैंने पीटर को चुप कराते हुए जासूस से कहा—

"आप कहाँ जा रहे हैं? मैं समझता हूँ, बनारस ही!"

जासूस—"जी हाँ। एक बात और बताइए, आपके पिताजी का नाम क्या है?"

मैं—"मेरे पिता का शुभ नाम, जैसा कि मैंने किसी किताब में पढ़ा था—डेरागाजी खाँ है।"

जासूस—"देखिए साहब, बहुत मज़ाक कर चुके! मैं सरकारी आदमी हूँ, अपना ठीक-ठीक नाम पता बताइए।"

मैं—"डेरा इस्माइल खाँ का।"

जासूस—"देखिए साहब, बहुत मजाक कर चुके! मैं सरकारी आदमी हूँ, अपना ठीक-ठीक नाम पता बताइए!"

मैंने जासूस के आगे-पीछे चारों ओर मजे में घूरकर कहा—"सरकारी आदमी? कैसे भाई? कहाँ भाई? कहाँ लिखा है कि आप सरकारी आदमी हैं? कोई सबूत?"

जरा क्रुद्ध होकर सरकारी आदमी के बच्चे ने कहा—

"देखो जी, सीधे से अपना पता बता दो, नहीं तो...।"

बस, पीटर के लिए मसला मिल गया। उसने जासूस साहब की कलाई पकड़कर, दो-तीन पग दूर ले जाकर कहा—"अब चला जा! बड़ा सरकारी आदमी कऽपोंछ बनल हयऽ। हम लोग आपन नाँव-गाँव न बताइब!"

पर जासूस साहब बहुत दूर न गये। बराबर हमें दूर से घूरते रहे। हमारे ही डिब्बे में बैठकर बनारस आये और स्टेशन से बाहर निकलने पर हमारे इक्के के पीछे पड़ गये।

हमने पीटर से सलाह की कि जासूस को डेविल्स सोसायटी में ले चला जाए।

4

हमारे साथ जासूस भी दशाश्वमेघ घाट पर उतरा और हमारे पीछे-पीछे चलने लगा। सोसायटी की नाव अनेक शैतानों से लदी 'गंगा की बीच धारा से राजघाट की ओर जा रही थी। मैंने नाव पर के एक शैतान की ओर इशारा कर पुकारा—'माँझी!'

माँझी तथा नाव पर के अन्य सब लोगों ने अपने सभापति (मुझको) और पीटर को देखा। उनमें से एक ने पुकारकर कहा—"मानमन्दिर!"

मानमन्दिर पर नाव लगते ही मैंने संकेत से सबको चुप रहने को कहा और पूछा—"पार चलोगे?"

मैंने पीछे मुड़कर जासूस को अपने पास बुलाया।

"आप भी शायद पार चलेंगे। आइए, साथ ही चला जाय।"

वह तो यही चाहता था। हम सब लद गये। नाव धारा की ओर बढ़ी।

एक शैतान ने पूछा—"यंडलू हंडशू कौनलूलू हैंड (यह कौन है?)"

शैतान ने शैतानी भाषा में प्रश्न किया था।

मैंने उत्तर दिया—"जांडलू सूंडलू! हंडलू मांडलू रेंडलू पींडू छेंडलू पंडलू उंडलूलू हैंड। (जासूस! हमारे पीछे पड़ा है।)"

बस फिर क्या, इशारों में कार्यक्रम तैयार हो गया। सोसायटी के जनरल सेक्रेटरी ने जासूस से कहा—

"हम लोग अभी भाँग छानेंगे, निपटेंगे। पार जाने में घंटों लग जाएँगे। आपको देर तो न होगी?"

जासूस—"नहीं, नहीं। खूब मजे में भाँग छानिए।"

मैं—"फिर आप भी कपड़े उतार दीजिए। थोड़ी ठंडाई तो लीजिएगा ही?

थोड़ा इधर-उधर करने के बाद जामवन्त जी ने अपना कोट-पायजामा उतार दिया और हम लोगों से एक दुपट्टा लेकर, पहनकर बैठ गये। इधर सिल पर रगड़े लगने लगे। मैंने अपने दल के शैतान से कहा—

"हमारे दोस्त को कविता से बड़ा प्रेम है। तुम लोग कुछ सुना सकते हो?"

"हाँ, हाँ, जरूर!" काली नाकवाले डेबिल ने कहा—"सुनिए, तुलसीदास जी कहते हैं—

"एक जासूस के बच्चे को मिल गया धोबी
फिर वह गदहों की तरह उसके पीछे।"

बुड्ढे शैतान ने कहा—"सुनिए, तुलसीदास जी कहते हैं—

घर में डंड पेलता मूसा, बेटा जाय बने जासूसा।
ऐसे मनुज अधम खल कृतयुग, त्रेता नांहि।
द्वापर कदुक वृन्द बहु, होइहिं कलियुग माहिं।।

इतने में भंग-भवानी तैयार हो गयी। पहले जासूस महोदय भंग छानने को प्रस्तुत नहीं थे, पर बड़े आग्रह के बाद उन्होंने दो चुल्लू छान लेना स्वीकार किया। उन्हीं दो चुल्लुओं में प्राय: चार पैसे की भाँग मिलाकर शैतानों ने जासूस के गले के नीचे उतरवा दी। नाव उस पार लगी और हम सब शौचादि से निवृत्त होने के लिए उतर पड़े।

5

नहाते-धोते देर हो गयी। घोर अँधेरी रात थी। हममें से किसी के पास दियासलाई तक नहीं थी, फिर लालटेन की कौन कहे! भंग के पूर्ण कोप के कारण जामवन्तजी घंटे भर तक गंगाजी का जल गन्दा करते रहे। तब तक हम सब कपड़े पहनकर डोंगी पर लद गये थे। एक शैतान को मजाक सूझा। उसने डाँडों पर जोर लगाकर नाव को किनारे से दूर कर दिया। बेचारे जामवन्त जी किनारे पर से तौबा-तिल्ला करने लगे!

"देखो-देखो, भागो मत, मुझे भी लेते चलो! अब मैं भी रामनगर न जाकर बनारस ही लौट चलूँगा। वहीं पर एक दोस्त के घर पर रह जाऊँगा। लौट आओ! देखो...।

मगर हममें से किसी ने जासूस की बातों पर ध्यान नहीं दिया। डाँड बराबर छप्-छप् करते रहे, नाव बराबर दूसरे पार की ओर बढ़ने लगी।

जासूस ने पुन: कहा—"देखो...उफ!! बड़े जोर का नशा है। मैं गिर जाना चाहता हूँ। लौट आओ भाई!"—हाथ जोड़कर—"लौट आओ भाई।"

एक शैतान ने चिल्लाकर कहा—

"तैरकर आते क्यों नहीं? इतने बड़े हो गये, तैरना भी नहीं आता? आना हो तो जल्द आओ! नहीं तो हम उस पार जा रहे हैं।"

लाचार जामवन्तजी तैरने लगे! जिस समय हमारी नाव को पकड़ा, उस समय मारे श्रम के बेचारे का दम फूल रहा था। मैंने मन में कहा कि "और यारों के पीछे पड़ो! ससुर जासुसी दिखाने चले थे!" बहुत देर तक तो जामवन्त को पायजामे की

तलाश रही। खैर, वह तो किसी तरह मिल भी गया पर उसके जूते न मिले। उन्हें किसी शैतान ने पानी में फेंक दिया था! अब भंग की तरंग में बातों का सिलसिला जारी हुआ। मैंने पूछा—

"क्या जामवन्त जी! आप स्वराज्य चाहते हैं या नहीं?"

"भाई, यदि मेरे जूते मुझे मिल जाएँ तो मैं जरूर स्वराज्य चाहता हूँ, वरना तुम लोगों के हाथों में होमरूल देकर कौन अपने जूतों का घाटा उठाएगा?"

जामवन्त ने पियक्कड़ों की तरह धीरे-धीरे मस्तानी आवाज में उत्तर दिया।

मैंने पुनः प्रश्न किया—"अच्छा, एक बात बताओ—तुम हमारे पीछे क्यों पड़े हो? किसने तुम्हें नियुक्त किया है?"

अभी तक जामवन्त ने अपने को जासूस स्वीकार नहीं किया था, पर भंग भवानी की कृपा से अब वह अपनी धूर्तता को काम में न ला सका; कहने लगा—

"मैं आज से नहीं, दस वर्षों से सरकारी खुफिया विभाग में काम करता हूँ। आज साहब के हुक्म से आपके पीछे पड़ा। सच कहता हूँ, भाई साहब, साहब साले पूरे लंगूर होते हैं। ज़रा-ज़रा-सी बात पर हिन्दुस्तानियों के पीछे गोयन्दों को लगा देते हैं। इससे हमें थोड़ी परेशानी भी होती है और आमदनी भी!"

"आमदनी कैसे?"

"मान लो, मेरी नियुक्ति तुम्हारी देखरेख करने पर हुई। तुम अपने घर से निकलकर किसी मित्र के यहाँ गये। इधर-उधर देखकर एक इक्का किया और घूमता-फिरता आराम से थाने पर पहुँचा। रिपोर्ट यह दी कि चार घंटे तुम्हारे पीछे इक्का दौड़ाना पड़ा; तीन रुपये खर्च हो गये। वही तीन रुपयों की आमदनी हुई। यह गोयन्दों के बाएँ हाथ का खेल है!"

एक शैतान ने कहा—"तभी बच्चू गधे की तरह मोटे बने हो! देश के रुपयों को हराम में उड़ाते हो-तभी!" दूसरे वक्त अपने लिए 'गधा' विशेषण सुनकर जासूस महोदय अवश्य क्रुद्ध होते, हनुमान और नल-नील बन जाते। पर भंग की तरंग में उसने 'गधा' को 'सर' से बढ़कर समझा। बड़े जोर से हँसते हुए कहने लगा—

"गधा? तुम लोग भी बड़े दिल्लगीबाज हो! सच्ची-सच्ची बातें कह देते हो।

अरे, सरकार बहादुर की मेहरबानी से न जाने कितने गधे जासूस-शिरोमणि बने हैं। मगर माई, मेरे जूतों का पता बता दो—इस गधे पर दया करो!"

जामवन्त की बातों से हम सब हँसते-हँसते लोट-पोट होने लगे! बेटा जासूसी करने चले थे!!

6

नाव से उतरते हमारा दस डेढ़सी का पुल पास आया। बेचारा जासूस

नंगे पाँव था।

एक तो जोर का नशा, कचौड़ियों की खुशबू। मारे भूख के सबकी अंतड़ियाँ ऐंठने लगीं। हमने आपस में राय-मशविरा कर जासूस को एक बार और उल्लू बनाने का विचार किया। एक शैतान ने उससे पूछा—

"कहिए जासूस साहब, आपको भूख तो न लगी होगी?"

जासूस—"अरे यार, मत पूछो, बड़े जोरों की भूख लगी है। कुछ खिलाओ!"

"आइए...", कहकर जासूस के साथ एक शैतान हलवाई की दुकान पर खड़ा हो गया। हम लोग साक्षीविनायक की ओर बढ़े।

"इमरती ले लूँ?" शैतान ने जासूस से पूछा।

"हाँ, हाँ इमरतियाँ बड़ी मजेदार होंगी।"

शैतान (हलवाई से)—"अच्छा सेर भर इमरतियाँ दो! रसगुल्ले भी...क्यों?"

जासूस—"वाह-वाह! रसगुल्ले!! ईश्वर करे, तुम लोग जल्द स्वराज्य पा जाओ! इस वक्त रसगुल्ले तो स्वर्ग का आनन्द देंगे।"

शैतान ने एक सेर रसगुल्ले के लिए भी ऑर्डर देकर जासूस से पूछा—

"कचौड़ियाँ भी बड़ी मजेदार होंगी?"

जासूस—"बस, तुम मेरे चाचा हो! मेरे दिल की बातें ताड़ लेते हो। जरूर कचौड़ियाँ लो। काशी की कचौड़ी!"

भूखे जासूस के मुख में पानी आ गया। कुल मिलाकर पाँच रुपयों का सौदा लेकर शैतान ने जासूस से कहा—

"अरे, साथी लोग तो आगे बढ़ गये!! आप ठहरें तो मैं रुपये लेता आऊँ। मेरे पास तो एक पैसा भी नहीं है।"

उत्तर की प्रतीक्षा किये बिना ही शैतान हमारी ओर झपटा। हलवाई के सन्तोष के लिए जासूस महोदय उसकी दूकान पर खड़े 'घ्राणम् अर्द्धभोजनम्' का सुख लेने लगे। दनादन गलियों का चक्कर काटते हुए हम सब ब्रह्मनाल में एक मित्र के घर पर पहुँचे और लगे कचौड़ियों पर हाथ फेरने।

खाते-खाते मिठाई लानेवाले शैतान ने कहा—"आज जासूस बच्चू को मालूम होगा कि किसी से पाला पड़ा है!"

मैंने चार रसगुल्लों को एक साथ मुख-गह्वर में डालते हुए कहा—"आज के रसगुल्लों के लिए नौकरशाही की जय हो! शठे शाठ्यम् समाचरेत!"

7

तीन दिन बाद वही जासूस चौक पर दिखाई पड़ा। हमें देखते ही बेचारे का चेहरा उतर गया। कहने लगा—

''उस दिन आप लोगों ने मेरी अच्छी गत बनायी!''

मैंने आश्चर्यजनक मुद्रा से पूछा—''अच्छी!... क्या-क्या? आप कौन हैं? मैंने तो आपको कभी नहीं देखा। आप भूलते तो नहीं हैं?''

''रहम करो भाई! सचमुच कॉलेज के लड़के पूरे शैतान होते हैं! तुम्हें निरा असहयोगी समझकर मैंने पूरी सजा पा ली। हलवाई की गालियाँ सुनीं, उसके दो-चार झापड़ भी खाये और पियक्कड़ बताकर सिपाही के साथ कोतवाली भी भेज दिया गया। साहब तो मुअत्तल करने जा रहे थे, पर बड़ी मुश्किल से पचीस रुपया जुर्माना करके ही छोड़ दिया है।''

''जो हुआ सो हुआ! अब चलो, पान तो खा लो!''

तेजी से अपना रास्ता लेते हुए जासूस ने कहा—''एक दिन मिठाइयाँ खा चुका हूँ। अब रहम कीजिए! आपकी दया है तो बहुत पान मिलेंगे।''

उग्र-लघुकथा

प्रार्थना

एक दिन मनुष्य के मनोमन्दिर में मशहूर-जहान श्रीमान् भगवान की भक्ति जोर-शोर से भभक उठी।

अभाव से कि भाव से? किस प्रभाव से भगवान की भक्ति भभकी? इंसान के स्वभाव को इसका कुछ भी ज्ञान या भान न हो सका।

वह तो आँखें मूँदकर इस अन्धकार में भी सरपट! भगवान के अनुसन्धान में हैरान-परेशान दौड़ने लगा!

मनुष्य का तेजस्वी तर्क-अर्क देखकर समुद्र 'सहारे'-सा सूख गया!

हिमालय का कलेजा दर्रा और घाटियों के रूप में दरक उठा!

मनुष्य को रास्ता मिला।

और, हमने बुजुर्गों से सुना है कि काफी हैरान-परेशान होने के बाद उसे भगवान, सीर ऐड्रेस नहीं मिला। एक दिन अनेक देशों के पुराण एक स्वर में गाते हैं और मनुष्य और भगवान दोनों आमने-सामने नज़र आये।

भगवान को देखते ही मनुष्य ने खींसे काढ़, बतीसे दिखा, सजल-सफल निवेदन किया—"मेरे इष्टदेव! आप पूरे कम्युनिस्ट याने दीनबन्धु हैं। मैं आपका निःस्वार्थ भक्त हूँ। कृपया मुझे अपने शक्तिशाली दल में मिलाकर पहले तो 'कॉमरेड' बना दीजिए। दूसरे, मुझे 'जरामरणजं भयम्' से ऊपर या दूर कर दीजिए। तीसरे, मुझे लखनऊ-सी लहर-बहर दीजिए। चौथे, पेरिस-सा एक शहर दीजिए। पाँचवें, 'पनामा या 'स्वेज'-सी कोई नहर दीजिए। कीड़ा का कहर दीजिए। अमृत का जहर दीजिए।"

गरज यह कि एक साँस में निःस्वार्थ मनुष्य ने, भगवान से आँखें चार होते ही, सातों समुद्र और चौदहों भुवन माँग लिये।

भगवान भौंचक! मनुष्य की कामनाओं का 'केलेंडर' देखकर सिर खुजलाने लगे। और, भगवान के माथे पर मुनष्य से हैरान जहान की शिकन के निशान नजर आये।

उन्होंने वज्र स्वर से तड़पकर जवाब दिया—"तू किससे माँगता है मूर्ख! मैं तो देने-लेने के झगड़े और कामना-वासना की कहानियाँ बिलकुल नहीं जानता। 'मैं' या मेरी सृष्टि-समस्त का कोई मुझे कुछ भी नहीं दे सकता। शक्तियाँ माँगने से नहीं मिलतीं, और न देने से दी जा सकती हैं। वे तो साधना से-अनवरत, भीष्म तप से ही साध्य हैं!—तू तप कर आदमी! भीख न माँग!

—यहाँ या वहाँ कोई किसी को कुछ भी नहीं दे सकता...

—मेरे सनातन विधानों का यही सुक्रम है। हट सामने से! खुद गर्ज!

मगर मदान्ध मनुष्य भगवान के मुकाबले में एक इंच भी पीछे न हटा।

उसने भी भीषण तोपों के स्वरों में उत्तर दिया—

"अपनी ही करनी से उतरेंगे पार, तो फिर हम करतार, करतार तुम काहे के?

—फिर तुम्हारी पूजोपासना कैसी? ईट बनाऊँ मैं, दीवारें सँवारकर मन्दिरोमसजिद बनाऊँ मैं—और पूजा—नमाजें हों तुम्हारी? वाह रे विचित्र विदेशी!

—हो चुकी! अब मैं तेरा विरोधी हूँ, विभक्त भक्त। अनुरक्त नहीं। विरोध जीवन है। भक्ति निम्न समर्पण! तू कुछ नहीं है। तेरा 'मार्केट-वैलू' उठ गया। अब तेरे अड्डे जहरीले कीड़ों की तरह भयानक तोपों से उड़ा दिए जाएँगे। भगवान मायावी!

—अब तेरे नामोनिशान सतहे-जमीन से मिटाकर मैं दम लूँगा।"

"अब दिखला-बतलाकर दम लूँगा कि मैं कौन हूँ!"

मनुष्य मनस्वी, तिनककर, भगवान से विमुख हो गया!

और बात मानिए, भगवान का सिंहासन हिलने लगा!

बेचारे बूढ़े भगवान ने माथा अपना पीट लिया, निराश होकर मनुष्य से।

और, उसी मुहूर्त से इस 'सेकेंड' तक फिर कभी मनुष्य भगवान की माया में न फँसा।

बेचारा बूढ़ा भगवान टका-सा मुँह लिये मनुष्यता के मैदान में गहरी शिकस्त खा गया...।

आदमियत से दूर-सुदूर...

भाग गया! —आह!!

विकास

समुद्र का हाहाकार सुनकर या वज्र का गर्जन, भूकम्प का महासंहार देखकर या ज्वालामुखी का स्फुलिंगोद्‌गार अथवा आकाश का विस्तार, कुछ ठीक नहीं कहा जा सकता, मगर एक दिन मनुष्य के मन में विश्वनियन्ता, विश्व-विनाशक, विश्वनाथ, ईश्वर की पूजा और स्मरण के लिए एक मकान बनाने की इच्छा हुई।

ईश्वर की सृष्टि का ही अनुकरण करते हुए मनुष्य ने अपनी रचना शुरू की।

लम्बे, मोटे वृक्षों की नकल में उसने खम्भे बनाए। ऊँचाई—पहाड़ों की नकल की, गुम्बद बनाया आसमान के अनुकरण पर और 'ईश्वर का घर' एक दिन मनुष्य ने तैयार कर लिया।

मनोवांछित फल पाने के लोभ में मन्दिर के लिए भगवान की एक मूर्ति भी गढ़ी गयी।

और, आदमी कुटुम्ब और कुनबे के साथ पूजा करने लगा।

मगर पत्थर न पसीजा। आदमी की इच्छा, एक भी, ईश्वर या उस मूर्ति की कृपा से पूरी न हो सकी।

कोई भूल तो नहीं रह गयी, जिससे ईश्वर इसमें आते ही न हों?

तो? क्या सारा परिश्रम पानी में गया? नहीं-नहीं। मैं हारनेवाला नहीं। मैं दूसरा मकान तैयार करूँगा।

आदमी ने दूसरा मकान तैयार किया—बिलकुल नये ढंग का। ईश्वर की मूर्ति में भी किंचित् परिवर्तन कर उसे दूसरे रुख, दूसरी वेदी पर बैठाया। इस घर का नाम पड़ा—गिरजाघर।

श्रद्धा, विश्वास, लोक और परलोक के सपने देखता आदमी 'अपने' लिए गिरजाघर में भगवान को फँसाने की कोशिशें करने लगा। मुट्ठी में हवा को थामने की!

मगर युगों तक धूप-दीप जलाने पर भी जब भगवान की आहट न लगी, तब आदमी बहुत घबराया।

उसका विश्वास (आँधी में पीपल के पत्ते-सा) थर्राने लगा।

"यह मन्दिर-छि: !" उसने सोचा, अफ़ीमची का अड्डा है—ईश्वर का विश्राम-स्थान नहीं। यह मूर्ति! कठोर पत्थर—मैं इन दोनों को मटियामेट कर, अब एक ऐसा घर बनाऊँगा जिसमें ईश्वर के निराकार रूप की पूजोपासना की जा सके। बिना उसकी पूरी खबर लिये मैं मान नहीं सकता।"

नयी मिट्टी और नये जीवन से मनुष्य ने एक नया मकान—गुम्बददार-सा मीनार— तैयार किया—मस्जिद।

वहीं, सपरिवार एकत्र हो अब आदमी उस निराकार परवरदिगार की नमाजें पढ़ने लगा, जिसके एक आकार को, चन्द दिनों पहले, तैयार करने के बाद उन्हीं हाथों उसने बिगाड़ दिया था।

घुटने टूटे, माथा फूटा—सिजदों में! नमाजों में रातें गयीं, दिन गये! मगर 'मतलब' आदमी का न हुआ। हाय रे!

खैर। वह, माथे पर हाथ रख, लम्बी साँसें ले गाने लगा—

"खुदा ही मिला न विसाले-सनम
न इधर के हुए, न उधर के हुए...!"

इस बार खाक-पत्थर, सारी माया जोड़कर मनुष्य ने 'लेटेस्ट डिजाइन' का एक मकान तैयार किया—

नाम रक्खा—'जेनरल स्टोर्स।' और, अब मनुष्य इस नये मकान में भयानक व्यापार करता है। सुबह से शाम तक खरीदारों की रेल-पेल से उसे फुरसत नहीं। वह रोज ही अंजली-भर सोना कमाता है। उसकी तिजोरियाँ रत्नों से भरी हैं अब तो!

और अब तो, आदमी 'बिजनेस' से इतना 'बिज़ी' रहता है कि—

मन्दिर, चर्च या मस्जिद की बनावट या चर्चा से उसका कोई भी 'इंटरेस्ट' नहीं।

रहे ईश्वर—सो, ईश्वर तो अब मनुष्य पैसे को मानता है!

अवतार

(अ)

"हे प्रभो!" अत्याचार-पीड़ितों ने अपने पीड़ित प्राणों को केवल कंठ में एकत्र कर पुकारा—"तुम कहाँ हो? जरा पृथ्वी के इस कोने की ओर तो अपने करुण कटाक्ष फेरो। जरा हम दुखियों और गरीबों पर तो एक बार निगाह करो। जरा देखो तो, ये चन्द उन्मत्त मतवाले तुम्हारी समता में कैसी विकट विषमता के कुबीज बो रहे हैं। हमारे दुर्बल प्राणों को पापी आततायियों की प्रचंड पीड़ाएँ मारे डालती हैं। तुम ऐसे गाढ़े मौके पर कहाँ हो स्वामी? आओ, आओ! और, हमें अत्याचार के आतंकी आक्रमणों से बचाओ!"

"हे सहस्रपादाक्षिशिरोरुबहवे!" भक्त साधुओं ने गम्भीर गुहार दी—"वर्तमान जगत् नास्तिकता की ओर बढ़ा जा रहा है। बढ़ा जा रहा—तुम्हें और तुम्हारी श्रुति-विदित विभूति और विक्रम को बिसारकर। और वह क्यों न बढ़ जाए? जब लाख-लाख पुकारने पर भी तुम नहीं पसीजते, नहीं बोलते—अपने जागरित अथवा अजागरित अस्तित्व का कुछ परिचय नहीं देते, तब लाचार होकर मनुष्यता के पीड़ित बच्चे तुम्हारे प्रति और तुम्हारे अस्तित्व के प्रति, नाम के प्रति, धाम के प्रति विद्रोह करते हैं। आह! इस देश के पीड़ित, ये भक्त भावुक, वे भोले कब से तुम्हें पुकार रहे हैं परमेश्वर! तुम क्यों नहीं पधारते? तुम क्यों नहीं पधारते?"

"साईं!" अभागिनी अबलाओं ने काँपते कंठ से कराहकर कहा—"हमारी सुधि आप क्यों नहीं लेते? आह! क्या हम आपकी सृष्टि, आपकी सन्तान नहीं हैं? हैं, तो हमें आप ही की आधी कृति बली बनकर, ज्ञानी बनकर, मदान्ध होकर क्यों नाशे डालती है? क्यों खाए-पचाए जाती है? ये पशु, ये पीड़क, ये पापी, ये पुरुष, हमें गोया आत्मवती मानते ही नहीं। हम सुकुमार क्या हो गयीं, इनके भोग की सामग्री हो गयीं! हम सुन्दर क्या हो गयीं, इनकी असुन्दर वासनाओं की चेरी हो गयीं! हम करुणामयी क्या हो गयीं, इनकी कठोरता की, क्रूरता के कुकर्मों की क्रीड़ा-स्थली बन गयी हैं! उफ्! हमारा तन—पवित्र पुष्पों-सा, हमारा मन—गंगा-जल-सा, हमारा

धन—स्वर्ग-सा मलमला जा रहा है, अपवित्र किया जा रहा है, लूटा जा रहा है, नरक बनाया जा रहा है। हे विश्वसखे! तुम कहाँ अलक्ष हो, किधर छिपे हो—क्यों मौन हो? आओ प्राण! बचाओ प्राण!''

(ब)

''पश्चाताप करो! पश्चाताप करो!'' उसी देश के किसी विख्यात ज्ञानी ने अज्ञानियों और सत्ताधारी नरपशुओं को ललकार कर कहा—''हे मनुष्य के रूप में भेड़ियो! शीघ्र-से-शीघ्र अपने पापों के लिए रो लो, क्योंकि अब 'वह' आने ही वाला है।

''हे पागलो! यह समझकर न ऐंठे रहो कि तुम्हारी सहायता के लिए सेनाएँ हैं, ज्ञान को अज्ञान और अज्ञान को ज्ञान का वेश सजा देनेवाले धूर्त-तर्क-विद्या-विभूषण हैं; बड़ी-बड़ी विकराल ज्वाला-प्रसविनी तोपें हैं; शक्ति हैं, दंड हैं, रूप है, रंग है, बुद्धि है, पुरुषार्थ है, आह! न भूलो इन क्षुद्र ऐहिक विभूतियों पर। इन्हें तो 'वह' इन जर्रों से पैदा कर सकता है। हाँ-हाँ, विश्वास मानो। वह, जो तुम्हारे कर्मों का लेखा जाँचने के लिए आ रहा है, ऐसा ही प्रचंड पराक्रमी है।

''हे मानवता के नीरस तरुओ! सावधान हो जाओ—उसके आने के पूर्व ही—और हरे हो जाओ, कालिमा की काई धोकर। फूल पड़ो; फल दो। नहीं तो मत भूलो। उसकी वह लौह-कुल्हाड़ी तुम्हारी जड़ों ही पर जमी है। तुममें से जो कोई भी हरा न होगा, सरस न होगा, सफल न होगा, सजीवन न होगा, वह टाँग लाया जाएगा, काटा जाएगा, और नरक के भाड़ में डालकर युग-युगान्तरों तक जलाया जाएगा।

''अस्तु हे दुनियावी सुफैदी के परदे में रेंगने वाले काले साँपो! शीतल जल की तरह मेरे इस मन्त्र को धारण करो! 'वह' आता ही है। वह ठंडा नहीं, आग है; मन्त्र नहीं, अभिशाप है; शान्ति नहीं, क्रान्ति है—युद्ध है। वह तुम्हें धुआँ से, चिनगारियों से, गर्म गन्धक से, लावा से और आग की लपटों से शुद्ध करेगा।

''पश्चाताप करो! पश्चाताप करो! हे शक्ति के मतवालो, पश्चाताप करो! क्योंकि वह आने ही वाला है।''

(य)

जिस देश के अवतार की यह कथा है, उस देश पर उन दिनों विदेशी विजेताओं का शासन था। वह विदेशी नर नहीं, नराधम थे—नर-पशु थे। उस देश के परतन्त्र प्राणियों की कमजोरियों का अनुचित लाभ उठाकर वे उन्हें भाँति-भाँति की यातनाओं से पीड़ित करते थे। उनके छोटे-बड़े गाहियों और कोड़ियों 'करों' का विस्तार ऐसा विकट था कि प्रजा त्राहि-त्राहि पुकार रही थी। विदेशी शासक और उनकी मशीन के स्वदेशी-विदेशी पुरजे उस देश के गरीबों को बात-बात में ऐसा पीते थे कि देखने-

सुनने वाले दाँतों तले उँगली दबा कर रह जाते थे।

इसी से तो वहाँ वाले रह-रहकर गरीब हृदय से, पवित्र मन से उस 'आनेवाले' को पुकार रहे थे। और, इसी से तो उनकी पुकार सुनकर 'वह' आया था। हाँ-हाँ, वह आया था। इतिहास तो वही गवाही दे रहे हैं।

वह आया था; बड़े-बड़े महलों में नहीं, और न भयानक दुर्गों में; क्योंकि उस समय के दुर्ग और महल अत्याचारों के अड्डे थे। भला ऐसे अपवित्र स्थान में वह कैसे आता?

वह आया था, सुवर्ण-सज्जित, मारवल-मंडित देव-मन्दिरों, पूजा-स्थानों और मठों में नहीं, क्योंकि उस समय में के वे पूजा-स्थान भी वेश्याओं से कम न थे। देवता देवता नहीं, पत्थर थे। उपासक उपासक नहीं, कामी कीड़े थे—भला, उनके बीच में वह कैसे आता?

वह आया था एक दुखिया की झोंपड़ी में, एक भूखी, सताई और गरीब जननी के गर्भ-मन्दिर में—दुनिया के थपेड़ों से पागल एक पिता के आँगन में।

वह बालपन से ही तेजस्वी, धीमान्, दयालु, वीर, सुन्दर और नक्षत्रवान-सा मालूम पड़ता था। किशोर अवस्था तक पहुँचते-पहुँचते तो उसके घर के आँखें फाड़-फाड़कर चिल्लाने लगे कि वह अवश्य कोई असाधारण प्राणी है। उसे सभी प्यार करते थे। उसे सभी 'अपना' मानना चाहते थे। उसकी एक मुस्कान, एक दया-दृष्टि के सभी आकांक्षी थे।

वह उस समय के विद्यालयों में, ज्ञान के लोभ में, अधिक काल तक माथा-पच्ची नहीं करता रहा। कुछ घंटे क-ख और चन्द दिनों तक कर्ता-कर्म की कथा सुनते ही मानो भगवती शारदा की ज्ञान-वीणा के सारे तार उसके अन्त-संसार में झंकार कर उठे। देखते-देखते वह ऐसा ज्ञानागार हो गया कि बड़े-बड़े ज्ञानी उसकी ज्ञान-वार्ता सुनकर दंग हो गये, ठगे-से रह गये।

वह जवान क्या हुआ, मानो परतन्त्रों का वह विस्तृत राष्ट्र उसके साथ-साथ यौवनमय हो उठा। स्वदेश की दुर्दशा और मनुष्यों की नीचता देखते ही वह न्याय, सहानुभूति, त्याग और बलिदान के लिए पुकार पड़ा—

"हे सत्य-चिरन्तन के जन्मजात वीर बालको! अरे, तुम अपनी आत्मा की ओर देखो—शरीर की ओर नहीं। शरीर तो नाशवान् है, मगर तुम्हारी आत्मा अमर है। तुम्हें कोई नहीं मार सकता। फिर उठो। और उठो जागो, और जागो। तथा विद्रोह करो इन भूले पागलों के विरुद्ध, जो आत्मा की गद्दी पर अपने शरीरों को सँवारे बैठे हैं। ये मिथ्या मार्ग पर हैं, भूले हैं—इनके असत् और भूल का सर्वनाश होगा ही; बशर्ते कि तुम सत्य पर सावधानी से डटे रहो।

"अतः, आओ। अपनी आँखों में ज्ञान का अंजन आँजकर, सत्य वर्म-चर्म

पहनकर, त्याग का मुकुट धारण कर और बलिदान का शस्त्र हाथ में लेकर विद्रोह करो इन मनुष्यता के भूले पागलों के विरुद्ध। परमात्मा और आत्मा का सन्देश घर-घर पहुँचाओ, परतन्त्रता की बेड़ी काटो, स्वाधीन बनो। हे अमर मनुष्यता के स्वर्ग-दुर्लभ सैनिको!''

आह! उसकी वह पुकार क्या थी, उस पीड़ित देश के एक-एक प्राणी के पवित्रमन की प्रतिध्वनि थी। देखते-देखते उस देश के लक्षादिक बालक, युवा, नर-नारी उसके विद्रोही झंडे के नीचे आ खड़े हुए।

सत्ताधारी अत्याचारियों का अविचार शासन-यन्त्र काँपने लगा।

(र)

मगर आह! आदमी भी कैसा अनोखा अजायबघर है। इस एक ही ज्ञानी पशु के भीतर अनेक विरोधी भावों की दूकानें एक साथ लगी रहती हैं। यह क्या कहता है। क्या समझता है, और क्या चाहता है—इसका पता लगाना, आदमी तो आदमी, परमात्मा के लिए भी सम्भव नहीं। यह विपत्ति पड़ने पर, अवतार-अवतार बराबर पुकारता है; पर जब अवतार इसके बीच में ईश्वर के वरदान की तरह आता है, यह उसे पहचानता ही नहीं।

ज्यों-ज्यों उस गरीब की झोंपड़ी के चिराग का महत्त्व और दल बढ़ने लगा, त्यों-त्यों उसके विरोध भी बढ़ने लगे। उसके विरुद्ध उस देश के विदेशी शासक तो हुए ही, साथ ही अनेक स्वदेशी ज्ञानी भी हुए। किसी ने कहा—''वाह! यह अवतार है? जरा इसका मुँह तो देखो, न पढ़ा, न लिखा, न राजा, न सेनापति, न व्यवस्थापक, न विचारक। भला, यह महापुरुष कैसे हो सकता है? अरे, सावधान! यह विदेशियों का गुप्तचर है। प्रजा को उभाड़कर उसे राजा की क्रोधाग्नि में भुनवाना चाहता है। होशियार! हे विद्रोह की ओर बढ़ने वालो! यह अवतार नहीं—भांड है, भांड।''

यही अमीरों ने कहा, यही विद्वानों ने कहा, यही महन्तों ने कहा, और यही सब उनके मालिकों-विदेशियों ने कहा।

मगर गरीबों ने, भोलों ने, श्रद्धालुओं ने तो उसे पहचाना था। वे बराबर उसकी बातें मानते रहे, उसके उपदेश सुनते रहे, उसका दल बढ़ाते रहे, और विद्रोह का सन्देश चारों ओर फैलाते रहे।

आखिर सत्ताधारी पागल बिगड़े। उन्होंने उसके विरुद्ध यह या वह अपराध लगाकर उसी देश के और उसी रंग के जासूसों और गुलाम सैनिकों की सहायता से एक दिन उसे बाँध लिया राजा के विरुद्ध विद्रोह-प्रचार करने के अपराध में। उसकी गिरफ्तारी के पूर्व उसके सहस्रादिक भक्त बिगड़े सत्ताधारियों की सेना के विरुद्ध! फिर

क्या था, पागलों को माँगी मुराद मिली। भूले सैनिक कुत्ते, भीड़ पर ललकार दिए गये और सैकड़ों गरीब, निरीह, सच्चे प्राणी तलवारों के घाट उतार दिए गये।

'आर्ये!' मूर्खों ने मन-ही-मन कहा—'हमारे बच्चे सत्ताधारियों द्वारा पीस डाले गये। हमारे भाइयों की गर्दनें काट डाली गयीं। हमारी माताएँ और बहनें बेइज्जत की गयीं—'वह' स्वयं बाँध लिया गया, और इतने पर भी न आग लगी, और न धुआँ फैला। यह कैसा अवतार है भाई!—कौन कहता है वह अवतार है! वह तो सचमुच भांड ही निकला—आँच पर चढ़ने पर खरा सोना न निकलकर धोखा साबित हुआ। मारो इसे। नाश हो इस ढोंगी महापुरुष का! यह तो ठीक जासूस मालूम पड़ता है।'

न्याय का नाटक खेलने के बाद सत्ताधारियों ने ललकारा—"फाँसी का तख्ता सजाओ, हैमलाक लाओ, मँगाओ, जल्लाद को बुलाओ। आज उस ढोंगी के जीवन का अन्तिम पृष्ठ लिखा जाएगा, जो महामहिम सम्राट् के विरुद्ध बगावत कर रहा था! जो अपने को अवतार कहकर प्रजा को राजा, पवित्र देवता के विरुद्ध उभाड़ रहा था। आज देखा जाएगा कि यह कैसा अवतारी प्राणी है।"

वह वधिक द्वारा फाँसी के तख्ते पर खड़ा किया गया। उसके चारों ओर मूर्ख जनता की भीड़ भी सरकारी गोयन्दों द्वारा जुटाई गयी थी। इसलिए कि राजा के विरुद्ध बगावत करने का दंड देखकर लोग ठंडे पड़ जाएँ, फिर कभी किसी को अवतार लेकर शासन के विरुद्ध विद्रोह करने की हिम्मत न करें।

उसे असहायों की तरह फाँसी के तख्ते पर निहार, मनुष्य को जादूगर के रूप में देखकर सन्तोष चाहने वाली जनता क्रोध से पागल हो उठी; क्योंकि उसी के मन्त्र के कारण तो उनको घरों में सत्ताधारियों द्वारा आग लगाई गयी थी। उसी के पाप से तो मूर्खों के परिवारी मारे, काटे और जलाए गये थे। ओह! वह पक्का नीच था। कौन कह सकता है कि वह अवतार था!

क्रोध से पागल जन-मंडली ने उस गरीब के लाल के मुँह पर थूका—"ले, तू इसी का पात्र है! पापी कहीं का—तू अवतार बनने चला था!!" क्षोभ से उन्मत्त मूर्खों ने उसे पत्थर मारा, चाबुक से मारा, गालियाँ दीं, और क्या-क्या नहीं कहा। पर वह अन्त तक शान्त और मुस्कराता रहा। उसने कहा—"भाई, मैं अवतार नहीं, तुम्हारा भाई हूँ। तुम्हीं जिसे चाहो, अवतार बना दो, और जिसे चाहो, नाश के नरक में धकेल दो, मगर भाई, मैं सच्चा हूँ। तुम्हारा सेवक हूँ। मैं आज भी कहता हूँ—न डरो किसी मनुष्य से; क्योंकि वह केवल तुम्हारे तन पर शासन कर सकता है, आत्मा पर नहीं। मत मानो भय किसी देही का, क्योंकि उसका शासन स्वर्ग का संवाद नहीं, नरक का निमन्त्रण है। मैं तुम्हें क्षमा करता हूँ, क्योंकि तुम अबोध हो। तुम नहीं समझ रहे हो कि तुम क्या कर रहे हो, परमात्मा तुम्हें सुबुद्धि दे—तुम्हारा मंगल करे!"

वह हँसते-हँसते सूली पर चढ़ गया। उफ़! इतिहासों से पूछो—और पूछो धर्म-ग्रन्थों से! वे तुम्हें बताएँगे कि सूली पर चढ़ जाने के बाद लोगों ने उस गरीब की झोंपड़ी के चिराग को अपना नेता माना, उपदेशक माना, त्राता माना, अवतार माना, ईश्वर माना।

विद्रोह हुआ—उसके प्रस्थान के चन्द हफ्तों बाद ही उस परतन्त्र देश में, और हुआ उन्हीं मूर्खों द्वारा, जिन्होंने उस महान के मुँह पर थूका था। सत्ताधारियों के रक्त से पृथ्वी लथपथ हो उठी, और पृथ्वी के दर्पण (झाँककर आकाश के कपोल भी रक्त हो उठे! धुआँ उठा, चिनगारियाँ चमकीं, आग लगी, ज्वालामुखी फूटे...मगर कब? जब उसे सूली पर टाँगकर 'अवतार' बना दिया गया!

आह री दुनिया! हाय रे उसके समझदार बच्चे!!

सृष्टि

"स्वामिन्, आज कोई सृष्टि करो! किसी ऐसे प्राणी का निर्माण करो, जिसकी रचना पर हमें गौरव हो सके! क्यों?..."

"सचमुच प्रिये, आज तुम्हें क्या सूझा जो सारा धन्धा छोड़कर यहाँ आयी हो और मेरी तुष्टि परीक्षा लेने को तैयार हो?"

"तुम्हारी परीक्षा मैं लूँगी? अरे-अरे व्यर्थ ही काँटों में क्यों घसीट रहे हो—यों ही बैठी-बैठी तुम्हारी अद्भुत रचना 'मृत्यु-लोक' का तमाशा देख रही थी। जब जी ऊब गया, तब तुम्हारे पास चली आयी हूँ। अब संसार में मौलिकता नहीं दिखाई पड़ती; वही पुरानी गाथा चारों ओर दिखायी-सुनायी पड़ रही है। कोई हँसता है, कोई खिलखिलाता है, एक प्यार करता है, दूसरा अत्याचार करता है, राजा धीरे-धीरे भीख माँगने लगता है, और भिक्षुक शासन करने! इन बातों की मौलिकता कहाँ? इसलिए प्रार्थना करती हूँ, कोई मनोरंजक सृष्टि सँवारो। संसार के अधिकतर प्राणी तुमको शाप ही देते हैं, एक बार आशीर्वाद लो।"

"अच्छी बात है, इस समय चित्त भी प्रसन्न है। किसी से मानव-सृष्टि की आवश्यक सामग्रियाँ यहीं मँगवाओ, आज मैं तुम्हारे सामने ही तुम्हारी सहायता से सृष्टि करूँगा।"

"मैं और तुमको सहायता दूँगी? तब रहने दो, हो चुकी सृष्टि! 'सृष्टि' करने की योग्यता यदि मुझमें होती तो मैं तुमको कष्ट देने के लिए यहाँ आती?"

"नाराज क्यों होती हो भाई! तुमसे पुतला तैयार करने को कौन कहता है? तुम यहाँ चुपचाप बैठी रहो; हाँ, कभी-कभी मेरी ओर मेरी कृति की ओर मधुर कटाक्ष फेर दिया करना, तुम्हारी इतनी ही सहायता से मेरी सृष्टि में जान आ जाएगी, समझी?"

"समझी! देखती हूँ, तुम्हारी आदत भी कलियुगी बूढ़ों-सी हुई जा रही है—अभी तक आँखों में जवानी का नशा छाया हुआ है!"

"और तुम्हारी आदत तो बहुत अच्छी हुई जा रही है! बूढ़े मारवाड़ियों की

युवती कामनियों की तरह जब कुछ होता है, तभी खाँव-खाँव किया करती हो—चलो, जल्दी करो, सब चीजें मँगवाओ!''

क्षिति, जल, अग्नि, आकाश और पवन के सम्मिश्रण से विधाता ने एक पुतला तैयार किया। इसके बाद उन्होंने सबसे पहले तेज को बुलाकर पुतले में प्रवेश करने को कहा। तेज के बाद सौन्दर्य, दया, करुणा, प्रेम, विद्या, बुद्धि, बल, सन्तोष, साहस, उत्साह, धैर्य, गम्भीरता आदि समस्त सद्‌गुणों से उस पुतले को सजा दिया। अन्त में आयु और भाग्य की रेखाएँ बनाने के लिए ज्यों ही विधाता ने लेखनी उठायी, त्यों ही ब्रह्माणी ने रोका, ''सुनिए भी, इसके भाग्य में क्या लिखने जा रहे हैं? और आयु कितनी दीजिएगा?''

''क्यों? तुमको इन बातों से मतलब? तुम्हें तो तमाशा भर देखना है? वह देख लेना!...भौंहें तनने लगीं न! अच्छा लो, सुन लो—इसके भाग्य में लिखी जा रही है भयंकर दरिद्रता, दुख, चिन्ता, और आयु इसकी होगी बीस वर्ष की!''

''अरे! यह क्या तमाशा कर रहे हैं? बल, साहस, दया, तेज, सौन्दर्य, विद्या, बुद्धि आदि गुणों के देने के बाद दरिद्रता, दुःख और चिन्ता आदि देने की क्या आवश्यकता है? फिर सृष्टि को देखकर लोग आपकी प्रशंसा करेंगे या गालियाँ देंगे! और फिर, केवल बीस वर्षों की अवस्था! इन्हीं कारणों से मृत्युलोक के कवि आपकी शिकायत करते हैं! क्या फिर किसी से 'नाम चतुरानन पै चूकने चले गये? लिखवाने का विचार है?''

विधाता ने मुस्कराकर कहा, ''अब तो रचना हो गयी। चुपचाप तमाशा भर देखो...इसकी आयु इसीलिए कम रखी है, जिससे तमाशा जल्दी दिखाई पड़े!''

ब्रह्माणी ने पूछा, ''इसे मृत्युलोक में किस नाम से पुकारेंगे?''

प्रजापति ने गर्व भरे स्वर में उत्तर दिया, ''देशभक्त!''

अमरावती से इन्द्र ने, कैलाश से शिव ने, बैकुंठ से कमलापति ने संसार के रंगमंच पर देशभक्त का प्रवेश उस समय देखा, जब उसकी अवस्था उन्नीस वर्ष हो गयी। इसमें कोई आश्चर्य की बात नहीं, देव-मंडली का एक-एक मिनट हमारी अनेक शताब्दियों से भी बड़ा होता है, हमारे उन्नीस वर्ष तो उनके कुछ मिनटों से भी कम थे। देशभक्त के दर्शन से भगवान कामरी प्रसन्न होकर नाचने लगे। उन्होंने अपनी-प्राणेश्वरी पार्वती का ध्यान देशभक्त की ओर आकर्षित करते हुए कहा, ''देखो, यह स्रष्टा की अभूतपूर्व रचना है! कोई भी देवता देशभक्त के रूप में नरलोक जाकर अपने को धन्य समझ सकता है। प्रिये, इसे आशीर्वाद दो!''

प्रसन्नवदना उमा ने कहा, ''देशभक्त की जय हो!''

एक दिन देशभक्त के तेजपूर्ण मुखमंडल पर अचानक कमला की दृष्टि पड़ गयी। उस समय वह (देशभक्त) हाथ में पिस्तौल लिये किसी देशद्रोही का पीछा

कर रहा था। इन्दिरा ने घबराकर विष्णु को उसकी ओर आकर्षित करते हुए कहा, ''यह कौन है? मुख पर इतना तेज, ऐसी पवित्रता और करने जा रहे हैं राक्षसी कर्म—हत्या! यह कैसी लीला है लीलाधर?''

विष्णु ने कहा, ''चुपचाप देखो, परित्राणाय साधूनां, विनाशाय च दुष्कृताम्, धर्म संस्थापनार्थाय सम्भवामि युगे-युगे!'' यदि देशभक्त राक्षसी कर्म करने जा रहा है तो राम, कृष्ण, प्रताप, शिव, गोविन्द, नेपोलियन, सबने राक्षसी कर्म किया है। देवी, इन्हें प्रणाम करो! यह कर्ता की पवित्र कृति है।''

हाथ की पिस्तौल देशद्रोही के मस्तिष्क के सामने कर देशभक्त ने कहा, ''मूर्ख, पश्चाताप कर! देशद्रोह से हाथ खींचकर मातृ-सेवा की प्रतिज्ञा कर, नहीं तो मरने के लिए तैयार हो जा!''

देशद्रोही के मुख पर घृणा और अभिमान से मुस्कराहट दौड़ गयी, उसने शासन के स्वर में उत्तर दिया, ''अज्ञानी सावधान! हम शासकों के लाड़ले हैं, हमारे माँ-बाप और ईश्वर सर्वशक्तिमान सम्राट् हैं, सम्राट् के सम्मुख देश की बड़ाई?''

''अन्तिम बार पुनः कह रहा हूँ, माता की जय बोल, अन्यथा इधर देख!'' देश भक्त की पिस्तौल गरजने के लिए तैयार हो गयी। सिर पर संकट देखकर देशद्रोही ने अपनी जेब से सीटी निकालकर जोर से बजायी। देशद्रोही का दल देशभक्त की ओर लपका। फिर क्या था, देशभक्त की पिस्तौल गरज उठी; क्षणभर में देशद्रोहियों का सरदार कबूतर की तरह पृथ्वी पर लोटने लगा। गिरफ्तार होने के पूर्व, सफल-प्रयत्न देशभक्त आनन्दविभोर होकर चिल्ला उठा, ''माता की जय हो!''

काँपते हुए इन्द्रासन ने, पुष्प-वृष्टि करते हुए नन्दन-कानन ने, तांडव-नृत्य में लीन रुद्र ने, कलकल करती हुई सुर-सरिता ने, एक स्वर से कहा, ''देशभक्त की जय हो!''

विधाता प्रेम-गद्गद होकर ब्राह्मणी से बोले, ''देखती हो, देशभक्त के चरण स्पर्श से अभागा कारागार अपने को स्वर्ग समझ रहा है, लोहे की लड़ियों ने, हथकड़ी-बेड़ियों ने मानो पारस पा लिया है; संसार के हृदय में प्रसन्नता का समुद्र उमड़ रहा है; वसुन्धरा फूली नहीं समाती। यह है मेरी कृति, यह है मेरी—विभूति प्रिये, गाओ, मंगल मनाओ, आज मेरी लेखनी धन्य हुई!''

जिस दिन देशभक्त की जीवनी का अन्तिम पृष्ठ लिया जानेवाला था, उस दिन स्वर्ग-लोक में आनन्द का अपार पारावार उमड़ रहा था। त्रिंश कोटि देवांगनाओं की थालियों को उदार कल्पवृक्ष ने अपने पुष्पों से भर दिया था, अमरावती अपना। अपूर्व—श्रृंगार किया था, चारों ओर मंगल-गान गाये जा रहे थे।

समय से बहुत पहले ही देवतागण विमान पर आरूढ़ होकर आकाश में विचरने और देशभक्त के आगमन की प्रतीक्षा करने लगे।

सम्राट् के समर्थक भीषण शस्त्रास्त्रों से सुसज्जित होकर एक बड़े मैदान में खड़े थे। देशभक्त पर 'सम्राट् के प्रति विद्रोह' का अपराध लगाकर न्याय का नाटक खेला जा चुका था, न्यायाधीश की यह आज्ञा सुनाई जा चुकी थी कि या तो देशभक्त अपने कर्मों के लिए पश्चाताप प्रकट करे—सम्राट् की जय की घोषणा करे या तोप से उड़ा दिया जाय। देशभक्त पश्चाताप क्यों करता? अत: उसे सम्राट् के सैनिकों ने जंजीर में कसकर तोप के सम्मुख खड़ा कर दिया।

सम्राट् के प्रतिनिधि ने कहा, "अपराधी! न्याय की रक्षा के लिए अन्तिम बार फिर कहता हूँ—सम्राट् की जय-घोषणा कर पश्चाताप कर ले!"

मुस्कराते हुए देशभक्त बन्दी ने कहा, "तुम अपना काम करो! मुझसे, पश्चाताप की आशा व्यर्थ है! तुम मुझसे 'सम्राट् की जय' कहलवाने के लिए मरे क्यों जा रहे हो? सच्चा सम्राट् कहाँ? तुम्हारे कहने से संसार के लुटेरों को मैं कैसे सम्राट् मान लूँ? सम्राट् क्या मनुष्यता का द्रोही हो सकता है? सम्राट् न्याय का गला घोंट सकता है? सम्राट् रक्त का प्यासा हो सकता है? तुम जिसे सम्राट् कहते हो भाई, उसे मनुष्यता और मनुष्यता के उपासक 'राक्षस' कहते हैं, फिर सम्राट् की जय-घोषणा कैसी? तुम मुझे तोप से उड़ा दो—इसी में सम्राट् का मंगल है! इसी से उसके पाप का घड़ा फूटेगा और उसे मुक्ति मिलेगी!"

देव-मंडल के बीच में बैठी हुई माता मनुष्यता की गोद में बैठकर देशभक्त ने और साथ ही त्रिंश कोटि देवताओं ने देखा—पंचतत्व के एक पुतले को अत्याचार के उपासकों ने तोप से उड़ा दिया!

उस पुतले के एक-एक कण को देवताओं ने मणि की तरह लूट लिया, बहुत देर तक देवलोक 'देशभक्त की जय' से मुखरित रहा।

उग्र-भूमिका

जुल्म है, गर न दो सुखन की दाद

[पाण्डेय बेचन शर्मा 'उग्र' अपने उपन्यास, नाटक, कहानी-संग्रह, आत्मकथा के लिए जो भूमिका लिखते थे वे भी 'उग्र' शैली के अद्‌भुत उदाहरण हैं। बानगी-स्वरूप यहाँ उनके ऐतिहासिक उपन्यास 'घंटा', नाटक 'आवारा', आत्मकथा 'अपनी खबर' एवं विलक्षण टिप्पणी 'ग़ालिब-ए-उग्र' ग्रन्थ ही भूमिकाएँ दी जा रही हैं।—सम्पा.]

''एक बार खरगोश और कछुए में 'रेस' हुई।''

और इसी पुरानी कहानी से मैं 'घंटा' की भूमिका शुरू करना चाहता हूँ। कोई सात-आठ बरस बाद अपने प्रेमी और उत्सुक पाठकों से बोलने का यह मौका मैं पा रहा हूँ।

पुरानी कहानी में लिखा है कि—''कछुआ उस मूर्ख जीव को कहते हैं, जो जीवन-होड़ की दौड़ परम मन्द गति से दौड़े!''

''और खरगोश...'' किताबों की कहानी के मत से...''उस जानवर को कहते हैं जो (अहंकार-भय से) जंगली पथ पर चतुरता और तेजी से 'रेस' कर सके।''

मगर पुरानी कहानी की दौड़ में 'विनर' हुआ मन्द-मति कछुआ ही!

चतुर शिरोमणि, वायु-गति खरगोश जी को किसी 'प्लेस' में भी नहीं जगह मिली।

''कछुए के जीतने का सही सबब,'' कहानी के कथनानुसार—''है उसकी एकाग्रता और अविरत-गति।''

और खरगोश महोदय की पराजय का कारण बतलाया गया है उनका—''मिथ्याभिमान, असावधानी और मूर्खता।''

चमत्कार में उक्त कहानी को मैं किसी भी छायावादी रचना से कम नहीं समझता।

जिस तरह अनायास ही, छायावादी हर एक आदमी को 'मद से भरी बोतल'

प्रमाणित कर देता है, वैसे ही, उक्त कहानी में कछुए को खरगोश बना दिया गया है।

कमाल है पूरा...!

मेरे अस्त-व्यस्त, किन्तु प्रचंड प्रवाह को परख कर उन दिनों, कितने ही 'कछुओं' ने ज्ञान से गर्दन हिलाते हुए कहा था—"ओह, आप तो खरगोश हैं!"

सुनते हो, पैदायशी खरगोशों के कान खड़े हो गये थे। पूँछें पाँच-पचे-पच्चीस बार पृथ्वी पर अप्रसन्नता से पटक तथा तीखे पंजों से लम्बी मूँछों को फटककर उन्होंने विरोध किया—"कौन कहता है इन्हें खरगोश? जरा ये पूँछ तो दिखावें अपनी—या लम्बी मूँछ ही? ये खरगोश नहीं, कछुआ है।"

मैंने सोचा, पुरानी कहानी में तो कछुआ महान और हीरा है, अतः कछुआ कुछ बुरा नहीं।

तर्क ने विवेक पेश किया, कहानी तो कोरी कल्पना है—नहीं तो, कछुआ भला खरगोश को 'रेस' में जीतेगा? बाइसिकल और ठेले की दौड़?? अस्तु—

मैंने उन्हें ही अपना हित, मित्र और प्रिय माना, जिन्होंने मेरी गति की तुलना खरगोश से की।

'कछुआ' कहनेवालों को राग और द्वेष से मैंने गधा समझा।

मगर, दुर्भाग्य। महज एक दुम की कमी से मतिवान मैं—गतिवान हैवान न बन सका और सहम गया—वैसे ही जैसे रीछ के चित्र से बच्चा!

आखिर अपने अभावों को भुनाकर भरपूर मूल्य भर देने के बाद, मुझे भी बाजार का 'भाव' मालूम हो गया।

मैंने सोचा कि इस या उस कमी की वजह से जब 'कछुआ' या 'खरगोश' बन ही नहीं सकता, तब मैं 'रेस' का रास्ता बनूँगा।

इसी जन्म में, इसी देह को मिट्टी में मिलाकर—क्यों?—मैं बखूबी वह रास्ता बन सकता हूँ।

वही, जिस पर संसार के 'खरगोश' और 'कछुए' प्रतिस्पर्द्धा से पागल होकर दौड़े।

साथ ही, वही, जिसके अचंचल प्राणों को सारे जाग्रत जगत् के बच्चे अपने चपल कमल-चरणों से सरस मुखरित करें। सभी, किसी-न-किसी मोहक—'रेस' में, मेरी छाती पर आशा से दौड़ें, कोई 'विनर' हो और कोई 'प्लेस' भी न पावे!

ऐसे ही रास्ते का-सा बहुरंगी कठोर और जड़-जीवन में भी पाऊँ—दे सको तो, यही मुझे वरदान दो—हे साहित्य के 'कछुओ' और 'खरगोशो'!

अब मैं रास्ता बनना चाहता हूँ। मेरा दावा है, अब मैं रास्ता बन रहा हूँ।

उक्त दावे का जो 'अर्थ' हो, वह मेरी भूमिका का मुख्य मतलब है और—

जिसकी समझ में जो आ जाय वही—बस—'अर्थ' है।
और सब 'व्यर्थ!'

—पांडेय बेचन शर्मा 'उग्र'

महाशिवरात्रि, 11-3-37

जर्मनी में

जर्मनी की राजधानी बर्लिन से 5 मील उत्तर एक कस्बा है, जिनका नाम रोमन लिपि के 'एम' अक्षर से शुरू होता है।

सन् 1913 ईसवी की 13वीं दिसम्बर को 13 बजे दिन में कस्बा 'एम' की एक विशाल विज्ञानशाला में दो वैज्ञानिक जर्मन गम्भीरता से बातें कर रहे थे—

"पुस्तक पाली भाषा में है"

"आयी है नेपाली राज से? अफसोस है कि मैं पालि या संस्कृत नहीं जानता, मगर पालि और नेपाली में, मैं समझता हूँ, जरूर कोई-न-कोई रिश्तेदारी होगी!"

"हा हा हा हा!" पहला जर्मन ऐसे हँसा जैसे बादल गरजे—"तुम आर्य होकर संस्कृत नहीं जानते? पालि हिन्दोस्तान की एक पुरानी भाषा है। और नेपाली कहाँ है वह पुस्तक? कैसी है वह एक पहाड़ी बीहड़ रियासत...।"

"हजार साल पुरानी...। एक तरह के पत्रों पर किसी दरख्त के रस से लिखी हुई मगर, लिखाई इतनी साफ कि हमारे जमाने के छापेखाने उन हाथों को चूम लेना चाहेंगे..."

"ताज्जुब...!"

"सबसे ज्यादा ताज्जुब उन बातों का है, जो उस पुस्तक में लिखा है...!"

"मैं उस किताब की बातें जानने के लिए बेहद बेकरार हूँ..."

इसी वक्त, आगन्तुक की सूचना देनेवाली बिजली की घंटी एक बार तनिक, और दो बार तीव्र बजी।

"बादशाह सलामत...!"

"कैसर...?"

"हाँ, सावधान! जहाँपनाह किताब के साथ..."

दोनों बाकायदे उठ खड़े हुए।

पहले जर्मन ने अदब के साथ दरवाजा खोलकर आगन्तुक को सैनिक ढंग से सलाम किया।

और लम्बा, काला कोट पहने एक तगड़ा, रोबीला आदमी अन्दर दाखिल हुआ।

"हुजूर तनहा तशरीफ लाये! किसी जाँनिसार को साथ में न लिया!"

'आर्य लोग डरते नहीं, सत्य और आदर्श के लिए काल के मुख में भी मुस्कराते हैं।''

''गरीबपरवर सच्चे आर्यवीर हैं।''

''दूसरी बात यह!'' कैसर ने सहज गम्भीरता से कहा—''भेद की बात जहाँ तक कम लोग जानें—बेहतर। हिन्दुस्तान कौन जा रहा है?''

दूसरे जर्मन ने कैसर को झुककर ताजीम की।

सर से पैर तक घूरकर कैसर ने हर कीलर को देखा।

मानो कीलर की जीवन-पोथी को जाँचने लगे।

फलतः कैसर की खड़ी मूँछों के नीचे तेजी से एक मुस्कराहट चमक गयी।

कीलर के पास जा, उसकी पीठ पर हाथ फेर, कैसर बोले—''तुम जानते हो? मुस्तैदी, जाँनिसारी और वफादारी का इनाम, कैसर दिल खोलकर देता है।''

''हुजूर गरीबपरवर हैं।'' कीलर ने दरबारी सरलता दिखायी।

''हिन्दुस्तान में तुम्हारा काम क्या है, यह भी तुम जानते हो न?''

''अच्छी तरह से हुजूर!''

''मैंने इस पुस्तक को बगौर पढ़ा है और समझदारों के साथ समझा भी है। मैं समझता हूँ, वह चीज बम्बई शहर के आसपास कहीं होगी।

मगर तुम ढूँढ़ना सारे भारत में।''

''बिशालक सरकार।''

''वह चीज ज्यों ही तुम्हारे हाथ लगे—मुझे हवाई तार देना! और सावधानी से रहना! अँग्रेज बड़ी चतुरता से उस देश पर राज करते हैं। कहीं फँस न जाना।''

''अँग्रेज लोग हुजूर! बनिये हैं। असिल होशियारी में हम आर्यों की छाया तक नहीं छू सकते।''

''सच बात!'' नफरत से कैसर ने कहा।

''बात!'' बन्द कमरे की प्रतिध्वनि बोली।

आर्य कौन?

जवानी जो इठलाती है
झकोरों से हिल जाती है...''

''वाह! वाह!!'' महाराज संग्रामपुर ने गवैये को दाद दी।

और उचित सम्मान से कलाकार के मुख पर जो गम्भीर आनन्द झलकता है, उसी से सजकर गायक लहराने लगा—

जवानी जो खुल जाती है

अखिल में खिल-खिल जाती है
जवानी जो दिल पाती है।
अमिल में मिल-मिल जाती है
झकोरों से हिल जाती है
जवानी जो झुठलाती है

महाराज संग्राम सिंह का गवैया एक फ्रेंच जहाज के पहले दर्जे के डेक पर उक्त गाना गा रहा था, अचानक चारों ओर से बादल घिर आये।

हवा भी मानो गाने से सनक उठी!

महाराज के पास गवैये के अलावा एक निहायत नाजनीन फ्रेंच सुन्दरी बैठी थी जो हाथ के प्याले से उनको नशा पिला रही थी और आँखों से दिल को गुदगुदा भी रही थी।

महाराज के सामने फ्रेंच पोशाक में, फ्रेंचकट-दाढ़ीवाला, कोई लम्बा-तगड़ा फिरंगी भी बैठा था और हिन्दू गवैये का गाना गौर से सुन रहा था।

''आपको आनन्द आया मांशियर मोपले!'' महाराज ने फ्रेंच भाषा में पूछा।

''भरपूर...श्रीमान!'' मोपले ने जवाब दिया—''हिन्दोस्तान के गाने-बजाने का क्या कहना!''

सुन्दरी से सुरा ले जरा 'सिपु' कर श्रीमान् बोले—''गाना-बजाना ही नहीं, मांशियर! हिन्दोस्तान की एक-एक चीज अजीब होती है।''

''मगर...'' फ्रेंच साहब बोले—''हिन्दोस्तान के आदमी निहायत ऐय्याश, कमजोर और गुलाब-तबीयत होते हैं। अगर मैं गलत कहता हूँ, तो आप सुधार सकते हैं।''

''बिल्कुल झूठ!'' मूँछों पर हाथ फेरते महाराज संग्रामसिंह बोले—''हमारे देश के रहने वाले आर्य हैं और बुजदिली, शरीर का मोह, गुलामी आर्य जानते ही नहीं।''

मांशियर मोपले महाराज के तीव्र खंडन से विचलित न हुए।

''आर्य? और हिन्दुस्तानी? आप भी खूब फरमाने लगे। श्रीमान्! आर्य गोरे होते थे—आठ फीट ऊँचे, बली और सुन्दर होते थे। पुराने यूनानी या आजकल के जर्मन लोग जैसे हैं—वैसे होते थे।''

''मगर, मगर मैं आर्य-कुल-मार्तंड, महा-माहेश्वर महाराज संग्रामसिंह हूँ...'' मोपले के कानों में गोया महाराज की बात पड़ी ही नहीं।

''आपके हिन्दुस्तानी, जेबी कुत्तों की तरह कुत्ता वंश-कलंक होते हैं जरूरत पर न तो जोर से भोंक सकें।''

महाराज को फ्रेंच साहब की बातें अच्छी न लगीं।

नशेबाज राजा केवल चापलूसी सुन-समझ सकता है। सच, सीधी बात उसके लिए टेढ़ी खीर है। तहजीब को भूल, सुन्दरी को बगलगीर कर श्रीमान् एक-ब-एक उठ खड़े हुए।

''हवा सनक रही है, जहाज हिल रहा है, डियर! हम लोग भीतर चलें?''

''लहरें...लहरें!'' सुन्दरी थिरक उठी, उसकी आँखें भी चूर थीं—''श्रीमान्, समन्दर की गोद में रहनेवाले तूफानों में मौजें मारते हैं। जरा डेक के किनारे से देखिए!''

महाराज झूमते हुए, सुन्दरी के साथ, डेक के किनारे की तरफ लड़-खड़ चले।

मगर मांशियर मोपले भी अजीब बहसी निकले। उन्होंने महाराज का पिंड फिर भी न छोड़ा।

''आर्य था अर्जुन—जिसके धनुष पर बाण देखकर इन्द्र की भी जान सूख जाती थी। आर्य था बाबर।''

''बाबर? आप भी कहाँ भटके?'' महाराज जरा रुक और मुड़कर मोपले के ऐतिहासिक ज्ञान की मरम्मत करने लगे—''बाबर आर्य नहीं, अरब था—मुसलमान! हा हा हा हा!''

''मैंने सुना है, आर्य के माने श्रेष्ठ होता है। बाबर घोड़े की पीठ पर एक सौ बीस मील की दौड़ मारता था। तलवार का धनी और खुदा का सच्चा सेवक था। हम लोग ऐसे को ही आर्य समझते हैं।''

''ओह! डियर'' फ्रेंच सुन्दरी महाराज से चिपक गयी—''कैसी नीली, चमकीली, छबीली लहरें? देखो! देखो! कितनी बड़ी मछली—अहा हा हा!''

मछली देखने को सुन्दरी ज्यों ही झुकी, त्यों ही तूफान के एक तेज झोंके ने जहाज को जरा टेढ़ा कर दिया।

और लो! फ्रेंच सुन्दरी नशे से लड़खड़ाकर जहाज के नीचे झुक गयी।

महाराज ने उसे सँभालना चाहा-मगर थे वह नशे में। फलतः सुन्दरी के हाथ राजा का दुपट्टा लगा। वह सिनेमा के खतरनाक नजारे की तरह झूलने लगी।

''ओह! अह!! उहं!!!'' महाराज का गला फँस गया। वह दुपट्टा ढीला करने लगे। मोपले और गवैया घबराकर मदद को लपके।

''दुपट्टा न खोलें! नहीं तो औरत दरिया में डूब जाएगी। राजा!—महाराजा'' फ्रेंच साहब ने ललकारा। मगर, छप छप छप!!

अपना गला छुड़ा, दुपट्टे के साथ महाराज ने सुन्दरी को समुद्र में डाल दिया। देखने लायक था इस वक्त मांशियर मोपले का रूप—लाल उद्वेलित!

राजा का गला दाब वह बिगड़े—''नीच! बुजदिल! तू ही आर्यकुल-मार्तंड महामाहेश्वर है?''

एक धक्के में फ्रेंच-मखी महाशय ने राजा संग्राम सिंह को समुद्र में ठेल दिया और दूसरे क्षण वह खुद नीचे कूद पड़ा।

जहाज में कोलाहल मच गया। खतरे के घंटे बजने लगे। लाइफ-बोट नीचे उतारी गयी और किसी तरह तीनों प्राणी बचाये जाकर ऊपर उठाये गये।

लेकिन हयं!!

मांशियर मोपले की दाढ़ी दरिया में रह गयी—उनकी लम्बी नाक जरा छोटी हो गयी!!

अब फ्रेंच कप्तान ने कुछ समझा। उसने मोपले से पूछा—"क्या मामला है? तुम कौन?"

"मोपले मांशियर!"

"धोखा! कोई जासूस है—इसकी तलाशी लो।"

तलाशी में मांशियर मोपले पास संदिग्ध तो कुछ भी न निकला, हाँ, उनके हाथ पर जर्मन अक्षरों में लिखा था—

"हेर किलर।"

"जर्मन है।" कप्तान गरजा।

"फ्रेंच है—पाजी।" राजासाह ने जरा साँस ली।

"बहादुर है!" सुन्दरी और राजगायक ने एक स्वर में कहा।

"दुश्मन है! इसको गिरफ्तार कर कैदी-कबिन में ले जाकर बन्द करो।" फ्रेंच कप्तान दाँत पीसकर चिल्लाया।

और (मनुष्य के शब्दों में) 'बाधाएँ' सामने आयीं।

महानद और समुद्रों ने मनुष्य का रास्ता बन्द कर दिया। पहाड़-महिमालय हिमालय से उसके सामने खड़े हो गये।

"क्यों भाई मनुष्य!" उन्होंने प्रश्न किया—"एक ही माया के विस्तार तो हम सभी हैं। मगर हमें तो उसकी मुतलक तलाश नहीं। हम तो चुपचाप अपना कर्म करते हैं।"

"आखिर तुमको भगवान की जरूरत है क्यों?"

"तुम्हारा?" मनुष्य ने बाधकों को जवाब दिया—"मतलब केवल प्रभु के दर्शनों से है। समुद्र! पीछे हटो। हे हिमालय! रास्ता दो। सच कहता हूँ—मैं प्रभु के दर्शन कर अपना जन्म केवल-फकत-कृतार्थ करना चाहता हूँ। इस 'मजे' में जो 'लुत्फ' है—हे जड़-महानो!—उसे तुम नहीं समझ सकते।"

भूमिका और भपकी

एक सुन्दर और स्वर्गीय सहकर्मी या हमपेशा के स्वजनों के सहायतार्थ अपने इस नाटक 'आवारा' का सर्वाधिकार 'सत्साहित्यिक सेवक-समाज' सौंप देने में मुझे हर्ष-विमर्ष या आत्मोकर्ष का अनुभव हो, इतना भावुक मस्त मैं नहीं।

हिन्दी में क्या, सारे भारतीय साहित्य में अपने 'कामरेडों' को गौरव-रक्षा के लिए (स्वयं साहित्यकों द्वारा) यह अभिनव आयोजन है। और इस स्निग्ध-मौलिकता की माला में पहला मनका मेरे ही मन के रूखे-सूखे फूल का है, मेरे 'हृदय' के ठहरने की भूमिका है मात्र...

और भपकी!

मैं कहता हूँ चूक गयीं सुश्री महादेवी वर्मा। इस मौलिकता की माला में पहला मणि उनका होना चाहिए था, साथ ही अच्छे चूके श्री 'निराला' जी, श्री रामकुमार वर्मा, श्री हरिभाऊ उपाध्याय, मेरे मित्र और परिचित। उक्त सभी सुहृदयों ने 'हृदय' श्रद्धांजलि में अपने-अपने रचना कुसुम सजाने का वादा किया था। वे शौक से पंडित सूर्यनारायण व्यास के पास प्रयास-प्रसून प्रथम पूजार्थ प्रेषित कर सकते थे, मगर कहा जाता है—कोई अस्वस्थ रहा, कोई बहुत व्यस्त तथा दीगर महामस्त। सो मैं अपने सारे मित्रों की असुविधाओं से प्रतिष्ठित और मौलिक हूँ।

इस पुस्तक के प्रकाशन में जो भी व्यय लगा है उसे पंडित सूर्यनारायण व्यास ने 'पर्सनल पर्स' से प्रस्तुत किया है और ऊपरी टीमटाम रखते हुए भी मैं जानता हूँ, स्वाभिमानी व्यास जी दिल के (अन्दर) केवल गरीब है सो केवल गरीबी की कठोर कमाई और लौह लिखाई से—प्रभु के प्रसाद से यह स्वस्थ सुरभित सुमन-माला सजाई जाएगी।

पंडित हरिभाऊ उपाध्याय से अनायास ही प्राप्त सुन्दर सहयोग द्वारा 'हृदय श्रद्धांजलि' की तथा 'सत्साहित्यिक सेवक समाज' की अन्य सभी पुस्तकें 'सस्ता साहित्य मण्डल' अपनी देखरेख में छपाकर निजी निरीक्षण में उनकी बिक्री या विस्तार की व्यवस्था भी करेगा। पुस्तकों की बिक्री से जो आमदनी होगी उसमें से अगली

पुस्तक के प्रकाशन का खर्चा निकाल, बेचकों को जो कमीशनादि मुनासिब दे देने के बाद जो धन शेष रहेगा, हर संस्करण का, हाँ—वह लेखक विशेष के स्वजनों को, विनय से समर्पित कर दिया जाएगा। इसी तरह 'आवारा' की सारी बचत दिव्यात्मा 'हृदय जी' के स्वजनों को सदैव सौंप दी जाया करेगी, 'हृदय-श्रद्धांजलि' में। बारह पुस्तकें उनके परिवारियों को भेट की जाएँगी।

नाटक के बारे में मेरे कुछ कहने से बेहतर 'आवारा' खुद अपनी कहेगा, अपने नाटकों के 'सपोर्ट' में विश्वविख्यात व्यंग्य नाटककार जार्ज बर्नड शा महोदय की तरह नाटक से भी लम्बी भूमिका (और अक्सर नाटक से भी अच्छी) लिखना मैं नामाकूली मानता हूँ और मानता हूँ कि जरूर 'शा' साहब के नाटकों में कुछ न कुछ विशद कला की कमी होती है, जिसकी पूर्ति हजरत को ऊँट की तरह 'भूमिका' बाँधकर करनी पड़ती है। शेक्सपीयर ने अपने किसी नाटक की लम्बी-चौड़ी भूमिका लिखी? कालिदास ने? मगर शेक्सपीयर कालिदास को मिस्टर 'शा' 'नाटककार' माने तब तो!

मैं केवल कहानी सजाता हूँ। मुझे 'कला कला ही के लिए' (आदि, मध्य और अन्त में) अच्छी लगती है।

'आवारा' को अगर आप एक घूँट में पी जाए—प्यासाकुल और फिर गिलास खत्म हो जाने पर सोचने की फुर्सत पाएँ कि जीवन मीठा है या खारा, कूपोदक है या गंगाजल? तो मेरा काम दुरुस्त समझिए 'शा' साहब। प्रचार और पोले सदाचार के विचारों का ऐसा अम्बार लादते हैं सुकुमार नाट्यकला की गर्दन पर कि उसका दम बार-बार घुट-घुटकर रह जाता है।

मुझे प्रचार या सदाचार के ठोस या पोले विचारों से परहेज नहीं, अगर कोई उन्हें प्रचारक या पोलानन्द की हैसियत से पसरावे। मेरा दावा इतना ही है कि नाटक को आदि, मध्य-अन्त में, पहले नाटक होना चाहिए, फिर कुछ और। 'पानी'-दार में अगर ठीक अर्थों में 'पानी' हो, तो मैं तो तृप्त-स्नान कर लूँगा—गंगा, गण्डकी तथा तलवार तीनों में। जो हो...

—पाण्डेय बेचन शर्मा 'उग्र'

15 तुकोगंज, मेन रोड
इन्दौर
19-3-42

दिग्दर्शन

"मैंने क्या-क्या नहीं किया? किस-किस दर की ठोकरें नहीं खायीं? किस-किसके आगे मस्तक नहीं झुकाया? मेरे राम! आपको न पहचानने के सबब 'जम जनमि-जनमि जग, दुख दसहू दिसि पायो।'

"आशा के जाल में फँस, 'योर मस्ट ओबीडिएंट सर्वेंट' बन, नीचों को मैंने परम प्रसन्न प्रेमपूर्वक 'प्रभु! प्रभु!' पुकारा। मैंने द्वार-द्वार, बार-बार मुँह फैलाया दीनता सुनाने, लेकिन किसी ने उसमें एक मुट्ठी धूल तक नहीं डाली!

"भोजन और कपड़े के लिए पागल बना मैं यत्र-तत्र-सर्वत्र झक मारता फिरा, प्राणों से भी अधिक प्रिय आत्मसम्मान त्यागकर खलों के सामने मैंने खाली पेट खोल-खोल कर दिखलाया!

"सच कहता हूँ, कौन-सा ऐसा नीच नाच होगा जो लघु-लोभ में मुझ बेशरम को न नचाया होगा! किन्तु...आप!...आह! लालच से ललचाने के सिवाय 'नाथ! हाथ कछु नहिं लग्यो!'

तुलसीदास (विनय)
(अपनी खबर से)

प्रवेश

चन्द ही महीने पहले बिहार के विदित आचार्य श्री शिवपूजन सहायजी (पद्मभूषण), आचार्य नलिन विलोचन जी शर्मा तथा श्री जैनेन्द्र कुमार जी मेरे यहाँ कृपया पधारे थे। साथ में बिहार के दो-तीन तरुण और भी थे। बातों-ही-बातों में श्री शिवपूजन सहाय ने मुझसे कहा, "उग्र, अब तुम अपने संस्मरण लिख डालो।"

मैंने कहा, "लिख तो डालूँ, लेकिन जीवित महाशयों की बिरादरी, अन्धभक्त बिरादरी का बड़ा भय है। बहुतों के बारे में सत्य प्रकट हो जाये तो उनके यश और जीवन का चिराग ही लुप्-लुप् करने लगे। कुछ तो मरने-मारने पर भी आमादा हो सकते हैं। उदाहरणतः एक जगह वाल्मीकीय रामायण, सुन्दरकांड, की कथा में मेरे

एक ऐसे मित्र भी उपस्थित थे जो हनुमान जी के अन्धभक्त थे। लंका में मन्दोदरी को रोती हुई देखकर हनुमान जी ने समझा सीताजी हैं, उनकी खोज सफल हुई! और वह सहज बन्दर की तरह प्रसन्न, चंचल हरकतें करने लगे—

आस्फोटयामास चुचुम्ब पुच्छं
ननन्द चिक्रीड जगौ जगाम।
स्तम्भावरोहन्निपपात भूमौ
निदर्शयन् स्वां प्रकृतिं कपीनाम्।

यानी हनुमान जी उत्साह से अपनी पूँछ चूमते हुए पटकने लगे। मारे हर्ष के वह चंचल चलने, उछलने-कूदने, खम्भों पर चढ़ने-उतरने, स्वाभाविक बन्दर-लीला करने लगे।

"लेकिन कथावाचक के मुँह से यह अर्थ और हनुमान जी के लिए बन्दर और पूँछ का प्रयोग सुनते ही वह अन्धभक्त जी भड़क पड़े। यहाँ तक कि उस दिन की कथा ही हजरत ने भंग कर डाली।

"इसी तरह यदि मैं लिखूँ कि दिग्गजाकार महाकवि 'निराला' पर कलकत्ते के मूषकाकार प्रकाशक ने सन् 1928 ई. में, बड़ा बाजार की अपनी दूकान में काठ की तलवार से कई प्रहार किये थे ऐसे कि 'निराला' तो हतप्रभ होकर प्राय: रोकर रह गये थे, तो सत्य की तह तक गये बगैर ही 'निराला'भक्त सनसना-झनझना उठेंगे।"

"लेकिन घटना तो सही है," आचार्य शिवपूजन ने कहा।

इसके बाद उपस्थित मित्रों को मैंने दो संस्मरण सुनाये—(1) 'निराला' जी पर एक प्रकाशक द्वारा आक्रमण, फिर उस प्रकाशक पर 'निराला' जी का प्रहार; बीच में—'उग्र' का उत्तेजक-पार्ट और (2) 'निराला' के पुत्र के ब्याह में, लखनऊ में, बतबढ़ाव में, भरी मजलिस में किसी बहकते प्रकाशक पर दहकते समालोचक का आक्रमण और उसके बाद का भूतनाथ की बारात वाला कोलाहल। साथ ही इस दुर्घटना के विवरण में वहाँ उपस्थित न होने पर भी 'उग्र' की बदनामी।

उक्त दोनों उदाहरण तो निराला-विषयक हैं। मेरे खतरनाक प्राय: जीवन में ऐसे कोलाहलकारी संस्मरणों की भरमार है जिन्हें यदि रेकार्ड पर उतार दिया जाए तो सम्बन्धित महानुभाव फरिश्ते नहीं, आदमी नजर आने लगें। हनुमान विशुद्ध प्राकृतिक रूप में, बाल और पूँछ के साथ ऐसे नजर आयें कि अन्धभक्त लोग भड़ककर रह जायें। ऐसे-ऐसे लोग बम्बई में, कलकत्ता में, इन्दौर में, उज्जैन में, बनारस में, पटना में और अब तो दिल्ली में भी हैं। डॉक्टर जीकल मिस्टर हाइड, बाहर समाज में सुवर्ण के भोले मृग की तरह दिखाई देनेवाले अन्त:कालनेमि, जिन्हें मैं बहुत निकट से जानता हूँ, ऐसों के बारे में अपने संस्मरण यदि कभी मैंने लिखे तो उसका उद्देश्य भंडाफोड़

या व्यक्तिगत विद्वेष नहीं होगा। उद्देश्य होगा यह प्रमाणित करना कि कुछ सत्य ऐसे भी होते हैं जिन्हें कल्पना तक छू नहीं सकती, जैसे दिग्गजाकार 'निराला' पर मूषकाकार पब्लिशर का आक्रमण कर बैठना।

अपनी याददाश्त पब्लिक की जानकारी के लिए लिखने में आत्मप्रशंसा और अहंकार-प्रदर्शन का बड़ा खतरा रहता है। ऐसे संस्मरणों में किसी एक मन्द घटना के कारण अनेक गुण-सम्पन्न पुरुष पर अनावश्यक आँच भी आ सकती है। मैंने आगे लिखा है कि 'आज' के सम्पादक बैरिस्टर श्रीप्रकाश ने मेरी पहली कहानी बिना पढ़े ही कूड़े की टोकरी में डाल दी थी। इस एक ही वाकये से आदरणीय श्री प्रकाश जी को गलत समझना उजलत भी हो सकती है। इसके बाद श्री प्रकाश जी मेरी रचनाओं के प्रापर प्रकाशक रहे और आज भी मुझ पर तो उनका प्रसाद ही रहता है।

इन संस्मरणों को पढ़ने पर किसी को ऐसा लगे कि मैंने निन्दा या बुराई किसी की, की है तो यही मानना होगा कि मुझे ठीक तरह से लिखना आया नहीं। दूसरा तर्क यह कि आइने में अपना मुँह देख कोई यह कहे कि दर्पण तो उसका निन्दक है, दुष्ट दोष-दर्शक, तो ठीक है। और अफसोस की बात है कि दर्पण अन्धा पत्थर नहीं, देखता-दिखाता दरसक-दरसाता दर्पण है।

'मेरे प्रकाशक' नाम से यदि मैं कभी लिखूँ तो कम-से-कम पाँच सौ पन्ने का पोथा प्रचंड प्रस्तुत हो—महान् मनोरंजक। मेरे बाकायदा प्रथम पब्लिशर श्री पन्नालाल गुप्त नामक एक सज्जन थे। बनारस में नीची बाग में उनकी छोटी-सी दुकान थी। पन्नालाल जी मुझे दो रुपये रोज देते और मैं उन्हें 'महात्मा ईसा' नाटक का एक दृश्य लिखकर देता था।

दूसरे प्रकाशक 'मतवाला' के संचालक श्री महादेव प्रसाद सेठ थे, जिनकी मुख्य लत थी गुणियों पर आशिक होना। मुंशी नवजादिक लाल, ईश्वरी प्रसाद शर्मा शिवपूजन सहाय, सूर्यकान्त त्रिपाठी 'निराला', पांडेय बेचन शर्मा 'उग्र' आदि में, जिसमें जो भी खूबियाँ थीं उन्हें खूब ही सहृदयता से परख, खूब ही प्रेम से पूजा महादेव सेठ ने।

महादेव बाबू 'निराला' जी पर ऐसे मुग्ध थे कि उन्हें गुलाब के फूल की तरह हृदय के निकट बटनहोल में सजाकर रखते थे। अघाते नहीं थे महादेव सेठ उदीयमान कवि 'निराला' के गुण गाते! यह तब की बात है जब 'निराला' को कोई कुछ भी नहीं समझता था। आज तो बिना कुछ समझे सब-कुछ समझने वाले समीक्षक स्वयं सेवकों की भरमार-सी है।

महादेव प्रसाद सेठ के सहृदय बटनहोल में 'निराला' मुझे ऐसे आकर्षक लगे कि देखते-ही-देखते उसमें मैं-ही-मैं दिखाई पड़ने लगा। महादेव बाबू से मेरी पहली शर्त यह थी, कहिए अनुबन्ध, कि वह पच्चीस रुपये माहवार मेरे घर भेजेंगे और स्वयं जो खाएँगे मुझे भी वहीं खिलाएँगे; दूसरे दिन दोपहर में जब सेठ जी अंगूर खाने बैठे

तब ईमानदारी से अंश के आधे अंगूर उन्होंने मेरे सामने पेश किये। इस पर माशूकाना अदा से मैंने कहा, "यह गलत है।" "गलत क्या महाराज?" विस्मित हो पूछा प्रेमी प्रकाशक ने। मैंने कहा, "मेरी आपकी यह शर्त नहीं थी कि मैं आपकी खुराक आधी कर दूँ। शर्त है कि जो आप खायें वही मैं भी खाऊँ। आप रोज आधा पाव अंगूर खाते हैं, तो आधा ही पाव मेरे लिए भी मँगाया करें।" मेरे इस उत्तर पर महादेव प्रसाद थे सौ जान से कुरबान!

महादेव प्रसाद सेठ साहूकार वंश में उत्पन्न हो व्यापारी गादी पर बैठने पर भी फलों से लदे रसिक रसाल—जैसे थे जिन्हें अपने फल लुटाकर द्विजगण का कलरव श्रवण करना ही रुचता था। लेकिन आदमी का सुख विधना को कहाँ सुहाता है! मौसम बदला, फल झड़े, द्विज-दल उड़े-न स्वर, न गान, न मंडली, न कलरव। अप्रत्याशित पतझड़ आया, महादेव सेठ-रूपी रसाल अकाल ही सूख गया। पुष्प प्रकाशक दिवंगत महादेव प्रसाद सेठ का चरित्र परम उदात्त, जिसके लिए पन्ना नहीं पोथी चाहिए।

फिर भी यह सब मैं आज लिख रहा हूँ। विवेक का ठेका लेकर। जब तक महादेव प्रसाद सेठ थे, मैं (ग़ज़ल के माशूकों की तरह) उन्हें गालियाँ ही देता रहा। और वह थे कि मेरा मुँह न देख मुझमें जो कलाकार था उसी को सराहते-चाहते थे।

लेकिन दबते नहीं थे महादेव सेठ। वह दार्शनिक की तरह अनादर-आदर के ऊपर हो रहते थे। बस एक ही दिन उन्होंने मेरे दुर्वचनों का विरोध किया और मुझे ऐंठकर रख दिया था। "महाराज," उन्होंने हुक्के की कश का धुआँ लम्बी मूँछों से छोड़ते हुए कहा, "आप गाली ऐसे को दिया करें जो आपको उसका उत्तर दे। मैं चुप रहूँ, आप गालियाँ देते रहें; आप कायर हो जाएँगे।"

महादेव प्रसाद सेठ के इस अहिंसक बाण ने मेरे प्राणों को कँपा, हिला, झकझोर कर रख दिया। हम दोनों एक ही कमरे में पाँच गज के फासले पर सोया करते थे। पिछली रात तक मैं घुटता रहा। अन्त में मैंने उन्हें जगाया ही—"महादेव बाबू, मैं आपसे माफी माँगता हूँ, मुझे नींद नहीं आ रही है।" "आप बड़े आदमी हैं," उस तेजस्वी पब्लिशर ने मेरी उग्रता पर सान धरते हुए आशीर्वाद के स्वर में कहा था, "ये बड़े आदमियों के लक्षण हैं।"

'निराला' ने जब उस पब्लिशर पर प्रत्याक्रमण किया तब वह 'मतवाला' कार्यालय ही में रहा करते थे। वह प्रकाशक आया था उन दिनों खूब ही बिकती उग्रलिखित पुस्तकों का आर्डर लेकर। उसी वक्त मेरे किसी तीव्र ताने से तनकर मेरे ही टेबल पर से बड़ी छुरी उठाकर 'निराला' सनसनाते सड़क पर चले गये थे। 'मतवाला' ऑफिस से सौ ही-डेढ़ सौ गजों की दूरी पर उन्होंने प्रकाशक पर आक्रमण किया। भगवान ने रक्षा की—वे दोनों मेरी छुरी खोल ही रहे थे कि पास-पड़ोस वालों ने उन्हें पकड़ लिया।

इसके बाद निराला तो 'मर कर टर रहे' लेकिन प्रकाशक पलटकर पुनः

'मतवाला' कार्यालय में आया और महादेव सेठ पर गुड़गड़ाने लगा कि तुम्हीं ने मेरी दुर्गति करायी है। जब वह बक-झक कर चला गया तब 'निराला' जी आये। 'निराला' को देखते ही दृढ़ क्रोध से कड़ककर महादेव सेठ ने कहा, 'मेरे यहाँ कोई बिजनेस करने आएगा तो आप उसे मारेंगे? यह मैं बरदाश्त नहीं कर सकता। आप अपना बोरिया बिस्तर यहाँ से ले जाइए।''

नतीजा यह हुआ कि बोरिया-बँधना सँभाल महाकविजी उस वक्त चलते-फिरते नजर आये। अब पुनः मेरी बारी आयी। मैंने कहा, ''महादेव बाबू! बिस्तर आप मेरा भी बँधवाएँ, क्योंकि मेरी उत्तेजना से 'निराला' ने अपने अपमान का बदला लिया था। कानून हाथ में लेकर प्रकाशक ने पहले 'निराला' पर अपमानक आक्रमण क्यों किया, खासकर अपनी दुकान में? सारी सड़क पर आपका बिजनेस नहीं होता। उन्होंने 'मतवाला' कार्यालय से काफी दूर पर स्वाभिमान का हिसाब सेटल किया था। सो भी होश में नहीं, मेरे शब्दों के नशे में। यह अगर गलती है तो 'उग्र' की है, 'निराला' की नहीं।

और अन्त में, महादेव प्रसाद सेठ ने महसूस किया कि आवेश में प्रिय महाकवि को बिस्तर गोल करने का हुक्म देकर उन्होंने बिजनेस की भावना पर तरजीह दी थी। वह 'निराला' की बड़ी कद्र करते थे। भागे-भागे उनके नये स्थान पर गये। चरण पकड़ककर भावुक, सहृदय, सुपठित प्रकाशक महादेव प्रसाद सेठ ने महाकवि से माफी माँगी।

'निराला' ने 'मतवाला' के दरवाजे पर आकर मुझे बुलाकर शाबाशी के लहजे में कहा, ''तुम मर्द हो!''

'निराला' व्यक्ति पर भी संस्मरणों की निहायत चुस्त पुस्तिका प्रस्तुत की जा सकती है—उस रंग की जिससे यह झलके कि वह धरती के हैं, हमी आपमें से सबके सिद्ध, न कि उस रंग की जिससे यह जाहिर हो कि वह आदमी तो हैं अपोलो और भीम-जैसे, लेकिन न तो उनमें हड्डी है और न बाल। वही हनुमानजी बिना पूँछ के!

—पांडेय बेचन शर्मा 'उग्र'

(भूमिका : *अपनी खबर से*)

कृष्णनगर
दिल्ली-32
25-12-60

अंजन

सो, इन्सान 'अलिफ' से आरम्भ कर (दोचश्मी) बड़ी 'हे' तक हैरान-ही-हैरान रहा—लगातार। वह, लाख सर मारने के बावजूद, सृष्टि के आदि से आज तक यह जान ही न पाया, कि ईश्वर है क्या! अर्थात् जानकारी की घुड़दौड़ के मैदान में बराबर आगे अज्ञान ही रहा। अर्थात् अरबी घोड़े अज्ञान के आगे—'पिलर' से 'पोस्ट' तक—गति में ज्ञान गधा साबित हुआ—सो भी 'गामड़िया!' बकौल हजरत 'जौक'—

'इस जहल का है, 'जौक', ठिकाना कुछ भी
दानिश ने दिया दिल को न दाना कुछ भी!
हम जानते थे? अक्ल से कुछ जानेंगे,
जाना तो यह जाना, कि न जाना कुछ भी!'

इसी शाश्वत-सत्य का समर्थन गोस्वामी तुलसीदास महाराज ने भी किया है—भले अपने ढंग से—

सोई जानै जेहि देहु जनाई,
जानत तुमहिं तुमहिं ह्वै जाई।

अर्थात् आपको वही जन जान सकता है जिसे जनाब जानने का मौका, सौभाग्य दें। और आपको जानते ही आपरूप हो जाता है आदमी। मुझे तो उक्त युगल 'लाइनों' में महाकवि का अनुभव भी विदित होता है। तुलसीदास अवतारी कवि थे और संस्कृत भाषा में ईश्वर की एक संज्ञा 'कवि' भी है। आपको जानते ही आपरूप अर्थात् आपको पाते ही जीवन अपने-आपको खो देता है। जैसे बिन्दु समुद्र से मिलते ही समुद्र बन जाता है—सरासर! आदमी ईश्वर को भेंट लेता है—निस्सन्देह, परन्तु शगूफा (अंकुर) निकलने के पूर्व दाना को खाक में मिल जाना पड़ता है। फलतः आदि से आज तक अनन्त आदमियों ने जाना होगा ईश्वर को किन्तु ईश्वर बन कर ही। नतीजा यह हुआ, कि विवभि का वैज्ञानिक-विवरण विदित कराने वाला बचा एक भी नहीं।

लो! ज्ञान की तारीफ यह कि जिज्ञासु जानने से दूर रहता है जब तक, तभी तक जानदार रह सकता है। परन्तु जानते ही-जानें भगवान!—जान से जाता रहता है। सो, दुनिया है, कि कायम है अविश्वास पर!

तेरे वादे पर जिये हम, तो यह जान, झूठ जाना,
कि खुशी से मर न जाते अगर एतबार होता।

ज्ञान ही भगवान का वह महान तेज (बिजली) है जिसके दर्शनों के लिए हजरत मूसा कोह-तूर तक पहुँच तो गये थे, परन्तु उस वज्र-ज्योति पर नजर पड़ते ही चौंधिया, चक्कर खाकर जमीन चूमने लगे थे! उधर अचल जलकर बन गया था काजल! इसी घटना का स्मरण कर 'गालिब' ने अपने को पैगम्बर (मूसा) से बड़ा और पहाड़ (तूर) से कड़ा कहते हुए क्या खूब कहा है—

गिरनी थी हम पर बर्क-ए-तजल्ली, न तूर पर,
देते हैं बादः जर्फ-ए-कदः-ए-ख्वार देख कर।

"(परम पुरानी) पेया पुराने पियक्कड़ की पात्रता परख कर ही परोसना 'प्रापर'। दिव्य-दर्शनों का जाज्वल्य-वज्रपात मेरी आँखों के आगे हुआ होता, तो देख लेता मैं!"

गर्वोक्ति में तेजस्वी कवि "जो तू है, वही मैं हूँ" का समर्थ विश्वासी है। ठीक वैसा ही, जैसा वर्तमान विज्ञान-विशारद जिसने बिजली और परमाणु पावर को उग्र-तप से स्ववश कर रखा है। चलो पुराणपुस्तकों या पुराणपुरुषों के कथन मात्र पर, ईश्वर का अस्तित्व मानने को तैयार नहीं है। सदियों तक अनन्त अँधेरों में टटोलने के वादे विज्ञानी ने जाना भी तो यह जाना, कि सृष्टि का परमकारण परमात्मा नहीं, 'हाइड्रोजन' और 'कार्बन' है! आज के वैज्ञानिक को भरपूर विश्वास है, कि आज नहीं तो कल, वह स्वर्ग और नरक का विधाता-विश्वकर्मा बनकर रहेगा। इस बनावट के चक्कर में अभी तक आग बनने के आगे धुआँ ही बन पाया है वह। सामूहिक जनहत्या के कनसन्ट्रेशन कैम्पों तथा एटम-बम-विदग्ध-हिरोशिमा में दोजख को प्रत्यक्ष कर संसार को स्वर्ग बनाने चलकर, वैज्ञानिक ने नरक तो बना डाला है! आगे-आगे देखिए, होता है क्या!

मैं भी उन्हीं निराश लोगों में हूँ जिनका निश्चित मत यह है, कि आज का विज्ञानी परमात्मा बनने के फेर में आत्महत्या करने को उद्यत है—सोत्साह! अर्थात् आदमी का ज्ञान उसके गले पड़ गया है। गम्भीर ज्ञान, अर्थात् अथाह अज्ञान! कुछ महान देशों के लोग एक तरफ तो अमरत्व की तलाश में वायु के आगे, वज्र के आगे, प्रकाश के आगे, आगे, आगे उड़े जा रहे हैं; और दूसरी तरफ अपनी नाक के नीचे 'बाल-भोग' के नाइटक्लब खुले पा रहे हैं। वर्तमान बुद्धि-विशारद विलायती लोग

कानून बनवाकर इस काम को विधि-विहित कराना चाहते हैं।

आदमी के चोले में ज्ञाननिधान भगवान भवन बना लें भले; पर मानव से पीछा कदापि नहीं छुड़ा सकते। छानकर पानी पीनेवाले पुराण-प्रसिद्ध राजा जनक की बेटी जानकी ने भगवान राम को दिखलाया सोने का हिरना! और हजरत भी अक्ल के चक्कर में आ गये! स्वर्णमृग की चाल 'चला' पर चारों युगों में कभी चली ही नहीं: असम्भवं हेम-मृगस्य जन्म तथापि उसके पीछे दौड़ते-भगाते फिरे पुरुषोत्तम भगवान! मोहि सुन-सुन आवत हाँसी!!!

गरज यह कि बचपन में ही मैं ज्ञान द्वारा भगवान के भी ठगे जाने की दास्तान एक बार सुनने के बाद, आज छाछठ बरस की वय तक पहुँच जाने पर भी, बन्दा इस मरे ज्ञान से बराबर परे ही, दूर ही रहा—काले कोसों। उधर 'गालिब' का दीवान समझने के पहले उर्दू ही नहीं फारसी का भी होना। लाजिमी है इधर अपने राम हैं अरबी न फारसी-बबहरे बिलकुल मियाँ बनारसी।

फिर भी, दीवान-ए-गालिब की यह व्याख्या बन्दे की ही ली हुई है!!

मिर्जा ने फरमाया है, "जो यह कहे, कि रेखतः क्योंकर हो रश्क-ए-फारसी; गुफ्त-ए-गालिब एकबार पढ़कर उसे सुना, कि-यों!" इसी ठाट का उग्र-राग यह, कि "जो यह कहे कि फारसी-उर्दू जाने बगैर अज्ञानी-द्वारा दीवान-ए-गालिब-जैसे गहन-ग्रन्थ की व्याख्या (शरह) क्योंकर हो सकती है—उसे यह 'गालिब-उग्र' ग्रन्थ एक बार पढ़कर सुना, कि-यों।"

कबूल। अज्ञानी मैं मकबूल आलम। लेकिन निगुरा मैं नहीं। दीवान-ए-गालिब को, कुछ नहीं तो, एक दर्जन बार मैंने नागरी अक्षरों में लिपिबद्ध एक-से-एक भावुक गुरुओं की कृपा से किया होगा। फिर बीसों बरस यह दीवान मेरा मुँहलगा मित्र-जैसा रहा; बनारसी मगही पान की तरह; लालसा-ललित और बिना समझे भी विचित्र रससिद्ध कवीश्वर 'गालिब' की ग़ज़लों की माधुरी मैं पाता रहा—मन-मन भर, उसी तरह, जैसे मदारी के अलगोजे के स्वरों का स्वाद मनियर, विषधर पाता है!

अभी कल की बात। सोवियत रूस का एक विख्यात विद्रोही कवि आसमान से कहीं जाते हुए, संयोग से, देवदूत की तरह, दिल्ली की जमीन पर उतर पड़ा था। उसके जवान दर्शन तथा विद्रोही वाणी के श्रवण का सुखद सौभाग्य सैकड़ों राजधानी-वासियों को सुलभ हुआ था। श्रोताओं में रूस की भाषा-कविता समझ लेने की योग्यता तक-समझने वाले इने-गिने ही थे; फिर भी, सभी, कवि के शब्द-प्रलय-लय-लास्य से लहालोट हो गये थे! फ्रांस की राजधानी पेरिस की कामिनियों का तो 'क्रेज' तक उस कवि को कहा गया।

'गालिब' के चन्द ऐसे शे'र जिन्हें पिछले चालीस बरसों से बन्दा समझे-बेसमझे गुनगुनाता गाता चला आ रहा है—

भूके नहीं हैं सैर-ए-गुलिस्ताँ के हम, वले,
क्योंकर न खाइये, कि हवा है बहार की।

फिर जी में है, कि दर पे किसी के पड़े रहें,
सर जेर-ए-बार-ए-मिन्नत-ए-दरबाँ किये हुए।

हूँ मैं भी तमाशाइ-ए-नैरंग-ए-तमन्ना,
मतलब नहीं इससे, कि कुछ मतलब ही बर आये।

दो रंगियाँ यह जमाने की जीते-जी हैं सब,
कि मुर्दों को न बदलते हुए कफन देखा।

तोड़ बैठे तब कि हम जाम-ओ-सुबू, फिर हमको क्या,
आसमाँ से बाद—ए-गुलफाम गो बरसा करे।

कतरे में दरिया दिखाई न दे और जुज में कुल,
खेल लड़कों का हुआ दीद-ए-बीना न हुआ।

जब बतकरीब-ए-सफ़र यार ने महमिल बाँधा,
तपिश-ए-शौक ने हर जर्रे पर इक दिल बाँधा।

ताअत में ता रहे न मय-ओ-अंगबों का लाग,
दोज़ख़ में डाल दो कोई लेकर बहिश्त को।

बजुज़ परवाज़ शौक़-ए-नाज क्या बाक़ी रहा होगा,
क़यामत इक हवा-ए-तुन्द है खाके-शहीदाँ पर।

मिसाल यह मेरी कोशिका की है, कि मुर्ग-ए-असार
करे क़फ़स से फराहम ख़स आशियों के लिए

रात के वक्त मय पिये, साथ रक़ीब को लिये,
आये वह याँ खुदा करे, पर न करे खुदा कि यों।

हलकी हवा के हिन्दीवाले यों हकलाते सुने जाते हैं, अक्सर, कि ''उर्दू-फारसी का प्रियतम (महबूब, माशूक) स्त्रीलिंगी न होकर होता है (हिह!) पुलिंग! 'बाला' की बजाय 'बारे बलम'! जैसे अधोलिखित शे'र का माशूक—

धोता हूँ, जब मैं पीने को उस सीमतन के पाँव,
रखता है, जिद से खींच के बाहर लगन के पाँव।

और इस शे'र का तो और भी स्पष्ट—

सब्ज़ःए-ख़त से तेरा काकुल-ए-सरकश न दबा,
यह जमरूंद भी हरीफ-ए-दम-ए-अफई न हुआ।

खैर! मुझसे कोई पूछे तो मेरा वक्तव्य यों होगा, कि करोड़ों बरसों से प्राणी पत्थर तक में जब प्राणेश्वर को पाता और पूजता चला आ रहा है, तब सही क्यों नहीं, कि गुणी (महबूब, प्रियतम) का न तो कोई लिंग होता और न कोई वय। फिर, यदि पुरुष स्त्री से अधिक आकर्षक न होता निस्सन्देह तो दुनिया के एक-से-एक पैगम्बर अथवा अवतार पुलिंग ही न होते। हिन्दुओं में जो होनेवाला है; कल्कि अवतार, वह भी मूँछोंवाला ही होगा।

लेकिन भूला मैं! माशूक पुलिंग ही होता है; अलबत्ता, मूँछोंवाला वह नहीं होता। 'तुलसी' राम, 'सूर' के श्याम, किसी के बदन पर कोई दाढ़ी-मूँछें दिखला दे तो मैं उसका मुँह चूम लूँ।

मधुकर, स्याम हमारे चोर!
मन हरि लियो
माधुरी-सूरति चितै नैन की कोर।

निसिदिन बरसत नैन हमारे,
सदा रहत बरखा—रितु हम पे
जब ते स्याम सिधारे!

—सूर

कौसलराज किसोर—
सुन्दर स्यामल-गौर तनु—
विश्व बिलोचन चोर!
सहज मनोहर मूरति दोऊ,
कोटि काम उपमा, लघु सोऊ।

फिर—

बसद किसोर पीन सुन्दर बपु—
... .
तुलसीदास भवजाल मिटै तब
जब मति येहि सरूप अटकै।

—तुलसी

जो लेखक उर्दू-फारसी भाषाओं के ज्ञान में इतना अज्ञानी हो जितना कि 'उग्र',

उससे यह उम्मीद रखना कि उसने शे'रों का प्रूफ-शोधन या शुद्ध पाठ प्रस्तुत करने में 'इजाफत' (दो शब्दों का सम्बन्ध), 'अत्फ' (दो शब्दों का जोड़), 'छोटी है' या 'ज-श' अक्षरों की मिली-जुली आवाज आदि के सूचक-चिह्नों का सरासर सही प्रयोग किया होगा, वैसा ही होगा, जैसे वर्तमान विश्व के अक्लवान राजनीतिक सूत्रधारों से आशा रखना, कि एटम (आत्म) शक्ति से सारे संसार का सफाया न कर, दुनिया को दहकता नरक न बना, ये 'महात्मा' उसे बाग-ए-अदन बना, पुण्य-प्रकाश या फूलने फलने देंगे।

उर्दूवाले लिखते और, लेकिन पढ़ते कुछ और ही हैं। लिखते हैं—'नसम-ए-दिल'; पढ़ते हैं—'नस्मेदिल।' लिखते हैं—'गुल-ओ-बुलबुल'; पढ़ते हैं—गुलोबूल।' सलोनी उर्दू जबान की ऐसी बीसियों विशेषताएँ होंगी जिनका मुझे पता तक न होगा। परन्तु इनका पता गैर मामूली के साथ ही मामूली जानकारों को भी होता है। करत-करत अभ्यास के जड़मति होत सुजान। फिर भी, बन्दे को ज्ञान से कहीं जियादा सहज-स्वाभाविक अज्ञान ही मालूम पड़ता है। मैं नहीं मानता कि सारे रास्ते की रहनुमाई खिज्र के बेटे 'पंडित' के ही पल्ले बँधाई गयी है। फिर तो मूर्ख के लिए कोई पन्थ ही न रह जाएगा? इस दुनिया में मूर्खों का ही बहुमत; सो, मैं 'मेजॉरिटी पार्टी' का मेम्बर। 'मेजॉरिटी' ही सरकार चलाती है। वही मन्त्रिमंडल बनाती है। साथ ही, 'माइनारिटी' को पीठ पर चाबुक सड़ासड़ सड़काने के लिए 'ह्लिप' नियुक्त करती है।

फिर भी लोग हैं, जो यह कहते नाचते फिरते हैं कि दुनिया एडवान्स हो रही है। मैं उनसे कहता हूँ—हजरत! हैं किस ख्वाब में? आँखें खोलिए, अंजन आँजिए! सत्यतः दार्शनिक बनिये। यह दुनिया तो वहीं पर है जहाँ से इसका 'अथ' हुआ था। चक्कर में भी कोई आगे बढ़ता है? संसार घनचक्कर है। जो हो।

एक बार और भाई 'नसीब', सुमन, 'बेढब' तथा सरदार जाफरी का मैं शुक्रिया अदा करता हूँ। इन्हीं के चरण-चिह्नों पर चलता-चलता मैं वहाँ तक पहुँचा होऊँगा जहाँ तक कि पहुँच पाया हूँ।

अन्त में, जय हो पब्लिशर्स की! जिसके दोनों मालिकों ने, सही हद तक मेरे नाज उठाकर, उत्साह और धीरज से यह ग्रन्थ मुझसे तैयार करा ही लिया। निस्सन्देह यह इन्हीं का काम था; वरना ''मैं कौन और रेखतः मुझसे क्या सरोकार; कुछ शाइरी जरीय-ए-इज्जत नहीं मुझे।''

भूमिका : *'ग़ालिब-ए-उग्र'* से

पत्र

परिचय, पत्र—लेखकों के

[उग्र-पत्र कुछ उग्र के नाम कुछ उग्र के अन्य अन्तरंग के नाम यह बेहद संक्षिप्त पत्र-व्यवहार अंश से उग्र-पत्र, शैली बानगी भर के लिए, पत्र से पहले स्वयं 'उग्र' द्वारा लिखा पत्र। लेखकों का परिचय रोचक है। जिनका परिचय 'उग्र' नहीं दे पाये उनका सम्पादक ने परिचय देने का दुःसाहस किया है।—सम्पा.]

महादेव प्रसाद सेठ

महादेव प्रसाद सेठ, मिर्जापुर के निवासी, हिन्दी प्रेमी थे। कलकत्ता में इनका कारोबार था मगर इनकी रुचि साहित्य की ओर थी और इन्होंने प्रसिद्ध साहित्यिक पत्र 'मतवाला' निकाला, जिसमें निराला की कविता 'जूही की कली' छपी और हिन्दी में नया युग आया। साहित्यिकों के ये भक्त थे और उग्रजी के सारे नाज-नखरे उठाकर इन्होंने उनको मतवाला-मंडल में रखा। 'मतवाला' हिन्दी के प्रतिभाशाली लेखकों का अड्डा था। उग्र ने इनके बारे में 'अपनी खबर' में लिखा है—

"मतवाला के संचालक थे महादेवप्रसाद सेठ, जिनकी लत थी गुणियों पर आशिक होना। मुंशी नवजादिकलाल, ईश्वरीप्रसाद शर्मा, शिवपूजन सहाय, सूर्यकान्त त्रिपाठी निराला, बेचन शर्मा उग्र आदि जिसमें जो भी खूबियाँ थीं, उन्हें खूब ही सहृदयता से परख, खूब ही प्रेम से पूजा महादेव सेठ ने। महादेव बाबू से मेरी पहली शर्त यह थी कि पच्चीस रुपये माहवारी मेरे घर भेजेंगे और स्वयं जो खाएँगे वही मुझे भी खिलाएँगे।...सेठ-साहूकार वंश में उत्पन्न हो व्यापारी गद्दी पर बैठने पर भी फलों से लदे रसिक रसाल जैसे थे, जिन्हें अपने फल लुटाकर द्विजगण का कलरव सुनना ही रुचता था। लेकिन महादेव सेठ रूपी वृक्ष असमय सूख गया।...जब तक महादेव प्रसाद सेठ थे मैं रगजल के माशूकों की तरह गालियाँ देता रहा और वह थे कि मेरा मुँह न देख मुझमें जो कलाकार था उसी को सराहते-चाहते थे।

बस एक ही दिन उन्होंने मेरे दुर्वचनों का विरोध किया, 'महाराज-आप गाली

ऐसे को दें जो उसका उत्तर दे। मैं चुप रहूँ आप गालियाँ देते रहें, आप कायर हो जाएँगे।' महादेव सेठ के इस अहिंसक बाण ने मुझे झकझोर कर रख दिया। हम दोनों एक ही कमरे में सोया करते थे। पिछली रात तक मैं घुटता रहा। अन्त में मैंने उन्हें जगाया— 'महादेव बाबू, मैं आपसे माफी माँगता हूँ, मुझे नींद नहीं आ रही है।'

आप बड़े आदमी हैं, उस तेजस्वी पब्लिशर ने उग्र की उग्रता पर सान धरते हुए आशीर्वाद के स्वर में कहा—ये बड़े आदमी के लक्षण हैं।

महावीर अधिकारी

नाम महावीर त्यागी, पर त्याग कर अधिकारी हो गये, क्योंकि बकौल आपके आपका प्राप्य प्रसिद्ध नेता महावीर त्यागी के पास चला गया था। इस समय बम्बई के नवभारत टाइम्स के सम्पादक। पहले हिन्दुस्तान, समाज-कल्याण, समाज और नवयुग आदि पत्रों में सरनाम हो चुके।

महेन्द्र

आगरा के साहित्य-रत्न भंडार के संस्थापक और 'साहित्य-सन्देश' के संचालक, राष्ट्रीय कार्यकर्ता और जेल-यात्री। पालीवालजी की जेल-यात्रा के समय 'सैनिक' के संचालक थे। कुछ समय तक 'वीर-सन्देश' नामक पत्र का भी सम्पादन किया था। महेन्द्रजी का आगरा क्षेत्र की साहित्यिक मंडली में प्रतिष्ठित स्थान है।

(दिल्ली के एक नवोदित कवि और कालेज में व्याख्याता)

माखनलाल चतुर्वेदी

'एक भारतीय आत्मा' नाम से प्रसिद्ध राष्ट्रीय कविताओं के प्रणेता, कर्मवीर (खंडवा) के सम्पादक, अप्रतिम वाग्मी, कवि और तेजस्वी राष्ट्रकर्मी माखनलालजी चतुर्वेदी व्यक्ति से बढ़कर संस्था हैं। खंडवा, इनके कारण साहित्यिकों का तीर्थ बन गया। साहित्य-सम्मेलन के अध्यक्ष के रूप में हरिद्वार में माखनलालजी रुपयों से तौले गये और वह निधि सम्मेलन को दी गयी। आपका 'हिम किरीटिनी' काव्य-संग्रह हिन्दी के सर्वोच्च मंगलाप्रसाद पुरस्कार से समादृत हुआ। इस पुरस्कार की गरिमा आज के लक्खी पुरस्कार से किसी कदर कम नहीं बल्कि अधिक। राष्ट्रीय आन्दोलन में आगे बढ़कर लोहा लेनेवाले माखनलालजी, स्वतन्त्रता के बाद रेवड़ी बँटते समय धीरे से पीछे खिसक गये।

शिवप्रसाद गुप्त

बा. शिवप्रसाद गुप्त काशी के अप्रतिम रईस, राष्ट्रसेवक, हिन्दीभक्त, समाज-सुधारक, काशी विद्यापीठ, 'ज्ञानमंडल', 'आज', भारत माता मन्दिर के संस्थापक, वर्षों तक

कांग्रेस के कोषाध्यक्ष, 'पृथ्वी-प्रदक्षिणा' नामक महाग्रन्थ के लेखक थे। इन्हीं के यहाँ से उग्र को दो साल तक हिन्दू स्कूल में पढ़ते वक्त, सीधा-खरची मिलती रही। उग्र ने 'अपनी खबर' में पूरा एक अध्याय उन पर लिखा है।

उग्र लिखते हैं—"अगर मुझे मजे में विदित न होता कि दोष देवताओं में भी होता है, तो दिवंगत बाबू साहब को मैं आदमी न कहकर देवता ही कहता। सावन के सजल घन की तरह सहज-स्वभाव शिवप्रसादजी सभी के लिए जीवनमय सजल थे। उनके रहते सेवा-उपवन एक विशाल अतिथि-निवास था। किसी तरह का भी गुणी हो, गुप्तजी के मन में उसके लिए उदार आदर सुरक्षित था। विद्यार्थियों को, विद्यालयों को, समाज-सेवकों को, राष्ट्र-कर्मियों को, नेताओं को, मालवीयजी और गाँधीजी को बाबू शिवप्रसाद मुक्तहस्त दान दिया करते थे, वह भी भावपूर्ण भक्ति से। काशी में जो भी राष्ट्रीय चेतना जाग्रत हुई उसकी प्रेरणा में गाँधी जी के बाद गुप्तजी का ही नाम लेना मुझे समुचित लगता है। शिवप्रसादजी के प्रसाद के पुण्य का प्रकाश सारे उत्तर प्रदेश में, खुशबू सारे देश में फैली थी। शिवप्रसादजी इतने मोटे थे कि लगता था कि उनका विशाल हृदय बूझ कर ही विधाता ने वह बड़ा घर उन्हें बख्शा था। शिवप्रसादजी खाना खिलाने के शौकीन थे। घर की बात अलग, यात्रा में भी उनके साथ पूरा भंडारा चला करता था। काशी में आकर कोई भी बड़ा आदमी 'सेवा उपवन' में ही सुविधा, आतिथ्य और सुख पाता था। अक्षरशः रईस थे श्रद्धेय शिवप्रसाद जी।"

श्रीकृष्णदत्त पालीवाल

साहित्य में जो स्थान उग्र का था, उत्तर प्रदेश की राजनीति में वही श्रीकृष्णदत्त पालीवाल का। 'सैनिक' के सम्पादक रूप में पालीवाल वैसे ही प्रसिद्ध हुए जैसे 'प्रताप' के गणेशशंकर विद्यार्थी। दोनों ही पत्र अपने सम्पादक के व्यक्तित्व से अभिन्न थे। पालीवालजी ने भी पत्रकारिता 'प्रताप' से शुरू की और प्रताप प्रेस से निकलने वाली 'प्रभा' में उग्र की कहानी छापी और उसकी ऐसी दाद दी कि उग्र ने लिखा कि 'इतना प्रोत्साहन कहीं हानिकर न हो जाए।' पालीवालजी हिन्दी-साहित्य-सम्मेलन के प्रथम साहित्यालंकार हैं। उत्तर प्रदेश के शीर्ष नेताओं में वे रहे हैं। सत्याग्रह-आन्दोलन के अक्खड़ नायक और उत्तर प्रदेश राजनीति के अखाड़िया। उत्तर प्रदेश के वित्तमन्त्री भी सन् 47 में रहे। उग्रजी ने अपने पाँच गुरुओं में इनको भी माना है।

श्रीप्रकाश

प्रसिद्ध दार्शनिक डॉ. भगवानदास के सुपुत्र श्री श्रीप्रकाश हैं। बम्बई, मद्रास, असम के राज्यपाल, पाकिस्तान में भारत के उच्चायुक्त, केन्द्रीय वाणिज्य मन्त्री आदि पदों

को सुशोभित कर चुके हैं। राष्ट्रीय आन्दोलन के दिनों में आप आखिल भारतीय कांग्रेस के महामन्त्री और उत्तर प्रदेश कांग्रेस के प्रमुख नेताओं में रहे। केन्द्रीय असेम्बली में आप कांग्रेस दल के प्रमुख सदस्य और हाजिरजवाबी के लिए प्रसिद्ध रहे। श्री शिवप्रसाद गुप्त के अन्यतम मित्रों और सहयोगियों में रहे। काशी विद्यापीठ और 'आज' की स्थापना में आपका कम हाथ न था। आप हिन्दू विश्वविद्यालय में इतिहास के प्राध्यापक और 'लीडर' में श्री चिन्तामणि के सहयोगी रहे। 'नेशनल हेरल्ड' के संस्थापकों और संचालकों में रहे। काशी के 'संसार' से भी आपका घनिष्ठ सम्बन्ध रहा। हिन्दी पत्रकारिता की ऊँची परम्परा आपने कायम की। संस्मरण और जीवनी लिखने में आपकी अपनी शैली है।

ज्योतिषाचार्य सूर्यनारायण व्यास

उज्जैन के प्रसिद्ध राज-ज्योतिषाचार्य, महान साहित्यसेवी। मध्यभारत की साहित्यिक प्रवृत्तियों के प्रबल प्रेरक। महाकाल मन्दिर के पास आपकी विख्यात बैठक है। भगवान महाकाल की यात्रा बिना व्यासजी के पकौड़े खाए सुफल नहीं होती। उज्जैन के इतिहास के आप जीवित गजेटियर हैं। मालव मयूर, वाणी, वीणा आदि के लेखक। उज्जैन-प्रवास के समय उनसे घनिष्ठ सम्पर्क रहा और उनके सम्पादन में 'विक्रम' निकाला। उग्रजी के चले जाने पर वर्षों तक भी उसे निकालते रहे। भारत सरकार ने आपको 'पद्‌म भूषण' से विभूषित किया है—उग्र।

हर्षदेव मालवीय

पत्रकार, राष्ट्रीय आन्दोलन, विशेषकर किसान-आन्दोलन के कर्मठ कार्यकर्ता, कांग्रेस के मुखपत्र 'आर्थिक समीक्षा' के बहुत दिनों तक सम्पादक रहे। भूमि-सुधार विषयक बहुप्रशंसित पुस्तक के लेखक।

हरिशंकर शर्मा

पं. नाथूराम शंकर शर्मा के सुपुत्र, 'चिड़ियाघर' के प्रसिद्ध लेखक, हास्य-व्यंग्यकार, हिन्दी और उर्दू के विद्वान 'आर्यमित्र' के सम्पादन में प्रसिद्धि पायी। इनके सम्पादन में 'आर्यमित्र' महज आर्य समाज का प्रचार पत्र न रहकर साहित्य का पत्र बन गया था। शर्माजी ने वृद्धावस्था में छन्दों पर विद्वत्तापूर्ण प्रबन्ध लिखकर आगरा विश्वविद्यालय से डॉक्टरेट प्राप्त की। विद्वत्ता के साथ विनोद और विनम्रता आपके स्वभाव की विशेषता है।

हेमचन्द्र जोशी

भाषाशास्त्री और पत्रकार। संस्कृत, प्राकृत, फारसी और अनेक आधुनिक भारतीय भाषाओं के अतिरिक्त अनेक योरोपीय भाषाओं के विद्वान। मासिक विश्वमित्र, विश्ववार्ता और 'धर्मयुग' के सम्पादक रूप में ख्याति अर्जित की। हिन्दी में अन्तर्राष्ट्रीय विषयों पर सामग्री इन्हीं के सम्पादित पत्रों में पहले पहल प्रस्तुत की गयी। डॉ. जोशी ने भाषा-शास्त्र सम्बन्धी अनेक ग्रन्थों का जर्मन और अन्य भाषाओं से हिन्दी में अनुवाद किया है और पिछले 30-40 वर्षों से हिन्दी शब्दों की व्युत्पत्ति के क्षेत्र में काम कर रहे हैं।

पत्र

(1)

लखनऊ
3.8.27

भाई उग्र,

स्कूल की पढ़ाई की आरम्भिक स्थिति में बड़ा काम करना होता है। इसी कारण कुछ भेज न सका। क्षमा करें। अब भेजता हूँ। शीघ्र और लिखित भी भेजूँगा। क्वार में कलकत्ता आऊँगा।...शेष कुशल। महादेव जी व बा. नवजादिकलालजी को वन्दे!

—अनूप शर्मा

(2)

'चन्द हसीनों के खुतूत'—डेढ़ ही घंटे में पढ़ा। एक बैठक में कभी भी मैंने हिन्दी की पुस्तक इसके पहले नहीं समाप्त की थी। पुस्तक इतनी मनोरंजक है कि समाप्त करते ही बनता है। वास्तव में उग्रजी की मनस्थिति साहित्य-संसार और समाज-सुधार के दो स्तम्भों पर निर्भर है। युवक हृदयों के उद्गार, स्नेहियों के उपदेश, सम्बन्धियों की आकांक्षाएँ और प्रेम का परिणाम साथ-ही-साथ अंकित किये गये हैं।

प्रत्येक प्रेमी इस पुस्तक को गले लगाएगा और प्रत्येक समाज-सुधारक इसे मत्थे पर चढ़ाएगा तथा प्रत्येक-साहित्यसेवी इसे शिरोधार्य करेगा।

—अनूप शर्मा

(3)

'उग्र'-कृत 'दिल्ली का दलाल'—समाज का एक जीता-जागता चित्र है। जिस विद्वत्ता से यह पुस्तक लिखी गयी है, पढ़ने ही से ज्ञात हो सकती है। मनुष्यों के मनोगत भावों को, समाज के दूषित अंग को और साहित्य के शृंगार को अंकित करनेवाली यह पुस्तक सभी को पढ़ना चाहिए। पुस्तक में भाषा की मनोहारिता, भावों का उद्वेग और मानसिक कल्पनाओं का प्रवाह सुचारु रूप से प्रवाहित है। समाज...काली यमुना उज्ज्वल भावों की गंगा से मिलकर साहित्य-सरस्वती को सुशोभित करती है। इस त्रिवेणी के स्नान का फल साहित्य और समाज का कल्याण है।

—अनूप शर्मा

(4)

पंडितजी, आपका आशीर्वाद और मेरा सौभाग्य कि आपके नाम पर लोगों ने मुझे पर्याप्त मदद की।

सम्मान्य वल्लभशरण इस बात का दु:ख व्यक्त कर रहे थे कि "चाचाजी औरों को तो पत्र लिखते हैं और मुझे गैर समझते हैं।"

प्रयाग में निरालाजी के दर्शन करने गया था। मुझे तो वे अर्धविक्षिप्त ही दिखे। पाँच मिनट तक ऊपर देखते हुए अँग्रेजी में न जाने क्या बुदबुदाते रहे। शेष कुशल। कृपाकांक्षी, आपका सेवक,

कस्तूरचन्द जैन

(5)

337, शाहीनाका रोड,
गढ़ा, जबलपुर
5-12-46

परम पूज्य पंडितजी,

चरण छूकर प्रणाम!

आपकी सेवा में प्रेषित दिनांक 14 नवम्बर का पत्र मिला होगा। अभी महात्मा जी से प्राप्त कतरनों से निवृत्त नहीं हो पाया हूँ। अनेक कतरनों में दिनांक और वर्ष नहीं हैं तथा जो पूर्ण हैं, खंडित नहीं।

उक्त प्राप्त सामग्री से जिज्ञासा का बढ़ जाना मेरे पक्ष में बहुत स्वाभाविक है। आपकी लौह-लेखनी द्वारा विभिन्न नामों से लिखे लेखों को देखकर भ्रम में पड़ गया हूँ। आपकी बड़ी अनुकम्पा होगी यदि आप प्रस्तुत पत्र में संलग्न नामावली में से उन नामों को चिह्नांकित करने का कष्ट कर सकें जो आपके ही अन्य नाम रहे हैं। साथ

ही कुछ पत्र-पत्रिकाओं की सूची भी प्रेषित है। उन्हें भी चिह्नांकित कर सकें तो मेरी एक बहुत बड़ी समस्या हल हो जाएगी।

सेवक हूँ और आपका आशीष चाहता हूँ। कष्ट के लिए क्षमा-याचक—

आपका ही

कस्तूरचन्द जैन

'23 और' 24 के 'मतवाला' में निम्न नामों से कुछ लेख, कहानी और टिप्पणियाँ प्रकाशित हुई हैं। यदि आप इन नामों को चिह्नांकित कर सकें, जिनके जरिए समय-समय पर कई तरह की रचनाएँ लिखी गयी हैं तो बड़ी कृपा हो—

एक काशीवाली धार्मिक पियक्कड़/	अन्धा पीसे कुत्ता खाय
हथियार	बड़वानल
श्रीमान गरजसिंह वर्मा	घुग्घु पक्षहीन
बावन तोला पाव रत्ती	श्रीयुत युधिष्ठिर
खोजी	श्रीयुत कपिराज चतुरधुराज
श्रीयुत लेटर बक्स	जनाब आली
कालचक्र	आप ही हैं
आँख का अन्धा नाम नैनसुख	जोड़ का टट्टू
चौपड़ानन्द चौपट चतुरधुराज	घी का लड्डू टेढ़ा भला
एफ-डबल-ओ-एल	फटकचन्द गिरधारी जिनके पास न लोटा खाली
मिस्टर रसगुल्ला	ऊधो का लेना न माधव का देना
तुक्कड़ाचार्य	चौपटानन्द स्वामी
फक्कड़ बादशाह	नक्क़ाल
मियाँ मिट्ठू	नानी का नालायक नाती
घोर नास्तिक	'गुप्त'
ढंडोरानन्द स्वामी	वाष्पवारि
एक पुराना पापी	तांडव नृत्य
श्री भंगभक्त	अष्टावक्र

सन् 47-48 के 'मतवाला' में—

सहस्रफणि	स्पष्टम-स्पष्टम
विहंगम	तरंग
कागभुशुंडि	सन्मार्गी
पागल	पिलपिली साहब

चौपट राजा	बेसड़क बनारसी
मिकी हाउस	बेकार पत्रकार
श्री 'घास'	साधक
एकलिंग	निखट्टू

—रेगिस्तान में मानसरोवर।

(6)

हिमालय एजेंसी,
कनखल (उ.प्र.)
26-1-56

नमस्कार।

'हिन्दी पंच' का प्रथम अंक मिला। आशा के अनुरूप। बधाई!

नीचे 'अछाप्य' सामग्री है। 'पाँच पंचों की राय' में पाँच' जान-बूझकर किसी मतलब से दिया है क्या?

जिस भट्टी में शालग्राम भुन रहे हैं, उसमें 'बैंगन' की जगह कोमल 'कमल' कैसा रहता? बैगन तो भुनने की चीज है ही।

'वैश्यावृत्ति' जान-बूझकर है क्या? वेश्या और वैश्य में धन को ही सर्वस्व समझने की प्रवृत्ति समान। 'वैश्या' वैश्यावृत्ति?

कि.दा.वाजपेयी

(7)

हिमालय एजेंसी,
कनखल (उ.प्र.)
30-1-56

वश्यवाक् उग्रजी,
नमस्कार।

आपका कार्ड मिला। हर्ष हुआ। आप जो कुछ लिखते हैं, वही काव्य है और जैसी भाषा में लिखते हैं, वही श्रेष्ठ है। व्याकरण तो आप लोगों की भाषा का ही अनुगमन करता है।

'हिन्दी पंच' अपना है। अवश्य कुछ भेजूँगा।

भवदीय
कि.दा.वाजपेयी

(8)

हिमाचल एजेंसी,
कनखल (उ.प्र.)
3-2-46

सम्पादक जी,

मैंने पढ़ा कि डॉ. खानखोजे जैसे विज्ञानाचार्य देशभक्त 75 की उम्र में अर्थ-संकट से जर्जर हैं। आप 'हिन्दी पंच' द्वारा उन्हें सलाह दें कि अब भी तबला या सारंगी बजाना सीख लें और 'खानखोजे' को एक साथ न लिखकर 'खान खोज' लिखने लगें, तो निश्चय ही केन्द्रीय शिक्षा-विभाग से अच्छी पेंशन बँध जाएगी। क्या आपको भी यह सलाह पसन्द है? पसन्द हो तो अपना नोट भी दे दीजिएगा।

'हिन्दी पंच' का दूसरा अंक नहीं मिला है।

किशोरीदास वाजपेयी

(9)

कनखल
6-2-56

प्रिय बन्धु,

नमस्कार।

'पंच' का दूसरा अंक मिल गया। बहुत बढ़िया है।

एक मेरी फरियाद सुनिए। आगरे से 'साहित्य-सन्देश' अनाम का पत्र निकलता है। बाबू गुलाबरायजी सम्पादक हैं। इसके 'आधुनिक काव्य अंक' 'अन्त:प्रान्तीय नाटक अंक', 'आलोचना अंक' आदि-आदि न जाने कितने विशेषांक निकले, पर किसी में भी, किसी भी रूप में न मेरा नाम, न मेरी किसी पुस्तक का नाम! किसी साधारण अंक में भी, कभी किसी रूप में मेरा नाम नहीं आया। अपराध यह कि बाबू गुलाबराय के 'नवरस' के एक अंक की आलोचना है? मैंने एक लेख छपने भेजा, जो वापस आ गया है और उसे व्यक्तिगत आक्षेपों से भरा बताया गया है। 'पंच' निर्णय दे, सब कुछ भेज रहा हूँ। साहित्यिकों से साहित्यिकों को कौन बचाए?

कि. दा. वाजपेयी

(10)

The 'Abhyudaya'
Allahabad
25.2.1928

प्रिय उग्रजी,

कृपा-पत्र मिला। पुस्तकों को पढ़ रहा हूँ। उनके सम्बन्ध में अपने विचार भी प्रकट करूँगा, अपनी और ईश्वर की ओर निहारकर या अपनी ओर निहारकर नहीं वरन् हिन्दी-संसार और ईश्वर की ओर निहारकर। दो पुस्तकों को समाप्त कर चुका, 'बुधुआ की बेटी' अब शुरू की है। एक बात और भी बतला दीजिए—यदि अपनी राय आपको ही सुना दूँ और वह आपको भी उचित जँचे तो क्या उसके अनुसार काम करना पसन्द करेंगे? सब पुस्तकों को पढ़ लेने के बाद आपको एक बार यहाँ तक आने का कष्ट दूँगा। अभी नहीं कहूँगा; यद्यपि मैं दो पुस्तकें पढ़ चुका हूँ। हाँ, इतना जरूर कह देना चाहता हूँ कि आपकी भाषा में वह बल है कि आप चाहें तो अपने को अमर कर लेंगे। किन्तु अमर बनना या न बनना आप पर ही निर्भर है। भाषा अकेली बिचारी कुछ नहीं कर सकती।

कृपाकर यह लिखिएगा कि इन पुस्तकों का नूतन संस्करण कब तक प्रकाशित होगा?

स्नेही
कृष्णकांत मालवीय

(11)

Abhyudaya Press
Allahabad

प्रिय उग्रजी,

पुस्तकें मिलीं। पढ़ रहा हूँ। 'अभ्युदय' सेवा में जाया करेगा। क्या आप चाहते हैं कि पुस्तकों की चर्चा 'अभ्युदय' में की जाय, या यह केवल मेरे पढ़ने के लिए भेजी हैं? पुस्तकों पर समालोचनार्थ लिखा हुआ है।

स्नेही
कृ. का. मा.

(12)

36/164, अगस्त्य कुंड, बनारस
2 दिसम्बर 1925

आदरणीय

आपका कृपापत्र दिनांक 1-12-55 का प्राप्त हुआ। 'चित्रा' के लिए आपका भेजा गया आशीर्वाद यदि मेरे पास आते-आते अभिशाप से बदल जाता है तो यह तो मेरे लिए और भी हितकारी होगा। बड़ों का अभिशाप वरदान से कहीं अधिक जागरूक रखनेवाला होता है।

दुःख है कि आपने मेरी कोई कृति नहीं पढ़ी। दुख के साथ-साथ आश्चर्य भी होता है कि हिन्दी के स्तम्भ, पकती हुई उन नयी ईंटों से अपरिचित रहते हैं, जो उनका स्थान ग्रहण करने जा रही हैं। खैर, सुविधा से मैं आपके पास अपनी कुछ कृतियाँ भेजूँगा इस विश्वास के साथ कि मेरी सुन्दर राइटिंग के मोह का चश्मा लगाकर आप न पढ़ेंगे।

प्रसन्नता होती है और मन को बल मिलता है, यह जानकर कि हम नौजवान कलमबाजों की आप क़द्र करते हैं। इस पर भी हम लोगों में आपको एक 'आत्मघातक उजलत'—कुलच्छन नज़र आते हैं। यह जानकर हम लोगों को बड़ी खुशी होती है। हम इससे बचने का प्रयास करेंगे ताकि भविष्य में आपको यह नजर न आवें। आपके इन शब्दों में भले ही दूसरे लोग कटुता अनुभव करें, पर विशेषकर, मुझे तो अपनापन ही, स्नेह, प्यार ही का अनुभव होता है। जो अपने हैं उन्हें ही तो डाँटा जाता है। तो फिर इस क्रिया में पीड़ा का, दुःख का अनुभव कैसा!

'चित्रा' का प्रकाशन जनवरी, 56 में अवश्य होगा। प्रारम्भिक मसौदा पक रहा है। जनवरी की 4, 5 ता. तक प्रकाशित हो जाएगी। यह मेरा अपना प्रयास है। अब मैं भी प्रकाशक बनना चाहता हूँ।

'केसर' के बारे में आपने जो लिखा, उसे पढ़कर दुःख नहीं हुआ। सहमत हूँ आपसे। पर है वह बड़ा भोला, सीधा और फिर उस बेचारे की शिक्षा ही कहाँ तक है! आपके बारे में गलत सोच लिया। उसे आप अपना स्नेह देते ही रहें। उग्र हैं आप। पत्थर हैं पर पत्थर के नीचे ही तो सोना दबा रहता है।

श्री राम दुलारे त्रिपाठी और मैं, यहाँ 'हिन्दी पंच' के लिए प्रयत्नशील हैं। यहाँ एजेंट कौन है आपका? न हो तो 25-30 प्रतियाँ आप त्रिपाठी के पास भेज दिया करें। ग्राहक बन जाएँगे उनके कुछ लोग। यहाँ बिकेगा अवश्य। काशी तो अपना अखाड़ा ही है। अभी तो लोग 'मतवाला' की चर्चा करते हैं और आपके लिए तरसते हैं। 'कढ़ी में कोयला' पढ़कर ही आपके 'सिंह' रूप को मैं देख चुका हूँ। मैं जानता हूँ हिन्दी

का यह सिंह पैसापतियों को ठोकर मारता है। आपके विषय में मेरी यह धारणा कभी नहीं है और न होगी कि किसी की गर्दन मरोड़कर आप 15–20 हजार ले सकते हैं। 'हिन्दी पंच' आपके अपने रक्त से ही पलेगा। पल रहा है।

आशा है, आपका स्नेह आशीर्वाद मिलता ही रहेगा। तिथिभ्रम और राइटिंग के मोह के आवरण को चीरकर।

यह पत्र पर्सनल है और प्रेस के लिए नहीं है।

आपका
गोविन्दसिंह

(13)

आदरणीय

आपने जीवन के इस पच्चीसवें वर्ष में, मेरे 111 मौलिक उपन्यासों का 5 वर्ष की अवधि में ही, लेखन तथा प्रकाशन, आपकी कृतियों एवं कर्मठ जीवन की प्रेरणा से ही सम्भव हो सका है।

आज अपनी 111वीं पुस्तक के प्रकाशन अवसर पर आपके आशीर्वाद की प्रतीक्षा है— गोविन्दसिंह

(उग्रजी ने इस पत्र के उत्तर में निम्न दोहा आशीर्वाद रूप में लिखा है—

सुना एक-पर-एक; पर
एक-पर-एक-पर-एक,
नावेलकार बनारसी,
गुरु गोविन्दसिंह एक।)

(14)

16/12, मानमन्दिर, वाराणसी
16-10-62

आदरणीय 'उग्रजी',

लम्बी अवधि बाद आपको पत्र देने का कोई अर्थ कदापि नहीं है। इस बीच अस्वस्थ रहा या व्यस्त रहा। बराबर आपकी खबरें मिलती रहीं। सुनता, पढ़ता रहा। दिल्ली से जयपुर, गणराज्य, रामरतनजी, औरों से, 'हिन्दी टाइम्स' से, आप अन्य लोगों के कड़ुवे-मीठे लेखों से एक प्रकार का मानसिक सम्पर्क बना ही रहा। कुछ घटनाओं ने 'विराग'-सा पैदा कर दिया है। आचार्य चतुरसेनजी की मौत, 'निराला' जी का तिरोधान' (अस्थि-प्रवाह वाराणसी में हुआ था)...और इन दोनों महारथियों की घोर उपेक्षा...फिर प्रेमचन्द स्मारक की बात कि एक लाख 35 हजार की योजना का त्याग, अब केवल चबूतरा बनेगा...तो वह प्रेमचन्द जिसकी कलम का गुणगान

करते कोई नहीं थकता, अपने नाम पर 1 लाख भी न पा सका और वैजन्तीमाला वाराणसी में आकर कूल्हे माटका दे तो 1 लाख रुपया यहीं झर पड़ें। यह दशा है!...और स्वयं मैंने 'विश्व-रेकार्ड'* तोड़कर क्या पाया? घंटा! बीवी आज भी पैबन्द लगी साड़ी पहनती है। लड़की की स्कूल की फीस आज भी बड़ी दौड़-धूप से चुका पाता हूँ। और तो और...बुढ़ऊ रामचन्द्रजी वर्मा जिन्होंने कोश के लिए अपना रक्त कोष खाली कर दिया, हिन्दी साहित्य सम्मेलन के व्यवहार (मानक कोश) पर ऐसे पीड़ित हुए कि 'आज' में 'ऐसी साहित्य-सेवा को नमस्कार' लिखना पड़ा। स्वयं राजर्षि टंडनजी, जिन्दगी भर हिन्दी के लिए लड़े। मेरे तो उसी दिन जिस दिन आकाशवाणी ने भाषा-नीति का नया रूप चालू किया, सो उनकी मौत 'खबर' बनकर भारत में फैली। दिल्ली विराजे, हिन्दी की कमाई पर सम्पन्न बने महारथी राष्ट्रीय एकता के नाम पर चुप-चुप हैं। चारों ओर की इस 'हीनता' से घिरा हुआ 'ईमानदार साहित्यकार' श्लथ पड़ जाय, तो क्या आश्चर्य! सम्भवतः इसी 'रोग' से मैं भी पीड़ित हो गया हूँ।

बगल में पं. विनोदशंकर व्यास हैं। घर से कम ही निकलते हैं। कभी-कभार बातें हो जाती हैं। आपकी याद भी कर लेते हैं; 'हमारी पीढ़ी का यही तो एक शेर बचा है।'

आज जयपुर में ही हैं। इसी आशा के साथ आपको पत्र दे रहा हूँ। शेष कुशल है। पिछले किसी पत्र में आपने लिखा था कि "मेरा आशीर्वाद तुम्हारे हाथ पहुँचते-पहुँचते कहीं अभिशाप न बन जाय" तो आप इस बार कृपया अभिशाप भेजिएगा जो मेरे हाथ आते-आते आशीर्वाद बन जाएगा।

आपका विनीत
गोविन्द सिंह

(15)

ज़हूरबख्श
सागर (म.प्र.)
18-10-55

भैया बेचन,

पत्र मिला। बड़ा आनन्द हुआ कि आप 'हिन्दी पंच' के रूप में साहित्यिक क्षेत्र में उतर रहे हैं। यह जानकर तो हृदय गद्‌गद हो उठा कि आपको हमारे दुख-सुख की सबसे पहले चिन्ता है। अच्छा, संक्षेप में अपने प्रश्नों के उत्तर लीजिए—

1. आजकल हमारी रचनात्मक गतिविधि बिल्कुल ठप है।

---

* 25 बरस की उम्र में 111 उपन्यास।

2. कुछ न पूछिए, हमारी राह में बाधाएँ-ही-बाधाएँ हैं अन्न की, वस्त्र की, प्रकाशन की, प्रकाशकों की जेब से पैसा निकालने की, अब आपको क्या-क्या गिनाएँ! छोड़िए भी यह राम रगड़ा।

3. आप भी पुराने हिन्दी-लेखक हैं, हमसे अच्छी अवस्था में तो होंगे नहीं; फिर हमारी सेवा-सहायता कैसे करेंगे?

यदि यही अरमान रखते हैं तो—

(क) हमें थोड़ी देर के लिए पंडित नेहरू का स्थान दिलवाइए, हम सारी किन्तु-परन्तु उठाकर ताक पर रख देंगे, और मौजूदा कॉपीराइट एक्ट खाक में मिला देंगे। प्रकाशकों ने आज तक लेखकों से जितने एग्रीमेंट कराये हैं, सब-के-सब जलवा देंगे। इतना ही नहीं, प्रकाशकों को इस तरह मजबूर करेंगे कि वे लेखकों की कौड़ी-पाई से पिछली सारी रायल्टी चुकाते फिरेंगे। यदि पंडित नेहरू से ही कार्य करवा दीजिए, तो क्या कहने। हम खटपट से बच जाएँगे। उनको दुनिया की आग बुझाने की चिन्ता है और अभागे भारतीय लेखकों के हृदय में जो चिन्ता धधक रही है उसकी खबर भी नहीं है! खूब।

(ख) हिन्दुस्तान टाइम्स प्रेस में कई वर्षों से मेरी 'गुलिस्ताँ' पड़ी है। वहाँ से गत मई में कुछ प्रूफ आये थे। फिर पता नहीं चला कि उसका क्या हाल है पंडित देवीप्रसाद जी शर्मा को चाहे जितने पत्र लिख दीजिए परन्तु वे हैं कि कानों में तेल डाले पड़े हैं न हो, उनसे कह-सुन दीजिए।

(ग) वहीं आपकी बायीं बग़ल में भारी-भरकम आत्माराम कम्पनी है। वह कई वर्षों से मेरी पाँच पुस्तकें दबोचे बैठी है। न वह उनके प्रकाशन करती है, न वह एग्रीमेंट लौटाती है, न कोई उत्तर ही देती है। हो सके, तो उस पर ज़रा कसकर चिकौटी ले डालिए। यों कहने को बहुत कुछ है। धीरे-धीरे कहते चलेंगे।

जी, हम स्वस्थ नहीं हैं, प्राणवान अवश्य हैं—सिर्फ इस अर्थ में कि हाँफते-हूँफते अपनी जर्जर काया को घसीटते फिरते हैं। अच्छा, आशीर्वाद।

'हिन्दी पंच' की आतुर प्रतीक्षा है।

शुभैषी
ज़हूरबख़्श

(16)

'स्वदेश' कार्यालय, गोरखपुर
ता. 20-2-1927

भाई,

सचमुच बड़े 'कठकरेजी' हो और बड़े ही बेमुरौवत। 'मुँह देखे की प्रीति' के प्रत्यक्ष उदाहरण आप हैं। जेल में आपने जो-जो कहा—जेल ही की तो आपकी-मेरी

घनिष्ठता है—उसमें से एक की भी तो पूर्ति नहीं हुई। कहा था—नैनी जेल से छूटने पर मिलूँगा; नहीं मिले। कहा था—'स्वदेश' निकलने पर उसे कुछ दिन सँभाल दूँगा, जिसमें तुम रुपये जुटा लेना : उसे भी नहीं सँभाला। कहा था—मैं कहीं भी रहूँगा, गल्प आदि से 'स्वदेश' की सहायता करता हुआ। क्या-क्या गिनाउँ और कहाँ तक। गोरखपुर, कलकत्ते जाने के पहिले, आने और मिलनेवाले थे। उसकी भी कोई सुध नहीं रही। मैं मानता हूँ कि एकतरफा दोष मढ़ना ठीक नहीं लेकिन जिस दिन से छूट कर आया मुझ पर क्या बीत रही है और फिर बुरी तरह फँस गया हूँ, मैं ही जानता हूँ। मेरा हाल और मेरी मेहनत देखना हो तो मेरे खर्चे पर एक सप्ताह के लिए गोरखपुर आ जाओ और देख जाओ। तीन-तीन सप्ताह तक घर से निकलने की नौबत ही नहीं आती। सुबह 6 बजे से रात के 12 बजे तक एक बैठकी बैठा रहता हूँ। सिर्फ 20 मिनट के लिए दोपहर को और 20 मिनट के लिए रात को खाना खाने उठता हूँ। 5 बजे के करीब शौच के लिए 25-20 मिनट निकालना पड़ता है। सुबह नहाऊँ न तो नहाना भी नसीब न हो। ऐसी स्थिति में मैं उतना दोषी नहीं हूँ जितना कि गंगा में हाथ धोना चाहता हूँ। इसलिए ग्राहकों की भी सन्तोषजनक वृद्धि नहीं हो रही है। भरोसा था आपका सो आप कलकत्ता जा बैठे। कहाँ तक अपना दुखड़ा रोऊँ। हृदय पसीजे तो रोऊँ-धोऊँ भी, मगर आपने कलेजा जो वज्र का पाया है। वह पसीजेगा कैसे? इसीलिए यह व्याकुलता और भी परेशान किये रहती है। होली सर पर आ गयी। इस होली ने फिर आपकी तरफ मुझे आकर्षित किया। लाज रखिए—यही प्रार्थना है। कुछ लेख आप खुद और कुछ अपने यहाँ के मित्रों से लिखाकर भेजिए। 'विजयांक' तो नहीं निकल सका था, उसकी पूर्ति 'होलिकांक' से थोड़ी-बहुत हो जाती तो हृदय को सन्तोष हो जाता। क्या प्रार्थना स्वीकृत होगी? उत्तर दीजिए। होली का मसाला मैं दो सप्ताह पहिले जुटा लेना चाहता हूँ। अब तो आप कलकत्ते में हैं। खूब साधन हैं। कार्टून वगैरह तरह-तरह के बन सकेंगे। कुछ कीजिए। जो खर्च पड़े, भेज दूँ। इस प्रकार आपको नहीं फँसाऊँगा। सिर्फ आपका नाम Acknowlege करूँगा। निराश न होने पाऊँ। यदि एक बार निराश हुआ तो फिर हमारी-आपकी 'खुट्ट'!

आपके नाटक के सम्बन्ध में ठाकुर भगवानदत्त सिंह ने झाँसी से लिखा था कि वह उनके घर पर है। जब वह इधर आवेंगे तब देंगे। डॉक्टर साहब 3 महीने की छुट्टी पर थे। आ गये होंगे। मैं इधर मिला नहीं, न कुछ पता ही पाया। जब बाहर निकलूँगा और उधर जाऊँगा तो टोह लगाऊँगा।

'आज' में आपके लेख पढ़े थे। पुस्तक लिखने का विचार क्या त्याग दिया? कहाँ इतनी जल्दी कि निकलते ही काम शुरू कर दूँगा और कहाँ इतनी सुस्ती!

उत्तर की अभी से प्रतीक्षा में हूँ।

आपका वही अभागा

दशरथ

(17)

'स्वदेश' प्रेस
गोरखपुर
ता. 9-3-28

प्रिय उग्रजी,

वन्दे!

होली की बधाई!

मैटर आपने भेजा, यह आपकी कम कृपा नहीं है। लेकिन 'स्वदेश' की बदकिस्मती कि वह मिला सोमवार को जबकि आखिरी फार्म छप रहा था। उसी दिन पराड़कर जी के पास इसलिए भेज दिया कि वहीं छप रहा था। लेकिन उन्होंने भी उसी दिन छुट्टी ले ली। आज मैटर वहाँ से वापस आ गया है। अब आपको लौटाए दे रहा हूँ। इस बार, कई लेख ऐसे ही घपले में पड़ गये। रमाशंकरजी शुक्ल ने एक लेख भेजा था। वह भी छप न सका। 'आज' में भेजा, किसी तरह छप गया। प्रेमचन्दजी का लेख भी देर से आया। कौशिकजी का 'कमीशन-बायकॉट' लेख 'प्रताप' में भेजकर छपाना पड़ा। इसी तरह बहुत-सी कविताएँ दूसरे-दूसरे पत्रों में भेज देनी पड़ीं। अगर यह सब सामग्री मुझे वक्त से मिल जाती तो 'स्वदेश' का अंक बहुत अच्छा हो जाता। खैर! जो हो गया वह गनीमत है।

'सैनिक' वाली आपकी कहानी खूब है! लेकिन ऐसी आप 'स्वदेश' को क्यों देने लगे। उस कहानी को 'वीर-सन्देश' ने भी छाप लिया। महेन्द्रजी ने पालीवालजी की मित्रता और सहयोगिता का खूब फायदा उठाया। भाई, कभी-कभी छोटी-छोटी कहानियाँ 'स्वदेश' को भी भेज दिया करो। स्वदेश...शायद इतना गिरा हुआ नहीं है कि उसमें आपकी चीजें छपने से आप पर कलंक लगे। बोलो! क्या कहते हो?

दशरथ

(18)

'स्वदेश' प्रेस
गोरखपुर
ता. 12-10-28

प्रिय 'उग्र' जी,

वन्दे।

कार्ड मिला। सचमुच पता गलत था। मुझे आज मालूम हुआ आज ही दूसरा कार्ड लिखने वाला था तब तक माबदौलत खुद ही ख़त के रूप में आ धमके। मुझे तो इसी से बहुत कुछ ढाढस बँध गया कि आप लिखेंगे जरूर कुछ। यह कसौटी

वसौटी की बातें सिरान्हे रखो। 'वर्तमान' में मैंने सुना है, आपने कुछ भेजा है। पारसाल भी, इसी तरह 'सैनिक' में आपने एक अच्छी कहानी भेजी और मुझे अँगूठा दिखा दिया। यह मैं जानता हूँ कि आपके कुछ न भेजने पर, मैं कुछ न कर सकूँगा लेकिन कभी मिलने पर कैसा उग्र रूप धारण करूँगा, याद है? इसलिए अपना और मेरा दोनों का यदि भला चाहते हो तो फौरन ही एक कहानी अथवा जो कुछ तुम मुनासिब समझो, जरूर भेज दो। लिखते हो कि, "अच्छा हो यदि आप मेरे आसरे न रहें।" सो क्यों? जरा सुनाइए तो वजह क्या है? 'वर्तमान' और 'सैनिक' आदि ने तुम्हें कौन माखन-मिसरी खिलाया है कि उसी ओर ढुले रहते हो। मुझ पर नाराज़ हो सकते हो, मुझे सजा दे सकते हो, लेकिन 'स्वदेश' को तुम्हें नहीं भूलना चाहिए; क्योंकि जेल की बात याद है—तुमने कहा था कि फिर से 'स्वदेश' के निकालने पर मैं उसकी सहायता करूँगा। खैर। यह बक-झक तो बाद को तय होगी। इस अंक के लिए कुछ भेजो। 'अच्छा' और जल्दी ही। अच्छा पर जोर इसलिए कि तुम ज़रा और चिढ़ो।

दशरथ

(19)

(गंगा पुस्तकमाला कार्यालय की कुव्यवस्था से नाराज़ होकर 'उग्र' जी ने यह नोटिस पोस्ट से दिया था)

श्री दुलारेलाल जी भार्गव
संचालक, गंगा-पुस्तकमाला कार्यालय
लखनऊ

मिर्जापुर से ही डाइरेक्ट होकर श्री गो.ना. भार्गव 'व्यवस्थापक' गंगा-पुस्तकमाला का कार्ड 14 नवम्बर को मुझे कलकत्ते में मिला। उन्होंने लिखा है कि 'व्यक्तिगत' नामक कहानी-संग्रह प्रेस में लगा हुआ है जिसमें कुछ मैटर कम पड़ता है। बाकी मैटर किस संग्रह से लिया जाय उन्होंने पूछा है।

मैने गत वर्ष ही आपको पत्र लिखकर अपने वे सभी 'कटिंग संग्रह' जो 'गंगा पुस्तकमाला' में रखे हुए हैं, लौटा देने को कहा था और हिसाब साफ करने को। खेद की बात है कि किताब पर किताब छापते आप चले जा रहे हैं, मुझे बिना उचित रायल्टी दिये। मुझे चारों ओर कम-से-कम 20 प्रतिशत फ़ेस वेल्यू पर रायल्टी मिलती है। 'सरकार तुम्हारी आँखों में' और 'सनकी अमीर' की रायल्टी और हिसाब आपने अभी तक नहीं दिये, ऊपर से दूसरी पुस्तक छापने जा रहे हैं, यह निहायत ग़लत तरीक़ा है। अब मेरे धैर्य की इति हो चुकी है। मेरी रायल्टी से आप सब मौज करें और मैं उधार खाऊँ? यह चीज़ अब एक क्षण आगे चलनेवाली नहीं। आपने माँगने पर मेरी कटिंग क्यों नहीं लौटा दी? आपको बिना मेरे हुक्म मेरी एक भी रचना छापने का अधिकार

नहीं है। आगे कोई संग्रह छापा कि पंचायत या कोर्ट में लाचारी से—यह देखकर कि आप मुझे लूट लेना चाहते हैं—चला जाऊँगा। और 'सनकी अमीर' मैं खुद छाप लूँगा। ये पुस्तकें भी आगे आप न छापें। मेरा-आपका व्यापारिक सम्बन्ध खत्म हो गया। सो पत्र पाते ही, इसे लीगल नोटिस मानकर गंगा-पुस्तकमाला में सुरक्षित मेरे सभी संग्रह ऊपर के पते पर आप सावधानी से लौटा दें। और 'सरकार तुम्हारी आँखों में' तथा 'सनकी अमीर' की रायल्टी का हिसाब और भेजें। आज तक आपने यह भी नहीं सूचित किया कि उक्त पुस्तकों की 5-5 हजार प्रतियाँ आपने छापी हैं या कम?

जल्दी ही हिसाब, संग्रहों का बंडल और उत्तर न पाने पर मैं कोई 'उग्र' कदम उठाऊँ, पंचायत या अदालत की शरण लूँ तो इसमें व्यवहार तोड़ने का दोष आप पर होगा। दिसम्बर के पहले सप्ताह में यह 'मामला' पहले प्रेस में देकर फिर मैं गंगा-पुस्तकमाला कार्यालय-संचालक पर दावा ठोक दूँगा। पर मुझे आशा है, हमारे आपसी सम्बन्ध की गम्भीरता विचार कर आप ऐसी नौबत नहीं आने देंगे। जो हो।

16-11-53

आपका

पांडेय बेचन शर्मा 'उग्र'

(20)

'स्वदेश' प्रेस

गोरखपुर

ता. 6-10-28

प्रिय उग्रजी,

वन्दे।

रे भाई, तुम कहीं छिपे रहो; पता लगानेवाले पता लगाने से भला कब चूकने वाले हैं। फिर स्वार्थ वाला बावला। लिख-पढ़कर आखिर तुम्हारा पता लगा ही लिया। बोलो, अब क्या कहते हो? विजयादशमी पर विजया अंक निकल रहा है। उसमें सिर्फ एक कहानी देना चाहता हूँ और वह भी तुम्हारी लिखी हुई। इसलिए कहानी के लिए किसी को लिखा नहीं है। भेज तो दो एक ऐसी कहानी कि पढ़कर मस्त हो जाऊँ और 'स्वदेश' के पाठक भी फड़क उठें। बमभोला का नाम लेकर बस जुट जाने भर की देर है, कहानी तो लिखी रखी है। इसके सिवा भी और कुछ लिख दे सको तो मैं तो चौकी पर से उछल पड़ूँगा। कहानी भेजने में भाई धोखा न होने पावे; नहीं तो अक्कड़ पिलपिला जाएगा। इस समय तबीअत जरा जोश पर है। पर ऐसी जोशीली चीज न भेजना कि फिर झलरा-रोटी का स्वाद चखना पड़े। धीरे-धीरे नींव जमा रहा हूँ। जरा जम जाने दो। फिर देखा जाएगा। कहानी आदि 14, 15 तक यहाँ आ जाती तो मन-मुआफिक लेखों को सजा सकता। देर से आने पर मैटर बेतरतीब

हो जाता है और लेखों का मजा जाता रहता है। ताबड़तोड़ मसाला रहने से पढ़नेवाले उछलते-कूदते बहुत ऊँचे चढ़ जाते हैं।

भवदीय
दशरथ

(21)

The 'Chand' Office
28, Elgin Road, Allahabad
17.9.27

मेरे प्यारे भाई,

सप्रेम नमस्ते।

प्रथम बार ही मेरी छोटी सीमा पर इतना अधिक अधिकार? मेरा हीन व्यक्तित्व इस अमूल्य निधि को, सीने की तरह सुन्दर इस वैभव को, किस भाँति रख सकेगा? क्या कंगाल की कुटिया में हीरा शोभा पा सकता है? मुझे मालूम नहीं, मैं उन कृपाओं की उपासना किस भाँति कर सकूँगा! क्या मैं इसके योग्य हूँ? दान देने के पहले आपने पात्रता क्यों नहीं परख ली थी?

कृपापत्र मिला। मेरे चतुर-पागल भाई, काश आप मेरी 'घातक कृपा' की सचाई का सहस्रांश भी देख लेते! पर नहीं, यह नहीं देखना है मेरे लिए क्या कम है?

मैं तो इस अपरिचय में ही परिचय पाता हूँ। बहुत दिनों से मेरा भी दृढ़ विश्वास है कि 'देखासुनी हो जाने से' मेरी तरह 'साधारण मनुष्य अपना बहुत कुछ आकर्षण नष्ट कर देता है।' मैं स्वयं ही आपसे मिलना नहीं चाहता। मिलने की बात सोचते ही लज्जा और ग्लानि-सी होने लगती है। मैं महापुरुष हूँ और मेरा हृदय मेरी आकृति से भी अधिक मलिन है। फिर किस बूते पर आपसे मिल सकूँगा? हाँ, और इसका एक दूसरा पहलू भी है। कभी-कभी यह मिलन साधारण आकर्षण को उन्माद में परिणत कर देता है। उस समय कमबख्त आँखें अन्धी हो जाती हैं, और साधारण व्यक्तित्व भी न जाने कैसा सुन्दर हो जाता है! पर यह दूसरी तरफ के लिए ही सही कहा जा सकता है। मुझे तो यह कहने का अधिकार भी नहीं—मेरे भाई!

'चाँद' के 'पत्रांक' के लिए सुन्दर-से-सुन्दर कहानी 'चाँद' साइज़ के 10-15 पेज के भीतर भेजिए। 'चन्द हसीनों के खुतूत' से किसी भाँति कम न हो। यही मेरा 'लाटशाही' हुक्म है—समझे?

अभी इतना ही; पत्र की प्रतीक्षा में—

तिवारी

पुनश्च

हाँ मुकदमा तो चल ही रहा है। 'मारवाड़ी समाज' की कृपा से एक बार

कलकत्ते के दर्शन जरूर होंगे, मुमकिन है सहगल जी मुझे 'मतवाला कार्यालय' में भी ले जाएँ। फिर क्या होगा? आप भी आँख बन्द कर लेंगे और मैं भी मुँह छिपा लूँगा। पसन्द है न?

(22)

The 'Chand' Office
28, Elgin Road,
Allahabad
9.1.28

प्यारे भाई साहब,

आप कदाचित मुझे भूल गये होंगे और यह बहुत स्वाभाविक ही है। फिर भी मैं अभी तक आपको नहीं भूल सका। और न शायद कोशिश करने पर भी भूल सकूँ—आपकी प्रतिभा का चमत्कार, आपकी सज्जनता की छाप मेरे छोटे व्यक्तित्व पर इतनी अधिक है।

कई अनिवार्य कारणों से 'पत्रांक' जनवरी में न निकल सका। मई में निकलेगा। सामग्री भी प्रायः पूरी है, पर आपकी कहानी का अभाव मुझे बहुत खटकता है। आप भले ही न भेजें, परन्तु मेरे माँगने की क्रिया तब तक उसी भाँति जारी रहेगी जब तक 'पत्रांक' निकल न जाय। यदि उस समय तक भी आपकी कहानी न मिली, तो भी कोई पश्चात्ताप नहीं रह जाएगा। मेरी सफलता मेरी याचना में ही है।

आज तक आपके पत्र तथा कहानी की प्रतीक्षा करता रहा। निराश होकर आज मुझे ही मौन भंग करना पड़ा और यह मौन भंग भी उस समय में भाई साहब, जब कि मैंने कुछ अवधि तक किसी भी प्राणी को व्यक्तिगत पत्र न लिखने की बड़ी प्रतिज्ञा कर ली है।

आप इस पत्र को अन्यथा न लेंगे। मैंने चाटुकारी की नीयत से यह पत्र नहीं लिखा है। मुझमें दुनिया के सारे दोष सम्भव हैं, पर यह दोष नहीं। दुर्भाग्यवश आपका मुझसे परिचय नहीं। परन्तु यह भी हम दोनों के लिए अच्छा ही हुआ।...

आशा है आप अच्छे होंगे। योग्य सेवा लिखते रहें। नमस्ते।

आपका भाई
नन्दकिशोर तिवारी

(23)

Personal and Private

The 'Chand' Office
28, Elgin Road
Allahabad
16.2.28

प्यारे भाई साहब,

आपकी इतनी अधिक कृपा होते हुए भी यदि मैं उसके उपभोग से वंचित रहा तो इसमें मेरा दुर्भाग्य है—आपका दोष नहीं।

आज 16वीं फरवरी है। आज ही प्रात:काल अप्रिल के 'चाँद' का सारा मैटर (रंगभूमि और समाचार संग्रह छोड़कर) प्रेस में दे दिया है। आज से ठीक एक महीना के बाद, यानी 16वीं मार्च को मई का सारा मैटर प्रेस में दे देना होगा। मई का अंक—'पत्रांक' है।

इस एक महीने के भीतर यदि आपकी कहानी मिल गयी तो आनन्द ही है और यदि न मिल सकी तो उससे भी अधिक आनन्द है। आपका अभिशाप मेरे लिए आपके वरदान से भी सुन्दर है। क्या आप इस पर विश्वास करेंगे?

इधर एक सप्ताह तक यहाँ नहीं था। दिल्ली की ओर और उससे भी आगे गया था। समय न मिलने के कारण आपको न लिख सका। अपने पहले पत्र में आपके फरवरी के अन्तिम सप्ताह में एक कहानी भेजने की तिथि बतलाने को कहा था। आप शायद इस विचार में हों कि अभी मई बहुत दूर है। लेकिन भाई साहब, 'चाँद' को मैं दो महीने रखता हूँ। यदि 'चाँद' के प्रकाशन में विलम्ब हो जाय तो यह मेरे मर जाने की बात होती है। इसी कारण 'चाँद' इतना नियमित है।

इतनी मिन्नत आज तक किसी की भी नहीं की। मैं प्रेमचन्दजी आदि की कहानियों को भी इतना महत्त्व नहीं देता, जितना कि आपकी कहानी को। आपको आश्चर्य होगा अभी तक मैंने प्रेमचन्दजी को कहानी भेजने के लिए नहीं लिखा है। पिछले नवम्बर मास में अवश्य लिखा था, परन्तु मई में निकलने का निश्चय हो जाने पर उन्होंने पीछे भेजने को कहा और अब तक उन्हें स्मरण भी नहीं दिलाया गया।

मेरे पत्र स्वादिष्ट होते हैं—यह मेरे लिए कम सौभाग्य की बात नहीं। परन्तु मुझे तो, भाई साहब, अपने पर बिल्कुल ही विश्वास न रहा। रह-रहकर सन्देह भी होने लगता है। कहीं प्रशंसा के आवरण में उपहास एवं व्यंग्य न छिपा हो। चाहे जो कुछ भी हो, मेरा सिर सदा झुका है। प्रशंसा अथवा उपहास; वरदान अथवा अभिशाप; कृपा अथवा उपेक्षा—सभी कुछ मेरे लिए शिरोधार्य है। मेरे लिए तो ये सभी बातें उपहार-स्वरूप ही हैं। आपको और तो कुछ नहीं कहना है?

हाँ, प्रसंगवश मैं एक बात स्पष्ट कर देना चाहता हूँ। मैं आपसे बिना पुरस्कार के कहानी नहीं चाहता। चाहे आप जो भी पुरस्कार माँगेंगे, मैं देने को तैयार हूँ। सम्भव

है सहगलजी उतनी रकम न दे सकें। मुझे इसकी विशेष चिन्ता नहीं। मैं अपने पास से उस कमी को पूरा करने का प्रयत्न करूँगा। आप यह भी न समझें कि मैं आपको रुपये का प्रलोभन देना चाहता हूँ। मैं यह भली-भाँति जानता हूँ आप इन छोटी बातों से बहुत ऊँचे हैं। फिर भी इस बात को स्पष्ट कर देना मेरा कर्तव्य था। मेरा बहुत नमस्ते। पत्रोत्तर शीघ्र दें।

आपका
तिवारी

(24)

The 'Chand' Office
28, Elgin Road
Allahabad
19.3.28

प्यारे भाई साहब,

'पत्रांक' का मैटर प्रेस में जा रहा है। मैं पिछली 12वीं को ही आपको स्मरण दिलाता, क्योंकि आपने वादे के अनुसार पत्र नहीं भेजा। परन्तु इधर मैं बहुत बीमार था। कल बच्चा भी जाता रहा। इस समय चित्त अशान्त है!

यह शायद आपकी कहानी के लिए मेरा अन्तिम पत्र है। अभी भी आपके लिए समय है। यदि हो सके तो मेरे लिए एक कहानी पत्र पाते ही भेज दीजिए। आगे आपकी मर्जी। कुछ हो मैं उसी में खुश हूँ। स्मरण रहे कहानी पत्रों के रूप में होनी चाहिए। अपना समाचार दें योग्य सेवा लिखते रहें।

आपका
नन्दकिशोर तिवारी

(25)

The Maharthi
Chandni Chowk, Delhi
31.5.28

प्यारे भाई साहब,

सप्रेम नमस्ते।

इतनी लम्बी प्रतीक्षा पर आखिर आपका पत्र आया ही। अभी क्या करूँगा, कुछ पता नहीं—भाग्य प्रवाह जिस अनिर्दिष्ट पथ को ले जाएगा, उसी ओर एक बहादुर

सिपाही की भाँति बिना किसी शिकायत के चला जाऊँगा। मेरा जीवन सदा ही संघर्षमय रहा है। मैं इस प्रकार के जीवन से आदी हो गया हूँ। घर छोड़ा, तिलक स्कूल ऑफ पॉलिटिक्स छोड़ा, प्रोफेसरी और सम्पादकी को भी छोड़ दिया...और ये सारी घटनाएँ इस छोटे जीवन के 26 वर्षों से ही हुईं। अब क्या करूँगा, नहीं जानता। कई स्थानों से बुलाहट आ रही है। मैं अभी कुछ निश्चय नहीं कर सका हूँ। 150–200 रुपये तो कई जगह मिल जाएँगे, लेकिन प्रश्न अपने सिद्धान्त का आ जाता है—उस सिद्धान्त का जिसे मैं अपने जीवन से अधिक मूल्यवान समझता हूँ और जिसके कारण संसार-प्रवाह के विरुद्ध एक विद्रोही की भाँति मैं अकड़कर आज वर्षों से खड़ा हूँ। अन्यथा अपने घर पर ही किस बात की कमी थी, भाई साहब।

'चाँद' मुझे क्यों छोड़ना पड़ा, इसकी कहानी बहुत लम्बी है। संक्षिप्त रूप से इतना ही कहना है कि 'चाँद' के संचालकों से सिद्धान्तों में मतभेद हो गया। 'पत्रांक' निकालते ही पहले सारे साधन मिल जायें तो मैं हिन्दी संसार के लिए अच्छे से अच्छा साहित्य उपस्थित कर सकता हूँ। अस्तु—

मैं 'निराला' नहीं हूँ भाई साहब—मैं साहसी, उद्योगी, वीर, उद्धत, घमंडी और मुसीबतों का मारा हुआ एक बहुत कुरूप नवयवुक हूँ। किसी सूर्यकान्त त्रिपाठी निराला से मेरी समता कर आप मेरे अच्छे अध्ययन और सुन्दर कवित्व-शक्ति के साथ अन्याय करते हैं। जो मैं नहीं हूँ, उसी के रूप हिन्दी संसार मुझे जानता है, पर वस्तुतः जो कुछ हूँ, उसे कोई भी नहीं जान सकेगा। मैं कवि हूँ भाई साहब, बहुत सुन्दर कवि—इतना सुन्दर जिसकी कल्पना न कोई 'निराला' ही और न कोई 'पन्त' ही कर सकता है। पर मेरी कवित्व-शक्ति को कौन जानता है। इस जीवन-काल तक जान ही कौन सकता है—सकेगा? मैं आजीवन अज्ञात रहूँगा—यही मेरी सुन्दर साधना है!!

अब आप फोटो बहुत शीघ्र भेजिए। मैं बहुत जल्दी ही उसे चाहता हूँ। आपकी मुझ पर इतनी अधिक दया है, इसका मुझे विश्वास भी न था। मैं अपने को बड़भागी समझता हूँ। अच्छा तो यही होता कि अपनी फोटो भेजकर आप मुझ पर से अपनी सारी दुवा हटा लेते। मैं आपको अपने प्रति कृपालु और दयावान के रूप में नहीं वरन् निर्मोही और उग्र रूप में ही देखना चाहता हूँ। मैं वह देवता रूप नहीं चाहता जो मेरा निजी रूप आसानी से ग्रहण कर ले—मैं तो उस देवता का उपासक होना चाहता हूँ जो मेरे निजी रूप को सदा ही ठुकराता रहे और अन्त में उसे विवश होकर, झिझक कर, हारकर, तंग आकर किसी भाँति मेरा उद्धार करना पड़े।

प्रश्नोत्तर की प्रतीक्षा में—

आपका
तिवारी

(26)

The Maharthi
Chandni Chowk, Delhi
28.6.28

...सुन्दरजी

आप इतना डरते क्यों हैं? आप सदा मेरे लिए 'आप' ही बनकर रहेंगे। मैं आपको 'तुम' के सम्बोधन से कभी नहीं पुकारूँगा। क्या कोई जान-बूझकर अपनी मर्यादा नष्ट करना चाहता है?

आपका कृपापत्र यथासमय मिला था। उस समय मैं बीमार था। अब अच्छा हूँ, पर कमजोरी बहुत है। बीमारी के कारण ही उत्तर देने में देर हुई। क्षमा कीजिएगा।

यदि आप मेरे लिए अपनी तस्वीर नहीं खिंचवाना चाहते तो मैं उसे लेकर क्या करूँगा? आप मेरे पास न भेजिएगा भाई। यदि मुझे आपकी याद करनी होगी तो बिना तस्वीर के ही याद करूँगा। अब मेरे हृदय में तस्वीर लेने का हौसला नहीं रह गया है।

चाहे आप जो भी हों...मेरे लिए सदा वही बने रहेंगे जो आज हैं। मैं आपके नश्वर रूप को नहीं प्यार करता...मैं तो आपके अनश्वर सौन्दर्य के सामने सिर टेकता हूँ, जो इस हाड़ और मांस के शरीर के बाद भी बना रहेगा। सुन्दरजी, आप खुद नहीं जान सकते आप कितने सुन्दर हो और मेरा दावा है दुनिया के अधिकांश आदमी आपके उस सौन्दर्य को नहीं देख सकते।

मैं आपको कैसे तारूँगा, जीवन? मैं तो स्वयं डूबनेवालों में हूँ—उन डूबनेवालों में हूँ जिसका उद्धार करने के बजाय संसार उसे और भी अधिक डुबोता चला जा रहा है। मैं तो बहुत अधिक पतित हो गया हूँ। क्या आप मेरा उद्धार करोगे भाई? बड़ा अहसान मानूँगा।

आपके मित्र-महोदय ने मेरी जो समालोचना की थी, वह आंशिक रूप में ही ठीक है। मैं सुरूप, कुछ सनकी और वीर सैनिक की प्रकृति का दृढ़ 'प्राणी' नहीं हूँ। मैं 'वीर सैनिक' नहीं वरन 'बहुत वीर सैनिक' की प्रकृति का 'बहुत दृढ़' प्राणी हूँ। मैं 'कुछ सनकी' नहीं बल्कि बहुत ही अधिक सनकी हूँ। और रूप की जाँच के सम्बन्ध में तो वे 'टोटल फेल्योर' हुए हैं। मालूम होता है वे स्वयं बहुत कुरूप व्यक्ति हैं—शायद मुझसे भी अधिक। इसी से उन्होंने मेरे सम्बन्ध में ऐसी धारणा बनी ली है। मुझे उनके प्रति गहरी सहानुभूति है।

मुझे बहुत प्रसन्नता है आपने मेरे 'परिचय' को 'ऐप्रीशियेट' किया है। मुझे यह मालूम था कि आप ऐसा ही करेंगे, क्योंकि मैं आपकी सुन्दर प्रकृति के सम्बन्ध में अच्छी तरह जानता था।

अब अधिक नहीं लिख सकता।...थकावट मालूम होती है...कमजोरी है। अपना समाचार सर्वदा देते रहने की कृपा करेंगे।

नमस्ते।

आपका
तिवारी

(27)

Behari Niwas
Kanpur
22.7.57

प्रिय उग्रजी,

आपका 18 जुलाई का कृपापत्र मिला। मैंने तो अपनी इधर की प्रकाशित एक पुस्तक भेज दी थी। उस पर लिखना तो आपके अवकाश तथा इच्छा पर निर्भर करता है। आशा है सब आनन्द होगा।

आपका
परिपूर्णानन्द वर्मा

(28)

श्रीराम
उग्र-प्रकाशन
22/1058, लोधी रोड
नई दिल्ली-3
25-7-57

प्रिय परिपूर्णानन्दजी,

पत्र प्राप्त। महारथी-सहारथी तो सब राम का नाम है, पर, सत्य यह है कि जो बीड़ा उठाये उसे प्राणपण से निभाना चाहिए। लेखक बने हैं तो अच्छे-से-अच्छा लिखने की कोशिश करना ही चाहिए। आपकी शुभ सलाह से पहले ही से मैं—चूसने से पूर्व—साहित्यिक इज्जत को चौचक 'चकतियाने' के फेर में हूँ। कुछ लिख रहा हूँ—जो समय पर सामने आएगा। पर, यह मूल्यांकन आज नहीं, कल होगा। जानवर-विशेष मल-सेवन से भी यौवन पाता हूँ। कमला की जवानी में किस सेवा का पानी है, कौन कह सकता है!

आपने मेरी भंग-बूटी की फिक्र की—मैं कुर्बान! सन् 42 के बाद आज किसी

ने मुझसे भंग-बूटी की चर्चा की। उन दिनों मैं इन्दौर में था और अँग्रेज महामन्त्री तथा दसियों पूँजीपतियों को कलम से, गोरिल्ला-युद्ध से परेशान कर रहा था। देसीराज का अन्धेरक वातावरण—कोई मुझे रहने को कोठरी तक नहीं देता था। भोजन आकाश-वन्ति से चलता था। उन्हीं दिनों, एक शाम मैं एक खादी की दूकान पर बैठा था कि दुकान के मालिक ने कहा कि अन्दर बैठक में कोई साहब आपको बुला रहे हैं। जाकर देखा, तो मालवा का एक महा-मशहूर-बदनाम मानिए डाकू! खड़ी-खड़ी मूँछें, बड़ी-बड़ी शराबी आँखें। मुझे देखते ही लम्बे कोट के चोर-पाकेट से उसने सौ-सौ के नोटों का एक थक्का-सा निकाला—"आपकी भंग-बूटी के लिए नजर!" उसका 'आफर' मैंने स्वीकार कर लिया था। आपका अस्वीकार करता हूँ। यद्यपि, पिछले सत्रह सालों से, बिना मेहनत किये, या धोखा दिए किसी ने मुझे छदाम भी नहीं दिया है। धन भूखे का शिकार है और शिकार को धोखा देने का यहाँ तक शास्त्रसम्मत अधिकार है कि मर्यादापुरुषोत्तम राम ने बाली को धोखे से मारा था! फिर भी आप कृपालु हैं, इसमें कम वरदान नहीं। जो हो। जय हो! बस—

वही सदैव
'उग्र'

(29)

Behari Niwas
Kanpur
14.10.1957

प्रियवर उग्रजी,

मैं अभी यूरोप-अमेरिका की यात्रा से लौटा हूँ। काशी में विनोदशंकर जी व्यास से भेंट हुई थी। उनकी हालत बीच में काफी खराब हो गयी थी और ये भगवान की दया से बच गये। पर बातचीत से मुझे ऐसा लगा कि कुछ विक्षिप्त से हो गये हैं। सबसे बड़ी परेशानी तो यह है कि उनकी टॉमीबाई से गहरी लड़ाई हो गयी है। और इसका परिणाम भयंकर प्रतीत होता है। मैं तो इस मामले में कुछ नहीं कर सकता पर आप ऐसे मित्र शायद दोनों को सही मार्ग पर ला सकें। आजकल व्यासजी मानमन्दिर के मकान में हैं और समूचे परिवार से भी भयंकर विद्रोह कर बैठे हैं। आप उनके पुराने साथी हैं, इसलिए लिख दिया। आशा है आप सानन्द होंगे।

स्नेही
परिपूर्णानन्द वर्मा

(30)

Behari Niwas
Kanpur
17.01.59

प्रिय उग्रजी,

आपका 13 जनवरी का पत्र मिला। अँग्रेजी में पत्र भेजने के लिए—जो गश्ती पत्र नहीं था, लज्जित हूँ, क्षमा करें। यदि आपने इसका आशय और कुछ समझा तो मैं क्षमा चाहता हूँ। आपको मैंने अपनी कई पुस्तकें लोधीनगर के पते से भेजी थीं। वही पता मेरे यहाँ लिखा गया। मैंने उसका उपयोग किया। अब नया पता नोट कर लिया। हो सका तो 23 जनवरी को मिलूँगा। मैं 21 जनवरी, बुधवार को एयर कंडिशंड कोचवाली एक्सप्रेस से 6 बजे दिल्ली पहुँचूँगा और तीन घंटे के लिए—नहाने-धोने के लिए श्री इन्द्रदेव गुप्त, 877, ईस्ट पार्क रोड, करोलबाग, नई दिल्ली जाऊँगा। 12 बजे की गाड़ी से नीलोखेड़ी जाना है। वहीं मेरा लड़का है। आप भी चलिए मेरे साथ घूम आइये। पुस्तकें न मिली हों तो फिर भेजूँ। 23 तारीख को मैं लौटकर दिल्ली आऊँगा और दिनभर रहूँगा।

आशा है आप सानन्द होंगे। केदार चित्रकार पक्षाघात में अभी तक पड़े हैं। विनोदशंकर अपनी उपपत्नी से छुटकारा लेकर अपने हाथों रोटी पका रहे हैं। संसार बदला हो या न हो, हमारे साथियों की दुनिया बदल गयी है।

आपका
परिपूर्णानन्द वर्मा

(31)

श्री इन्द्रदेव गुप्त
नं. 877, ईस्ट पार्क रोड,
करोल बाग, नई दिल्ली

प्रियवर उग्रजी,

मैं 5 अप्रैल तक दिल्ली में हूँ। क्या आपसे भेंट हो सकती है? दोपहर का भोजन मेरे साथ कीजिए। क्या 3 अप्रैल शुक्रवार को आप 1 बजे दिन में आ सकेंगे? मेरा फोन 52848 है! रिंग कर दीजिए।

स्नेही
परिपूर्णानन्द वर्मा

(32)

प्रिय परिपूर्णानन्दजी,

कार्ड मिला। यह कार्ड बदले में आपको मिलेगा। आपके सारे पत्र जो मेरे संग्रह में हैं, आपकी वर्तमान मनोवृत्ति के दिव्य दीपक हैं। मैं दोपहर को खाता ही नहीं। रही मिलने की बात सो 6 वर्ष हुए मैं पार्लियामेंट भवन देखने नहीं गया। किसी मन्त्री या राष्ट्रपति से नहीं मिला—सम्पूर्णानन्द को मैं अच्छा नहीं मानता। कमला मेरे चिरंजीव हैं। आपकी आँखों में रामरतन गुप्त की अशुद्ध चर्बी छायी हुई मालूम पड़ती है। आपका कार्ड ऐसा है गोया आपने बनारस के पुलिस सुपरिंटेंडेंट को लिखा है। खैर।

3-4-59

वही

उग्र

प्रेमचन्द

(सबसे पहले मेरी पहली रचना 'महात्मा ईसा' नाटक पर 'प्रेमचन्द' जी ने अपनी सम्मति इन शब्दों में दी थी—उग्र)

(33)

काशी

जन्माष्टमी, 15-8-22

महाशय उग्र ने जब पहले मुझसे 'महात्मा ईसा' के जीवन-चरित्र पर एक नाटक लिखने का जिक्र किया तो मैं उसे देखने के लिए बहुत उत्सुक न हुआ। विषय इतना विशद, इतना गम्भीर, इतना 'गैर-मानूस' था कि मुझे उग्रजी की सफलता के विषय में बड़ी आशंका थी। सच तो यों है कि मैं केवल मुरौवत से उसे आद्योपान्त सुनने पर तैयार हुआ। लेकिन पहले ही दृश्य ने मेरी आशंका बहुत-कुछ निवृत्त कर दी और पहला एक्ट समाप्त होते-होते तो मैं उसका भक्त हो गया। भाव, भाषा, चरित्र-चित्रण, कथानक, सभी ने मुझे मुग्ध कर दिया। हिन्दी में अच्छे ड्रामों की कमी है। डी.एल.राय के नाटकों को निकाल दीजिए तो हमारे पास कुछ रह ही नहीं जाता। अब हम भी एक उच्च कोटि के मौलिक ड्रामा को अन्य भाषाओं के सामने पेश कर सकते हैं। 'महात्मा ईसा' महाशय 'राय' के किसी नाटक से टक्कर ले सकता है। ऐसे मौलिक और गहन विषय पर नाटक लिखकर उग्रजी ने हिन्दी का मस्तक ऊँचा कर दिया है।

महात्मा ईसा ने भारतवर्ष की यात्रा की थी—कतिपय विद्वानों की यह धारणा है। उग्रजी ने इसी धारणा के आधार पर कथा की कल्पना की है।

नाटक में सभी रसों का सम्मिश्रण होना चाहिए, विशेषत: जब वह खेलने के उद्देश्य से लिखा जाए। 'महात्मा ईसा' में आप हास्य, शान्ति, प्रेम, करुणा, वीर-सब रसों का आस्वादन कर सकते हैं। गाम्भीर्य के साथ हास्य का ऐसा अपूर्व और सुन्दर मेलजोल व्यक्त करने में लेखक ने असाधारण कुशलता प्रकट की है। ऐसी सर्वांग सुन्दर रचना के लिए हम उन्हें हृदय से मुबारकवाद देते हैं।

—प्रेमचन्द

(मुंशी जी की चन्द चिट्ठियाँ मेरे पास ऐसी हैं जो 'सम्पादक मतवाला' या उसके तत्कालीन सम्पादक-प्रकाशक श्री महादेवप्रसाद सेठ के नाम हैं।)

(34)

गायघाट, बनारस सिटी
26-8-26

श्रीमान सम्पादक मतवाला, कलकत्ता
प्रिय मतवालाजी,

इसके पहले भी आप इस गरीब पर दो एक बार एनायत कर चुके हैं। वह जख्म अभी हरा है। लेकिन यहाँ उन लोगों में हैं जिन्हें तेग कातिल के तले तड़पने में ही मज़ा आता है। तीर-निगाह से जिन्हें तस्कीन नहीं होती। अपने दिल के दोनों टुकड़े (1) कायाकल्प और (2) प्रेम-प्रतिमा लिये हुए हाजिर होता है। खूब अरमान निकालिए, जिसमें...भी बाकी न रहे। कब?

आशा है, इन्तजार में दम न तोड़ना पड़ेगा। मुझे तो इन्तजार में नहीं, वस्ल ही में कुछ लुत्फ आता है।

भवदीय
धनपतराय (प्रेमचन्द)

(35)

Neal Kishore Press Book Depot
Lucknow
21.2.27

प्रिय सेठजी,

कृपापत्र बनारस ही मिल गया था। 28 तारीख को माधुरी सहकारी सम्पादक होकर यहाँ आ गया हूँ। पं. कृष्ण बिहारी जी मिश्र और काम करेंगे।

आप होली का अंक कब तक निकालिएगा? कोशिश करूँगा उसके लिए कुछ लिखूँ।

'कायाकल्प' की आलोचना शायद कयामत में निकलेगी? और मेरी रूह पढ़ेंगी।

आशा है आप सानन्द होंगे।

भवदीय
धनपतराय

(36)

माधुरी कार्यालय
लखनऊ
25-2-27

प्रिय बन्धुवर,

आज आपका पत्र मिला। और कुछ तो न सूझा, एक चुटकिला लिख मारा। देखिए, कुछ हो तो दे दीजिए, नहीं तो फिर कुछ जोर लगाऊँगा। आलोचना निकलेगी।

आलोचना निकलेगी, यह तो ठीक है, पर मेरे लाइफ टाइम में निकल आती तो अच्छा था। चित्र तो भेजना नहीं चाहता था, पर डरा कि नहीं मालूम मतवाले क्या गजब ढायें। मारे डर के भेज देता हूँ। आज से कोई दस साल पहले की है। प्रकाशित करके क्या कीजिएगा? उग्रजी से मेरा वन्दे कहिएगा।

आप माधुरी के इश्क में एड़ियाँ रगड़ते रह गये, इधर यारों ने ब्याह कर लिया। देखें कब तक उनकी नाजबरदारी निभती है। अब तो Civil Marriage का बिल पास हुआ जाता है। कोई चिन्ता नहीं।

भवदीय
धनपतराय

(37)

माधुरी कार्यालय
(सम्पादकीय विभाग)
हजरतगंज, लखनऊ
1-4-27

प्रिय महादेवप्रसाद जी,

आपने होली खूब खेली। बेचारे दुलारेलाल भी लथपथ हो उठे। मुझ पर भी दो-चार छींटे पड़ गये। लेकिन खैर, घर तो बस गया।

आपने राजकुमारी माया का चित्र प्रकाशित किया है। उसका ब्लाक भी आपके पास अवश्य होगा। कृपया वह ब्लाक अगर माँगनी देना चाहें तो कहना ही क्या, अन्यथा वी.पी. सही। हम उस पर एक सचिव नोट लिखना चाहते हैं। खड्गबहादुर

सिंह जी का चित्र सेनापति में निकला है। वह भी मँगवा रहा हूँ। इस वीरात्मा ने हिन्दू मनुष्यत्व की लाज रख ली। काश, हममें ऐसे जीवट के युवक और होते!

उग्रजी से मेरा वन्दे कहिएगा। यार माधुरी के लिए कोई कहानी क्यों नहीं लिखते? मगर, चाकलेट पर न हो। कब तक? इन्तजार कर रहा हूँ।

भवदीय
धनपतराय

(38)

माधुरी कार्यालय
(सम्पादन विभाग)
हजरतगंज, लखनऊ
25-5-1927

प्रिय उग्रजी,

'चन्द हसीनों के खतूत' मिले। कई पत्र पढ़े भी और आलोचना भी शीघ्र ही करूँगा, तब तुम लजाओगे कि इस बूढ़े ने पुस्तक की कितनी चटपट आलोचना कर दी और मैं ताजे खून का आदमी 9 मास के बाद भी ठंडा ही रहा।

आलोचकों ने मुझ पर फिर कृपा की है। 'सूर्य' के तीन अंकों में कोई महाशय नयी माधुरी के शीर्षक से अपने जले दिल का बोखार निकाल रहे हैं। जरा उसे पढ़ना, मेरी खातिर से। उचित समझना तो कुछ लिखना भी।

'मतवाला' को इस नये फैसले पर बधाई! सेठजी को सलाम।

तुम्हारा
धनपतराय

(39)

नवलकिशोर प्रेस (बुक डिपो)
लखनऊ
16-10-1930

प्रिय उग्रजी,

आशा है आप सानन्द हैं।

'भूत' को आपने ऐसा रगड़ा कि वह भी याद करता होगा। यह कहानी 4 साल हुए माधुरी में निकली थी। हाल में देहली के 'रियासत' ने उसका उर्दू अनुवाद छापा। शायद निर्मल ने उसे नयी कहानी समझकर रियासत से नकल कर लिया। मुझे तो खबर भी नहीं।

मैंने एक संग्रह गल्पों का किया है। कुल 12 कहानियाँ हैं। एक आपकी भी चाहता हूँ। 'बुढ़ापा' मुझे बेहद पसन्द आया। उसी को ले आ रहा हूँ। क्या हाथ जोड़कर करबद्ध होकर वरदान माँगूँ?

अपनी तस्वीर भी भेजो, या कहो तो वही मधुकरी वाली तस्वीर ले लूँ। लौटती डाक से जवाब दो क्योंकि समय बहुत कम है। और नवम्बर के पहले सप्ताह में किताब मीटिंग में पेश होगी।

अगर जवाब न दोगे तो मैं सीनाजोरी से काम लूँगा। फिर मेरा कोई दोष नहीं।

शेष आनन्द।

सप्रेम

धनपतराय

('प्रेमचन्द' जी के इस प्रसन्न-पत्र का उत्तर जो मैंने दिया था, संयोग से वह भी मेरी फाइल में है—उग्र)

(40)

बीसवीं सदी पुस्तकालय

गऊघाट, मिर्जापुर

श्रद्धेय,

पत्र मिला, ऑफिस परिवर्तन की असुविधाओं ने उत्तर में विलम्ब कराया है 'बुढ़ापा' के बारे में आपकी सीनाजोरी में जोर न लगाऊँगा—लगा भी नहीं सकता—पर आप मुझे हमेशा ही अपने 'विशिष्टों' से अलग रखने की चेष्टा करें तो भला होगा। आपके संग्रह से आपकी व्यापारिक सुविधा चाहे जो हो, मेरा कोई लाभ नहीं और मैं लाभ का हिन्दी-विख्यात लोभी हूँ। अच्छा होता यदि आप मुझे अपनी लकीर पीटते जाने देते। विशेष दया...

आपका

पांडेय बेचन शर्मा

(41)

Lucknow

20, Ganesh Ganj

28.2.31

प्रिय उग्रजी,

वन्दे!

कृपापत्र मिला, माधुरी से तो मेरा अब कोई सम्बन्ध नहीं रहा। मैं अब इसी

कार्यालय में हूँ, पर केवल पुस्तक विभाग में मैंने तब भी त्रिपाठी जी से आपके पास माधुरी भेजने को कहा था। उन्होंने वादा भी किया था, पर न जाने क्यों नहीं भेजा। आज फिर कहूँगा। यदि आप जैसे लोगों को पत्रिकाएँ न भेंट की जाएँगी तो और किसे की जाएँगी।

मैंने तो अपना एक छोटा-सा हंस निकाल लिया है। उसी में कुछ थोड़ा-बहुत लिख लेता हूँ। मेरा एक उपन्यास अभी निकला है और आपके पास अवश्य पहुँचेगा। दूसरा भी लिख रहा हूँ। पढ़कर मुझे अपनी राय दीजिएगा।

और आपकी इच्छा न होगी तो न छापूँगा, केवल देखना चाहता हूँ।

आप जहाँ रहेंगे यश और धन कमाएँगे। प्रतिभा बन्धनों को स्वीकार नहीं करती। 'हंस' आपके पास तो आता ही होगा। यदि कभी-कभी उसकी ओर एक निगाह कर दिया करें तो उसका उपकार हो जाएगा।

सिनेमा वाले मुझसे कहानियाँ माँग रहे हैं। मगर अभी तक कहीं से कोई बात तय नहीं हुई।

आशा है आप सानन्द हैं। ईश्वर आपको अपने उद्योग में सफल करे।

भवदीय
धनपतराय

दानी बिल्डिंग,
बालकेश्वर रोड,
बम्बई।

(42)

(दिवंगत दिव्य कथाकार, मेरे गुरुजन श्रद्धेय मुंशी 'प्रेमचन्द' (धनपतराय) के छोटे बेटे चि. श्री अमृतराय ने 'चिट्ठी-पत्री' नाम से उनके पत्रों का जो सुन्दर संग्रह प्रकाशित किया है उसमें साधु-हृदय स्वर्गीय श्री शिवपूजन सहाय के नाम लिखे पत्रों में प्रकाशित 229 वें पृष्ठ का पत्र यह है—उग्र)

सरस्वती-सदन
दादर, बम्बई-14
26 जनवरी, 1935

प्रिय बन्धुवर,

वन्दे।

मेरी दो तस्वीरें खिंची हैं। एक तो बम्बई में, दूसरी मैसूर में। एक आपके पास भेजूँगा। मँगवा रहा हूँ।

बालक बड़े शौक से पढ़ूँगा और हंस में पीठ ठोकूँगा।

मेरा भाषण आया तो है, लेकिन आप हंस में पढ़िएगा। दो-एक दिन में हंस भी पहुँचेगा।

उग्रजी से मेरी मुलाकात कभी न हुई और ईश्वर करे न हो। जो आदमी माँ-बहन को गाली देता है, उसे मैं इन्सान ही नहीं समझता। किसी तरह अपना निबाह किये जा रहे हैं। उनका कोई सिनेरियो तो इधर नजर नहीं आया। मगर सुनता हूँ। बुरा हाल है। मुझे तो यह लाइन पसन्द नहीं आयी। तीन-चार महीने किसी तरह और कट जाएँ तो घर की राह लूँ।

हंस में क्यों कोई दो पेज का सिलसिला शुरू नहीं करते?

भवदीय

धनपतराय

('प्रेमचन्द' जी के उक्त पत्र पर मेरी नजर शायद ही पड़ी होती अगर मेरी सख्त-जबानी से परेशान होकर दिल्ली के एक 'आजूबानी, काली सेठ' तरुणा ने अपने बचाव में 'प्रेमचन्द' जी की चिट्ठियों का संग्रह मेरे सामने सभय पेश न किया होता।

'चिट्ठी-पत्री' दूसरा भाग देखते ही उसके संकलनकर्ता श्री अमृतराय को मैंने एक पत्र लिखा तो लेकिन भेज न पाया। पत्र इस प्रकार है—)

(43)

बी. 7/7 कृष्णानगर

पो. गाँधीनगर, दिल्ली-32

4-12-63

चि. अमृतराय,

भाई वाह! उदार उत्तराधिकारी जीनियस हो तो तुम-जैसा, जो चचा लोगों को भी भूल जाने की हिमाकत कर सकता हो। खैर।

यह पत्र इसलिए लिखना पड़ा कि तुमसे दरयाफ्त करूँ कि क्या श्रद्धेय 'प्रेमचन्द' जी की चिट्ठियों का संकलन करने के पहले तुमने मुझसे भी पूछताछ की थी?

मेरे पास से भी, खासा पत्र-साहित्य खो जाने के बावजूद-मुंशीजी की एक दर्जन ऐसी चिट्ठियाँ तुम पाते जो तुम्हारे संकलन के दूसरे भाग के 229वें पृष्ठ पर प्रकाशित 'प्रेमचन्द' जी की चिट्ठी नं. 239 की ऐसी-तैसी करके रख देती हैं।

मेरी उग्रता से परेशान एक नादान नौजवान ने मेरे खिलाफ एक अथॉरिटी की राय की तरह तुम्हारा संकलन पेश न किया होता तो शायद ही मैं यह पत्र तुम्हें लिखता। बनारसीदास और जैनेन्द्र के चंग पर चढ़ने के पहले 'प्रेमचन्द' और 'उग्र' दोनों ही की उज्ज्वलता से वह प्रज्वलित होते थे लेकिन 'गालिब' के साथ 'प्रसाद' के पीछे मैं भी यही समझता था कि—

हसद सज़ा-ए-कमाले सुखन है क्या कीजे,
सितम बहा-ए-मता-ए-हुनर है क्या कहिये?

जो हो, जय हो! फिर भी, तुमने पिता का पत्र प्रकाशित किया तो मुझे ऐसा लगा कि मरने के बाद अगर 'प्रेमचन्द' जी की कपाल-क्रिया तुम्हारे बड़े भाई श्री अमृतराय ने स्वयं न कर कापालिक 'उग्र' के लिए छोड़ दी थी। गलत कह रहा हूँ मैं?

तुम्हारा बुजुर्ग
पांडेय बेचन शर्मा 'उग्र'

(44)

पी.ओ शाजापुर, मालवा
ग्वालियर स्टेट
28 अगस्त 1927

भाई उग्रजी,

प्रणाम मालेकुम्।

कृपापत्र-यानी तीसरा और अन्तिम पत्र-मिला। मैं लज्जित हूँ। अभी तक चिट्ठी न लिख सका। बकौल हुजूर मैं इतना 'कामी' नहीं, जितना कि आलसी। आप मेरे हैं अत: मेरी इस कमजोरी को क्षमा करेंगे।

'चन्द हसीनों के खुतूत'—एक साँस में पढ़ गया! क्या मजाल कि आखिरी पन्ने तक किताब हाथ से छूटती। भाषा की शोखी और रवानी, भावों की उत्ताल तरलता, गुदगुदी पैदा करने वाले सम्बोधन, 'मेरे राजा', 'मेरी जान' आदि की चुहल—क्या कहूँ, क्या न कहूँ? —मैं तो यह सब पढ़कर व्याकुल हो उठा। तुम्हारी कलम में—कितना नशा है, कितना विष है, भाई, यह तुम शायद नहीं जानते। भगवान करे, तुम्हारा यह मस्तानापन अलबेले—औघड़ पर सदा फिसलता-चढ़ता रहे।

एक बात खटकी। तुम्हारी...का शुद्ध हो जाना कुछ थोड़ा लालित्यविहीन हो गया है। कला तो क्या मात्र कला है, वह प्रचारिका नहीं और न परिचारिका ही? ऐसे दीन-धरम से क्या तआल्लुक? मुसलमानिन रहकर भी तुम्हारी सलोनी यवनी 'मीरा दरद दिवानी रे' हो सकती थी। इस स्पष्टवादिता के लिए क्षमा करना।

मैं आजकल यहाँ छुट्टी पर आ गया हूँ।—यहीं तुम्हारा पत्र मिला। आशा है सानन्द हो-मस्त हो।

भवदीय
बालकृष्ण

(45)

'प्रताप' कार्यालय, कानपुर
13 सितम्बर 1927

प्यारे भाई,

सस्नेह प्रणाम!

तुम्हारा पत्र मिला। मैं कानपुर आ गया हूँ। 'चन्द खुतूत' के बारे में मैंने जो कुछ लिखा था वह इसलिए नहीं कि मैं अपना कला-वैभव तुम्हें दिखलाऊँ। मैं दरिद्र, तुम्हारे सदृश उदार दानी को, वैभव दिखा सकता हूँ? तुम एक पार्वत्य-जल-स्रोत हो, मैं तो एक गँदली तलैया भी नहीं हूँ। भगवान तुम्हारे इस कल-नाद को मधुर से मधुर-तर और मधुर-तम बनाते जायें!

एक अनुरोध करूँ? बुरा न मानना। यह सोचना कि मैं तुम्हारा हूँ इसलिए यह बात कह सकता हूँ कि कलकत्ता बड़ा जालिया नगर है। तुम वहाँ रहते हो। उस नगर में तुम सदा जल-कमल-वत् रहना। रोज कसरत करना; खूब खाना; बल को बढ़ाना और वीर्य तथा ओज की, सजगता से, रक्षा करते रहना। इन पंक्तियों को पढ़कर क्षुब्ध न होना, भाई! निराला-गति से सदा परे—अति दूर—रहना। तुम प्रचारक हो, हिन्दुत्व के भविष्य में तुम्हारा विश्वास है। इसीलिए यह अनुरोध करने का साहस करता हूँ।

तुम्हारा बन्धु
बालकृष्ण

(46)

Pakkakuan Dasna Gate
Ghaziabad
12 जुलाई 1944

श्रद्धेय उग्र जी,

सादर वन्दे।

आपका 3 जुलाई का लिखा पत्र कल सायंकाल प्राप्त हुआ। बहुत दिनों से अस्वस्थ होने के कारण आजकल मैं कोई भी पत्र-पत्रिका नहीं देख पाती हूँ। अधिकारीजी के आफिस से 1 जुलाई का 'विक्रम' लापता है। अच्छा होता कार्ड के साथ ही एक प्रति 1 जुलाई विक्रम की भी प्राप्त होती। मैं 'विक्रम' की खोज में प्रयत्नशील हूँ। उधर यदि देरी नागवार न हो तो एक प्रति जुलाई के विक्रम की भेज दीजिए—मैं अपनी सम्मति सहर्ष दूँगी। जीजी का चरित्र मैं आये दिन प्रत्येक भारतीय नारी के जीवन में चरितार्थ होते देख रही हूँ। शेष फिर।

योग्य कार्य।

आपकी
रामेश्वरी शर्मा

(47)

Pakkakuan Dasna Gate

Ghaziabad (U.P)

मान्यवर उग्र जी,

सादर वन्दे।

परसों आपका पत्र मिला। कल एक पोस्टकार्ड लिखा और आज 'जीजी जी' पर 'पुनर्विचार' लेख प्रेषित है अधिकारी जी कल विक्रम खोज लाए थे शाम को लेख बीमारी की अवस्था में लिखा है। अब भी समस्त शरीर पर आयी हुई है लेकिन रूपकुमारी जी के लेख में ही कुछ जोश ऐसा था जो कलम चलानी पड़ी।

आशा है इन भूले-भटके विचारों को आप 'विक्रम' में स्थान दे कृतार्थ करेंगे।

आशा है लेख प्राप्ति सूचना अवश्य देवेंगे। भाषा में Slip of Pen के ठीक करने का कष्ट आपको—

योग्य सेवा

आपकी

रामेश्वरी

(48)

समाज

ए-6, कनाट प्लेस

नयी दिल्ली-1

23-11-53

आदरणीय 'उग्र' जी

आपको शायद विदित हुआ हो कि मैं कुछ दिन के लिए श्री कन्हैयालाल जी मिश्र 'प्रभाकर' के साथ 'ज्ञानोदय' में चला गया था। वहाँ से हटकर इस नये पत्र का निर्माण किया है।

इसका व्यापारिक पक्ष बहुत संगठित रहेगा। विश्वास है कि प्रथम वर्ष कठोर परिश्रम करने के उपरान्त हम लोग इसे आत्मनिर्भर बना सकेंगे।

आपने पढ़ा होगा 'ज्ञानोदय' में आपके ऊपर कुछ पंक्तियाँ लिखने की धृष्टता की है। जैसा कुछ भी है वह एक प्रयत्न है जो मैंने आपको समझने के लिए किया। अगर आप उससे सहमत न हों तो भी मत रखने की आज़ादी तो देंगे ही। पर प्रार्थना है कि अगर समझने में कोई भूल हुई हो और आप कुछ लिखना चाहते हों तो कृपापूर्वक लिख दीजिए। 'समाज' में सादर उसे सर्वोपरि स्थान मिलेगा।

क्या आप 'समाज' के लिए मुतवातिर लिख सकते हैं? क्या कोई 'कलम क़ालम और कृपाण' जैसा फीचर फिर? अगर आपकी हाँ मिले तो मैं सम्पादक के नाते अपने को धन्य समझूँ? कुछ थोड़ा पत्र-पुष्प भी देने की व्यवस्था बन पड़ी है—हाजिर रहेगा सदैव।

आपके पत्र की लौटती डाक से बड़ी बेताबी से प्रतीक्षा करूँगा। यह नयी इमारत दीर्घजीवी बन सकती है और आपके अपने क्रान्तिकारी आदर्शों के अनुरूप यदि आपने उस पर विचार किया तो।

आपका
महावीर अधिकारी

(49)

समाज
ए-6 कनाट प्लेस, नई दिल्ली-1
3-12-53

आदरणीय 'उग्र' जी

लेखों और दूसरी चीज़ों के लिए सदैव ही आपसे प्रार्थना करता रहा हूँ और करता रहूँगा पर यह नयी प्रार्थना भी काबिले गौर है।

'समाज' के लिए एक सन्देश और आशीर्वाद देने की कृपा करें ताकि उसके प्रकाश में हम लोग आगे बढ़ते रहें, कृपा करके टालें नहीं!

विनीत
महावीर अधिकारी

पुनश्च—

पुरी साहब से बातें हुईं। वह आपकी सेवा करेंगे। पर एक साथ नहीं मासिक तौर पर। रकम 250, या 300 मासिक हो सकती है रायल्टी के बारे में, 15% से अधिक उन्होंने किसी को दिया ही नहीं है और देंगे भी नहीं। मेरा व्यक्तिगत परामर्श भी यही है। 15% पर ही सम्बन्ध बन जाना चाहिए। वह औरों के बीस प्रतिशत से अच्छा रहेगा।

आप आ जाइए। केवल 8 ही दिन किसी दिल्ली निवासी मित्र के यहाँ ठहरने का बंदोबस्त करने की कृपा करें। 8 ही दिन आपके निवास से समुचित प्रबन्ध कर डालेंगे, मेरा रहना यहाँ नहीं है, वरना तो कुटिया हाजिर ही थी। आपके आने पर सब ठीक हो जाएगा।

आपका
महावीर अधिकारी

(50)

झंडेवाला मन्दिर, नयी दिल्ली-1
8 नवम्बर

श्रद्धेय श्री 'उग्र' जी,

प्रणाम

'कहानी' का विशेषांक देखने के बाद इच्छा हुई कि आपको पत्र लिखूँ। सम्पादकों ने लेखकों के पते दिये हैं, तो लगा कि वह पाठकों को उनसे पत्र-व्यवहार के लिए निमन्त्रित करना चाहता है। पत्र-व्यवहार का और लोगों से मिलने का मुझे शौक है। यह सोचके कि पहले किसको पत्र लिखूँ, नाम तो तैंतालीस हैं आपका आकर्षण सबसे प्रबल हो उठा। वैसे भी आपका नाम और कहानी सबसे पहले है। अस्तु।

मैं नहीं जानता कि आप पर मेरे पत्र की क्या प्रतिक्रिया होगी। इतना जानता हूँ कि मुझ पर आपकी प्रतिक्रिया क्या है। मैंने आपकी चीजें रुचि से पढ़ी हैं यह समझकर पढ़ी हैं कि उन्हें पढ़ना ही चाहिए, उनकी अवहेलना नहीं की जा सकती। आपकी चीज़ों में गहराई होती है, संवेदना भी पर्याप्त होती है और वह पाठक को हिला देती है। मैं यह अनुभव करता हूँ कि समाज यानी मनुष्य की शुद्धि होनी चाहिए, यानी समाज-व्यवस्था में गोपन-आचरण का जो बहुविध प्रसार हो गया है उसका समूल नाश होना चाहिए।

मैं आपके दर्शन करना चाहता हूँ। सम्भव हुआ तो आपसे बातचीत करने की भी मुझे इच्छा है। समाज व्यवस्था के विषय में मुझे रुचि है और मुझे लगता है कि आप उस सम्बन्ध में बता सकते हैं। मैं दुराग्रह नहीं करूँगा, हाँ इतना कहूँगा कि यदि आपके पास समय खाली रहता हो तो मुझे बुला लीजिएगा।

प्रस्तुत विशेषांक की आपकी कहानी क्षमा कीजिएगा, मुझे बहुत ज्यादा बलवान नहीं जान पड़ी। मेरी समझ में नहीं आया कि जो जीजी इतनी तेजस्वी है वह कैसे इतना अनाचार सह लेती है। क्यों नहीं, वह 'कल्लू के बेटे' को जन्म देने के बाद डूब मरती। या क्यों नहीं वह कोई ऐसा काम कर पाती, जो उनके मन के विद्रोह को प्रकट करे। मुझे लगता है कि जीजी पर तेजस्विता ज़बरदस्ती चिपका दी गयी है तो यह मनोवैज्ञानिक असम्भावना है।

वैसे कहानी का विषय अच्छा है। मेरा अपना परिचय यह है कि मैं एक मास पूर्व तक, ऊपर छपे नाम के पत्र में संयुक्त सम्पादक था। अब स्वतन्त्र पत्रकारिता और लेखन का पेशा करने की हिम्मत कर रहा हूँ। नया रंगरूट हूँ। शेष शुभ। उत्तर के लिए, यदि देना चाहें, लिफ़ाफ़ा भेज रहा हूँ।

भवदीय
महेन्द्र कुलश्रेष्ठ

(51)

श्रीराम

चिरगाँव
25-5-44

प्रिय 'उग्र' जी

इधर मैं इतना व्यस्त रहा कि 'विक्रम' की पहुँच भी लिख नहीं पाया और आपका कृपापत्र भी आ गया। आपका मुझ पर जो अनुग्रह है, वह ऐसा ही बना रहे, आपसे यही आशीर्वाद, मैं माँगता हूँ।

आपकी लेखनी सबल है इसका तो कुछ कहना ही नहीं, भले ही किसी की रुचि अथवा संस्कार कभी भिन्न प्रकार के हों। मैं तो इस प्रसंग में आपसे यही कहता हूँ—कुछ अनिवार्य झंझटों के कारण इधर मेरा लिखना-पढ़ना छूट-सा गया है। कुछ सेवा हो सकेगी तो प्रयत्न करूँगा। आप सानन्द होंगे।

आपका
मैथिलीशरण

(52)

श्रीराम

6 नार्थ एवेन्यू, नई दिल्ली
13-3-56

प्रिय 'उग्र' जी

कृपापत्र मिला। आपका आदेश शिरोधार्य है—

धूल और गुलाब दोनों उग्र जी के हाथ।
देखना है, आज कैसा भाग्य किसके साथ!

पुनश्चः—

मैं 'नाराज' तो नहीं हूँ। दुखित हूँ जो आपसे पा सकता हूँ, वह नहीं पा रहा हूँ।

मैथिलीशरण

(53)

31 अशोक नगर
पो. आनन्द नगर, अहमदाबाद,
19-6-56

आदरणीय 'उग्र' जी

सादर प्रणाम,

सेवा में सविनय निवेदन है कि मैं अपने अहिन्दी भाषा-भाषी विद्यार्थियों के

लिए एक ऐसा गद्य-संग्रह तैयार कर रहा हूँ जो कॉलेज-पाठ्यक्रम के उपयुक्त हो सके। उसमें आपका लेख 'बुढ़ापा' लेना चाहता हूँ। कृपया आप अपनी स्वीकृति देकर आभारी करें और साथ ही पुरस्कार की रकम भी सूचित करने का कष्ट करें, ताकि उसे सेवा में भेज सकूँ।

कष्ट के लिए क्षमा याचना चाहता हूँ। शीघ्रातिशीघ्र उत्तर देकर अनुगृहीत करें। उत्तर के लिए लिफ़ाफ़ा भेज रहा हूँ। अस्तु।

आपका कृपाकांक्षी,
रणधीर उपाध्याय

(54)

31, अशोक नगर
पो. आनन्द नगर, अहमदाबाद
7-7-56

आदरणीय 'उग्र' जी,

सादर प्रणाम

आपका ता. 26-6 का कृपा-पत्र मिला। आपने अपना 'बुढ़ापा' नामक लेख मेरे गद्य-संग्रह से सम्मिलित करने की अनुमति प्रदान करने की जो तत्परता प्रदर्शित की है, उसके लिए मैं आपके प्रति हार्दिक कृतज्ञता प्रकट करता हूँ।

पुरस्कार की रकम के बारे में मुझे आपसे थोड़ा-सा निवेदन करना है।

(1) जो गद्य-संग्रह मैं तैयार कर रहा हूँ वह एक मात्र गुजरात यूनिवर्सिटी के प्रथम वर्ष के विद्यार्थियों के लिए उपयुक्त होगा। गुजरात-जैसे छोटे से प्रदेश में तीन-यूनिवर्सिटी हैं—बड़ौदा, आनन्द और गुजरात। इससे ही आप गुजरात यूनिवर्सिटी के दायरे और विद्यार्थियों की संख्या का अन्दाज लगा सकेंगे। ऐसी स्थिति में 100 जैसी बड़ी रकम चुकाना बहुत ही कठिन है।

(2) गुजराती भाषा के गद्य-संकलनों के लेखों के लिए गुजरात के किसी लेखक का पुरस्कार इतना अधिक नहीं होता है। यह आपसे सादर निवेदन है।

(3) हिन्दी के राज्यभाषा होने के पश्चात् आप लेखकगण कुछ अधिक उदारता से काम लेने की कृपा करें तो हम पर निस्सन्देह आपका ज्यादा एहसान होगा, क्योंकि अब इस प्रकार के कार्य सभी अहिन्दी-भाषी प्रदेशों में शुरू होंगे। यह मेरी सलाह नहीं, मात्र भावाभिव्यक्ति है। आशा है, आप पुनः विचार कर उचित रक़म सूचित करने की यथाशीघ्र कृपा करेंगे, ताकि उसे सेवा में शीघ्रातिशीघ्र प्रेषित कर सकूँ। कष्ट के लिए क्षमा करें। उत्तर के लिए लिफ़ाफ़ा साथ में है।

विनीत
रणधीर उपाध्याय

(55)

31, अशोक नगर
पो. आनन्द नगर, अहमदाबाद
6-9-56

आदरणीय उग्र जी,

सादर वन्दे!

आपका ता. 2-9 का कृपा-पत्र आज मिला। पढ़कर अत्यन्त प्रसन्न हो गया। बम्बई अगर हमें मिल जाये तो पाँचों उँगलियाँ घी में। पर कौन देता है। देखिए न, फिर द्विभाषी राज्य की बातें शुरू कर दी हैं, जो न महाराष्ट्र की प्रजा को मंजूर हैं, न गुजराती प्रजा को। खैर, वह तो राजनीतियों के दावपेंच हैं। उसमें हमारी तूती की आवाज कौन सुने!

मैं अन्य लेखकों से अन्तिम निर्णय के लिए पत्र-व्यवहार कर रहा था, सोचता था जब सबकी अनुमति और पुरस्कार का प्रश्न निर्णित हो जाएगा, तब लिखूँगा। पर आपने सचेत कर दिया है। आज दिन 15 लेखकों की अनुमति आ गयी है, उन्हें भी लिखूँगा, ताकि ग़लतफ़हमी न हो जाय।

आपका 'बुढ़ापा' मुझे लेना है। और आपकी आज्ञा शिरोधार्य है, पुरस्कार भेजने में थोड़ा विलम्ब होगा। उसके लिए अवश्य क्षमा कीजिएगा। सचमुच आपके अन्तिम पत्र से मैं गद्‌गद हो गया। आपकी आत्मीयता के लिए मैं अपने को सौभाग्यशाली मानता हूँ। काश, इस प्रकार का व्यवहार हमारे अन्य लेखक भी करते। कृपा बनाए रखें।

योग्य सेवा सूचित करें।

आपका कृपाकांक्षी
रणधीर उपाध्याय

(56)

'बालक'
हिन्दी पुस्तक भंडार, लहेरियासराय
25-3-26

भाई उग्र,

मस्त रहो—भंग छींटो—डंड पेलो।

होली की बधाई के लिए बधाई। अपने इस अकिंचन बन्धु को याद रक्खा—यही बहुत है। भले ही तुम समझो कि तुम मेरे आगे मुँह दिखाने लायक नहीं हो—किन्तु, मेरे भाई, सच जानो—तुम्हारा मुँह सदा सर्वदा, सभी अवस्थाओं और

परिस्थितियों में, देखने लायक और तारीफ़ करने लायक है (और क्षमा कर सको तो चूम...भी) समझे? —पुनः क्षमा प्रार्थी हूँ।

'मतवाला' का होली अंक देखा—(होलिकांक नहीं—होलिकांक इस शब्द में 'साहित्य' जरा भी मालूम नहीं पड़ता—वज्र ऊसठ शब्द है—क्यों?) खूब सुन्दर हुआ है! वाह क्या कहना! जनाब भाई दुलारे लाल जी सहाब की धोती ख़राब हो गयी होगी—आग मूतते होंगे! निश्चय जानो!

'बालक' का विशेषांक तो मिला ही होगा—लिखो कैसा हुआ? एक ख़ास निवेदन—'बालक' बहुत घाटे में जा रहा है—यद्यपि इसके प्रकाशक बड़े उत्साही हैं, किन्तु मैं उचित समझता हूँ कि तुम्हारे ऐसे मित्रों से अपनी ख़ास हैसियत निवेदन कर दूँ कि जब इसकी समालोचना लिखने लगो, तो अपने ग्राहकों से एक अपील करो—वह 'बालक' को अपनावें। 'बालक' में जो त्रुटियाँ हों, लिखो—दूर करने को सदा तैयार हूँ। 'मतवाला' का हिन्दी साहित्य में एक ख़ास-ख़ास स्थान है और मुझे पूर्ण विश्वास है कि अगर तुम चाहो (श्रीमान् सेठ जी और मुंशी जी से भी मेरा निवेदन कहना) तो 'बालक' का बहुत-बहुत उपकार सध सकता है। अधिक न लिखूँगा—जैसा तुम तथा सेठ जी आदि मित्र और पूज्य उचित समझें, करें।

'ज्वालामल' का झंझट शीघ्र खत्म करो—छप-छपा जाय, तो अच्छा।

'बालक' के लिए भी कुछ लिखते रहना जरूर! जरूर!! जरूर!!!

पत्रोत्तर देते हो?

श्री बेनीपुरी

(57)

'श्रीकृष्ण-सन्देश' कार्यालय,, कलकत्ता
16-2-1928

प्रिय उग्रजी,

क्या स्कन्दगुप्त की समालोचना बुरी लगी? मैं नहीं समझता कि तुम किसी तरह आक्षेप मेरी नीयत पर कर रहे हो। क्योंकि मैंने honest opinion लिखी है। यह मत समझना कि मैंने कोई पक्षपात किया है। नाटक पढ़ने के बाद मुंशी प्रेमचन्द के मत से मैं बिल्कुल सहमत न हो सका। क्या करूँ। इन मामलों में अपनी राय की ज्यादा कद्र करता हूँ। क्या हम लोग अपने विचारों को बिल्कुल निष्पक्ष और स्वतन्त्र नहीं बना सकते? ताकि राय ठीक दे सकें। जल-भुनकर मत प्रकट करना उचित नहीं है।

आशा है, बसन्त में गहरी छनी होगी।

आपका स्नेही
विश्वम्भरनाथ जिज्जा

(58)

'श्रीकृष्ण-सन्देश' कार्यालय,, कलकत्ता
21-2-1928

प्रिय उग्रजी,

वन्दे।

मुंशी प्रेमचन्द की 'एथोर्टी' सुनाकर मुझे दहलाने की कोशिश मत करो। उनका जब से सेवा-सदन देखा है, तब से मुझे उनकी लेखन-शैली, भावों और बेतुके महावरों से बड़ी घृणा हो गयी है। सेवा-सदन के पहले ही परिच्छेद के पहले ही पन्ने में कम-से-कम तीन-चार बड़ी ही भद्दी भूलें हैं। हिन्दी में उपन्यास-सम्राट बन जाना बहुत ही आसान है बशर्ते कि वह दिन-रात क्लर्क की तरह लिखता रहे। मुंशी प्रेमचन्द स्कन्दगुप्त नाटक को समझ भी नहीं सकते; यह मेरा दावा है। खैर। अब भी 'मतवाला' में तुमने 'स्कन्दगुप्त और प्रेमचन्द' शीर्षक लेख पढ़ा या नहीं? क्या समझे?

हाँ, तुम्हें अब कलकत्ते में आ जाना चाहिए। सेठजी बिल्कुल अकेले हैं, और तुम्हारी जुदाई अब कहर मालूम होती है। तुम्हारे आने से बड़ी मदद मिलेगी, और मित्रों के लिए तुम खिलौना रहोगे। क्या मैं आशा करूँ कि तुम अब जल्दी ही आओगे?

तुम्हारा स्नेही
विश्वम्भरनाथ जिज्जा

(59)

'वीणा'
इन्दौर
27-9-45

मान्यवर बन्धु,

प्रणाम,

'संग्राम' में आपने जो सुझाव दिये हैं, वे बड़े ही उपयोगी हैं। मित्रों में उस लेख की चर्चा हो रही है। इस बार उसके अनुसार कार्य होने ही में समिति का, साहित्य का कल्याण है। यथासम्भव शीघ्र आप इधर आ जाएँ तो प्रयास में सजीवता आ जाय। जिस तरह आपने मालवा के दो सम्पन्न पत्रों को प्रतिनिधित्व दिया है, उसी तरह

मालवा के दो प्राणवाही नेताओं के रूप में, मैं आपको और नवीन को देखना चाहता हूँ। मेरी यह सदाशा पूर्ण हो।

कृपा रखें।

आपका
शान्ति द्विवेदी

पुनश्च:

समिति के सुधार में एक बात का ध्यान रखना चाहिए, वह यह है कि हमें व्यक्तियों को नहीं बदलना है, बल्कि कार्य-प्रणाली (सिस्टम) को बदलना है। इसके बदलने से नये-पुराने सभी आदमी उपयोगी बन जाएँगे। पत्र भंग की तरंग में लिख रहा हूँ, देखिए कहाँ तक ठीक है।

(60)

Grand Hindu Hotel
Opposite Chhedilal's Dharamshala
near Aminabad Park
Lucknow
13.5.24

प्रियवर भैया उग्र,

तुम्हारी सहानुभूति से तो मैं कृतार्थ हो गया। 'मतवाला' में तुम्हारी 'दो आँखें' देखकर मुग्ध हो गया। बड़े चुभते हुए भाव हैं। इतने मर्मतलस्पर्शी हैं कि क्या वर्णन करूँ। ख़ैर! तुम्हारा पत्र, अहा! पढ़कर छाती जुड़ा गयी, आँखें छलछला उठीं। और कोई कारण नहीं। केवल यही कारण है कि मेरे जैसे दरिद्र, पतित, अधमाधम और हृदयहीन व्यक्ति पर भी तुम्हारा इतना स्वाभाविक स्नेह है। मुझ जैसे मनुष्यत्वहीन और सिद्धान्तहीन व्यक्ति के साथ संसार में किसी की सहानुभूति न होती तो मैं सचमुच जीने का साहस नहीं करता। तुम्हारे जैसे उदाराशय सज्जन अपनी सहानुभूति-सुधा से सींच-सींचकर मुझे जिला रहे हैं। भैया, मेरे पारिवारिक दु:खों का अन्त नहीं होगा। उसका एक कारण है, सुनो! मेरी माता अपनी सभी सन्तानों से अधिक मुझे प्यार करती थी, मैं क्या कहूँ। आँखें उमड़ आयीं। माता का स्नेह! उफ़, हृदय भर आया। खैर, पिता का देहान्त तो विवाह से पहले हो चुका था। माता ने मरते समय बुलाकर बड़े प्रेम से हाथ और मुँह चूमकर मेरे हाथों में मेरे दोनों छोटे भाइयों का हाथ रखते हुए कहा, ''भोलानाथ! (इसी नाम से मुझे पुकारती थी) तुम्हें यही दो खजाने थाती के तौर पर सौंपे जाती हूँ, इनकी रक्षा करना। तुम पिता हो, ये तुम्हारे पुत्र हैं। मेरे दूध की लाज रखना। तुम्हें सौंपकर मैं निश्चिन्त मर रही हूँ।'' इत्यादि।

माता के मरने पर मैंने 'मातृवियोग' नामक लेख—'आर्यमहिला' में टूअर के नाम से लिखा था; शायद तुम्हें याद हो। खैर, माता की उक्त बातें चेष्टा करने पर भी मैं नहीं भूल सकता। वे वाक्य मुझे बड़ा कष्ट पहुँचा रहे हैं। किन्तु मृत्यु प्राप्त होने पर भी मैं उन वाक्यों का पालन करूँगा। माता के स्नेह और वात्सल्यभाव की स्मृति मेरे दुःखमय संसार को घड़ीभर के लिए स्वर्ग बना देती है। उस पूजनीया, वन्दनीया जननी के अमृत-वाक्यों के बन्धन से मुक्त होना मेरे लिए असम्भव है—नितान्त असम्भव है। लाचार हूँ। लाखों बार इच्छा हुई, आन्तरिक प्रेरणा हुई, मित्रों की सलाह हुई कि छोटे भाइयों के जिम्मे सब कुछ (पैतृक सम्पत्ति) आदि छोड़ दो और मौज करते फिरो। किन्तु माता मुझे इस क़दर जकड़ गयी है कि मैं छूट नहीं सकता! मेरी पत्नी को मेरे छोटे भाई और उनकी स्त्रियाँ बहुत सताती हैं, रुपयों के लिए मुझे बड़ा तंग करते हैं, मेरी राय का या मेरे अधिकार का कुछ मूल्य नहीं, किन्तु तो भी मैं मन्त्ररुद्ध विषधर की तरह लाचार तो हो गया हूँ। मेरे दुःख-सुख का मेरे भाइयों को ख्याल नहीं है; मगर मेरे दिल में भ्रातृ-स्नेह का अपूर्व भाव डालकर मेरी माता स्वर्ग चली गयी। मैं दुःखी भले ही रहूँ, पर छोटे भाइयों को दुःखी नहीं देख सकता। यदि बड़े भाई होते तो उन्हें कोसता भी, मगर क्या करूँ। वे नासमझ भी नहीं हैं। सयाने हैं, सन्तानवान हैं, शिक्षित हैं, स्वार्थान्ध हैं, विकट संसारी हैं। मेरा हृदय आसमान पर और उनका पाताल में है। क्या करूँ? स्वभाव से लाचार हूँ। तुम मित्र हो, भाई हो, मुझे पतित और दुष्ट तथा हीन समझकर भी मेरे ऊपर कृपा और स्नेह रखते हो, इसीलिए, तुमसे दिल खोलकर मैंने ये बातें कही हैं। नहीं तो, यह हृदय की संचित सम्पत्ति वितरण करने की चीज नहीं। तुम सहृदय भावुक और साहित्यिक हो, तुम भला-बुरा सब समझ सकते हो, तुम तह की मिट्टी ला सकते हो, तुम्हें दूर तक सूझ सकता है, इसीलिए सारी बातें स्पष्ट कहने का साहस किया है। क्षमा करना।

हाँ, विवाह न हुआ होता, तो मैं बड़े सुख से रहता। मेरी पत्नी, उफ़, बड़ा कष्ट सहन करती है, पर मुझे देखकर सारे कष्टों को भूल जाती है। वह प्रेम की मूर्ति और देवी है। उसका अभाग्य है कि मेरे साथ विवाह हो गया। मेरे ही कारण उस पर अत्याचार हो रहे हैं, वह अपने सारे सामाजिक अधिकारों से वंचित हो गयी है तो भी वह गऊ है। यदि वह कलहकारिणी होती तो मेरा जीवन निशीथ काल के श्मशान से भी भयंकर हो जाता। किन्तु मुझ पर ईश्वर की बड़ी अपार दया है। उसकी जैसी सीधी-सादी, भोली-भाली...और तुम लोग जैसे अकारण कृपालु मित्र मिल गये हैं। इससे मेरे दुःखी जीवन को बड़ा सहारा मिल रहा है। यही तो मेरी रामकहानी है। कभी भेंट होगी तो सुनाऊँगा। यदि मैं लिखने लगूँ तो इस साल समाप्त न होगा। किन्तु दिल-से-दिल को राहत होती है। तुमसे इतना दुखड़ा गा गया तो जी कुछ हल्का-सा हो गया। 'मतवाला' और 'माधुरी'

मेरे लिए कुछ नहीं। मैं तो टके सेर की भाजी से भी गया-बीता हूँ। मैं आपका मूल्य जानता हूँ, मैं पुरानी लकीर भी तोड़ सकता हूँ, उच्छृंखल भी हो सकता हूँ, पर निगोड़े हृदय को क्या कहूँ! बड़ी आफ़त है, भैया! मौत है!!

मैं स्वीकार कर चुका हूँ और फिर स्वीकार करता हूँ और जीवन-भर कहता और जपता रहूँगा कि मतवाला-मंडल में जैसा व्यवहार-बर्ताव था वैसा इस जीवन में, इस संसार में, मुझे कहीं कभी मिल नहीं सकता। .... मेरा कितना प्यारा कितना प्यारा था, उफ़, क्या कहूँ, अब नहीं है, दिल में हो तो हो, पर संसार की दृष्टि में नहीं है। यह मेरे लिए असह्य है। किन्तु, भैया पतित शिवपूजन से कितना explanation तलब करोगे? ज़रा, करुणांचल का छोर आगे बढ़ाकर मेरी आँखों के आँसुओं को भी पोंछा करो। मैं तुच्छ, क्षुद्र, हीन, दीन, पामर हूँ तो क्या, तुम्हारा ही तो हूँ। यदि न अपनाओगे तो भी तुम्हें अपना ही समझूँगा। अफसोस आज मेरे दुःख से तुम्हें भी दुःखी होना पड़ा। खेद है कि मैं ये बातें सबसे नहीं कह सकता। यदि कह पाता तो मेरी धोखेबाजी और चालबाजी पर घृणा प्रकट करनेवाले भी कुछ देर सँभल जाते। खैर, सौ बात की एक बात। मैं यहाँ अधिक दिनों तक न रहूँगा और अब मतवाला की शरण में न जाऊँगा अगर ये दोनों कर सका तो बेहतर, और न कर सका तो भी कोई हर्ज नहीं, क्योंकि बिना पेंदी का लोटा, कभी इधर कभी उधर लुढ़क जाय तो क्या आश्चर्य? किन्तु मतवाला में कौन-सा मुँह लेकर जाऊँगा? अगर जाऊँगा तो जाने ही के समय बताऊँगा। तुमसे अब परदा कहाँ?

फिर कभी—

तुम्हारा अभिन्न चिर प्रसन्न और खिन्न
शिवपूजन

(61)

काशी
23-8-29

भैया उग्रजी,

जय विश्वनाथ।

छपे निमन्त्रण के बाद तुम्हारा पत्र और फिर, सेठजी का रिमाइंडर।

मैं आज 20-25 रोज से सस्त्रीक बीमार हूँ। बच्चा भी। अभी तक डेरे से कहीं बाहर नहीं निकलता। व्यासजी आये थे। मेरी दशा देख गये हैं। 'मतवाला' के जीवन के इस ऐतिहासिक अवसर पर मैं मन मसोसकर रह गया हूँ। बड़ी ग्लानि हो रही है।

क्या करूँ, जीवन नष्ट हो रहा है। 'मतवाला' नव जन्म पर मिर्ज़ापुर आने की इच्छा थी, पर मन-ही-मन में रह जाती है। ईश्वरइच्छा।

क्षमा-प्रार्थी
शिवपूजन

(62)

(राजकमल प्रकाशन (प्रा.) लिमिटि. के नाम लिखा हुआ पत्र)

प्रतिलिपि—
श्री शिवपूजन, भगवान
रोड, मीठापुर, पटना-1
सोमवार, 27-2-61

मान्यवर,

15/2 का कृपा-पत्र मिला। 'अपनी खबर' पुस्तक भी मिली। अकारण कृपा के लिए बहुत कृतज्ञ हूँ।

श्री उग्रजी मेरे अभिन्न मित्रों में हैं। उनकी कृति पर मेरी सम्मति क्या? वे हिन्दी संसार में अपने ढंग के एक ही लेखक हैं। कलम के धनी हैं। ईश्वर ने कुलिश-कठोर लौह-लेखनी दी है। मस्ती और जवानी के धनी हैं। निर्भयता और साहस के धनी हैं। उनका साहस अदम्य अनुपम है। 'साठा सो पाठा' कहावत उन्हीं में चरितार्थ है। साठ साल के हो जाने पर ही तो वे अब नौजवान हुए हैं। अभी तक किशोर थे उनकी जवानी में शोखी की जो लहर है वह अप्रतिहत गति निरन्तर उमड़ती रहती है। आप उनसे और भी संस्मरण लिखाइए।

आपने उनकी यह पुस्तक प्रकाशित कर हिन्दी साहित्य को एक नयी और अनूठी चीज भेंट की है। हिन्दी में ऐसा कोई दो टूक और बेलौस बात कहनेवाला मस्ताना लेखक चाहिए भी। उनकी जानदार शैली, उनकी उपज है। जैसे भगवान के रोज अहंकार की हाँडी चढ़ती है वैसे ही उग्रजी के सामने सदा कुख्याति का कुंड धधकता है। वे निर्द्वन्द्व व्यक्ति हैं। इतिहास में उनकी लेखनी प्रतिबन्धों को परास्त करेगी। मेरी बधाई उन्हें भेज दीजिए, मैं भी पत्र लिखूँगा अभी पोती के ब्याह में घर जाता हूँ।

सधन्यवाद,
हस्ताक्षर : शिवपूजन

(63)

ब्रजकिशोर पथ
पटना-1
दिनांक-5-4-1956

मान्यवर,

आपको यह जानकर प्रसन्नता होगी कि हिन्दी के यशोधन साधक आचार्य शिवपूजन सहायजी के जीवन, स्मरण तथा कृतित्व विषयक एक प्रतिनिधि ग्रन्थ के प्रकाशन की योजना कार्यान्वित हो रही है। आचार्य प्रवर को आप समीप से जानते हैं तथा उनकी उपलब्धि से परिचित हैं। हमारा साग्रह अनुरोध है कि आप आचार्यजी के सम्बन्ध में अपना संस्मरण भेजकर इस योजना को सफल-सार्थक बनाने में हमारी सहायता करें।

हमें विश्वास है कि इस पुनीत उद्देश्य की पूर्ति में हमें आपसे इस रूप में अवश्य ही सहयोग मिलेगा। चूँकि दो-तीन मास में ही ग्रन्थ को प्रकाशित कर देना है, अतः हम अतिशय कृतज्ञ होंगे यदि हमें शीघ्र ही आपकी स्वीकृति की सूचना तथा रचना प्राप्त हो जाए।

बहुमान पुरस्सर

संस्मरण में आचार्यजी की 'मतवाला' सम्पादन कला के विषय में विशेष चर्चा रहनी चाहिए।

(64)

बाबू शिवप्रसादजी,
नमस्कार।

भूमिका व्यर्थ है। अस्तु, इस पत्र का स्पष्ट आशय यह है कि आजकल मैं दारुण आर्थिक-कष्ट में हूँ। जनवरी से मैं मतवाला-मंडल छोड़े बैठा हूँ। और बैठा हूँ विगत-वर्षों की, पुस्तकों की रायल्टी द्वारा प्राप्त, सारी आमदनी खा-पकाकर।

उस दिन आपने ज्ञानमंडल में श्रद्धेय पराड़करजी से कहा था—"देखिए उग्र को इस बार भागने न दीजिएगा—यह भाग-भाग करते हैं।"

इसमें कोई व्यंग्य हो तो आप समझें—मैंने तो यही समझा है कि आप मुझ पर सहज-सदय रहते हैं। मेरा समझना इसलिए भी स्वाभाविक है कि, आपके उदार दान से मैंने एक वर्ष तक हिन्दू-स्कूल में शिक्षा पायी थी। वह भी तब जब मैं साहित्य का अगण्य था, 'उग्र' नहीं; बल्कि समाज का दरिद्रता-दलित एक निर्धन ज्ञानार्थी था। आप ही के ज्ञानमंडल में मेरे साहित्यिक जीवन का आरम्भ ही हुआ है। यद्यपि, ज्ञानमंडल में मेरे अंकुरित होने की कहानी में पंडित पराड़करजी की कृपा का विशेष

भाग है। उन्हीं की अनुकम्पा से मेरी लघुता ज्ञानमंडल की विशाल-विज्ञानता में सज सकी। यह ठीक है। जो हो।

आप मुझसे कुछ काम लीजिए। इसलिए नहीं कि उस काम की आपको आवश्यकता है, बल्कि इसलिए कि मुझे रुपये चाहिए। मुझसे इस प्रेम-आर्डिनेन्स-युग में कौन काम ले सकता है? और मुझे रुपये तो चाहिए ही (—चाहिए किसे नहीं?)। यद्यपि मैं अविवाहित हूँ फिर भी सांसारिक नेह-नाते, वासनाएँ जिनका भयानक-मोहक मुख देखकर—"आगे आती थी हाले-दिल प' हँसी, अब किसी बात पर नहीं आती" लिखनेवाले गालिब ने—"हम वहाँ हैं जहाँ से हमको भी, कुछ हमारी खबर नहीं आती" लिखनेवाले गालिब ने उस पैसा-पति (बादशाह ब्रेकर में) को यहाँ तक लिख दिया था कि, "आपका बन्दा और फिरूँ नंगा? आपका नौकर और खाऊँ उधार?" छिः! छि! पैसों ने महाकवि गालिब की दार्शनिकता से बड़ा परिहास किया।

आप मुझसे ऐतिहासिक नाटक, विषय-विशेष की कहानियाँ या उपन्यास लिखाकर मेरा संकोचहीन उपकार कर सकते हैं। मुझे तुरन्त आर्थिक आवश्यकता है इसलिए इस कोलाहल-काल में आपसे बहु-व्यस्त व्यक्ति को पुकार रहा हूँ, नहीं तो; कलम मेरा पत्र लिख रहा है और आँखें श्री भर्तृहरि का यह श्लोक पी रही हैं—

फलं स्वेच्छालभ्यं प्रतिदिनमखेदं क्षितिरुहां,
पयः स्थाने-स्थाने शिशिर-मधुरं पुण्यसरिताम्।
मृदुस्पर्शा शय्या सुललित-लता पल्लवमयी,
सहन्ते सन्तापंतदपि धनिनां द्वारि कृष्णः।।

(अनुवाद—वन-वन में मुफ्त के सुफल हैं, जगह-जगह पर भगवान की करुणामयी नदियाँ प्राणी-प्राणी को अपना कलकल निमन्त्रण दे रही हैं, स्थान-स्थान पर लता-पल्लव और हरी दूबों की मखमली सेज लगी हुई है और इस पर भी तबीयत के रंक लोग धनियों के दरवाजे पर ठोकरें खाते हैं!—उग्र)

(65)

'सैनिक' कार्यालय
आगरा
27-2-1964

प्रिय उग्रजी, सप्रेम वन्दे।

5 फरवरी के साप्ताहिक सैनिक में '9999' वाली कहानी प्रकाशित हुई थी। उससे शहर में काफी हलचल है। कहा जाता है कि सैनिक पर मुकदमा चलाने के लिए कुछ रुपया भी इकट्ठा किया जा रहा है। हजार-पाँच सौ बनियों के दस्तखत

भी कराए जा रहे हैं। कांग्रेस की ओर से जो उम्मीदवार खड़े हुए हैं उनका विरोध भी शुरू हो गया है। जवाहरलाल नेहरू को जो थैली दी जानेवाली है, उसमें भी रुकावट डाली जा रही है। यह कहकर कि रुपया भी हमीं से माँगने आते हैं और हमारे खिलाफ भी लिखते हैं। यह सब तो आपको सूचना देने के लिए है। केवल आपके मनोरंजन के लिए।

दूसरा जो कन्हैयालाल वैद्य के सम्बन्ध में, 9 फरवरी के दैनिक सैनिक में 'रियासती राजनीति और रगड़े' निकलता था उसके उत्तर में वैद्यजी ने वह बेनक़त आपको सुनाई और आपकी झूठन मुझे भी मिली है। उस सिलसिले में 'युग प्रवर्तक' का अंक भेज रहा हूँ। मैं इस पत्र को कोई महत्त्व नहीं देता! आपके कथनानुसार इनके सम्बन्ध में कुछ लिखना इनको महत्त्व देना होगा।

हाँ, तो ऊपर की बातें तो आपको सूचनार्थ लिखीं, अब होली आ रही है। दैनिक सैनिक का होलिकांक निकलेगा। आपने एक लेख भेजा है, क्या वही काफी होगा? वह तो आपके एक मित्र का है। आप भी कुछ लिखने की कृपा करें। आशा है आप स्वस्थ होंगे। दयाभाव रखिए।

आपका
जीवाराम पालीवाल

(66)

दैनिक 'सैनिक', आगरा
3-3-1963

प्रिय उग्रजी,

सस्नेह वन्दे।

आज सुबह नौ बजे मुरादाबाद से लौटा तो आपका कार्ड मिला। आप अस्वस्थावस्था में भी मेरे लेखों को पढ़ लेते हैं व उन्हें पसन्द भी करते हैं यह आपके प्रगल्भ सच्चे स्नेह का ही द्योतक है।

आप अपने स्वास्थ्य की ओर ध्यान दें। आपका जीवन व आपका स्वास्थ्य आपका नहीं हिन्दी भाषा-भाषियों का है। उसकी उपेक्षा करोड़ों के प्रति अपराध है।

आप जीवित हैं। जीवित रहेंगे। मृत्यु आपका बाल भी बाँका नहीं कर सकती। आप अमर हैं। आप स्वार्थी और कायरों के काल हैं।

दिल्ली कब तक रहेंगे? लिखें। मार्च में मेरी आँखों का ऑपरेशन न हुआ तो आऊँगा—मिलूँगा। योग्य सेवा निस्संकोच लिखें।

सदैव आपका
श्री. द. पालीवाल

(67)

प्रिय उग्रजी,

Times of India का अंक जिसमें महाराज भरतपुर का चित्र है, उनके पोलो के खिलाड़ियों के साथ, कृपा कर आज ही गर्गजी के हाथ भेज दीजिएगा। बड़ी जरूरत है।

आपका
'निराला'

(68)

Magrair (Unao)
21.12.29

प्रिय कलक्टर काका कोलाहलकरजी,

सप्रेम।

एक बार 'मतवाला' में पहले जैसे किसी ने 'निराला' रूपक पहचान लिया था, उसी तरह, उसी आधार पर आपकी यह पंक्ति—"सोचते हैं ऐं-से-मुझसा चमकीला कौन? ये—दूसरे!—" मुझसे अगर कुछ भी सम्बन्ध रखना है, तो क्या मैं आपसे पूछ सकूँगा, कि इस तरह की भावना के प्रमाण, आपके 'मतवाला' में 'उग्र' जी की ही तरफ़ ले आपको नहीं मिले? आप 'मतवाला' मंडलेश से सलाह कर लीजिए।

और आपने उग्र-साहित्य की जैसी तारीफ़ की है, जान पड़ा, वास्तव में आपको यह साहित्य अच्छा लगा है। पर, समालोचक क्या अन्धे ही आपको मिलते रहे हैं?—आप भी एक ही निष्पक्ष लिक्खाड़ दिखायी दिये। आपकी इन बातों को देखकर मन-ही-मन हँस लेने के सिवाय और कोई उत्तर नहीं। प्रतिभा की आपने जैसी पहचान करायी, खेद है सहमत न हो सका।

'निराला'

(69)

'सैनिक' कार्यालय, आगरा
18-6-46

आदरणीय उग्र जी,

'चाँदमारी' के लिए सैनिक के पाठक विशेष रूप से उत्सुक रहते हैं। पिछले दो अंकों में फिर से चाँदमारी का पाठकों ने स्वागत किया है। मुझे आशा है आप सैनिक

के लिए चाँदमारी अवश्य भेजते रहेंगे। यह मैटर प्रेस में मंगलवार को दिया जाता है, अत: अधिक-से-अधिक मंगलवार की सुबह की डाक से यह मैटर मिल जाया करे तो हमें विशेष सुविधा हो। कल प्रात: तक यदि यह मैटर मिल सका तो उसका उपयोग इसी अंक में हो जाएगा अन्यथा अगले अंक के लिए रख लिया जाएगा।

आशा है आप प्रसन्न होंगे। कृपा-भाव बनाए रखें। उत्तर देकर अवश्य अनुग्रहीत करें।

आपका
शान्तिप्रसाद पाठक
सं. सम्पादक सैनिक

(70)

'सैनिक' कार्यालय, आगरा

आदरणीय उग्र जी,

आशा है आप कुशल होंगे। हिन्दी पंच की आलोचना 5 मार्च के अंक में फिर छपी है। अंक आपको भेज दिया है। पता भी बदलवा दिया है। फरवरी के 'नवजीवन' में श्री कन्हैयालाल मिश्र का एक स्केच आपके बारे में पढ़ा। कल पालीवालजी भी आपके बारे में बहुत-सी बातें सुना रहे थे। ऐसा कि क्यों न इस बार होली राजधानी को छोड़ अकबराबाद की पुरानी राजधानी में ही मने। यदि एक दिन को आ सको तो सैनिक परिवार आपका स्वागत कर गर्व महसूस करेगा। होली-अंक के लिए रचना 12 तारीख तक अवश्य भेज दें और पत्र द्वारा हमारी प्रार्थना की स्वीकृति भी भेज दें।

भवदीय
सुरेन्द्र भारद्वाज
प्र. सम्पादक

(71)

The Sainik
Agra
14.3.1957

प्रिय उग्रजी,
सस्नेह वंदे

आपका 1-3-57 का पत्र मिला। बधाई के लिए बारम्बार धन्यवाद! लेख में आपका तेज दिखाई दिया यह प्रसन्नता की बात है—चूँकि उग्र का जिसमें तेज दीखे उसमें विशेषता अवश्य होनी चाहिए।

कृपया लिखिए—कहाँ हैं, क्या कर रहे हैं, कुशल तो हैं?

सदा सर्वदा आपका
श्री. द. पालीवाल

(72)

दैनिक 'सैनिक'
आगरा
14-6-1963

प्रिय उग्रजी

सस्नेह वंदे

बहुत दिनों बाद आपका पत्र पाकर बहुत खुशी हुई। वर्षों से आपका कोई पता ही नहीं था। मैं तो राजनीति और स्वास्थ्य के झगड़ों में ऐसे बुरी तरह फँस गया कि साहित्यकारों से सम्पर्क नहीं रख सका। आजकल आप क्या कर रहे हैं? इस अभागे देश को इन दिनों—'उग्र' की जितनी आवश्यकता है उतनी पहले कभी नहीं थी। उग्र का 'परूश' देश की जनता की कायरता और समूचे राष्ट्र की चरित्रहीनता पर निरन्तर प्रचंड प्रहार करता रहे—यही चाहता हूँ।

इन दिनों मेरी दोनों आँखों में मोतियाबिन्द है, इसलिए पढ़वाकर सुनता हूँ, और बोलकर लिखवाता हूँ।

सदैव आपका
श्री. द. पालीवाल

(73)

दैनिक 'सैनिक'
आगरा
22-6-1962

प्रिय उग्रजी,

सस्नेह वंदे

आपका पत्र मिला। आपकी कमजोरी व अस्वस्थता का हाल सुनकर हृदय को धक्का लगा। कृपया लिखिए कि आप वहाँ क्या कर रहे हैं? आपके घर का पता क्या है? सम्भव है कि मैं अक्टूबर के पहले सप्ताह में जयपुर जाऊँ तो आपसे मिलूँगा। मिलने पर सब बातें हो जाएँगी।

सदैव आपका
श्री. द. पालीवाल

(74)

'सैनिक' कार्यालय
कसेरट बाजार, आगरा
15-11-1962

प्रिय उग्रजी,

सस्नेह वंदे

कल आपका पत्र पाकर यहाँ बेहद खुशी हुई वहाँ आपके स्वास्थ्य-सम्बन्धी समाचारों से भी चिन्ता हुई। मैं सम्पूर्णानन्दजी को लिखूँगा कि वह आपकी चिकित्सा का स्वयं ध्यान रखें। उन्होंने अब तक कुछ किया उसके लिए मैं उनका आभारी हूँ।

सैनिक तक चीन-सम्बन्धी अभी आपकी कृति नहीं पहुँच सकी है लेकिन उसकी चिन्ता न करें, मुख्य चीज आपका स्वास्थ्य है, उसकी ओर ध्यान दें। डॉ. का कहना मानें। सैनिकवाले आपके लिए कुछ पत्र-पुष्प भेंट करना चाहते थे। वह राजस्थान में रहनेवाले सज्जन ने यह कहकर रुकवा दिया है कि उसकी आवश्यकता ही नहीं है। लेकिन वह तो आपकी आवश्यकता-पूर्ति के लिए नहीं था वह तो अपनी श्रद्धामय सहानुभूति व्यक्त करने के लिए थे—अब सम्भवत: वह लोग भेजेंगे—स्वीकार करें।

आपके पत्र से मुझको सबसे बड़ा लाभ यह हुआ कि आपका पता मिल गया है। मेरे हृदय में आपके लिए जो स्नेह है, वह जीवन-पर्यन्त रत्तीभर भी कम नहीं हो सकता। भगवान शीघ्र आपको आरोग्य प्रदान करें।

सदैव आपका
श्री द. पालीवाल

(75)

सर्वथा निजी

विक्रम-उज्जैन
(मालवा)
29-6-44

श्रीमन्!

आपका सूचना-पत्र मिला। अभी तक आपने मुझे कब बख्शा है? आप अपना और विरोधी रूप प्रकट होने दीजिए, मैंने अपनी ओर से आप और कन्हैयालालजी वैद्य का रत्तीभर भी नुकसान नहीं किया है। मेरे से जो बना है, ठीक ही ईमान से किया है। इस पर आप इसी बात पर तुल गये हों और मेरी 'हत्या' करने से ही आपको सुख हो तो मैं सिर झुका रहा हूँ। आज तक आप इकतरफा प्रहार करते आये हें, पर कोई एक वाक्य भी न कहे और उस पर खड्ग-प्रहार होता ही चला जाए, तब मेरे समाचार सुन लेंगे। निरन्तर किसी की इज्जत पर हाथ डालने का और क्या परिणाम होगा, यदि

आप उससे सन्तोष पा सकें तो आश्चर्य नहीं कि आपको किसी रोज वही सुनना पड़ेगा। परन्तु परमेश्वर पर यदि आपका विश्वास है, तो वहाँ से न्याय जरूर होगा। वैद्यजी बालबच्चेदार हैं, वे मेरे साथ जो कर रहे हैं, उसका प्रतिफल भगवान से पाएँगे और मैंने पाप किये होंगे तो मैं पाऊँगा। परन्तु मैं हृदय से मानता हूँ कि—आपके-दोनों के साथ मैंने कोई भी अनीति नहीं की है। आप लोगों ने मुझ पर प्रहार न्याय से नहीं किये हैं। भगवान महाकाल के समक्ष अवश्य न्याय है। और क्या कहूँ?

आपका

सू. ना. व्यास

(76)

सर्वथा निजी

विक्रम-द्विसहस्राब्दि-स्मृति-पथ

उज्जैन

श्रीयुत उग्रजी,

आपका भगवान जाने मेरे पूर्व जन्म के कौन से ऐसे संस्कार हैं कि निरन्तर एक दीर्घकाल से आपके आक्रमण का निरन्तर शिकार बनता आ रहा हूँ, यद्यपि मैंने अपनी प्रवृत्तियों के अनुरूप एक बार आपके निकट होकर अपनी ओर से ऐसा कोई भी कार्य नहीं होने दिया, न सारे आक्रमणों के बाद भी एक अक्षर ही आपके विरुद्ध उच्चार किया, ऐसी स्थिति में भी आपने मुझे सब कह-सुन लिया है, और मैं उसी निजत्व की भावना से ईमानदारी के साथ सब-कुछ परिवार की लड़ाई की तरह आपके समक्ष निर्विकार भाव से उपस्थित हुआ हूँ, और उचित तो यह था कि आप भी अपने हृदय को निर्विकार कर लेते परन्तु यह कहाँ का न्याय है कि—एक व्यक्ति पर एकतरफा वार करते ही जाएँ, जबकि वह सब सहता ही जाता है। आपके हृदय की उच्चता इतना जरूरी स्थान ले लेती है कि आप हानिकारक...भी कर गुजरते हैं। हालाँकि उन भ्रमों में रत्तीभर भी 'सत्य' का अंश नहीं। यदि मेरे कहने में जरा अक्षर भी असत्य हो तो जो दंड हो, हानि हो, सहने को तत्पर हूँ। क्या आपने इसको तौला है?—भगवान महाकालेश्वर साक्षी हैं कि आप मेरे साथ बहुत अन्याय कर रहे हैं। मैं अपनी कुलीनता के अनुरूप ही प्रहार सहन कर रहा हूँ, परन्तु आप हवा में भी मेरे विरोध का झोंका आकर 'सत्य' मान लेते हैं, और तुरन्त शस्त्र-प्रहार करने को सन्नद्ध हो जाते हैं। मेरे हृदय को बड़ा कष्ट होता है। परन्तु जिन 'धार्मिक' बातों पर आपका शस्त्र संयम छोड़कर हत्या करने पर तत्पर बन जाता है, वे एक अक्षर भी सही नहीं हैं। मैं चैलेंज करता हूँ कि यदि निष्पक्ष जाँच हो (जिसमें मैं हाजिर होने को सर्वदा तत्पर हूँ) और आरोप एक अंश में भी सच हो जाय तो अपना 'सिर' झुका दूँगा। परन्तु आप जैसे व्यक्ति से जो एक बार हृदय से कलुष धो देते, क्या यही आशा की जाय कि मेरे साथ

अन्यायपूर्वक प्रहार करें? मैं यह नहीं कहता कि आप मेरा 'फेवर' करें, परन्तु निर्विकार—बिना प्रेजूडिस होकर देखें तो सही कि तथ्य क्या है। भगवान महाकालेश्वर पर आपकी श्रद्धा है और उनकी शपथपूर्वक मैं आपको बतलाता हूँ कि मैं सर्वथा निर्दोष हूँ। मुझे जिस प्रकार बदनाम करने के लिए षड्यन्त्र किये जा रहे हैं, मैं विश्वास रखता हूँ, परमेश्वर उन्हें अवश्य परिणाम देगा। परन्तु ईश्वर के लिए नाहक मेरे साथ अन्याय न कीजिए, यही अनुरोध है। फिर आप स्वतन्त्र हैं। विक्रम के विषय में तथा मेरे विषय में आपकी भावनाएँ जानकर कलेजा धक् से रह जाता है। इसमें कितना सत्य आपने लिखा है यह आपका हृदय जानता होगा, परन्तु आपकी वाणी पर सत्य की विजय होगी? क्या उपाय? आप दृढ़ वस्तु को विकृत ही देखना चाहते हैं। क्या विक्रम के जन्म के प्रथम आप महीनों मेरे यहाँ रहे, तब भी मेरा कोई स्वार्थ था?

विक्रम के लिए भी मैं आतुर नहीं था। आपका दुराग्रह था। और निकलने पर यदि मेरा मत आपसे न मिले तो मेरा फर्ज यही था कि मैं अलग रहूँ। उसमें क्या हित था, यदि उस वक्त मैंने आपको स्वार्थवश सहयोग नहीं दिया, पत्र की सहायता नहीं की तो, आज तो मुझे उसे चमका लेना चाहिए था न? फिर क्यों घाटा है? यह भी स्वार्थ है? मैंने आपके सभी आक्रमण सहे, परन्तु आपके हृदय ने 'विक्रम' पर दो शब्द भी सहकर मीठे नहीं लिखे। बल्कि इतने विषमय! आपकी मर्जी। आप सत्य-न्याय सभी की हत्या कर एक-दूसरे के प्रति इतने अनुदार हो सकते हैं, दीर्घ द्वेष के साथ किसी में जरा भी अच्छाई नहीं देख पाते हैं, इसे आपका स्वभाव ही कहा जाए, आप स्पष्टवादी होकर दूसरे सत्य-स्पष्टकों की नहीं मानते। अस्तु! आप कुछ भी कहें, मैं कुलीन हूँ, मैंने मनसा-वाचा-कर्मणा आपका कोई अहित नहीं किया है। न ईश्वर मुझे ऐसी बुद्धि दे। दुःख के साथ भी मैं आपके प्रति यथावत् रहने का साहस ही रखना चाहता हूँ।

आपका

सू. ना. व्यास

(उग्र : व्यास-संघर्ष-प्रसंग-उज्जयिनी के छूटे ये लेख-टिप्पणी से)

(77)

भारती भवन

उज्जैन

दिनांक 6-2-1956

श्रीमान सहृदयवर 'उग्र' जी,

नमस्कार!

मेरा पत्र यथा-समय प्राप्त हुआ होगा ही। आशा है आप प्रसन्न-स्वस्थ होंगे।

आज 'हिन्दू पंच' के चिर प्रतीक्षित दो अंक साथ मिले, इस कृपा के लिए आभारी हूँ। दोनों अंकों को पढ़कर विनोद जगत की इस अद्‌भुत सृष्टि के लिए हार्दिक अभिनन्दन करता हूँ। इस समय पत्र-जगत में हिन्दू-पंच का अवतरण सर्वथा सामयिक और महत्त्वपूर्ण है। फिर यह जिस ज्ञान-सज्जा से प्रकाशित हो रहा है वह व्यापक आकर्षण करेगा। 'मतवाला' को मौलिकता 'पंच' में प्राप्त होती है। आपकी सिद्ध और यशस्वी लेखनी का प्रसाद लेकर यह प्रति मास प्रकाश विस्तृत करेगा।

विनीत

सू. ना. व्यास

(78)

भारती भवन, उज्जैन (मालवा)

दिनांक 20-2-1956

श्रीमान उग्रजी,

नमोनमः।

कृपा-पत्र मिला। अनुगृहीत हूँ। मैं अवश्य ही सेवा में समृद्ध रहूँगा। लेकिन पू. माँ के अभाव में मेरी मनःस्थिति बहुत ही उद्विग्न-निराश-सी हो गयी है। 'पंच' मेरा अपना है, उसके लिए लिखता रहूँगा। 'पंच' वास्तव में इस समय एकमात्र विनोद-पत्र है। वह स्वतन्त्र स्थान ही रखेगा।

आपका

सू. ना. व्यास

(79)

भारती भवन

उज्जैन (सी. आई.)

2-5-56

स्नेहमय श्रीमान उग्रजी,

नमस्कार।

कृपापत्र मिला। क्या बतलाऊँ यहाँ के नये-नये अधिकारी और लगे-लिपटे लोग बिन जाने ही ऐसी बात करते हैं जो लोगों को मुसीबत में डाल देती है। कुंड की भी ऐसी ही बात हुई। जिस पर यह रोक लगा दी है नई दुनिया का यह नियम हो गया है कि वह उज्जैन की बात का विरोध कर विरोधी पक्ष का समर्थन करने लगता है। यहाँ वही चल रहा है। कुंड पर अभी नहाने नहीं दिया जाता है। दो व्यक्ति भूल से नहा लिये, उन्हें पकड़ा है। एक परदेशी था, उसे सताया गया, कोर्ट में भेजा गया। चार आने के जुर्माने पर दूसरे दिन छोड़ा। अब भी रोका हुआ है।

मैं 23/6 से ज्वरग्रस्त हो गया। पर लाठीबन्द पुलिस का पहरा है। नहाना बन्द है। सोमवार को लोगों को बहुत कष्ट हुआ। हजारों को निराशा हुई। आफिसर 'जिद' पर हैं। मैं प्रतीक्षा कर रहा हूँ। प्रयत्न निरन्तर जारी है। न सुधरा तो नियम तोड़ नहाऊँगा। शासन बना रहा है। तथापि श्रावणी-स्नान के नियम को तोड़कर हजारों को दुखाया गया है।

मैं आपको कैसे भूल सकता हूँ। इधर 4 मास से 5-6 रोज ही स्वस्थ रहा 'होऊँगा' वर्ना ज़रा भी ठीक हुआ कि बिस्तरों पर पड़ता हूँ। आपका तो कुंड स्नान प्रिय विषय रहा, पर आज? कुछ हुंकार कीजिए न? 'पंच' इधर पाँचवें अंक से नहीं आया है।

आपका

सू. ना. व्यास

(80)

भारती-भवन, उज्जैन

27-5-61

श्रीमन्,

नमस्कार।

अभी पत्र मिला, मेरे दोनों पत्रों के मिल जाने की सूचना से सन्तोष मिला। आशा है आप प्रसन्न स्वस्थ होंगे। मेरी खबर मिल गयी थी। आत्म-चरितों के इतिहास में यह अपने ढंग की अद्‌भुत और अपूर्व ही वस्तु बनी है। फिर भाषा के तो आप धनी ही ठहरे। बहुत मजेदार और जानदार चीज है। आपके 'गालिब' के प्रकाशन का क्या हुआ? कब तक होगा?

और यहाँ सब प्रसन्न हैं। क्षेम, कृपा।

आपका

सू. ना. व्यास

(81)

भारती-भवन, उज्जैन

10-6-61

श्रीमन्,

नमस्कार।

कृपा-पत्र मिला। मैं बाहर था। कल आया हूँ। आशा है आप सानन्द हैं। पुस्तक

वास्तव में आपकी तेजस्विता के अनुरूप ही हुई। यह सुन्दर है और पर्याप्त भी है।

और सब क्षेम, मेरे योग्य सेवा। कृपा, स्नेह।

आपका
सू. ना. व्यास

(82)

भारती भवन, उज्जैन
(मालवा)
दिनांक 2-9-1956

सहृदयवर,

कृपा-पत्र उज्जैन से लौटकर यहाँ मिला। 10-12 दिनों से यहाँ हूँ। 5-7 दिनों में वापिस हो जाऊँगा। आप मालवे में आ रहे हैं; स्वागतम्। मिलने को बहुत ही उत्सुक हूँ। उज्जैन-मालवा तो मध्यप्रदेश में मिलकर अपना अस्तित्व खो रहा है। आप आएँ, तब विचार हो।

कृपा-प्रेम—

आपका
सू. ना. व्यास

(83)

भारती भवन
उज्जैन
12-9-1956

सहृदयवर उग्रजी,

नमस्कार।

आज आपका पत्र 'नवप्रभात' में पढ़ा। निस्सन्देह इससे बड़ा बल मिला है। शायद अधिकारियों की आँखें खुलें। पर यह उन्होंने 'प्रेस्टिज' का प्रश्न बना लिया है। जनतन्त्र में भी जनता भले ही पीड़ित हो, पर अधिकार के 'अहं' की रक्षा के लिए 'प्रेस्टिज' पहल करना ही है।

पिछले सोमवार को सोमवती थी। कोई पचास हजार यात्री बाहर से आये, पर यहाँ पूरी पुलिस की पलटन लाठी लिये खड़ी—डटी रही। इन दिनों 5-6 व्यक्तियों को (जो अनजान परदेशी थे) नहाने पर पुलिस ने पकड़ा और हथकड़ियाँ डालकर सरे-बाज़ार ले जाया गया, 4-4 आने जुर्माना तो हुआ पर गरीबों के पास यह भी नहीं

थे, सो या तो कोर्ट ने दिये, या कुछ के पुलिस ने पेमेंट किये। यह दशा है। 22 रोज हुए शासन टस-से-मस नहीं। कभी इस पर भी रगड़े दिये जाएँ। बाहर के प्रहार का प्रभाव तो सब पर होता ही है।

और क्षेम, कृपा। आप स्वस्थ होंगे।

आपका
सू. ना. व्यास

(84)

भारती भवन
उज्जैन
2-10-56

श्रीमन सुहृद्वर!

नमस्कार।

कृपा-पत्र आया। मैं गत 19/9 को बम्बई से वापिस आया हूँ, 23 रोज बाहर रहा हूँ। भला आपको कैसे भूलता। मैंने तो बम्बई से ही आपको स्वागतपूर्वक आने का अनुरोध भी किया है। आप अवश्य आइए। यह घर तो आपका है, सदैव ही! मैं तो आपको स्वप्न में भी गरीब नहीं मानता, ईमानन। यहीं चर्चा करता रहता हूँ। मैं मानता हूँ—

तबंगरी ब दिलस्त न, माल!
बुजुर्गी व अक़्लस्त न साल!!

आपको गरीब समझने वाला कंगाल है। आप 'दिल' के धनी हैं। माल के धनी तो कभी के कंगाल हो गये—होते जा रहे हैं! आप चिर धनी रहेंगे। पैसेवाले चाहे मिट जाएँ, आपकी साहित्यिक सम्पन्नता अमर रहेगी। यह चापलूसी नहीं, सही है।

ललित से मैं बम्बई जाने के पूर्व मिला था। बातें हुई थीं। सम्भवत: अनशन का अवसर न आए। पर श्रीनारायणजी के चले जाने से स्थिति खराब है। उसी खराबी का शिकार विक्रम भी हुआ है। श्रीनारायणजी के जाते ही 400 ग्राहक शासन ने बन्द किये। और भी हानि सहसा आ जाने पर 'विक्रम' रोकना पड़ा! यह शिक्षा-विभाग का हाथ है। मन्त्री विशेष रूप से उज्जैन से नाराज़ है!

अब आप कब आ रहे हैं? और क्षेम। कृपा, प्रेम।

आपका
सू. ना. व्यास

(85)

भारती भवन
उज्जैन
5-1-59

श्रीमान्,

नमोनमः।

आपका कृपा-पत्र मिला। कुंडली भी, यह अपूर्ण है; यदि आपके मित्र के पास उसका विस्तृत गणित हो तो आप शीघ्र भिजवा दीजिए, मैं गणित मिलते ही उत्तर दे दूँगा। या फिर आवश्यक प्रश्नों पर प्रकाश डालने के लिए प्रश्न सूचित कर देंगे तो उतना गणित तैयार करवाकर उत्तर दूँगा। मैं 9 जनवरी को सम्भवतः बम्बई जाकर 14 जनवरी तक वापिस आ जाऊँगा, उत्तर आप अवश्य शीघ्र दें। आशा है आप प्रसन्न हैं। किसी विशेष बात पर ही विचार करना हो तो उतने ही गणित बनवा लेने से काम हो जाएगा—'भूत-भविष्य' का विचारण विस्तार की अपेक्षा रखता है। उसका गणित भी विस्तृत है। उत्तर मिलने पर तात्कालिक आवश्यकता का उत्तर शीघ्र ही दे सकूँगा।

कृपा—

आपका
सू.ना. व्यास

(86)

भारती भवन
उज्जैन (मालवा)
12-3-59

श्रीमान उग्रजी महाराज,

नमोनमः।

कृपा पत्र मिला। आप स्वस्थ प्रसन्न होंगे।

पिछली पत्रिका मिल गयी थी, और सन्तोष रहा। यह मेरे लिए सबसे बड़ी 'फीस' है। आभार! उस पत्रिका में वास्तव में ऐसी कोई शंका की बात ही नहीं थी, वर्ना निजी तौर पर आपको अवश्य सूचित करता ही। गणित न होने से वह आशंका का विषय थी, जब गणित बना, और ग्रहों की स्थिति स्पष्ट हो गयी, तब आशंका भी नहीं रही।

जी हाँ, नेपाल जाना है। शिवरात्रि पर चला जाता, कुछ निजी असुविधाओं से रुक जाना पड़ा। अब इसी माह में किसी दिन जाऊँगा।

पिछले कुछ माहों से चन्द्रशेखर यहाँ ही है। और मूँजीरामजी भी प्रसन्न हैं।

हम लोग जब-जब यह नाम लेकर उन्हें चिढ़ा देते हैं तब हमारे साथ आपको भी वे दो-चार खरी-खोटी सुना देते हैं।

'ग़ालिब' का दीवान उग्र-टीका के साथ प्रकाशित रहा है, यह वास्तव में शुभ ही नहीं,—महत्त्वपूर्ण समाचार है। उसके अधिकारी भी उग्र ही हैं। हिन्दी को नयी क्रान्तिकारी भेंट होगी। और रायल्टी का क्या है? वह तो उग्र की अँगुलियों की दासी है। पर इस बार एक 'उग्र-कुटीर' बन जाए। चाहे छोटी ही क्यों न हो। पराए-किराए का 'किस्सा-कोता' हो जाए, एक रायल्टी तो आप साल भर की ऐसे ही भेंट कर देते हैं, अब अपना भी तो हो! मालवे में मकान भी सस्ता बनेगा या मिलेगा। दिल्ली से दूर ही उत्तम, दौलत वहाँ से लेकर मालवे में मिल्कियत रहे। मेरा यह निवेदन है। और आवश्यक भी है।

यह साथ की पत्रिका किनकी है? और इसमें विशेष रूप से क्या विचार करना है। अवश्य लिखेंगे। और कृपा।

यह कुंडली यदि पहले वाले सज्जन की हो तो जो गणित साथ में भेजा था वह भी मिल जाएगा तो उत्तम होगा, वर्ना बनने में थोड़ा समय लगेगा।

आपका

सू. ना. व्यास

(87)

भारती भवन, उज्जैन (मालवा)

22-3-59

श्रीमान उग्रजी महाराज,

नमोनमः।

कृपा-पत्र मिला। मैं पूरी पत्रिका नयी तैयार कर भेज रहा हूँ। अब स्थायी उपयोगी होगी। विवरण भी साथ में है।

आपके लिए जमीन की तलाश में हूँ, मिलने पर सूचित करूँगा।

नगर के मध्य में तो अधिक मूल्य होगा, और वातावरण भी शुद्ध न होगा। बाहर जमीन भी ठीक मिल पाएगी, और वातावरण भी उपयुक्त—आपके मनोनुकूल होगा। दो-तीन स्थल में तलाश करने को कह दिया है। यदि सन्धान मिला तो कीमत का विवरण जानकर सूचित करूँगा।

आशा है आप प्रसन्न सानन्द होंगे।

और कृपा, स्नेह।

आपका

सू. ना. व्यास

(88)

भारती भवन, उज्जैन
26-6-59

सम्माननीय श्रीमन्!

नमस्कार।

अर्से के बाद पत्र मिला। आपकी नाराज़गी को मैं अन्तःकरण से (विश्वास मानिए) प्यार-भरा आशीर्वाद मानता हूँ। आप और चाहे जो समझें—कहें आपका स्नेह-भरा अधिकार है, परन्तु मेरी ईमानदारी पर शंका न करें। 42 में जो भी हुआ, आप भी जानते हैं। आपसे ब्रॉडकास्टिंग की बात छुपी रही है, किन्तु सत्य है। और वह प्रमाण अब तक भी है। मैं 'लाल्या' से आज भी उतना ही निकट हूँ, जितना पहिले था, पर उसके काम से कल और आज भी उतना ही दूर, और अपने विचारों में स्वतन्त्र। आज लाल्या भी 'वह' नहीं, न मैं। एक बात ईमानदारी की समझिए मुझे जीवन-भर में मन्त्री नहीं बनना, गुलामी नहीं करना है। अपनी गरीबी में मस्त हूँ। यही नियामत मानता हूँ। मन्त्री बनना तो 'पाप' समझता हूँ। स्वप्न में भी नहीं सोचता। कृष्णकान्तजी को मैंने इसलिए याद किया है कि आगरकर जी के युग की घटना के लिए वे जानकार प्रत्यक्षदर्शी हैं। बस, बाकी क्या रिश्ता? विक्रम की चर्चा में मैं आपको सदैव सादर स्मरण करता हूँ, और हृदय में भी। आप नाराज़ हों या प्रसन्न, मेरे दिल में आपके प्रति समादर ही है, रहेगा। कृपा, प्रेम।

'पद्मभूषण' ने मुझे उपाधिग्रस्त ही किया है, उससे मेरे मन में कोई 'अहं' नहीं आ सकता। मैं जीवन के प्रति उपेक्षा भाव से ही रहता हूँ। पद से मोह कभी का नष्ट हो गया है। अब केवल अपनों से स्नेह की ही आकांक्षा रहती है। मुझे कभी पराया न समझें; अपना ही छोटा-सा।

आपका
सू. ना. व्यास

(89)

भारती भवन,
उज्जैन
15-11-59

स्नेह-सादर नमस्कार।

बधाई के लिए नम्रता से आभारी हूँ। भास्कर पहले भोपाल से ही निकलने वाला था। नया दैनिक है, जो उज्जैन से भी मेरे प्रयासों से आरम्भ हुआ है। संग्राम तो जीवन-

संग्राम में बुरी तरह पराजित होकर गति-मुक्ति पा गया है। अब यह भास्कर उदित हुआ है, अस्त न होने के लिए देखें और कृपा क्षेम। आशा है प्रसन्न होंगे।

ज्योतिषीजी को नमस्कार!

आपका
सू.ना. ब्यास

(90)

भारती भवन
उज्जैन
5-12-1959

श्रीमान बन्धुवर,

नमस्कार!

कृपा-पत्र मिला। उलाहना भी, परन्तु आपको कहानी याद दिला दूँ कि 'बड़े घर बेटी देकर मिलना असम्भव हो जाता है'—यह स्थिति हमारी थी—हुई। कालिदास-परिषद् के आग्रह पर शासन, और विश्वविद्यालय ने समारोह आयोजित किया, और परिणाम यह हुआ कि 'पास' न मिलने के कारण मुझे प्रवेश नहीं मिला, दरवाजे से घर वापिस आना पड़ा। कालिदास स्मृति-मन्दिर के लिए महाराज ग्वालियर ने सवा लाख रुपया दिया—उन्हें भी शासन ने निमन्त्रण नहीं दिया, इस प्रकार कालिदास परिषद् के कार्यकर्ता भी अनिमन्त्रित रहे। अब आप समझ लीजिए कि मेरा कहाँ और कितना अपराध हो सकता है! मुझे इतना ही सुख मिला कि यह महोत्सव इतने बड़े आकार में हुआ, शासकीय मान्यता राष्ट्र-कवि को मिली, हम ठुकराए गये। इसका ग़म इसी में भुलाया है! जिन्हें न्योता गया—उन्हें भोपाल में सरकारी सूत्रों ने न्यौता है, हमसे तो पूछा भी न गया। हम अपना असन्तोष किसे कहें।

आप नाराज हों—या राजी, मेरे अन्तःकरण में आपकी सौहार्द-भावना पर सम्पूर्ण विश्वास है। मैंने 'विघ्न-विनायक' के रूप में नहीं, किन्तु पवित्र हृदय पांडेय की प्रतिमा को ही शुद्ध अन्तःकरण से सन्मान दिया है, देता हूँ और देता रहूँगा—चाहे आप नाराज होते रहें! साहित्य क्या भेजूँ? यह सब शासन के 'शासन' में है! हम लोगों की उपेक्षा असह्य हुई है, नाराज़ी भी प्रचंड प्रकार से प्रकट की है, पर समारोह में बाधा नहीं दी। उज्जैन की जनता भी शासक द्वारा उपेक्षित की गयी है। सभी बाहर के लोगों के हाथ काम हुआ, या भोपाल से भाड़े पर आये हुए लोगों से। हम तो दर्शक भी पूरे न रह पाये!

आशा है आप इस स्पष्टीकरण से स्थिति का अनुमान कर सकेंगे। मेरी भूल होती तो हृदय से क्षमा माँग लेता! मैं किसे उलाहना दूँ? और क्षेम। आप प्रसन्न होंगे।

आपका
सू.ना. व्यास

(91)

भारती भवन
उज्जैन
17-1-60

परम स्नेहास्पद

श्रीमान उग्रजी,

बड़ी देर के बाद आपका नवीन उपन्यास देखने को मिला। नयी उमंग से भरा हुआ।

मुझे आपसे सुनी हुई वैयक्तिक बम्बई की वह कहानी ही जो फिल्म-प्रवास काल की है—रंगीन रूप में साकार दिखलाई पड़ी, वर्षों के बाद यह सजीव चित्र देखने को मिला है। लेखनी का जादू तो आकर्षक और मनोमुग्धकारी है ही। मेरी हार्दिक बधाई स्वीकार करें। 'ग़ालिब' कब आ रहा है? उसकी प्रतीक्षा है। आशा है आप प्रसन्न स्वस्थ होंगे। इधर अर्से से दिल्ली नहीं आ पाया, आने पर दर्शन करूँगा। और योग्य सेवा से स्मरण हो।

आपका
सू.ना. व्यास

(92)

भारती-भवन
उज्जैन (मालवा)
1-4-60

श्रीमान सहृदय उग्रजी,

नमस्कार!

वास्तव में आपके पत्र ने आज मेरे अन्तःकरण में अत्यन्त हर्ष प्रेरित किया है। व्यक्त करने में असमर्थ हूँ। आपका स्नेह मेरे लिए मूल्यवान है। मैं आपके पवित्र अन्तर्मन का आदर करता हूँ। उग्रजी का स्मरण मेरे अन्तर में भी बराबर बना रहता है।

पाक्षिक की सूचना से आनन्द हुआ, मैं आपके आदेश का अवश्य पालन करूँगा। यथासमय भेजता रहूँगा।

महन्तजी वाले 'विक्रम' में निकलवाकर 2-4 रोज ही में मैं भेज दूँगा।

पुस्तकें छापी हैं, पर मैं कैसे वंचित रह गया?

हाँ, आपने पू. माँ साहब का स्मरण किया, वे तो एक वर्ष हो गया, हमें अनाथ बनाकर चली गयीं, आपके पत्र में पढ़कर पुनः हृदय धक्-सा हो गया। मेरे जीवन में शून्यता आ गयी है, वर्ष हो गया, पर हृदय विदीर्ण हो उठता है। क्या भुलाया जा सकता है? ऐसा गहरा धक्का लगा है कि जीवन निरर्थक-सा लगता है। छः मास तक तो बिस्तरा पकड़े रहा, इधर कुछ राह पर ज़रूर हूँ। यह समय का 'मरहम' ही है। पर जख़्म नहीं भरेगा।

शीघ्र ही आपकी आज्ञा का पालन करूँगा। कृपया स्नेह रखें। उग्रजी मुझसे दूर न हों। बस।

आपका

सू. ना. व्यास

(93)

उज्जैन

22-5-61

श्रीमन,

मैं अभी 10 बजे की गाड़ी से उदयपुर से वापिस आया हूँ। डाक में आपका पत्र मिला। आपने स्मरण किया, इसलिए आभारी हूँ। 3 नोट* इसी पत्र के साथ प्रस्तुत है, आशा है विलम्ब के लिए क्षमा करेंगे। पहला पत्र ही यह प्रवास से लौटकर आपको भेज रहा हूँ। क्षमा करेंगे। प्राप्ति की सूचना देंगे।

आपका

सू. ना. व्यास

* (3 नोट—3 सौ रुपये-सं.)

(94)

भारती भवन, उज्जैन

27-5-61

श्रीमन्,

नमस्कार।

कृपा-पत्र मिला। मैं बाहर था। कल आया हूँ। आशा है आप सानन्द हैं। पुस्तक वास्तव में आपकी तेजस्विता के अनुरूप ही हुई। यह सुन्दर है और पर्याप्त भी है।

और सब क्षेम, मेरे योग्य सेवा। कृपा, स्नेह।

आपका

सू.ना. व्यास

(95)

भारती भवन
उज्जैन (मालवा)
26-7-61

श्रीमन्!

नमस्कार।

मुझे कल ही श्री हेमराज जोशी ने यह बतलाया कि आप 'गणराज्य' को अपने अधिकार में ले रहे हैं और आज आपका पत्र भी आ ही गया। यह शुभ समाचार है। मुझे बहुत समाधान हुआ। फिर आपकी लेखनी चमकेगी और राजस्थान का 'राज्य' आपके पास होगा। आपकी जजमानी जोर जमाए तो हम लोगों का भी जयपुर में जाना-आना जमेगा ही। जहाँ आप हैं, वहाँ आपके साथ ही बने हुए हैं।

जी हाँ, महाराज के जाने से बड़ा धक्का लगा। परसों उज्जैन में उनके अवशेषों का विसर्जन हुआ। यहाँ सिहस्थ जैसा हाल हो गया। 2 लाख की भीड़ जमा थी, ग़ज़ब का दृश्य था। यह उनकी लोकप्रियता का प्रमाण था। 10 रोज पहिले तक मैं उनके निकट—अतिनिकट ही था। भगवान की मर्जी।

आपका
सू. ना. व्यास

(96)

भारती भवन
उज्जैन (मालवा)
29-8-61

श्रीमन्!

नमस्कार।

26 अगस्त का 'गणराज्य' आया। इस पर पूर्णरूप से आपकी मुहर है। आद्यन्त पढ़कर उग्रजी की सप्राण लेखनी का आनन्द अनुभव किया, अरसे के बाद एक 'पत्र' मिला है जिसे संग्रहणीय और पठनीय समझ सका हूँ। क्यों न हो, आप जादूगर जो ठहरे! अभिनन्दन!

पत्र में आपका एक नोट भी पढ़ा जिसमें महाराज ग्वालियर के विषय में संकेत है, परन्तु जिस 'नेता' ने भी आपको यह समाचार, बतलाया कि 'किसी ज्योतिषी ने महाराज को विलायत जाने से मना किया' वह बिलकुल ही बेबुनियाद है। इसका शतांश भी सत्य नहीं है। जहाँ तक मेरी जानकारी है, महाराज को योग्य उपचार के

लिए—विदेश जाने के लिए डॉक्टर, ज्योतिषी और परिवार के लोग भी एकमत थे। परन्तु स्वयं महाराज के मन में न जाने क्यों यह विश्वास-सा हो गया था कि—वे विलायत गये तो जीवित वापिस नहीं आ सकेंगे। ये शब्द उन्होंने स्वयं भी मुझे फोन पर पंचमढ़ी में कहे थे और कहा था—'सभी आग्रह करते हैं, पर मेरे मन में यह आशंका है, इसलिए मेरा मन साहस नहीं करता।' और इसका कारण यह था कि उनके स्व. पिताजी का भी यही हाल हुआ था कि वे इलाज के लिए विलायत गये थे और जीवित नहीं लौटे थे, सम्भवतः यही आशंका उन्हें घेरे हुई थी।

वस्तुस्थिति यह है, किसी भी ज्योतिषी ने उन्हें मना ही नहीं किया था। अस्तु।

आशा है आप प्रसन्न, सानन्द, स्वस्थ होंगे।

और क्षेम

आपका

सू. ना. व्यास

(97)

भारती भवन
उज्जैन (मालवा)
30-8-62

श्रीमान् उग्रजी,

नमस्कार।

पत्र एक क्षण पूर्व ही मिला। बीच में पता चला था कि आप अस्वस्थ हैं। पता विदित न होने से पूछ भी नहीं सका, मन में चिन्ता रही। आपकी चिन्ता सुनकर खेद होता है। आप आखिर इस रूखे-राजस्थान में क्यों रुके हुए हैं? शायद कोई पत्र तो अब आपके पास नहीं है। अब तो आपके जैसे निस्पृही, निर्भीक और पवित्र हृदय के व्यक्ति को महज स्रष्टा हो रहना है। इन उलझनों से पृथक होकर स्व-स्थिर निर्माता ही हो जाइए, भगवान आपको पूर्ण स्वस्थ करें।

इस बार मेरी स्थिति कमज़ोर है और पिछले महीने से स्वास्थ्य भी गड़बड़ा गया है। उपचार चल रहा है। जो भी प्रस्तुत है सस्नेह समर्पित कर रहा हूँ। दुःख है कि अधिक न कर सका हूँ। स्वीकार करेंगे।

आपका ही

सू. ना. व्यास

(98)

भारती भवन
उज्जैन (मालवा)
10-9-62

श्रीमान उग्रजी महाराज,

नमोनमः।

कृपा-पत्र मिला। सारी स्थिति समझ सका हूँ। आप पुनीत हृदय के हैं, भगवान आपका सदैव ही सहायक रहेगा। 'गणराज्य' में आपके आते ही प्राण आ गये थे, एक बढ़िया पत्र बन गया था। ख़ैर, आप तो पत्रों के जनक हैं, आपके हाथों में यह (पत्र) साधन ज़रूर चाहिए। यह सच है कि आज सर्वत्र भारत का 'स्वर्ग' नरक की परिभाषा में पलट गया है, इसका कारण चाहे मानव का बुरी तरह पतन क्यों न हो, पर उसके दायित्व से शासन पाकदामन नहीं बन सकता।

मैं सर्वथा सहमत हूँ—आपके इस विचार से कि पंडितजी का शासन शिथिल, असन्तुलित हो रहा है। स्वयं पंडितजी कभी-कभी ऐसी बात कह जाते हैं कि मालूम होता है वे अपने देश की जनता से दूर हो गये हैं। आपने उनके लालकिले पर से 15 अगस्त के दिये भाषण को सुना होगा। उन्होंने कहा था कि—''15 साल के अन्दर जनता को ठीक पौष्टिक भोजन मिलने लगा है, जिससे उनकी आयु 22 से बढ़कर 50 हो गयी है।'' अंकशास्त्रियों के इस विधान को पंडितजी जैसे व्यक्ति सार्वजनिक रूप से इस कुटिल महँगाई के जमाने में कहें, यह 'क्रूर मज़ाक' नहीं तो क्या है? आप अवश्य पुस्तक लिखें, जनता बहुत चाहेगी और स्पष्टवादिता से प्रसन्न होगी।

आप स्वस्थ हैं यह जानकर बहुत सुख मिला। मैं तो अभी 22 रोज से 'काढ़ा' ले रहा हूँ, कहीं आ-जा नहीं पाता, लेकिन ईश्वर पर सम्पूर्ण आस्था है। यह सत्य है कि 'ईमानदारी' से जीना भी दूभर हो जाता है।

आपके स्नेह के लिए आभारी हूँ। आन्तरिक सद्भावना मेरे हृदय में आपके लिए है।

आपका
सू. ना. व्यास

(99)

भारती भवन
उज्जैन (मालवा)
26-11-62

हुजूरेवाला,

पत्र मिला। अनेक धन्यवाद! जनाब की बीमारी का हाल जैसे ही पेपर के जरिए

मालूम हुआ, मैंने पत्र नजर किया, और जानकारी के लिए बेचैन बन गया था। मुझे सात रोज के बाद जिन सज्जन का उत्तर मिला, उन्होंने लिखा था कि "तबियत धीरे-धीरे ठीक हो रही है। डॉक्टरों ने उनसे मिलना, खत-खतूत के वाबत मनाई कर दी है।" तब दूसरा पत्र मैंने गवर्नर सा. के सेक्रेटरी को लिखा। वहाँ से भी यह उत्तर मिला कि—"चिन्ता से मुक्त हैं, इलाज पर्याप्त सावधानी से हो रहा है।" इसके उत्तर में मैंने पुनः उन्हें धन्यवाद दिया, और लिखा कि "आपके रहते हुए हम लोग दूर से बैठे हुए निश्चिन्तता लिए हुए आश्वस्त हैं, हिन्दी के इस सौभाग्य की रक्षा आपके हाथों में है।"

इतना सब कुछ होकर आपको ऐसे समय लिखना तो उचित न समझा, रही पैसेवाली बात, तो हुजूर यह बेशर्मी तो महज़ 'धन्नासेठ' ही बरतते हैं, जहाँ 'थैली' होती हैं, आप और हम तो सिर्फ़ जब जमीन खोदकर पानी या पैसा निकालकर हाथों में पाते हैं, उस 'क्षण' भर 'कुबेर' बन जाते हैं और दूसरे ही क्षण, मुट्ठी खोल देने को मजबूर बनते हैं—तथा साधारण समाज के आदमी बन जाते हैं, हमें वह संकोच या चिन्ता कैसे हो? रही मित्र या बान्धव के हक की बात, उस पर जब भी जो जेब में हाजिर हो, कौन कम्बख्त पीछे रहेगा? वक्त जो हो हाज़िर! उसमें मुँह छुपाने की 'बेशर्मी' का क्या कारण? मैं तो पैसेवाला भी नहीं कि ऐसी बात सोचूँ? और नाराज़ी भी आपसे?

पौष शुक्ल अष्टमी से 'उग्र' का अवतरण हो रहा है, यह बहुत ही हर्ष की बात है। वह सौ-साल जीए और अपना जादू चलाए? हिन्दी में चाहे बहुत छपता जा रहा हो किन्तु मतवाला अब भी नहीं है। 'अमिय गरल शशि-सीकर' का अभाव रह-रहकर खटकता ही है। क्या इसकी पूर्ति न कीजिएगा?

पौष शुक्ल 8 तीन जनवरी 63 को रहेगी। वैसे भी वह शुभ दिन ही है। पत्र दिल्ली से आरम्भ होगा। और आप कब दिल्ली पहुँचेंगे?

अब आपको मैं अपना किस्सा सुना दूँ। 4 मास से स्वास्थ्य लड़खड़ा रहा है। पिछले 2 मास अधिक खराब रहा। .... हुआ है। 3 मास घर में ही बन्द पड़ा रहा। इस कारण शेष चिन्ताएँ भी सवार हो गयीं उनसे जूझता आ रहा हूँ। अब भी ठीक तो नहीं हूँ। फिर भी 'ग़नीमत'—चलता-फिरता हूँ। भगवान आपको दीर्घजीवी करे। और सब क्षेम। आप कम-से-कम हम अपनों के लिए कोई सन्देह नहीं ले लिया करें—जो भी है, शुद्ध और निर्मल ही।

आपका

सू. ना. व्यास

(100)

भारती भवन
उज्जैन (मालवा)
3-12-1962

हुजूरेवाला,

पत्र पढ़कर बहुत सुख मिला। संक्षेप में, मुझे 'गरीब-परवर' कहकर शर्मिन्दा न कीजिए। मुझे तो बस 'अपना' ही रहने दें। अपनापन पाकर 'कुबेर' बन जाता हूँ।

इन 'बीसियों लाख' वालों की बात छोड़िए, ये कहाँ इंच भर का 'दिल' रखते हैं। इसके पास जो अन्दर है वह कठोर है—कसौटी का काला पत्थर! जिस पर महज कलदारी को टकराया जाता है, और उसकी आवाज कानों से सुनकर ये 'धड़कन' महसूस करते हैं और आश्चर्य तो यह है कि ये उसी पर तो जीते ही हैं! खैर—

जयपुर के पत्र के कटिंग्स देखा, खूब हैं। बड़े मियाँ तो बड़े, लेकिन छोटे भी सुभान अल्ला ही निकले!!

अब आपकी तबियत का क्या हाल है? क्या आप 'उग्र' के लिए दिल्ली जा रहे हैं? कब? आप चाहे हम सब पर नाराज होइए, मगर अपनी तबियत पर नाराज़ी और लापरवाही न बरतें। आप 62 पार कर गये हैं, और महज एक साल पीछे रहकर आपके पीछे ही पीछे मैं भी चला आ रहा हूँ। विशेष क्या? कृपा, प्रेम।

आपका
सू. ना. व्यास

(101)

भारती भवन
उज्जैन (मालवा)
10-1-63

श्रीमान उग्रजी महाराज!

नमोनमः।

मैं दिल्ली का पता न पाकर जयपुर के पत्रोत्तर और पते की खोज में ही रहा था कि एक रोज 'हिन्दुस्तान' में 'उग्र' प्रकाशन की सूचना मात्र पढ़ी थी और आज सहसा चतुर्मुखी उग्र के दर्शन हुए। सारे काम छोड़कर पूरा पढ़ना पड़ा, बिना पढ़े छोड़ ही न सका, जादू जो ठहरा! अपने राम भी उसमें मिल गये, यह आपकी स्नेहमयी कृपा ही है। हिन्दी भाषा के विषय में आपने पहली बार ही कहा है। और बेजोड़, सर्वथा नवीन, मौलिक! अभी तो 'क्रमशः' है। किन्तु जो है वह लाजवाब!

बिन्दु-बिन्दु विचारों में प्राण है। क्यों न हो, प्राणवन्त-लेखनी ने जो लिखे हैं,

कलेवर छोटा है—जी चाहता है—'और दिए जा—और दिए जा।' जी नहीं भरता। उस दिन की प्रतीक्षा रहेगी जब 'उग्र' परिपुष्ट होकर आएँ! नवोदय के समय 'उग्र' का अभिनन्दन, नववर्ष के समय 'उग्र' जी का अभिनन्दन!

आपका

सू. ना. व्यास

(102)

भारती भवन

उज्जैन

27-1-64

सहृदयवर!

नमोनम:।

कि लम्बे अर्से से आपका कोई कुशल-समाचार नहीं पा सका हूँ। आशा है आपका स्वास्थ्य उत्तम होगा।

कल सहसा 'ललित' मिल गये, उनसे आपका पता लिखवाकर लाया; बतलाया कि इधर आपकी नवीन रचनाएँ निकली हैं। सुनकर आनन्द हुआ। आपके 'ग़ालिब' का क्या हुआ? अब तक अवश्य प्रकाशित हो गया होगा! कभी-कभी स्मरण कर लिया कीजिए। श्रीनारायण चतुर्वेदी जी ने 'सरस्वती' के पिछले अंक में आपको नवीन वर्ष-ग्रन्थी पर बधाई दी थी। भगवान आपको पूर्ण स्वस्थ रखे और 125 वर्ष की आयु दे।

और कृपा, स्नेह।

आपका

सू. ना. व्यास

(103)

प्रिय श्री

मेरे मित्र—

Mr. Terachand Roy

Professor of Hindi, Berlin University

Hohenzollerndamm 161 b

Berlin, Wilmersdorf, Germany

को अपनी कहानी भेज दें।

मिस्टर राय को जर्मन भाषा पर अद्‌भुत अधिकार है। यहाँ पर मैं इतना और जोड़

दूँ कि टैगोर की सम्पूर्ण जर्मनी यात्रा में वही उनके दुभाषिये थे। मिस्टर राय हमारे सर्वश्रेष्ठ लेखकों की कहानियों का अनुवाद चाहते हैं और मैं उनसे कह रहा हूँ कि आप ही से शुरू करें। आपकी कहानियों को जर्मन में देखकर मुझे कितनी खुशी होगी, गो मैं उस भाषा का एक शब्द भी नहीं जानता। मिस्टर राय को आपके एक संक्षिप्त जीवन-वृत्त की भी जरूरत होगी। प्रोफेसर गौड़वाला मुझको अच्छा नहीं लगता। उसमें आत्मीयता नहीं है। क्या आप मुझे अपने जीवन के बारे में कुछ नोट्स देने की कृपा करेंगे? अपने मौलवी साहब के कमरे से शुरू कीजिए—वही मौलवी जिन्हें आप इतना प्यार करते थे। मैं कुछ निजी ढंग की छोटी-मोटी घटनाएँ चाहता हूँ। मैं बहुत से लेखकों से ज्यादा अच्छा स्केच लिख सकता हूँ क्योंकि मुझे वह काम पसन्द है। आपके बारे में मैंने कुछ बातें टाँक रखी थीं लेकिन वह इधर-उधर हो गयी हैं। इसलिए आपको मुझे पूरे नोट्स देने पड़ेंगे। मिस्टर गौड़ ने विद्वान आलोचक की तरह लिखा है। मेरे पास उनकी विद्वत्ता नहीं है। मैं आपको आदमी के रूप में जानना चाहता हूँ। कृपया मुझे अपना एक अच्छा चित्र भेज दें। अगर आपके पास अपनी कहानी- पुस्तकों और उपन्यासों की अतिरिक्त प्रतियाँ हों तो कृपया मुझे सबकी एक-एक-प्रति भेज दें। रंगभूमि आपने मुझे लखनऊ में दी थी।

मैं 1916 से ही आपकी कहानियों का एक तुच्छ प्रशंसक रहा हूँ। उस समय मैं चीफ्स कॉलेज, इन्दौर में छः साल से अध्यापक था और मैंने आपकी एक पुस्तक 'नवविधि' पाठ्यक्रम में रखी थी। मिस्टर राय ने मुझको लिखा है कि अब तक किसी हिन्दी पुस्तक का अनुवाद जर्मन भाषा में नहीं हुआ। लिहाजा आपकी कहानियाँ पहली चीज होंगी! है न जोर की बात? मैं आपकी कहानियों को जर्मन में देखने के लिए अधीर हो रहा हूँ। उन्हें देखकर किसी को उतनी खुशी न होगी जितनी कि मुझे।

आपका तुच्छ प्रशंसक
बनारसी दास चतुर्वेदी

आपको मेरा आखिरी खत मिला? माहेन सिंह का लेख अब तक नहीं निकला।

(104)

विशाल भारत कार्यालय
12012 अपर सर्कुलर रोड, कलकत्ता
25 नवम्बर 1929

प्रिय प्रेमचन्द जी,

प्रणाम।

घासलेट साहित्य के विरुद्ध जो आन्दोलन मैं कर रहा था उसकी मैंने अब

इतिश्री कर दी है और अन्तिम लेख 'घासलेट-विरोधी आन्दोलन का उपसंहार' विशाल भारत में लिख रहा हूँ। इस अवसर पर मैं आपकी सम्मति इस आन्दोलन के विषय में चाहता हूँ। मैंने सुना कि आपने 'भारत' में मेरे समर्थन में एक चिट्‌ठी लिखी थी। क्या उसकी प्रतिलिपि आपके पास है? मैंने रख छोड़ी थी पर वह खो गयी।

श्रीयुत सुन्दरलाल जी से मैं अभी प्रयाग में मिला था। उन्होंने मुझसे कहा, "तुमने इस गन्दे साहित्य के विरुद्ध आन्दोलन उठाकर सचमुच बहुत अच्छा कार्य किया। किसी-न-किसी को यह कार्य करना ही चाहिए था। यद्यपि इससे प्रारम्भ में घासलेटी लेखकों को कुछ विज्ञापन जरूर मिला, फिर भी यह कार्य बहुत आवश्यक था।'

मेरा विश्वास है कि आपकी इस आन्दोलन में मेरे साथ सहानुभूति थी। साहित्यिक दृष्टि से चाकलेटी साहित्य सचमुच अत्यन्त भयंकर है। मुझे खेद है कि 'प्रताप' तथा 'कर्मवीर' जैसे राष्ट्रीय पत्रों ने इस आन्दोलन को बिल्कुल ignore किया। कृपया विस्तारपूर्वक अपनी सम्मति इस विषय में भेजिए। मैं उसे अपने लेख में उद्धृत करूँगा।

विनीत

बनारसीदास चतुर्वेदी

(105)

प्रिय विनोदशंकर जी,

पत्र मिला। 'जागरण' के बन्द करने का कारण मेरे यहाँ भी वही था जो आपके यहाँ था। आपने छः महीने में से ज्यादा एक हजार का नुकसान उठाया। मैं चार हजार के लपेट में आ गया। आपने जो लम्बे-चौड़े वादे किये थे वह आपने एक भी पूरे न किये। मैं आपके चकमे में आ गया। खैर, आप तो 'जागरण' को बन्द कर चुके थे। उसे मैंने फिर चलाया। आपने सौ ग्राहक दिए थे वह सब टूट गये। मेरे लिए 'जागरण' नाम से कोई विशेष लाभ क्या बिलकुल लाभ नहीं हुआ। मैंने इस पर चार हजार डुबाया है और इसे फिर निकालूँगा, चाहे खुद या किसी के साझे में। आप साझा करना चाहें आप कर सकते हैं। अगर आप बिलकुल इसे लेना चाहते हैं तो मुझे चार हजार रुपया नकद दे दीजिए या बीस रुपया महीने सूद का प्रबन्ध कीजिए। वरना कुछ दिन इन्तजार कीजिए और देखिए कि मैं इसे निकालता हूँ या नहीं। बहरहाल मुझे इसको अपने हाथ में रखकर किसी के साझे में निकालने का पूरा अख्तियार है। आप साझा करें शौक से आइए। लेकिन यह नहीं हो सकता कि दो साल का परिश्रम और चार हजार का घाटा यों ही निकल जाने दें। आइए आपने जो घाटा दिया है और मैंने जो घटा दिया है उसका हिसाब लगाकर उस घाटे के परते से 'जागरण' में हमारा और

आपका हिस्सा हो जाय और आगे के लिए आप भी धन निकालिए और मैं भी निकालूँ। फिर इसे अच्छे रूप में चलाऊँ। अगर आप खुद आठ घंटे काम कीजिए। मेरी तरफ से प्रवासीलाल जी काम करेंगे। हाँ, अगर आप खुद निकालना चाहें तो आप क्या यह उचित नहीं समझते कि मेरे परिश्रम और घाटे का मुझे कुछ बदला मिलना चाहिए।

भवदीय

धनपत राय

(106)

आदरणीय प्रेमचन्द जी,

आपका कृपा-पत्र मिला। 'जागरण' में मेरा एक हजार का घाटा हुआ या चार हजार का अथवा आपके एक गये या चार, इससे मुझे और आपको दोनों ही को कुछ लेना-देना नहीं है। आपने लिखा है कि—'आपने लम्बे-चौड़े वादे किये थे, वह आपने एक भी पूरे न किये। मैं आपके चकमे में आ गया।' यह कहाँ तक सत्य है, आप ही विचार कीजिए। मेरा तो यह विश्वास है कि आप मुझसे किसी तरह का सहयोग लेना ही नहीं चाहते थे।

आप जैसे कुशल कलाकारों की लेखनी से 'चकमा' शब्द शोभा नहीं देता। मैंने आपको 'जागरण' दिया और आपने उसे निकाला। मैंने स्पष्ट शब्दों में आरम्भ में ही आपको लिख दिया था—मेरा टर्म केवल इतना होगा कि पत्र जब तक चाहें निकालते रहें। उसकी हानि-लाभ से मेरा कोई सम्बन्ध न होगा। लेकिन जब किसी कारण से आप स्वयं उसे बन्द करना चाहेंगे (भगवान न करे ऐसा कभी हो) तो मुझे अधिकार होगा कि मैं उसके प्रकाशन की व्यवस्था करूँ।

आपने 19 जुलाई 1932 के पत्र में उस टर्म को स्वीकार करते हुए लिखा है—आपकी उस शर्त से भी मुझे कोई आपत्ति नहीं कि यदि मैं पत्र बन्द करूँ तो आप उसे निकालें।

आपने यह टर्म स्वीकार करते हुए भी 'जागरण' के बन्द करने की सूचना निकालने के पहले मुझसे केवल पूछना तक उचित नहीं समझा, और अनिश्चित काल के लिए 'जागरण' बन्द कर दिया गया।

अब आप लिखते हैं—'लेकिन यह नहीं हो सकता कि मैं दो साल का परिश्रम और चार हजार का घाटा यों ही निकल जाने दूँ।'

इन बातों को एक साधारण अनपढ़ आदमी भी भलीभाँति समझा सकता है आप ही विचार कीजिए अपने स्वार्थ की छाया में आप कहाँ तक न्याय कर रहे हैं। रही साझे की बाद, वह इस जीवन में न मैंने किसी से किया है और न करूँगा।

आदरणीय प्रसाद जी की उस स्कीम पर कि पुस्तक मन्दिर, सरस्वती प्रेस और भारती भंडार मिला दिया जाय—जब मैं सहमत नहीं हुआ तो अब साझा करना

असम्भव है।

मैं विशेष कुछ न लिखकर एक बार फिर आपसे अनुरोध करता हूँ कि इस सम्बन्ध में आप अपना निश्चित उत्तर स्पष्ट शब्दों में दें।

मैं उत्तर की प्रतीक्षा में हूँ।

आपका
विनोद शंकर व्यास

(107)

लखनऊ
26 अगस्त 1928

प्रिय शिवपूजन सहाय जी,

कृपापत्र मिला। ब्लाकों का यथासाध्य प्रबन्ध कर लिया जाएगा।

प्रेस पर आपकी कृपादृष्टि होनी ही चाहिए। धर्मखाते का काम है। कुछ मजदूरों की रोटियाँ चलती हैं। आप भी इस यश के भागी हों।

आपको यह सुनकर आनन्द होगा कि मेरी कई कहानियों के जापानी भाषा में अनुवाद प्रकाशित हुए हैं। और वहाँ की सर्वश्रेष्ठ पत्रिका में प्रकाशित हुए हैं। जापानी जनता ने उनका वही सम्मान किया है जो टालस्टाय और चेखव की कहानियों का करते हैं। पत्रों में खूब चर्चा रही। मेरे पास जो पत्र आया है उसमें लिखा है—Your stories were the sensation in the month of june.

आशा है, आप सानन्द हैं।

भवदीय
धनपतराय

(108)

बम्बई
11 जनवरी 1935

प्रिय बन्धुवर,

वन्दे।

आपका पत्र मुद्दत दराज के बाद मिला। बड़ी खुशी हुई। मैं मद्रास गया था। हिन्दी प्रचार सभा का दीक्षान्त भाषण था। वहाँ से बंगलोर, मैसूर की सैर करता हुआ कल तीसरे पहर यहाँ पहुँचा। इसलिए उत्तर में देर हुई। यह सफाई दे चुकने पर विलम्ब का अपराध तो आप न लगाएँगे।

बालक का भारतेन्दु अंक निकल रहा है। अच्छी बात है। वर्मा जी हंस का भारतेन्दु अंक निकालने का प्रस्ताव कर रहे हैं। देखिए क्या होता है।

बालकों के लिए मेरा यही सन्देश है कि हमारा घर ही हमें मनुष्यता सिखाने को सबसे बड़ी पाठशाला है। स्नेह और त्याग और क्षमा और शालीनता की भावनाओं के विकास के जितने सुन्दर अवसर घर में मिल जाते हैं उतने और कहीं नहीं मिल सकते। बालकों के सामने यही आदर्श होना चाहिए कि वे अपने घरों को स्वर्ग बना दें अपने प्रेम से, विनय से, सद्व्यवहार से। इसी पाठशाला में कामयाब होकर वे संसार के विशाल क्षेत्र में यश और आत्म-सन्तोष लाभ करेंगे।

आशा है आप सपरिवार सानन्द हैं।

प्रेमचन्द

(109)

सरस्वती सदन
दादर, बम्बई 14
26 जनवरी 1935

प्रिय बन्धुवर,

वन्दे।

मेरी तस्वीरें खिंची हैं। एक तो बम्बई में, दूसरी मैसूर में। एक आपके पास भेजूँगा। मँगवा रहा हूँ। बालक बड़े शौक से पढ़ूँगा और हंस में पीठ ठोकूँगा।

मेरा भाषण आया तो है, लेकिन आप हंस में पढ़िएगा। दो-एक दिन में हंस भी पहुँचेगा।

उग्र जी से मेरी मुलाकात कभी न हुई और ईश्वर करे न हो। जो आदमी माँ-बहन की गाली देता है उसे मैं इन्सान ही नहीं समझता। हैं, किसी तरह अपना निबाह किये जा रहे हैं। उनका कोई सिनेरियो तो इधर नजर नहीं आया। मगर सुनता हूँ बुरा हाल है। मुझे तो यह लाइन पसन्द नहीं आयी। तीन-चार महीने किसी तरह और कट जायें तो घर की राह लूँ। हंस में क्यों कोई दो पेज का सिलसिला शुरू नहीं करते?

भवदीय

धनपत राय

विविध

(110)

बारडोली
18-2-22

महाशय,

आपका खत महात्माजी को मिला। आपकी स्थिति से वे पूर्ण सहमत हैं, फिर भी उनकी राय में आप एक असहयोगी की हैसियत से उस नवजवान को रुपये पर न छुड़ा सकते थे। हम ईश्वर पर पूरा भरोसा रखकर जेल में जाते हैं। 16 वर्ष का युवक सारे जेल के दुराचारियों को अपनी पवित्रता और आत्मबल से सुधार सकता है। फिर भी अगर आपकी आत्मा इस कार्य के पक्ष में है तो उनको कुछ ज्यादा कहना नहीं है। अगर आप मानते हों कि आपने अनुचित किया तो आप बेशक कोई प्रायश्चित कर सकते हैं।

आपका
सुरेन्द्र

(111)

कानपुर
1-9-24

प्रिय उग्रजी,

सेवा में कम्युनिस्ट पार्टी के छपे हुए नियम तथा फार्म भेजता हूँ। आपको इसका वर्णन तो मालूम ही होगा। मुझे पूर्ण आशा है कि आप शीघ्र ही काशी में 15-20 मेम्बर बनाकर एक Group कायम करेंगे। जब आप बनारस में ग्रुप बना देंगे तो और भी जगह के लोग उसका अनुकरण कर सकेंगे; क्योंकि अभी तक इस काम को भय छोड़कर हाथ में लेनेवाले बहुत कम मिले हैं। फिर आपका तो रास्ता ही यह है। मेरे बहुत आग्रह की आवश्यकता ही नहीं।

स्वतन्त्र-परतन्त्र

होकर स्वतन्त्र परतन्त्र हुए, कवि, सम्पादक, साहित्यकार
जो लिख-लिख आग उगलते थे,
अत्याचारों को दलते थे,
अन्यायों का मुँह मलते थे,

कटु कूट कुनीति कुचलते थे,
सो गये क्रान्ति के कर्णधार—
कवि, सम्पादक, साहित्यकार।
तप-त्यागों से 'स्वराज्य' पाया,
संकीर्ण स्वार्थ-पथ अपनाया,
विरलों पर वैभव बरसाया,
सब ओर घोर संकट छाया,
हो रहे मौन, दुर्गति निहार—
कवि, सम्पादक, साहित्यकार।
निर्भय, निष्पक्ष कहाते हैं,
धन-सत्ता पर मदमाते हैं,
जनता के भाव न भाते हैं;
प्रभुता पर बलि-बलि जाते हैं,
पाकर पद, वेतन, पुरस्कार—
कवि, सम्पादक, साहित्यकार।
शुचिता, स्वतन्त्रता में विचरें,
साहित्यिकता में शक्ति भरें,
भय, स्वार्थ, शिथिलता दूर करें,
सिद्धान्त हेतु ही जिएँ-मरें—
बन जाएँ न चारण-चाटुकार—
कवि, सम्पादक, साहित्यकार।

(112)

1499, शिवाश्रम, क्वीन्स रोड, दिल्ली-6
28-1-63

आदरणीय उग्रजी,

आपने उस दिन जवाहरलालजी के सम्बन्ध में जो मन्तव्य प्रकट किया था, ठीक वही जवाहरलाल के पिता मोतीलालजी का विचार था। श्री मोहनलाल सक्सेना ने 'मोतीलाल स्मृति ग्रन्थ' में संकलित अपने एक लेख में लिखा है—

'अपने पुत्र के बारे में उन्होंने जो कुछ कहा वह मैं अपनी याददाश्त से लिखता हूँ—

वह मनुष्यों में सचमुच जवाहर है।

वह बड़ा ही सज्जन आदमी है।

वह हर एक पर भरोसा कर लेता है, क्योंकि वह समझता है कि हर आदमी उसी की तरह है। लोग उससे ग़लत फ़ायदा उठाएँगे और वह अक्सर धोखा खाएगा।''

तो क्या यह कम आश्चर्य की बात नहीं है कि मोतीलालजी ने जवाहरलाल के सम्बन्ध में जो धारणा बनायी थी, वही आपकी भी है। वास्तव में आपके कुछ वक्तव्य 'उदान वाक्य' की भाँति होते हैं। मुझे यह कहने की आज्ञा दीजिए कि आपको यथायोग्य श्रोता नहीं मिलते जो उनका लाभ उठा सकें। प्राय: लोग आपके वक्तव्यों के बीहड़पन में ही भटककर रह जाते हैं।

मैं सम्भवत: 2-4 दिन में ही यहाँ से बिस्तर गोल करनेवाला हूँ। आपकी पुस्तक यहीं छोड़ जाऊँगा। आपसे ज्ञान और स्नेह मिला है, उसके लिए मैं सदैव कृतज्ञता अनुभव करते रहने की विवशता अनुभव करता हूँ।

स्नेहाकांक्षी

रतनलाल बंसल

(113)

हिन्दी-साहित्य-सम्मेलन कार्यालय

प्रयाग

वै. कृ. 12, 1978

महाशय,

परीक्षा समिति ने आपको सं. 1978 की मध्यमा परीक्षा में बिना प्रथमा परीक्षा उत्तीर्ण किये, सम्मिलित होने का अधिकार दे दिया है।

भवदीय

सोमदत्त

सहायक मन्त्री

अपनी नज़र में 'उग्र'

अपनी खबर

मन कि बेचन पांडे, बल्द बैजनाथ पांडे, उम्र साठ साल, कौम; बरहम, न पेशा अखबार-नवीसी अफसाना-नवीसी, साकिन मुहल्लास सद्दूपुर चुनार, जिला मिर्जापुर (यू.पी.), हाल मुकाम कृष्णनगर, दिल्ली-31, आज जिन्दगी के साठ साल सकुशल समाप्त हो जाने के उपलक्ष्य में उन्हें, जो कि मुझे कम या बेश जानते हैं, अपने जीवन के आरम्भिक बीस बरसों की घटनाओं की कसमसाती कहानी सुनाना चाहता हूँ।

मेरा जन्म विक्रमीय संवत् के 1957वें वर्ष के पौष शुक्ल अष्टमी की रात साढ़े आठ बजे यू.पी. के मिर्जापुर जिले की चुनार तहसील के सद्दूपुर नामक मुहल्ले में बैजनाथ पांडे नामक कौशिक गोत्रोत्पन्न सरयूपारीयण ब्राह्मण के घर पर हुआ। मेरी माता का नाम जयकली, जिसे बिगाड़कर लोग 'जयकल्ली' पुकारते थे। मेरे पिता तेजस्वी, सतोगुणी, वैष्णव-हृदय के थे। मेरी माता ब्राह्मणी होने के बावजूद परम उग्र, कराल-क्षत्राणी स्वभाव की थीं। मेरे एक दर्जन बहन-भाई थे, जिनमें अधिकतर पैदा होते ही साल-दो साल के होते-होते प्रभु के प्यारे हो गये थे। पहले भाइयों के नाम उमाचरण, देवीचरण, श्रीचरण, श्यामाचरण, रामाचरण आदि थे। इनमें अधिकतर बच्चे दगा दे गये थे, अत: मेरे जन्म पर कोई खास उत्साह नहीं प्रकट किया गया। शायद थाली भी न बजाई गयी हो, नौबत और शहनाई तो दूर की बात। मैं भी कहीं दिवंगत अग्रजों की राह लगूँ, अत: तय यह पाया कि पहले तो मेरी जन्म-कुंडली न बनाई जाये, साथ ही जनमते ही मुझे बेच दिया जाये। सो, जनमते ही मुझे यारों ने बेच डाला। और किस कीमत पर? महज एक टके पर! उसका भी गुड़ मँगवाकर मेरी माँ ने खा लिया था। अपने पल्ले उस टके में से एक छदाम नहीं पड़ा था, जो मेरे जीवन का सम्पूर्ण दाम था। अलबत्ता 'जन्मजात बिका' का बिल्ला—जैसा नाम तौक की तरह गले मढ़ा गया—बेचन! नाम ऐसा नहीं जिसे ओमप्रकाश की तरह भारत-प्रचलित कहा जाये। यह तो उत्तर भारत के पूरबी जिलों में चलनेवाला नाम है, सो भी अहीरों, कोरियों, तथाकथित निम्न-वर्गीयों में प्रचलित। ब्राह्मण के घर में पैदा होने पर भी मुझे यह जो मन्द नाम बख्शा गया उसकी बुनियाद में मेरी बहबूदी, जिन्दगी-दराज की कामना ही थी। किसी भी नाम से बेटा जिए तो! आज जीवन के 60वें साल में मैं

साधिकार कह सकता हूँ कि मुझे ही नहीं, मौत को भी यह नाम नापसन्द है। लेकिन, अब, इस उम्र में तो ऐसा लगता है यह नाम नहीं, तिलस्मी गंडा है, जिसके आगे काल का हथकंडा भी नहीं चल पा रहा है।

इस तरह—मैं शिकायत नहीं करता—देखिए तो जहाँ मैं पैदा हुआ वह परिवार तो गरीब था ही, नाम भी मुझे जगन्नाथ, भुवनेश्वर, राजेश्वर, धनीराम, मनीराम, सूर्यनारायण, सुमित्रानन्दन, सच्चिदानन्द हीरानन्द वात्स्यायन जैसा नहीं मिला। और गोया इससे भी मेरे दुर्भाग्य को सन्तोष नहीं हुआ तो मैंने अभी तुतलाना भी नहीं सीखा था कि पिता का स्वर्गवास हो गया। इसके बाद मैं अपने बड़े भाई के अंडर में आया जो विवाहित पढ़े नहीं थे, फिर भी बुद्धि उनकी ऐसी तीव्र थी कि वह हिन्दी तो बहुत ही अच्छी, साथ ही संस्कृत और बांग्ला भी खासी जानते थे; वैद्यक और ज्योतिष में भी टाँग अड़ाने की योग्यता रखते थे। वह समस्या-पूर्ति-युग के कवि और गद्य-लेखक भी थे। प्रूफ-शोधन तथा पत्रकार-कला से भी उनका घनघोर सम्बन्ध था। मेरे यहाँ बड़े भाई साहब जब जवान थे तभी सनातन धर्म के भाग्य में, परिवार-पद्धति के भाग्य में, सर्वनाश की भूमिका लिखी हुई थी। अतएव जाने-अनजाने युग के साथ भाई साहब को भी इस सर्वनाश नाटक में अपने हाथों पाँव में कुल्हाड़ी मारने का उन्मत्त पार्ट अदा करना पड़ा। हम नजदीक थे, अत: भाई साहब का काम हमें अधिक दुखदायी एवं बुरा लगा। लगा, दुनिया में उन-जैसा बुरा कोई था ही नहीं। लेकिन जरा ही ध्यान से देखने से पता चल जाएगा कि मेरे घर में जो हो रहा था वह अकेले के मेरे ही घर का नहीं, कमोबेश समाज के घर-घर का नाटक था।

और मैं उस गली की कहानी बतला दूँ जिसमें मैंने जन्म लिया था। सद्दूपुर मुहल्ले की एक गली—बभनटोली। गली के इस सिरे से उस सिरे तक ब्राह्मणों ही के मकान, एक तेली तथा दो-तीन कोरियों के घरों को छोड़ बाकी जमीनें ब्राह्मणों की। दो-तीन घरों को छोड़ बाकी सभी ब्राह्मण खाते-पीते खासे। एकाध तो पूँजीवाले भी दक्खिनी नाके पर भानुप्रताप तिवारी, जिनके बड़े-बड़े दो-दो मकान। फिर गरीब मुसई पाइक, फिर मेरे पिता की योग-क्षेम गृहस्थी, चचा भी हमी-जैसे, लेकिन वैद्य होने से उनके हाथ में कल्पवृक्ष की डाल-जैसी अलौकिक विभूति हमेशा ही रही, जिससे वह प्रभाववाले और अभावहीन थे। इसके बाद हमारे पट्टीदार भाई विन्ध्येश्वरी पांडे का परिश्रमी, प्रसन्न परिवार, फिर ब्रह्मा मिश्रा की हवेली, जय मंगल त्रिपाठी का घर और अन्त में बेचू पाँडे का सहन। एक भानुप्रताप तिवारी को छोड़ बाकी सभी ब्राह्मण जजमानी वृत्तिवाले थे। हवेलीवाले ब्रह्मा मिश्र की जजमानी सबसे ज्यादा थी। बाग-बगीचे, खेती-बाड़ी, लेन-देन भी होता था। बेचू पाँडे उनके आधे के भागीदार थे। हम लोगों की जजमानी यूँ ही जयसीताराम थी। कहिए हम शानदार भिखारी थे। भिखारी सड़क पर कपड़े फैला या गलियों में हाथ पसारकर भीख माँगता है, लेकिन हमें गरीब और ब्राह्मण जानकर जाने लोग हमारे घर भीख पहुँचा जाते थे। यह भीख

भी शानदार थी तब तक जब तक ब्राह्मणों के घर में ब्राह्मण पैदा होते थे। लेकिन जब ब्राह्मणों के घर में ब्रह्मराक्षस पैदा होने लगे तब तो यह जजमानी वृत्ति नितान्त कमीना धन्धा—स्वयं नीचातिनीच होकर भी दूसरों से चरण पूजवाना—रह गयी थी। यह कथा आज से 55 वर्ष पूर्व की है। तभी तथाकथित सनातन धर्म हो चुका था। मानो तो देव नहीं तो पत्थर! धर्म विश्वास पर पनपता है। जिस जनरेशन में मेरे बड़े भाई साहब पैदा हुए थे उसका विश्वास धर्म से उठ रहा था। मुहल्ले के हरेक घर में एक-न-एक ऐसा जवान पैदा हो चुका था जो पुरानी मर्यादाओं और धर्म को ताक पर रखकर उच्छृंखल आचरण में रत रहा करता था। और घरवाले मारे मोह के परिवार के उस प्राणी का विरोध करने में असमर्थ थे। शास्त्रों में विधान है कि कुल-धर्म-विरुद्ध आचरण करनेवाले को सड़ी अँगुली की तरह काटकर समाज-तन से अलग कर देना चाहिए। हम जब तक ऐसा करते रहे तब तक समाज का स्वास्थ्य चुस्त-दुरुस्त था।

गलतीवश, मोहवश, दुर्भाग्यवश जब से हमने गलितांग को अपना अंग जानकर काट फेंकने से इंकार कर गले से लगाना शुरू किया है, तभी से विष सारे शरीर में व्याप्त हो गया। अब से पचास-साठ वर्ष पहले अखिल भारतीय स्तर पर सहस्र-सहस्र ऐसे ब्रह्मराक्षस पैदा हुए थे, जिन्होंने कुकर्मों के स्लो-पॉयजन द्वारा मारते-मारते सनातन धर्म को मार ही डाला। इस पूर्णता से कि सनातन धर्म तो अब पुनः जागने-जीनेवाला नहीं जिसके सरगना ब्राह्मण लोग थे। ब्राह्मण कुल में मैं भी पैदा हुआ हूँ। कोई पूछ सकता है कि सनातन धर्म या ब्राह्मण धर्म के इस विनाश पर मेरी क्या राय है। मेरी क्या राय हो सकती है? मैं कोई व्यावसायिक 'राय' साहब नहीं। जो वस्तु नष्ट होने योग्य है, जिसकी उपयोगिता सर्वथा समाप्त हो जाती है, वही नष्ट होती है, उसी का अन्त होता है। रहा मेरा ब्राह्मण-कुल में पैदा होना, सो उसे मैं नियति की भूल मानता हूँ। जब से पैदा हुआ तब से आज तक शूद्र का शूद्र हूँ। 'जन्मना जायते शूद्रः'; मनु का वाक्य है कि नहीं—"संस्कारात् द्विजमुच्यते।" जन्म से सभी शूद्र होते हैं, बाद के संस्कार द्वारा नव-प्रज्ञा प्राप्त कर द्विज बनते हैं। वह संस्कार पांडेय बेचन शर्मा के पल्ले न तो बचपन में पड़ा था, न जवानी में और न आज तक। आदि से आज तक एक दिन भी जो ब्राह्मण रहा हो उसे फिर मनुष्य-जन्म मिले, फिर टट्टी की हाजत सताये, फिर राम-राम के पहर आबदस्त लेने की घृणित घड़ी उसके हाथ में आये। और अब इस साठ वर्ष की वय में यदि मैं शिकायत करूँ कि हाय रे, मैं सारे जीवन शूद्र का शूद्र ही रहा तो मुझ-सा मतिमन्द टॉर्च लाइट से ढूँढ़ने पर भी दुनिया में नहीं मिलेगा। सो, जैसे मैं स्वयं को बुरा नहीं मानता, वैसे ही शूद्र को भी भला ही समझता हूँ, शूद्र द्विज (या ब्राह्मण) का पूर्व-रूप है, वैसे ही जैसे मूर्ति का पूर्व-रूप अनगढ़ पत्थर। और मैं अपनी अनगढ़ता को गर्व से देखता हूँ, इसलिए कि जब तक अनगढ़ हूँ तभी शिवविराट् की मूर्तियों की सम्भावनाएँ मुझमें सुरक्षित हैं। गढ़ा गया नहीं कि मूर्तिभावना का प्रतीक रह जाता है। उसे राधा बनाना असम्भव है। सो, लो! मैं ऐसा

अनपढ़ पत्थर जिसमें रूप नहीं, रेखा नहीं। और न ही विकट-विकट भविष्य में कुछ बनता-बनाता ही दिखाई देता है। फिर भी, मैं परम सन्तुष्ट इस कल्पना-मात्र से कि मुझमें कोई एक बड़ी-से-बड़ी अनगढ़ता जब तक है तब तक कोई भी यानी सभी रूप मुझमें हैं। खैर, इन बातों में क्या धरा है! मैं यह कहना चाहता था कि आज भी, मैं निस्संकोच शूद्र हूँ और ब्राह्मणों के घर में पैदा होने के सबब—साधारण नहीं—असाधारण शूद्र हूँ। ब्राह्मण-ब्राह्मणी से मुझे शूद्र-शूद्राणी अधिक आकर्षक, अपने अंग के मालूम पड़ते हैं। यहाँ तक कि आज भी जब मैं खानाबदोशों, बंजारों, जिप्सियों का गन्दगी, जवानी, जादू और मूर्खता से भरा गिरोह देखता हूँ तब मेरा मन करता है कि ललककर उन्हीं में लीन हो जाऊँ, विलीन। उन्हीं के साथ आवारा घूमूँ-फिरूँ, किसी हरजाई, आवारा, बंजारन युवती के मादक मोह में—नगर-नगर, शहर-शहर, दर-दर, छुरी-छुरे, मूँगे, कस्तूरी मृग के नाफे, शिलाजीत बेचता।

मेरा ख्याल है अक्षरारम्भ से पहले ही मेरे कान में 'वेश्या' या 'रंडी' शब्द पड़ चुका था। मैं पाँच-छः साल का ही रहा होऊँगा जब मेरे घर में मिर्जापुर की एक टकैल वेश्या का प्रवेश हुआ था। पुरुष-वेश में चूड़ीदार चपकन और पगड़ी पहनकर वह बाहरवाली कोठरी में रात में आयी और तब तक रही, जब तक मेरे चाचाजी हाथ में खड़ाऊँ लेकर उसे मारने को झपटे नहीं—यशयोग्य दुर्वचन सुनाते हुए। मुहल्ले के आधे दर्जन मनचले ब्राह्मण युवक उस वेश्या से मिलने मेरे यहाँ आ जमते थे। मकान के अन्दर की ब्राह्मणियाँ मेरी माँ और भाभी किंकर्तव्यविमूढ़ा हो गयी थीं। भाभी तो रोने भी लगी थीं। पर ये कुलीन औरतें मुखर विरोध करने में असमर्थ थीं, इसलिए कि मेरे उन्मत्त भाई साहब एक ही लाठी से दोनों ही को हाँकने में कोई ग्लानि या हानि नहीं समझते थे। वैसे वह मन्द जमावड़ा मेरे घर हुआ था, लेकिन हमप्याले लोग पड़ोसी ही थे। नेता (याने मेरे पिता) के उठ जाने से मेरे घर में अखंड अराजकता थी। लेकिन वश चलता और मजबूत सरपरस्तों का शासन न होता, तो दूसरे यार भी अपने घरों में वेश्या को टिकाकर सुरा-सुन्दरी-स्वाद लेने से बाज न आते। पाप पर मोहित सभी थे। सभी थे तत्वतः धर्म से विरहित। जुआ तो प्रायः मुहल्ले के किसी भी घर में खेलाया जाता था, जिससे उस घर के किसी-न-किसी प्राणी को नाल के रूप में एक-दो रुपये भी मिल जाते थे। मेरे घर में जुआ अक्सर हुआ करता। अक्सर जुए से जब नाल की रकम वसूल होती तब मेरे घर में भोजन की व्यवस्था होती थी; आटा, चावल, दाल और नमक आता था। मेरी माँ और भाभी को मकान के पिछले खंड में कैद कर मेरा भाई बिचले खंड में जुए का फड़ डालता, जिसमें मुहल्ले, कस्बा और आसपास के गाँवों के भी शातिर जुआरी जुड़ते। चरस और गाँजे की चिलमें लपलपातीं; ब्यौड़ा यानी विकट देसी दारू की दुर्गन्धमयी बोतलें खुलतीं। जब भी मेरे घर में जुआ जमता, भाई की आज्ञा से दरवाजे पर बैठकर मैं गली के दोनों नाके ताड़ता रहता कि पुलिसवाले तो नहीं आ रहे हैं। जरूर इस ड्यूटी के बदले पैसा-दो पैसा

मुझे भी किसी परिचित जुआरी से मिलता रहा होगा। जुए की इस जबरदस्त जकड़ में मेरा भाई इस कदर पड़ गया था कि भाभी के सारे गहने बिक गये या अन्त में बिक जाने के लिए गिरवी रख दिए गये। फिर मेरी माँ के गहनों की बारी आयी। जिसने अपना संचय सौंपने में जरा भी हिचक दिखलायी उसे भाई साहब ने जूतों, थप्पड़ों, घूसों, लातों से घूरा—गाँजा-चरस या शराब के नशे में। यों तो भाई मुझे भी मारता-पीटता था, बेसबब, बहुत बुरी तरह, अक्सर, लेकिन वह जब मेरी माँ को मारता और वह अनाथा विवशा रोती-घिघियाती (लड़का अपना ही था, अत: खुलकर रो-घिघिया भी नहीं सकती थी) तब भाई का आचरण मुझे बहुत ही बुरा मालूम पड़ता था। पर मैं कर ही क्या सकता था! चार-पाँच साल का बालक! उसके सिर पर घर की सरदारी पगड़ी बाँधी गयी थी। परिवार का नेता था वह। अन्नदाता था वह। सो, मेरी भाभी-आई के गहने जब जुआ-यज्ञ में स्वाहा हो गये तब घर के बरतन-भाँडों की शामत आयी। जितने भी काम या दाम लायक बरतन थे, या तो अड़ोसी-पड़ोसी के घर गिरों धरे गये या पाँच रुपये की वस्तु रुपया-दो रुपया में बरबाद की गयी। इनके बाद ब्राह्मण के घर में जो दो-चार धर्मग्रन्थ थे—भागवत, गरुड़पुराण, रामायण, गीता—मेरे भाई ने एक-एक को दोनों से हाथों से बेचकर प्राप्त रकम को या तो जुआ में अथवा गाँजा-चरस के धुआँ में उड़ा दिया। इसके बाद दो-चार बीघे दान-दक्षिणा में मिले जो खेत थे उनकी नौबत आयी। खेतों को भी बन्धक या भोगबन्धक रखकर भाई साहब ने रुपये उतारे और उनका दुरुपयोग निस्संकोच भाव से किया। और कर्ज और कर्ज! भाई के राज में परिवार ने जब जो भी पाया खाया—कर्जा।

उन्हीं दिनों, एक छापा मारकर चुनार की पुलिस ने सद्दूपुर मुहल्ले के जुआरियों और उनके संगियों को रंगेहाथ गिरफ्तार कर लिया था। जुआ उस दिन मेरे घर में नहीं मेरे घर के पिछवाड़े अलगू नामक कुम्हार के घर में हो रहा था। उस दिन मेरे भाई साहब जुए में शामिल नहीं थे, एक दोस्त की बैठक में उपन्यास पढ़ रहे थे। लेकिन पुलिस-छापे के ठीक पहले अलगू के घर वह सूचना देने गये थे कहीं से खबर-सुराग पाकर कि भागो, पुलिस आ रही है, कि पुलिसवाले आ ही धमके! शायद सबसे पहले मेरे भाई साहब ही पुलिस की पकड़ में आये थे। गिरफ्तार दर्जन-भर जुआरी हुए होंगे। फिर भी, कई जान लेकर जूते छोड़कर भाग गये। उन जूतों की लम्बी माला अलगू कुम्हार से ही तैयार कराने के बाद उसी के गले में डालकर, जुलूस बनाकर जब पुलिसवाले राजपथ से जुआरियों को हवालात की तरफ ले चले तो बन्धुओं में मेरा भाई भी था। उस भयकारी जुलूस के पीछे काफी दूर तक अपने भाई या अन्नदाता के लिए रोता हुआ मैं भी गया था। फिर घर लौटने पर देखा आई और भाभी रो रही थीं। काफी दिनों मिर्जापुर में केस चलने के बाद उस मामले में भाई को पचास रुपये जुरमाना हुआ। और चुनार में रहने का अब कोई तरीका बच नहीं रहा। और कर्जदाताओं से बेइज्जत होने का प्रसंग पगे-पगे प्रस्तुत होने लगा। और घर में अबलाएँ और बच्चे

दाने-दाने के मोहताज हो गये। तब और तभी मेरे बड़े भाई को देस छोड़ परदेस जाने और कमाने की सूझी। फलतः वह पहले काशी और बाद में अयोध्या की रामलीला मंडलियों में एक्टिंग करने लगे। तनखाह पाते थे—दोनों वक्त फ्री भोजन और तीस रुपये मासिक। इन रुपयों में से दस-पाँच अक्सर वह चुनार भी भेजते थे। पर चुनार में अक्सर चूहे डंड ही पेला करते थे, या जजमानी से भिक्षा मिल जाती थी, या मेरी आई किसी की मजूरी कर कूट-पीसकर लाती थीं। बड़ी मुश्किलों से सुबह खाना मिलता तो शाम को नहीं, शाम मिलता तो सवेरे नहीं। जहाँ भोजन-वस्त्र के लाले थे वहाँ शिक्षा-दीक्षा की क्या हालत रही होगी, सहज ही अनुमान लगाया जा सकता है। जीवन को स्वर्ग और नरक दोनों ही का सम्मिश्रण कहा जाये तो मैंने नरक के आकर्षक सिरे से जीवन-दर्शन आरम्भ किया और बहुत देर, बहुत दूर तक उसी राह चलता चला। इस बीच में स्वर्ग की केवल सुनता ही रहा मैं। स्वर्ग जीवन में मुझे कहीं नजर आया नहीं। और नरक की तलाश में किसी भी दिशा में दूर तक नजर भटकाने की जरूरत ही नहीं पड़ी। सो, समय पर न मिले तो स्वर्ग के लिए भी कौन प्रतीक्षा करे! नरक लाख बुरा बदनाम हो, लेकिन अपना तो जीवन-संगी बन चुका है, सहज हो गया है, रास आ गया है। डालडा खाते-खाते जैसे शुद्ध घृत की सुध-बुध भी समाप्त हो जाती है, पहचान-परख तक भूल जाती है, वैसे ही लगातार सुलभ होने से नरक भी धीरे-धीरे परिचित, प्रिय प्रियवर या प्रियतम हो जाता है। गालिब ने अपने ढंग से कहा है—''क्यों न फिर दोस को दोजख से मिला दें या रब! सैर के वास्ते थोड़ी-सी फिजा और सही।''

जब मेरे पिता जीवित थे तभी न जाने कैसे मेरे दोनों बड़े भाइयों को रामलीला में पार्ट करने का चस्का लग गया था। ये किशोरावस्था ही में ऐसे बेकहे हो गये थे कि कुल और पिता को धत्ता बताकर चुनार से मिर्जापुर भागकर रामलीला में राम-लक्ष्मण का अभिनय करने लगे। क्रोध और भविष्य के भय से काँपते हुए पिता जब मिर्जापुर पहुँचे तो क्या देखते हैं कि दोनों सपूत राम-लक्ष्मण बने रंगमंच पर शोभायमान हैं। कहते हैं वह दृश्य पिता से देखा न गया। जनता को भूल, स्टेज पर झपट लौंडों के माथे से मुकुट-किरीटादि नोच-फेंक, वहीं से उन्हें झपड़ियाते, भूले बछड़ों की तरह बाँधकर चुनार ले आये थे। पिता के देहान्त के बाद चुनार की विजय-दशमी वाली लीला में, अक्सर वह कोई-न-कोई पार्ट ही 'प्ले' किया करते थे। चुनार ही में एक-दो बार सीता बनाकर मुझे भी बड़े भाई ने इस घाट पर उतार रखा था। जब वह अयोध्या की रामलीला-मंडली में थे तब मुझे उन्होंने बनारस की एक लीला-मंडली में अपने किसी खत्री मित्र के हवाले कर रखा था। तब मैं आठ साल का रहा होऊँगा या नौ का। जुल्फों में तीन-तीन फूल-चड़ी बनाता था। काफी तेल लगाने के बाद बालों में सस्ती वेसलिन भी लगाता था। वह वेसलिन, जिसकी गन्ध पिला हाउस (बम्बई) या सरकटा गली (कलकत्ता) की सस्ती वेश्याओं के अंग से आती है। कुछ

ही दिनों बाद भाई साहब ने बनारस वालों की मंडली से मुझे भी साधुओं की रामलीला-मंडली में बुला लिया था। भाई साहब की नजर में मेरे उनके संग रहने के अनेक फायदे थे। पहले तो घर में कोई शरारती नहीं रहेगा, दूसरे उनकी निगरानी में रामलीला वालों की बुरी हवा से मैं बचूँगा, तीसरे 'ब्वाय सरवेंट' चौबीस घंटे हाजिर—बिला तनखाय। ऊपर रामलीला में लक्ष्मण और जानकी बनकर आठ-दस रुपये मासिक कमाकर देनेवाला। उन दिनों रामलीला के निश्चित पार्टों के संवाद बाजबान करने के अलावा भाई का एक मित्र वैरागी पखावजी मुझे ताल और स्वर यानी पक्के रंग के संगीत की शिक्षा भी दिया करता था। उन्हीं दिनों नाचना नहीं, तो नाचने की चुस्ती से चंचल चरण चलाना, ठुमुकना, थिरकना, बल खाना वगैरह भी मुझे ऐसा लगा गया था। छुटपन में मेरी शिक्षा बिलकुल आरम्भिक क ख ग दरजों तक हुई थी। अभी थोड़ा ही बहुत अक्षर-शब्द ज्ञान नहीं था। मगर इससे गला छूटे तो कैसे? सुना था हनुमानचालीसा का पाठ करने से सारे दुख दूर, मसले स्वयमेव हल हो जाते हैं। मैं जिस दरजे में पढ़ता था उसी में एक काला-सा लड़का था किसी छोटी जाति का। वह अपने बस्ते में रोज हनुमानचालीसा की एक प्रति ले आता था। और मैं ललचाकर, तड़पकर रह जाता था उस दो पैसे की विख्यात पुस्तक के लिए। अन्त में मैंने चोरी करने का निश्चय किया। मैं ऊँच लड़का, वह नीच, लेकिन मैंने उसकी हनुमान चालीसा चुरा ली और बड़े चाव से मैं उसका पाठ करने लगा। मुझमें जो ब्राह्मण है, वह आज भी यही सोचता है कि वह हनुमानचालीसा ही का प्रभाव था कि स्कूली शिक्षा से हटाकर मुझे राम-लीला-मंडली में लगा दिया गया। वहाँ पर मेरा परिचय श्रीरामचरितमानस से होना ही था, क्योंकि मैं जानकी, लक्ष्मण और भरत तक का पार्ट किया करता था। रामलीला-मंडलियों ही में रामायण का पाठ होते देखा। सुना, ऐसे पाठ के फल अनन्त। सो, मैंने नौ-दस-ग्यारह की वय में सामर्थ्यानुसार श्रद्धा-भक्ति से रामायण के नवाह्न पाठ किये। एक नहीं, अनेक। इन लीला-धारियों की मंडली में फुरसत के अवसरों में लोग अन्त्याक्षरी-सम्मेलन भी अक्सर किया करते थे, जिनमें ज्यादातर तुलसीकृत रामायण से ही उदाहरण दिए जाते थे। इन सम्मेलनों से भी मुझे रामायण का स्पर्श अधिकाधिक होने लगा था। उन दिनों रामायण के विविध अंश मेरे कंठाग्र, जिह्वाग्र रहा करते थे। और उन दिनों रामलीला में अभिनेता संवाद कैसे कहते थे? पहले रामायणी चौपाई या दोहा अर्ध-स्वर में सुनाता, फिर अभिनेता उसका (रटा या ज्ञात) अर्थ जनता को सुना देता था। रामायणी कहता—देवि, पूजि पद-कमल तुम्हारे, सुर-नर-मुनि सब होहिं सुखारे। तब सीताजी कहतीं—हे देवि! तुम्हारे सर्व-पूज्य पद-कमलों को पूज-पूजकर सुर, नर और मुनि सभी सुख पाते हैं। संवाद की इस विधि में अक्सर अभिनय और उसके प्रभाव का खून हो जाता था, पर जो जनता लीला देखने आती थी वह रामलीला को थिएटर न समझ किसी भी भावना, भाषा या भेस में भगवान्-भगवती की भावना मात्र से प्रभावित होनेवाली होती थी।

एक बार कहीं भरत का पार्ट करनेवाला हमारा संगी बीमार पड़ गया। अब मुश्किल यह सामने आयी कि भरत का कठोर काम करे तो कौन? इस पर मेरे बड़े भाई ने मंडली के मालिक महन्त को वचन दिया कि वह चिन्ता न करें, भरत का काम बेचन कर लेगा। मुझसे उन्होंने गाँजे के नशे में चूर आँखें दिखाकर कहा—भरत के काम में जरा भी भूल की तो याद रहे, लीला-भूमि से ही पीटते-पीटते तुझे डेरे पर ले चलूँगा। उनसे पिटने का मुझे इतना डर था कि भरत तो भरत वह धमकाता तो कमसिनी भूल दशरथ का पार्ट भी अदा करके रख देता, रावण का भी! उस दिन राम के वन-गमन के बाद ननिहाल से बेहाल लौटे भावुक भाई भरत का संवाद था कौशल्या के आगे। वशिष्ठ की सभा में परम साधु बड़े भाई के मोह में भरत को रोते चित्रित किया है तुलसीदासजी ने। मुझे रोना आया था बड़े भाई के क्रूर भय से। और मैंने बहुत ही सावधानी से भरत का अभिनय किया। रामायण मुझे याद ही थी, सो बिना रामायणी का मुख देखे संवाद की चौपाई पर चौपाई, दोहे पर दोहे अर्थ-सहित मैं सुनाता। खूब ही जमा मेरा काम! महन्तजी प्रसन्न हो गये और स्टेज ही पर दस रुपये इनाम, तथा एक रुपया महीना तनखाह बढ़ाने की घोषणा हुई। बधाइयाँ और इनाम के रुपये भाई साहब के पल्ले लगे। पाँव तो उस दिन भी मैं भाई साहब के दाबता रहा तब तक जब तक वह सो नहीं गये—हाँ, उस दिन उन्होंने नित्य की तरह, पाँव दबवाते दो-चार लातें नहीं लगायीं कि मैं ठीक से क्यों नहीं दबाता? कि मैं झपकियाँ क्यों लेता हूँ?

धरती और धान

"अरे बेचन! न जाने कौन आया था...उर्द जी, उर्द जी, पुकार रहा था!"

ये शब्द मेरी दिवंगता जननी, काशी में जन्मी जयकली के हैं जिन्हे मैं 'आई' पुकारा करता था। यू.पी. में माता या माई को आई शायद ही कोई कहता हो। महाराष्ट्र में तो घर-घर में माता को आई ही सम्बोधित किया जाता है। कैसे मैंने माई को आई माना, आज भी विवरण देना मुमकिन नहीं। लेकिन बम्बई जाने पर जब लक्ष-लक्ष महाराष्ट्रियों के मुँह से 'आई' सुना तो मेरे आन्तरिक हर्ष की सीमा न रही। जो हो। मैं यह कहना चाहता था कि मेरी जननी इस क़दर अनपढ़ थीं कि जो सार्थकता उन्हें 'उर्द' जी में मिलती थी वह 'उग्र' जी में नहीं। बिलकुल नहीं। उनसे जब मैंने अपने जन्म के समय के बारे में पूछा तो उन्होंने बतलाया कि पौष शुक्ल अष्टमी को रात में जब तुम्हारे पिता बिहारीसाहु के मन्दिर से पूजा करके लौटे थे तब तुम पैदा हो चुके थे। दूसरा पता उन्होंने यह दिया कि तुम्हारी बारही के दिन माता दयाल का जन्म हुआ था। यह माता दयाल मेरे भतीजे थे। पिता दिवंगत बैजनाथ पांडे चुनार के खासे धनिक वणिक बिहारीसाहु के राममन्दिर में वैतनिक पुजारी थे। वेतन था रुपये पाँच माहवार। साथ ही चुनार में जजमानी-वृत्ति भी पर्याप्त थी। उन्हीं में एक जजमान बहुत बड़ा जमींदार था जिसके मरने के बाद उसके दोनों पुत्रों में सम्पत्ति के लिए घोर अदालती संघर्ष हुआ। उसी मुकदमे में जमींदार के बड़े लड़के ने कुल-पुरोहित की हैसियत से मेरे पिता का नाम भी गवाहों में लिखा दिया था, गोकि उन्होंने भाई के द्वन्द्व में पड़ने से बारहा इनकार किया था। नये जमींदार ने मेरे पिता को प्रलोभन भी 'प्रापर' दिये। लेकिन वह भद्रभाव से अस्वीकार ही करते रहे कि समन आ धमका। लाचार अदालत में हाजिर तो वह हुए, पर पुकार होते ही उन्होंने कोर्ट से साफ-साफ कह दिया कि उन्हें माफ करे कोर्ट, उनकी गवाही उस पार्टी के विरुद्ध पड़ सकती है जिसने गवाह बनाकर उन्हें अदालत के सामने पेश कराया है। तब तो आपकी गवाही जरूर होनी चाहिए, अदालत ने आग्रह किया—और गवाही हुई। कहते हैं उसी

गवाही पर कोर्ट का सारा फैसला आधारित रहा। बड़ा भाई हार गया। वही जिसने मेरे पिता को गवाह बनाया था। जीत छोटे भाई की हुई। इस सबमें पिता के पल्ले सिवाय सत्य के और कुछ भी नहीं पड़ा। घर की बुढ़िया इसके लिए बैजनाथ पांडे को बराबर गर्व से कोसती रही, कि उसने जरा भी टेढ़ी-मेढ़ी बात न कर खरे सच के पीछे एक अच्छी जमींदारी हाथ से खो दी। चुनार में बैजनाथ पांडे की जजमानी थोड़ी ही थी। निकटस्थ जलालपुर माफ़ी गाँव में जमीन भी चन्द बीघे थी जो—और कुछ नहीं तो—साल का खाने-भर अनाज और पशुओं के लिए भुस पर्याप्त दे सकती थी। बस इतने में ही बैजनाथ पांडे अपने कुनबे का खर्च अपने दायरे में मजे में चला लेते थे—यहाँ तक मजे में कि सारी जिन्दगी बिहारीसाहु के मन्दिर में वेतनभोगी पुजारी रहे, पर वेतन लिया कभी नहीं—और मर भी गये। बैजनाथ पांडे संस्कृत के साधारण जानकार, जजमानी विद्या-निपुण, साथ ही गीता के परम-भक्त, शैव परिवार में पैदा होकर भी वैष्णव प्रभाव, भाव-सम्पन्न थे। कहते हैं बैजनाथ पांडे सम्यक् चरित्रवान्, सुदर्शन और सत्यवादी थे। कहते हैं वह चालीस वर्ष ही की उम्र में बैकुंठ-बिहारी के प्यारे हो गये थे। कहते हैं इतनी ही उम्र में वह बारह बच्चों के जनक बन चुके थे। मेरे कहने का मतलब यह है कि बैजनाथ पांडे अच्छे तो थे—बहुत—लेकिन अन-बैलेन्स्ड भी कम नहीं थे। सो उन्हें क्षय-रोग हुआ, जिससे असमय ही उनके जीवन-स्रोत का क्षय हो गया। कहते हैं क्षय में बकरे की सन्निकटता, बकरी का दूध, उसी के मांस का स्वरस बहुत लाभदायक होते हैं। हमारा परिवार शाक्त, हम छिपकर मांसादि ग्रहण करनेवाले, फिर भी बैजनाथ पांडे ने प्राणों के लिए अवैष्णवी उपाय अपनाना अस्वीकृत कर दिया। अपने पिता की एक झलक मात्र मेरी आँखों में है। मन्दिर से आकर ब्राह्मण-वेश में किसी ने मेरे मुँह में एक आचमनी गंगाजल डाल दिया, जिसमें बताशे घुले हुए थे। मैं माँ की गोद में था। उसने बतलाया, चरणामृत है बेटे! कितना मीठा! मैंने अपने पिता को बुरी तरह बीमार देखा, घर में चारों ओर निराशा!...पिता का मरना...आई का पछाड़ खा-खाकर रोना मुझे मजे में याद है। यद्यपि तब मैं बहुत छोटा, रोगीला, बेदम—जैसा बालक था। जब मेरे पिता का देहान्त हुआ मैं महज दो साल और छः महीने का था। यानी मैंने जब जरा ही आँखें खोलकर दुनिया को देखा तो मेरा कोई सरपरस्त नहीं! प्रायः जन्मजात अनाथ—ऐसा—जिस पर किसी का भी वरदहस्त नहीं रहा। पिता, भाई-बहन मिलाकर हम चार जने, भाभी और माता को अनाथ कर दिवंगत हुए थे। बहन बड़ी और ब्याहता थी, फिर भी घर में खाने को थे आधा दर्जन मुख और कमानेवाला हाथ एक भी नहीं था। खेतीबाड़ी इतनी ही थी कि कर्त्ता ही उससे जीवन-यापन कर सकता था। इधर मेरे दोनों भाई रामलीला करने पर आमादा थे।

कलिकाल विकराल आ रहा था—भागा-भागा; सनातन धर्म, कर्मकांड, वर्ण-व्यवस्था, सारे-का-सारा मंडल जा रहा था भागा-भागा। धर्म का लोप हो रहा था। परिवार टूट रहा था। अर्थ-टका-युग का उदय हो रहा था। जब पिता का देहान्त हुआ मेरा बड़ा भाई बाईस वर्ष का रहा होगा। उसका विवाह हो चुका था। मेरी भाभी घर पर ही थीं। मझला भाई सोलह-सत्रह साल का रहा होगा, जो पिता-मरण के कुछ ही दिन के अन्दर बड़े भाई और भाभी से लड़कर घर से अयोध्या भाग गया और साधु बनकर रामलीला-मंडलियों में अभिनय करने लगा था। तब मैं चार साल का था। सारे तन में पेट परम प्रधान। मेरे देह में वह रोग था जिसमें आयुर्वेदिक चिकित्सक लोहे की भस्म या मंडूर खिलाते हैं। मेरी आई के मरे और जीवित अनेक बच्चे थे, पर चाची के एक कन्या के अलावा कोई भी जीवित न था। सो, उनके मन में पुत्र का मोह था। दोनों घरों में सबसे छोटा बालक मैं ही था। चाची मेरी आई से तो कसकर झगड़ती थीं, लेकिन मुझे उनका वात्सल्य प्राप्त था। पाते ही प्यार से, पुचकार से वह मुझे कुछ-न-कुछ खाने को देतीं। लेकिन इसका पता लगते ही मेरी आई धरित्री पर बैठ पसारे हुए पाँवों पर मुझे पट लिटा, देवरानी को दिखा-दिखा, सुना-सुनाकर धमार की धुन में धमकती थीं। एक तो ब्राह्मण क्रोधी होता ही है, दूसरे हम परम क्रोधी कौशिक यानी विश्वामित्र के गोत्रवाले, तीसरे मेरी आई अनायास ही भयानक क्रोध करनेवाली थीं। मैं सोलह साल का हो गया था तब भी वह मुझे मारने को ललकती थीं। एक बार तो अनेक झाड़ू उन्होंने मुझ पर झाड़ भी डाले थे। मझले भाई श्रीचरण पांडे तो क्रोधी नहीं थे, लेकिन उमाचरण और बेचन अपने-अपने समय पर परमक्रोधी व्यक्ति बने। हम सबमें माता के स्वभाव का प्रभाव खासा था। लेकिन क्रोध माता करे या पिता, पति करे या पत्नी, बालक करे या युवा, होता है—पाप का मूल। 'जेहि बस जन अनुचित करहिं चरहिं विश्व प्रतिकूल।' सो, माता के क्रोध का कुफल माता को मिला, भ्राता के क्रोध का भ्राता को। खुद बेचन पांडे को क्रोध का कुफल जो मिला उसे मैं ही जानता हूँ और अच्छा करता हूँ कि डायरी नहीं लिखता, वरना दुनिया जानती। अपने बारे में दुनिया को क्या जनाना चाहिए क्या नहीं, इसी का नुस्खा 'विनय' में गोस्वामीजी ने खूब बतलाया है। 'किए सहित सनेह जे अघ, हृदय राखे चोरि, संग बस किए शुभ, सुनाए सकल लोक निहोरि।' यानी परम प्रेम-पूर्वक किए हुए प्रचंड पापों को तो हृदय की अन्ध कोठरी में छिपा रखना, लेकिन किसी दूसरे के संग में होने के कारण भी कोई भला काम बन पड़ा हो तो उसका ढोल मूसलों पीटना। चार सौ वर्ष पूर्व ही जैसे महाकवि ने बीसवीं सदी उत्तर का खाका खींचकर रख दिया हो। मेरी आई परम क्रोधिनी थीं, साथ ही परम भोली। जब भी उन्होंने किसी बेटे को रुपया

भुनाने को दिया होगा बेटे ने साढ़े पन्द्रह आने ही लौटाये होंगे। इस पर दूसरे बेटे ने कहा होगा—माँ, बड़े ने पैसे गलत तो नहीं गिने? ला तो, फिर से गिन दूँ। और फिर से गिनने में वह साढ़े पन्द्रह आने की जगह पन्द्रह आने ही को सोलह बतला माँ को दे देता। और वह रख लेतीं। वह परिश्रमी भी जबरदस्त थीं। हमारे लम्बे-चौड़े दरिद्र कच्चे घर को होली-दिवाली पर वह अकेले ही कछाड़ बाँधकर पोतनी या पीली मिट्टी से दिव्य कर देती थीं। फटे-पुराने कपड़ों की कन्था बहुत अच्छी तो नहीं, फिर भी ऐसा सिल देती थीं जिसे सरदी के दिनों में वरदान की तरह लोग ओढ़ते-बिछाते थे। कागज गलाकर पल्प बना, उसकी भद्दी टोकरियाँ बना लेती थीं। सींक के पंखे तो खासे बना लेती थीं। ब्याह-गौना, कथा वगैरह में सामयिक गीत गानेवालियों में वह आगे ही रहना चाहती थीं। मेरा भाई जब परदेश होता और घर में भूनी माँग भी न होती, तब आई मुहल्ले-टोले से मन-आध मन गेहूँ ले आतीं; एक निहायत करुण गीत गाती-गाती मेरी तरुणी भाभी के साथ उसे पीसतीं। तब कुछ पैसे मिलते, तब हमारे घर चूल्हा चेतता, मुँह निवाले लगते। मैं खुश हो चहकने लगता और आई कहावत सुनाकर खुश हो जातीं—''पेट में पड़ा चारा, तो नाचे लगा बेचारा!''

चुनार

रामचन्द्र भगवान सरयू नदी के किनारे पैदा हुए थे, मैं पैदा हुआ गंगा सुरसरि के किनारे। मुझे सरयू उतनी अच्छी नहीं लगतीं जितनी नर, नाग, विबुध बन्दनी गंगा। रामचन्द्र भगवान अयोध्या नगरी में पैदा हुए थे, जो पवित्र तीर्थ मानी जाती है। मैं चुनार में पैदा हुआ, जो काशी के कलेजे और गंगातट पर होकर भी त्रिशंकु की साया में होने से तीर्थ नहीं है। इतना ही नहीं, तीर्थ का पुण्य हरण करनेवाला भी है। फिर भी, चुनार मुझे तीर्थ और अयोध्या और साकेत से भी अधिक प्रिय है। यह अपनी जन्म-भूमि चुनार के बारे में पांडेय बेचन शर्मा 'उग्र' की राय है। अपनी जन्मभूमि अयोध्या के बारे में रामचन्द्र भगवान मर्यादा पुरुषोत्तम की राय थी—'पावन पुरी रुचिर यह देसा, जद्यपि सब बैकुंठ बखाना, बेद पुरान विदित जग जाना। अवधपुरी सम प्रिय नहिं सोउ।' फिर मैं क्यों न कहूँ कि मुझे चुनार जितना प्रिय है उतनी अयोध्या नहीं? राम-भजिए अपने राम को, अपने राम जितने पसन्द हैं उतने मर्यादा पुरुषोत्तम राम यानी रघुपति राघव राजाराम भी नहीं।

वाजि, रथ, कुंजरोंवाले महाराज दशरथ के काल में अयोध्या कुछ और ही थी—अमरावती से भी बढ़ी-चढ़ी नगरी। उसका वर्णन वाल्मीकि रामायण में पढ़िए और वर्तमान अयोध्या को जाकर देखिए। वैसे ही जैसे मेरे लकड़दादे ने घी खाया, मेरे हाथ सूँघिए। न कहीं साकेत, न कहीं स्वर्ग। चतुर्दिक् सघन रज तमस तक। मुझे तो सरयू भी मटमैली, रजस्वला, नजर आती है।

कुजा अयोध्या, कुजा चुनार। अयोध्या तीर्थ, चुनार तीर्थ-तेज को नष्ट करने वाला। अयोध्या में सम्राट्, चक्रवर्ती, अवतारी, लीलाधारी लाख हुए हों, लेकिन वह पूरी प्रकृति की उस प्रफुल्ल कृपा, वरदान से बिलकुल विरहित है जो चुनार को अनायास ही प्राप्त है। आप जाइए अयोध्या, भाग आएँगे भाग मनाते। आप आइए चुनार, क्या मजाल कि घंटे-भर के लिए पधारकर कई दिन न ठहर जाएँ!

अयोध्या में कभी हरिश्चन्द्र अज थे, सो अब नहीं रहे। दिलीप थे, रघु थे, भगीरथ थे, सो भी नहीं रहे; इक्ष्वाकु, दशरथ, रामचन्द्र कोई नहीं रहे। एक

सरयू है मटमैली फैली, अपने भूत की छाया से भीषण बाधित। असल में अयोध्या आदमी के बनाये बनी हुई थी, भले वे आदमी राम-जैसे शक्तिमान क्यों न रहे हों। वैसे आदमी नहीं रहे तो अयोध्या राँड हो गयी। चुनार में आदमी रहें या न रहें, उसे प्रकृति-दत्त शोभा सुलभ है। आदमी आएँगे, आदमी जाएँगे, लेकिन आदमी क्या कोई भी जीव जब चुनार के आगे आएगा तो वह वहाँ कुछ दिन तक बसना, रमना चाहेगा। एक तरफ गंगा भागीरथी, एक तरफ जरगो विन्ध्य-बालिका, चुनार दोआबा। कंकड़ फेंकिए तो विन्ध्याचल प्रचंड पहाड़ के आँगन में गिरे। चुनार विन्ध्याचल का आँगन ही तो है। मीठे जीवनप्रद कुएँ, निर्मल नीरपूर्ण तालाब, बावलियाँ, बाग, उपवन, वन, सहस्र-सहस्र वर्षों के इतिहासों के चरण-चिह्न चुनार में चतुर्दिक्। रामचन्द्र की अयोध्या में इनमें से एक भी नहीं, बस राम का नाम है।

चुनार से सटी विन्ध्याचल की सुखद घाटियों में पारिजात के, पलाश के, बहेड़े के, महुवे के वन-के-वन। जब शरद ऋतु में सारी घाटी पारिजात-पुष्पों की सुखद सुगन्ध से भर जाती है, लगता है, यही तो नन्दन-वन है। चुनार इतना रमणीक कि पहले सारे भारत से जो श्रद्धालु तपस्या करने के लिए काशी या प्रयाग पधारते थे, वे तत्वतः तपते थे चुनार या मिर्जापुर-विन्ध्याचल की उपत्यकाओं ही में। कहते हैं किशोर राम ने ताड़का और सुबाहु को चुनार के निकट ही कहीं मारा था। क्रान्तिकारी ब्रह्मर्षि वैत्तानिक विश्वामित्र का सिद्धाश्रम चुनार के निकट ही है। मेरा ख्याल है अयोध्या के आसपास चुनार—जैसा कोई महामनोरम स्थान नहीं था—राम के जमाने में भी। तभी ऋषि विश्वामित्र राजा दशरथ से आग्रह करके राम और लक्ष्मण को चुनार दिखलाने को ले गये थे। राम चुनार न गये होते तो शायद ही राम होते, क्योंकि विश्वामित्र ने चुनार ही के आस-पास उन्हें वे विद्याएँ दी थीं—शस्त्रास्त्रों के प्रयोग की शिक्षा, जो सारे जीवन रघुनन्दन के काम आती रहीं। क्या है राम की अयोध्या में? पुरी कहलाती है बड़ी। अयोध्या में मन्दिर हैं, मूर्तियाँ हैं। यानी पत्थर हैं अयोध्या में। मैं कहता हूँ सारी अयोध्या में जितने गढ़े-गढ़-मन्दिर-मूर्तियाँ हैं, उतनी और ऊपर से उतनी ही और चरणाद्रि (चुनार) की अनगढ़ पार्वतीय विभूति के बायें चरण की सबसे छोटी अँगुली के नाखून से निकाली जा सकती हैं।

आपने अयोध्या देखी है? नहीं? और चुनार? वह भी नहीं? बन्दा तो चुनार ही की मिट्टी है एक ओर, तथा दूसरी ओर किशोरावस्था में, साधुओं की रामलीला-मंडली में, जानकी बनकर सावन के झूलनोत्सव में अयोध्याजी में झूला भी झूल चुका है। सो, ऊपर चुनार के साथ अयोध्या का नाम फोकट-फीके नहीं लिया गया है। त्रेता में जिस अयोध्या में राम बाम दिति जानकी विराजा करती थीं,

कलिकाल में उसी अयोध्या में, रामलीला में ही सही, कुछ दिनों बेचन पांडे भी सीता जी बना करते थे। और हजार-हजार लोग-लुगाइयाँ, हजार-हजार मेरे किशोर सुकुमार चरणों की धूल आँखों में आँजा करती थीं। सो, जिसकी अपनी जोरू जिन्दगी-भर नहीं रही, वह जिन्दगी के आरम्भिक वर्षों में ही राम की जोरू बन चुका था। यानी यह जो आज बड़े तीसमारखाँ बनते हैं पांडेय बेचन शर्मा 'उग्र' दरअसल जोरू हैं राम की। मगर क्या होंगे! राम की जोरू थे कबीरदासजी—

बालम! आओ, हमारे गेह रे!
तुम बिनु दुखिया देह रे!
सब कोई कहै तुम्हारी नारी!
मोहि होत सन्देह रे!
एकमेक ह्वै सेजन सोहे
तब लगि कैसा नेह रे?
... ...
है कोई ऐसा पर-उपकारी
प्रिय सों कहै सुनाय रे!
अब तो बेहाल 'कबीर' भये हैं
बिनु देखे जिय जाय रे!
बालम, आओ हमारे गेह रे!

अयोध्या (जिससे युद्ध न किया जा सके—अजेय) का वर्णन करते हुए आदि कवि ने बताया है कि उस वर-नगरी के सभी निवासी धर्मात्मा, बहुत श्रुत, अपने-अपने धन से सन्तुष्ट, अ-लालची और सत्य-वक्ता थे। उस नगरी में साधारण विभूतिवाला कोई भी नहीं था, कम परिवार-कुटुम्बवाला कोई नहीं था; ऐसा कोई नहीं था जिसकी मनोकामनाएँ पूर्ण न हो चुकी हों या जिसके पास गाय, घोड़े, धन-धान्य का अभाव हो। उस पुरी में कामी, कापुरुष, क्रूर, कुबुद्धि और नास्तिक चिराग लिये ढूँढ़ने पर भी दिखाई नहीं देते थे। वहाँ कोई भी शख्स कुंडल, मुकुट और माला बगैर नहीं दिखता था...उस नगरी में असत्यवादी, अविश्वासी और अबहुश्रुत आदमी एक भी नहीं था। न कोई गरीब था, न विक्षिप्त; कोई किसी प्रकार से भी दुखी नहीं था। अयोध्या के चारों ओर आठ कोस तक एक से एक हाथी ही हाथी नजर आते थे। अतएव उसके नाम का अर्थ होता था—अजेय। इच्वाकुवंशी चक्रवर्ती सम्राट दशरथ की अयोध्या का यह वर्णन आदि कवि के शब्दों में है—बालकांड में। अयोध्या कांड के आरम्भ में, रामचन्द्र के युवराज-तिलकोत्सव की तैयारी के सिलसिले में भी, महाकवि ने अयोध्या की महत्ता का वर्णन गौरवशाली किया है

: जब पुरवासियों ने सुना कि आज ही रामचन्द्र का अभिषेक होनेवाला है तो सब लोग अपना-अपना घर सजाने लगे। धवल मेघ के शिखर की तरह शुभ्र देवलाओं, चौराहों, मार्गों, बागीचों, अटारियों, विविध वस्तु-भरे बाजारों, परिवार-भरे भवनों, सभी सभा-भवनों तथा ऊँचे-ऊँचे वृक्षों पर सचिह्न और अचिह्न पताकाएँ फहराई गयीं...राज-मार्ग में जहाँ-तहाँ फूल-मालाएँ सजाई गयी थीं और सुगन्धित धूप जलाई गयी थी। रात्रि के समय रोशनी के लिए गली-कूचों तक में दीपकों के वृक्ष जगमगाए गये थे...इन्द्र की अमरावती पुरी के समान सुन्दर अयोध्यापुरी एकत्रित जन-समुदाय से मुखरित होकर जल-जन्तुओं से पूर्ण समुद्र के जल-जैसी जान पड़ने लगी...मन्थरा ने देखा, चारों ओर अमूल्य ध्वजा-पताकाएँ फहरा रही हैं, रास्ते साफ-सुथरे हैं...चन्दन का छिड़काव चारों तरफ हुआ है, स्नान के बाद चन्देनादि लगाये अवधवासी परम प्रसन्न मटरगश्ती कर रहे हैं। ब्राह्मण हाथ में माला और मोदक लिये मन्त्रोच्चार कर रहे हैं, सारे-के-सारे देव-स्थान चूने से उज्ज्वल कर दिए गये हैं। साथ ही सभी तरह के गाजे-बाजे बज रहे थे...हाथी-घोड़े हैं, गाय-बैल भी प्रसन्न बोल बोल रहे हैं। प्रमुदित पुरवासी ऊँची ध्वजाएँ फहराते दौड़ रहे हैं।

इतने बड़े उद्धरण का अभिप्राय यह है कि महाकवि ने पुरुष-रचित जिस अयोध्या का वर्णन किया है वह वस्तुत: आज नहीं, त्रेता युग की है। फिर भी, उसकी सफाई, रोशनी, छिड़काव, जनता को तरह-तरह से सुख पहुँचाने का सक्रिय निश्चय आज के कलकत्ता-बम्बई ही नहीं लन्दन-न्यूयार्क के म्यूनिसिपल कार्पोरेशनों के आगे आज भी प्रसन्न चुनौती-जैसा है।

अब मेरे चुनार का अहवाल सुनिए। त्रेता नहीं, द्वापर भी नहीं, चुनार की कहानी कलियुग की है। सन् 1905 ई. में चुनार मैंने कैसा पाया था, (तब मैं महज पाँच वर्ष का था) उसका वर्णन भी आज पचपन वर्ष बाद कम मनोरंजक नहीं है। तब वह छोटी-सी बस्ती पाँच-सात हजार प्राणियों की रही होगी। चुनार में चरण की आकृति की एक पहाड़ी है, जिसका तीन भाग गंगा में है और चौथा धरती की तरफ। इस पहाड़ी के कारण चुनार का नाम 'चरणाद्रि' भी संस्कृतज्ञों से सुना था। इसी पहाड़ पर एक परम प्राचीन दुर्ग है। उसका सम्बन्ध द्वापर युग के प्रसिद्ध सम्राट जरासन्ध से जोड़ा जाता है। किले में एक विकराल तहखाना है—बड़े विस्तार-अपार अन्धकार वाला। कहते हैं जरासन्ध ने पराजित करने के बाद सोलह हजार राजाओं की रानियाँ छीन उन्हें चुनार दुर्ग के तहखानों में कैद कर रखा था। फिर, कहते हैं, उज्जयिनी के सम्राट् विक्रमादित्य ने अपने राजा भाई भर्तृहरि के लिए इस दुर्ग का पुनरुद्धार कराया था। किले में योगिराज भर्तृहरि की समाधि है। किले के बाहर, दक्षिण तरफ, पहाड़ी में गंगा-तरंग कल-सीकर-शीतलानि के निकट एक गुहा है। कहते हैं राजर्षि भर्तृहरि उसी में तप-स्वाध्याय-

निरत रहते थे। विश्वासी लोग आज भी भर्तृहरि की आत्मा का आवास चुनारगढ़ के आस-पास मानते हैं। इस दुर्ग का इतिहास सर्वथा कौतूहलपूर्ण एवं रहस्यमय है। आल्हा-ऊदल नाम के वीरबहादुर दोनों भाइयों का कभी इस किले पर कब्जा था—विदित बात है। वीर-रस के विख्यात हिन्दी-काव्य आल्हा-रामायण में इन्हीं भाइयों के शौर्य की गाथा है। इस किले से सम्राट् हुमायूँ, शेरशाह सूरी, वारेन हेस्टिंग्ज, विद्रोही राजा चेतना सिंह, पंजाब की महारानी ज़िन्दा, वाजिद अली शाह का भी सम्बन्ध रहा है। गत द्वितीय महायुद्ध के युद्ध-बन्दियों को ब्रिटिश सरकार इसी किले में रखती थी। सन् '42 के भारतीय महाजागरण के राष्ट्रीय कर्मी भी इसी किले में बन्द रखे गये थे। फिर स्वराज्य होने के बाद बंगाल के पुरुषार्थी चुनार गढ़ में बसाए गये थे। हिन्दी के आदि-उपन्यासकार बाबू देवकीनन्दन खत्री के परम प्रसिद्ध उपन्यास 'चन्द्रकान्ता' और 'चन्द्रकान्ता सन्तति' एवं 'भूतनाथ' में इस किले का ऐसा महामोहक वर्णन है कि पढ़नेवाले के हाथ से उपन्यास छूटते नहीं। चुनार दुर्ग के बाहर, पूर्व तरफ, प्रायः पाव कोस पर, एक आचार्य कूप है। कहते हैं, श्री वल्लभ महाप्रभु जब भारत-भ्रमण को सपरिवार निकले थे तब, चुनार में उनके पुत्र विट्ठल महाराज का अवतार हुआ था। कहते हैं श्री वल्लभाचार्य ने नवजात शिशु उसी कूप को सौंप दिया था कि तब तक वही उसका लालन-पालन करे जब तक प्रणु देश-भ्रमण से लौट नहीं आते। कहते हैं प्रभु वल्लभाचार्य कई वर्ष बाद जब लौटे तब उस कूप ने उनका पूत उन्हें सही-सलामत सौंप दिया, जो अब शिशु नहीं, कई वर्ष का किशोर था। चुनार वल्लभ सम्प्रदायियों के पुण्य तीर्थों में से एक है।

मुस्लिम जमाने में चुनार के किले में हज़रत मुहम्मद की दाढ़ी का पवित्र बाल भी सादर सुरक्षित रहता था। चुनार के दर्शनीय स्थानों में एक दरगाह भी है—मशहूर मुस्लिम वली हज़रत क़ासिम सुलेमानी की। मेरे छुटपन में दरगाह का मेला हर साल जोरदार होता था, जिसमें बिना भेद-भाव मुसलमान-हिन्दू, शहराती-देहाती सभी शामिल होते थे। मेरे बचपन में चुनार की आबादी में रुपये में पाँच आने मुसलमान थे, जिनमें रईस, साहबे-फ़न और नवाबज़ादे भी थे।

उन दिनों किलों की कद्र थी, अतः चुनार में अँग्रेज आये। जब मैं पाँच-सात साल का था तब चुनार के किले में गोरा-तोपखाना पलटन रहती थी। रहते थे शत-शत अंग्रेज सोल्जर्स और आते-जाते रहते थे। चुनार के किले के पीछे एक पुरानी कब्रगाह है जिसमें देखिए तो ब्रिटेन के अनेक स्थानों के प्राणी कब के दफनाये दम-ब-खुद पड़े हैं। कब्रों पर उनके नाम-पते पढ़कर ताज्जुब होता है नियति के विलास पर, जो इंग्लैंड की मिट्टी को चुनार में दफनाने का विधान करती है। बहुत दिनों तक चुनार में रिटायर्ड गोरे सपरिवार रहा करते थे। 'लोअर

लाइन्स' नामक एक बस्ती उन्होंने कालों के कस्बे की पिछली सीमा पर बसा रखी थी। साथ ही, गंगा-तट के निकट बड़े-बड़े पार्क-बँगले बनवाकर उनमें समर्थ अँग्रेज अधिकारी या उनके गोरे सम्बन्धी रहा करते थे। ये बँगले नम्बरों में नामी थे, जैसे बँगला नं. 1, नं. 8, नं. 20। सन् 1905 ई. में चुनार की पाँच-सात हजार की आबादी के सिरहाने दो-दो गिरजाघर थे। एक परेडग्राउंड की कब्रगाह के पास जर्मन मिशनरियों का रोमन कैथलिक चर्च और दूसरा प्रोटेस्टेंट चर्च शहर के बीच में था। ईसाई या अँग्रेजों की संख्या शहर में चाहे जितनी रही हो, पर उनका प्रभाव कितना था इसकी सूचना ये चर्च देते थे। मेरे स्वर्गीय पिता जिस मन्दिर में पूजन किया करते थे उसके चबूतरे पर खड़े होकर, पाँच-सात की वय में, मैंने गोरे सोल्जरों के तोपखाने की मार्च मजे में देखी थी। किले से परेडग्राउंड तक ये गोरे सिपाही मार्च करते हुए अक्सर जाया करते थे। मैदान में मिलिटरी बैंडवालों की परेड तो मुझे आज भी भूली नहीं है। कई प्रकार के बाजेवाले, सभी गोरे, ड्रम—ओह! कितना बड़ा! इन बैंडवाले सिपाहियों के बीच में बाघम्बर धारण किये, हाथ में गदा-जैसी कोई वस्तु हिलाता चलता था एक नाटा, गुट्ठल-सचमुच व्याघ्रमुख कोई दैत्य-देही गोरा! तब चुनारवालों को ये गोरे महाकाल के दामाद दसवें ग्रह—जैसे लगते थे। अक्सर लोग इनकी छाया से भी दूर लगते थे। लोअर लाइन्स से गुजरने वाले गरीब ग्रामीणों या चुनारियों को ये रिटायर्ड या सिपाही गोरे कारण-अकारण बेंतों से बुरी तरह सिटोह दिया करते थे। औरतें तो लोअर लाइन्स में जाने की हिमाकत कर ही नहीं सकती थीं। जरगो नदी पार से शहर को विविध वस्तु बेचने आनेवाली अहीरिनों, कोरिनों, चमारिनों, को अक्सर, उन्मत्त गोरे दौड़ा लेते थे, रगड़-सगड़ देते थे पशुरत—रेप! सो, क्रिश्चियनों के मुहल्ले से कोई भी देसी स्त्री गुजरने की हिम्मत नहीं करती थी। इस राह के बराबर, दूर के रास्ते, देर के रास्ते से बाजार पहुँचती थीं। उन दिनों नित्य ही सद्दूपुर मुहल्ले की बँभनटोली गली से सोल्जर्स, एंग्लो-इंडियन गोरा-काला पादरी, और वह घोड़ी-सवार मेम विधवा मिसेज विल्सन गुजरती थी। भयभीत कौतूहल से मुहल्ले के हम अधनंगे बच्चे 'साहब, सलाम!' और 'मेम साहब, सलाम!' किया करते थे। मेम साहब घोड़ी की एक तरफ बैठी रोज ही बाजार लेने स्वयं जाती थीं। वह घोड़ी पर चढ़ी-ही-चढ़ी सारी चीजें खरीदती थीं। मछली, मुर्गी, मांस, तीतर-बटेर, साग-सब्जी, मौसमी-फलों का उन दिनों चुनार में ढेर-हीढेर लगा रहता था। तब घी रुपया सेर बिकता था। लेकिन घी खाने योग्य पैसे तब अपनी गिरह में थे ही नहीं। घी जब इतना सस्ता था तो अनाज भी तो भूसा-भाव रहा होगा। अनाज, गुड़, खांड़, चीनी, सभी पानी के मोल थे, फिर भी, अपने लिए दुर्लभ थे। 'सुरसरि, तीर बिनु नीर दुख पाइहै, सुर-तरु तरे तोहि दारिद सताइहै'—

तुलसीबाबा वाली बात हमारे सामने थी। दारिद्र्य में कष्ट होता है यह जानने लायक तो मैं हो गया था, पर, दारिद्र्य में अपमान भी कुछ है, मुझे मुतलक पता नहीं था।

चुनार की एक कथा तो मैं भूल ही गया। उन दिनों बंगाल या काशी से एक-से-एक भद्र बंगाली परिवार दो-चार महीने रहकर स्वास्थ्य-लाभ के लिए अक्सर चुनार आते थे। अनेक बंगाली जन तो यत्र-तत्र बँगला या घर बनाकर बस भी गये थे। साल में कम से कम आठ महीने ये बंगाली चुनार के हर खाली मकान में किरायेदार बनकर टिकते, जिससे कतिपय लोगों को कुछ आमदनी भी हो जाती थी। चुनार में अक्सर बंगाली संन्यासी या दार्शनिक सानन्द रहा करते थे। उनका वहाँ की जनता पर प्रेमपूर्ण प्रभाव था। एक-दो बंगाली बाबुओं का एलोपैथी दवाखाना भी था। एक-दो बंगाली महाशय प्रोफेशनल न होने पर भी होमियोपैथी या आयुर्वेद के अच्छे अभ्यासी थे, जो लोगों का प्रेम से इलाज करने में सुख पाते थे। मगर मुझे बंगाली बन्धु उतने याद नहीं आते, जितने भयंकर, प्रचंड प्रताप वाले गोरे और उनके अनेक रिटायर्ड परिवारी। वह आयरिश बूढ़ा मिस्टर क्लार्क जो देहाती मजदूरों से अच्छी हिन्दी बोलता था और बागवानी तथा खेती कराता था। चीते-सी आँखें, हनुमान-सा मुखड़ा। कैसी हिन्दी बोलता वह कि मनोरंजक! और मिस्टर कूम, जो लोअर लाइन्स का जनरल-मर्चेन्ट था। वे चीजें जो कलकत्ता-बम्बई-बनारस-इलाहाबाद ही में मिल सकती थीं, मिस्टर कूम के स्टोर्स में भी होती थीं। मिस्टर कूम रिटायर्ड सेना-अधिकारी थे। उनका बड़ा भारी बँगला लोअर लाइन्स के नाके ही पर था। मिस्टर कूम कुत्तों के बड़े शौकीन थे और जब घूमने निकलते थे तो उनके साथ चार-छः किस्म के कुत्ते जरूर होते थे। कूम साहब अक्सर हाथ में गेंद लेकर निकलते। गेंद वह दूर-सुदूर भरपूर जोर से फेंकते कि कुत्ता ले आये और कुत्ता गेंद ले आता साहब। और हम अधगामड़िए छोकरे हैरत से देखते रह जाते : 'साहब, सलाम!' कूम साहब के स्टोर्स में एक से एक शराबें मिलती थीं। उनके बँगले में गोरों के लिए इमरजेंसी होटल-जैसा था। मिस्टर ओब्रायन नामक एक बूढ़े हथकटे गोरे सिपाही की याद आती है जो नेवीकट दाढ़ी रखता था। चुनार नोटिफाइड एरिया का वह सुपरिंटेंडेंट था। नगर की सफाई वगैरह उसी के चार्ज में थी। उसका एक हाथ बिलकुल कट गया था। कोट की दाहिनी आस्तीन यों ही लटकती रहा करती थी। वह बायें हाथ में बेंत लेकर मिलिट्री फुर्ती से चलता था। किसी भी काले आदमी को गली में बैठकर लघुशंका वगैरह करते देखते ही—दे बेंत, दे बेंत! सिटोहकर धर देता था। फिर रिपोर्ट, ऊपर से जुर्माने होते थे। मेरी गली के चिंगन तेली पर मिस्टर ओब्रायन का बेंत कई बार बरसा था, क्योंकि चिंगन तेली सरे-राह बैठकर पेशाब करना अपना जन्मसिद्ध अधिकार मानता था। इस तीखे अँग्रेज को

देखकर मेरे तो होश फाख्ता हो जाते थे। मैं उससे कम से कम बीस गज दूर रहने की कोशिश करता था। चिट्टा-गोरा बिलाड़ जैसे सूट पहन ले। दाहिना हाथ टूटा। बायें में चमड़ा-मढ़ा बेंत। तेज, चालाक चाल। सपने में जैसे प्रेत! 'टुटवा साहब' हम उसे सभय पुकारते थे। अपने लिए टुटवा साहब-जैसा हेय प्रयोग सुनते ही कहनेवाले को, चाहे वह बूढ़ा हो, जवान या बालक, बिना पकड़े, बिना पीटे, बे-सताये वह छोड़ता नहीं था।

घोड़ी पर सवार गली से बाजार गुजरनेवाली यूरोपियन विधवा मिसेज विल्सन का नाम आगे आ चुका है। एक दिन की बात है, मेरे चाचा छत पर बने पूजाघर में ठाकुर की सेवा के सिलसिले में पूजा-पात्र वगैरह धो रहे थे कि मिसेज विल्सन अपनी घोड़ी पर छत के निकट से गुजरीं। दुर्भाग्य से उसी समय ऊपर से गन्दे पानी की धारा यूरोपियन महिला पर बरस पड़ी। फिर क्या था! मेम साहब मेरे चचा पर बेहद गरजीं, बरसीं—ब्लडी, डैम-फ़ूल तक आयीं। चचा से बरदाश्त नहीं हुआ। वह स्वाभिमानी और अच्छे वैद्य थे। चुनार में उनका आदर-मान था। मेम साहब को डाँट के स्वर में उन्होंने कहा—खबरदार, जो बदजबानी की! इस पर मेम साहब बकबकाती चलती बनीं। लेकिन दो ही घंटे के भीतर चचा साहब को पुलिस थाने में हाजिरी देकर विलायती मेम के दबदबे से दबना पड़ा था। बीसवीं सदी के आरम्भ में गोरी सेना, रिटायर्ड अँग्रेज और ईसाइयों के सबब वज्र ग्रामीण चुनार का एक भाग बम्बई और कलकत्ते के किसी स्वच्छ भाग की तरह तत्कालीन आधुनिकता से मंडित था। नोटिफाइड एरिया की ओर से सारे चुनार में अगर दो सौ लैम्पपोस्ट खड़े किए गये होंगे, तो उनमें से सौ से ऊपर केवल लोअर लाइन्स में लगाए गये होंगे, जहाँ गोरे बसते थे। छोटी बस्ती, सुथरी सड़कें, शान्ति-सुख-निवास की तरह छोटे-छोटे हरे-भरे बँगले, वजनी और हलके-फुलके फर्नीचर, फैशनदार परदे, दरियाँ, गलीचे, अच्छी तरह पहन-खा-पीकर लोआपोआ गोरे बच्चे। गुड़ियों की बीवियों-जैसे हाथीदाँत के बने यूरोपियन बालक। गुलेल, तमंचे, बन्दूकें, रैकेट, बैट, फुटबाल, स्टिक। कैसे-कैसे कुत्ते! पॉकेट डॉग, फॉक्स टेरियर, अल्सेशियन, बुलडॉग। कुत्तों की रखवाली पर नियुक्त नौकर—चमार, भंगी, मेहतर—जिनके तन पर ऐसे साफ़ कपड़े जैसे हमारी बँभनटोली में एक के भी नहीं। मेरी स्थिति तो कुछ पूछिए ही मत। सिवाय मैली, मारकीनी, मुफ्त मिली धोती और एकमात्र कुरते के बन्दे के सिर पर तो दो पैसे वाली दुपलिया भी मुहाल न थी। न ही चरणों में चमरौधा ही। पर उक्त स्थिति शिकायतजनक आज मालूम पड़ सकती है। उन दिनों तो घनघोर अभावों में भी मैं दुखी था, ऐसी बात नहीं। बल्कि सुखी ही था। बचपन और यौवन शायद स्वयं में इतने भरपूर होते हैं कि उस आलम में अभाव भी भावों-भरे भासते हैं। असल में अज्ञान में बड़ी गुंजाइश होती है। मेरा ज्ञान मेरे गले पड़ा—लिखा कवि

'देव' ने—''याहि ते मैं हरि ज्ञान गँवायो।'' गाया गोस्वामी तुलसीदास ने—(यह ज्ञान) ''परिहरी हृदय कमल रघुनाथहिं बाहर फिरत बिकल भयो धायो।'' ज्ञान सीमित होता है जब कि अज्ञान की (ईश्वर की तरह) कोई सीमा नहीं। समझिए तो, जीवन में जितना भी सुख है अज्ञान ही के सबब होता है। देखिए तो, जगत् में ज्यादातर जीवधारी अज्ञानी ही होते हैं। फिर इस ज्ञान की कोई गारंटी नहीं कि कब अज्ञान न साबित हो जाय। विलोकिए आधुनिकतम विज्ञान की तरफ। कल तक पृथ्वी ध्रुवों की ओर नारंगी-जैसी चपटी मानी जाती थी, लेकिन अब पता चल रहा है कि विश्वगोलक का नक्शा कुछ और ही तौर का है। पृथ्वी सन्तरे-सी नहीं, सेब-जैसी है। ज्ञान के गिरगिटपन के ऐसे-ऐसे शत-शत उदाहरण सहज ही पेश किए जा सकते हैं। जीवन में मात्र परेशान होने के लिए ज्ञान का जिज्ञासु, मेरे जाने, अपनी आँखें अज्ञान में खोलता है; मूँदता है आँखें अपनी अनन्त अनाश अज्ञान में।

नागा भागवतदास

यह सन् 1910 ई. है। और यह नगर? इसका नाम है मिंटगुमरी! मिंटगुमरी? यह नगर कहाँ है रे बाबा! यह नगर इस समय पश्चिमी पाकिस्तान में है, लेकिन तब की बात लिखी जा रही है जब ब्रिटिश भारत में पंजाब में था। और यह सब क्या है? यह सब रामलीला की तैयारी है। कई दिन से अयोध्याजी से कोई रामलीला-मंडली आयी हुई है। इस मंडली ने पहले सरगोधा मंडी में लीलाएँ दिखलायी थीं, जिससे वहाँ की हिन्दी-पंजाबी-सिक्ख जनता बहुत ही धन्य हुई थी। सरगोधा मंडी से इस रामलीला-मंडली की प्रशंसाएँ भक्त दर्शकों से सुनने के बाद मिंटगुमरी के भक्त दर्शनार्थियों ने वहाँ जाकर सारी मंडली के किराया-भोजन-भर रकम पेशगी देकर दस दिन में रामलीला दिखलाने के लिए उत्साह, श्रद्धा और आग्रह से अपने यहाँ आमन्त्रित किया था।

ये लीलाधारी जब स्टेशन पर उतरे तभी मिंटगुमरी के दर्शनार्थियों की भीड़-सी लग गयी थी। कितना सामान! दस बड़े-बड़े काठ के बक्से, बीसियों लोहे के ट्रंक। सबमें रामलीला की आवश्यक वस्तुएँ। लीला-भूमि बनाने का बाँस-बल्ली-पटरे वगैरह सामान, समूह-भोजन जिनमें सिद्ध हो सके, ऐसे पीतल और ताँबे के बड़े-बड़े बरतन-भाँडे, टेंट-छोलदारियाँ। अयोध्यावासी ये लीलाधारी संख्या में छत्तीस और दस और एक—कुल मिलाकर सैंतालीस थे। छत्तीस थे प्रौढ़ पुरुष, अधिकतर साधु-महात्माओं की ड्रेस में; दो-चार छैल-चिकनियाँ भी जो दूर ही से नाटकीय दीखते थे। दस थे दस से अट्ठारह की वय के बालक और युवक। सारी जमात में मुश्की रंग का आठों गाँठ कुम्मैत एक घोड़ा भी था। असल में नागा महन्त भागवतदास महाराज की यह जमात थी पंजाब-भ्रमण पर कटिबद्ध। जमात में विविध पदों के निशानधारी और बेनिशान नागा साधु थे। पंजाबी माताएँ श्रद्धालु होती हैं, प्रदेश धन-धान्य से परिपूर्ण है, यह सब मजे में जानकर ये साधु लीलाधारी उधर जाते थे और जाकर कभी पछताते नहीं थे। घोड़ा था महन्त भागवतदासजी का। दाढ़ीधारी, छापा-तिलकधारी, उजले वस्त्रधारी महन्तजी आँखों

पर चश्मा चढ़ाये, हाथ में बेंत की छोटी चँवरी लिये जब उस घोड़े पर सवारी करते थे, बड़ा चमत्कारी दृश्य उपस्थित हो जाता था। भागवतदास महन्त एक आँख के काने थे। उन्हें बंगड़ वैरागी 'भागवतदास कानियाँ' कहकर मन्द माना करते थे, क्योंकि त्यागी-वैरागी होकर भी भागवतदास पैसा-जोड़ थे, कौड़ी-पकड़। साधु-जमात और रामलीला-मंडली की मूर्तियों की सम्यक् आर्थिक व्यवस्था महन्त भागवतदासजी के हाथों में थी। स्थान पर महन्तजी स्टील का एक मजबूत बॉक्स निकट रखते थे, जिसमें छोटे-मोटे बैंक जितनी माया—रत्न, सुवर्ण, रजत-मुद्राएँ—रेजगारी सेरों, चमाचम प्रायः हमेशा रहा करती थी। जमात पर महन्तजी का शासन कठोर था। जरा भी अनुशासनहीनता पर वह वैरागी या मंडली के एक्टर पर चँवरी चला बैठते थे।

मिंटगुमरी के भक्तों ने रामलीला-भूमि के निकट ही मंडलीवालों के ठहरने की व्यवस्था की थी। माताएँ बड़ी श्रद्धा से स्वरुपों तथा अन्य साधुओं के लिए दूध, दही, मक्खन मट्ठा, लस्सी, गुड़, बताशे, लड्डू, अन्न, वस्त्र, पुष्कल दे जाती थीं। सीता, राम, लक्ष्मण, भरत, शत्रुघ्न, वगैरह बनने वाले बालकों को मंडलीवाले अपनी भाषा में 'स्वरूप' या 'सरूप' कहा करते थे। शृंगार के साथ हम स्वरूपों को भक्तों के हाथ से दूध पिलवाने या प्रेमियों के घर भोजन कराने के लिए महन्त भागवतदास पंजाबी भक्तों से मोटी रकमें उतारते थे। भक्त लोग अक्सर साधुओं की जमात का भंडारा अपने घर करते, तब महन्त के दल के नागा लोग सूरत के बने जरी के काम के खूबसूरत निशान, पताका, भाला, तलवार, तुरही से लैस बारात बनाकर भक्त के दरवाजे पर जाते थे। बड़ी अभ्यर्थना, बड़ी पूजा, भक्त लोग इन साधुओं की करते थे। फिर पंगत बैठती थी, यानी जमात भोजन पाने बैठती। माल, मलाई, मिठाइयाँ, मालपुए, तरह-तरह की सब्जियाँ, जिन्हें साधु लोग 'साग' नाम से भजते थे, परसी जातीं। फिर एक मुख्य साधु पंगत में टहल-टहलकर 'जय' बोलने-बुलाने लगता। यानी वह बोलता नाम दूसरे बोलते 'जय!' चारों धाम की—जय! सातों समुद्र की—जय! सातों पुरियों की—जय! श्री हनुमानजी की—जय! श्री सुग्रीवजी की—जय! श्री अंगदजी की—जय! यह जय-जय घोष कभी-कभी तो पूरे एक घंटे तक होता, जिसमें महन्त के गुरु की तथा स्वयं महन्त भावगतदास की जय भी पुकारी जाती थी। महन्त की आज्ञा से जमात को सादर भोजन देने वाले भक्त के नाम की जय भी बुलवायी जाती। मालपुए ठंडे हो जाते, मलाई पर माखी भिनकने लगती, बढ़िया से बढ़िया बना हुआ सालन भी इस घंटे-भर की जयबाजी में ठंडा पड़कर सचमुच साग बन जाता था। जय बोलते-बोलते मारे थकावट और भूख के मुझे तो नींद आने लगती थी।

किसी एक दिन की बात। उस दिन धनुष-यज्ञ और लक्ष्मण-परशुराम संवाद

की लीला होने वाली थी। मंडली वाले मेकअप रूम या ग्रीन रूम को शृंगार-घर कहते थे। 'शृंगारी' होता था वहाँ का व्यवस्थापक, जिसके चार्ज में वस्त्र, आभूषण, मुखौटे, दाढ़ी, मूँछें और मेकअप का आवश्यक सामान होता था। हम सरूपों के चेहरों पर मुर्दासंख और लाल सिमरिख के रंग बाकायदे चढ़ाने के बाद गालों और माथे पर चमकती डाक और सितारों से, गोंद के सहारे वह शृंगार करता—फूल या मछली बनाता। इस शृंगार में कम समय नहीं लगता था। फिर हमारे मस्तक पर ऊन के काकपक्ष या जुल्फें अलकदार लटकायी जातीं, कानों में कुंडल और मस्तक पर मुकुट-किरीट-चन्द्रिका कसकर बाँधी जाती। फिर नीचे और ऊपर के वस्त्र पहनाये जाते। साधारण लड़के को देवता की तरह सजाकर खड़ा कर देना शृंगारी का काम था।

धनुष-यज्ञ में मेरे बड़े भाई साहब दो-दो काम किया करते थे। वह पहले तो राजा जनक के बन्दीजन बनकर आते थे और हिन्दी, अँग्रेजी, बाँग्ला, फारसी वगैरह कई भाषाओं में जनक जी की प्रतिज्ञा बड़े रोब से सुनाते थे। फिर, धनुष टूट जाने के बाद वह परशुरामजी बनकर आते थे; तुलसीदास के कथनानुसार रूपधर : अरुन नयन, भृकुटी कुटिल...गौर सरीर भूति भलि भ्राजा, भाल विसाल त्रिपुंड विराजा, सीस जटा...सहजहु चितवत मनहु रिसाने। खुले विशाल कन्धे, एक कन्धे पर दिव्य जनेऊ और माला और मृगछाला। कमर में मुनियों के वत्कल-वस्त्र, कन्धों के पीछे दो-दो तूणीर-तर्कश, हाथ में धनुष और बाण तथा वाम कन्धे पर विख्यात परशु। पहले तो सहज ही वेश में अपने भाई को देखते ही मेरी रूह फना होती थी, तिस पर परशुराम का मेक-अप। प्रायः उनके रंग-मंच पर आते ही मेरी सिट्टी-पिट्टी गुम हो जाती थी और अच्छी तरह याद किया हुआ संवाद भी सफाचट भूल जाया करता था। या लक्ष्मण का संवाद वीरतापूर्वक न कर केवल घिघियाया करता था। पार्ट भूलते ही परशुराम वेशधारी मेरा भाई स्टेज ही पर मुझे धमकाता कि चल अन्दर, तेरा भुरकुसन कर दूँ तो मेरा नाम नहीं। और परदा गिरते ही शृंगार में ही परशुरामजी लक्ष्मणजी को पीटने लगते। परदे के पीछे वाले उस परशुराम से लक्ष्मण की रक्षा राम ही नहीं राम के बाप दशरथ भी नहीं कर सकते थे। खैर इस धनुष-यज्ञ में बड़े पेट वाले राजा का मजाकिया काम करने वाला एक्टर भी मेरा भाई ही था—मझला श्रीचरण पांडे जी साधु-कंठीधारी बनकर अब सियारामदास हो गया था। जहाँ तक एक्टिंग का सम्बन्ध है, मेरा बड़ा भाई मझले से श्रेष्ठतर अदाकार था। लेकिन स्टेज पर प्रसिद्धि मझला ही विशेष पाता था, क्योंकि उसे नाचना, गाना, बजाना तथा जनता की चुटकियाँ लेना खासा आता था। 'नाचे-गावे तोड़े तान तिसका दुनिया राखे मान' कहावत उन दिनों काफी प्रचलित थी। घर में न सही परदेस—रामलीला-मंडलियों—में हम तीनों भाई साथ ही साथ

रहे, और काफी प्रेम से। घर में प्रेम इसलिए नहीं था कि खाना नहीं था। जब 'भूखे भजन न होहि' कहावत है तब भला भूखे प्रेम क्या होता! रामलीला मंडली में, दोनों ही, अपनी-अपनी स्वतन्त्र कमाई कर लेते थे। ऊपर से बुनियादी राशन यानी साग-दाल, चावल, बड़ी-बड़ी रोटियाँ दोपहर को तथा घुइयाँ का साग और छोटी-छोटी पूरियाँ रात के ब्यालू में। मेरे बड़े भाई की तरह शौकीन एक्टर अपना खाना बिस्तर या आसन पर लेते, जो महन्त भागवतदास को बहुत बुरा लगता। वह चाहते कि जिसे भी भंडारे में खाना हो पंगत में बैठकर जय बोलने के बाद प्रसाद पाये। जो पंगत से चूके उसका भाग भंडारे के प्रसाद में नहीं। कहावत मशहूर—डार का चूका बन्दर, पाँत का चूका बैरागी। सो, जो एक्टर पंगत में न शामिल होना चाहता वह अपना प्रबन्ध अलग करता। महन्त भागवतदास मेरे बड़े भाई की कद्र करते थे, क्योंकि वह उनका पत्र-व्यवहार सुन्दर अक्षरों, उत्तम हिन्दी में कर देते थे। फिर भी, नागा कानियाँ महन्त से दहशत सभी खाते थे। वह झक में आने पर अच्छे-अच्छों पर हाथ झाड़ देते थे। कोई भी एक्टर भागवतदास के सामने जाने में एक बार झिझकता जरूर था।

जमात के अधिकारियों में महन्तजी के अलावा एक 'कुठारी' जी थे, जिनके चार्ज में अन्न, घृत, बासन, वसनादि वस्तुएँ होती थीं। उन्हें 'अधिकारजी' भी कहा जाता था। मंडली में भागवतदास के बाद अधिकारीजी का ही मान था। वह साधुई किते से पहनी हुई लुँगी और बगल-बन्दी धारण करते थे, टाट के जूते पहनते थे, ऊर्ध्वपुंड सह-श्री माथे पर लगाते थे, जिसका फैलाव उनकी नासिका तक होता था। वह बहुत अच्छे रामायण-भक्त भी थे। शृंगारी की तारीफ आप सुन ही चुके हैं। कुठारी, शृंगारी के बाद भंडारीजी थे, जिनके हाथ में सारा भोजन-भंडारा होता था। भंडारी अक्सर उसी नागा साधु को बनाया जाता था जिसमें, आवश्यकता पड़ने पर, सौ-सवा सौ मूर्तियों के पाने (खाने) योग्य प्रसाद अकेले तैयार करने की क्षमता होती थी। वैसे साधारणतः उसको सहायक साधु स्वयंसेवक सुलभ रहा करते थे। मंडली की हर मूर्ति का आवश्यक कर्तव्य माना जाता था भंडारी की हर तरह से सहायता करना। साग 'अमनियाँ' करना, पुष्कल आटा गूँधना, ईंधन का लक्कड़ चीरना, जल जुटाना, और सबके ऊपर भोजन के बाद बड़े-बड़े कड़े-जले बरतन माँजना—चमाचम! मँजे बासनों को कानियाँ भागवतदास आँख पर सोने के फ्रेम के चश्मे चढ़ाकर देखते और जरा-सी मलीनता या मल मिलते ही माँजनेवाले वैरागी को चँवरी-मढ़े बेंत से मारते-मारते आदमी से टट्टू बना देते थे—टुटरूँ टूँ। इन्हीं सब फजीहतों, दिक्कतों से बचने के लिए मेरे भाई—जैसे शौकीन अपना खाना अलग बनाते थे। इससे इनको प्याज, लहसुन वगैरह की सुविधा भी मिल जाती थी, जो नागाओं के भंडारे में असम्भव थी। ऐसे लोगों

का जमात के विधान से स्वतन्त्र आचरण महन्त भागवतदास को भला नहीं लगता था, फिर भी 'नान वैरागियों' को इतनी आजादी वह दे ही देते थे। महन्त भागवतदास हिम्मतवाले, जीवटवाले साधु-महात्मा थे। तभी तो सन् 1910 ई. में सीमान्त प्रदेश के विख्यात शहर बन्नू में जाकर रामलीला दिखाने की जुरअत की उन्होंने। उन दिनों बन्नू तक रेल लाइन तैयार नहीं हो पायी थी। मिंटगुमरी से कोहाट पहुँच वहाँ से ताँगों से शायद दो दिन की यात्रा के बाद मंडली बन्नू पहुँची थी। ताँगे दिन में चलते और सायंकाल किसी डेरा या 'खेल' पर विश्राम करते। निशानेबाज, ख़ूँख़्वार सरहदी डाकुओं का बड़ा भय था। मुझे याद है बन्नू की राह की किसी सराय में घोड़े की लीद-भरी कोठरी में सोना। मुझे मजे में याद है शौच के लिए पहाड़ियों में जाने पर किसी महाभयानक पठान को देखते ही बिना निपटे ही भाग आना। मुझे बतलाया गया था कि सरहदी बदमाश लड़कों को खास तौर पर पकड़ ले जाते हैं। बन्नू पहुँचने पर भी शहर देखने, घूमने-फिरने, बड़े लोग ही जा पाते थे। हम लड़के तो उसी अहाते में बन्द रखे जाते जिसमें रात को फाटक बन्द कर, केवल सौ-दो सौ हिन्दुओं की उपस्थिति में रामलीला दिखायी जाती थी।

बन्नू के भक्तों से विदाई में दक्षिणा भारी मिलनेवाली थी, इसलिए विशेषत: महन्त भागवतदास पैसापकड़ मंडली लेकर वहाँ गये थे। लौटे भी अच्छी रकम बनाकर। रुपये, पशम, ऊन, काठ का सामान, चाँदी के पात्र, सोने के आभूषण।

बन्नू हम गये थे कोहाट की तरफ से, लौटे डेरागाजीखाँ की तरफ से।

मेरे बड़े भाई-जैसे हजरत छिपे-छिपे फुसफुसाते कि महन्त बटुक-विलासी है। इसका कारण यह था कि स्वयं साढ़े चार बजे सवेरे स्नान करने के बाद महन्तजी उन लड़कों को भी उसी वक्त नहलवाते थे जो स्वरूप (राम-लक्ष्मण-सीता) बना करते थे। सरदी के दिनों स्नान के बाद शीत से काँपते उन किशोरों को प्राय: नियम से महन्तजी अपने कोमल इटालियन कम्बल में बुला लिया करते थे—एक, दो, तीन को—और उनके गाल हथेलियों से रगड़-रगड़कर गरमाया करते थे। मेरे मते यह क्रोधी, कठोर-स्वभावी महन्त का महज निर्विकार कोमल पक्ष था। महन्त भागवतदास सिद्धान्त और लँगोट के पक्के थे।

बन्नू में अनेक सरहदी सौगात संग्रह करने के कारण बड़े भाई और मैं इसके बाद घर यानी चुनार लौट आये। हमारे आग्रह करने पर भी, माता के लिए भी, मझले साहब ने मंडली छोड़कर चुनार आना स्वीकार नहीं किया।

राममनोहरदास

महन्त भागवतदास 'कानियाँ' की नागा-जमात के साथ मैंने पंजाब और नार्थवेस्ट फ्रंटियर प्राविंस का लीलाभ्रमण किया। अमृतसर, लाहौर, सरगोधा मंडी, चूहड़ काणा, पिंड दादन खाँ, मिंटगुमरी, कोहाट और बन्नू तक रामलीलाओं में अपने राम स्वरूप की हैसियत से शिरकत करते रहे। यह सब सन् 1911-12 ई. की बात होगी। मेरा ख़याल है उन्हीं दोनों बरसों में कभी दिल्ली में वायसराय लार्ड हार्डिंग पर बम भी फेंका गया था। उसकी चर्चा रामलीला-मंडलीवालों में भी कम गरम नहीं रही। फ्रंटियर से चुनार लौटने के बाद शीघ्र ही हम दोनों भाई पुनः अयोध्या जी चले गये थे। इसका खास सबब था चुनार आते ही बड़े भाई साहब का पुनः जुआ-जंगाड़ी जमात से जुड़ जाना, जिससे खीसा कटते जरा भी देर न लगी। ऋणदाताओं के मारे जब घुटन महसूस करने लगते, तभी भाई साहब चुनार छोड़ दिया करते थे। अयोध्या से मझले भाई श्रीचरण पांडे उर्फ सियारामदास ने पत्र दिया था कि वह इन दिनों महन्त राममनोहरदास की मंडली में है। महन्तजी मालदार हैं, साथ ही भागवतदास कानियाँ से कहीं उदार। एक्टरों की तनखाहें पुष्ट, तुष्टिकारक हैं। मझले ने बड़े भाई से आग्रह किया था कि वह भी राममनोहरदास की मंडली में आ जायँ। सो हम जा ही पहुँचे। राममनोहरदासजी की मंडली के साथ मैंने सी.पी. के कुछ नगरों तथा यू.पी. के अनेक नगरों का भ्रमण किया। मेरा काम था रामलीला में सीता और लक्ष्मण बनना। इस तरह अयोध्या, फैजाबाद, बाराबंकी, प्रतापगढ़, दलीपपुर, अलीगढ़, बुलन्दशहर, मेरठ, दिल्ली, दमोह, सागर, गढ़ाकोटा, कटनी आदि स्थानों में रामलीला का स्वरूप बनकर ग्यारह-बारह साल की उम्र में बन्देखाँ ने सहस्र-सहस्र नर-नारियों से चरण पुजवाये हैं। इससे पूर्व ये ही चरण पंजाब और सीमाप्रान्त के मंडी-नगरों में भी पब्लिक द्वारा परम प्रसन्नतापूर्वक पूजे जा चुके थे। चरण ब्राह्मण के! छः साल की उम्र ही में चुनार में कुमार-पूजन के अवसर पर बहैसियत ब्रह्मकुमार मेरे चरण अक्सर पूजे जा चुके थे। ब्राह्मण ने कैसा रंग समाज पर बाँध रखा था! भीख लेता था तनकर। दान

देते समय दानी भिखारी के चेहरे नहीं, चरणों की तरफ देखता था। राममनोहरदास की मंडली का सारा रंग-ढंग कमोबेश वही था जो भागवतदास की मंडली का, इस फ़र्क़ के साथ कि पहली मंडली में साधुओं की संख्या नब्बे प्रतिशत थी; पर दूसरी में सौ में नब्बे एक्टर व्यावसायिक, आवारा-मिज़ाज लोग थे। स्वयं भागवतदास राममनोहरदास के मुकाबले में कहीं अधिक चरित्रवान थे। राममनोहरदास, वैरागी होने पर भी, रहते थे गृहस्थों के बाने में। पहनते थे कुरता, कमीज, धोती, कोट, मोटे चश्मे, काली दाढ़ी, अलबर्ट कट, देह गुट्ठल, चेहरे पर बाईं तरफ नाक के निकट बड़ा-सा मस्सा। राममनोहरदास मैनेजर अच्छे थे। उनकी मंडली अधिक उत्तम ढंग से रामलीलाएँ दिखाती थी। लेकिन लँगोट के वह कच्चे थे—भद्दे ढंग से। वह किसी न किसी सुन्दर 'स्वरूप' पर रीझकर पहले सोने के गहनों से उसे लाद देते (दे नहीं डालते, केवल पहनने की सहूलियत देते)। फिर उसी को लोहे के कैश बॉक्स की कुँजी भी दे देते। सेक्रेटरी और शिष्य के बीच के काम उससे इतना लेते कि अक्सर थककर वह उन्हीं के गुदगुदे गदेले पर रात काट देता था। और सवेरे मंडलीवालों में अनैतिक कानाफूसी चलती। फिर भी वातावरण ऐसा था कि स्वरूप-मंडली के सभी बालक मन ही मन महन्त राममनोहरदास की कृपा के आकांक्षी रहते थे। एक बार यह प्रकट हो जाने पर कि अमुक स्वरूप महन्त से 'विलट' गया, मंडली के दूसरे मनचले अधिकारी, भंडारी, शृंगारी, लीलाधारी भी मौक़े बे मौक़े उस पर ज़रूर लपकते। फलतः स्वरूप को कुरूप बनने में कुछ भी देर न लगती। मैं बच जाता था इन दुष्ट लीलाधारियों से अपने दो-दो बड़े भाइयों के सबब, जो तेजस्वी अदाकार और तगड़े जवान थे। फिर भी, मैं बिगड़ा, नहीं, ऐसा कहना 'बनना' होगा, जो मेरी बान नहीं, बाना भी नहीं। असल में स्वरूपों यानी लड़कों के रहने-सोने का प्रबन्ध अलग ही हुआ करता था। और मैं सोता था स्वरूपों में ही। नतीजा यह होता था कि बड़ों द्वारा कुरूप बना हुआ स्वरूप बेहिचक, रूप की निहायत नंगी परिभाषा भोले संगियों को पढ़ाता था। यानी खरबूजे से खरबूजा रंग पकड़ता ही था। इस तरह राममनोहरदास की राम-मंडली ज़बरदस्त पाप-पार्टी भी थी। मेरा ख़्याल है इश्क़ क्या है, इसका पता मुझे इसी मंडली में बारह साल की वय में लग गया था। बारह साल की उम्र में मैं सत्रह साल की एक अभिरामा श्यामा पर ऐसा आशिक़ हो गया था कि 'सीने में जैसे कोई दिल को मला करे है' का अनुभव मुझे तभी हो गया था। उस सुन्दरी के लिए मैं सारा दिन बेचैन रहा करता था कि कब रात हो, कब उसके मादक स्वादक मयंक-मुख के दर्शन हों। मेरा प्रथम और अन्तिम प्रेम भी वही था। उसके बाद जो मामले हुए उसी शाश्वत साहित्य के संक्षिप्त, सस्ते संस्करण मात्र थे।

हाँ, तो लीला बाराबंकी में दिखाई जा रही थी। प्रोग्राम एक मास तक का था। लीला-भूमि में महिलाओं के बैठने का प्रबन्ध लीला-मंच के बहुत ही निकट था। उन्हीं में वह सत्रह-साली, निराली ब्यूटीवाली, कमल-लोचना भी, गैस लाइट में प्रफुल्लित नज़र आती थी। उसी कामिनी में कुछ देखने क़ाबिल भी था, यह मैंने जाना मंडली के दिल-फेंक एक्टरों और अपने बड़े भाई को भी उसकी तरफ़ बार-बार देखते देखने के बाद। बाल-उत्सुकतावश, सीताजी के मेक-अप में ही, रंगमंच से ही, मैं भी उसे देखता और देखता और देखता। देखती थी वह भी मेरी तरफ। शायद वह भी ताक-झाँक वाली आली थी। सो, मैं देखता ही रहा, मन्त्रमुग्ध, लेकिन ऐय्यारों ने डोरे डाल, भक्ति-भावना में बहका, परदे के पीछे नजदीक से रामजी के दर्शन कराने के बहाने अन्दर ले जा, पहले महन्तजी से उसका संयोग करा दिया। राममनोहरदास ने उसको एक महँगी बनारसी साड़ी दी, जिसे उसने ले भी लिया। बस यौवन के जादू का भाव खुल-जैसा गया। लेकिन वह वेश्या नहीं थी। उसका पति साल में दस-ग्यारह महीने बम्बई रहा करता था। सो, यौवन की महावृष्टि में उसके चलन की क्यारी फूटकर बह चली थी। लेकिन बदमाश लीलाधारियों के चक्र में पड़ते ही आठ ही दस दिनों में वह भयानक यौन-रोग-ग्रस्त हो गयी थी। और संयोगवश इसी बीच उसका पति बम्बई से आ गया। शक्की मर्द उसी रात अपनी देवी की देह-दशा ताड़ गया। सन्दिग्ध भाव से घर में और भी कोई प्रमाण तलाशा पर बनारसी साड़ी ही उसके हाथ लगी। सुना, इसके बाद वह मर्द कुछ ऐसा उत्तेजित हुआ कि रसोई बनाती रामा रमणी को बाहर घसीट, मुँह में कपड़ा ठूँस, नंगी कर, हाथ-पाँव बाँध, उसे एक खम्भे से बाँध दिया। इसके बाद चूल्हे में लोहे की छड़ लाल करके पिशाच के उल्लास से वह तरुणी का अंग-अंग दागने लगा। सारे शहर में कोहराम मच गया। बड़ा होहल्ला मचा। मरने के पहले उस औरत ने बयान दिया था कि उसे रामलीला वालों ने बरबाद किया है। लेकिन महन्त राममनोहरदास बड़े काइयाँ थे। जहाँ भी मंडली जाती पहले वहाँ की पुलिस से ही प्रेम बढ़ाते थे। फिर राम का बलवान नाम लीलाधारियों के साथ था। साथ ही वह आदमी कोई बड़ा आदमी नहीं था। सारा दोष उसी के माथे मढ़ा गया। पाखंडी लीलावाले फिर भी पुजते रहे। औरत अस्पताल में मर गयी थी।

यह सब सुनकर पुलिस से प्रेम होने पर भी महन्त राममनोहरदास मन ही मन डरे, साथ ही, कम्पनी के अन्य छिपे रुस्तम भी प्रकम्पित हो उठे। फलत: येनकेनप्रकारेण प्रोग्राम पूरा कर मनोहरदास मंडली के साथ बाराबंकी से सागर प्रस्थान कर गये। फिर भी, मारी जाने, मर जाने, भस्मीभूत हो जाने के बावजूद बाराबंकीवाली की वह बाँकी छवि, वह मादक, छलकती, छाती को छूती, अछूती

जवानी की हवा मेरे हृदय से न गयी, न गयी। और मैं उदास-उदास रहने लगा, प्रेत-बाधित जैसा। मेरी चंचलता कम होने लगी, भीड़ छँटने लगी। अब ध्यान होता सत्रह साल वाली का—और बारह साल के बेचन पांडे होते। और बेचैनी होती। ऐसा मचलता मन होता जिसका पता न चलता कि वह आखिर मचल रहा है क्यों? वही उस्ताद का शेर : 'दिलेनादाँ, तुझे हुआ क्या है? आखिर इस दर्द की दवा क्या है?' लेकिन मैंने पहले दर्द जाना, दवा के लिए तरसने का रस चखा, 'ग़ालिब' का शेर तो इस वाक़िया के मुद्दतों बाद मैंने सुना। फिर भी कमाल! सारी ग़ज़ल दिल को छूने वाली—

हम हैं मुश्ताक़ और वह बेज़ार,
या इलाही! ये' माजरा क्या है?
ये परी-चेहरा लोग कैसे हैं?
ग़म्ज़ा-ओ-इश्क़-ओ अदा क्या है?
सब्ज़ा-ओ-गुल कहाँ से आते हैं?
अब्र क्या चीज़ है? हवा क्या है?

या इलाही! या इलाही! या इलाही! ये माजरा क्या है? उसके सर्वनाश पर मेरे सीने में दर्द क्यों हुआ? जो हो, वही मेरे सीने में मुहब्बत की आग कुछ ऐसी जगमगा गयी, जो किसी क़दर आज तक मुझे गरमाती, तपाती, जलाती, यानी जिलाती रहती है। और मेरे सलोने सौभाग्य में बारह बरस की ही वय में मुहब्बत बदी थी। उस शायर ने झूठ कहा होगा जिसने कहा, 'मेरा मिज़ाज लड़कपन से आशिक़ाना था,' लेकिन मैं सच कहता हूँ। कोई पूछ सकता है—इससे मेरा फायदा हुआ या नुकसान? यह सवाल वही करेगा जिसे मुहब्बत के राहोरस्म का इल्म मुतलक न होगा। मुहब्बत सांसारिक हानि-लाभ के तराजू पर तौली जाने योग्य जिंस कदापि नहीं। इसका तो जीवन के सुदुर्लभ सुधा-मधुर स्वाद से सम्बन्ध है। कहा उस्ताद ने : इश्क़ से तबीअत ने जीस्त का मज़ा पाया; दर्द की दवा पायी, दर्द बेदवा पाया। इस बे-ऋतु के प्रेम ने मुझे अकारण प्रेम के मार्ग पर कुछ ऐसा उतार दिया कि आज तक मैं मन के मलचने से नहीं—न जाने क्यों—किसी को प्यार करता हूँ। बक़ौले : दिल चाहेगा जिसको उसे चाहा न करेंगे, हम इश्क़ो-हविस को कभी इकजा न करेंगे। मैं महसूस कर रहा हूँ—डूबकर निकलने वाले दोस्त पूछना चाहते हैं कि साठ के हो गये आज तक जनाब दिलफेंक ही हैं? जी हाँ। मैं बरसों से उम्र क्यों गिनूँ? जीवन की गति से क्यों न जाँचूँ? अभी मेरी भाँवरें नहीं पड़ीं। विवाह नहीं, सगाई नहीं। उस बाराबंकीवाली से दिल लगने के बाद मैं बराबर कुँआरा ही रहा हूँ। लानत है साधारण गिनती पर! जोड़, बाकी,

गुणा मेरे भाग में भगवान की दया से कभी नहीं रहे। मैथमेटिक्स में मैं इतना मन्द कि साठ का हो जाने पर भी गधापचीसी के आगे जीवन जोड़ने की तमीज बिलकुल नहीं। आदमी के चेहरे की यह मूँछ-दाढ़ी, मेरे मते, व्यक्ति की बंजरता विदित करने वाले कुशकास हैं। ख़ास-ख़ास देवताओं की मूर्तियों में उनकी वय किशोर और युवा ही क्यों बतलायी जाती है? इसीलिए कि परम भागवत-तत्त्व व्यक्ति तभी तक रहता है जब तक मूँछ-दाढ़ी नहीं रहती। मर्यादा-पुरुषोत्तम हो पर भी राम या भगवान स्वयं कृष्ण की मूँछें और दाढ़ी किसी ने देखी हैं। इतने विकट भयंकर-प्रलयंकर होने पर भी शंकर के विग्रहों में दाढ़ी-मूँछ कहाँ होती है? क्यों? इसका अर्थ यही है कि कोई कृष्ण की तरह अमृत राज करने वाला हो या शंकर की तरह प्रलयंकर तांडव सृष्टि और नाश, दोनों ही आदमी के हाथ में तभी तक रहते हैं जब तक उसे मूँछ-दाढ़ी की दिक्कत दरपेश नहीं आती। यह मूँछ-दाढ़ी मूढ़ मानव के बाहर, तो बाहर, अन्दर भी निकलती है। इनमें अन्दरवाली को आदमी सावधानी से साफ़ करता रहे, तो बाहरवाली उतनी भयावनी नहीं साबित होती।

भानुप्रताप तिवारी

बचपन में मेरे मुहल्ले में दो हस्तियाँ ऐसी थीं जिनका कमोबेश प्रभाव मुझ पर सारे जीवन रहा। उनमें एक थे भानुप्रताप तिवारी (जब मैं सात बरस का था, वह साठ के रहे होंगे), दूसरे महादेव मिश्र उर्फ बच्चा महाराज, जो उन दिनों चालीस के भीतर की उम्र के रहे होंगे। भानुप्रताप तिवारी के अच्छे-अच्छे दो-दो मकान, पर वह स्वयं मुख्य मकान के द्वार-देश की संडास के सामने की अन्ध-अँधेरी, सीलन-भरी बदबूदार कोठरी में रहा कतरे थे। पहनते थे गाढ़े के चारखाने का लम्बा रूईदार कोट और पुराने ढंग का पाजामा—रूईदार ही। मानुप्रताप तिवारी के ब्रह्मांड या बीच खोपड़ी में कोई ऐसा व्रण हो गया था जिसके सबब अधेड़ अवस्था ही में वह सहज, सामाजिक जीवन के अयोग्य हो गये थे। रोग असाध्य था, कर्म-भोग दारुण; फिर भी, तिवारी जी सारे जीवन-दर्प से डटे हुए मरण से लोहो लेते रहे। कुछ नहीं तो तीस-चालीस बरस उन्होंने उसी बदबूदार अँधेरी कोठरी में काटे। उस घोर दुःख को बड़ी ही शान से वह झुठलाते रहे। मस्तिष्क में व्रण होने के बावजूद पंडित भानुप्रताप तिवारी अँधेरी कोठरी में, खाट पर रजाई ओढ़े तीस-चालीस बरस तक या तो उत्तम, गम्भीर ग्रन्थों का अध्ययन किया करते थे अथवा किसी सद्ग्रन्थ का अनुवाद, भाष्य, समीक्षा आदि। कहते हैं सिर में घाव पैदा होने के काफी पहले से उन्हें लिखने-पढ़ने का शौक था। मिर्जापुरी बोली में उन्होंने तुलसीकृत रामायण की एक टीका भी तभी शुरू कर रखी थी। भानुप्रतापजी ने रामायण की अपनी टीका में रघुनन्दन राम को तुलसीदास की तरह परब्रह्म स्वरूप नहीं स्वीकारा था। दुःख या लोअर लाइन्स के अँग्रेज़ों की संगत से मुहल्ले के ब्राह्मणों की दृष्टि में भानुप्रतापजी नास्तिक बन चुके थे। रामायण की उस टीका में अनेक अवसरों पर उन्होंने ऋषि-मुनियों की खिल्ली भी ख़ूब उड़ाई थी। कहते हैं, चुनार में एक बार कोई सन्त अयोध्यावासी आये और संयोग से भानुप्रताप तिवारी तक उनकी रसाई हो गयी। तिवारीजी महात्मा को, छेड़छाड़ की अदा में, निजकृत तुलसीकृत रामायण की टीका सुनाने लगे। उसमें, बालकांड में, मिथिला की

महिलाओं ने ब्रह्मर्षि विश्वामित्र को इसलिए भला-बुरा कहा था कि उनकी दृष्टि में चक्रवर्ती दशरथ के राजमहल के सुखों से छुड़ा जंगल-जंगल बहकाकर किशोर कुमार राम-लक्ष्मण के साथ उन्होंने क्रूरता दिखलायी थी। ऋषि विश्वामित्र के प्रति भानुप्रतापजी की छिछली भावना भाँपते ही वह अवधवासी महात्मा मारे रोष के स्वयमेव क्रोधी कौशिक बन उठे—"चपल चांडाल!" उन्होंने शाप दिया था—"इस टीका की समाप्ति के पूर्व ही तेरी टीका विदीर्ण हो जाएगी।" और वह महात्मा वहाँ से अविलम्ब चलते बने। और अनतिदूर भविष्य में ही भानुप्रतापजी की खोपड़ी के मध्य में वह घाव अनायास ही प्रकट होने, बढ़ने, रिसने, जिन्दगी हराम करने लग पड़ा था।

तिवारीजी के पिता सरकारी नौकरी में नाज़िर थे। उनका, तहसील चुनार में आदर-मान था। स्वयं भानुप्रतापजी भी चुनार के किले में कोई अधिकारी थे। अवश्य ही उन्हें आरम्भ ही में लिखने-पढ़ने का व्यसन रहा होगा। वह अरबी, फ़ारसी, उर्दू, अँग्रेजी, ब्रजभाषा एवं खड़ी बोली के मर्मी ज्ञाता थे। जब बनारस में 'भारतेन्दु' हरिश्चन्द्र थे, तभी चुनार में भानुप्रताप तिवारी जवानी पर रहे होंगे। तिवारीजी के दोनों घरों में कुछ नहीं तो दस हजार जिल्द पुस्तकें विविध भाषाओं की, बहुमूल्य एवं अमूल्य, संगृहीत रही होंगी। उनकी अध-अँधेरी कोठरी में तो चारों ओर किताबों से भरी आलमारियाँ और रेकें ठसी थीं। उनकी लिखी एकाधिक छोटी-छोटी किताबें बीसवीं सदी के आरम्भ के पहले ही छप चुकी थीं, स्वान्तःसुखाय, अमूल्य-वितरणार्थ। उनमें एक पुस्तक चुनार पर थी। चुनार का संक्षिप्त इतिहास और समसामयिक नागरिक कुलों का परिचय। उस पुस्तक में भानुप्रतापजी ने मेरे खानदान की चर्चा भी कुछ तो उसकी विचित्रता के कारण और कुछ इसलिए की है कि वह हमारे यजमान थे। भानुप्रतापजी के हम पुरोहित थे। उसी पुस्तक में तिवारीजी ने मेरे एक प्रपितामह का वर्णन किया है, जो पढ़े-लिखे मुतलक नहीं थे, फिर भी प्रसिद्ध-सिद्ध थे। हमारी कुल-देवी भगवती दुर्गा दुर्ग-विनाशनी सुदर्शन पांडे—यही उनका नाम था—पर रीझ गयी थीं। सो, मेरे प्रपितामह के संकेत-मात्र से राजद्वार का भैंसा शास्त्रार्थ करने क़ाबिल हो जाता था। सिद्ध सुदर्शन पांडे अपने घर की टूटी चारदीवारी पर बैठे दातुन कर रहे थे कि किसी ने सुनाया कि कोई भारी सिद्ध उनसे मिलने को सिंह पर सवार, हाथ में सर्प का चाबुक लिये जा रहा है। सुनते ही सुदर्शन पांडे ने टूटी चारदीवारी को एड़ लगायी—"चल तो! महात्मा का इस्तक़बाल आगे बढ़कर करें।" और चारदीवारी उन्हें लेकर चल ही तो पड़ी। मेरे परदादा का प्रतापी चमत्कार देख वह सिंह-सवार सिद्ध उनके चरणों में लोटने लगा था।

वही अनपढ़ सिद्ध सुदर्शन पांडे एक दिन स्नान-सन्ध्या के बाद घुटनों तक

गंगा में खड़े सूर्य को अर्घ्य दे रहे थे कि बीच धारा से तत्कालीन काशिराज का राजबजड़ा गुज़रा। अमित तेजस्वी ब्राह्मण पर नजर पड़ते ही राजा ने जलयान-चालकों को उधर ही चलने का इशारा किया। राजा के निकट कोई ऐसा भी था जो सिद्ध सुदर्शन पांडे से भली-भाँति परिचित था। उसने देखते ही काशिराज को बतलाया कि वह तेजस्वी ब्राह्मण है कौन। दुनिया की नजरों में महामूर्ख, मगर भगवती का भारी साधक—सिद्ध। सुदर्शन पांडे के निकट जा राजा ने पूछा—"महाराज, गंगा-धर्म में क्या-क्या चीजें हो सकती हैं?" "गंगा-गर्भ में?" चमत्कारी सुदर्शन ने सुनाया—"गंगा-गर्भ में खरगोश का बच्चा होता है। और क्या?" खरगोश का बच्चा? गंगा के अन्दर? राजा बनारस को ऐसा लगा गोया ब्राह्मण ने उनका उपहास किया अनुचित असम्भव उत्तर देकर। राजा के नथुने ईषत् फूले, भवें तनीं, होठ असन्तुष्ट फड़के : "महाजाल डाला जाए गंगा में और जाँचा जाए कि क्या पानी के अन्दर खरगोश का बच्चा भी बसता है? एक बार जाल डाला जाय, दो बार, तीसरी बार भी अगर खरगोश के बच्चे का सुराग न लगे तो राज-अपमान के लिए धृष्ट ब्राह्मण का मैं शासन करना चाहूँगा।" सो, महाजाल डाला गया—एक बार, दो बार। लो, तीसरी बार जंगली जाल में फँसा सुन्दर खरगोश का बच्चा! राजा ने स्तम्भित हो दाँतों तले अँगुली दाबी और सुदर्शन पांडे को एक सौ आठ बीघे जमीन, जिसमें चार कुएँ और दो आम की बगियाँ, उसी समय दान में दी। इस घटना के बाद सुदर्शनजी जब घर लौट रहे थे तो राह के जंगल में एकाएक किसी ने तेज चाँटा उनके गाल पर जड़ा। 'मूर्ख कहीं के! देख तो मेरी चूँदरी चिन्दी-चिन्दी हो गयी कँटीली झाड़ियों में खरगोश का बच्चा ढूँढ़ते-ढूँढ़ते।" चकित सुदर्शन ने देखा, सामने चिथी चूँदरी पहने खड़ी कुमारी के रूप में स्वयं जगज्जननी वात्सल्यमयी सर्वकल्याणी सर्वमंगला को!

यह सच भी है, जिसका इशारा भानुप्रतापजी की पुस्तक में भी है कि मेरे खानदान के लोग हरसू (पांडे) नामक ब्रह्म के वंश के हैं, जिनका परम प्रसिद्ध स्थान उत्तरप्रदेश-बिहार की सीमा पर स्थित चैनपुर में है। इन्हीं हरसू ब्रह्म को स्वर्गीय परम विद्वान डॉ. रामदास गौड़ आदर से मानते थे। इन हरसू ब्रह्म की तो सोलह-पेजी जीवनी छपकर भक्त जनता में सहस्त्र-सहस्त्र की संख्या में बिकती है। कैसी जीवनी! मेरे विख्यात पितामह हरसू पाँडे...जिस राजा के राजपुरोहित या गुरु थे, एक बार उसने नयी-नयी कोई शादी की। रात को जब वह चौमंजिले के रनिवास में गया, विलास का अवसर आया, तब अचानक नयी रानी की नजर सामने मगर दूर से आते प्रकाश पर पड़ी, जो राजभवन के बराबर ही किसी महल के चौमंजिले की खिड़की से आ रहा था!

"यह किसकी खिड़की है मेरे कक्ष के सामने?" ज़रा रोष में रानी, राजा

को और भी रमणीय मालूम पड़ी। "यह प्रकाश मेरे कुल-गुरु हरसूजी के निवास की खिड़की से आ रहा है।"

"राज-भवन के बराबर महज ब्राह्मण का भवन! छिः!"

"मगर?"

"क्या अगर? क्या मगर...?"

"वह परम सिद्ध पुरुष—हरसू पांडेजी—हमारे पुरोहित, पिता से बढ़कर हैं।"

"पिता से बढ़कर कोई परम पिता हो, परन्तु शयनकक्ष के सामने किसी की भी खिड़की-दरवाजा मुझे नापसन्द है। सामनेवाले घर का एक खंड पहले गिराया जाय, फिर आप राजा, फिर मैं रानी...।"

"स्त्री...!"

रानी के बिगड़े दिल पर राजा के मुख से 'स्त्री' शब्द, हीन-भाव से निकलते ही साँप-सा लोट गया। वह फूल-सेज से सर्पिणी-सी सरककर कक्ष से बाहर जाने लगी..."आप मेरे प्राण ले सकते हैं...राजा हैं, मैं अबला हूँ, पर मुझे अपने मन के ख़िलाफ़ आचरण करने पर विवश नहीं कर सकते। मैं बाजार से खरीदकर नहीं लाई गयी हूँ—पाणिगृहीता, कुलीना, राजकन्या हूँ। अभी मेरे पिता जीवित और समर्थ हैं।"

कहते हैं कई दिन तक रूपवती यौवनगर्विता रानी ने हठ नहीं छोड़ा। तब, विवश हो, काम-मोहित राजा ने पुरोहित हरसू पांडे से पूछा कि रानी को प्रसन्न करने के लिए यदि वह अपने भवन का एक खंड गिरा दें तो कोई बड़ी हानि होगी क्या?

"हानि?" तेजस्वी हरसू पांडे ने दुहराया—"कामिनी का आग्रह रहे, गुरु की मर्यादा चूल्हे-भाड़ में जाय—इसमें कोई हानि ही नहीं? मैं कहता हूँ औरत के मोह से जिस राजा की मति मलीन हुई उसके नाश में अधिक देर नहीं लगती।" राजा स्तब्ध, सुन्न, चुप रहा। प्रचंड पुरोहित के आगे विशेष बोलने की उसकी हिम्मत न हुई। हरसू पांडे का सारे राज्य में दिव्य ब्राह्मण होने के कारण बड़ा मान था। उनके दर्शनों में बरकत मानी जाती थी। बचपन ही से राजा के मन में हरसूजी के प्रति श्रद्धा थी। लेकिन नयी रानी, कल की आयी। उसे तो अपनी सौतों को यह दिखलाना था कि राजा पर उसी का एकाधिकार है। सो, दिनों तक खींचातानी चलती रही। न रानी ने स्त्री-हठ, छोड़ा, न हरसू पांडे को ही अपना मान मर्दित कराना मंजूर हुआ और न राजा ही की हिम्मत पड़ी कि रानी के लिए पुरोहित-भवन का एक खंड बलात् गिरवा दे। लेकिन एक दिन जो नहीं होना था वही हुआ और राजा ने पुरोहिन-भवन का एक खंड बलात् गिरवा दिया। इसको

अपमान मान राजपुरोहित हरसू पांडे ने राज-द्वार पर आमरण अनशन ठान दिया था। अनशन के इक्कीसवें दिन हरसू पांडे के प्राण जाते रहे थे। प्राण त्यागने के थोड़ा ही पहले राजा की पहली रानी की कन्या के हाथों कटोरा भर दूध ग्रहण करते हुए हरसूजी ने राजपुत्री को आशीर्वाद दिया था, ''जा, केवल तेरा वंश बचेगा।'' विख्यात है कि हरसू पांडे मरने के बाद प्रचंड ब्रह्म-प्रेत हो गये। साथ ही सहसा, पड़ोसी राजा ने उस राजा पर चढ़ाई कर दी। उसकी पराजित कर, सारा राजपाट, ठाट-बाट विध्वस्त, अग्निसात् कर दिया था। उसी ध्वंसावशेष के बीच में हरसू ब्रह्म की भारत-प्रसिद्ध समाधि है। हरसू ब्रह्म बिहार और उत्तरप्रदेश के अनेक भागों में देवताओं से भी अधिक पुजते हैं। बुरा-से-बुरा भूत-प्रेत-बाधित व्यक्ति हरसू ब्रह्म जाकर चंगा हो जाता है। हरसू ब्रह्म के मेले में सारे देश से प्रेत-बाधित प्राणी--प्राय: स्त्रियाँ—हर साल आते हैं। वीरान-उजाड़ में पचासों हजार आदमियों की भीड़ लगती है; लाखों का व्यापार-धन्धा होता है; दसों हजार रुपये वहाँ के पंडे प्राप्त करते हैं। ऊपर से माल-मलाई, रेशम, कम्बल, रजाई भी। मैं पांडेय बेचन शर्मा 'उग्र' हरसू ब्रह्म के कुल का हूँ—निस्सन्देह। विदित विद्वान, प्रेत-पंडित रामदासजी गौड़ ने लिखा है कि हरसू ब्रह्म के यज्ञोपवीत संस्कार में गोस्वामी तुलसीदासजी शामिल हुए थे।

लेकिन ब्रह्म या प्रेतात्मा अथवा भूतों के अस्तित्व पर मेरा विश्वास ज़रा भी नहीं। संसार का सबसे भयानक भूत मैं पंचभौतिक आदमी को मानता हूँ। मैंने भयानक-से-भयानक भवन, सन्नाटे-से-सन्नाटे मैदान, ऊजड़-वीरान में भी ढूँढ़ने पर जब एक भी भूत, भुतनी या भूतनी-कुमार को नहीं पाया, तब भूतों पर से मेरी आस्था भले ही न उठ गयी हो, पर यह विश्वास दृढ़ हो गया है कि आदमी से भयभीत हो भूत भी भागा-भागा फिरता है।

पर, मैं भानुप्रताप तिवारी की चर्चा कर रहा था। तिवारीजी जिस कोठरी में रहा करते थे उसके पूरबी द्वार के सामने ही बड़ा भारी पीपल का पेड़ था। चिलकती दुपहरी या चमकती चाँदनी में पीपल के पेड़ के निकट खड़े-खड़े पेशाब करते हुए भानुप्रताप तिवारी पूरे प्रेत मालूम पड़ते थे—हड्डीले, रक्तरहित, उजले—धँसी आँखें, चेहरे पर सारी सृष्टि के लिए श्मशानी-शाप। मैले चारखाने का रुईदार पायजामा और उसी रंग का लम्बा दगला रुईदार। बहुत लड़कपन में मैं तो तिवारीजी के सामने तक जाने से डरता था और यदि उस गली से गुज़रना ही होता, तो जहाँ तक उनका मकान था उतनी गली मैं भयभीत दौड़ता पार करता था। लेकिन जब भी उनकी कोठरी में नज़र जाती वहाँ कोई साहज अँग्रेज बैठा होता, या मेमसाहब गोरी होती, या बंगाली मोशाय होते। तहसील के अधिकारी या ईसाई मिशनरी या साधु या फ़क़ीर। और भानुप्रताप तिवारी उसी ड्रेस में खाट पर अध-

पड़े फर्राटी इंगिलिश या हिन्दुस्तानी गड़गड़ाती आवाज में बोलते होते। भानुप्रताप तिवारी जब तक जीवित रहे, चुनार में विश्वकोश माने जाते थे। कबीर, दादू, दरिया, मलूकदास, रैदास आदि अ-ब्राह्मण सन्तों के प्रति उनका अनुराग-विशेष था। इनकी रचनाओं की उन्होंने टीकाएँ तथा समीक्षाएँ लिखीं। तुलसी की रामायण पर भी जिल्द-की-जिल्द, रजिस्टर-के रजिस्टर भरे। एक-दो नहीं, पचासों पुस्तकें उन्होंने स्वान्तः सुखाय, चिद्विलास के लिए लिखीं। आगन्तुक विद्वानों से उन्हीं विषयों पर तिवारी-जी चतुर चर्चाएँ चलाया करते थे। मैं काफ़ी बड़ा होने पर स्कूल में दाख़िल हुआ। चौदह साल की उम्र में नेहरू जवाहरलाल लन्दन में शिक्षा पाते थे, लेकिन बेचन पांडे का नाम चौदह साल की उम्र में चुनार के चर्चमिशन स्कूल में, थर्ड क्लास में लिखा गया। तब मुझे पुरोहित-वंश का जानकर—या क्यों—भानुप्रतापजी ने मुंशी मथुराप्रसाद—रचित त्रिलिंगुअल डिक्शनरी दी थी। वह आज भी मेरे घर की पुस्तकों में हो तो ताज्जुब नहीं। तिवारीजी की दो-दो ब्याहता बेटियाँ थीं—मैना और गिरजा। एकमात्र पुत्र था रामगुलाम तिवारी, जिसका पुकारने का नाम 'मलुक्की' था। मिडिल पास रामगुलाम तिवारी तहसीली रजिस्ट्रार का क्लर्क था। रामगुलाम तिवारी विवाहित था। भानुप्रतापजी की पत्नी तगड़ी, मालकिन-मुखी, निहायत नेक-दिल थीं। लेकिन मारे दुलार के उन्होंने अपने पुत्र रामगुलाम तिवारी को बरबाद कर डाला था। मारे मोह के वह माता अपने बिगड़े बेटे को दारू पीने और जुआ तक खेलने के लिए न सिर्फ़ रुपये देती थीं बल्कि दूसरे के घर में जाकर पूत संकट में न पड़े, अतएव अपने दूसरे घर में जुए की फड़ लगाने देती थीं। उस दूसरे घर में मलुक्की कुछ भी करता था। इस लड़के को लेकर भानुप्रताप और उनकी पत्नी में प्रायः विवाद होता। भानुप्रताप शासन करना चाहते (असाध्य रोग-पीड़ित खाट पकड़े प्राणी) पर पत्नी के आगे उनकी एक न चलती—सिवाय ज़बान के। और तिवारी जी सारी ज़िन्दगी अपनी पत्नी को धारावाहिक भाषा में गालियाँ सुनाते रहे। रामगुलाम तिवारी भानुप्रताप के सामने ही पहली बार जुए में गिरफ़्तार किया गया था, लेकिन भानुप्रताप के प्रभाव से तहसील के नेक-दिल अधिकारियों ने उसे बचा दिया था। इसके बाद भानुप्रतापजी का देहान्त हुआ और रामगुलाम तिवारी सरकारी रुपयों से जुआ खेलने के बाद अमानत में ख़यानत, ग़बन में गिरफ़्तार हुआ। मुकदमा बरसों चलता रहा। दरमियान में रामगुलाम की पत्नी मर गयी। पुलिस को बेटे की कुशल के लिए रिश्वत देती-देती मोहमयी माता मालकिन से भिखारिन बन गयी, फिर भी, इस भ्रम में कि उसके पास धन छिपा है, एक पुलिस-अधिकारी ने उस बेचारी को वो-वो गालियाँ सुनायीं, ऐसी-ऐसी कमीनी धमकियाँ दीं कि सारा मुहल्ला त्रस्त हो उठा। अन्त में जिस बेटे के मोह में वह माता मर मिटी उसको दो वर्ष की सख़्त सज़ा हो

गयी। इसी बीच में भानुप्रताप तिवारी का सारा बहुमूल्य पुस्तकालय, उनकी लिखी पांडुलिपियाँ बेचकर मलुक्की ने जुआ खेल लिया था। उसके जेल जाते ही वह मोहमयी माता मर ही गयी। ऐसे भयानक दुःख से विदीर्ण होकर भानुप्रताप का मकान भी 'भहरा' पड़ा, जिसकी एक-एक ईंट या ढोंका दुनियादार पड़ोसी चुन ले गये।

अन्त में जुआड़ी कुलांगार रामगुलाम तिवारी का एक पुत्र बच रहा था—नन्दन—तेरह-चौदह साल का, जो दिन में सज्जन पड़ोसियों के यहाँ पशुवत परिश्रम करने और रात में दुष्टों के साथ कुकर्म करने पर टुकड़े पाता था। देखते-ही-देखते भानुप्रताप तिवारी के वंश का ऐसा हाल हुआ कि : जिनके महलों में हज़ारों रंग के फ़ानूस थे, झाड़ उनकी क़ब्र पर है और निशाँ कुछ भी नहीं!

बच्चा महाराज

"बाबू!" जवान लड़के ने वृद्ध, धनिक और पुत्रवत्सल पिता को सम्बोधित किया।

"बचवा...!"

"मिर्ज़ापुर में पुलिस सब-इन्स्पेक्टर की नौकरी, मेरा एक दोस्त, जो कि पुलिस में है, मुझे दिलाने को तैयार है। क्या कहते हो?"

"धन्यभाग्य, बचवा!" प्रसन्नप्राय पिता ने सुनाया, "पुलिस में तो हवलदार भी हो जाना घर में लक्ष्मी का पाँव तोड़कर बैठना होता है।"

"दोस्त ने लिखा है कि सब-इन्स्पेक्टरी तो धरी-जैसी है, लेकिन..."

"लेकिन क्या, बचवा?"

"कोशिश-पैरवी में कुछ तो खर्चा-वर्चा लगेगा ही। रुपये डेढ़ सौ लगेंगे, तब मैं सब-इन्सपेक्टर बन सकूँगा। मेरी चेष्टा भरसक यही रहेगी कि चुनार ही में मेरी नियुक्ति हो।"

चुनार में अपना बेटा छोटा दारोग़ा होगा, इस कल्पना ही ने वृद्ध पिता को कुछ ऐसा गुदगुदाया कि तिजोरी खोलकर उसने उसी समय डेढ़ सौ लोईदार विक्टोरिया रुपये बेटे के आगे गिन दिये। बेटे राम उसी समय दुघड़ी साध दो ही दिन बाद लौटने का वायदा कर मिर्ज़ापुर को रवाना हो गये। एक दिन, दो दिन, तीन और चार दिन जब गुज़र गये और पाँचवें का भी प्रभात हो गया तब पिता का माथा ठनका। उसे दाल में काला-ही-काला दिखाई पड़ने लगा। तब तक एक जाने-पहचाने महाशय मिर्ज़ापुर से आये, जिनसे वृद्ध व्याकुल बाप ने पूछा, "क्यों भाई, मेरे बेटे का भी कोई खोज-पता है?"

"क्यों नहीं! उसके तो गुलछर्रे हैं आजकल...।" पिता को पूर्ण विश्वास हो गया कि उसका पूत निश्चय ही सब-इन्स्पेक्टर-पुलिस हो गया।

"गुलछर्रे? तो हो गया वह सब-इन्स्पेक्टर-पुलिस? भई, क्या ख़बर तुमने सुनायी है! चलो मेरे घर, तुम्हारा मुँह मीठा कराऊँ।"

"मगर कौन भकुवा सब-इन्सपेक्टर-पुलिस बना?" हैरान परिचित कहा,

"वह तो पिछले पाँच दिन से मिर्ज़ापुरी इक्के पर दो-दो तवायफें बैठाये अफीम के ऊपर शराब चढ़ाये वहाँ के ऐय्याशों में चुनार का झंडा फहरा रहा है। जाकर देखिए भी।"

इस पर हाय-तौबा करता हुआ बूढ़ा लालची बाप जब तक मिर्जापुर पहुँचा तब तक पुत्र महाशय डेढ़ सौ तो उड़ा ही चुके थे, ऊपर से रंडी-भड़वे के पचास रुपयों के क़र्जदार भी हो चुके थे। लाचारी थी, बेटा अपना था, बदनामी का बड़ा भय था। अतः पिता ने पचास रुपये और पानी में डालकर बेटे का उद्धार किया। पिता का नाम था ब्रह्मा मिश्र, पुत्र का महादेव मिश्र उर्फ़ बच्चा महाराज।

मुहल्ला सद्दूपुर के सबसे अधिक धन-पुष्ट ब्राह्मण थे ब्रह्मा मिश्र। हमारे कच्चे मकानों में परम पक्की हवेली एक उन्हीं की थी। पहली पत्नी से बच्चे न होने के सबब ब्रह्मा मिश्र ने दूसरी शादी की थी। तब महादेव मिश्र, एक भाई तथा तीन बहनें पैदा हुईं। महादेव मिश्र उर्फ बच्चा महाराज ने क्या पढ़ा था, कहाँ पढ़ा था, मुझे आज भी पता नहीं, पर सारे जीवन वह प्रथम श्रेणी के धूर्त, ऐय्यार, वस्तुतः बदमाश थे। वह उस सीमा के दुष्ट थे जिसके एक ही जूता आगे सहृदय सज्जनता का हलका शुरू हो जाता है। वह बहुत आकर्षक वक्ता, सुरीले, परम रंगीन-मिज़ाज, परम धूर्तराट, सर्वभक्षी, सर्वपायी और भगवान झूठ न कहलाये—सर्व-भोगी थे। जवानी में उन्होंने चेचक का टीका लगाने वाले सरकारी इंसपेक्टर का काम कुछ बरसों किया; कुछ बरसों चुनार के चर्च मिशन स्कूल में संस्कृत-हिन्दी टीचर रहे। शेष सारा जीवन बच्चा गुरु ने अद्भुत, आकर्षक आवारगी में बिताया। बच्चा महाराज अभी गत कल तक जीवित रहकर प्रायः नब्बे वर्ष की दीर्घ उम्र में मरे। अन्तकाल तक उनकी रंगीन-मिज़ाजी उनके साथ रही। बच्चा गुरु मेरे पिता के समवयस्क, मेरे बड़े भाई को चौपट घाट उतारनेवाले और मेरे तो गुरु ही थे। चर्च मिशन स्कूल, चुनार में तीसरी से छठी क्लास तक पंडित महादेव मिश्र से मैं कोर्स की किताब की हिन्दी पढ़ता था। बच्चा गुरु अध्यापकी यों करते थे कि किसी पैसेवाले छात्र को दक्षिणा लेकर मॉनीटर बना देते थे। इसके बाद क्लास में आते ही वह तो कुरसी पर बैठे-बैठे टेबल पर पाँव पसार अफीम के नशे में अध-सो जाते और राज करता था मॉनीटर। मुहल्ले का होने से उनकी शराब-कबाब, जुआ-मंडली में लघु सेवक की तरह उपस्थित रहने वाले की हैसियत से, मुझे भी गुरुजी ने मॉनीटर बना दिया था।

गुरुजी मज़बूत-कमज़ोर दोनों ही प्रकार के छात्रों से ऊपर की आमदनी करना सनातन धर्म की 'रू' से अपना जन्मसिद्ध अधिकार मानते थे। चवन्नी से लेकर दस-पाँच रुपये तक सामर्थ्य ताड़कर बच्चा गुरु, छात्र या उसके पिता से ले लेते। दक्षिणा के बाद क़र्ज भी लेने में उन्हें संकोच न होता। गरीब छात्रों से गाँव का

घी, शहद, नया गुड़, तेल के अचार, ईख का रस, बाजरा, अरहर, जो भी सम्भव होता ले लेते। मॉनीटर की हैसियत से मैं भी कमजोर कॉमरेडों से मुफ्त की मिठाइयाँ और फल खा लेता था। हत्थे न चढ़नेवालों को स्वयं साधारण छात्र होने के बावजूद गुरुजी की कृपा से मैं मार तक बैठता था।

बच्चा महाराज महा भयानक, साथ ही, महा विचित्र व्यक्ति! भयानक भी विचित्र होते ही रसज्ञों के देखने की वस्तु : एक रस हो जाता है। है कि नहीं? बच्चा गुरु टीचर रहे हों या वैक्सिनेटर; सरकारी नौकरी में रहे हों या अर्ध-सरकारी; अफ़ीम, शराब, वेश्या और जुआ हमेशा उनके संग रहे। साथ ही, नित्य नेम से पूजा-पाठ भी। युगों तक वह मिट्टी का महादेव बना, हाथ का अर्घा, पार्थि-पूजन किया करते थे। दुर्गासप्तशती का पाठ भी उन्हें प्रिय था। वह स्तुति के श्लोक इतनी तन्मयता से, भावुकता से, स्वर और विरामयुक्त कहते थे कि लगता था इष्टदेव से प्रत्यक्ष बातें कर रहे हैं। शंकराचार्य द्वारा प्रस्तुत भगवती की शिखरणी छन्दवाली स्तुति का गान वह भाव-विभोर करते थे। गीतगोविन्द के पद और विनयपत्रिका के अनेक पद वह बहुत ही तेजस्विता से उपस्थित करते थे। ज्योतिष और वैद्यक, तन्त्र और मन्त्रों में भी उनकी मार्मिक गति थी। वह बात-बात में कोई तेज फिकरा, कोई श्लोक-खंड, कोई दोहा-चौपाई, शेर या कहावत जोड़ने में निहायत निपुण थे।

लेकिन पूजा के समय जो वह विग्रह के सामने मुँह बना, आँखों में आँसू भर लेते थे, वह यही सोचकर कि भगवान भी ऊपर-ही-ऊपर देख धोखा खा सकता है। साथ ही, वह ख़ासकर भगवान को भी पाठ पढ़ा सकते हैं। मुझे आज भी मज़े में याद हैं बच्चा गुरु के भाव वह जुआ में कौड़ी-कप्तेन विपरीत पड़ने पर व्यक्त किया करते। ''हे नाथ!'' वह भगवान को सम्बोधित करते—''कहाँ भूल गये दयालो! दास को? प्रभो, दीनबन्धो, दया करो!'' और कौड़ी-कप्तेन अपने पक्ष में पड़ते ही वह तड़पकर 'विनयपत्रिका' सुनाने लगते : जयति राज राजेन्द्र राजीव लोचन राम, नाम कलिकामतरु सामशाली। हेलया दलित भूभार भारी!

उन दिनों घर, मैदान, गंगा में नाव पर, पास के गाँवों में, जहाँ भी जुआ होता बच्चा गुरु उसमें ज़रूर उपस्थित होते। इस तरह गुरुजी ने इतनी बड़ी ज़िन्दगी आख़िर बितायी कैसे? जुआ के लिए पुष्कल पैसे आवश्यक होते हैं। ठीक है। बच्चा गुरु ने उसकी युक्ति सोच रखी थी। पहले उन्होंने ख़ासी सम्पत्ति में जो उनका हिस्सा था उसे चुपचाप अपने छोटे भाई के नाम लिख दिया और फिर सूदख़ोर बनियों से उसी सम्पत्ति पर ऋण-पर-ऋण लेना शुरू किया। क़लई खुली तब जब किसी बनिये ने दावा किया। कुर्की लेकर आने पर पता चला कि बच्चा

गुरु का तो परिवार की सम्पत्ति से अरसे से कोई वास्ता ही नहीं। मैंने कहा है, चुनार में बच्चा गुरु की सबसे ज्यादा जजमानी थी और उन दिनों, फिर भी, कैसे भी, ब्राह्मण को कष्ट देते हुए सेठ-साहूकार, श्रीमान, कम्पित होते थे। सो, साहूकारों ने कई हजार रुपये बट्टे-खाते डाल, कान पकड़, जीभ दाबकर मंजूर किया कि चुनार में कोई गुरु है तो वह हैं पं. महादेव मिश्र उर्फ बच्चा महाराज। हजारों वाले तो बच्चा गुरु को ब्राह्मण जान ग़म खाकर रह गये, लेकिन एक कोई बनिया ऐसा भी था जिसने सौ-पचास रुपये के लिए केस चला, डिग्री करा, अदालत के अहाते ही में गुरु को धर पकड़ा था। निर्णय था कि या तो वे रुपये देते या जेल जाते। बच्चा गुरु को जब हथकड़ी लगने लगी, उन्होंने अधिकारियों से अपने घर चलने को कहा, ताकि वह रुपये दे सकें। हथकड़ी पहने ही सिपाहियों के साथ अपने मुहल्ले में लाये गये, लेकिन इस शान से उनके आने का समाचार सुनते ही उनकी मालदार माता ने एक दमड़ी भी न देने का निश्चय कर घर का मज़बूत दरवाज़ा अन्दर से बन्द कर लिया था।

लेकिन, गुरुजी गुरु ही थे। चारों तरफ से हताश होने पर उन्होंने ऋणदाता को ही दबोचा—"चल, नीच बनिये। ऊँ फट् स्वाहा! कर ब्रह्म हत्या, क्योंकि जेल में मुझे अफ़ीम मिलेगी नहीं और बिना अफीम मैं एक सेकेंड जी नहीं सकता। चल, मैं ब्रह्म राक्षस बनकर तुझसे न निपटूँ तो ब्रह्मा मिश्र का नुत्फ़ा नहीं। अभी तुझे पता नहीं है कि ब्राह्मण कैसा होता है। बच्चू जी! अब तुम पड़े कठिन रावण के पाले। और पाठक विश्वास करें, वह बनिया भी ख़ून घूँटकर रह गया था, लेकिन गुरुजी के छदाम भी उसके पल्ले न पड़ा था। और साहब, सारे जीवन कोई-न-कोई मतिमन्द, गाँठ का पूरा, उनके हत्थे बराबर चढ़ता ही रहा। अफीम के ऊपर गाँजे की लम्बी चिलम एक ही हाथ की मुट्ठी से फुकफुकाकर लपलपाते हुए बच्चा गुरु निहायत लापरवाह भाव से ललकारते थे—अगड़ बम! कमाये दुनिया खायें हम! भोले अगड़ धत्ता! चिलम पर चढ़ाकर फूँक दिया कलकत्ता!

मैं समझता हूँ साठ वर्ष की उम्र में बच्चा गुरु ने जुआ कम कर दिया था। अब वह बनारस के विख्यात वेश्या-बाजार दालमंडी के (जिसका चप्पा-चप्पा उनका जाना-बूझा था) आचार्य बन गये। साठ से प्रायः नब्बे की उम्र तक गुरुजी, सारा बनारस जानता है, सारे बनारस की वेश्याओं के विदित आचार्य थे। हर वेश्या चाहती थी कि वह उसी के घर पर रहा करें, क्योंकि गुरुजी स्त्री के पीर-बावर्ची-भिश्ती-खर तक आकर्षक प्रसन्नतापूर्वक बन जाते थे। वह वेश्याओं के घर जप-पूजा, सत्यनारायण, दुर्गासप्तशती के पाठ ललककर करते। उनके बच्चों की जन्म-कुंडलियाँ बना देते, दलदार गबरू बनारसियों से उनका प्रोपेगंडा कर देते। वह वेश्या को यार के यहाँ और मालदार आसामी को तवायफ़ के यहाँ स्वयंसेवकों

की तरह पहुँचा देते। बच्चा गुरु की यह विशेषता थी कि उनकी सहानुभूति संसार के हर जीव से थी। किसी का कोई भी काम (सेवा नहीं) महज़ सहज रूप से आनन-फानन अंजाम देने को वह सदा ही तत्पर रहते थे। मुहल्ले के कुछ लोग यह मानते कि बच्चा गुरु की परोपकार-तत्परता दलाली कमाने-मात्र की थी और वह दो उलझनों के निकट पार्टियों को पूर्णतः उलझाकर अपना उल्लूस सीधा किया करते थे। हो सकता है, उनकी नीयत यही रही हो, लेकिन आज मुझे लगता है कि जन-सेवा—सारी बुराइयों के बावजूद—उनकी जान में घुली-मिली हुई थी। गीता में 'पंडित' उसे माना गया है जो विद्या-विनय-सम्पन्न ब्राह्मण, गौ, हाथी, कुत्ता और चांडाल को भी समदर्शी-भाव एक नज़र से बराबर देखता हो। यथाशक्ति सबका कल्याण साधने में बच्चा गुरु समदर्शी थे। ब्राह्मण की सहायता करते हुए यदि कभी उन्हें चांडाल दुःख-ग्रस्त नजर आया होगा, तो उसी आग्रह से उसके लिए भी उन्होंने सोचा होगा। भले ब्राह्मण का काम करते समय गुरुजी गंगा के गुणगान करते : त्वत्तीरेवसतः त्वदम्बु पिवतः और भंगी-मेहतर की मदद करते समय उनके लिए बुरी-बुरी गालियाँ मुँह से निकालते। बच्चा गुरु सौ में नब्बे बार निर्विकार लच्छेदार गालियाँ सुनाया करते थे। और तो और, गुरुजी जिन्हें गालियाँ सुनाते थे वे भी सहज प्रसन्न हँसा करते थे। चाहते थे कि गुरुजी और बकें।

और अब मेरे सामने चित्र आता है गुरुजी की विवाहिता-धर्म-पत्नी गुलजारी चाची का। शायद वही बच्चा गुरु के जीवन की आदि या बुनियादी ट्रेजेडी रही हों। वह बड़ी कुरूपा थीं। उनका मुँह चेचक के दागों से भरा, गोल, नाक छोटी, होंठ मोटे, छरहरी-लम्बी गुलजारी चाची। वह शायद बेशऊर स्त्री भी थीं। कहाँ बच्चा गुरु-जैसा रंगीन-मिज़ाज वाममार्गी, कहाँ गुलजारी चाची जैसी रंगभंगिनी वामांगिनी! सो, जरूर विस्फोट हुआ होगा। बच्चा गुरु गुलजारी चाची को अपने शयन-कक्ष में कभी न बुलाते, बशर्ते कि अफीम-विषयक कोई हाजत न हो और चन्द क्षणों के लिए भी चाची को देखते ही बड़े ज़ोर-ज़ोर से चीख़ते, ताकि सारा मोहल्ला सुने और जाने कि बच्चा गुरु अपनी पत्नी को लताड़ रहे हैं। वह उसे बुरी-से-बुरी गालियाँ सुनाते। और वह भी थी कि अपने दुर्भाग्य ही जैसी; बीच में फूटे ढोल-जैसे कंठ से कुछ-न-कुछ कु-भाषा बोल ही देती। बच्चा गुरु गुलजारी चाची को अक्सर मारते और अपनी जननी को भी परम अशोभन रूप से डाँटते-फटकारते थे।

गुरुजी जिस भी वेश्या के घर में कुछ दिनों टिककर रहे होंगे जरूर कोई-न-कोई बहुत ख़ूबसूरत देख लेने के बाद। वह वेश्या की नवोढ़ा बेटी को मद्देनज़र रख उसकी माता से मुहब्बत करते थे। फिर उसे समझाते कि फलाँ ढंग से अगर

यह लड़की पूजन-अनुष्ठान करे तो लखपती तो फँसा ही धरा है। और रंग बाँध, रंडी को धूर्त्तता में बाँध, उसी के घर में कम-से-कम इक्कीस दिन का अनुष्ठान शुरू करते।

अब आप बच्चा गुरु का हुलिया नोट कर लें—पौने छः फुट लम्बे, छरहरे, गेहुआँ रंग, बड़ी-बड़ी भावुक आँखें, हमेशा मुखरित होने को पकड़ते ओष्ठाधर, साधारण मूँछें, घुटी दाढ़ी, सिर पर इंगलिश-कट केश। बच्चा गुरु फेल्ट टोपी, बनियान, कड़े कालर-कफ़ की कमीज, शेरवानी, नफीस धोती, जुर्राब और पम्प शू या विलायती कट बूट पहना करते थे। नाक पर हमेशा चश्मा, हाथ में बराबर छड़ी। अँगुलियों में अँगूठियाँ, जेब में रेल-गार्ड घड़ी (जो उन्होंने जुए में किसी जुआरी गार्ड से जीती थी), एक हाथ में मलाई का पुरवा, दूसरे में नमकीन और मिठाई के दोने। साथ में एक-दो गण या चेले। अफीम, गाँजा या मदिरा, अथवा इनमें से दो या तीनों के नशे में धुत वह जब रास्ते में चलते थे, सारी राह पाँवों से कहीं ज्यादा तेज बच्चा गुरु की ज़ुबान चलती थी।

अब जब चर्चा चल ही पड़ी है, तो और एक चित्र गुरुजी का दिखलाऊँ। बच्चा गुरु ब्राह्मण-वेश में चन्दन और चश्मे चढ़ाये, उत्तरीय ओढ़े, ऊन के आसन पर नशे में चक्क जमे कोई मन्त्र कई बार जपने के बाद सामने बैठी युवती की ओर फूकें मार रहे हैं। युवती गुरु की चहेती वेश्या की बेटी है। नथुनी अभी उतरी नहीं है। वह सुमुखी, सुनयना, गौरी, मतवाली—गुरु की नजरों में ब्लैक लेबल जॉनीवाकर ह्विस्की की उल्लास-लासमयी प्याली। युवती सुनयना को उसकी माता की हिदायत थी कि वह बराबर गुरुजी की तरफ देखती रहे, ध्यान से, ताकि पूरी तरह लाभ हो मन्त्र-अनुष्ठान से।

वेश्या-बाजार में यार की तरह, ऐय्यार की तरह, तन्त्री की तरह, मन्त्री की तरह, बुज़ुर्ग की तरह, बाबा की तरह, तरह-तरह की सूरतें हर तरह से देखते ज़िन्दगी के राजपथ से बच्चा गुरु लहर-बहर प्रायः नब्बे की उम्र में गुज़रे। अन्त में वे धनुष की तरह झुककर चलते थे। परन्तु उनकी आँखें बोलतीं, बड़ी, और आवाज कड़कदार अन्त घड़ी तक वैसी ही रही। बच्चा महाराज किसी का भी बुरा नहीं चाहते थे, फिर भी, उनके विचित्र चरित्र के आकर्षण से मुहल्ले के तरुण बरबाद हो गये। कुछ नहीं तो सैकड़ों तरुणों को उन्होंने हराम-घाट पर इस उत्साह से उतार दिया होगा मानो राम ही का काम अंजाम दे रहे हैं!

पं. जगन्नाथ पांडे

अब मैं चौदह साल का हो चला था कि रामलीला मंडली की छुट्टी मनाने बड़े भाई के संग चुनार आया। इस बार अलीगढ़ में किसी बात पर महन्त राममनोहरदास और मेरे बड़े भाई में वाद-विवाद हो गया था, जिस पर भाई ने लीला में स्वयं काम करने या मुझे करने देने से इनकार कर दिया था। महन्त ने धमकाया था कि लीला में विघ्न पड़ा तो वह हमें पुलिस के हवाले कर देगा। सो, अलीगढ़ से भाई साहब रामलीला-मंडली-जीवन से ऊबकर आये थे।

जानकार जानते होंगे कि चौदह-पन्द्रह साल की वय में जवाहरलाल और श्रीप्रकाश लन्दन में शिक्षा पा रहे थे—उत्तम-से-उत्तम। लेकिन उसी उम्र में मुझे क्या शिक्षा मिली थी, मेरा जी ही जानता था। सच तो यह है कि 'शिक्षा' शब्द मेरे निकट आते-आते भिक्षा बन जाया करता था। रामलीला-मंडली की आवारगी से मैं उतना नहीं परेशान था, जितना कि बड़े भाई के गाँजा-मत्त क्रोधी स्वभाव से। उनकी-मेरी संगत कसाई-बकरे का साथ। कसाई भी वह जिसके बारे में कहावत है—खस्सी जान से गया, क़साई को कोई जायका ही नहीं मिला। खैर!

इस बार जो हम घर पर आये तो न जाने क्या मेरे सौभाग्य जागे कि मेरे पुत्रहीन पितृव्य (चचा) ने, चाची की सलाह मानकर, मुझे गोद लेने का इरादा मेरे बड़े भाई पर जाहिर किया। इस प्रस्ताव से बड़े भाई का गला ही छूटता था, सो उन्हें राजी होने में देर न लगी। मैं चचा की गोद चला गया। अब उन्होंने, बाकायदा, मेरी शिक्षा-दीक्षा का निर्णय किया। फलतः चौदह वर्ष की वय में चुनार के चर्च मिशन स्कूल में मेरा नाम थर्ड क्लास में लिखाया गया। और मैंने स्कूल का मुँह देखा। थर्ड ही क्लास में दुनियादारी, ऐयारी और यारी में मैं टीचर की कुरसी पर आसीन होने योग्य था। थर्ड, फोर्थ, फिफ्थ पास कर सिक्स में मैं पहुँचा ही था कि मेरी चाची के एक सुन्दर-सा पुत्र पैदा हो गया। सो, चचा-चची का वात्सल्य-बाजार-भाव गिरते देर न लगी। गोद भी मैं ज़ुबानी लिया गया था, विधि-विरहित, सो मुझे पुनः कठोर धरती पर धम-से पटक देने में अदूरदर्शियों को देर

न लगी। चचाजी अपने परिवार के साथ काशी चले गये। मैं पुनः उसी भाई के ग़ैर-जिम्मेदार चंगुल में लाचार जकड़ा गया। 'पुनि मो कहँ सोइ दिन, सोइ राती।' फीस की कमी, कपड़ों की कमी, राशन की कमी। आधिक्य उपदेशों और पिटाई की! घास-न-भुस खरहरा दस बार। इस सबके ऊपर कष्टदायी था भाई का बराबर जुआरत रहना। जीवन को सम्यक् कर्म के सहारे न छोड़ भाई साहब ने जुआ के आसरे छोड़ रखा था।

इसी बीच स्कूल में एक घटना घटी। मौलवी लियाक़त अली नामक एक कठमुल्लाजी थे, जो उर्दू, फ़ारसी और अर्थमेटिक छः-सात-आठवीं क्लास को पढ़ाया करते थे। उनके विचार उस समय की हवा के अनुसार हिन्दू-भावना-विरोधी थे। कई बार क्लास में पढ़ाते-पढ़ाते वह कोई ऐसी बात बक जाते जिससे हिन्दू विद्यार्थियों को मार्मिक चोट लगती। उनकी इन हरकतों से हिन्दू-विद्यार्थी खिन्न और क्रुद्ध होने पर भी विवश थे। इधर मैं अपने भाई के अनुचित आचरणों से आकुल हो विद्रोही बनने को ललक रहा था कि मौका आया। मौलवी ने एक दिन सेवन्थ क्लास में सुनाया कि हिन्दुओं के देवता तो मेरे पाजामे में बन्द रहते हैं। उस दिन क्लास के बाद कुछ लड़के बहुत ही नाराज़ नज़र आये। तय पाया कि मौलवी का इलाज करने के लिए बनारस के जयनारायण हाई स्कूल के प्रिंसिपल साहब को तार से कठमुल्ला के दुर्व्यवहार की सूचना दी जाए। लेकिन अपने नाम से तार भेजने को कोई तैयार नहीं था। बिल्ली को घंटी बाँधने में भय था। रेस्टिकेशन (स्कूल से बाहर किये जाने) का। मैंने सोचा, रेस्टिकेट होने में यह लाभ रहेगा कि पढ़ने से जान बचेगी, सो तार मैंने अपने नाम दिलवा दिया—"मौलवी लियाक़त अली, मिशन टीचर इन्सल्ट्स ऑवर रिलिजियस फीलिंग्स; नो सेटिसफैक्ट्री इन्क्वायरी।—बेचन पांडे।" असल में चुनार का चर्च मिशन स्कूल काशी के जयनारायण मिशन स्कूल के अधीन था। अतः तार पाते ही अँग्रेज़ प्रिंसिपल साहब चुनार में, और बन्देखाँ स्कूल से ग़ायब। क्योंकि रेस्टिकेट होना और बात थी और बेंत खाना बिलकुल ही और बात। विद्यार्थी को डिसिप्लिन में रहना चाहिए। मैंने डिसिप्लिन के ख़िलाफ़ काम किया था। पाते तो वे मुझे आदर्श बनाने के लिए सारे स्कूल के सामने बेंतियाते। नहीं पाया, तो रजिस्टर से मेरा नाम ही उड़ा दिया। लेकिन बचे मौलवी साहब भी नहीं। प्रिंसिपल ने उनकी सख़्त तम्बीह की। संयोगवशात् उन्हीं दिनों काशी में चचा की लड़की का गौना पड़ा, जिसमें सम्मिलित होने के लिए हमारे घरवाले भी बनारस गये थे। मौका पाकर, वहीं, चचा से मैं गिड़गिड़ाया कि वे मेरी भी पढ़ाई का प्रबन्ध करें, नहीं तो मैं कहीं का भी न रहूँगा। उन दिनों चचा साहब की चलती थी। ख़ासी आमदनी और ख़ासा ख़र्चा था। काशी में उन्हीं के व्यय से उनका दामाद पढ़ता था और एक साला भी। मुझे तो चन्द ही महीनों पहले वह चुनार में पढ़ा ही रहे थे। उन्होंने मुझे भी काशी में रहकर पढ़ने की इज़ाजत दे दी। चर्च मिशन स्कूल चुनार से मुझे जो सर्टिफिकेट

मिला उसमें कन्डक्ट फेयर लिखा गया। ख़ैर! बनारस के विख्यात हिन्दू (कालिजिएट) स्कूल में छठे दरजे में ले लिया गया। उस समय स्थानापन्न प्रधानाध्यापक के पद पर देव-तुल्य बालकों के हितैषी श्री कालीप्रसन्न चक्रवर्ती महोदय थे। चक्रवर्तीजी ने जब मुझसे सर्टिफिकेट में कन्डक्ट फेयर का सबब पूछा तब चपल वाचालतापूर्वक मैंने बतलाया था, क्योंकि वह क्रिश्चियन स्कूल था और मैं था ब्राह्मण, अतः यह स्थिति उत्पन्न हुई। और लियाकतअली का क़िस्सा भी मैं सुना गया था। मैंने लिखा है ऊपर, चक्रवर्ती महाशय बालकों के वरदानी हितैषी थे। करेक्टर मेरा बैड भी लिखा होता तो भी भरसक वह सरस्वती-मन्दिर से मुझे विमुख न करते। उनका बड़ा मान था, महामना मालवीयजी की नजरों में, काशी के बड़े-बड़ों में। हिन्दू स्कूल से छठी और सातवीं क्लास चचा की कृपा से मैंने पास की। इसके बाद चचा ने काशी के खोजवाँ मुहल्ले में एक मकान खरीदा और भदैनी से वहीं जाकर रहने लगे, हमें अपने-अपने रस्ते लगने का संकेत कर।

मैं अब निराश्रय होने के बाद, लक्ष्मीकुंड विख्यात लक्ष्मी-मन्दिर में अपने जलालपुर गाँव के काका रामानन्द दुबे के साथ रहने लगा। रामानन्दजी ब्राह्मणवृत्ति से चार पैसे कमाते थे। अन्नपूर्णा-मन्दिर में भी उनका प्रवेश था। मेरा ख्याल है, उदार श्री कालीप्रसन्न चक्रवर्ती ही ने दिवंगत दानवीर बाबू शिवप्रसादजी गुप्त के नाम एक रुक्का लिखकर मुझे दिया था, ताकि बाबू साहब मेरी फीस और भोजन की व्यवस्था कृपया कर दें। रुक्का लेकर मैं 'सेवा उपवन' गया—ढाई कोस पैदल, नंगे पाँव। शिवप्रसादजी जैसे बड़े आदमी मुझसे क्या मिलते—अलबत्ता काम मेरा हो गया और मैं 'सेवा उपवन' से महीने-भर खाने क़ाबिल आटा, दाल, चावल, तेल, नमक और लकड़ी के कुछ नकद पैसे शायद लेकर यानी सिर पर लादकर नगवा से महालक्ष्मीजी आया। साल-भर तक इसी तरह मैं 'सेवा उपवन' के अन्नसत्र से सामग्री सिर पर लादकर ले आता।

तब मैं आठवें दर्जे में था। तब स्कूल के हेडमास्टर श्री गुरुसेवक सिंह उपाध्याय थे। महामना मालवीयजी ने उपाध्यायजी की शिक्षा-सम्बन्धी योग्यता से मुग्ध होकर उन्हें सरकार से हिन्दू स्कूल का प्रधान बनने के लिए कुछ वर्षों के लिए उधार माँग लिया था। गुरुसेवकजी सरकारी ड्यूटी से ताजा-ताजा आने के सबब श्रेष्ठ हेडमास्टर होने पर भी 'छुट्टी पर डिप्टी-कलेक्टर' भी थे। आते ही उन्होंने विद्यार्थियों पर नियन्त्रण का नीरस पंजा कसा—सिर पर टोपी क्यों नहीं है? ये जुल्फें सँवरी क्यों नहीं हैं? बोलते वक्त मुस्कराते क्यों हो? रामू, श्यामू के गले में हाथ डालकर क्यों चला? ख़बरदार जो कोई विद्यार्थी किसी के गले में हाथ डालकर चलता पाया गया! ठीक नहीं होगा। क्या जनानी सूरत बना रखी है? मर्दों की तरह रहो।

उपाध्यायजी की बातें सौ-में-सौ ठीक होती थीं—शायद कहने का ढंग या उस

ढंग में स्नेह-संचार सम्यक् नहीं होता था। आज तो मैं यही मानूँगा कि उनकी बातें ठीक थीं, हमारी ही बुद्धि विपरीत थी, ख़ासकर मेरी। एक दिन विद्यार्थियों और अध्यापकों की एक गोष्ठी में तुकबन्दी पढ़कर उपाध्यायजी के लहजे ही में मैंने सुनायी जो नितान्त अनुचित बात थी, भयानक दुस्साहस था। जब मैं वह तुकबन्दी पढ़ रहा था 'अनुचित-अनुचितभाव' में कई अध्यापक कुरसी से उचक तक पड़े थे। दूसरे दिन स्कूली पढ़ाई समाप्त होने के बाद ही उपाध्यायजी ने मुझे हेडमास्टर के कमरे में बुलाया। चाहा उन्होंने कि मैं क्षमा चाहूँ वैसी तुकबन्दी, उस भाव से पढ़ने के लिए। लेकिन मैं ढीठ ही रहा; धृष्ट भी। दूसरी ओर वार्षिक परीक्षा में भी फेल हो गया। परीक्षा में फेल होना असाधारण दुर्भाग्य! अब बाबू शिवप्रसाद गुप्त के सत्र से न तो आटा मिलने की आशा, न दाल। फीस तक मोहाल। सो, मैंने बनारस में निराधार ठोकरें खाने से बेहतर अपने घर की लातों को समझा। मैं भाई के यहाँ चुनार भाग आया। बड़े भाई साहब मालगुजारी की तहसील-वसूली के सिलसिले में गाँव (जलालपुर माफ़ी) गये हुए थे।

दूसरे दिन गाँव की किसी अहीरन ने मुझे दस रुपये का एक नोट दिया कि मैं भाभी को दे दूँ, भाई साहब ने भेजा है। दस का नोट हाथ लगते ही भाई के भय के मारे—कि मुझे फेल हुआ सुनकर वह क्या न कर डालें—मैं मात्र धोती-कमीज पहने और एक अँगोछा लिए चुनार स्टेशन चला आया। समय साध, पहली ही ट्रेन से कलकत्ता भाग जाने के लिए।

कलकत्ता शहर में पहली बार मैं भूखे, निराश्रय, भगोड़े की तरह पहुँचा था। कलकत्ते में मेरे पड़ोसी भाई विश्वनाथ त्रिपाठी रहते थे, जिनका (सन् 1919 के अन्त में भी) 'विश्वमित्र' के विज्ञापन-विभाग से तेजस्वी सम्बन्ध था। मुझे मालूम था तब 'विश्वमित्र' नारायण बाबू लेन अफीम चौरस्ता से निकलता था। वहीं पहुँचने से विश्वनाथ भाई के डेरे का पता चलता। हावड़ा पुल पार ट्रॉम पर सवार हो मैंने नारायण बाबू लेन का टिकट माँगा, तो कंडक्टर ने मुझे नीचे उतार दिया। कितना भटका मैं महानगरी के महा मकानों के वन में 'विश्वमित्र' कार्यालय ढूँढ़ता! और पानी बरसने लगा। जब मैं मछुआ बाजार, कसाईपाड़े में भटक रहा था, बरसात का पानी पाँवों के नीचे घुटने-घुटने बह रहा था। बड़ी मुश्किलों, बड़े फेरों के बाद मैं 'विश्वमित्र' कार्यालय के द्वार पर पहुँचा था। सामने सीढ़ियों का सिलसिला। दफ्तर ऊपर के तले में था। नीचे रुककर पहले मैंने तरबतर धोती और कमीज निचोड़ी, तन का जल भी यथासाध्य सुखाया। फिर गीले ही कपड़े मैं ऊपर की तरफ बढ़ा। 'विश्वमित्र' के विख्यात संचालक बाबू मूलचन्दजी अग्रवाल से मेरी पहली मुलाकात इसी ठाट में हुई थी। मैंने उनसे कहा था—"मैं चुनार से आ रहा हूँ। विश्वनाथ त्रिपाठी का पता चाहता हूँ।" "विश्वनाथजी तो," निराश, मगर सदय, अग्रवाल जी ने बतलाया, "कल ही रात चुनार चले गये!"

लाला भगवान 'दीन'

अरसा हुआ वाराणसी के दैनिक अखबार 'आज' में आदरणीय पं. श्रीकृष्णदत्त जी पालीवाल की चर्चा करते हुए मैंने लिखा था कि मेरे पाँच गुरु हैं, जिनमें एक पालीवाल जी भी हैं। उन पाँचों में मैं अपने उन ज्येष्ठ अग्रज को भी मानता हूँ जिनकी पिछले पृष्ठों में मैंने भूरि-भूरि भर्त्सना की है। बेशक वह ग़ैर-ज़िम्मेदार, बदमाश, बदचलन, बिल्कुल बद व्यक्ति थे, लेकिन जब मैं क ख ग लिखना भी नहीं जानता था। तब उन्हें साहित्य पढ़ने ही नहीं यथाशक्ति लिखने का भी शौक था। तत्कालीन समस्यापूर्ति ('रसिक रहस्य', 'प्रियंवदा' आदि) मासिक पत्रों में अपने-तो-अपने मेरी भावज के नाम भी रचकर समस्यापूर्तियाँ प्रकाशित कराते थे। एक बंगाली डॉक्टर को हिन्दी पढ़ाते-पढ़ाते उन्होंने बांग्ला भाषा सहज ही सीख ली थी। फलतः बांग्ला पुस्तकों के सस्ते संस्करण तथा 'भारतवर्ष' नामक विख्यात बंगला मासिक पत्र भी वह मँगाया करते थे। वह हमारे सामने बैठकर कवित्त रचते, लेख लिखते। प्रत्यक्ष न सही, लेकिन अप्रत्यक्ष रूप से भाई साहब के इस विद्याव्यसन का बेचन पर बहुत शुभ प्रभाव अवश्य पड़ा होगा। सो, वह ख़राब आदमी—मेरा बड़ा भाई—मेरा आदि-गुरु था। पालीवाल जी के दर्शन तो बहुत बाद में प्राप्त हुए। बीच में पं. काशीपति त्रिपाठी, लाला भगवान 'दीन' और पंडित बाबूराव विष्णु पराड़कर के शुभ नाम हैं। काशीपति त्रिपाठी और लाला भगवान 'दीन' मुझे तब मिले जब कमलापति त्रिपाठी से मेरा परिचय हुआ। वैसे कमलापतिजी हिन्दू स्कूल और मेरी ही कक्षा में पढ़ते थे, लेकिन मैं था फटेहाल अदना बालक और कमलापति थे प्रतिष्ठित पैसापति-पुत्र। ब्राह्मण हमारे ही रंग के लेकिन अधिक चटकदार। सरयूपारीणों में पंक्ति, यानी परम श्रेष्ठ। कमलापति धवल-नवल वस्त्र धारण कर माथे में भस्मी लगाये स्कूल आते। मैं जाता हीन-दीन मलीन कपड़े पहने—धूल उड़ती चेहरे पर। मुझमें और कमलापति में ऐसा कोई भी साम्य न था कि हम मिलते। वह तुंग हिमालय-शृंग, मैं धूलि धँसी धरती की। लेकिन एक घटना घटी, जिससे मैं रातों-रात हिन्दू स्कूल के विद्यार्थियों में

विशेषतः विज्ञापित हो गया।

उन दिनों प्रधानाध्यापक थे रतिलालजी देसाई महोदय। अतः गाँधी जी का जन्म-दिवस स्कूल में अधिक उत्साह से मनाया गया था। खचाखच भरे हॉल में सभा हुई थी; निमन्त्रित एवं स्कूल के विद्वानों के गाँधी जी के आदर्शों पर भाषण हुए थे। उसी सभा में महात्माजी पर मैंने एक तुकबन्दी (रोला छन्द में) पढ़ी थी। बिलकुल गलत-सलत, रद्दी। लेकिन उसमें गाँधीजी का नाम था, साथ ही, विदेशियों के विरुद्ध विचार थे। बस, फिर क्या था! वह तो राष्ट्रीय भावना से भरी संस्था थी ही। हो-हो, हा-हा! तालियों की गड़-गड़ाहट। और दूसरे दिन बेचन पांडे हिन्दू स्कूल में माननीय कवि! बनारस के स्कूली प्रतिभाशालियों की काव्य-शक्ति की उस परीक्षा में, जिसमें परीक्षा-पत्र की तरह रचना लिखकर यशस्वी महाकवि सुमित्रानन्दन पन्त, शील्ड और प्रथम पुरस्कार जीतकर ले गये थे, उसी में मेरी तुकबन्दी मुकाबिले में दोयम मानी गयी थी। मुझे भी द्वितीय पुरस्कार प्राप्त हुआ था। यद्यपि रचना श्रेष्ठ पन्तजी की थी, मेरी कुछ भी नहीं थी, लेकिन स्कूल में प्रतिभा का अभाव होने से मुझ अन्धे के हाथ भी बटेर लग गयी थी। इन्हीं घटनाओं के निकट कभी कमलापति त्रिपाठी से मेरा परिचय हुआ होगा, जो मात्र परिचय नहीं, हम दोनों ही के जीवन में जबरदस्त मोड़ बनकर रहा। मेरा ठौर कहाँ, ठिकाना कहाँ; सो, बरसों मैं कमलापति ही के द्वार पर पड़ा रहता। विख्यात नाटककार श्री लक्ष्मीनारायण मिश्र भी उन्हीं दिनों कमलापति ही के विशाल भवन में सम्भवतः किरायेदार की तरह रहा करते थे। कमलापति के फाटकवाले कमरे में विशेषतः उन्हीं के घर की पुस्तकों से हमने एक पुस्तकालय खोला था—श्री लक्ष्मीनारायण पुस्तकालय। वहीं से हम 'उग्र' नाम का एक हस्तलिखित, सचित्र मासिक पत्र भी प्रकाशित करते थे। कमलापति के घर में मेरी कद्र पहले उनके बड़े भाई काशीपतिजी ने समझी ही नहीं, यों विघोषित किया कि उनके परिवार में और पड़ोस में और परिचितों में भी जिक्र मेरा मुझसे बेहतर प्रमाणित होने लगा। काशीपति जी को हम सब 'बड़के भैया' कहा करते थे। उनके गुरुदेव थे गदाधर शर्मा नामक सत्पुरुष, जिनका देहान्त हो चुका था। गदाधर को काशीपतिजी परम भावुकता से स्मरण किया करते थे। उनका अभाव उन्हें जैसा खटकता था। उन्हीं की वार्षिक तिथि आयी और उस अवसर पर काशीपति जी को प्रसन्न करने के लिए मैंने घनाक्षरी छन्द में गुरुजी के बारे में, काशीपति जी की ओर से एक कवित्त रचा—

काहू करसी को मैं न रह्यौं, पर, जाकी कृपा
तनु-तरु माहिं बुद्धि पाई सुधा-फर-सी।
नेह दिन दूनों रात चौगुनो ठयो जो रह्यौ

भूलिहू न जाकी दृष्टि मो पै भई पर-सी।
वासना जहर-सी, हर-सी थी कामवासना न,
रही मुख-मंडल पै छटा गदाधर-सी।
बरसी गयी है बिनु जाके मम-आस-लता
ताहि गुरुदेव जू की आयी आजु बरसी।

लेकिन यह अध्याय काशीपति जी अथवा कमलापति जी का नहीं, यह तो श्रद्धेय गुरुदेव लाला भगवान 'दीन' जी का अध्याय है जो मेरे भाई के बाद, दूसरे पथदर्शक थे। असल में कमलापति के यहाँ पहुँचने के कारण ही मैं लालाजी के निकट पहुँच पाया था, अतः पति-भाइयों की चर्चा इस प्रसंग में आवश्यक हुई।

बात यों बनी। मैंने ध्रुवचरित पर एक खंड-काव्य लिखा था फर्मे-सवा फर्मे का। कमलापति की विदुषी भानजी स्वर्गीया श्यामकुमारी मिश्र ने उसे छपाने-योग्य रुपये दिये थे। पांडुलिपि और रुपये लेकर जब मैं भूमिहार ब्राह्मण प्रेस में गया, तब उसे देखने के बाद प्रेस के योग्य संचालक ने बतलाया कि रचना में दोष अनेक हैं, अच्छा हो छपाने के पूर्व संशोधन करा लिया जाय। सो, मैं स्वरचित 'ध्रुव-धारण' की पांडुलिपि लेकर जगन्नाथ शर्मा के बड़े भाई चंडिका प्रसाद शर्मा के साथ लाला जी के डेरे पर गया।

लाला भगवान 'दीन' जी की पर्सनेलिटी उनके उपनाम के अनुरूप ही थी। मुँह पर चेचक के दाग, पक्का रंग, ठिगना क़द, मटमैला, भद्दा मुंशियाना लिबास। अलबत्ता लाला जी जब बोलने लगते थे तब उनके व्यक्तित्व की असाधारणता स्पष्ट हो जाती थी। लाला जी ने कई दिन तक परिश्रम कर मेरा खंड-काव्य प्रेस-योग्य तो बना ही दिया। वह काव्य महाकवि अयोध्या सिंह का 'प्रिय प्रवास' परम प्रेमपूर्वक कई बार पढ़ने के बाद प्रायः उन्हीं छन्दों में लिखा गया था। आरम्भ हुआ था कमलापति की ख़ुशामद से—

जिस प्रकार पयोदधि में सदा
कमल-लोचन श्री-युत शोभते
बस, उसी विधि से उर-'उग्र' में
निवसिये बसिये कमलापते!

लाला भगवान 'दीन' की 'हॉबी' थी पढ़ाना-पढ़ना, पढ़ना-पढ़ाना। एक विद्यालय खोलकर नियम से वह विद्यार्थियों को उसमें सम्मेलन का कोर्स, निष्काम पढ़ाया करते थे। लिखने-पढ़ने से फुरसत पाते ही लाला जी विद्यार्थियों को घर पर भी पढ़ाया करते। हिन्दू विश्वविद्यालय के लेक्चरर तो थे ही। लाला जी अखाड़िया स्वभाव के दंगली विद्वान थे। भाष्य, समीक्षा, निबन्ध, काव्य—इन सब कलाओं

में लालाजी गम्भीर निपुण थे। सबसे ऊपर उनका हृदय सहज-कोमल स्नेहमय था। प्रसन्न-वदन 'विनयपत्रिका' विद्यार्थियों को पढ़ाते-पढ़ाते लालाजी भक्ति-विभोर, सजल-नयन, गद्‌गद-गिरा हो जाते थे। आचार्य विश्वनाथप्रसाद मिश्र, सलोने लेखक श्रीकृष्णदेव प्रसाद गौड़ 'बेढब', कोशकार स्व. मुंशी कालिकाप्रसाद लालाजी के शिष्यों में से हैं। मुझमें यदि कुछ प्रतिभा थी तो उसे लालाजी के मात्र आशीर्वाद का पोष प्राप्त हुआ। पढ़ा वह मुझे न पाये।

पढ़ा भी कहीं हर जन्म में जाता है? किसी जन्म में पढ़ लिया—बस; जन्म-जन्मान्तरों के लिए बस हो गया। 'गुरु-गृह गये पढ़न रघुराई, अल्पकाल विद्या सब पाई' गाया गोस्वामी जी ने। तुलसी के राम सारी विद्याओं से पूर्व (जन्म के) परिचित थे, सो उन्हें अल्पकाल ही में सारा ज्ञान उपस्थित हो गया था। दूसरी बात यह कि यदि प्रेम के महज़ ढाई अक्षर पढ़ लेने से पंडिताई का बिल्ला मिल सकता हो तो ढाई हजार पुस्तकें पढ़ने के बाद हाजरीप्रसाद बने वह—मेरा मतलब वही—जो अक्ल का जहाज़ हो।

एक बात बताऊँ? मधुर महाकवि श्री जयशंकर प्रसाद की तम्बाकू-जर्दा की दुकान वेश्याओं के मोहल्ले के सिंह-द्वार पर थी। प्रसादजी की दुकान पर आधा घंटा बैठने ही से वेश्या बाजार की बानगी बहुत-कुछ मिल जाया करती थी। लाला भगवान 'दीन' का भाड़े का मकान तो बिलकुल ही पिछवाड़े था, उस आकर्षक दाल मंडी के। जयशंकर जी वैसे गोवर्धन सराय में रहते थे, लेकिन दूकान में आते-जाते शत-शत मंगला-मुखियों का दर्शन वेश्यागामी का बिल्ला लगाये बगैर ही मिलता था। लाला भगवान 'दीन' हमेशा तम्बाकू जयशंकर ही की दूकान की पीते थे। 'प्रसाद' जी जब-जब दुकान पर होते तब-तब सुखद हास्य-व्यंग्य की दो-दो चोंचें जरूर होती थीं।

मुझ पर तत्कालीन महारथियों की कृपा भूरि-भूरि थी। 'ध्रुव-धारणा' के बाद दूसरी कृति जब मैंने 'महात्मा ईसा' के रूप में प्रस्तुत की तब उसका सम्यक् संशोधन लालाजी ने किया था। पुनर्वाचन प्रेमचन्द जी ने। प्रेमचन्द जी ने वह राय लिखी ईसा नाटक के बारे में कि कोई आज भी पुस्तक के आरम्भ में पढ़ ले। श्रद्धेय सम्पूर्णानन्द जी की स्पष्ट सम्मति भी छपने के पूर्व ही मुझे प्राप्त हो चुकी थी। पहले सौ-में-सौ साहित्यिक ऐसे होते थे जो कहीं जरा भी प्रतिभा, जरा भी प्रसाद देखते ही उसका यथोचित् आदर करते थे। आज जैसे वह चीज चली ही गयी है। आज भी पांडेय बेचन शर्मा 'उग्र' को लिखना ख़ाक-पत्थर आता है, आप जानते हैं—लेकिन आज से प्राय: चालीस वर्ष पूर्व विख्यात पत्रकार और कलामर्मज्ञ 'अभ्युदय' के सम्पादक पं. कृष्णकान्त मालवीय महोदय जब मुझ पर मुग्ध हुए तब काशी आने पर 'मर्यादा' कार्यालय, ज्ञान-मंडल, बुलवाकर उन्होंने

श्रद्धेय सम्पूर्णानन्द जी से आग्रह किया था कि वह मुझ पर कृपालु रहें, "क्योंकि इनमें जो लेखक है वह असाधारण है।"

उन्हीं दिनों एक घटना और विचित्र ही घटित हुई थी। कानपुर से, 'प्रताप' पत्र से, श्री बेनीमाधव खन्ना नामक किन्हीं सज्जन ने हिन्दी-कवियों से एक राष्ट्रीयगान-रचना प्रतिद्वन्द्विता में शामिल होने का आग्रह किया था। विजयी को हजार रुपये पुरस्कार की घोषणा थी। प्रतियोगिता के जजों में पं. महावीरप्रसाद द्विवेदी, गणेशशंकर विद्यार्थी, (सी.पी.के.), जगन्नाथप्रसाद 'भानु', रामदासजी गौड़-जैसे परमाचार्य लोग थे। इस प्रतिस्पर्धा के लिए लाला जी ने भी एक गान प्रस्तुत किया, तब मेरे मन में भी आया कि अँधेरे में एक तीर मारने में घाटा ही क्या है। मैंने भी एक गीत गढ़कर भेज दिया। जब परिणाम प्रकट हुआ, तब जजों ने एक भी रचना राष्ट्रीय-गान होने योग्य नहीं मानी। वैसे हजार रचनाओं में चार रचनाएँ एक श्रेणी की मानी गयी थीं। उन चारों रचनाकारों के अब नाम सुनिए—मैथिलीशरण गुप्त, अयोध्यसिंह उपाध्याय, कुल पहाड़ के एक कोई शिवकुमार शर्मा, और पांडेय बेचन शर्मा 'उग्र'। लाला जी की रचना रसज्ञों को स्पर्श न कर पायी। मेरा नाम बड़े-बड़ों के साथ विज्ञापन में आया। इस वाक़िया से गुरु गुड़ ही रहते हैं, पर चेले के चीनी बन चलने की चाशनी में तार-पर-तार पड़ने लगते हैं।

नीचे मैं उस काल की लिखी एक-दो घनाक्षरियाँ उद्‌धृत करता हूँ, जिन्हें जरा इधर-या-उधर छूकर लाला जी ने चमका दिया होगा, साथ ही, जिनमें न जाने क्या पाकर वह मुझ पर वरद हो उठे होंगे।

सुख का पता

बागन में, वारिज में, वल्लरी में, वापिका में,
बौर में, वसन्त-द्रुमहू के खोजि डार्‌यों मैं।
वृन्दावन कुंज, वर व्रजबनितान-पुंज,
गुंजरत मंजुल मलिन्द पंखि हार्‌यों मैं।
वाराणसी धाम, वामदेवजू को नाम, दिव्य
देवसरि धार में न देखि निरधार्‌यों मैं—
विश्व बीच है न सुख। 'उग्र', पर इते माहिं
कारागार शृंखलानिहार में निहार्‌यों में!

ज्ञानमंडल

'उग्र' तप करि कै उदारता रिझायौ विधि
माँगो वरदान—'मोहि अमर बनाइए।'
बोले कमलासन—'न मेरो अधिकार इतो'
जाइ, पति कमला सन विनय सुनाइए।'
कहे हरि तूठि—'हर पास चलि जाँचै किन?'
शम्भु भाखे 'शिव परसाद पास जाइए।'*
शिव परसाद—'एवमस्तु!' कहि बोले,
'अब, बैठि ज्ञानमंडल अखंड गीत गाइए।'

बर्फ और परस्त्री : पूर्ण रूपक

काम गरमी मैं दिखरात वह ज्योंही 'उग्र',
त्यों ही चलि जात मन पाइबे को ललचात!
दरस-परस में सुरूपवान, सीतल है,
हीतल में जाइ—अनुभावी कहें—होत तात!
अधर लगाइ रस लेत ठरि जात रद,
बुध बतरावैं छुइवेते गात गरि जात!
प्यास न बुझात, अधिकात दिन-रात बरु,
बरफ हमें तो पर-नारी सम है जनात।

[ये कवित्त सन् 1921-22-23 की रचनाएँ हैं। ज्ञानमंडल वाला छन्द गणेशजी द्वारा सम्पादित 'प्रताप' में छपा था।]

---

* विख्यात दिबंगत दानी, समाज-सुधारक, ज्ञानमंडल के संचालक-संस्थापक।

पं. बाबूराव विष्णु पराड़कर

यह चर्चा सन् 1920 और 21 ई. के बीच की होगी। यह सब मैं स्मरण से लिख रहा हूँ, क्योंकि डायरी रखने की आदत मैंने नहीं पाली, इस ख़ौफ़ से कि कहीं राजा हरिश्चन्द्र की तरह अपना ही सत्य या तेज, अपने ही को भस्म न कर डाले! यह चर्चा तब की है जब ब्रिटिश शासन के विरुद्ध उपवास करके आयरलैंड के महात्मा मैक्स्विनी शहीद हुए थे। उन दिनों देश में राष्ट्रीयता की लहर तेज प्रवाहित हो रही थी, जिसमें मेरे भी प्राण प्रसन्न डुबकियाँ लगाने को लालायित रहते थे। मैंने शहीद मैक्स्विनी पर एक लम्बी कविता लिखी। वह हिन्दू स्कूल के तेजस्वी हिन्दी अध्यापक पं. साँवलीजी नागर को मैंने सुनायी। सुनते ही वह प्रसन्न हो उठे। बोले—चलो, ज्ञानमंडल, पराड़करजी से कहूँगा कि वह यह कविता 'आज' में छापें। उन दिनों ज्ञानमंडल भाड़े के बँगले में दुर्गाकुंड मुहल्ले में था। शिष्य-वत्सल बेचारे नागरजी पक्के मुहल्ले से पैदल प्रायः एक कोस चलकर मुझे ज्ञानमंडल ले गये। वहाँ पहुँचने पर मुझको दरवाजे ही पर रुकने का संकेत कर वह अन्दर गये, जहाँ उस समय शिवप्रसादजी गुप्त और श्रीप्रकाशजी बैठे हुए थे। नागरजी का, उत्तम शिक्षक के नाते काशी में आदर था। अच्छे-अच्छे जानते-मानते थे। ज्ञानमंडल का श्रेष्ठिवर्ग भी उनका सम्मान करता था। उन्होंने गुप्तजी और श्रीप्रकाशजी को सम्मिलित सम्बोधित करते हुए कहा—श्रीमानजी, मेरा एक शिष्य एक कविता लेकर आया है। सामयिक है। कहिए तो उसे अन्दर बुलाऊँ! और अविलम्ब मैं बाबू शिवप्रसाद गुप्त और बैरिस्टर श्रीप्रकाशजी के सामने उपस्थित हुआ। नागरजी ने कहा—"सुनाओ अपनी कविता पढ़कर।" मेरा दिल धड़क रहा था। साहस बटोरकर काशी के उन दिग्गज श्रीमानों को मैंने अपनी कविता सुना ही दी। और रंग जम गया। गुप्तजी भी प्रसन्न हुए, प्रकाशजी भी। गुप्तजी ने मैनेजर से पूछा—"क्या सवेरे निकलने वाले 'आज' में इतनी बड़ी कविता के लिए स्थान निकल सकता है? पूछो फोरमैन रो।" फोरमैन ने बतलाया कि सातवें पृष्ठ के अन्तिम कालम में चाहें तो कविता दी जा सकती है। 'आज' में वह मेरी पहली कविता

छपी थी। इस वाकया के कुछ ही दिनों बाद मैंने पहली कहानी लिखी—'गाँधी आश्रम'—कि 'आज' ही में छपे। 'आज' के एक सहकारी सम्पादक श्री हरिहरनाथजी बी.ए. थे। बड़े ही सरल-चित्त कायस्थ। उन्होंने पढ़ने के बाद वादा किया कि कहानी पेपर में छपाने का उद्योग करेंगे। पूछना था श्रीप्रकाशजी से। मैं बैठा प्रतीक्षा करता रहा। श्रीप्रकाशजी आये रात में आठ-साढ़े आठ बजे। उन्हें देखते ही उनके रौब के मारे मैं उनकी कुरसी के ठीक पीछेवाली कोठरी में दुबक गया। मौका पाते ही हरिहरनाथ जी ने मेरी कहानी श्रीप्रकाश जी की सरकार में पेश कर दी। ''क्या है यह?'' पूछा उन्होंने। ''एक कहानी है।'' ''किसकी लिखी हुई है यह?'' ''उसी लड़के की जिसकी कविता मैक्स्विनी पर आपने छापी थी।'' ''लड़के की कहानी! लड़कों की रचनाओं के लिए 'आज' नहीं है।'' कहकर उन्होंने कहानी बिना पढ़े ही अस्वीकृत कर दी। उनका निर्णय सुन उनके पीठ-पीछे मैं सुन्न रह गया। लेकिन जय हो मुंशी हरिहरनाथ की। उन्होंने वह कहानी मुझे लौटायी नहीं, बल्कि पंडित बाबूराव विष्णु पराड़कर के सामने उसे रख दिया। पराड़करजी ने रचना पढ़ी, आवश्यक सुधार किये, छपने को दे दी। छपने के बाद मुझे पता चला कि मेरा दिल टूटे नहीं, इसके लिए हरिहरनाथ जी ने क्या उपाय किया था। वह कहानी पांडेय बेचन शर्मा 'उग्र' के नाम से नहीं, मेरे एक अन्य—शशिमोहन शर्मा—नाम से छपी थी। तब तक मैंने 'उग्र' उपनाम नहीं रखा था। 'उग्र' उपनाम तो मैंने राष्ट्रीय गान-द्वन्द्व में सम्मिलित होने से पूर्व चुना था। आज मुझे अपने लिए उपनाम चुनना हो, तो सम्भव है—बुरा न होने पर भी—'उग्र' मैं न चुनूँ। लेकिन आज से चालीस वर्ष पूर्व राष्ट्र-भक्त लेखक ऐसे कर्कश उपनाम इसलिए चुना करते थे कि बलवान ब्रिटिश साम्राज्य के नृशंस शासक नाम ही से दहल जायें। शायद शक्तिहीनता छिपाने के लिए लोग प्रचंड नामोपनाम चुना करते थे; जैसे—'त्रिशूल', जैसे 'वज्रपाणि', जैसे 'धूमकेतु', जैसे 'भीष्म', 'भीम', 'भयंकर', 'प्रलयंकर' या अपना ढाई अक्षर का 'उग्र'। क्या हुआ कि पंडित पराड़कर जी मेरी लेखनी की तरफ आकर्षित हुए—मुझे पता नहीं। वह रूखे दीखनेवाले महापुरुष थे, प्राय: चुप रहने वाले। मेरी लेखनी में अँग्रेजी राज के प्रति घोर घृणा तथा क्रान्तिकारियों के लिए तरल महामोह जो था—मैं समझता हूँ—उसी पर वह मुक्त-प्राण महाराष्ट्रीय मोहित हुए होंगे। उन्होंने बे-बोले ही मानो मुझे गोद ले लिया। सारे ज्ञानमंडल की कानाफूसी एक तरफ रख, अपना काम छोड़, घंटों तक वह मेरी कहानियों को व्याकरण की पटरी पर लाते, ग़लत-बयानियाँ सुधारते, बदशक्ल शब्द या मुहावरे काट-छाँटकर, सुन्दरता सँवारकर वह मेरी शूद्र रचनाओं को दिव्य द्विजत्व दिया करते थे। जब वह मेरी कहानी पढ़ते-पढ़ते हँसने लगते अथवा सजल हो उठते, तब मुझ में, बिना बोले ही, आत्मविश्वास

घट-घट उँड़ेल देते थे। अक्सर मैं घोर राजविद्रोह लिख मारता था, जिसे पढ़ते ही अस्वीकृति से माथा हिलाते वह कहते—"नहीं, नहीं, आपने लिखा सुन्दर है, सच है, पर कानून लोचदार होता है। संस्था श्रीमानों की है। इस तरह आप सबको संकट में डाल देंगे।" फिर पराड़कर जी उस रचना-रूपी बिच्छू को सुधारते यों कि बिच्छू का रूप तो बदल जाता, लेकिन शब्दों के (कामाफ्लाज) मायाजाल में मारक डंक और विष बना-का-बना ही रहता। अक्सर मेरी रचनाओं की क्रान्तिकारी उग्रता से चमककर श्रीमान लोग सावधान करते पराड़कर जी को कि कहीं 'उग्र' की लेखनी संस्था को खड्डे में न खींच ले जाय। फिर भी, पराड़कर जी छापते। यह द्वन्द्व तब तक चलता रहा—चार-पाँच वर्षों तक—जब तक पराड़कर जी की कृपा से रचनाकार की हैसियत से मैं अपने पैरों पर खड़ा नहीं हो गया। इस अरसे में उत्तर प्रदेश का यह जो भारत-प्रसिद्ध दैनिक अख़बार 'आज' है, मेरे अभ्यास का पूर्ण साधन बना रहा। इसके प्रमाणों से 'आज' की फाइल-की-फाइल भरी हुई हैं। मेरी लिखी पहली समालोचना 'मर्यादा' मासिक में इन्हीं दिनों छपी थी, जिसके सम्पादक थे श्रद्धेय सम्पूर्णानन्दजी। गर्वीले सम्पूर्णानन्दजी के ज्ञान-विज्ञान-चर्बीले चश्मों में भी मेरी लेखनी के लिए स्नेह पर्याप्त था। मैं कहानी, कविता, हास्य, आक्रमण, जो भी लिखता था वह पराड़करजी के प्रसाद से तुरन्त ही पब्लिक के सामने आ जाता था। 'ऊटपटाँग' शीर्षक से बरसों मैंने हास्य-व्यंग्य के नोट्स 'आज' में लिखे हैं—'अष्टावक्र' उपनाम से।

इस लिखने-लिखाने की मज़दूरी मुझे शुरू-शुरू में दस आने कालम के हिसाब से मिलती थी। वह भी इस शर्त के साथ कि तीस रुपये मासिक से अधिक कालम मैं न लिखूँ। सौभाग्य का तेवर तो देखिए! बाल-अभ्यास के लिए पाँच लाख का प्रतिष्ठित दैनिक पत्र बाबा के माल की तरह अपना, पर जेब-खर्च के लिए रुपये तीस मासिक से अधिक की गुंजाइश नहीं। लेकिन 'आज' की वजह से मेरी वह प्रचंड पब्लिसिटी हुई, नगर में, प्रदेश में, हिन्दी-हद तक सारे देश में कि ज्ञानमंडल के वरदानों को मैं चाँदी के बटखरों से क्यों तोलूँ?

आपने पढ़ लिया कि मैं शिवप्रसादजी गुप्त के 'सेवा उपवन' से भीख के अन्न सिर पर लादकर ले आता था। ज्ञानमंडल और 'आज' भी उन्हीं देवता-स्वरूप शिवप्रसाद के दिव्य प्रसाद थे। (हैं भी) लेकिन शिवप्रसादजी मुझे 'आज' में उस ओज से न लिखने देते जिस तेज की महाराज पराड़कर ने सुविधा दे रखी थी। मौलिकता न हो न सही, पाठकों की नीरसता भंग करने के लिए तब के 'आज' में प्रकाशित दो-चार कविताएँ महज़ स्मरण से यहाँ उपस्थित करता हूँ।

परतन्त्र!

प्रभु, परतन्त्र हैं हम आज!
दलित हैं पर-पद प्रबल से गलित हैं सब साज। प्रभु...
देश पर, निज वेश पर, सर्वेश पर का राज,
पर-कृपा निर्भर स्व-पूजा, ध्यान और नमाज़। प्रभु...
पर-उदर निज अन्न से भर हम रहें मुहताज...
पर-कुशल, निज अपकुशलहित देव विविध खिराज। प्रभु...
अपर-पर-बस जग न हम सम दास गन सिर ताज। प्रभु...

(सन् 1920-21 ई.)

कामना

भयंकर ज्वालाएँ
जाग उठें, सब ओर आग की हो जाय भरमार!
मधुर रागिनी नहीं चाहते—
और न स्वर सुकुमार!
वज्र-नाद-सा बोल उठे हम सबके उर का तार!
पावस की घनघोर घटाओं-सी
चारों ओर नभ में धुएँ की राशि व्याप उठे,
और उसमें से हमारी दिव्य आशाएँ
चंचला-सी चमकें अनन्त चिनगारियाँ!
ऐसे समय,
ओ हो हो! आ हा हा!
उग्र-रूप विश्वामित्र,
दुष्ट-दल-नाशक भृगु,
रावण-दर्प-हारी राम,
कुरु-बल-वन-दावानल, कर्मवीर-कृष्ण ऐसा,
अथवा पिनाकी भूतनाथ श्री कपालभृत
ऐसा वीर-भारत हमारा उग्र नाच उठे!
एवमस्तु!

(सन् 1920-21 ई.)

व्यंग्य

'मिस' माधुरी को मुख 'लो.फ़र' निहारि, हारि,
फीके पड़ गये मुँह नीके-नीके गुल के।
वसन सफेद वाके तन की सफेदी देख
मलिन बना ही रहा— साठ बार धुल के।
चूल्हे पड़े, जले, काहू काम के रहे न फिर,
देखि हलकाई वाकी फूले-फूले फुलके।
'काऊ', 'किड', 'बुल' के, हरिन चुलबुल के,
सुजात गड़ि पायन चरम बुलबुल के!

हास्य

खेत-खेत खाद खाय तपके तमाखू हुआ,
गया परदेस, कहो कैसी बुद्धिमत्ता है?
विकट मेशीन बीच पड़ उड़वाया लत्ता,
बना सिगरेट, फिर लौटा कलकत्ता है!
हाट में बिकाया, आया हाथ में उसी के फिर
खाक भी हुआ, तो होठ ही पे! क्या महत्ता है!!
'सत्ता' हुआ 'मिस' पे बेचारा कवि 'लो.फ़र' भी
बोल उठा विश्व : यह प्रेम अलबत्ता है!

पूज्य पराड़कर जी का बंगाल के बड़े-बड़े बमबाज योगी-मिज़ाज क्रान्तिकारियों से सम्बन्ध था। दिल्ली के दफ्तर में यह जो साक्षात् शहीद हैं गुप्त मन्मथनाथजी यह भी मेरे क्लास-भाई हैं। हिन्दू स्कूल के मन्मथनाथजी भी विद्यार्थी थे। प्रचंड और दार्शनिक षड्यन्त्रकारियों से मेरा सम्पर्क भी कम नहीं था, लेकिन पराड़करजी या मन्मथनाथ के सबब नहीं। मेरी लेखनी से चिनगारियाँ झड़ते देख दिवंगत श्री शचीन्द्रनाथ जी सान्याल और फाँसी पा जानेवाले शहीद श्री राजेन्द्र लाहिड़ी ने ललककर मेरा संग्रह किया था। शचीन्द्र बाबू ने राजेन्द्र लाहिड़ी को मेरे घर भेजा, मेरी उग्रता की गहराई को जाँचने के लिए। मेरे स्वभाव में उत्सुकता, भावुकता ि तनी थी, गम्भीरता, दृढ़ता, उतनी नहीं थी। कलम से लिखकर 'रिस्क' लेना हो तो (क ायर होते हुए भी) शहीदों का पीछा मैं काले कोसों तक न छोड़ूँ। कलम से मारना हो तो सारे विश्व के अनाचारियों को बिना नरक भेजे मैं न मानूँ, लेकिन बन्दूक, तलवार से प्राण लेना हो तो वह मेरा शेवा नहीं।

मेरी परिभाषा : चाणक्य ने नन्द साम्राज्य का नाश कर दिया लेकिन अपने

हाथ से किसी को एक थप्पड़ भी लगाये बग़ैर। और मुझे बुलाया गया। तीन और बंगाली जवानों के साथ बनारस से इलाहाबाद सचमुच कोई षड्यन्त्रकारी उपद्रव : राजनीतिक डाका डालने के लिए! चला तो गया मैं बंगालियों के साथ बनारस से इलाहाबाद, लेकिन वैसे ही जैसे काली मन्दिर में नहलाये जाने के बाद बलि-पशु यूप की तरफ जाता है। इलाहाबाद में चौबीस घंटे इन्तजार करने पर भी अन्य आदमियों के साथ जब योगेश बाबू नहीं आये तब एक प्रकार से 'जान-बची-लाखों-पाये' भाव से हम तीनों छोटी लाइन से पुनः बनारस लौटे। लेकिन बीच के एक जंक्शन पर बनारस से आनेवाली गाड़ी में आधा दर्जन तगड़े वीरों के साथ योगेश बाबू नज़र आये। उन्होंने हमें अपने डिब्बे में बुलाकर इलाहाबाद लौट चलने का जब आदेश दिया तब बन्देखाँ बेशर्म बहाने बनाने लगे : कि भाभी से दो ही दिनों में लौट आने का वचन देकर आया हूँ। इस पर बहादुर योगेश बाबू ने जिस घृणा-भरी दृष्टि से मेरी तरफ तरेरकर ताका था, वह आज भी मुझे भूली नहीं है। दोनों बंगाली बहादुर इलाहाबाद लौट गये। मैं बनारस बच आया। फिर भी श्री शचीन्द्रनाथ सान्याल तथा क्रान्तिकारी मंडल मेरा आदर करता था। शचीन बाबू ने तो अपने संस्मरण में एकाधिक बार मेरी चर्चा भी की है। मेरी लेखनी में जो आग थी वह उसी से परम सन्तुष्ट थे। मुझमें जो नहीं था उसके लिए तिरस्कार सान्याल महाशय के दर्शन में नहीं था। सान्याल बाबू दुःखों के दाह से सुवर्ण की तरह दप्-दप् दहकते दार्शनिक थे। कसौटी की तरह श्याम। बड़ी-बड़ी, डोरीली, करुण, आँखें!

बाबू शिवप्रसाद गुप्त

तो? तो क्या बाबू शिवप्रसाद गुप्त को भी स्वर्ग के फाटक से नहीं गुजरने दिया गया? बाइबिल में लिखा है : सुई के सूराख़ से ऊँट निकल जाय—भले, परन्तु धनवान स्वर्ग के फाटक से त्रिकाल में भी नहीं गुज़र सकता। बाबू शिवप्रसाद गुप्त ग़ैर-मामूली धनवान—कहते हैं करोड़पति—ज़मींदार-साहूकार के उत्तराधिकारी थे। अगर मुझे मज़े में विदित न होता कि दोष देवताओं में भी होता है, जो दिवंगत बाबू साहब को मैं आदमी न कह देवता ही कहता। लेकिन जहाँ तक मुझे मालूम है देवताओं के पास दिल नहीं होता और आदमी यदि भरत बन जाय या बुद्ध, ईसा या श्री रामकृष्ण परमहंस या गाँधी तो वह सर-से-पाँव तक दिल-ही-दिल दिव्य दिखलाई देता है। सावन के सघल-घन की तरह शिवप्रसादजी सहन स्वभाव के सभी के लिए जीवन-मय-सजल थे। उनके रहते 'सेवा उपवन' एक विशाल अतिथि-निवास था। किसी तरह का भी गुणी हो गुप्तजी के मन में उसके लिए उदार आदर-भाव सुरक्षित था। विद्यार्थियों को, विद्यालयों को, समाज-सेवकों को, राष्ट्र-कर्मियों को, नेताओं को मालवीयजी और गाँधीजी को बाबू शिवप्रसाद गुप्त मुक्तहस्त दान दिया करते थे, वह भी भावपूर्ण भक्ति से। महामना मालवीयजी पर तो वह लोटपोट-मुग्ध थे, उन्हें पिता अपने को पुत्र और गोविन्द मालवीय को भाई कहा करते थे। मालवीयजी भी बाबू शिवप्रसाद गुप्त को इतना मानते थे कि काशी में उन्हीं के यहाँ रहते, उन्हीं का अन्न पाते थे। ज्ञानमंडल का ज्ञान-मंडल बनाने में शिवप्रसादजी के लक्ष-लक्ष रुपये अलक्ष हो गये। 'आज' को 'आज' बनाने में। 'भारतमाता का मन्दिर' की भव्य कल्पना को दिव्य आकार देना, काशी विद्यापीठ की बुनियाद डालना दिवंगत गुप्तजी ही का प्रसाद है। काशी में जो भी राष्ट्रीय चेतना जाग्रत हुई उसकी प्रेरणा में गाँधीजी के बाद बाबू शिवप्रसाद गुप्त ही का नाम लेना मुझे समुचित लगता है। शिवप्रसादजी के प्रसाद का पुण्य-प्रकाश सारे उत्तर प्रदेश में, खुशबू सारे देश में थी। शिवप्रसादजी इतने मोटे थे कि लगता था उनका विशाल हृदय बूझकर ही विधाता ने वह बड़ा-घर उन्हें बख़्शा

था। शिवप्रसादजी का बँगला बड़ा, मोटर बड़ी, कैसे बड़े-बड़े वायलर घोड़ों की जोड़ी थी उनकी, जिसके पीछे, वर्दी-धारी दो-दो साईस राहगीरों को तेज स्वर से सावधान करते रहते थे। शिवप्रसादजी खाने और खिलाने के भी बड़े शौकीन थे। घर की बात अलग, यात्रा में भी उनके साथ पूरा भंडारा चला करता था। काशी में आकर कोई भी बड़ा आदमी 'सेवा उपवन' ही में सुविधा, आतिथ्य और सुख पाता था। अक्षरक्षः रईस थे श्रद्धेय शिवप्रसादजी गुप्त। ऐसे जैसे को जेल तो कदापि नहीं होना चाहिए था। लेकिन भला अंग्रेज कब छोड़नेवाला था। उन्हें भी सीखचों में बन्द किया ही गया। शिवप्रसाद जी-जैसे रईस को जेल देना फाँसी देने के बराबर था। हृदयहीन कानून ने ऐसा समझा ही नहीं। वह जेल ही में बीमार पड़ गये। छूटे, तो उन्हें फ़ालिज मार गया। फ़ालिज मार गया? शिवप्रसाद गुप्त को? ऐसे नेक-दिल आदमी को जिसकी तुलना देवता से भी करने को मैं तैयार नहीं? तो यह सारे-का-सारा उत्तम अभियान, विधिविहित दान, अपराध था? क्योंकि शिवप्रसादजी को विकराल, भयानक दंड मिला—जिसे छः महीने की फाँसी कहते हैं। जिस 'सेवा उपवन' में उन्होंने सारे संसार की सेवा की थी उसी में बहुत दिनों तक वह पक्षाघात से परम पीड़ित पहियादार गाड़ी पर झुँझलाते, खुनसाते घुमाये जाते थे। वह अक्सर बनारसी बोली में व्यथा-विह्वल दोहाइयाँ दिया करते थे—"रमवाँ, रे रमवाँ! कौन गुनहवाँ करली रे रमवाँ!" तो? तो क्या बाबू शिवप्रसाद गुप्त को भी स्वर्ग के फाटक से नहीं गुज़रने दिया गया? बाइबिल में लिखा है : सुई के सूराख से ऊँट निकल जाय—भले, परन्तु धनवान स्वर्ग के फाटक से त्रिकाल में भी नहीं गुज़र सकता।

बाबू शिवप्रसाद गुप्त के जीवन और मृत्यु से जब मैं बच्चा महाराज के जीवन और मरण की तुलना करने चलता हूँ तो मेरी मति हैरान-परेशान रह जाती है। यद्यपि मनुष्य की दृष्टि से दोनों में कोई भी तुलना करना अनुचित जैसा लगता है, लेकिन दैवयोग से मेरे तो दोनों ही गुरुजन थे। बच्चा महाराज ने हारकर कभी राम की पुकार नहीं लगायी। असल में वह अपने प्राइवेट अफेयर्स में राम की भी दस्तन्दाज़ी नहीं चाहते थे। और जैसे राम को भी बच्चा गुरु की यह सर्वतन्त्र-स्वतन्त्रता मोहक मालूम पड़ती थी। तभी तो आराम-भरा जीवन उन्हें वरदान मिला था।

जीवन-संक्षेप

सन् 1921 ई. में जेल से आने के बाद नितान्त ग़रीबी में, ग़रीब रेट पर, 'आज' में मैं सन् 1924 के मध्य तक राष्ट्रीय आन्दोलन के पक्ष में प्रचारात्मक कहानियाँ, कविताएँ, गद्य-काव्य, एकांकी, व्यंग्य और विनोद बराबर लिखता रहा। सन् '23 में 'महात्मा ईसा' नाटक लिखा, 'भूत' नामक हास्यपत्र मेरे सम्पादन में चालू हुआ। मेरी समाज-सुधारक कहानियों पर काशी के कुछ गुंडानुमा पंडे सख़्त नाराज़ हुए, हाथ-पाँव तोड़ देने की धमकियाँ मिलने लगीं। बीच-बचाव कर रक्षा की श्री शिवप्रसाद मिश्र 'रुद्र' के पिता श्री महावीरप्रसाद मिश्र ने जो काशी के विख्यात डंडेबाज दलपति तो थे ही, साथ ही, उत्तम साहित्यिक रुचि के पुरुष भी थे। 'रुद्र' जी के पिताश्री मेरा बहुत ही आदर करते थे और जब-जब मैं उनके यहाँ जाता और अक्सर जाता तब-तब चकाचक जलपान वह कराते, साथ ही, चलते समय रुपया-दो रुपया पान खाने को भी देते थे। शिवप्रसाद का यह 'रुद्र' नाम मेरे ही संकेत का परिणाम है। सन् '24 के मध्य तक मैं हिन्दी में काफी चमकीला बन चुका था, लेकिन जीवन-यापन-भर रुपये काशी में कमाना असम्भव था। इस सन् में मैं काकनाडा कांग्रेस में भी शामिल हुआ था। वहाँ से कलकत्ता लौटने पर एक मित्र के साथ 'मतवाला-मंडल' देखने गया। 'मतवाला' में मेरी भी कई रचनाएँ प्रकाशित हो चुकी थीं। सन् '24 ही में 'मतवाला'-मंडल में ही पहले-पहल (आचार्य) शिवपूजन (सहाय) और 'निराला' जी से मेरा आकर्षक परिचय हुआ था। सन् '24 के आरम्भ में गोरखपुर के विख्यात साप्ताहिक 'स्वदेश' के दशहरा अंक का सम्पादन भी मैंने किया था, परम भयानक। पत्र छपा था प्रेमचन्दजी के सरस्वती प्रेस में। सारा अंक विस्फोटक आग्नेय मन्त्रों से भरा था। जैसे अनूप शर्मा की यह घनाक्षरी—

क्रान्ति की उषा से होगा रक्त भारतीय-व्योम
ताप-भरा तेह की तरणि तमकेहीगा।
भारो राजनीति के उदधि के उभारिवेको
चारु कालचक्र चन्द्रमा-सा चमकेहीगा।

वैरियों का दमन शमन होगा शक्ति ही से
युद्ध घोषणा को कोई धर धमकेहीगा।
कायरो! क्यों लेते हो कलंक को अकारथ ही
भारत के भाग्य का सितारा चमकेहीगा।

उतावले 'उग्र' द्वारा सम्पादित 'स्वदेश' में सन् '24 में प्रचंड ब्रिटेन के विरुद्ध कहा गया कि 'युद्ध-घोषणा कोई कर धमकेहीगा।' राष्ट्रीय कांग्रेस ने इसके दो वर्ष बाद सन् 1926 ई. ही में लाहौर में, पूर्ण स्वतन्त्रता का प्रस्ताव पास किया था। 'स्वदेश' के उस अंक को लेकर गोरी गवर्नमेंट में तहलका मचा, गवर्नर-इन-कौंसिल ने केस चलाने का निश्चय किया। प्रेमचन्द के भाई महताबराय पकड़े गये, सरस्वती प्रेस रौंद डाला गया। लेकिन बन्देखाँ तब तक 'मतवाला'-मंडल में कलकत्ता थे। गोरखपुर का वारंट जब कलकत्ता आया, मैं बम्बई भाग गया। कलकत्ता पहली बार मैं घर से भागकर आया था। बम्बई पहली बार कलकत्ता से भागकर पहुँचा। और एक संगी के संग साइलेंट फिल्म कम्पनी में काम करने लगा। पीछे वारंट था दफा 124-ए-बादशाह के विरुद्ध राजद्रोह (डिस अफेक्शन) फैलाने के जुर्म का, लेकिन सामने थी बम्बई, फिल्म-कम्पनी, शराब, कबाब और जनाब क्या बतलाऊँ। मैं भूल ही गया जवानी के जोश में कि प्राणों के पीछे वारंट था जिसमें फँसने पर बड़ी-से-बड़ी सज़ा भी सहज ही मिल सकती थी। पाँचवें महीने पुलिस सी.आई.डी. ने मालाबार हिल पर मुझे गिरफ्तार किया। तब गृहस्थ बनी हुई एक वेश्या मुझ पर आसक्त थी और एक अर्धवेश्या पारसीक परम सुन्दरी पर मैं स्वयं बुरी तरह मोहित था। पाँव में बेड़ी, हाथ में हथकड़ी, भुजा पर सूती रस्सा बँधवाये तीन-तीन सशस्त्र पुलिसवालों के साथ मैं बम्बई से गोरखपुर भेजा गया। तीन महीने तक केस चलने के बाद मुझे नौ महीने की सख़्त सज़ा मिली। 'स्वदेश' संचालक को उसी केस में 27 महीने की सख़्त सज़ा मिली थी। सारी ग़लती मेरी थी, पर चूँकि मैं नाटा—नन्हा-सा दाढ़ी-न-मूँछ था और दशरथप्रसाद द्विवेदी उम्र-रसीदा दाढ़ीवाले सज्जन थे, अत: लोअर कोर्ट से हाईकोर्ट तक ने असल अपराधी बेचारे दशरथप्रसाद द्विवेदी को माना! तब अदालत ने मेरे बारे में घोषित किया था कि "यह तो इक्कीस साल का लल्ला है" (He is a lad of twenty one years) सन् '27 में जेल से आने के बाद मैंने 'आज' में 'बुढ़ापा' लिखा था और 'रुपया'। सन् '26-27 की जेलों में होने पर भी प्राण मेरे अप्रसन्न नहीं थे। देखिए, जेल में क्या-क्या है—

'बैरक' है, 'बर्थ', 'बेल' बेड़ियाँ हैं, बावले हैं,
ब्यूटीफुल बालटी की दाल बे-मसाला है।
चट्टा है, चटाई, चारु-चीलर हैं चारों ओर

तौक, तसली है, तसला है और ताला है।
जाहिर जहान जमा-मार जमादार भी हैं,
कच्ची-कच्ची रोटी सड़े साग का नेवाला है।
शाला कैदियों की काला कम्बल दुशाला जहाँ...
'उग्र' ने वहीं पे फिलहाल डेरा डाला है।

1927, 28 और 29 मेरे लेखन-जीवन में ज़बरदस्त कोलाहलकारी रहे। विख्यात 'मतवाला'-मंडल से मेरा सम्बन्ध फिर से जुड़ा, गठा और परम दृढ़ हुआ था। इसी दरमियान मेरी पुस्तक 'चाकलेट' के वज़न पर 'घासलेट' आन्दोलन मेरे विरुद्ध घनघोर चला था। इन्हीं दिनों में एक नहीं दो-दो बार गाँधीजी ने मेरी पुस्तक 'चाकलेट' पढ़ी थी और उसके लेखक की सचाई का अनादर 'चाकलेट' की निन्दा करने से अस्वीकार कर दिया था। हिन्दी वालों के कौआरोर में एक प्रहार स्पष्ट यह था—आक्षेप मुझ पर...कि मैं अश्लील साहित्य टकों के लिए लिखता था। मेरा विश्वास आज भी यही है कि रुपये ही कमाना हो, तो कहानी-उपन्यास लिखने से कहीं सरल धन्धे और हैं। वही अहंकार। मैंने सोचा—परे करो इस हिन्दी को। चरने दो उन्हें जिन्हें चर्रा रही है मेरी चर्चा—चलो बम्बई चलें; जहाँ अपार समुद्र के तट पर कोई पारसीक नारी हाथ में नारिकेल, चन्द्रमुखी, सूर्योपासन रत होगी। मैं पुनः फिल्म कम्पनियों में चला गया। सन् 30 से 38 तक मैं फिल्मों में लिखता रहा और मस्तियाँ लेता रहा। इसके बाद क़र्ज़दारों से भागकर पहली बार मैं मालवा—इन्दौर—गया। सन् 1945 तक इन्दौर और उज्जैन में तरह-तरह से लेकिन स्वान्तः-सुखाय मैं वही काम करता रहा जो जानता हूँ करना—आग लगाना, कूड़ा जलाना। इसी अरसे में उज्जैन के विख्यात महाकाल मन्दिर में मेरी पहुँच हुई और साल-छः महीने बहुत ही निकट से महाकाल के दर्शन प्रसाद प्रसन्न प्राप्त हुए। इसी अरसे में खंडवा के 'स्वराख्य', इन्दौर की 'वीणा', मध्य भारत साहित्य समिति, मालवा के राजनीतिक, सामाजिक जीवन, उज्जैन से 'विक्रम' सम्पादन, उज्जैन की राजनीति आदि से मेरा घनघोर सम्पर्क रहा है। सन् '45 में मैं तीसरी बार बम्बई, इन्दौर से पहुँचा और स्वराज्य होने तक उसी महानगरी में गरजता-बरसता रहा। इस अरसे में भी दो साप्ताहिक मेरे नाम के नीचे आये (1) 'विक्रम' और (2) 'संग्राम'। स्वराज्य होते ही उ.प्र. लौटा और मिर्जापुर से 'मतवाला' का सम्पादन करने लगा। सन् 1950, 51, 52 कलकत्ते में बहुत बुरी तरह कटे। 53 के अन्त में दिल्ली आया। दिल्ली सब्ज़ीमंडी, पंजाबी बस्ती में रहा 7-8 महीने, फिर तीन साल से ज्यादा लोधी बस्ती में बसा। तीन ही बरसों से इधर जमुना पार कृष्णनगर में रह रहा हूँ। सागर विश्वविद्यालय आजकल 'उग्र' पर रिसर्च करा रहा है। उसी हनुमान चालीसा चुरानेवाले पर।

असंबल गान

उपदेशक—

तेरी कन्था के कोने में
कुछ सम्बल, या संशय है, परे पथिक, होने में? तेरी...
यदि कुछ हो न ठहरता जा ना,
कन्था अपनी भरता जा ना,
करम दिखा इन बाजारों में
कुछ धरता कुछ हरता जा ना।
करता जा खिलवाड़ अमरता
पड़ नश्वरता के टोने में। तेरी...
दूर देश तुझको जाना है,
पथ के ध्रुव दुख-सुख पाना है।
अरे! गुनगुना इतना गा ना,
पड़ना है आगे रोने में। तेरी...
बीहड़ बाट हाट से आगे
जा मत! मुसका मत भय त्यागे!
गिरि-गह्वर, नद, निर्झर-झर हैं
पछताएगा अन्त अभागे!
खो देगा अपने को पागल!
होती हँसी यहाँ खोने में। तेरी...

राही—

खो जाने ही का तो डर है।
इसीलिए सम्बल संचय में

संशय है, कुछ कोर-कसर है। खो जाने...
इसीलिए यह कन्था खाली,
मलिन-मुखी, गलिता, अति-काली
लाद पीठ पर नाच नाचता
गाता आसावरी निराली।
इसीलिए यह गाल बजाता,
इसीलिए यह सूना स्वर है। खो जाने...
दूर देस से मैं आता हूँ,
सच है, दूर देस जाता हूँ।
किन्तु जिसे पाता हूँ पथ में
खोने ही वाला पाता हूँ!
सुना : मिटे घट गये घनेरे
यह घटिया घाटों का घर है। खो जाने...
यह गिरि-वर, यह नदी मनोहर,
वक्ष फुलाकर, कलकल गाकर,
जाते दूर—सुदूर—नील-दिशि
संबल की यह भूल भुलाकर!
इसीलिए इन बाजारों की
नहीं मुझे अब ख़ाक ख़बर है!
खो जाने ही का तो डर है।

(सन् 1928 ई.)

परिचय—

महाराज, युवराज, सरदार, जर-दार
जूआ खेलने के लिए जुड़े राज-दरबार।
सोनापुर राज की वसुन्धरा थी रत्नमयी
और थी खेलाड़ियों को कौड़ियों की दरकार!
किन्तु उस देश में वराटिका मिली न एक,*
खोज-खोज हारे ख़ास-दास, दस-दस बार।
भाग्य की परीक्षा की प्रतीक्षा में सभी थे जब
भिक्षा माँगने को पहुँचा मैं तभी राज-द्वार!

---
* कौड़ी

मेरे पात्र में थीं चन्द कौड़ियाँ, जिन्हें विलोक,
चन्द कौड़ियों पे टूटे सरदार जर-दार!
चन्द कौड़ियों को ललचाने हीरामणि आये,
चन्द कौड़ियों के महाराज थे तलबगार!
मैंने कहा ज्ञान से तमक तान मस्तक को
भाग्यवानो! दान दूँगा। माँगो हाथ तो पसार?
भीख लेके जीते वे, मैं दान देके हार गया,
हार के गया मैं जीत, जीत के गये वे हार!

पं. कमलापति त्रिपाठी

सो, तुम जीते—कमला, और बहुत खूब जीते। अभी गत कल ही की तो बात है। तुम प्रादेशिक साहित्य-सम्मेलन के अध्यक्ष बने थे (सन् 1948-49)। उन्हीं दिनों लखनऊ में मैं भी मोहक मिनिस्टर श्री केशवदेव मालवीय का मेहमान था। अतः, सहज ही, उस जलसे में हाजिर था जिसके तुम जनाबे-सद्र थे। पहले दिन की कार्रवाई खत्म होने के बाद ही मंच से दर्शकों के बीच में आने पर मुझे पहचान तुमने मेरे कन्धे पर परिचित हाथ रखा था और—परिचित ही अदा में—मैंने गुजारिश की थी कि चन्द अल्फाज बोलने की इजाजत दें। लेकिन तुमने तब ना कर दिया था—"तुम न जाने क्या बोलो—मैं तुम्हें बोलने नहीं दूँगा।" तब तुम मिनिस्टर नहीं—महज एम.एल.ए. थे, लेकिन तब भी तपना तुमने प्रायः मिनिस्टरों की तरह ही शुरू कर दिया था। मैं रहता था मिर्जापुर तथा 'मतवाला' वाले महादेवप्रसाद सेठ के योग्य-पुत्र के करते फिर से प्रकाशित 'मतवाला' का सम्पादक था। दूसरे दिन तुमने सभा में मुझे बोलने नहीं दिया था। पाँचवें दिन अपने पेपर में मैंने तुम्हारे दर्शन की, भाषण की, हिन्दी साहित्यिक-आसन पर से पालिटीशियन मुख्यमन्त्री पन्त के पद-पल्लव पकड़ने के आचरण की भर्त्सना की थी—जरा भी अपनत्व दिखाये बगैर। इसके बाद मिर्जापुर से बनारस जाने पर, जान-बूझकर, तुम्हारी प्रतिक्रिया ताड़ने के लिए मैं तुम्हारे घर गया था। दरबार तुम्हारा भरा था, मैंने देखा। मुझे देखते ही चेहरे पर अहंकार तुम्हारा उभरा था। मेरी तरफ से दीप हटा, पीठ दिखाते तीव्र-तिरस्कार कर तुमने कहा था—"कोई मुझसे पॉलिटिक्स में भिड़ावे (फिर देखे...)।" उस समय मैंने नहीं समझा था कि तुम्हारे इस पॉलिटिक्स-परिज्ञान-अहंकार के पीछे इतना कूट-प्रभुत्वपूर्ण 'पावर' था। तुम सिंचाई मन्त्री बन गये जब तक भी मैंने अहंकार योग्य कोई खुसूसियत तुममें नहीं देखी थी। लेकिन जब काल ने तुम्हारे पक्ष में 'किक' मार सी. बी. गुप्त को पाताल पठाया और सम्पूर्णानन्द को प्रान्तीय प्रभुत्व के आकाश की तरफ उठाया तब जैसे रातोंरात तुम्हारा साइज यू. पी. के पाताल से (नक्षत्र-ग्रह-चन्द्राक-मंडित) आकाश तक विराट हो गया था। तुम्हारा यह विराट रूप मुझे बहुत ही भाया। जीवन में जीवट

से डटने की क्षमता, बल, 'पावर' मुझे बहुत ही सुहाते हैं। मैंने कहा, 'भाते हैं', 'सुहाते हैं।' 'लुभाते' ये मुझे उतना नहीं। देखो तो, जब से तुम 'पावर' में हो मेरी-तुम्हारी भेंट तक नहीं। लखनऊ तो दूर मैं बनारस भी नहीं गया, मिर्जापुर नहीं गया। तब से जब से तुम वैसे शक्तिशाली बने जिसकी कल्पना तक मैं न कर पा सका था। वैसे ही—ठीक वैसे ही कमला-जैसे अलिफ लैला के दीन अलादीन को अगले ही हाथ के चिराग में प्रचंड शक्तिशाली 'जिन' के होने की कल्पना तक नहीं थी। विश्वास रखो, मैं तुम पर एक अक्षर भी न लिखता—यह सब तो अपना अहंकार प्रकट करने के लिए लिखा है—खासकर प्रान्त के उन साहित्यिकों, कलम-बाजों, आचार्यों, तथाकथित प्रतिभाशालियों पर जो आज तुम्हारे प्रसाद से प्रसादीलाल बने हुए हैं। मेरा दावा है आज यू. पी. के जो भी तुम्हारे सामने झुककर सम्पूर्णानन्दित हैं, ये सभी मेरे सामने भी सरासर झुके हुए हैं। याद तो करो सन् 1921 ई. की घटना। गाँधीजी काशी आये हुए थे और टीचर्स ट्रेनिंग कालेज के दुमंजिले पर हिन्दू-विश्वविद्यालय के एक-से-एक विवेकी आचार्य को असहयोग का प्रोग्राम सुतार्किक रीति से समझा रहे थे। और तुम थे। और मैं था। हमने तय किया कि महात्माजी जब गोष्ठीवाले कमरे के बाहर निकलें तब अचानक लपककर पावन चरण-स्पर्श किया जाए। और हम कर गुजरे लड़कपन। बड़े-बड़ों के आगे-आगे आते गाँधीजी के गतिवान चरण एक ओर से तुमने और एक ओर से मैंने पकड़ ही लिये थे। गाँधी जी चमककर शान्त रह गये थे। मुझे याद है—मेरे हाथ में उनका दाहिना चरण आया था और तुम्हारे बायाँ। युग-पुरुष के वामपद की विभूति अगर वही है जिससे तुम मंडित हो कमलापति पंडित! तब महात्मा के दक्षिण पद की विभूति में क्या होगा उसकी कल्पना की अनुभूति भी ब्रह्मपद-प्रसूति मालूम पड़ती है। महात्मा पद-रज-ग्रहण के चन्द ही दिनों बाद इस बात पर मेरी-तुम्हारी शर्त लगी थी पाँच-पाँच रुपये की कि आगे जेल कौन जाता है। जेल तुम भी गये, लेकिन मैं तुमसे पहले पहुँचा था। और हम दोनों एक ही भाव में, एक ही बैरक में, एक ही 'झिरी' में, एक ही जेल में सन् उन्नीस सौ बीस और एक में थे। उसी जेल में उसी समय कृपलानी जी, सम्पूर्णानन्दजी और सारी यू. पी. के कई सौ पोलिटिकल बन्दी भी थे। आज यह सब मैं इसलिए लिखता हूँ कि तुममें जो श्रेष्ठ है, तेजस्वी है, उसमें मैं हूँ। भले मैं ही न होऊँ तुम्हारे पूज्य पिता परम पंडित थे; तुम्हारे भारत-विख्यात नानाजी परम पंडित थे। लेकिन जेल तो मैं ही तुम्हें ले गया। अखबार-नवीसी की तरफ तो मैं ही तुम्हें ले गया। मतलब महज यह कि तुम्हारे शुभ में मेरा अनुराग आज भी और अशुभ में भगवान् न करें किसी का अनुराग हो। हरिश्चन्द्र ने कहा—कोई हमसे सत्य में भिड़ाए, रामचन्द्र ने कहा—कोई हमसे मर्यादा में भिड़ाए, गौतमबुद्ध ने कहा—कोई मुझसे करुणा में भिड़ाए, लेकिन कमलापति पंडित ने पलटा लेकर कहा—कोई हमसे पॉलिटिक्स में भिड़ाए! तो कमला! इस पॉलिटिक्स में तुम्हारे

सत्य, मर्यादा और करुणा तो होगी ही? या माडर्न पॉलिटिक्स उक्त गुणों से विरहित होता है? भाई रे, दोहाई है, इतना बड़ा हो गया चुनार का पंडवा, पर, पूछो तो पॉलिटिक्स का 'प' भी लिखना मुझे नहीं आता। जब तुम कृषि या सिंचाई मन्त्री बने थे। मैं संयोग से लखनऊ में था। तुम्हारे यहाँ गया तो तुम अन्दर थे; बाहर दरबार लगा था। तुम बाहर आये तो स्व. परमहंस राघवदास ने तुम्हें सुनाया था कि उग्रजी कह रहे थे कि काम अभी छोटे भाई कर रहे हैं, बड़े भाई का नम्बर बाद में आएगा। शायद परमहंसजी का कथन तुम्हें सुहाया नहीं था। मैं दूसरे दिन गया तो तखलिये में सुलभ हुए थे। इसके बाद मैं उत्तर प्रदेश के बाहर रहा। अक्सर पत्रों में पढ़ता तुम्हारे बारे में। कमाल मेरे भाई! तुमने करके दिया! लेकिन किसको दिखलाया? बेचन को? परिवारियों को? रिश्तेदारों को? बनारसवालों को? या प्रदेश की भूखी, दुखी जनता को? काफी दिनों तक तुम शक्तिशाली रहे! इस अरसे में जनता का हित कितना हुआ? मैं नहीं जानता। मैं लखनऊ से काफी दूर रहता हूँ। लेकिन इसी के उत्तर में तुम्हारा भविष्य है, यह मैं जानता हूँ। मालूम नहीं कमला कि आज तुम भले हो या बुरे। बुरे हो तो बुरा नहीं। चारों ओर ही बुरे-ही-बुरे हैं, परन्तु यदि भले हो तुम मेरी जान! तो आज बहुत ही भले लगोगे, क्योंकि भले लोग नजर आ नहीं रहे हैं।

बनारस और कलकत्ता

जब मैं चुनार से बनारस पढ़ने आया तब मन-ही-मन अपने सामाजिक स्टेटस पर बड़ा ही लज्जित-जैसा महसूस करता था। गुणहीन, गरीब, गर्हित चरित्र-लेकिन साल-दो साल रहकर जब काशी के कलियुगी रंग देखे तब दुखदायी होने पर भी चरित्रहीनता में मेरा बड़ा भाई मन के मुकाबिले में माशा-मात्र मालूम पड़ा। माफी जलालपुर गाँववाले जिसे पाप मानते थे, चुनारवाले चरित्रहीनता, बनारसवालों की नजर में वह रोजमर्रा था। ''आखें नीचे कर चल रे!'' कहावत की बहू से सास ने कहा था—''बनारसवाले आँखों ही से बलात्कार करते हैं।'' भारतेन्दु हरिश्चन्द्र ने दुछत्ती से देखा था नीचे ठठेरी बाजार में किसी परम सुन्दरी रमणी के पीछे-पीछे कनफटे बाबा को ताक-झाँक में जाते और कहा—''मृग-नैनी को नैन-सर बाबाजी का लाग, गयो कमंडल...में, चर्रानो बैराग।'' चुनार में चित्त या पट्ट पातक को पापी छिपाने की कोशिश करता, लेकिन बनारस में उसी को मजाक-ही-मजाक मुश्क बू की तरह हवा के हवाले किया जाता। कैसा भी अधम पातकी समाज के परमपावन की तरफ अँगुली उठाकर उसको प्रमाणित कर सकता था पाखंडी-परम; हृदय आन, मुख आन; डूबकर निगलने वाला; धउर-धप्प! सेंटर जेल में पहुँचने पर एकबार अपराधी जब शत-शत दोबारा और तिबारा अपराधियों को देख लेता है—स्वयं कहीं भयानकतर-तक उ जो आत्म-सन्तोष होता है वही सन्तोष चुनार से बदमाशी सीखकर आने के बाद बनारस के एक-से-एक प्रतिभाशाली, भाग्यशाली, बदमाशों को देखने पर मुझे हुआ। फलत: मन से हीनता की भावना धुल-सी गयी। लगा, यहाँ यही सही कि करो कुछ, बताओ कुछ। या करो भी—बताओ भी। डरो, क्यों? आलोचक ऊपरी मात्र होते हैं—चलते-नहीं तो यहाँ दूसरे की खबर लेने जितनी फुरसत है किस भले आदमी को? सामने पड़े, झट से राय दी, आगे बढ़े और भूल गये! सो, छान! छान! किसी रंडी-भड़वे की न मान! काशी की हवा में ज्ञान इस कदर कि शंकराचार्य से वहाँ का चांडाल बहस कर बैठा था; मंडन मिश्र की मजदूरन दो-चार सुना गयी थी। काशी के तोते तक शंकराचार्य से संस्कृत में टर्रर-टर्रर करने की हिमाकत कर सकते थे। जब मैं विद्यार्थी

था तब की काशी में प्रियंवदा मजदूर में थी, चार्वाक चांडाल थे, टर्रर-टर्रर तोता-रटन्त श्रुति-धारी द्विज थे—अलबत्ता नहीं थे तो करुणामय संन्यासी दार्शनिक दिव्य शंकराचार्य महाराज।

कुछ लोग कमजोर भी होते हैं और कुरूप भी। कमजोरी भी अगर 'कट' वाली हो—अदावाली—तो कलामयी हो उठती है। मेरे एक परम आदरणीय बन्धु थे। अच्छे पढ़े-लिखे, खासे खाते-पीते। कविता का शौक, कसरत का शौक, दिल-फेंक यार। जवानी में एक हाकी खिलाड़ी नौजवान सुगठित देह देखी और फिदा हो गये। बरसों उनकी भावुकता उस देह के गिर्द भरमाती रही। ब्याह और दो-तीन बच्चे तक हो जाने के बाद जनाब की नमकीन निगाहों में दालमंडी की एक तवायफ नाच ही गयी। हजरत का रोम-रोम गा चला वसन्त बहार-ललकार, ललकार! पत्नी को भी जनाब ने बतला दिया कि उनकी जान की राहत तो फला जान है। वह मुझसे उम्र में दूने रहे होंगे—जियादा ही, लेकिन-घंटे-घंटे भर वह उस तवायफ के नाक-नक्श के फसाने मजनू-मुख बनाये गाते रहते। बात यह थी कि औकातवाले दिखने पर भी वह दिल ही फेंक सकते थे—दिरमोदाम नहीं। और वह थी रंडी। मजनू को भी खाली हाथ देख झाड़ू उठानेवाली और नामालूम खाँ पर भी टके पाते ही टकटकी लगानेवाली। सो, मेरे यार का इश्क बेकरार वसन्त-बहार के आगे न जा पाता। श्रीमान माशूक की तरह सज-धजकर दालमंडी जाते!—क्या साज-बाज! घंटे-भर में दाढ़ी बनाते, आधे घंटे तक मूँछों का 'कर्व' या बाँकपन सँवारते, होंठ देखते, नासिका पर सपाटक हाथ फेरते, कपड़ों पर इस्तरी-ब्रश करके भूल जाते-फिर करते, जियादा समय वह पूजा में लगाते थे या अँग्रेजी बूट पर पालिश करने में, कहना कठिन है। इसके बाद महफिल में जिस आहिस्तगी से उन दिनों तवायफें सजा करती थीं उसी आराम से लैस होकर, हाथ में छड़ी, सर पर कश्तीनुमा टोपी ओढ़े महाशयजी दालमंडी की उस तवायफ के दीदारों को चलते, जेब में हद-से-हद रुपया आठ आने की खेरची लिए। उस वेश्या के ठीक सामनेवाली पान की दूकान पर दो पैसों की गिलौरियाँ खाने के बाद यह मेरा बाँका यार नौ बजे से बारह बजे रात तक उस मंगलामुखी की तरफ देखता ही रहता! जैसे सूरजमुखी देखे सूरज की तरफ, अनवरत, एक पाँव पर पुलकित गात, पात-पात। कहते तो नहीं थे, पर सोचते वह मन में यही थे कि पैसे नहीं हैं जेब में तो क्या—बड़ी काया तो है, बड़ी आँखें, खड़ी-खड़ी मूँछें तो हैं। फिर विश्वनाथ-अन्नपूर्णा-दर्शन के पुण्य, पूजा-पाठ का प्रभाव। लेकिन पैसे से खिंचनेवाली ऐसे-वैसे जैसे-तैसे से कैसे खिंचती? मेरे मित्र के इस फोकट इश्क पर उनका भानजा खूब ही हँसता। वह भी जवान, तगड़ा। बनारसी था। उसने मामाजी के प्रेम को नामर्दों का प्रेम बतलाया। वह किसी दिन जब मामाजी पान की दूकान पर खड़े वेश्या को घूर रहे थे तब, दस-बीस रुपये लेकर, उसी रूपा के कोठे पर चढ़ गया। इसके जरा ही बाद फर्श

से मामाजी ने देखा कि उनका योग्य भानजा उनके सपनों की रानी के गाल-से-गाल सटाए खुशहाल निहाल अर्श पर था। इस पर महाशय का दिल कुछ ऐसा चकनाचूर हुआ कि तबीयत हरी रखने के लिए हजरत ससुराल चले गये। आठ बरस से नहीं गये थे जहाँ, वहाँ जाकर क्या देखते हैं आठ साल पहले उनकी जो साली दस साल की थी वह अब अट्ठारह की हो गयी थी। ब्याह उसका कई वर्ष पूर्व हो चुका था लेकिन आराम से उस पर निगाह बनारसी रसज्ञ की अब पड़ी थी। ओ हो! इसका नक्शा वही है जो उस वेश्या का! दोनों ही जैसे गुलाब के फूल, इस फर्क के साथ कि वेश्या का रस सूख रहा था और साली सरासर रसाली थी। मेरे मित्र बातों के सौदागर होने के सबब प्रभाव सामनेवाले पर गुरुआई-भरा फौरन डाल देते थे। उनका साला चेले की तरह उनके प्रभाव में था! सो, उन्होंने साले से कहा—साफ शब्दों में—कि उन्हें उसकी छोटी बहन जँच गयी है, सो उसे उनके कमरे में वह किसी बहाने भेजे। और समझदार पढ़े-लिखे साले ने, आचरण पर सन्देह किये बगैर, छोटी बहन को बड़े बहनोई के कमरे में भेज दिया। छोटी बहन विजय की वार्ता। फलतः इसके तीसरे ही दिन जेठ की दुपहरी में दुछत्ती के कमरे में झाँकने पर बनारसी रसज्ञजी ने देखा! क्या देखा? उनकी पत्नी उन्हीं के तगड़े, सुदर्शन कुँवारे छोटे भाई का अधरपान कर रही है—पिपासाकुल। मुझे कहना चाहिए कि वह 'स्पोर्ट' थे। चुपचाप, दबे-पाँव, छत से बैठक में आ रहे। मुझे कहना चाहिए कि वह साधु थे। सारे-का-सारा यह किस्सा उन्होंने 'सरल-सुभाव-छुआ-छल-नहीं' मुझे सुना दिया था। मुझे कहना चाहिए, ऐसे अल्हड़-बिल्हड़ आदमी ऐबों के बावजूद मुझे बहुत ही पसन्द आते हैं। कौन है बे-ऐब? बे-ऐब बस एक खुदा की जात है। खुदा? जात? बाभन के हाथ की लेखनी भूल ही जाती है कि यह एटम युग है और राकेटों में कुत्ते और बन्दर अन्तरिक्ष की तरफ उड़ाए जा रहे हैं—अल्लाह के आसमान की तरफ—भूँकने, बन्दरी घुड़कियाँ दिखलाने के लिए।

बनारस देखने के बाद चुनारवाली इनफीरिआरिटी काम्प्लेक्स मेरे मन से जाती रही—इस चर्चा में यह वर्णन हुआ है। चुनार में, फिर भी, लुके-छिपे जुआ होता, लेकिन बनारस में तो बागों में, बेंगलो में, बजड़ों पर एक तरह खुलेआम जुआ होता, शराबें होतीं, सुन्दरियाँ होतीं, वार-नारी, जार-नारी। चुनार में तब दो-ही चार वेश्याएँ घोड़चढ़ी रही होंगी। सो भी शहर से दूर, सराय के नजदीक। बनारस में पब्लिक-परियाँ बीच शहर में शत-शत की संख्या में प्रकट वेश्यालयों में थीं और शत-ही-शत संख्या में अप्रकट वेश्यालयों में ऐसी रसीलियों की थीं जो इन्हें 'लाल बीबी' कहा करते थे, लेकिन बनारस की बिगड़ी औरतों की गहरी, सही कमाई वहाँ के छिपे-प्रकट रुस्तम, मनचले बुद्धिजीवी और धनपतियों की थी।

कलकत्ता

''यद्यपि विश्वनाथजी त्रिपाठी चुनार चले गये हैं? फिर भी चुनार ही के एक मुंशीजी उन्हीं के साथ रहते हैं, वह होंगे; मैं आपको अपने आदमी के साथ त्रिपाठी जी के स्थान पर सिन्धीबागान में पहुँचवा देता हूँ।'' मुझे निराश-हताश देख, सम्भवत: मेरी दिक्कत समझ सहृदय मूलचन्दजी अग्रवाल ने कहा था। विश्वनाथ भाई के साथ चुनार के जो मुंशीजी रहा करते थे वह मेरे परिचित ही नहीं, यजमान भी थे। उसी दिन उन्होंने चुनार सूचना भेज दी कि बेचन भाग आये हैं। एक ही हफ्ते बाद विश्वनाथ भाई भी चुनार से आ गये थे। उन्हें मेरा वहाँ आना और रहना, उनकी सुविधाओं में खलल डालना, सुहाया नहीं था। फिर भी, तिरस्कार उन्होंने नहीं किया। एक 'बासे' वाले को कहकर मेरे खाने की व्यवस्था करा दी। जल्द ही उन्होंने मेरे लिए एक नौकरी भी तलाश की—आर. एल. वर्मन कम्पनी में। एक रुपया रोज पर मैं उस कम्पनी के दफ्तर के बाहर की तरफ पर तख्त पर बैठकर ग्राहकों के पते छपे फार्मों पर लिखा करता। विश्वनाथ त्रिपाठी जब 'विश्वमित्र' के लिए विज्ञापन ढूँढ़ने निकलते तब अक्सर मुझे भी साथ ले लेते ताकि वह धन्धा भी मैं समझ की खोपड़ी में ठूँस लूँ। उन्हीं दिनों सन् 1920 वाली मशहूर महा कांग्रेस हुई थी जिसके अध्यक्ष थे लाला लाजपत-रायजी। उसी कांग्रेस सेशन में असहयोग का प्रस्ताव पास हुआ था। प्रस्ताव के विपक्ष में बोले थे मालवीयजी, मोतीलाल नेहरूजी, विपिनचन्द्र पाल जी। कैसा जोश, कैसा खरोश, कैसे-कैसे हृदयस्पर्शी भाषण हुए थे! कितनी इज्जत थी गाँधी जी की! प्रेसिडेंट होने के बावजूद लालाजी महात्माजी को पंखा झल रहे थे। राष्ट्रीय महासभा के उस क्रान्तिकारी अधिवेशन के दर्शनों ने मेरे मन में जैसे राष्ट्रीय नशा भर दिया था, प्राणों में एक सपना-गौरव! मुझे लगा बनारस छोड़ राष्ट्रीय रण के इस मौके पर कलकत्ता मैं अकारण ही आया! मुझे पुन: बनारस ही लौट जाना चाहिए। बनारस में फिर भी मेरा व्यक्तित्व विकस रहा था। लेकिन अपार कलकत्ता में तो मैं कुलीगीरी करने काबिल भी कायाधारी नहीं था। कलकत्ता जाने पर, नौकरी तलाशने पर मुझे पता चला कि मैं किसी भी काम-काबिल नहीं था। राष्ट्रीय-भावना के साथ इस नाकाबलियत ने भी कलकत्ता छोड़ने को मुझे कम उत्साहित नहीं किया। तब तक चुनार से बड़े भाई का पत्र विश्वनाथ भाई पर आया कि वह बनारस भेज दें—टिकट के रुपये समय पर मिलने वाला उधार। तब तक मैं एक मास के करीब आर.एल. बर्मन कं. में एड्रेस लिखने की नौकरी कर चुका था। लेकिन बिना नोटिस जो मैं छोड़ चलने पर आमादा हुआ तो कम्पनीवालों ने भी तनखाह के नाम अँगूठा दिखा दिया। विश्वास करें—जिन्दगी में वही मेरी एकमात्र नौकरी थी। जिसका वेतन आज तक मुझे नहीं मिला

है। फिर मेरे पिता की सुगति विचारिए जो सारी जिन्दगी पुजारी की नौकरी करते रहे, लेकिन तनखाह के रुपये मन्दिर-मालिक सेठ ही के यहाँ समय पर लेने को छोड़ देते थे। लेकिन जब समय आया, वह बीमार पड़े, तब साहूकार ने रुपये न दिये। मेरी भगिनी की शादी में पिता दिवंगत हो गये। रुपये मिलते ही रहे।

उग्र : विश्लेषण

'चाकलेट' नग्न-सत्य का भयावह तेज

[चाकलेट पर लिखी मेरी यह टिप्पणी 1988 की है। इस टिप्पणी के साथ सम्पादक ने 'चाकलेट' को पुन: प्रकाशन के लिए 'पांडुलिपि प्रकाशन' को दी थी। भयाक्रान्त प्रकाशक ने 'उग्र' की—उग्रता से नग्न-सत्य का भयावह तेज देखकर प्रकाशित करने का साहस तो नहीं किया, अपितु उस दुर्लभ मूल प्रति को ही गायब कर दिया।—सम्पा.]

'ईशावास्योपनिषद' में लिखा है 'हिरण्यमयेन पात्रेण सत्यस्थापिहितम् मुखम्' अर्थात् सत्य का जो मुख है वह स्वर्ण पात्र से ढँका हुआ है—कल्पना की है कि सत्य एक स्वर्ण कलश में भरा हुआ है और उसे खोलने का साहस किसी में नहीं है। लिखा भी तो है 'सत्यं वद प्रियं वद' सत्य बोलो प्रिय बोलो। तो क्या अप्रिय सत्य सत्य नहीं होता? तो क्या हमें झूठ बोलना चाहिए। शास्त्रकारों ने कितनी निपुणता से कड़वे सत्य को कहने से रोका है—क्यों—आखिर क्यों? इसलिए कि 'अप्रिय सत्यस्य श्रोता वक्ता च दुर्लभः'। सम्भवत: इसी कारण से ही अप्रिय सत्य के श्रोता एवं वक्ता दोनों दुर्लभ होते हैं। उग्र शैलीकार थे लीक तोड़कर चलने वाले अहिड़ फक्कड़ और यायावर शैलीकार!. और मायने में वह साहसी ही नहीं परम दु:स्साहसी थे।

बाल्यावस्था में गरीबी की भयावहता को निकटता से भोगने वाले 'उग्र' ने जीवन के नग्न सत्य और यथार्थ को बहुत निकटता से देखा और भोगा था।

घर के असह्य आर्थिक संकट को कुल जमा आठ वर्षीय बालक 'पांडेय बैचेन शर्मा' ने रामलीला में अभिनय करना आरम्भ कर दिया था। जहाँ उन्होंने राम-सीता लक्ष्मण जैसे पात्रों के साथ समाज में पूज्य सन्तों के भयावह अमानुषिक अप्राकृतिक व्यभिचार, कुकृत्यों को पर्दे के पीछे अपनी नंगी आँखों से देखा और सहा था। नन्हीं सी उम्र में अपनी नग्न आँखों से देखा यही नग्न सत्य आगे चलकर 'उग्र' हुए शैलीकार पांडेय बेचन के उपन्यासों और कहानियों का विषय बना।

उपन्यास 'चाकलेट' असल में ऐसी ही सत्य कहानियों का संग्रह है। 'चाकलेट' के प्रकाशन ने हिन्दी साहित्य में कोलाहल मचा दिया था। हिन्दी में

समलैंगिक यौन सम्बन्धों पर, बच्चों के साथ होने वाले घृणित अनैतिक कुकृत्यों पर इतने बेबाक नग्न रूप में सत्य का ऐसा यथार्थ चित्रण इससे पहले कभी किया नहीं गया था। विशाल भारत के घोषित 'सम्पादकाचार्य' बनारसी दास चतुर्वेदी ने, जिन्हें 'उग्र' बिना रस्सीदार चतुर्वेदी कहते थे, इस उपन्यास को परम अश्लील और घृणित मानते हुए इसे घासलेटी साहित्य घोषित कर दिया और इसके विरुद्ध एक जबर्दस्त आन्दोलन इतना सुसंगठित और योजनाबद्ध था कि देश की तमाम पत्र-पत्रिकाओं में 'उग्र' की रचनाओं के प्रकाशन पर प्रतिबन्ध तक लगवाना भी इसका एक उद्देश्य था। पक्ष-विपक्ष में प्रहार-प्रतिकार होते रहे। आलोचकों ने लिखा कि 'उग्र' पैसा कमाने और सस्ता यश कमाने के लिए अश्लील साहित्य सृजन करते हैं।

उग्र ने तो स्वयं लिखा ही था—'अगर सत्य को ज्यों का त्यों चित्रित कर देने में कोई कला हो सकती है तो मेरी हर कहानी में भी कला है और कला हमेशा शुद्ध सत्य नहीं हुआ करती तो मेरी ये धधकती कहानियाँ कला-शून्य हैं, मैं उस कला को लिखना नहीं जानता। मैं उस कला को जानने की चेष्टा भी नहीं करना चाहता।' यह सच है कि उग्र ने साहित्य में यौन जीवन के उस रूप को चित्रित किया, जिसके प्रति समाज चुप्पी रखता चला आया था और जिसे देखकर भी समाज की अन्तर आत्मा उसके विरुद्ध विद्रोह करने में असमर्थता अनुभव करती थी। अश्लीलता विरोधियों का यह तर्क कि "समलिंगी रति का विषय चाहे उसे किसी भी कारण से प्रस्तुत किया जाये, दृष्टिकोण कोई भी क्यों न हो, समाज के सदाचार और नैतिकता के लिए घातक है।" इसे आसानी से नहीं स्वीकारा जाना चाहिए, आज जब साहित्य के विषयों की परिधि बढ़ती ही चली जा रही है और यौन- जीवन की विद्रूपताओं को साहित्य से दूर नहीं रखा जा सकता। संसार भर के साहित्य में 'लोलिता' से लेकर 'लैडी चैटलिज लवर' तक जब तमाम अश्लीलताओं के बावजूद स्वीकारा जाता है तो यह बात गले नहीं उतरती कि 'उग्र' का साहित्य ही अश्लीलतम है। अगर वह अश्लील है तो भारतीय दर्शन साहित्य में 'कुमारसम्भवम्' से लेकर गीत-गोविन्द और रामायण से लेकर महाभारत तक अश्लील माने जाने चाहिए। असल 'उग्र' के तेज से, उनकी उग्रता से प्रकम्पित पचासों चूहों का एक संगठित प्रयास था और पं. सूर्यनारायण के शब्दों में यह एक भयावह साहित्यिक अनर्थ था जिससे बाद के जीवन में उग्र के साहित्यिक व्यक्तित्व को, उनके सृजन को असीम क्षति पहुँची। उनका वह तेज अस्वाभाविक रूप से मन्द हो गया। उससे भी बड़ा अनर्थ तो तब हुआ, जब यह पता चला कि बनारसीदास चतुर्वेदी ने यह कृति—पूज्य बापू गाँधी एवं डॉ. जिवागो को भी पढ़ने के लिए दी थी और इस पर उनकी राय चाही थी। बापू ने लिखा था—"मुझे तो यह कृति समाजसुधारक ही मालूम हुई है और इसका मुझ पर तो वैसा असर नहीं पड़ा जैसा आप पर।" एक अर्से तक गाँधीजी का यह पत्र बनारसीदास चतुर्वेदी ने

छुपाये रखा (लगभग 20 वर्ष) और अनायास अपने बड़बोलेपन में एक साहित्यिक आयोजन में अपने इस कृत्य की डींग मारते हुए जब उन्होंने इस पत्र का जिक्र किया तो हिन्दी साहित्य चौंका।

'उग्र' ने 'नया समाज' के सम्पादक मोहन सिंह सेंगर को एक पत्र लिखा जिसमें उन्होंने अत्यन्त मार्मिक स्वर में लिखा, मान लो 'उग्र' आज मर जाये, और उसके बाद यह कृत्य तुम्हारे समाने आये तो तुम क्या करोगे? सेंगर जी के विचार बापू के विचार और अन्य बहुत पाठकों के विचार जैसे ही थे। चाकलेट पर अश्लीलता का आरोप सिद्ध नहीं होता था। वस्तुतः नग्नता/अश्लीलता तो द्रष्टा की दृष्टि में होती है।

इस सारे प्रकरण को भी ज्यों का त्यों चाकलेट के पुनः प्रकाशन पर 'एक साहित्यिक अनर्थ' शीर्षक से दिया गया है और तब जब 'चाकलेट' ने जो 1928 में 'मतवाला-मंडल' कलकता से प्रकाशित हुआ था, पुनः प्रकाशित हो सत्ताईस महिनों में तीन संस्करण का रेकार्ड बनाया और अब तक की बिक्री के सारे प्रतिमान भंग किये। वैसे भी उग्र ने अपने पाठक वर्ग का विस्तार किया किया था। वास्तव में 'चाकलेट' शब्द का 'उग्र' ने पहली बार मौलिक प्रयोग उन भोले भाले बालकों के लिए किया था जो कमसिन और सुन्दर होते हैं और जिन्हें समाज के घृणित राक्षस अपनी यौन-पिपासा शान्ति के लिए, अपनी वासना का शिकार बना कर सर्वनाश के मुख में धकेल देते हैं।

'चाकलेट' में उग्र ने समाज की सभ्य मानी जाने वाली हर उस जगह का पर्दा उतारा है जो समाज में बड़े आदर से देखी जाती है। रंगमंच की आधारभूमि थियेटर, शिक्षा के पवित्र मन्दिर स्कूल-कॉलेज और धार्मिक आयोजनों के नाम पर होने वाली रामलीला, रासलीलाओं के तथा जेल-जीवन के अप्राकृतिक व्यभिचार का, जिन्हें 'उग्र' ने स्वयं अपनी नग्न आँखों से देखा था, किसी को भी नहीं बख़्शा, इसलिए वे जीवन-भर अकेले रहे। मैथुन के लिए 'चाकलेट' शब्द का पहले पहल प्रयोग किया। बाद के दिनों में यह बात बेहद प्रामाणिक लगेगी कि 'पौलेण्ड' में समलैंगिकता पर जो पहली फिल्म बनी उसका नाम भी चॉकलेट ही रखा गया। यह उपन्यास उपन्यास न होकर अलग परिस्थितियों में घटने वाली व्यभिचार की घटनाओं का चित्रण है और इस तरह यह आठ विभिन्न कहानियों का एक ऐसा संकलन बन गया है जो उग्र के शिल्प और शैली की विशेषता दर्शाता है। बाद के काल में धर्मवीर भारती का 'सूरज का सातवाँ घोड़ा' इसी शैली का परिष्कृत रूप माना जा सकता है।

'उग्र' इस खतरे से अनभिज्ञ नहीं थे कि समलैंगिक रति पर चाकेलट पन्थी के इस विचार को छूने से समाज ऊपर से नीचे तक हिल जाएगा। आज सन् 2010 में बैठकर हम सन् 1928 के उस समाज की तो कल्पना भी नहीं कर सकते जिसमें 'उग्र' जी रहे थे।

इस पुस्तक के प्रकाशन से उत्पन्न साहित्यिक तूफान से उग्र को विश्वास हो गया कि उनकी आशंकाएँ निर्मूल नहीं थीं।

आलोचकों ने स्वयं 'उग्र' को 'छिछोरा', 'चाकलेटपन्थी', 'लौंडा' और 'चाकलेट' शब्दों से सम्बोधित किया। यही नहीं, 'विशाल भारत' में बनारसीदास चतुर्वेदी ने 'चाकलेट' की तुलना 'मल-मूत्र' से करते हुए व्यंग्य-चित्र तक बनवाये थे।

दरअसल 'उग्र' विद्रोही लेखक थे और उन्हें अपने हर तेवर का कदम-कदम पर मूल्य चुकाना पड़ा। उनका सबसे बड़ा दोष यह था कि वे 'शुगर कोटेड कुनैन' नहीं, सीधे-सीधे 'कड़वी कुनैन' ही समाज के गले उतारना चाहते थे। उनका मूल उद्देश्य था अल्पवयस्क बालकों के तेज और ब्रह्मचर्य की रक्षा। हो सकता है कि अति यथार्थवादिता के कारण उनके इस श्लाघ्य उद्देश्य को भी लोगों ने अरुचिकर दृष्टि से देखा हो।

उग्र का एकमात्र लक्ष्य यही था कि समाज में व्याप्त अनीति और दुराचार का, उसकी भयंकरता का सही रूप चित्रित करने से ही इस सोये समाज की तन्द्रा भंग होगी और उनकी अन्तरात्मा जाग्रत होगी।

किसी भी लेखक का यही सबसे बड़ा दायित्व होता है कि वह हमारे दोषों, दुर्बलताओं का पर्दाफाश कर हमारे काले और खतरनाक अन्तर्मन के सपनों को घसीट कर रोशनी में लाये ताकि हम स्वस्थ, सजग, सचेत हो सुधरें और अग्रगामी बनें। उग्र इस कसौटी पर खरे उतरने वाले हिन्दी में पहले अति-यथार्थवादी लेखक थे। वे क्रान्तिकारी-विद्रोही और लीक तोड़कर चलने वाले द्रष्टा थे। हिन्दी के वे अकेले लेखक थे जिन्होंने समाज के घृणित जीवन और वीभत्स आकृतियों का बेबाकी से उद्‌घाटन किया। उन्होंने सम्पूर्ण मनुष्यता के करुण आर्तनाद, पुरुषों के छलकपट, स्त्रियों के सतीत्व और कामलोलुपता तथा मर्यादा का सही सच्चा और विस्मयकारी चित्रण किया। उनकी यही शिल्पक्षमता तो उन्हें हिन्दी के अन्य लेखकों से अलग-थलग करती है। विशेषकर उस दौर में जब समाज-सुधार के नाम पर लोग लिजलिजी प्रेमकथा और चापलूसी साहित्य का सृजन कर रहे थे। उनके पात्र कहीं भी आसमानी चाँदतारों के सपने नहीं देखते, ख्याली पुलाव नहीं पकाते, न कल्पना के घोड़ों पर उड़ते हैं, न सच से पलायन करते, न त्याग का नकली ढोंग रचाते हैं। आदर्श के ठेकेदार उद्‌घोषक प्रेमचन्द, जैनेन्द्र या बनारसीदास ने उनके साहित्य को अश्लील निरुद्देश्य घोषित करने में कभी कोई कसर नहीं छोड़ी थी किन्तु 'उग्र' इन तथाकथित प्रगतिशील और आदर्शवादियों के अविश्वनीय झूठे प्रदर्शन से कोसों दूर थे। ड्राइंगरूप मे बैठे, और स्काच पीते गरीबी का चित्रण करने वाले साहित्यिकों में नहीं थे 'उग्र', न ही 'उग्र' सुविधाभोगी, पुरस्कारोन्मुख लेखन करते थे। उनका लेखन किसी देव पुरस्कार, मंगला प्रसाद पुरस्कार का मोहताज नहीं रहा, न ही वे एक-दूसरे को स्थापित करने

में लगे। परस्पर प्रशस्तिपत्र के लेने-देने के चापलूस-भांड आलोचकों के प्रमाणपत्रों की कभी जरूरत भी नहीं थी। इसका प्रमाण है कि आज भी उग्र साहित्य की आम पाठकों में असाधारण लोकप्रियता है। वे विश्वविद्यालयों, पुस्तकालयों के परकोटों से बाहर आकर अपना एक पाठक वर्ग तैयार कर गये। वे साहित्य में अपने एकमात्र स्कूल 'उग्र स्कूल' के प्रवर्तक, प्रणेता और पुरोधा रहे। बाद के काल में राजेन्द्र यादव, कमलेश्वर, शरद जोशी, विनोद शंकर, कुशवाहकान्त, गोविन सिंह, आवारा से लेकर हरिशंकर परसाई तक उनकी उसी परम्परा के वाहक बने।

उग्र का मूल लक्ष्य था अनीतिमूलक सामाजिक समस्याओं से लोहा लेना और वे जीवन-भर इसी में लगे रहे। प्रतिभावान को सदैव समाज की रुढ़ियों से लोहा लेना पड़ता है, और 'उग्र' इससे कभी पीछे हटे भी नहीं। आज जब चॉकलेट के प्रकाशन को 80 वर्ष से ऊपर होने जा रहे हैं, समाज और साहित्य के हर क्षेत्र में तेजी से परिवर्तन होता जा रहा है, फिल्म और अश्लील पर पर्याप्त बहस की जा चुकी है, तब आवश्यक हो गया है कि 'उग्र' के सम्पूर्ण साहित्य पर एक बार फिर से सम्यक् पुनरावलोकन के लिए सहिष्णुता भरी दृष्टि डाली जाये।

'चॉकलेट' का प्रकाशन इसी उद्देश्य को लेकर फिर से किया गया है। चॉकलेट और उससे सम्बन्धित आन्दोलन को सही परिप्रेक्ष्य में देखा जाना चाहिए। उग्र की हर कृति के साथ साहित्य जगत ने, उसके बौद्धिक पुरोधाओं ने न्याय नहीं किया है और जब तक यह न्याय नहीं होगा उग्र की यह चुनौती शाश्वत बनी रहेगी—

"है कोई माई का लाल, जो हमारे समाज को नीचे से ऊपर तक देखकर, कलेजे पर हाथ रखकर, सत्य के तेज से मस्तक तानकर इस पुस्तक के अकिंचन लेखक से यह कहने का साहस करे कि तुमने जो कुछ लिखा है समाज में ऐसी घृणित काजल वाली, रोमांचकारी तस्वीर नहीं है। अगर कोई है तो सामने आये, मेरे कान उमेठे, मेरे छोटे मुँह पर थप्पड़ मारे, मेरे होश ठिकाने करे, मैं उसके प्रहारों को चरणों के नीचे हृदय पावड़े बिछा डालूँगा, मैं उसके अभिशापों को सिर-माथे पर धारण करूँगा। विश्वास मानिए सौगन्ध गवाह की जरूरत नहीं मुझे।

...और उनका ऐतिहासिक उपन्यास 'घंटा'

जैसा मैंने आगे 'उग्र' के परिचय में ही लिखा है, 'उग्र' विलक्षण शैलीकार थे। उन्होंने अपनी एक अनोखी शैली का निर्माण किया। वे अपने नाम के अनुरूप उग्रता और विद्रोह के प्रतिनिधि उपन्यासकार थे, इसलिए समाज और साहित्य में अकेले चले और रहे।

प्रस्तुत उपन्यास 'घंटा' भी उसके नाम के अनुकूल विचित्र-अलौकिक तथा अद्भुत उपन्यास है।

इस उपन्यास का नायक अथवा नायिका पुरुष या स्त्री न होकर एक 'घंटा' है।

अष्टधातु से बना और मन्त्रसिद्ध यह एक सौ एक मन वजनी पवित्र 'घंटा' बम्बई शहर से 25-26 मील दूर 'बोरोवली' नामक निर्जन स्थान पर स्थित एक मन्दिर में है। जहाँ दो हाथियों की सूँडों के बीच यह लटकता रहता है।

इस घंटे की पहरेदारी लगभग डेढ़ हजार वर्षों से कोई न कोई चीनी बौद्ध महाश्रमण पुजारी करता रहता है, जो भी भिक्षु इस 'घंटे' की रक्षा करता है, वह न तो भिक्षाटन करता है, न कहीं आता-जाता है। बल्कि वह स्वयं ही चमत्कारी गुणों से समृद्ध होकर इस मन्दिर में ही रहता है।

इस 'घंटे' के सम्बन्ध में 'नेपाल' से प्राप्त 'पालि' लिपि में लिखे एक हस्तलिखित ग्रन्थ में लिखा है कि जिस किसी सम्राट के पास यह 'घंटा' रहेगा वह इस चमत्कारी 'घंटे' के चमत्कार से विश्वविजयी होगा। इसी 'घंटे' के बल पर सम्राट अशोक ने संसार पर शासन किया था। इसी 'घंटे' के कारण, जाने-अनजाने में ही सही, ब्रिटिश गवर्नमेंट भी संसार में अपना वर्चस्व रखती आयी है।

'स्वस्तिक' के इस फौलादी चिह्नांकित 'घंटे' के पीछे 'पालि' लिपि में युद्ध-विजय के पचासों श्लोक अंकित हैं।

इस 'घंटे' के लिए साम्राज्यवाद की ललक में लोभी जर्मन सम्राट 'कैसर' अत्यधिक व्याकुल था।

अपने एक सर्वश्रेष्ठ जासूस किलर और फ्रेंच सुन्दरी के सहारे वह इस 'घंटे'

को हिन्दुस्तान से 'जर्मन' मँगवाने को हर कीमत पर तैयार है।

यह 'घंटा' जहाँ है, उस 'घंटा'मन्दिर की सीमा में पाप करने वाले कुकर्मी, वासनात्मक विचारों वाले मनुष्यों का प्रवेश सर्वथा निषेध है।

इस 'घंटे' के सूने और निर्जन स्थान के आस-पास कोई भी दुःसाहसी व्यक्ति कभी अपनी वासनापूर्ति का साहस नहीं कर सकता। एक नकली ढोंगी संन्यासी 'घंटे' की परीक्षार्थ जब एक जवान अबोध ग्वालिन को अपनी दैहिक वासनाओं की ज्वाला में लिप्त होकर पकड़ता है और जैसे ही उसके साथ कुकृत्य करने ही वाला होता है कि उसी क्षण नैतिकता और चरित्र का यह मौन प्रतीक 'घंटा' एक भयंकर आवाज़ के साथ उस ढोंगी संन्यासी के शरीर पर गिर पड़ता है, और वह ढोंगी, उसी क्षण अपने प्राण त्याग देता है।

दुःसाहसी लोगों के हजारों प्रयत्नों के बाद भी कभी 'घंटे' का प्रताप क्षीण नहीं होता। 'घंटे' के चमत्कारी किस्सों को सुनकर ही कैसर महान अपने जासूसों की सहायता से, चोरी और सीनाजोरी से इसे जर्मन मँगवा लेता है।

जर्मन—जहाँ घंटे से पहले घंटे का महत्त्व और उसके चमत्कारी गुणों की चर्चा पहुँच चुकी है कि "किस तरह सम्राट अशोक ने इसे अपनी दिग्विजय के लिए निर्माण करवाया था। और जो भी सम्राट इसे अपने पास रखेगा वह सदा ही विश्वविजयी रहेगा।"

कैसर महान इसके चमत्कारों को जानते हुए भी इसकी परीक्षार्थ कुछ उपेक्षा और उपहास के भाव से उसके लाने वाले महान वीर सीजर पर भी 'अट्टहास' करता है। और साथ ही अपने वैज्ञानिकों के हाथों उसे भट्ठियों में झोंकता है तो कभी परीक्षणार्थ 'आरे' से कटवाता है।

'घंटा' कैसर महान की इस उपेक्षा से, अमानवीयता से, तत्क्षण ही अपनी सिद्ध-शक्ति के सहारे आसमान में उड़ जाता है और जमीन पर शून्य से आकर चारों ओर धुआँ ही धुआँ भर जाता है। कैसर महान स्वयं जो अपने आपको महापराक्रमी और योद्धा समझता है, भी 'घंटे' की इस चमत्कारपूर्ण सिद्धि से चौंक जाता है, तथा भयभीत हो उठता है।

इस महाचमत्कारी 'घंटे' के मन्त्रों को भी पढ़ने में असफल और उसके भय से आतंकित होकर अन्ततः कैसर इसे पुनः बम्बई 'बोरीवली' पहुँचा देता है।

जहाँ शक्ति-साधना के प्रतीक इस 'घंटे' को भारतीय बौद्ध भिक्षु मन्त्रबल से, केवल घास-फूस और तिनकों के सहारे इसे जलाकार भस्म कर देते हैं। जिस 'घंटे' को कैसर महान के सारे वैज्ञानिक काटने, गलाने और तोड़ने में असफल रहे थे, वही 'घंटा' सिर्फ़ तिनकों के सहारे? मन्त्रबल से? भारतीय बौद्धों के महातेज से अन्ततः अग्नि को समर्पित कर दिया जाता है।

एक लम्बे अन्तर के बाद 'घंटा' उपन्यास 'उग्र' ने लिखा था। 'शराबी'

उपन्यास के प्रकाशन के पश्चात् का समय 'उग्र' ने फिल्मी-दुनिया में बिताया, जहाँ उन्होंने फिल्म-निर्माण और पटकथाओं में अपना समय एवं पैसा दोनों जी- भरकर बर्बाद किया, और आखिर प्रेमचन्द, अमृतलाल नागर, भगवती चरण जी आदि अनेक साहित्यिकों की तरह असफल होकर लौट आये।

साहित्यिक दृष्टि से यह समय 'उग्र' की सुप्तावस्था का माना जाता रहा। घासलेटी आन्दोलन के प्रणेताओं, प्रवर्तकों ने तो 'उग्र' को 'खोया हुआ आदमी' तक घोषित कर दिया था।

हिन्दी-साहित्य में यह समय था 'छायावाद' का।

छायावाद के इस आन्दोलन के झोंके में हिन्दी के कई नये-नये साहित्यकार भी आ गये थे। 'उग्र' ने इन नवोदित तथाकथित छायावादियों की 'घंटा' उपन्यास की नन्ही-सी भूमिका में ही खूब खबर ली।

'कछुए और खरगोश' की प्रचलित कहानी से अपनी भूमिका की शुरुआत करते हुए 'उग्र' ने लिखा था कि आज कोई सात-आठ बरस बाद मुझे अपने पाठकों से बोलने का मौका मिला है।

पुरानी कहानी में 'कछुआ' उस मूर्ख जीव को कहा है जो जीवन की दौड़ परम मन्द गति से दौड़े। और खरगोश वह है, कथाकार के मत से, जो जीवन के अहंकारी जंगल पथ पर चतुरता से दौड़े।

मगर पुरानी कहानी के अनुसार जीता मन्दगतिमति कछुआ ही, और उसके जीतने का कारण है कहानी के अनुसार उसकी एकाग्रता और अविरत गति! चतुर खरगोश को कहीं जगह नहीं मिली, उसकी पराजय का कारण रहा मिथ्याभिमान, असावधानी और मूर्खता।

'उग्र' ने इस कहानी को चमत्कारिक छायावादी रचना ठहराते हुए लिखा था। जिस तरह छायावादी हर एक आदमी को मद से भरी बोतल प्रमाणित कर देता है, वैसे ही उक्त कहानी में कछुए को खरगोश बना दिया है। चमत्कार है पूरा।

'उग्र' के अस्त-व्यस्त किन्तु प्रचंड प्रवाह को देख कितने ही कछुओं ने ज्ञान से गर्दन हिलाते हुए कहा था—ओह! आप तो खरगोश हैं!

सुनते ही पैदायशी खरगोशों के कान खड़े हो गये। मूँछें और पूँछें फटकारते हुए उन्होंने विरोध किया—कौन कहता है इन्हें खरगोश! जरा ये अपनी पूँछें या मूँछें तो दिखावें। ये तो कछुआ हैं!

'उग्र' ने लिखा है, मैंने सोचा पुरानी कहानी में तो हीरो कछुआ ही था, अत: कछुआ होना कुछ बुरा नहीं, किन्तु तर्क ने विवेक प्रस्तुत किया। कहानी तो कोरी कल्पना है, वर्ना क्या कछुआ भला कभी खरगोश से रेस जीतेगा?

बाइसिकल और ठेले की दौड़?

कछुए और खरगोश, बाइसिकल और ठेले की दौड़ की कथा के माध्यम से 'उग्र' ने साहित्य-साधकों में प्रतिस्पर्धा का जो शिवभाव जगाना चाहा, दुःख की बात है कि हिन्दी-साहित्य ने उसे भी स्वस्थ-रूप में नहीं लिया और 'घंटा' जैसे अद्‌भुत-अभिनव उपन्यास हिन्दी साहित्य के समक्ष लेकर आने वाले 'उग्र' का भी हिन्दी जगत ने अपेक्षानुकूल स्वागत नहीं किया, अपितु भौतिक सुख-सुविधा और साधनों की प्रतिस्पर्धा के पीछे पागल होकर दौड़ने वालों ने 'उग्र' को धूल-धूसरित ही किया। प्रतिपक्षियों के झूठे आरोपों पर 'उग्र' रास्ते की मिट्‌टी की तरह रौंदे गये, लेकिन जिस तरह अगणित लोगों के चलने पर भी पथ की प्रभुसम्पननता प्रशस्तता-महानता घटती नहीं, मिट्‌टी की महिमा कम नहीं होती।

'उग्र' का व्यक्तित्व भी शाश्वत रहा। भूमिका के अन्त में 'उग्र' ने स्वयं लिखा है—"आखिर अपने अभावों को भुनाकर भरपूर मूल्य भर देने के बाद मुझे भी बाजार का 'भाव' मालूम हो गया। मैंने सोचा कि इस या उस कमी की वजह से जब मैं 'कछुआ' और 'खरगोश' बन ही नहीं सकता, तब मैं 'रेस' का रास्ता बनूँगा।

इसी जन्म में, इसी देह को, मिट्‌टी में मिलाकर...! क्यों? मैं बखूबी वह रास्ता बन सकता हूँ!

वही जिस पर 'संसार' के खरगोश और कछुए प्रतिस्पर्धा से पागल होकर दौड़ें, साथ ही वही जिसके अचंचल प्राणों को सारे जाग्रत जगत के बच्चे, अपने चपल चरण-कमलों से सरस मुखरित करें। सभी...किसी-न-किसी मोहक रूप में मेरी छाती पर आशा से दौड़ें...कोई 'विनर' हो और कोई 'प्लेस' भी न पावे...ऐसे ही रास्ते का सत्य बहुरंगी और कठोर जड़ जीवन मैं भी पाऊँ, दे सको तो यही मुझे वरदान दो।

हे साहित्य के कछुओ और खरगोशो! अब मैं रास्ता बनना चाहता हूँ। मेरा दावा है अब मैं रास्ता बन रहा हूँ। उक्त दावे का जो अर्थ हो वही मेरी भूमिका का मुख्य मतलब है, और जिसकी समझ में जो आ जाय वही बस 'अर्थ' है। और सब व्यर्थ है।

'उग्र' ने हिन्दी कथा-साहित्य 'घंटा' द्वारा एक प्रयोग किया था किसी भी निर्जीव और निष्प्राण वस्तु में परम्परागत विश्वास आरोपित करके उसके इर्द-गिर्द कैसर जैसे महाशक्तिशाली और अधिकार सुख के अहं ग्रसित चरित्र, घंटे की पहरेदारी करने वाले चिन्तित भिक्षु, अपने नयनों की एक ही चितवन में दिल को गुदगुदाने वाली कमनीय फ्रेंच सुन्दरी, आर्यकुलमार्तण्ड महामहिमान्वित महाराज संग्रामपुर, कीलर जैसे जांबाज जासूस, अशोक, बुद्ध और ईसा के इतिहास चरित्र, सम्पादक की विवशता का चित्रण उपन्यास में बड़ी ही सजीवता-सजगता के साथ 'उग्र' ने किया है। 'घंटा' हिन्दी में अपने ढंग का आज भी प्रथम प्रयोग है।

यूँ प्रयोग 'उग्र' ने जीवन-भर किये। पाठकों को यह जानकर विस्मय होगा।

और सम्भवत: बहुतेरों को धक्का भी लगेगा कि घंटा कहानी कोरी ऐतिहासिक कल्पना है। मगर यह 'उग्र' की लेखनी का कमाल है, कि यह कल्पना भी इतिहास की सत्यता नज़र आती है।—यहाँ यह कल्पनीय और रसमय सत्य वस्तुत: सत्य न होकर भी सत्य का यथार्थ आभास उपस्थित करता है।

लेकिन फिर भी 'उग्र' ने बुद्ध और ईसा के सिद्धान्तों की अध्ययनपूर्ण तुलना करते हुए खुदी और खुदाई का फर्क समझाया है। इतिहास को तर्क की कसौटी पर कसना किसी सामान्य कथाकार का काम नहीं है। 'उग्र' ने अपनी मज़ेदार शैली में तार्किक स्थापनाएँ करते हुए लिखा है—''जिस तरह इतिहास के पंडितों की बात हम नहीं मानते, वैसे ही ईश्वर के ठेकेदारों की बात भी दुनिया नहीं मानती, फलत: 'बुद्ध' का अर्थ होता है युद्ध!

मसीहा के मुरीद वही मरीज़ नज़र आते हैं, जिन्हें ईसा ने मन्त्र दिया—पड़ोसियों को प्यार करो, ईसाइयों ने मार-मारकर लाचार संसार को बेकार...बेजार...कर दिया। खुदा की खुशी के वास्ते रोमनों ने यहूदियों को मारा, ब्रिटिशों ने फ्रांसीसियों को और प्रोटेस्टेटो ने कैथोलिकों को! क्यों?...क्यों?? वही साहब ने कही थोड़ी, बन्दे ने सौ जोड़ी!

मगर भगवान बुद्ध को मानने वाले एक बादशाह ने हजरत मसीहा के अवतार से सैकड़ों वर्ष पूर्व प्रेम, समानता और...सदाचार...व्यवहार का सन्देश संसार में चारों ओर दसों दिशाओं में फैला दिया था। इस शहंशाह की जोड़ का कोई और इतिहास में हुआ या नहीं?...नहीं...नहीं...।

वह बेजोड़ है इतिहास में...युद्ध को भूला...युद्ध को भूला...युद्ध की आग में संसार को प्रेमरागिनी सुनाने वाले परम-प्रतापी परम वैष्णव, परम-पूज्य...देवप्रिय...सम्राट अशोक प्रियदर्शी अतुलनीय हैं।

युवावस्था में 'उग्र' स्वयं क्रान्तिकारी रहे थे। शचीन्द्रनाथ सान्याल ने स्वयं उनका जिक्र अपनी प्रसिद्ध कृति 'बन्दी जीवन' में आदरपूर्वक किया है। आजादी के बरसों पूर्व के तिरंगे झंडे के रंगों में रँगे तिरंगे वस्त्र पहनकर गाँव-गाँव में क्रान्तिकारी भाषण देते-फिरते थे। उनके लेखन में भी यही क्रान्तिकारी भाव सदा ही विद्यमान रहा। भारतीय वीरजननी, जन्मभूमि का—भारतीय वीरों का (पराधीनता के दौर में भी) आह्वान करते हुए घंटा में 'उग्र' लिखते हैं—''गुलामी नरक है, आज़ादी स्वर्ग है, गुलामी महानीच मौत है, आजादी है स्वर्गीय अमरता।''

घंटा में प्रथम विश्वयुद्ध और उसके सत्तालोलुपों तथा उससे सम्बन्धित घटनाओं पर भी करारा व्यंग्य किया गया है। जहाँ विश्वयुद्ध के समय विजय और पराजय का व्यापार समस्त संसार को दल-दल में घसीट रहा था। जातीय गौरव युद्ध के समय राष्ट्रीय सम्मान का कवच होता है, उसकी स्मृति जाग्रत करना समाज की चेतना में

नयी क्रान्ति लाना है। 'उग्र' ने भी 'घंटा' में अशोककालीन पृष्ठभूमि में जय-परायज की व्याख्या करते हुए लिखा है—

—विजय...असल वह...जिससे पराया बदन भी चमकता नज़र आये।

—विजयी हैं वे, जो समरक्षेत्र में लापरवाह, मुस्कराते हुए सो रहे हैं।

—विजयी हैं वे, जिन्होंने जान दे दी मगर आन-बान पर तान न आने दिया।

—अशोक...! अरे हत्यारे...! तू विजयी नहीं पागल है,...ईश्वरद्रोही है...हृदयहीन है!

हृदय उन्हें था जो अपने देश के लिए चौरोजे चाले की चिन्दी-चिन्दी उड़वाकर मराल-चाल से नाकें ऊँची कर नाकों तक उड़ गये।

वे देशभक्त, शहीद, संन्यासियों से बढ़े-चढ़े थे। उनको न तो धन का मोह था, न निज तन का। वे मुक्त थे, संसार में वे ही धन्य हैं, जो मुक्त हैं। और वे आततायी, पापी और नाशवान हैं जो औरों की गुलामी से अपना पेट पालते हैं।

"जहाँ विजयोत्सव देखने के लिए, अभिमानी शत्रु जीवित न हो, वहाँ विजय नहीं पराजय नाचती है।"

'घंटा' आर्यों का धार्मिक प्रतीक और भारतीय संस्कृति-कला की शाश्वत ध्वनि की व्यंजना का साधन है। भारत में स्वर्गीय स्वर की भास्वरता के लिए घंटे का सदा ही प्रयोग किया जाता है। हिन्दू-धर्म में देवता से पहले घंटे की पूजा की जाती है। घंटे का अर्थ 'गुहार' लगाने के लिए, न्याय की पुकार-आवाज सुनाने के लिए प्राचीन 'काल बैल' है। जहाँगीर के दरबार का 'न्याय घंटा' तो इतिहास प्रसिद्ध है।

घंटे के माध्यम से 'उग्र' ने भारतीय संस्कृति—आर्य धर्म का भी बड़ा सुन्दर विश्लेषण किया है—

"आर्यों का धर्म सत्यपूर्ण न्याय है, आर्यों का धर्म विषैले व्यक्तिरूपी फोड़ों पर तलवार चलाने को कहता है, जिससे समाज-शरीर निरोग रहे, साथ ही धर्म पर संकट आने पर आर्यों का धर्म चिर-पोषित शरीर को कुर्बान कर देने की सलाह भी देता है...जिससे विश्व और उसके बच्चे, यह अच्छी तरह समझ लें कि शरीर ही सब कुछ नहीं है, बल्कि उससे कहीं बड़ी कोई महान आत्मा भी है, जिसे हम परमात्मा, धर्म-सिद्धान्त, आदर्श...इष्ट नामों से पुकारा करते हैं। हम आर्यों का धर्म बड़ा ही सूक्ष्म है। क्रिश्चियनों की तरह हमारा कल्चर कुछ कल या परसों का नहीं, युग-युगान्तरों का, वर्षों का है।"

'उग्र' इतिहास के अध्येता थे, और इतिहास के खोजी पंडित थे। उन्होंने घंटा में निर्लिप्त रहकर युद्ध और शान्ति का द्वन्द्वात्मक चित्रण किया है। इतिहासकारों की भाँति सत्यशोधक जिज्ञासाओं के अन्धकार से बचकर, अपनी तेज दृष्टि से 'घंटा' को इतिहास न बनाकर इतिहास की गप्प बना दिया है।

"हमारा काम तो इतिहास लिखना नहीं, गप्प मारना है। इतिहासकार गम्भीरता से गप्प मारते हैं और हम मचलती चंचलता से, बस हम दोनों में इतना ही अन्तर स्पष्ट है। जो हो...हम तो गप्प मारेंगे।

हमको इस पक्ष या पक्ष से कुछ लेना-देना नहीं, हम तो उदार निर्लिप्त ब्राह्मण की तरह राम को देखकर कहते हैं—'रामाय स्वस्ति!'—और असुरेन्द्र मुरारी पंडितराज लंकेश्वर को देखकर भी कहते हैं—'रावणाय स्वस्ति!' "

ऐतिहासिक उपन्यासकार को स्वार्थ और तरफ़दारी से हमेशा बचना चाहिए। इतिहास हमेशा निष्पक्ष होना चाहिए। इसी तरह ऐतिहासिक उपन्यास को भी तटस्थ-पर्यवेक्षक की तरह एकाग्र चित्त से सत्य-विश्लेषण युग की परिस्थितियों और समस्याओं के समसामयिक परिवेश को चित्रित करना है।

'उग्र' के इस उपन्यास की सफलता की यही निष्पक्षता और तटस्थता है। यद्यपि यह उपन्यास घटना-प्रधान है। प्रथम विश्वयुद्ध की ऐतिहासिक घटनाओं को 'उग्र' ने कौतूहल पूर्ण, आश्चर्यजनक, चमत्कार और ओजस्वी शैली में चित्रित किया है।

'उग्र' ने घंटा में अष्ट धातु के इस बेजान और निष्प्राण 'घंटे' को नायक बनाकर एक विलक्षण, विचित्र और सरस विस्मय-विमुग्ध कर देनेवाली कथा-शैली का सृजन किया था और जो लोग एक लम्बे अन्तराल में 'उग्र' की खामोशी को उनकी मानसिक रचनात्मक प्रतिभा को कुंठित समझ बैठे थे। 'घंटा' नाद उसका उत्तर भी था।

'घंटा' अपनी विषय-वस्तु, शिल्प, कल्पना, भाषा-भंगिमा, भाव-प्रवणता, में 'उग्र' की पूर्व प्रकाशित समस्त कृतियों से सर्वथा अलग है। साहित्य के प्रशस्त मैदान को 'रेस' का मैदान बनाने की जैसी प्रेरणा 'घंटा' उपन्यास ने दी वैसी किसी अन्य कृति ने नहीं।

'घंटा' में एक ओर जहाँ घंटा अपनी ध्वनि गुंजरित करता है,वहीं दूसरी ओर विश्वयुद्ध की विभीषिका के कंगूरे पर खड़े संसार को प्रथम विश्वयुद्ध की जघन्य-स्मृतियों की याद दिलाकर 'उग्र' ने शान्ति की जयगाथा का तार्किक पक्ष भी प्रस्तुत किया था और यही 'घंटा' की मूलभूत ध्वनि है—

"शान्ति या सुख कोई ऐजी चीज़ नहीं है, जो बाहरी बाज़ारों में बिकती-मिलती हो, वह तो मृग की कस्तूरी की तरह अपने आपे के अन्दर ही है और सन्तोष, दया-त्याग से उसके दर्शन सौभाग्यशालियों को ही मिलते हैं।"

उग्र-साहित्य

उग्र–समग्र : अत्यल्प परिचय

'शैतान मंडली'—यह कहानी 'आज' से उद्धृत कर संक्षिप्त पुस्तकाकार भी प्रकाशित की गयी थी। 'पीटर दी ग्रेट' नामक एक अँग्रेज जासूस हिन्दी न समझने के कारण भारतीय समाज में किस प्रकार हँसी और व्यंग्य का पात्र बनता है, इसी का चित्रण इस कहानी में दुर्दशा होती है वह कहानी के व्यंग्य से जानी जा सकती है। यह कहानी व्यंजनाप्रधान शैली में लिखी गयी है। इसमें कहानी की अपेक्षा संस्मरणात्मक विवृति अधिक उभरकर आयी है। मस्ती पानी में डूबी रहनेवाली काशी के नवयुवकों को शैतान मंडली के मध्य गंगा विहार करने वाले अंग्रेज जासूस पर उसके हिन्दी न जानने के कारण जो करारा व्यंग्य किया गया है वह अविस्मरणीय है। इस कहानी में भारतीय समाज की परम्पराओं से अपरिचित विदेशी अँग्रेजी पर गहरा व्यंग्य किया गया है।

क्रान्तिकारी कहानियाँ—इस संग्रह का प्रकाशन सन् 1936 ई. में हुआ। उग्र ने इन कहानियों में भारतीय समाज में व्याप्त रूढ़ियों के दु:खद परिणामों पर विविध कथानकों के माध्यम से क्रान्तिकारी प्रकाश डालने का यत्न किया है। 'क्रान्तिकारी कहानियाँ' संग्रह में बारह कहानियाँ हैं।

गल्पांजलि—सामाजिक कुरीतियों पर प्रहार करनेवाली कहानियों का संग्रह।

इन कहानियों के शीर्षक निम्नांकित हैं—1. हे सुकुमार, 2. व्यभिचारी प्यार, 3. जेल में, 4. चाकलेट, 5. पालट, 6. हम फिदाये लखनऊ, 7. कमरिया नागन-सी बल खाय, और, 8. चाकलेट चर्चा।

2. इस संग्रह की कहानियाँ—1. पागल, 2. प्रस्ताव स्वीकार, 3. नेता का स्थान, 4. उसकी माँ, 5. ऐसी होली खेलो लाल, 6. कर्तव्य और प्रेम, 7. नागा नरसिंहदास, 8. वरकन्था, 9. ध्रुवधारणा, 10. नादिरशाही, 11. वह दिन और 12. निहिलिस्ट।

3. इस संग्रह में निम्नलिखित कहानियाँ सन्निविष्ट हैं—1. खूंखार मौला, 2. हत्यारा समाज, 3. स्नान का फल, 4. ब्राह्मण, 5. एक बारा, 6. परीक्षा और 9. सोसायटी आफ डेविल्स।

संग्रह 'गल्पांजलि नाम से सन् 1940 ई. में प्रकाशित हुआ। इन कहानियों में

उग्र की लेखनी का चमत्कार सामाजिक अव्यवस्थाओं में परिवर्तन करने के लिए ओजस्वी शरसन्धान करता है।

रेशमी—'रेशमी' में उग्र ने समाज के विविध पक्षों का सफल उद्घाटन किया है। इन कहानियों की शैली में उग्र के गद्य का चमत्कार दिखाई पड़ता है। इस संग्रह में कुल 11 कहानियाँ हैं।

जब सारा आलम सोता है—सन् 1951 ई. में उनकी कहानियों का संग्रह 'जब सारा आलम सोता है' प्रकाशित हुआ। इस संग्रह में भारतीय अव्यवस्था के आदर्शों का स्वप्न नहीं देखा गया है। समाज की बुराइयों पर क्षुब्ध कथाकार ने रूढ़ियों के व्यंग्यात्मक नग्न चित्र इन आकर्षक कहानियों में चित्रित किये हैं। इन कहानियों की शैली व्यंग्यप्रधान है।

पंजाब की महारानी—पंजाब की महारानी नामक कहानी संग्रह में ब्रिटिश शासनकाल का चित्रण किया गया है। इन कहानियों में भारतीयों के साथ बरती जानेवाली अमानुषिक बर्बरता का स्पष्ट प्रतिबिम्ब देखकर ब्रिटिश शासकों ने घबराहट में इस पुस्तक के प्रकाशन को गैरकानूनी घोषित कर दिया था। भारत के स्वतन्त्र होने पर पुन: 'पंजाब की महारानी' पुस्तकाकार प्रकाशित हुई। इस संग्रह में कुल सत्रह कहानियाँ हैं। इनके नाम हैं—1. रेशमी, 2. प्रार्थना, 3. रिसर्च, 4. विकास, 5. बेईमान-चन्द और ईमानसिंह, 6. वाह होली! वाह होली! 7. भ्रम, 8. असली कुत्ता, 9. अवतार, 10. सुधारक, 11. रामदाने के लड्डू, 12. चौड़ा छूरा, 13. मुक्ता, 14. माँ को चूनरी की साध, 15. पिशाच, 16. टीला और गड्ढा और 17. संगीत समाधि।

2. एक अन्य संग्रह की कहानियों के नाम निम्न हैं—1. जब सारा आलम सोता है, 2. आज़ादी से आठ दिन पहले, 3. टाम, डिक् हैरी ऐंड कम्पनी लि. 4. झाऊलाल, 5. रंग, 6. अलंग, 7. राष्ट्रीय पोशाक और 8. चित्र विचित्र।

3. इन कहानियों के शीर्षक निम्नांकित हैं—1. पंजाब की महारानी, 2. देशद्रोह, 3. रेन आफ टेरर, 4. एक भीषण स्मृति, 5. सिक्ख सरदार, 6. काल कोठरी, 7. नींद हराम हुई।

सनकी अमीर—'सनकी अमीर' में उग्र की कुछ प्रसिद्ध भावभरी व्यंग्यप्रधान कहानियाँ हैं। इन कहानियों में समाज के विविध वर्गों की मनोवृत्ति का सफल चित्रण किया गया है। इस संग्रह में तेरह कहानियाँ हैं।

कला का पुरस्कार—'कला का पुरस्कार' उग्र की नवीन और विचित्र कहानियों का संग्रह है। उग्र इन कहानियों में शक्तिशाली और सत्यवादी प्रभाव प्रकट करते हैं। इस संग्रह में कुल 24 कहानियाँ हैं।

उग्र की श्रेष्ठ कहानियाँ—सन् 1962 ई. में राजकमल पाकेट बुक सीरीज में 'उग्र की श्रेष्ठ कहानियाँ' नाम से एक संकलन प्रकाशित हुआ। हिन्दी के पुराने और

प्रतिष्ठित साहित्यकार पांडेय बेचन शर्मा 'उग्र' की रचनाओं की आग का ताव उनके समसामयिक साहित्यकार और आलोचक सहने में असमर्थ सिद्ध हुए थे। 'उग्र' का बाह्य आवरण भले ही कठोर और निर्मम प्रतीत हो, लेकिन उनके भीतर की कोमलता और भावुकता अद्‌भुत है। इस संग्रह की सशक्त और लोकप्रिय कहानियों ने हिन्दी पाठकों को आह्लादित और अभिभूत किया है। इस संग्रह में उग्र ने अपनी बारह श्रेष्ठ कहानियाँ संकलित की हैं। इनके शीर्षक इस प्रकार हैं—1. बीभत्स, 2. जल्लाद, 3. जानकी की जीवनी, 4. बदमाश, 5. मूर्खा, 6. पोली इमारत, 7. यह कंचन-सी काया तेरी, 8. दितवारिया, 9. गोपाल, 10. बेईमान-चन्द और ईमान सिंह और 12. सनकी अमीर।

2. इनके शीर्षक हैं—1. कला का पुरस्कार, 2. आठवाँ स्वर, 3. पोली इमारत 5. ब्लैक ऐंड ह्वाइट, 6. रमा, बी. ए., 7. उरूज, 8. उसकी माँ 9. और तब महाराजकुमार को नींद आयी, 10. पीर, 11. बाँकेवीर, 12. रागा मेद्य, 13. डाभ, 14. चाँदनी, 15. चित्रविचित्र और 16. मूर्खा।

3. इनके शीर्षक हैं—1. मूर्खा, 2. उसकी माँ, 3. खुदाराम, 4. कुंड-गोलक, 5. घूँघट को पट खोल री, 6. दिल्ली की बात, 7. और तब महाराज कुमार को नींद आयी, 8. गंगा, गंगदत्त और गाँगी, 9. दोज़ख की आग, 10. नेता का स्थान, 11. जल्लाद, और 12. चाँदनी।

आत्माराम ऐंड संस, दिल्ली के यहाँ से सन् 1964 में उग्र की कहानियों का संकलन छह खंडों में प्रकाशित हुआ। उनकी पुरानी कहानियों के अधिकांश संग्रह उपलब्ध नहीं थे। ब्रिटिश शासन ने उनके अनेक कहानी-संग्रहों को जब्त कर लिया था। स्वतन्त्रता प्राप्ति के बाद उनकी कुछ रचनाएँ प्रकाशित भी हुईं परन्तु हिन्दी कथासाहित्य के विकास में 'उग्र' का स्थान निर्धारित करने के लिए उनकी समस्त कहानियों की एक साथ उपलब्धि आवश्यक थी। अत: छह भागों में उग्र का कहानी साहित्य प्रकाशित करके आत्माराम ऐंड संस ने बहुत बड़े अभाव की पूर्ति की। इन कहानी-संग्रहों के नाम निम्नलिखित हैं—

1. **पोली इमारत** (सामाजिक तथा पारिवारिक कहानियाँ)
2. **चित्र विचित्र** (हास्य व्यंग्यपूर्ण कहानियाँ)
3. **यह कंचन-सी काया** (प्रेम और आदर्श की कहानियाँ)
4. **काल कोठरी** (ऐतिहासिक कहानियाँ)
5. **ऐसी होली खेलो लाल** (राष्ट्रीय चेतना से ओतप्रोत कहानियाँ)
6. **मुक्ता** (प्रतीक तथा भाव कथाएँ)
7. **पोली इमारत** (सामाजिक तथा पारिवारिक कहानियाँ)

जब हिन्दी कहानियों के साहित्यिक विश्लेषण का कोई सही मानदंड नहीं था, तभी से उग्र हिन्दी कथासाहित्य में अपनी कहानियों के लिए विख्यात हैं। कांग्रेस के आह्वान और महात्मा गाँधी के नेतृत्व में स्वाधीनता संग्राम का बिगुल बज चुका था। सन् 1621 ई. में राष्ट्रीय असहयोग आन्दोलन के सिलसिले में उग्र गिरफ्तार कर लिए गये। जेल से छूटने के बाद दैनिक 'आज' में उग्र ने अत्यन्त ओजस्वी शैली में कहानियाँ लिखीं। इन्होंने समाज, परिवार और देश में फैली हुई रूढ़िवादिता, अन्धविश्वास और जड़ता के खिलाफ अपनी कहानियों में आग उगलना प्रारम्भ किया। विघटन और कुसंस्कारों पर प्रहार करना सच्चे अर्थों में क्रान्तिकारी लेखक का कार्य है। उग्र ने ब्रिटिश शासन के दमनचक्र को अपनी लेखनी से दहलाने का साहसपूर्ण कार्य किया फलतः एक ओर तो वे विदेशी शासन की वक्रदृष्टि के भाजन बने और दूसरी ओर रूढ़िग्रस्त समाज के पंडे पुरोहित उनकी समाजसुधारक कहानियों को पढ़कर उनका हाथ-पैर तोड़ डालने तक की धमकी देते रहे। परन्तु उग्र अडिग और निर्भय भाव से अपनी कहानियों में समाज का संवेदन करते रहे। इतना करने पर भी उन्होंने समाज और साहित्य से सदा उपेक्षा और प्रतिरोध प्राप्त किया। वे व्यक्तिविशेष के बंधन और समाज के मिथ्याचार से घबड़ाने वाले लेखकों में नहीं रहे। सदैव उन्होंने साहित्यपथ पर अग्रदूत का कार्य किया है। उग्र की कहानियों में समाज सुधार जनजागरण की चेतना स्पष्ट लक्षित होती है। उनकी कहानियों का शिल्प और शैली उत्तेजक, मोहक और निष्कलुष है। उग्र की कहानियों में समसामयिक लेखकों की उपेक्षा भाषा, भावों का चमत्कार तथा शैली का विकसित स्वरूप निर्भ्रान्त रूप उन्नत स्तर का रहा है जो उन्हें अपने समकालीन लेखकों से विलग सिद्ध करता है। इसीलिए उनकी कहानियों में जीवन के प्रति आस्था, भविष्य के प्रति विश्वास और सही दृष्टिकोण एवं मानवता के प्रति 'वसुवैध कुटुम्बकम्' की भावना सर्वत्र दृष्टिगोचर होती है। उग्र की इन कहानियों का मनोवैज्ञानिक चित्रण हुआ है। 'पोली इमारत' में निम्नलिखित 20 कहानियाँ संगृहीत हैं।

(1) मोको चुनरी की साध—इस कहानी में सुहागरात के दिन विधवा हो जाने वाली नववधू तुलसा के दुर्भाग्य का मार्मिक चित्रण सूक्ष्म सांकेतिक शैली में किया गया है।

(2) चौड़ा छूरा—हिन्दू मुस्लिम विरोध की अग्नि से देश विभाजित हुआ। इस कहानी में जमालों का चीनी तलवार-सा लम्बा चौड़ा छुरा हिन्दू गोपाल और मुसलमान मुहम्मद की जिन्दगी के लिए घातक बन जाता है। साम्प्रदायिकता की दूषित भावना कितनी घातक होती है, इसी तथ्य का प्रतिपादन इस कहानी का मूल उद्देश्य है।

(3) उरूज—इस कहानी में वर्तमान पूँजीवादी सभ्यता पर गहरा व्यंग्य किया

गया है। केवलचन्द्र एम. एल. ए. घनघोरलल कम्पनी के मालिक से पचास हजार रुपये घूस लेता है। उसकी माँ इस अनैतिक कमाई की ग्लानि से घुटकर मर जाती है। इस कहानी में चोरबाजारी करनेवाले व्यवसायियों से घूस लेनवाले निर्मम नेताओं की खिल्ली उड़ाई गयी है।

(4) पीर—कभी-कभी अभाव व्यक्ति को अद्भुत सृजन के लिए प्रेरित करता है। इस कहानी में पुत्र विछोह की पीड़ा का चित्रण अत्यन्त में कुँवारे भावों की जो विह्वलता है वही इस आश्चर्यजनक कहानी में प्रकट हुई है।

(5) आजादी के आठ दिन पहले—भारतीय स्वतन्त्रता काल की वस्तु-स्थिति, यथार्थ परिस्थिति और समाज के अस्त-व्यस्त जीवन का संस्मरणात्मक शैली में अपूर्व चित्रण इस कहानी की विशेषता है।

(6) मूर्खा—वृद्धा गुलाबो के तीन पुत्र हैं। तीनों कांग्रेस, कम्युनिस्ट और हिन्दू महासभा की विचारधारा से प्रभावित हैं। गुलाबों ने एक गाय पाल रखी है जिसे तीनों पुत्र घर से निकालना चाहते हैं। करुणा और व्यंग्य की सद्भावनाओं का सम्मिलन इस कहानी की विशेषता है।

(7) बीभत्स—इस कहानी में पैसों के लिए जीवन की बीभत्स और लज्जास्पद स्थिति की विवशता का यथार्थवादी चित्रण है। उग्र की सामाजिक चेतना का बेजोड़ प्रतीक बनकर अशिक्षित ग्रामीण जाट सुमेरा समाज के उच्च वर्ग पर विद्रूप और व्यंग्य करनेवाला सशक्त चरित्र है।

(8) जल्लाद—रामस्वरूप खानदानी जल्लाद है। फाँसी के मुलजिमों को फाँसी लगाने के अपने दैनिक कर्म पर उसे गर्व है। संयोग से अनाथ बालक आलियार से उसका स्नेह सम्बन्ध स्थापित हो जाता है। आलियार को फाँसी की सजा मिलती है। रामस्वरूप आत्मग्लानि की पीड़ा से पागल हो उठता है और एक पेड़ के सहारे फाँसी लगा लेता है। यथार्थ और करुणा का द्वन्द्व इस कहानी में प्रत्यक्ष दृष्टिगोचर होता है।

(9) बदमाश—समाज में यशस्वी और प्रतिष्ठित त्रिभुवन अपनी अनैतिकता और छल-कपट से लाखों रुपये पैदा करता है। परन्तु कर्जदारों से पैसा वसूलते समय उसके बीस वर्षीय पुत्र सुखदेव को उसके अनैतिक व्यवसाय का प्रतिफल भुगतना पड़ता है। इस कहानी की घटनाओं चरित्रचित्रण में मनोवैज्ञानिक तथ्य प्रकट हुआ है।

(10) आँखों में आँसू—विवाह मानवजीवन में नैतिक दायित्व का बोध जाग्रत करता है। वयस्क पत्नी और अल्पवय पति के कारण रूपवती लक्ष्मी कामपीड़ा से व्याकुल होकर अन्धी और बहरी बन जाती है। वह स्वर्ग की अभिलाषा से नरक का आलिंगन कर लेती है। इस कहानी में समाज के बनावटी बन्धनों पर कठोर व्यंग्य किया गया है।

(11) जुआरी—जुआ के चक्कर में पड़नेवाले मजबूर व्यक्ति किस प्रकार अभ्यस्त जुआरी होकर समाज के अवांछित लोगों से ठगे जाते हैं, यही इस व्यक्तिपरक कहानी का प्रतिपाद्य है।

(12) बाजरा—बाजरा श्रमजीवियों का आवश्यक खाद्य पदार्थ है। इस कहानी में पुरानी पीढ़ी के सीधे-सादे सरल व्यक्ति और इस कहानी के नायक दद्दू के चरित्र का सफल चित्रण प्रस्तुत किया गया है।

(13) दूध के कार्ड—इस कहानी में पड़ोसियों की परस्पर ईर्ष्या और द्वन्द्व का चित्रण व्यंग्यपूर्ण शब्दों में किया गया है। दूध के एक राशनिंग कार्ड के चलते तीन दोस्त-अपना नुकसान करके एक-दूसरे का फायदा न होने देने के लिए आपस में इस प्रकार कहते हैं कि उनका राशन कार्ड ही छिन जाता है।

(14) नव हजार नव सौ निन्यानबे—इस कहानी में कस्बे के उन नवयुवकों की कहानी कही गयी है जो एक ऐसे बनिए के चंगुल से बचाने की कोशिश करते हैं जो सारे कस्बे को अपने कर्ज के बोझ से दबाए हुए है।

(15) विधवा—समाज की रूढ़ परम्पराएँ कितने घातक परिणाम की द्योतक होती हैं यह कहानी के अध्ययन से जाना जा सकता है। शादी के बाद पति के मुख को न देखनेवाली बालिका रमा की यह करुण संयोग-कथा है। सहन सीमा से बाहर जाकर वह पारिवारिक क्रूर कटुताओं को सुनती रहती है। सामाजिक अपराध हो जाने पर रमा वेश्यावृत्ति के लिए विवश हो जाती है। इस कहानी में भारतीय समाज पर कठोर व्यंग्य है।

(16) अभागा किसान—उग्र ने गाँव के एक अभागे किसान के संघर्षों की करुण कथा सहानुभूतिपूर्वक चित्रित की है। उग्र द्वारा लिखित ग्राम जीवन की यह एक श्रेष्ठ कहानी है।

(17) समाज के चरण—इस कहानी में मन्दिर प्रवेश से वर्जित एक अछूत के धार्मिक और शक्तिपूर्ण जीवन का चित्रण किया गया है। समाज द्वारा बहिष्कृत इस किसान का करुण चित्रण महत्त्वपूर्ण है।

(18) ब्राह्मणद्रोही—ब्राह्मणत्व के कट्टर समर्थक कमलनाथ का पुत्र जीवननाथ ब्राह्मणद्रोही हो जाता है। मर्यादा का उल्लंघन करने के कारण पिता अपने पुत्र को घर से निकाल देता है, परन्तु मृत्यु के समय कमलनाथ के हृदय में पुत्रवियोग का पश्चाताप होता है। इस कहानी में ब्राह्मणत्व और जातिवाद से सम्बद्ध अनेकानेक समस्याएँ निहित हैं।

(19) घोड़े की जीवनी—उग्र की कहानियों में केवल मानवीय चित्रण ही नहीं बल्कि अनेक मानवेतर प्राणियों की विभिन्न दु:खद परिस्थितियों का अंकन किया गया है। एक दुखी घोड़े की अत्यन्त करुण कथा इस घोड़े की जीवनी में प्रकट की गयी

है। उग्र की यह कहानी एन्तोन चेखव के 'दु:ख' से टक्कर मिली। यूँ प्रेमचन्द ने भी पशुओं से सम्बद्ध अनेक मार्मिक कथाएँ लिखी हैं। उग्र की इस कहानी में प्रेमचन्द सी मनोवैज्ञानिक सहानुभूति नहीं बल्कि घटनाओं का स्पष्टतया तथ्यचित्रण हुआ है।

(20) पोली इमारत—एक सम्पन्न करोड़पति परिवार और एक अत्यन्त अभावग्रस्त गरीब और विपन्न अछूत परिवार का चित्रण इस कहानी में किया गया है। गरीबी और अमीरी के दो दृष्टान्त उपस्थित करके हम कहानी में ऊपर से सुखी प्रतीत होनेवाले करोड़पति परिवार का वास्तविक दृष्टि से दुखी जीवन और दुखी प्रतीत होनेवाले अछूत परिवार के सुखशान्ति से परिपूर्ण जीवन का चित्रण किया गया है।

चित्र विचित्र (हास्य और व्यंग्यपूर्ण कहानियाँ)

अँग्रेजी साहित्य में जो स्थान बर्नाड शा का है, अमेरिकी साहित्य में जिस गरिमा के अधिकारी मार्क ट्वेन हैं, बांग्ला साहित्य के हास्यव्यंग्य में जो गौरव परशुराम का है, हिन्दी हास्य और व्यंग्य कथा साहित्य में उसी स्थान के अधिकारी पांडेय बेचन शर्मा उग्र हैं। उग्र का हास्य फक्कड़पन से भरा और उनके व्यंग्य साहित्य में तीव्रता और सत्य के तेज से समाविष्ट है। हिन्दी के हास्य एवं व्यंग्य साहित्य को विश्वसाहित्य के समक्ष स्थान दिलानेवाले लेखकों में उग्र का व्यक्तित्व सर्वोपरि है। साहित्य धरातल पर व्यंग्य की स्पष्टता दिखाई पड़ती है। किसी आदर्श की स्थापना करनी हो अथवा चरित्रों की यथार्थता उद्‌घाटित करनी हो, 'उग्र' की लेखनी दोनों में समान भाव से कुशल है।

काशी के पंडे, कलकत्ता में चोरबाजारी के द्वारा लक्ष्मीपति बन बैठे बनिए, मध्यप्रदेश और राजस्थान के जमींदार तथा तल्लुकेदार, बम्बई की फिल्मी जिन्दगी की चमक दमक में घिरे सिने कलाकार और चित्रपट के विभिन्न वर्गों के अन्यास कार्यकर्ता, सभी उग्र के हास्य व्यंग्य के पात्र बन उन्होंने उनके अन्तस् में प्रवेश कर जीवन के व्रिदूप और सच्चाई का अनुभव किया है। यही सत्य उनके हास्य व्यंग्य की कहानियों में मुखरित हुआ है। 'उग्र' निर्भीक और स्पष्ट विचारों को कहानी की शैली में आबद्ध करते समय अपनी धारणा और विश्वास को नि:संशय और निर्भीक होकर व्यक्त करते हैं। इसीलिए उनके समग्र साहित्य में उपर्युक्त गुणों से संश्लिष्ट उनका व्यक्तित्व निरन्तर सर्वोपरि रहता है।

'चित्र विचित्र' में निम्नलिखित हास्य-व्यंग्य प्रधान कहानियाँ संगृहीत की गयी हैं—

(1) पिशाची—यह कहानी बम्बई के चित्रपट की एक नाजुक छविनटी द्वारा की गयी मोटर दुर्घटना के वर्णन पर आधारित है। इस कहानी में करुणा और कुतूहल का सन्तुलन व्यंग्य को और गहरा तथा आकर्षक कर देता है।

(2) ब्लैक ऐंड व्हाइट—'जो जस करइ सो तस फल चाखा' के अनुसार अपना कर्मफल सभी को भोगना पड़ता है। वाल्मीकि ने अपने परिवार के लिए पापकर्म और दुराचरण तक किया—परन्तु कर्मफल का भोग करने के लिए उनका साथ देने को कोई भी प्राणी तैयार न हुआ। इस कहानी में जीवन की शाश्वत परम्परा से प्राप्त सामाजिक सत्य सिद्धान्तों के आधार पर एक सफल दृष्टान्त उपस्थित किया गया है। इस कहानी में उग्र ने सेठ भारतभूषण के परिवार पर करारा व्यंग्य किया है। परिस्थिति अत्यन्त करुणापूर्ण हो उठती है, जब भारतभूषण की विवशता से लाभ उठानेवाले पारिवारिक प्राणी न धन का त्याग करने को तैयार होते हैं और न उसके साथ जेल जाने को। यह कहानी व्यंग्य और करुणा का सफल दृष्टान्त है।

(3) जब सारा आलम सोता है—आधुनिक कहानीकार घटनाओं के चित्रण की अपेक्षा वातावरण के मनोवैज्ञानिक चित्रण पर अधिक जोर देते हैं। जब सारा आलम सोता है ठीक इसी शैली की कहानी है। पत्रकार प्रदीप के जन्मदिन के शुभ उत्सव पर समाज के विविध वर्गों के उसके मित्र जुटते हैं। बातचीत के साथ शराब का दौर चलता है। अचानक रेडियो से समाचार प्रसारित होता है, 'राष्ट्रपिता महात्मा गाँधी की हत्या कर दी गयी।' एकाएक सभी पर तुषारपात हो जाता है, शराब का नशा उतर जाता है, उत्सव रंग फीका पड़ जाता है और बहस मुबाहिसे का सारा सिलसिला टूट जाता है। कहानी की सारी परिस्थितियाँ और घटनाएँ इस दुःखद समाचार के प्रसारण के साथ ही जैसे शून्य में विलीन हो जाती हैं और कहानी का चरम उत्कर्ष अवसाद की स्थिति में पाठक को ले जाता है। 'जब सारा आलम सोता है' की गणना हिन्दी की कुछ विशेष सफल मनोवैज्ञानिक कहानियों में की जाती है।

(4) मूसल ब्रह्म—यह अत्यन्त रोचक और यथार्थवादी कहानी है। उच्च वर्ग द्वारा कुसंस्कारों के पोषण का द्योतन इस कहानी में किया गया है। अपने कामुक और लंपट प्रेमी अब्दुल्ला की सहायता से निर्दोष और सरल ज्योतिषी की हत्यारिन गंगू गोसाइन पीपल ब्रह्म की पुजारिन बन जाती है। गंगू गोसाइन एवं अब्दुल्ला भोली-भाली ग्रामीण जनता को अपने प्रपंच में फँसाकर ठगते हैं। किन्तु अन्त में स्वयसेवकों के रक्षकदल का संचालक निर्भयदेव 'मूसल ब्रह्म' का रूप धारण कर गंगू गोसाइन एवं उसकी ब्रह्मपूजा का पर्दाफाश करता है। विष की औषधि विष ही है। 'उग्र' हरसू ब्रह्म खानदान के ब्राह्मण हैं। उन्हें हरसू ब्रह्म की पूजा का प्रत्यक्ष अनुभव है। 'ब्रह्मशान्ति' विषय पर लिखी गयी हिन्दी की यह अनोखी कहानी है।

(5) गंगा, गंगदत्त और गंगी—इस कहानी में बुढ़ापे की काम-लोलुपता पर करारा व्यंग्य है। इस कहानी में पुराण के चरित्र शान्तनु और गंगा की कथा को रूपक में व्यंग्यार्थ लिया गया है। अपनी मौलिकता के कारण यह 'फैंटेसी' हिन्दी कहानियों में उच्च स्थान रखती है।

(6) सोसायटी आफ डेविल्स (शैतान मंडली)—इस कहानी का विवेचन किया जा चुका है।

(7) काने का ब्याह—काने कमलनयन के विवाह की विडम्बना पर आधारित यह कहानी व्यंग्य और हास्यपूर्ण है। पत्थर की आँख लगाकर काने कमलनयन शादी करने के लिए ससुराल जाते हैं। रास्ते में उनकी पत्थर की आँख नदी में गिर जाती हैं। वे पुनः काने हो जाते हैं। लोग आँख पानी में ढूँढ़ते हैं। कमलनयन पानी में आँख ढूँढ़ने पर भी नहीं पाते। कानी पत्नी अपने श्वसुर की धनलोलुप्ता पर व्यंग्य करती हुई कहती है, 'पति को चार सौ बीस कहने पर भी विपत्ति में डाले, ऐसा हिन्दू नारी का फर्ज नहीं। फिर, दिल काला न हो, आँखों में क्या मानकर सारी जिन्दगी धूमिल बना लें, या इस नजर से देखें कि पति-पत्नी एक ही चीज के दो हिस्से होने से एक-दूसरे की कमी पूरा करनेवाले हैं। आपकी बायीं आँख नहीं, मेरी दाहिनी नदारद। अब अगर मैं आपके सामने खड़ी हो जाऊँ, तो आसानी से हम दोनों दाहिने और बाएँ आँख पर नजर रख सकते हैं—घर बाहर, हाटबाट और घटघट में।' कहानी का अन्त सुखात्मक है। इस कहानी का वर्णनात्मक शिल्प भाषा के धार्मिक प्रवाह के कारण विशेष आकर्षक हो उठा है।

(8) मूर्खों का मीनाबाजार—हमारे समाज के विभिन्न प्रकार के व्यक्तियों और परिस्थितियों के घात-प्रतिघात का चित्रण मोंताज शिल्प विधि से इस कहानी में करते हुए उग्र ने मूर्खों के विविध स्वरूपों का व्यंग्यात्मक चित्रण किया है। इस कहानी जैसी शिल्पविधि का प्रयोग हिन्दी कहानियों में कम होता है।

(9) सनकी अमीर—एक ऐसे व्यक्ति की कहानी है जो बिना समझे-बूझे लोगों की निन्दा-स्तुति करता रहता है और अकारण जिस किसी पर भी दयार्द्र हो उठता है। अपनी अदम्य इच्छाओं का प्रदर्शन वह पागलों की तरह करता है। इस कहानी का व्यंग्य उग्र की उच्चस्तरीय व्यंजना शक्ति का द्योतक है।

(10) प्राइवेट इंटरव्यू—समाज में साथ जीवनयापन करनेवाले साहित्यकार और राजनीतिज्ञ में परस्पर घनिष्ठ सम्बन्ध रहता है। साहित्यकार राजनीतिज्ञ को सदैव अपने विचारों और भावनाओं द्वारा सत्य धर्म और यथोचित कर्तव्य की प्रेरणा देता रहता है। इस कथा में एक समाजवादी तथाकथित नेता का काल्पनिक इंटरव्यू है। राजनीतिक स्थिति के प्रति लेखक की व्यंग्यप्रधान दृष्टि कहानी की मार्मिक विशेषता है।

(11) न्यूजरील—एक समय रेलयात्रा को आधार बनाकर हिन्दी में कहानियाँ लिखने का फैशन जोरों पर था। समाज में दिखाई पड़ने वाले एक नेता, एक भावुक वृद्ध और एक घिनौना भिखारी इस कहानी के प्रमुख पात्र हैं जो रेल के एक डिब्बे में संयोगवश एकत्र हो जाते हैं। उन्हीं के माध्यम से हमारे समाज की विविध

विचारधाराओं का स्पष्टीकरण और विश्लेषण किया गया है। नेता का मुँह अपने कुत्सित व्यवहारों के कारण बिना थप्पड़ खाए ही शर्म से लाल हो जाता है और बेहयापन की सूजन चेहरे पर छा जाती है। इस भावनाप्रधान कहानी में मानवता का तार्किक समर्थन करते हुए उग्र ने समाज की मनोवृत्ति पर करारा व्यंग्य किया है।

(12) कम्युनिस्ट दरवाजों पर—उग्र की यह आत्मव्यंजक कहानी है। संस्मरणात्मक शैली में एक पूँजीपति सेठ के वैभव के समानान्तर विशाल भवन के बाहर नर्तन कर रही दरिद्र जनता का प्रत्यक्ष चित्रण अपने अनुभव के आधार पर सफल शैली में कथाकार ने प्रकट किया है।

(13) चित्र विचित्र—'चित्र विचित्र' कहानी गाँधीयुग की विचारधारा से प्रभावित है। कंचनराम का चरित्र प्रतीकात्मक शैली में गाँधी जी के जीवन से सम्बन्धित है। इस कहानी का प्रभाव पापात्मा को सदादर्श की ओर प्रेरित करता है। चोरी, हत्या और पाप तीन तरह के कुकर्म हैं जो छिपाने पर और भी स्पष्ट होने लगते हैं। मन की मलिनता चेहरे पर पाप बनकर प्रकट हो जाती है। यदि सदिच्छा से प्रेरित होकर कर्म किया जाय तो मुख उज्ज्वल और प्रकाशित रहता है परन्तु पाप की ओर आकर्षित होनेवाला व्यक्ति पंकिल और कुरूप हो जाता है। इस कहानी का मूल प्रतिपाद्य यही है।

यह कंचन-सी काया (प्रेम और आदर्श की कहानियाँ)

आलोचकों द्वारा उग्र की उपेक्षा हुई, उसकी उन्होंने कभी चिन्ता नहीं की। उग्र ने अपनी विचारधारा को ईमानदारी और साहस के साथ सफल अभिव्यक्ति दी है। वे सामाजिक स्रष्टा के रूप में भी हिन्दी में प्रतिष्ठित हैं। सत्साहित्य के सृजन की प्रेरणा से व्यक्ति और समाज के वास्तविक तथ्य को यथार्थ और प्राकृतिक रूप से उद्‌घाटित करना मानसिक विलास, अकर्मण्यता और अश्लीलता का लक्षण नहीं है। अश्लीलता, असामाजिकता और दुराचार के विद्वेषपूर्ण आरोप उग्र पर मत्सरी आलोचकों ने लगाए हैं। उग्र ने झूठे आरोपों का पर्दाफाश करते हुए मानवता की स्थायी मूर्तियों की प्रतिष्ठापना अपनी इन प्रेममूलक आदर्शात्मक कहानियों में की है। समाज के नग्न तथ्यों का विवेचन करने के लिए उग्र ने ऐसे सामूहिक चरित्रों को पात्र बनाया है जिनमें अर्थपिपासु पूँजीपति, जुआरी, शराबी, वेश्याएँ, पंडे, पुरोहित, मूर्ख और पथभ्रष्ट नवयुवक आदि आते हैं। इन पात्रों के चरित्र विकास के माध्यम से सामाजिक कुसंस्कारों का भंडाफोड़ हुआ है तथा मानवता की नैतिक मूर्ति की स्थापना की गयी है। उग्र ने नयी समाज व्यवस्था की प्रेरणा से सत्यदृष्टि के सहारे युग और जीवन की बदसूरती और गन्दगी का खुलेआम चित्रण किया है। उग्र की इन कहानियों में प्राप्त

होनेवाली विचारधारा और घटनाएँ भारतीय समाज से ग्रहण की गयी हैं। राष्ट्रीय उत्थान के प्रति सजग इन कहानियों में उग्र ने देश समाज की गलित स्थिति और उसके विक्षोभकारी परिणाम पर कटु व्यंग्य किया है। उग्र की इन प्रेमादर्श प्रधान कहानियों का हिन्दी कथासाहित्य के विकास में ऐतिहासिक महत्त्व है।

(1) कला का पुरस्कार—कलाकार के प्रति समाज की उपेक्षा उनकी गहन पीड़ा का कारण होती है। अपने व्यक्तित्व और कृतित्व के द्वारा उत्कृष्ट कलात्मक रचना का पुरस्कार कलाकार दीनता, दरिद्रता, लांछना, अपमान और अन्ततोगत्वा प्राणदंड के रूप में पाता है। मानव के स्नेह के लिए कलाकार की आत्मा तड़पती रह जाती है, परन्तु उसकी जगह उसे प्राणदंड का आलिंगन करना पड़ता है। इस कहानी में वासना का एकांगी स्वरूप पराजित हुआ है। यही पराजय इस कहानी की कला है।

(2) चाँदनी—इसका प्रकाशन सन् 1940 ई. में हुआ था और आलोचकों ने इस पर अश्लील होने का दोषारोपण किया था। इस कहानी में सामंतशाही के अन्तिम अवशेष, वैभवहीन राजाओं की भोगलिप्सा और आश्रितों के प्रति उनके निर्मम अत्याचार का वर्णन है। सिंहल युवती 'चाँदनी' महाराज के दरबार में सात घूँघटवाला पुराना रोमन नृत्य प्रस्तुत करती है। कामपीड़ित राजा के कहा नहीं करती। इस कहानी का अन्त अत्यन्त मार्मिक, कारुणिक और व्यंग्यपूर्ण है। इसके रोमानी वर्णनों में उग्र की एकान्तनिष्ठ शृंगारसाधना आलोचकों के लिए अश्लीलता का विवादास्पद भ्रम पैदा कर देती है।

(3) मलंग—हिन्दू मुस्लिम सम्प्रदायवाद की अज्ञानता और व्यक्ति के सामाजिक कुसंस्कारों पर प्रहार करने के उद्देश्य से मलंग की रचना की गयी है। शिल्प की दृष्टि से यह कहानी हिन्दी की बेजोड़ कहानियों में है। 'बाचा जी' के चरित्र-चित्रण में लेखक के भावनावादी शिल्प का चमत्कार प्रत्यक्ष दृष्टिगोचर होता है।

(4) दितवारिया—इन्दौर के दितवारिया बाजार में एक जर्जर वृद्धा दो मन मूँग की बिक्री करने के लिए सवेरे से शाम तक बैठी रहती है। घर पर उसकी विधवा बेटी मृत्यु से संघर्ष कर रही है। उसके दवादारू विषयक प्रसंग को लेकर इस कहानी को भावुकता के उच्चतम बिन्दु तक पहुँचाया गया है। यह कहानी संस्मरणात्मक शैली में लिखी गयी है।

(5) प्रस्ताव स्वीकार—'गुरु का बाग' के दमनचक्र पर आधारित यह एक ऐतिहासिक घटनाप्रधान कहानी है। युवा रमणी सलोनी अपने वीर कृत्यों से गोरखा रेजिमेंट के सैनिकों को सम्मोहित कर लेती है। उसकी अडिग वीरता से प्रभावित निडरसिंह अपने पुश्तैनी शत्रु की इस पुत्री 'सलोनी' से अपने बेटे मदन का परिणय सम्बन्ध स्वीकार करते हैं। घृणा पर प्रेम की विजय और कायरता पर वीरता का प्रभुत्व दिखाकर इस कहानी में 'वीरभोग्या वसुन्धरा' की उक्ति को चरितार्थ किया गया है।

वीरपूजा की भावना इस कहानी में प्रमुख रूप से द्रष्टव्य है।

(6) ध्रुवधारणा—देशभक्त उपेन्द्र की पत्नी उसे अपने प्राणों से बढ़कर प्यार करती है। राष्ट्रीयता की पुकार उपेन्द्र को जेल के सीखचों में बन्दी बना देती है। जेल जाने के पूर्व रमा पति को वचन देती है कि वह उससे अवश्य मिलेगी। रमा जब जेल में उपेन्द्र से मिलने के लिए जाती है, तब मार्ग में ही अँधेरी रात में बिजली की चमक में उपेन्द्र उसे मोटर में दिखाई पड़ता है। वह पत्नी से मिलने के लिए इतना व्याकुल हो जाता है कि 'प्रिजन वान' से कूद पड़ता है। बन्दी उपेन्द्र की मुक्ति मृत्यु में परिणत हो जाती है। रमा पति के साथ ही मृत्यु का आलिंगन करती है। यह कहानी अत्यन्त उत्तेजक शैली में लिखी गयी है। कहानी में हृदय को स्पर्श करने की मार्मिक शक्ति निहित है।

(7) करुण कहानी—लीला के चरित्र के प्रति उसका पति गणेश सदा शंका करता रहता है। केशव चरित्रवान और भावुक युवक है। वह दुष्ट आतताइयों से लीला की रक्षा करता है। स्नेह के कारण लीला की श्रद्धा का पात्र बन जाता है। लीला का पति गणेश अपने मानसिक व्यभिचार और शंका के कारण इस स्नेह सम्बन्ध को वासनामय समझने की भूल कर बैठता है। अपनी इस अपराधी मनोवृत्ति के कारण आवेश में वह लीला की जीवनलीला ही समाप्त कर देता है। भारतीय समाज में इस प्रकार की बीभत्स शंकाओं के कारण नारी का जीवन आज भी अरक्षित है। आये दिन ऐसी हत्याएँ होती रहती हैं। यह कहानी नारी की करुणा और विवश स्थिति का यथार्थ चित्र है।

(8) हत्यारा समाज—नीच, घृणित और हत्यारा हिन्दू समाज अपनी रूढ़ियों और बन्धनों के प्रश्न पर नादिरशाही से भी बढ़-चढ़कर है। एक युवक दूसरी युवती से प्रेम करता है। एक दूसरी युवती दूसरे युवक से प्यार करती है। परन्तु हिन्दू प्रथा की आड़ में घर के प्राणियों की धनलोलुपता की पूर्ति के लिए सारे समाज के सामने उन दोनों को भिन्न रुचि के व्यक्ति से विवाह के लिए बाध्य होना पड़ता है। दोनों आत्मवंचित युवक और युवती विवश एवं दुःखी होकर, जीवन की अवहेलना से ऊबकर आत्महत्या कर लेते हैं। कहानीकार ने घृणित सामाजिक स्वार्थों की जयगाथा पर करारा व्यंग्य किया है। इस कहानी में शैलीकार 'उग्र' देखते ही बनते हैं।

(9) स्वदेश के लिए—उग्र ने देशप्रेम और बलिदान की अनेक कहानियाँ लिखी हैं। रूसी नवयुवक 'वसीली लायवफ' अपनी प्रेयसी रोज और स्वजन सखा के आकर्षक मोह को भंग कर देश के लिए अपने प्राणों की आहुति चढ़ाता है। उसका आत्मबलिदान स्वदेश के लिए गौरव की वस्तु है। इस कहानी में राष्ट्रीय भावनाओं के प्रचार का उद्देश्य सन्निहित है।

(10) संगीत समाधि—कलाकार की रचनाशैली और शिल्प में भले ही अन्तर

हो, लेकिन कलाकारों का ऐसा समूह है जो सदा समाज की उपेक्षा का शिकार बनता है। कलाकार जब तक समाज का मनोरंजन करने की क्षमता रखता है तब तक लोग उसकी तारीफ के पुल बाँधते नहीं अघाते। परन्तु वही स्वार्थी समाज कलाकार को आवश्यक सुख-सुविधा भी नहीं देता। कलाकार रुग्ण वातावरण में नरक की मौत मरने के लिए छोड़ दिया जाता है। प्रातः काल के सितारे की तरह वह कोई विराट सृजन करने के पूर्व ही डूब जाता है। एक गायक और एक वीणावादक कलावन्त की अत्यन्त करुण कहानी इसमें लेखक ने उपस्थित की है।

(11) सुधारक—इस कहानी में समाजसुधारकों का पर्दाफाश किया गया है। एक सुधारक हैं, समाज को निरोग करने वाले डाक्टर और दूसरे सुधारक हैं रतिलाल। दोनों ही रामकिशोर की विधवा को अपने लिए अपने चंगुल में करना चाहते हैं। अनेक प्रलोभन देकर रतिलाल उस विधवा को तेज जहर की पुड़िया डाक्टर की हत्या करने के लिए देता है। रतिलाल डाक्टर को प्रेरित कर उस विधवा के पास रात्रि में भेजता है। वहाँ डाक्टर देखता है कि विधवा आत्महत्या कर चुकी है—सोलह शृंगार किये हुए मृत विधवा के बिखरे गहनों को डाक्टर चुराकर चल देता है। आज के समाजसुधारक समाज के हितेच्छु हैं या सामाजिक कोढ़, यही 'सुधारक' कहानी का प्रतिपाद्य है।

(12) यह कंचन-सी काया तेरी—इसमें बम्बई की अखिल भारतीय प्रसिद्धि प्राप्त सिनेनटी हुस्नबानू की रोचक कथा वर्णित है—हुस्नबानू बन-ठनकर सड़क पर निकलती है। माली का किशोर लड़का बाबू उसे घूर-घूरकर देखता है और फूलों का एक हार भेंट करता है। हुस्नबानू उसके प्यार भरे फूलों की उपेक्षा करती है। उधर एम्बुलेंस गाड़ी से बाबू की तत्काल मृत्यु हो जाती है। एम्बुलेंस गाड़ी फुटपाथ के कोढ़ी की उपेक्षा करती बढ़ जाती है। परन्तु बाबू की मृत्यु का साक्षात् गवाह फुटपाथ पर बैठनेवाला कोढ़ी हुस्नबाबू के इस पापकर्म का प्रत्यक्षद्रष्टा है। इस हत्या के पाप से हुस्नबानू को भी कोढ़ हो जाता है और उसकी कंचन-सी काया घिनौनी और बीभत्स हो जाती है। सामाजिक विरोधाभास और सफल मनोवैज्ञानिक चित्रण के कारण यह कहानी बड़ी ही आकर्षक और प्रभावोत्पादक व्यंग्य करती है।

जनता की गति-मति विभ्रान्त और समस्त मानवोचित गुणों से हीन हो रही थी। निराशा और कायरता आशा और वीरत्व की जागृति में बाधक बन बैठी थी, उस समय समदर्शी, ईश्वर बुद्धि, काम-क्रोध-विमुक्त महात्मा गाँधी ने सन् 1930 ई. के प्रारम्भ होते ही स्वराज्य प्राप्त करने का यत्न प्रारम्भ कर दिया। उस समय हमारे निर्भीक, सच्चे और पश्चात्पद न होने वाले अकलान्त राष्ट्रकर्मी नेता प्रचंड गर्मी में जेल की सेलों में डाल दिए गये थे। उन पर व्यंग्य करते हुए उग्र ने 'निराशाजनक और

कायरतापूर्ण' शीर्षक से उस दयनीय क्रूरता के सम्बन्ध में जो सम्पादकीय लिखा है उससे राष्ट्रीय भावना का प्रधान उद्देश्य लक्षित होता है। उग्र के शब्दों में—'हमारा विचार है कि बोल्शेविक हौआ का तमाशा दिखाने के पहले जो गम्भीर भूमिका बाँधी गयी थी, उसने हमारे सत्साहस का न्याय के लिए मर मिटने के भाव का दिवाला निकाल दिया है। खुली अदालत में अकाट्य प्रमाणों द्वारा इन अभियुक्तों का अपराध प्रमाणित करने की पुलिस की टालमटोल के कारण हम इन्हें अपने अन्तस्तल में निरपराध मानते हुए भी आज इनका पक्ष लेने का और इनके बचाव का प्रबन्ध करने का साहस नहीं कर रहे हैं। यदि हमारा यह अनुमान गलत है तो क्या कारण है कि डिफेंस फंड की हँडिया में दो ही चार पैसे खड़खड़ा रहे हैं। क्या इस रत्नमयी भूमि से सम्पत्ति का समूल अभाव हो गया है? नहीं, हम तो समझते हैं कि यदि छोटे-बड़े, अमीर-गरीब सब मिलकर अपना एक समय का भोजन मात्र दे दें तो भी करोड़ रुपया बात की बात में एकत्र हो सकता है, फिर, होता क्यों नहीं? हम यह मानते है कि इन पुण्यात्मा, किन्तु अभागे अभियुक्तों के साथ सहानुभूति प्रदर्शन करनेवाला, इनके बचाव का आयोजन करनेवाला, सर्वशक्तिमान सरकार सर्वसक्षम, प्रकट और गुप्त पुलिस के सन्देह और कोप का पात्र होगा। परन्तु यही ज्ञान मत हमें निर्जीव और हमारी स्थिति को निराशाजनक और कायरतापूर्ण होने के कलंक का अधिकारी बनाए हुए है।'

उग्र-सम्पादन 'मतवाला'

उग्र ने मतवाला में जो कुछ लिखा है उसमें हास्य रस और व्यंग्य की धार है। उन्होंने हिन्दू-मुस्लिम ऐक्य, प्रथा, राष्ट्रीय संगठन, असहयोग आन्दोलन तथा स्वाधीनता के विचारों पर मतवालेपन से ढोल की पोल खोलनेवाली शैली में प्रकाश डाला है। 'मतवाला' की यह विशेषता थी कि राजनीतिक, साहित्यिक एवं सामाजिक समस्याओं पर हास्य-व्यंग्य के तीक्ष्ण प्रहार से पाठक के चित्त पर भरपूर प्रभाव डालता था। यह पत्र सुसम्पादित ढंग से साहित्यिक एवं राजनीतिक उच्छृंखलता को दूर करने की भावना से प्रकाशित हुआ था। भारतीय भाषाओं में नहीं, अपितु अँग्रेजी के 'पंच' के टक्कर की सामग्री उसमें सदा प्रकाशित होती थी। मतवाला द्वारा प्रतिभा का मनोहर और शुद्ध परिचय हिन्दी जगत् को मिला। इसकी भाषा मुहावरेदार और शुद्ध होती थी और उसमें शोख रवानी रहती थी। हिन्दी में सामयिक व्यंग्य और हास्य की पूर्ति का जो आयोजन 'मतवाला' द्वारा हुआ है वह इसमें विविध शीर्षकों के अन्तर्गत प्रकाशित सामग्री को देखने से सहज ही ज्ञात हो जाता है। हिन्दी के समाचार पत्रों में जिस बात की ओर किसी का ध्यान नहीं जाता था उसकी ओर 'मतवाला' का ध्यान

सदैव एकाग्र रहा। यह विचित्र साप्ताहिक पत्र भारत की धर्मविमुखता और सामाजिक व्यभिचार का भंडा फोड़ने में सदैव आगे रहा और उग्र जैसे निर्भीक और न्यायप्रिय लोग इसके निर्माण में लगे रहे। 'सरस्वती' के साथ जिस भाँति आचार्य महावीर प्रसाद द्विवेदी का नाम जुड़ा हुआ है उसी भाँति 'मतवाला' के साथ पांडेय बेचन शर्मा 'उग्र' भी अमर हैं।

विक्रम

विक्रम संवत् दो हजार वर्ष की पूर्णाहुति की स्मृति में 'विक्रम' मासिक का प्रकाशन उज्जैन (मालवा) से अप्रैल, सन् 1942 ई. से प्रारम्भ हुआ। विक्रम के संचालक पं. सूर्यनारायण व्यास सुप्रसिद्ध ज्योतिर्विद और हिन्दी के प्रख्यात विद्वान हैं। संचालक के उत्तरदायित्व का निर्वाह करते हुए उन्होंने 'विक्रम' के प्रथम अंक में ही स्पष्ट कर दिया था—'विक्रम सम्पादक पांडेय बेचन शर्मा' 'उग्र' स्वयं प्रसिद्ध व्यक्ति हैं तथा विशेष प्रकार की हिन्दी लिखने के लिए विख्यात, अपने स्वतन्त्र उग्र विचारों के लिए उनकी विशेष पूछ है। अत: सम्पादक के व्यक्ति का प्रभाव प्रत्येक रचना और सामग्री पर पड़ना आवश्यक है।' संचालक ने पाठकों को यह बात ध्यान में रखकर 'विक्रम' पढ़ने की सलाह दी कि इसके सम्पादक पांडेय बेचन शर्मा 'उग्र' हैं।

'विक्रम' का प्रकाशन युग प्रवर्तक महाराज विक्रमादित्य और उनकी ऐतिहासिक स्मृति में हुआ था। मालवा और अखिल भारत की सांस्कृतिक सेवा की दृष्टि से यह प्रकाशित किया गया था। अनेक चर्चाओं के साथ विक्रम का साहित्यिक धरातल भी उच्च और हिन्दी की अन्य मासिक पत्र-पत्रिकाओं से भिन्न प्रतीत होता है। यह संस्कृतिप्रधान हिन्दी मासिक पत्र सन् 1942 ई. की उथल-पुथलकारी राजनीति से अलग था, परन्तु तद्‌युगीन राजनीति की गति इतनी तीव्र और कोलाहलमयी थी कि वह साहित्य, समाज, धर्म, संस्कृति, मर्यादा और परम्परा सभी को कुचलती हुई न जाने किस नरक की तरफ चपल गति से गतिमती थी। राजनीति महायुद्ध की लम्बी विभीषिकाओं के कारण मूल्यवृद्धि के रूप में जनजीवन में प्रवेश कर चुकी थी। धार्मिक तीर्थस्थानों पर वायुयानों की गड़गड़ाहट राजनीति की विनाशक बमवर्षा कर रही थी। दुनिया भर के आदमी परस्पर नरसंहार के लिए कटिबद्ध हो चुके थे और चारों ओर राजनीतिक व्यापार भीषण रूप से कल्याणास्पद प्रवृत्तियों को कुचलता, शवों पर मचलता, महाशक्ति का तांडव नृत्य रच रहा था। प्राचीन गौरव धूलिधुसरित हो रहा था और नये युग के घरौंदे धूल में रचे जा रहे थे। उस समय चतुर्दिक् संकट व्याप्त था। युगप्रवर्तन के स्मृतिचिह्न विद्युत रेखा की तरह अग्निमय दिव्यता दर्शित कर रहे थे। संसार के समाचार-पत्र प्रकाशक अभाव का सामना कर रहे थे। कुसमय में 'विक्रम' ने आँखें खोलकर युग परिवर्तनकारी साहित्यिक-सांस्कृतिक क्षमता का

परिचय भी दिया। भारतीय संस्कृति पाश्चात्य पशुबलि और नरमेधकारी संहार से थर्रा रही थी। सभ्यता, सन्दाव, सौन्दर्य और साहित्य बरबस समाज से संन्यास लेने के लिए विवश हो चुके थे। कागज की महँगाई और प्रेस की सामग्री की अलभ्यता के कारण न जाने कितने पत्रों ने आँखें मूँद लीं, कितनों का भविष्य अन्धकारमय हो गया था और ऐसे श्मशानी संकट के समय महाकालेश्वर की महानगरी उज्जैन से राजा विक्रमादित्य के शुभ नाम से 'विक्रम' सांस्कृतिक चर्चाएँ रचने के लिए अवतरित हुआ। सन् 1942 ई. का समय जाग्रत संसार के लिए स्तब्धकारी और जड़वत दु:स्वप्न था। उस समय इंगलैंड पर आततायी शत्रु आक्रमण करनेवाले थे। रूस यौद्धिक जर्मनों से लोहा ले रहा था। मध्यपूर्वी लीबिया में युद्ध का रौरव नृत्य हो रहा था और भारत में अँग्रेजों की प्रजातान्त्रिक, और महात्मा गाँधी की अहिंसक प्रवृत्तियों का अन्तिम द्वन्द्व-संघर्ष चल रहा था। मुसोलिनी और स्टालिन के चेहरों पर प्रश्नवाचक चिह्न झाँक रहे थे। काल की प्रत्यक्ष क्रीड़ा हो रही थी। ऐसे समय में ईश्वरेच्छा विक्रम और, धुआँ, धड़ाका और अग्नि की सन्तान बनकर मोहक काल की सृष्टि करने के लिए हिन्दी जगत् में अवतरित हुआ। साहित्य रक्षा की दृष्टि से विक्रम के पाँच अंकों में प्रकाशित सामग्री हिन्दी पत्रकारिता की बेजोड़ देन है।

उग्र ने अप्रैल, सन् 1942 ई. से सितम्बर, सन् 1942 ई. तक 'विक्रम' के कुल पाँच अंक संपादित किये। उन अंकों की प्रकाशित सामग्री में आध्यात्मिक-साधन-सम्पन्न उग्र की दृढ़ सम्पादन क्षमता का परिचय मिलता है। इस सम्पादन में प्रतिभाशाली सम्पादक की योग्यता और पवित्रता तो है ही, साथ ही 'बिन्दु-बिन्दु विचार' शीर्षक के सम्पादकीय विचारों में सारे समाज को दिव्य प्रकाश देने वाली ईश्वरप्रदत्त प्रतिभा का उन्होंने प्रयोग किया है। सम्पादकीय मन्तव्यों में प्रभुप्रदत्त प्रतिभा से सम्पन्न कलाकार का सबल व्यक्तित्व प्रदर्शित हुआ है जो स्वच्छ दर्पण की तरह समाज के विचारों को प्रतिबिम्बित करता है। उदाहरण के लिए 'बिन्दु-बिन्दु विचार' के अन्तर्गत कुछ विशिष्ट सम्पादकीय मन्तव्य दिए जा रहे हैं।

विक्रम में बिना माँगे कविता, कहानी, एकांकी या नाटक का प्रकाशन नहीं होता था। विक्रम में आवश्यकतानुरूप अनुभवसिद्ध प्रसिद्ध व्यक्तियों से मौलिक रचनाएँ विशेषतया तैयार कराकर प्रकाशित की जाती थीं। 'विक्रम' के प्रत्येक अंक में केवल एक कविता, जिसमें प्रतिभा की कमनीय छवि होती थी, छापी जाती थी। सरल भाषा में लिखे गये गम्भीर विचारनिष्ठ, तात्त्विक, समालोचनात्मक, ऐतिहासिक, कलामय और सांस्कृतिक सुरचनाएँ विक्रम के प्रत्येक अंक में प्रकाशित की गयी हैं। उग्र द्वारा सम्पादित्त 'विक्रम' में प्रकाशित समस्त रचनाओं का परिचय जान लेने के उपरान्त यह स्वयंसिद्ध है कि विक्रम के प्रत्येक अंक में आधे से अधिक सामग्री स्वयं उग्र की लेखनी से नि:सृत होती थीं। उग्र की अत्युग्र लेखनी द्वारा विगत कई दशाब्दियों से

हिन्दी साहित्य में अतिविचित्र नोकझोंक हुआ करती थी, यही उनकी स्वाभाविक उग्रता विक्रम में भी प्रस्फुटित हुई, किन्तु प्रचंड मार्तंड की किरणों की भाँति विचारक के रूप में उग्र के मन्तव्य प्रगट हुए हैं। 'बिन्दु बिन्दु विचार' माडर्न रिव्यू के ढंग पर लिखी गयी टिप्पणियों के समान होता था। इसके अतिरिक्त मूँजीराम की खिचड़ी, प्रस्तुत पुस्तकें, मन्थन एवं अन्य विषयों पर जो शोध सम्बन्धी सामग्री 'विक्रम' में प्रकाशित होती थी उसकी प्रशंसा पंडित अमरनाथ झा और राष्ट्रकवि मैथिलीशरण गुप्त तक ने की थी।

विचारक के रूप में 'विक्रम' सम्पादक 'उग्र' एक नये भावक्षितिज पर दिखाई पड़ते हैं। विश्वविद्यालय दार्शनिक बर्ट्रेंड रसेल ने एक स्थल पर लिखा था कि 'सारे संसार में चीनी प्राणी ही ऐसा है जो मणिमुक्ता से कोरे ज्ञान को अधिक महत्त्वपूर्ण मानता है। इस उक्ति पर अपना विचार प्रकट करते हुए उग्र ने लिखा कि रसेल ने शीघ्रता में केवल चीनियों को ही ज्ञानप्रिय मान लिया है। यदि उन्होंने एकाग्रचित से आर्यों के हृदय को टटोलने की कोशिश की होती तो उन्हें पता चलता कि इस ज्ञानप्रियता की पहचान चीनियों को किससे मिली? चीन भारत का निकट सम्बन्धी रहा है। एशिया के पूर्वोत्तर देशों की भाँति चीन भी भारत के बौद्ध धर्म के प्रति आस्थावान रहा, साथ ही उक्त विवेक का उदय हिन्दू जाति में चीनियों से पहले ही हुआ है, यह सर्वथा सत्य है। मणिमुक्ता! उसे तो संस्कृत साहित्य में सिद्धिबल नामक असुर की हड्डी, मूत्र, मज्जा, आसुरिक अंग के खंड मानते हैं। यह कहना सरासर ठीक है कि ज्ञान के बारे में भारत और चीन के माप मान एक हैं और अन्तत: दोनों ही शान्तिकामी देश हैं। युद्धकाल में घोर राजनीतिक वातावरण परिव्याप्त हो जाता है। सन् 1942 ई. में सारे संसार में युद्ध के बादल मँडरा रहे थे और राजनीति का रंग फीका पड़ता जा रहा था। उस समय कोई भी प्राणी 'काम' या 'रति' की छवि देखने का पक्षपाती नहीं था। पत्रों में कविताएँ नहीं पढ़ी जाती थीं, युद्ध-विभीषिका के समाचार पहले पढ़े जाते थे। इंगलैंड जैसा यान्त्रिक क्षमतावाले देश में साहित्य प्रकाशन के लिए कागज और मजदूर नहीं मिल रहे थे, क्योंकि कागज पर युद्ध विषयक कार्यक्रमों का ढाँचा बनता था और मजदूर युद्धविस्तार के कार्यों में संलग्न थे। वहाँ प्रकाशन का मसला इतना टेढ़ा होता था कि अनेक प्रसिद्ध साहित्यकारों ने मि. चर्चिल की सरकार से संयुक्त निवेदन किया कि वह युद्ध बौद्धिक और यान्त्रिक है। अपने देश की नाजुक स्थिति पर प्रकाश डालते हुए उग्र ने लिखा था 'शायद हमारे देश में अभी वैसी हालत नहीं। निकट भविष्य में कागज का कठोर समालोचक हजारों रचनाओं को प्रेस की ड्योढ़ी के अन्दर कदम तक नहीं रखने देगा।

आगे ऐरे-गैरे नत्थू खैरे अपनी ज्वलन्त रचनाओं की पांडुलिपियाँ घर की पोटली में सुरक्षित रख सकेंगे। केवल मँजे और पुष्ट और प्राणप्रद प्रतिभाशाली ही ठोस निर्माण

कर पाएँगे। याने मनुष्य के उन्माद ने आजकल जबर्दस्ती साहित्य बेचारे की चिकनी चोटी युद्धदेव के चरणों में बाँध दी है।

कहा जा चुका है कि 'विक्रम' के कुल पाँच ही अंक उग्र ने सम्पादित किये, परन्तु अपने उद्देश्य की पूर्ति में उन्हें पूर्ण सफलता मिली। हलकी प्रचारात्मक कहानियों और कविताओं से 'विक्रम' कभी बोझिल नहीं था। उग्र ने उसमें पांडित्यपूर्ण और श्रमवेषणपूर्ण लेखों एवं रचनाओं का समावेश किया। जिस भाँति आचार्य महावीरप्रसाद द्विवेदी ने 'सरस्वती' के सम्पादकीय द्वारा हिन्दी पत्रकारिता का नूतन मानदंड स्थिर किया था, उसी भाँति 'बिन्दु-बिन्दु विचार' शीर्षक से उग्र ने युद्ध के समय अपने ठोस, गहन और सहज ज्ञानगम्य प्रतिभा की अवतारणा कर हिन्दी साहित्य में स्थिर विचारों का कलात्मक चमत्कार दिग्दर्शित किया। यह इतने श्रम से सुसम्पादित होता था कि बरबस स्थायी सम्पादनों की ज्ञानगरिमा और कर्तव्यपरायणता की स्मृति सम्पादक के साथ जाग्रत हो जाती है।

हिन्दी पंच

भारत के स्वतन्त्र हो जाने पर उग्र ने मिर्जापुर से कुछ वर्षों तक मतवाला साप्ताहिक का सम्पादन किया, पुनः वे दिल्ली चले गये और वहाँ से 'हिन्दी पंच' पाक्षिक पत्र का सम्पादन प्रारम्भ किया। 'हिन्दी पंच' सम्पादक पांडेय बेचन शर्मा उग्र अपनी व्यंग्यप्रधान शैली के लिए हिन्दी जगत में प्रख्यात हैं। देश के स्वतन्त्र हो जाने पर तुलसी और गालिब के विचार-पथगामी उग्र ने 'हिन्दी पंच' का प्रकाशन समाज, साहित्य और जनजीवन में हास्य-व्यंग्य एवं मनोरंजन के अभाव को दृष्टिगत रखकर किया। 'हिन्दी पंच' का प्रवेशांक पेशवा अंक महादेवप्रसाद सेठ की स्मृति में प्रकाशित किया गया। उग्र ने 'अँग्रेजी पंच' से टक्कर लेने के लिए हिन्दी में पहली बार यत्न किया। उसका प्रकाशन स्थागित हो गया, जिसके केवल चार अंक ही प्रकाशित हुए और पाँचवाँ अंक प्रेस ही में पड़ा रह गया। हिन्दी अखबारनवीसी में अन्धकार युग का प्रारम्भ उसी समय से हुआ जबसे बुरी आजीविका वाले वणिक् दरिद्रनारायणों का तख्ता दबाकर इस क्षेत्र में पैसा कमाने की शैतानी पर उतर पड़े। प्रजातन्त्र का दोष है कि उसमें मूर्खों और बदमाशों की हरकतों को बर्दाश्त करना पड़ता है और जनकल्याण की तीव्र गति दुर्जनकल्याण के लिए मन्द और बन्द कर देनी पड़ती है। 'हिन्दी पंच' जनहित में बिल्कुल ही विश्वास नहीं करता था। उग्र के शब्दों में—ब्रह्मा नाराज होते हैं तो ब्रह्मपाश लेकर झपटते हैं, विष्णु सुदर्शनचक्र लेकर, अगडम्बर भोलेनाथ त्रिशूल तानकर, इन्द्र वज्र और कालदंड लेकर झपटते हैं, मगर सर्वकल्याण के लिए एक सच्चा अखबारनवीस जब मरने-मारने पर आमादा होता है तब उसके हाथ में हथियार की जगह तिनके की लेखनी मात्र होती है, पौराणिक महर्षि वशिष्ठ के ब्रह्मदंड की

तरह...।

उसके मारे ब्रह्मपाश ब्रह्मलोक में, सुदर्शनचक्र बैकुंठ में, त्रिशूल कैलाश पर्वत की किसी कन्दरा में, वज्र इन्द्र के सामने, कालदंड काल की खोपड़ी पर चारों खाने चित्त नजर आने लगते हैं। सच्ची अखबारनवीसी पत्रकार को मारकर भी अमरत्व देती है। उग्र ने 'हिन्दी पंच' किसी राग-विराग से पीड़ित होते सम्पादित नहीं किया था। इससे उन्होंने किसी का नुकसान नहीं किया। उन्होंने 'हिन्दी पंच' द्वारा जनता और व्यक्तियों के सुधार के लिए हिन्दी में कटु व्यंग्य अवश्य लिखा, इससे जो सुधर गये उनका आदर और प्रशंसा की। उग्र ने 'हिन्दी पंच' द्वारा सत्य और संस्कृति की रक्षा की। भारत के स्वतन्त्र हो जाने पर हिन्दी साहित्य को राष्ट्रीय और अन्तरराष्ट्रीय क्षेत्रों में जिस गौरव पद को प्राप्त करना था, उसमें बिना निराश हुए लोगों की अनेक कमजोरियाँ दिखाई दे रही थीं। हिन्दी के हजारों लेखक हैं, परन्तु उनमें रससिद्ध कवियों एवं लेखकों की गणना अँगुलियों पर की जा सकती है। दुनिया को धोखे में रखा जा सकता है, परन्तु स्वयं कब तक धोखे में रहा जा सकता है? देश के स्वतन्त्र हो जाने पर भी परतन्त्र भारत की भाँति प्रतिभावान लेखक नहीं रह गये। ऐसी भीषण परिस्थिति में उग्र ने 'हिन्दी पंच' द्वारा गुदड़ी में छिपे लाल हिन्दी लेखकों को बुद्धिमानी से सँभाला। 'हिन्दी पंच' में अनेक शीर्षकों के अन्तर्गत विविध व्यंग्यप्रधान सामग्री का संयोजन हुआ है। कई अंकों के आवरण पृष्ठ पर 'शंकर सुवन भवानी नन्दन' जगवन्दन गणेश जी का खद्दर की टोपी लगाए व्यंग्यचित्र छपा है। उसके पृष्ठभाग में तुलसीदास जी की अमर कविताएँ और गलिब के प्रेरणाप्रद कलाम हैं। 'पंचायत' शीर्षक के विविध व्यंग्यप्रधान छीटे हैं। भारतीय लेखकों की कठिनाई, दुर्दशा का चित्र, श्रीमद वक्त न कीन्ह केहि, प्रभुता वधिर न काहि; शीर्षक से प्रकाशित हुआ है। 'पंचायत', 'कड़वा और मीठा' के अन्तर्गत छोटे-छोटे सम्पादकीय मन्तव्यों में विविध व्यंग्यप्रधान नोट हैं। 'हिन्दी पंच' के प्रकाशन के निश्चय के साथ ही पेशवा अंक में लेखकों को 'दु:ख सुख' शीर्षक के निमित्त निम्नलिखित पत्र हिन्दी के अनेक साहित्यकारों को भेजा गया था—'प्रिय भाई, आगामी विजयदशमी से हम 'हिन्दी पंच' नाम का हास्य विनोद, साहित्य समीक्षा का एक पाक्षिक पत्र निकालने जा रहे हैं। उसके लिए आशीर्वाद, कविता, चुटकले, विनोदी टिप्पणियाँ, कहानियाँ वगैरह तो आप देंगे ही, हमारा पत्र कृतार्थ होगा ही, पर पहले हमें जो वस्तु चाहिए वह है आपका दु:ख-सुख, हम यथासाध्य आपके दु:खों की दवा, सुखों का स्वागत करने ही के लिए कर्मक्षेत्र में आ रहे हैं। हम आपके बड़े नहीं, छोटे भाई की हैसियत से आपके दु:ख-सुख बाँटने को उत्सुक हैं। सो पत्र पाते ही कृपया सूचित करें कि—

(1) आपकी रचनात्मक गतिविधि क्या है?

(2) आपकी राह में कोई बाधा तो नहीं है? है तो क्या है?

(3) क्या हम आपकी कोई सेवा करने योग्य हैं?

आशा है, आप स्वस्थ और प्राणवान हैं। सादर नमस्कार।

इस आग्रहपत्र के उत्तर में हिन्दी के दर्जनों सहृदय साहित्यिकों ने अपने सुख दुःख सम्बन्धी सुन्दर पत्र प्रेषित किये। सर्वश्री बनारसीदास चतुर्वेदी, मैथिलीशरण गुप्त, मन्मथनाथ गुप्त, जहूरबख्श, किशोरीदास वाजपेयी, कमलेश, गुलाबराय, विजयदेवनारायण शाही, निरंकुश एम.ए. राजेन्द्र अनुरागी, जी. पी. श्रीवास्तव आदि के पत्र 'हिन्दी पंच' के विविध अंकों में प्रकाशित किये गये हैं।

उग्र ने 'पंचायत' शीर्षक के अन्तर्गत जो व्यंग्य किया है वह व्यक्तिगत हास परिहास का बेजोड़ नमूना है। उनमें से कुछ उद्धरण नीचे दिए जा रहे हैं—

'ज्ञान + मन + डल के सर्वेसर्वा शेरबचा ने आज के पत्रकारों को शान्ति पर सरमन देते हुए सुनाया कि कबूतर अगर शान्ति के प्रतीक हैं तो शान्तिप्रिय (द्विवेदी नहीं) लोगों को कबूतरों की छतरी पर घर बनवाना चाहिए।..उजबेक से पधारी कलावती नाच नारियों ने दिल्ली में आते ही दिसम्बर की आधी रात के पहले उलझी लट सुलझाने के लिए दरियागंज से दिव्य दही मँगायी। अब रसज्ञ ही जानें कि दही पुल्लिग है या स्त्रीलिंग। पहले राजा अन्तिम निर्णय करता था, अब प्रजा करती है, पहले पति का बोलबाला था अब पत्नियों का रंग चौकाला है, तब के जमाने में मर्द दिमागदार है, अब के जमाने में दिमागदार मेहरी।'

इन व्यंग्योक्तियों में जो मार्मिक हास्य है, वह सम्पादक की बहुज्ञता एवं मार्मिकता पर प्रकाश डालता है। समाज में साहित्यिक जनहास्य, व्यंग्य के द्वारा मनोरंजन के अभाव को दूर करने के लिए 'हिन्दी पंच' ने अपने कुछ ही अंकों द्वारा जो महत्त्वपूर्ण सेवाएँ दीं वह उसके निरालेपन और मौलिक ढंग को प्रकट करता है। इस पत्र में हास्य विनोद द्वारा पाठकों का पर्याप्त मनोरंजन करनेवाली प्रमुख सामग्री संचित है। उग्र के स्वभावानुसार 'हिन्दी पंच' बेलौस शैली में सत्य ही नहीं, परम सत्य को प्रकट करने में सदैव आगे रहा। इस पत्र द्वारा हिन्दी हास्य और व्यंग्य का हितसंरक्षण हुआ और समाज के अवांछनीय तत्त्वों की कलई भी खुली। इसके व्यंग्यचित्र भावपूर्ण और ओजस्वी हैं। प्रत्येक कॉलम में शैली का करिश्मा पाठक के मन को गुदगुदाने की शक्ति रखता है। दैनिक 'आज' ने उसकी समीक्षा करते हुए लिखा था कि जो लोग कहते हैं कि हिन्दी में 'अँग्रेजी पत्र' के टक्कर का कोई पत्र नहीं है, उनको अब 'हिन्दी पंच' के टक्कर का पत्र खोजने के लिए सोचना पड़ेगा। 'हिन्दी पंच' का जीवन अत्यन्त अल्प रहा। इसके कुल चार ही अंक निकल पाए, परन्तु जब हिन्दी में गँवारू हँसी मजाक भी दुर्लभ था उस समय नागर व्यंग्यविनोद से मंडित 'हिन्दी पंच' के कुछ ही अंक 'रेगिस्तान में मानसरोवर' की स्मृति को ताजा कर देते

हैं। 'हिन्दी पंच' ने समाज और साहित्य का सबल मनोरंजन साधन उपस्थित कर हिन्दी साहित्य में आकर्षण पैदा किया और हास्य व्यंग्य की सजीव, स्वरूप और निर्भीक परम्परा स्थापित करने के पूर्व ही अपनी सफलता का संकेत देकर समाप्त हो गया।

उग्र (पत्र)

उग्र जी ने साप्ताहिक 'उग्र' का भी प्रकाशन किया। आगे चलकर यह पत्र दैनिक रूप में प्रकाशित होने लगा। इसके प्रथम अंक का प्रकाशन 3 जनवरी, सन् 1963 ई. को बड़े ही सजधज के साथ हुआ। प्रथम अंक के सम्पादकीय में 'प्राण परीक्षण' शीर्षक के अन्तर्गत रामदूत हनुमान महावीर की स्तुति करते हुए उग्र ने लिखा था कि पिछले दिनों आधा दर्जन बार लेखक उग्र मरते बचे हैं। आज अमरता से अस्वस्थ उग्र शत्रु मित्र के भेद को भूलकर सम्पादक के नैतिक न्यायालय पर विचारपत्र के परीक्षण की अभिलाषा मन में लेकर हिन्दी जगत के समक्ष आये हैं। उग्र ने अपने तिरसठवें जन्मदिन के अवसर पर युगान्तरकारी दैनिक पत्र 'उग्र' प्रकाशित करते हुए कहा था कि 'मेरे मन में एक युग से दैनिक विचारपत्र प्रकाशन की अभिलाषा तन में प्राण की तरह घर किये हुए थी।' दैनिक 'उग्र' जिस रूप में समाज के सामने आया, उसे आग की एक चिनगारी मात्र समझना चाहिए। सम्पादक को एक महीने में ही उसका रूपपरिवर्तन होने की सम्भावना थी, पर यह पत्र एक महीने में प्रकाशित ही नहीं हो सका। यदि उग्र चाहते तो यह दैनिक पत्र पूँजीपतियों के विराट कोश के सहयोग से बड़े अखबार की तरह जन्म ले सकता था, परन्तु सबके देखते-देखते अपने सीमित साधन से बड़ाई मिलने में जो सहजता और प्रकृतिजन्य आनन्द है उसमें और सेठों के विराट कोश के सहयोग से प्रकाशित पत्रों में जमीन-आसमान का अन्तर होता है। उग्र ने लिखा था—'इस बार परीक्षण में धीरे-धीरे हमारी चेष्टा होगी ताजे से समाचार को सुविचारित ढंग से हिन्दी पाठकों के सामने पेश करना। दैनिक विचारपत्र की कल्पना कर परीक्षण के लिए बद्धपरिकर मैदान में उतरने से जो आनन्द है हम तो उसी से फूले अंग समा नहीं रहे हैं, रही सफलता-असफलता की कामना जिसके बारे में हमारे देश में ऐसा कौन है जिसे पता नहीं है कि 'कर्मण्येवाधिकारस्ते मा फलेषु कदाचन।' अतएव जय मायापति की! जय माया की।

'उग्र' में प्रकाशित सामग्री अत्यन्त उत्तेजक, चौंकाने वाली और मार्मिक सत्य को उद्घाटित करनेवाली होती थी। 'उग्र' सायंकालीन विचार दैनिक के रूप में समाचार, विचार, सत्कार, प्रहार सभी से सम्पन्न था। 'उग्र' के प्रमुख शीर्षकों को देख लेने पर उसकी परम सत्यता का आभास सहज ही लग जाएगा। ऐसे-ऐसे उत्तेजक और जोरदार उग्र की निर्भीक लेखनी से लिखे गये हैं कि देखते ही बनता है। उदाहरण

के लिए दो प्रमुख समाचारों के मुख्य शीर्षक नीचे उद्धृत किये जा रहे हैं—

'कृपलानी गोपी बनकर (घनश्याम बिड़ला की) बाँसुरी पर नाचे। आचार्य कृपलानी द्वारा पूँजीप्रेत लिला की) बाँसुरी पर नाचे। आचार्य कृपलानी द्वारा पूँजीप्रेत बिडला के पदपूजक षेपर में नेहरू को पदच्युत करने की चर्चा देख हमें ऐसा लगा जैसे सिर पर छत, आकाश या पहाड़ गिर पड़ा है।'

'उग्र' चार पृष्ठों का दैनिक पत्र था, जिसमें प्रमुख समाचार के अतिरिक्त गागर में सागर, चन्द चेहरे, सम्पादकीय बिन्दु-बिन्दु विचार, ऊटपटाँग, दिल्ली (गियाँ) आदि के अतिरिक्त व्यंग्यचित्र और कविताएँ भी छपती थीं। 'उग्र' में प्रकाशित समाचारों में तीव्र सत्य का जागरणशील आग्रह रहता था। पहले ही अंक के कुछ शीर्षक देखने योग्य हैं—(1) सरदार कैरो का साहसिक कदम। (2) मूरख हृदय न चेत, उत्तर प्रदेश जहाँ का तहाँ। (3) धारदार हथियार और लड़ने की भावना। (4) फिल्म विवादनक। (5) जैसा मुँह वैसा थप्पड़। (6) सोने के बारे में जागरण।

'मूरख हृदय न चेत, उत्तर प्रदेश जहाँ का तहाँ' शीर्षक के अन्तर्गत प्रकाशित उत्तर प्रदेश की राजनीतिक दुर्व्यवस्था की दयनीयता का चित्रण करते हुए उग्र ने लिखा है—'असल में मन्त्रियों की संख्या में कमी उत्तर प्रदेश में होनी चाहिए थी। लेकिन 'मूरख हृदय न चेत, जो गुरु मिलहि विरंचि सम।' वहाँ के मुख्यमन्त्री सी. बी. गुप्त ने संवाददाताओं से बातचीत करते हुए लज्जा की स्वनिर्मित परिभाषा की छाप चेहरे पर थोपते हुए बतलाया कि पंजाब में मन्त्रियों की संख्या 31 से 6 करने की श्री कैरो की घोषणा के औचित्य के बारे में तो मैं कुछ कह नहीं सकता, अलबत्ता मुझे उनका अनुकरण करने की आवश्यकता नहीं है, क्योंकि कुछ मन्त्रियों के हटाने से किसी खास बचत की कोई आशा नहीं। उन्हें यह भी कहना चाहिए था कि हटाए हुए मन्त्री उनका जीवन दूभर कर सकते हैं जो कुर्सी पर बैठे रहेंगे।

'चन्द चेहरे' के अन्तर्गत सम्पूर्णानन्द, कुम्भाराम, शिवप्रसाद गुप्त, मोरार जी देसाई, बाँकेबिहारी भटनागर, मुकुंदबिहारी वर्मा, अली सावरी, आगा हश्र कश्मीरी, लाल श्री राम आदि के सम्बन्ध में सुन्दरतम शब्दचित्र अंकित हैं। सम्पूर्णानन्द जी के सम्बन्ध में कुछ उग्र ने लिखा है वह उनकी व्यंजना-शक्ति की सबल लेखनक्षमता का घोतक है—'गाँधी टोपी के नीचे कंठ तक लटकते केश, गंगाजमुनी कलर के। गम्भीरता तथा चर्बी से भरा ऐसा चेहरा जिसमें चर्बी थोड़ी खींच भी ली जाय तो बढ़ने के सिवा दर्शनीय गम्भीरता घट कदापि नहीं सकती। नेत्र बड़े सत्याग्रही, ओठ बड़े सत्याग्रही। भभूत न लगाने पर भी चेहरा बिलकुल विभूतिभूषण। मन पर सन्त जैसा प्रभाव छोड़नेवाले राजस्थान के गुणवन्त राज्यपाल सम्पूर्णानन्द जी दर्शकों की आँखों पर महंत का प्रभाव छोड़ते हैं।'

'बिन्दु-बिन्दु विचार' शीर्षक के अन्तर्गत भगवान स्वयंभू जब कुत्ता, अर्वाचीन

और चीन, जय अज्ञान और यह विज्ञान, विवेकरहित नया कुछ नहीं, ब्रह्मदंड आदि शीर्षकों के अन्तर्गत विचारप्रधान सम्पादकीय टिप्पणियों द्वारा उग्र ने अपनी ज्ञानगरिमा का परिचय दिया है। दुनिया में ज्ञान और अज्ञान में श्रेष्ठ महत्त्वमंडित शक्तिसम्पन्न मानव हृदय के अधिक निकट ज्ञान नहीं अज्ञान है। यह सिद्ध करते हुए उग्र ने विवेकविरहित विज्ञानियों को एक स्वर से सम्बोधित करते हुए आणविक-शक्ति-सम्पन्न अस्त्रपरीक्षणों के दुष्परिणाम से जो जनसंहार हो रहा है, उसकी निन्दा की है और मानव-हित-चिन्ताओं से प्रेरित होकर कहा है—'इन परीक्षणों के बन्द कराने से होनेवाली सफलता आज ही नहीं, आगामी कल के प्राणियों के पक्ष में भी कल्याणकारी सिद्ध होगी। इस विकिरण की बड़ी मात्रा तो पूर्णत: प्रलयंकारी होती ही है—हल्की सी मात्रा से भी वातावरण में मानव-प्राणघातक अनेक रोग-मय-भोग व्याप्त हो सकते हैं, जैसे कैन्सर, श्वेत रक्ताणुओं के विकार से उत्पन्न स्थिति (ल्यूकेमिया) तथा खानदानी के लिए नहीं बल्कि इसलिए लिखा है कि क्षेप्यास्त्र जितना गतिशील हो जाने पर वैज्ञानिक का ज्ञान दुनिया के कल्याण की नजर से जानलेवा हो जाता है—

जैसे 'सहिजन अति फूले तऊ डर पात की हानि।' 'उग्र' दैनिक के कुल दस अंक ही प्रकाशित हुए हैं। उग्र ने स्वल्प साधन से ही उग्र दैनिक का प्रकाशन किया था और उसमें राष्ट्ररक्षा के नाम पर उन्होंने जो कल्याणकारी विचार दिये उसकी तीव्र अग्निज्वाला को सहन करना लोगों के लिए कठिन हो गया, किन्तु उसमें सत्य के आग्रह से परिपूर्ण सामग्री की भरमार थी। 'उग्र' जनता की बौद्धिक चेतना का प्रतीक सिद्ध हुआ। उसने विचार उद्वेलन के लिए नयी सामग्री दी। वह समाज के विविध वर्गों की बँटी हुई मनोदशाओं वाले लोगों के अध्ययनकक्ष की शोभा था।

पांडेय बेचन शर्मा 'उग्र' द्वारा सम्पादित अनेक दैनिक, साप्ताहिक, पाक्षिक और मासिक पत्रों का अध्ययन कर लेने से उपरान्त नि:संकोच कहा जा सकता है कि पत्रकार कला के मूल सिद्धान्त, ईमानदारी, सफाई, साहस, न्यायप्रियता तथा समाज के प्रति अपने कर्तव्य का ज्ञान उग्र में पर्याप्त मात्रा में सदैव रहा। अन्य पत्र-पत्रिकाओं के सम्पादक की भाँति उन्होंने किसी पूँजीपति या सेठ के एकाधिकार को कभी स्वीकार नहीं किया। उन्होंने प्रलोभनों को घृणा की दृष्टि से देखा, उनसे दूर रहे, इसीलिए उनके द्वारा सम्पादित पत्रों का जीवन अत्यन्त अल्प रहा। उनके द्वारा सम्पादित पत्रपत्रिकाओं की सामग्री चिर नवीन और संग्रहणीय है। उग्र एक सम्पादक के रूप में सदैव खतरों का सामना करते रहे, परन्तु उन्होंने सत्य से कभी मुख नहीं मोड़ा। जिस जोश से अपने मित्रों की उन्होंने खबर ली, उसी उत्साह से विपक्षियों की आवाज पर भी स्पष्टवादी टीका टिप्पणियाँ कीं। सच्चा सम्पादक कभी असत्य का आश्रय नहीं

लेता। एक सच्चे सम्पादक के रूप में उग्र ने विवेकशील सम्पादकों के मध्य अपना उच्च स्थान निर्धारित किया है। उन्होंने समाज की धाराओं को अपने सत्य और ज्ञान के आग्रह से नवीन दिशा दी है। जब सारा समाज सुषुप्तावस्था में निराश हो रहा था, उस समय सम्पादक उग्र ने जागृति के अमर मन्त्र का शंखनाद किया। घनीभूत ज्ञान को व्यक्त करने में उन्होंने व्यक्ति, समाज, देश, विदेश, लोक, परलोक किसी की परवाह न कर नवोन्मेष एवं स्फूर्तिदायक उत्साह से संवेदना और सहानुभूति की प्रबल धाराओं को मानव-हित-संरक्षण के निमित्त प्रवाहित किया। उग्र ने राष्ट्रकर्मी की जिस कलाकुशलता का परिचय अपने सम्पादित पत्रों में दिया है, वह बेजोड़, अकेली और हिन्दी पत्रकार जगत में महत्त्व की अधिकारिणी है। सम्पादक के रूप में उग्र सफल और गौरवशाली परम्परा के प्रतिष्ठापक हैं।

'फाइल और प्रोफाइल' में उग्र के नाम लिखे गये साहित्यकारों के पत्रों का संकलन है। इस कृति का प्रकाशन उग्र जी के तिरोधान के उपरान्त हुआ। इसके प्रकाशक रणजीत प्रिंटर्स ऐंड पब्लिशर्स, दिल्ली थे। जिन विविध साहित्यकारों के पत्रों का संकलन इस पुस्तक में हुआ है उनका विवरण निम्नलिखित है—

1. अनूप शर्मा
   भवानीदयाल संन्यासी
2. अन्नपूर्णानन्द
   महादेव प्रसाद सेठ
3. अम्बिकाप्रसाद वाजपेयी
   महावीर अधिकारी
4. कमलापति त्रिपाठी
   महेन्द्र
5. कस्तूर चन्द जैन
   महेन्द्र कुलश्रेष्ठ
6. कालिकाप्रसाद दीक्षित
   माखनलाल चतुर्वेदी
7. किशोरीदास वाजपेयी
   मैथिलीशरण गुप्त
8. कृष्णकान्त मालवीय
   मोहनलाल महतो 'वियोगी'
9. कृष्णदेवप्रसाद गौड़
   मोहनसिंह सेंगर

10. क्षेत्रपाल शर्मा
    रणधीर उपाध्याय
11. गुलाब राय, एम.ए.
    राघव
12. गोविन्द सिंह
    राधेश्याम कथावाचक
13. चतुरसेन शास्त्री
    रामनाथ 'सुमन'
14. जहूर बख्श
    रामवृक्ष शर्मा 'बेनीपुरी'
15. जयशंकर प्रसाद
    वासुदेवशरण अग्रवाल
16. जी. पी. श्रीवास्तव
    विनोदशंकर व्यास
17. जैनेन्द्र कुमार
    विजयेन्द्र स्नातक
18. ज्योतिस्वरूप सिंह
    विश्वम्भरनाथ जिज्जा
19. ज्वालाप्रसाद 'केशर'
    वृन्दावनलाल वर्मा
20. दशरथप्रसाद द्विवेदी
    शान्तिप्रिय द्विवेदी
21. दुलारेलाल भार्गव
    शिवकुमार शास्त्री
22. नन्दकिशोर तिवारी
    शिवनारायण ठंडन
23. नलिनविलोचन शर्मा
    शिवपूजन सहाय
24. नाथूराम शर्मा 'शंकर'
    शिवप्रसाद गुप्त
25. नवजादिक लाल श्रीवास्तव
    श्री कृष्णदत्त पालीवाल

26. पद्म सिंह शर्मा
श्री प्रकाश
27. परिपूर्णानन्द वर्मा
सत्यदेव विद्यालंकार
28. प्रफुल्लचन्द ओझा 'मुक्त'
सम्पूर्णानन्द
29. पक्ष सिंह शर्मा 'कमलेश'
सीताराम दास
30. प्रेमचन्द
सुन्दरलाल त्रिपाठी
31. बनारसीदास चतुर्वेदी
सूर्यकान्त त्रिपाठी 'निराला'
32. बाबूराव विष्णु पराड़कर
सूर्यनारायण व्यास
33. बालकृष्ण शर्मा 'नवीन'
हर्षदेव मालवीय
34. भगवतीप्रसाद वाजपेयी
हरिशंकर शर्मा
35. भगवान दीन
हेमचन्द्र जोशी

इन परिचितों के अतिरिक्त कुछ और भी विविध पत्र इस संग्रह के अन्त में हैं। इन विविध पत्रों में ईश्वरीप्रसाद शर्मा को छोड़कर एक भी पत्र विशेष महत्त्व का नहीं है। इस कृति के पूर्वाभास से विदित होता है कि पत्रलेखकों में केवल प्रारम्भिक तेरह लेखकों का ही परिचय उग्र ने लिखा है। वहाँ शेष लोगों का परिचय अशोक जी ने लिखा है। इन परिचयों में उग्र की व्यक्तिगत जानकारी और शैली की ओर मुखरित हुआ है। अन्नपूर्णानन्द के विषय में बेलौस मन्तव्य प्रगट करते हुए उग्र ने कहा है कि अन्नपूर्णानन्द की जितनी दिव्य, साहित्यिक योग्यता थी उतनी कृतियाँ सामने न आ सकीं। इसे हिन्दी का दुर्भाग्य नहीं तो क्या कहें? पं. कमलापति त्रिपाठी के सम्बन्ध में उग्र ने लिखा है कि 'उग्र' के बालबन्धु परम मित्र वाराणसी के देश-विदेश विख्यात गुरु कांग्रेसी सी. वी. गुप्त से गहरे में टक्कर लेने वाले सुन्दर दर्शन, दिव्य राजनयिक अपनी ठसक के नेता पं. कमलापति कुछ नहीं तो बारह बरस तक मेरे हृदय के इतने नजदीक थे कि उनके दूर होते ही 'बेचन' बेचैन बन जाते थे। आप वाराणसी के भारतविख्यात संस्कृतज्ञ पं. शिवकुमार शास्त्री के दौहित्र (नाती) तथा सरयूपारीण

ब्राह्मणों के पावन पंक्ति पं. नारायण-पति त्रिपाठी की द्वितीय पत्नी के द्वितीय सुपुत्र हैं। श्रेष्ठ हिन्दी लेखक, वक्ता, पत्रकार ऐसे जिसके परिवार में सात पुश्त से चंचला लक्ष्मी अचल रूप से बनी हुई हैं। लखपतित्व आपको विरासत में मिला है। उत्तर प्रदेश के मन्त्रीमंडल की शोभा को आप बढ़ा चुके हैं और मुख्यमन्त्री की कुर्सी पर जमते-जमते रह गये हैं। हिन्दी के विख्यात व्याकरणिक, स्पष्टवक्ता पं. किशोरीदास वाजपेयी के सम्बन्ध में उग्र ने लिखा है कि श्री वाजपेयी हिन्दी के विख्यात वैयाकरण, साहित्य मर्मज्ञ और अनन्य सेवक हैं। आपकी बड़ी विशेषता रही है 'खरी कहैया दाढ़ीजार'। दिक्कतों में रहकर भी आपने न तो अपना कार्य छोड़ा और न तेजस्वी स्वभाव का ही भाव मन्द किया। न जाने क्या बात है कि मर जाने के बाद भी निराला के प्रति जनाब की नाराजगी जाती नहीं। साथ ही श्री नारायण चतुर्वेदी के स्तुतिगान से जबान लड़खड़ाती भी नहीं है।

पं. किशोरीदास वाजपेयी के विषय में उग्र ने लिखा है कि स्वदेशी सरकार ने इन्हें पद्मविभूषण की उपाधि से विभूषित कर निःसन्देह नितान्त उचित काम किया। परन्तु आश्चर्य है कि उग्र ने न जाने किस उमंग में यह झूठी जानकारी दी है और इससे भी आश्चर्यकारी तो यह कि इस ग्रन्थ के शेष पत्र लेखकों का परिचय लिखने वाले ने भी इस असभ्य को कैसे छपने दिया। अपनी शैली की सरसता, भाषा की नृत्यात्मकता तथा लोगों के विषय में दो टूक बात कहने के साहस के साथ उग्र ने जिन लेखकों का परिचय अपनी लेखनी से लिखा है वह उच्चकोटि की परिचय शैली का उदाहरण कहा जा सकता है। लेखक ने सुप्रसिद्ध हास्य साहित्यकार कृष्णदेवप्रसाद गौड़ के विषय में स्थायी विचार व्यक्त करते हुए कहा है कि दीन जी के साहित्य ज्ञान प्रदीप के स्निग्ध प्रकाश में पात्रता, गुण, स्नेह समझने की सूझ हम दोनों ही ने पायी है। गौड़ जी सशक्त और सुबोध हिन्दी में अद्वितीय हास्य लिखने के आचार्य हैं। कलम हाथ में पकड़ते ही आचार्य कोई भी हो सकता है पर बेढब हर कोई नहीं हो सकता।

पत्र व्यक्ति के वास्तविक मनोभावों और सच्चे विचारों के द्योतक होते हैं। पत्रों में ही व्यक्ति अपने हृदय की बातों को बिना बनावट के संकोच छोड़कर लिखता है। संस्मरण और आत्मकथा से बीते हुए दिनों की सच्ची घटनाएँ और जानकारी हासिल होती है। पत्रों द्वारा पत्र-लेखक की मनोदशा, आवश्यकताएँ, चरित्र, व्यावहारिकता और उसकी सारी आशा-आकांक्षाएँ अक्षरों में बँध जाती हैं। पत्रों के माध्यम से व्यक्ति का इतिहास अंकित किया जा सकता है।

पत्र दो प्रकार के होते हैं। एक व्यक्तिगत और दूसरे सामान्य। सामान्य पत्रों में व्यक्ति सीमित शब्दावली में अपने सामाजिक दायित्व का ध्यान रखते हुए पद की

गरिमा के अनुकूल व्यावहारिक जानकारी या जिज्ञासा व्यक्त करता है। व्यक्तिगत पत्र व्यक्ति की एकाग्रचित्तता के अमूल्य मोती होते हैं। ऐसे पत्रों में पत्र लेखक अपने हृदय की भाव लहरियों को बाँध देता है। दुनिया में जितने भी महान लेखक हुए हैं, उनके पत्रों के माध्यम से ही उनके व्यक्तित्व की सच्ची जानकारी और उनके कृतित्व के परिवेश का सही मूल्यांकन आलोचक करते हैं। ऐसे पत्रों में व्यक्ति की आशा-निराशा, सुख-दु:ख, कर्तव्यबोध, सामाजिक परिवेश, जीवन जीने की कला और बहुत सी ऐसी बातें प्रकट होती हैं जो बातचीत में या अन्य किसी शैली में नहीं लिखी जा सकतीं। व्यक्तिगत पत्रों में ही पत्र लेखक और जिसे पत्र लिखा जाता है दोनों का रागात्मक सम्बन्ध निर्धारित होता है। दोनों के परस्पर सम्बन्धों का भी पत्रों से मूल्यांकन किया जा सकता है। मित्र को लिखे गये पत्र, प्रेयसी को लिखे गये पत्र, पूज्य को लिखे गये पत्र सभी में अन्तर है। एक-दूसरे को जो कुछ लिखता है उसमें बेलौस, लागलपेट रहित आत्म स्वच्छता से प्रेरित बातें होती हैं। प्रेयसी के सामने व्यक्ति अपने हृदय के समस्त प्रेमल उद्‌गारों को काले अक्षरों में उड़ेल देता है। पूज्य को लिखे जाने वाले पत्र मर्यादा से मंडित होते हैं।

इस संग्रह में उग्र के नाम लिखे गये पत्रों का संकलन है। यदि इन पत्रों के साथ ही उग्र द्वारा लिखित उत्तरों का भी संकलन हो जाता है तो यह कृति परिपूर्ण हो जाती है। इस संकलन को एकांगी कहा जा सकता है। उग्र द्वारा लिखे गये पत्रों से उग्र के कार्यकलापों और उनके जीवन की विभिन्न परिस्थितियों का वास्तविक प्रतिबिम्ब छविमय होकर झाँक उठा है। इस संकलन में अनेक ऐसे ऐतिहासिक पत्र हैं जिनके अध्ययन से ज्ञात होता है कि उग्र के जीवन और साहित्य का किस-किस दिशा में कैसे-कैसे विकास हुआ है। समस्त पत्रों पर विचार करना शक्य और सम्भव नहीं। यहाँ कुछ ऐसे पत्रों पर प्रकाश डाला गया है जो उग्र की व्यक्तिगत की गरिमा के साथी हैं। कुछ विद्वानों ने अपने पत्रों में केवल उग्र की कृतियों पर अपनी सम्मति दी है। कुछ का सम्बन्ध उनकी रोजी-रोटी से है। अनेक पत्रों में बहुत-सी ऐसी व्यक्तिगत बातें लिखी गयी हैं जिन्हें जानने से उग्र के सम्बन्ध में नयी बातें ज्ञात होती हैं।

इस कृति की वास्तविकता पत्रों के विवेचन के अभाव में अप्रकट अविदित अप्रकाशित न रह जाय इसलिए कृति का अध्ययन कर पत्रों के माध्यम से उग्र की रचनात्मक प्रतिभा का विविध लोगों द्वारा किया गया मूल्यांकन नीचे निर्धारित किया गया है—

इस पुस्तक में पं. नाथूराम शर्मा 'शंकर' ने पुराना पत्र 21 अक्टूबर सन् 1922 ई. का हरदुआगंज से लिखा है। 'आज' में उग्र ने 'तू-तू मैं-मैं' कॉलम में पं. जगन्नाथप्रसाद चतुर्वेदी और शंकर जी के वाद-विवाद में पड़कर जो व्यंग्य बाण

चलाये थे उनके असर के कारण ही शंकर जी ने यह पत्र उग्र को लिखा था। शंकर जी ने लिखा है, आप मेरी गढ़न्त को ध्यान से पढ़िए। हाँ, इशारेबाजी का इस्तेमाल जरूर किया है। मौजी की मौज में जगन्नाथ का प्रयोग समझाया था। 'तेरे वृष को देख तो काट रहा जगन्नाथ।' शंकर का वृष (धर्म) की नाथ संसार काट रहा है। शंकर व्याकरण के प्रथमाचार्य हैं। व्याकरण के विरुद्ध बोलना शंकर के वृष की नाक काटना है। लघुशंका (छोटा शक), जीमूत (बादल), हिजड़े का पूत (कामदेव) मन शब्द नपुंसक है तदंगज मनोज हिजड़े का पुत्र हुआ कि नहीं! देखिए—नपुंसकमिति ज्ञात्वा प्रियायै प्रेषितं मनः' संस्कृत के कवियों ने भी ऐसा ही माना है। अबालाधी (कमजोर अक्ल) अब आप कहिए इनमें कौन-सी गाली है। इस विवाद में पं. जगन्नाथ प्रसाद चतुर्वेदी के साले भोलानाथ जी एकाक्ष ने भी 'भारत मित्र' में शंकर जी की कटु समीक्षा की। मौजी नामक हास्य-व्यंग्य-प्रधान पत्र ने भी उन्हें खुल्लमखुल्ला गालियाँ दीं। उस समय चतुर्वेदी जी हिन्दी साहित्य सम्मेलन के प्रधान थे। इसी कारण शंकर जी ने उग्र को सम्बोधित किया है कि अपने सम्मेलन के मंच से किये गये अभिभाषण का उत्तर न देकर उन्होंने मुझ बूढ़े को गालियाँ दिलवानी शुरू कीं। उन्होंने उग्र की लेखनी का इस विवाद में आह्वान किया है और लिखा है 'बीना पानी बनी' आदि आपके शब्द प्रयोग ब्रजभाषा के रत्न हैं। खैर, जो हुआ, सो हुआ; होगा सो होगा। आप मुझ पर अवश्य कृपा रखें। मैं आपसे लिखने की रियायत नहीं चाहता। न्यायानुसार ठीक लिखिए। केवल प्रेमदान दीजिए। शंकरजी ने उग्र की 'महात्मा ईसा' की योग्यता से प्रेरित होकर उसकी यथान्याय समीक्षा पद्यात्मक शैली में भेजने का विश्वास दिलाते हुए अपना हार्दिक भाव इस दोहे में व्यक्त किया है—

''शंकर ईसा की कथा, समझा हुआ अनुग्र।
ऐसी वस्तु अमोल को, बेचन निकले उग्र।।''

यह पत्र 8 नवम्बर 1922 को लिखा गया था। ऐसे अनेक पत्र शंकर जी के हैं। इसकी चर्चा करने का आशय मात्र इतना था कि तत्कालीन दिग्गजों ने भी उग्र की लेखनी की शक्ति और शैली की सत्ता हृदय खोलकर स्वीकार की थी।

प्रेमचन्द हिन्दी के विख्यात कथाकार हैं। उनके तेरह पत्र जो पन्द्रह अगस्त सन् 1922 ई. से लेकर 26 जनवरी सन् 1934 ई. के बीच विविध अवसरों पर लिखे गये थे उनका भी संग्रह इस पुस्तक में किया गया है। 26 अगस्त सन् 1926 को मतवाला सम्पादक को पत्र लिखते हुए अपनी 'कायाकल्प' और 'प्रेम प्रतिमा' समीक्षार्थ भेजी थी और अत्यन्त सुन्दर उर्दू गद्य की शैली में उसकी समीक्षा लिखने का संग्रह करते हुए कहा था—इसके पहले भी आप इस गरीब पर एनायत कर चुके हैं। वह जख्म अभी हरा है। लेकिन यह उन लोगों में है जिन्हें तेगे कातिल के तले तड़पने में ही

मजा आता है। तीरे निगाह से जिन्हें तस्कीन नहीं होती। अपने दिल के दोनों टुकड़े (1) कायाकल्प और (2) प्रेम प्रतिमा लिए हुए हाजिर होता हूँ। खूब अरमान निकालिए, जिसमें...भी बाकी न रहे। कब?

आशा है, इन्तजार में दम न तोड़ना पड़ेगा। मुझे तो इन्तजार में नहीं, वस्ल में ही कुछ लुत्फ आता है।

इस पत्र से लगता है कि उग्र की भावना, उनके प्रहार और उनकी लेखनी का संस्पर्श उस युग के महान्-से-महान् साहित्यकार प्राप्त करना चाहते थे। 'दिल्ली के दलाल', 'चन्द हसीनों के खतूत' आदि को तत्काल प्राप्त करने के लिए और उन पर ऐसी चटपटी आलोचना करने की लालसा जिससे इस बूढ़े की बात से उग्र लजाने लगें, आदि न जाने कितनी बातें इन पत्रों में हैं। प्रेमचन्द ने हिन्दी की बारह श्रेष्ठ कहानियों का सन् 1930 ई. में संकलन करते हुए उग्र की 'बुढ़ापा' को भी संकलित किया था। एक अत्यन्त महत्त्व का पत्र भी उग्र ने इस प्रसंग में लिखा है। अमृतराय द्वारा सम्पादित 'प्रेमचन्द की चिट्ठी पत्री' में संकलित शिवपूजन सहाय को लिखे गये एक पत्र में प्रेमचन्द ने कहा था कि 'उग्रजी से मेरी मुलाकात कभी न हुई और ईश्वर करे कभी न हो। जो आदमी माँ-बहन की गाली देता हो उसे मैं इन्सान ही नहीं समझता हूँ। किसी तरह अपना निर्बाह किये जा रहे हैं। उनका कोई सिनेरियो तो नजर नहीं आया, मगर सुनता हूँ बुरा हाल है।' यह पत्र 26 जनवरी सन् 1935 ई. को दादर, बम्बई से लिखा गया था। जब चिट्ठी-पत्री में संकलित होकर यह किसी भाँति उग्र की आँखों के सामने आया तो 4 दिसम्बर 1963 को अमृतराय को उग्र ने एक पत्र लिखा परन्तु यह पत्र अमृतराय को भेजा न जा सका। इस पत्र में उग्र की शैली, उनकी निर्भीकता, उनकी बुजुर्गी और स्वच्छ आसमान-सा उनका पवित्र मन ताकता-झाँकता दिखाई देता है। अतः उसे अविकल उद्धृत किया जा रहा है—

चि. अमृतराय भाई वाह! उदार उत्तराधिकारी जीनियस हो तो तुम जैसा, जो चचा लोगों को भी भूल जाने की हिमाकत कर सकते हो! खैर!

यह पत्र इसलिए लिखना पड़ा कि तुमसे दरयाफ्त करूँ कि क्या श्रद्धेय 'प्रेमचन्दजी' की चिट्ठियों का संकलन करने के पहले तुमने मुझसे भी पूछताछ की थी?

मेरे पास से भी खासा पत्र-साहित्य खो जाने के बावजूद मुंशी जी की एक दर्जन ऐसी चिट्ठियाँ तुम पाते जो तुम्हारे संकलन के दूसरे भाग के 226 वें पृष्ठ पर प्रकाशित 'प्रेमचन्द' की चिट्ठी नं. 236 की ऐसी-तैसी करके रख देती हैं।

मेरी उग्रता से परेशान एक नादान नौजवान ने मेरे खिलाफ एक अथॉरिटी की राय की तरह तुम्हारा संकलन पेश न किया होता तो शायद ही मैं यह तुम्हें लिखता। बनारसीदास और जैनेन्द्र के चंग पर चढ़ने के पहले 'प्रेमचन्दजी' मुझ पर भी सुगन्धित

स्नेह रखते थे। मैं स्वयं उनकी गुरुता का कायल पहले भी था, आज भी हूँ। यह महसूस करते हुए भी कि पिछले काँटे के 'प्रसाद' और 'उग्र' दोनों ही की उज्ज्वलता से वह प्रज्वलित होते थे लेकिन 'गालिब के' साथ 'प्रसाद' के पीछे मैं भी यही समझता था कि—

हसद सजा-ए-कमाले सुखन है क्या कीजे,
सितम बहारे-ए-मता-ए हुनर है क्या कहिए?

जो हो, जय हो! फिर भी, तुमने पिता का पत्र जो प्रकाशित किया तो मुझे ऐसा लगा कि मरने के बाद अमर 'प्रेमचन्दजी' की कपालक्रिया तुम्हारे बड़े भाई श्रीपत राय ने स्वयं न कर कापलिक 'उग्र' के लिए छोड़ दी थी। गलत कह रहा हूँ मैं?

तुम्हारा बुजुर्ग

उग्र की सच्चाई इन पत्रों में झाँक-झाँक उठी है। लोगों ने उनके व्यक्तित्व के अनेक पहलुओं का अंकन इन पत्रों में करने का यत्न किया है।

उग्र के जीवनवृत्त में गोरखपुर के 'स्वराज' के दशहरा अंक की चर्चा की गयी है। इसका सम्पादन उग्र ने ही किया था। इस पत्र के अधिष्ठाता और सम्पादक पं. दशरथप्रसाद द्विवेदी के अनेक पत्र इस संकलन की शोभा हैं। द्विवेदी जी के पत्रों से ज्ञात होता है कि किस भाँति उग्र ने इस विस्फोटक अंक को आगामी चिनगारियों-सी तेज रचनाओं से भरा-पूरा प्रकाशित किया। इस अंक के प्रकाशन से ब्रिटिश सत्ता के आसन डगमगाने लगे। उग्र और दशरथप्रसाद द्विवेदी को जेल की यातनाएँ भुगतनी पड़ीं। प्रेमचन्द ने द्विवेदी जी को इस अंक की सामग्री के सम्बन्ध में राय देते हुए कहा था कि रंगीन चित्र में रामचन्द्र और इनके भाइयों को गरीब विद्यार्थियों के साथ विश्वामित्र के आश्रम में दिखाया जाय। कार्टून के बारे में उनकी राय थी कि (1) द्वैध शासन का अन्त, (2) हिन्दू मुस्लिम खटपट, (3) चरखे की व्यापकता, (4) अँग्रेजों का भारतीय स्त्रियों से दुर्व्यवहार, (5) सिविल सर्विस वालों की वेतन वृद्धि आदि कोई हो। उनकी राय थी कि।

(1) असहयोग की नौका हो, जिस पर गाँधी जी बैठ खे रहे हों और उसको दोनों तरफ से स्वराजिस्ट और मुसलमान डुबोने का यत्न कर रहे हों।

(2) एक मन्दिर हो जिसका पुजारी एक अछूत को दर्शन करने की आज्ञा देता हो और दूसरे को देवता पर फूल आदि चढ़ाने की मनाही करता हो।

(3) रामचन्द्र जी निषाद को गले लगा रहे हों और दूर एक ब्राह्मण देवता अजीब शक्ल के त्रिपुंड लगाए, चोटियाँ फटकारे, पेट फुलाए, मुँह बाए, हाथ बढ़ाए कह रहे हों—'यह अनर्थ'।

द्विवेदीजी ने इस विशेषांक के लिए त्रिशूल, गणेश शंकर विद्यार्थी, नवीन,

माखनलाल चतुर्वेदी और अन्य अनेक साहित्यकारों से परामर्श माँगा था, परन्तु उग्र को छोड़कर किसी ने उनका जन्म भर साथ नहीं दिया। स्वदेश का दशहरा अंक उग्र के प्रयत्नों से ऐसा जोरदार निकला कि उन्हें उसकी सजा भुगतनी पड़ी। जेल से छूटने के बाद भी द्विवेदी जी ने अपनी समस्त परिस्थितियों का दस्तावेज खोलते हुए उग्र को अनेक पत्र लिखे। 20 फरवरी सन् 1926 ई. को द्विवेदी जी ने अपनी समस्त परिस्थितियों का दस्तावेज खोलते हुए उग्र को अनेक पत्र प्रत्यक्ष उदाहरण आप हैं। जेल में आपने जो-जो कहा—जेल ही की तो मेरी आपकी घनिष्ठता है, उसमें से एक की तो पूर्ति नहीं हुई। कहा था नैनी जेल से छूटने पर मिलूँगा, नहीं मिले। कहा था स्वदेश निकलने पर उसे कुछ दिन सभाँल दूँगा। जिसमें तुम रुपए जुटा लेना, उसे भी नहीं सँभाला। कहा था मैं कहीं भी रहूँगा गल्प आदि से स्वदेश की सहायता करता रहूँगा, उसे भी नहीं सँभाला। क्या-क्या गिनाऊँ और कहाँ तक। स्वदेश के दशहरा अंक के सम्पादन के बाद ही उग्र के साहित्यिक जीवन में यातना का प्रवेश हुआ और वे एक नये मोड़ पर खड़े हुए। इसलिए बहुत-सी बातों का उन्होंने कोई जवाब न दिया हो तो क्या आश्चर्य। व्यक्ति का अपना कुशल-क्षेम और जीवनयापन भी तो लगे ही रहते हैं।

डॉ. सम्पूर्णानन्द के चार पत्र इस संकलन की शोभा हैं। 21 फरवरी सन् 1924 ई. को 'चन्द हसीनों के खतूत' पर सम्मति देते हुए डॉ. सम्पूर्णानन्द ने लिखा था कि पुस्तक नये ढंग की है। एक नये भाव, नयी संस्कृति का प्रचार करती है। इस भाव के विकास में भारतीय समाज की अत्यन्त आवश्यकता इनमें से एकाध पत्र को मतवाला में पढ़ा था, पर समुच्चय को देखकर प्रसन्न और आपका अनुगृहीत हुआ। अपनी लेखनी से ऐसे ही ग्रन्थ लिखते रहिए। डॉ. सम्पूर्णानन्द उग्र को वास्तविक आर्य संस्कृति का संवाहक समझते थे और दूसरी ओर उनके कुशल क्षेम के लिए भी चिन्तित रहते थे। जयपुर में जब डॉ. सम्पूर्णानन्द राज्यपाल थे तब नवम्बर सन् 1962 ई. को एक पत्र में उन्होंने लिखा था कि आपके चित्त में जो भावना है उसे मैं खूब समझता हूँ, परन्तु कुछ और करने के पहले आप अपने स्वास्थ्य को ठीक कर लें। इतनी कड़ी बीमारी से उठे हैं। शरीर और चित्त दोनों पर जोर पड़ेगा। उग्र ने 'उग्र" साप्ताहिक के सम्बन्ध में उनसे राय माँगी थी। उन्होंने सद्भावना से भरकर सत्परामर्श देते हुए उग्र को समझाया था कि साप्ताहिक निकालना व्ययसाध्य होगा। क्या उन पत्रों में से जो चल रहे हैं, किसी को अपने विचारों की अभिव्यक्ति का माध्यम नहीं बनाया जा सकता? आपके नाम के सम्बन्ध से उस पत्र का भी लाभ होगा। परन्तु उग्र ने पत्र निकालने की अपनी जिद पर अटल रहने की सूचना उन्हें दी तो उन्होंने 20 दिसम्बर सन् 1962 को उनके आत्मिक सत्य की ओर संकेत करते हुए लिखा—कि जो लोग

अनाचारी हैं उनकी भर्त्सना करना तो आपका पुराना संकल्प है। परन्तु मेरा अनुरोध है कि पहले आप कुछ दिन अपने स्वास्थ्य में ठोस सुधार होने दें। बार-बार और जल्दी-जल्दी चारपाई पकड़ लेना अच्छा नहीं है। हर काम में इससे बाधा पड़ेगी। मुझे इस बात का पूरा विश्वास है कि यदि मैं किसी काम के लिए कष्ट देना चाहूँगा तो उसमें आपका सहयोग प्राप्त होगा।

अपने प्रारम्भिक साहित्यिक जीवन में उग्र ने सम्पूर्णानन्द जी के साथ एक सच्चे अनुयायी की भाँति 'आज' में काम किया था—उनके सम्पादन में मर्यादा में रचनाएँ छपवायी थीं और काशी में सन् 1921 में जो सत्याग्रह आन्दोलन के सिलसिले में गिरफ्तारियाँ हुई थीं उनमें भी उग्र राष्ट्रीय सेनानी की भाँति सम्पूर्णानन्द जी के नेतृत्व में ही जेल गये थे। भावना प्रबलता से प्रेरित होकर सम्पूर्णानन्द जी ने उग्र के स्वास्थ्य और साधना की जो चिन्ता की वह उनकी उच्च मनुष्यता का चिह्न है।

इसी सन्दर्भ में श्री परिपूर्णानन्द वर्मा के पत्रों की चर्चा कर देना अप्रासंगिक न होगा। सभी पत्र अत्यन्त सामान्य लेखकीय स्तर के और व्यावहारिक बातों के हैं। 2 अप्रैल सन् 1956 ई. को परिपूर्णानन्द जी ने दिल्ली से ही एक पत्र उग्र को लिखा जिसमें 1 बजे दिन में 3 अप्रैल को उन्हें भोजन के लिए आमन्त्रित किया गया था और अपने टेलीफोन पर रिंग करने के लिए लिखा गया था। संयोग से उस पत्र का उत्तर उग्र ने दिया था वह भी इस संकलन में मुद्रित हुआ है। उसे नीचे अविकल उद्धृत कर रहा हूँ—

प्रिय परिपूर्णानन्द जी,

कार्ड मिला। यह कार्ड बदले में आपको मिलेगा। आपके सारे पत्र जो मेरे संग्रह में हैं आपकी वर्तमान मनोवृत्ति के दिव्य दीपक हैं। मैं दोपहर को खाता ही नहीं। रही मिलने की बात सो 6 वर्ष हुए मैं पार्लियामेंट भवन देखने नहीं गया। किसी मन्त्री या राष्ट्रपति से नहीं मिला। सम्पूर्णानन्द को मैं अच्छा नहीं मानता, कमला मेरे चिरंजीव हैं। आपकी आँखों में रामरतन गुप्त की अशुद्ध चर्बी छाई मालूम पड़ती है। आपका कार्ड ऐसा है जैसे आपने बनारस के पुलिस सुपरिंटेडेंट को लिखा है। खैर?

3-4-56

वही

उग्र में स्वाभिमान की जो आग थी—उस पर जब भी आँच आती थी वे ज्वालामुखी-सी धुआँधार आग उगलने लगते थे। उनकी लेखनी तोप बन जाती थी। सचमुच उग्र का स्वाभिमान ही था जिसके कारण उन्होंने सांसारिक वैभव, राजनीति के मोहरों और झूठी प्रशंसा से जब भी हुआ चिढ़कर अपने को 'निर्मल जब सोइ मों मन भावा, मोंहि

कपट छल छिद्र न आवा' की तुलसी कथित सत्यता को जीवन में उतारते थे।

इस संग्रह में नवीन जी के भी छह पत्र संकलित किए गये हैं। 12 जून सन् 1923 ई. के पत्र में 'प्रभा' के सम्पादक की हैसियत से नवीन जी ने उग्र की वास्तविक प्रशंसा करते हुए कहा था—

क्यूँ न ऐ उग्र! घसीटोगे तुम काँटों में हमें?
बाज क्या आओगे तुम उग्रताई (उतरताई) से?''

नवीन जी ने 11 फरवरी सन् 1924 ई. को दूसरे पत्र में उग्र की प्रतिभा, तेजी, पैनापन की तारीफ करते हुए लिखा कि उन्हें आप द्वेषोद्रेक के घाट न उतारिएगा। वस्तुत: उग्र ने दीन जी और विमल बी. ए. पर स्पष्ट प्रहार करते हुए प्रहसन 'प्रभा' में प्रकाशनार्थ भेजा था। उसी पर यह नेक सलाह न ठुकराने के आग्रह के साथ दी गयी थी। 'चन्द हसीनों के खतूत' की तारीफ करते हुए 28 अगस्त सन् 1927 को नवीन जी ने लिखा—

''चन्द हसीनों के खतूत—एक साँस में पढ़ गया। क्या मजाल कि आखिरी पन्ने तक किताब हाथ से छूटती। भाषा वाले सम्बोधन, 'मेरे राजा' 'मेरी जान' आदि की चुहल...क्या कहूँ, क्या न कहूँ? मैं तो यह सब पढ़कर व्याकुल हो उठा। तुम्हारी कलम में कितना नशा है, कितना विष है, यह तुम शायद नहीं जानते। भगवान करे, तुम्हारा यह मस्तानापन अलबेले औघट पर सदा फिसलता-चढ़ता रहे।''

जब उग्र कलकत्ता चले गये तो 13 सितम्बर सन् 1927 ई. को अपने को दरिद्र स्वीकार करते हुए, उग्र के सहज उदार दानी से अपना विदित वैभव छिपाते हुए नवीन जी ने लिखा कि, ''तुम एक पार्वत्य जलस्रोत हो—मैं तो एक गँदली तलैया भी नहीं हूँ। भगवान तुम्हारे इस कलनाद को मधुर से मधुरतर और मधुरतम बनाते जायें।'' उग्र कलकत्ता जैसे जालिया नगर में अपनी शक्ति, स्वास्थ्य, वीर्य, ओज को बढ़ाते रहे और सदा हिन्दुत्व के भविष्य में विश्वास रखते हुए साहित्य के माध्यम से सदा जल-कमलवत् बने रहे। इसके लिए नवीन जी ने निराला गति से सदा परे और दूर रहने की उन्हें सलाह दी थी।

पत्र सभी महत्त्वपूर्ण हैं। श्री शिवपूजन सहाय के पत्रों में जितनी आत्मीयता और घरेलू सम्बन्धों की चर्चा की गयी है उतनी अन्य किसी पत्र में नहीं। शिवपूजन जी के 8 मार्च सन् 1922 ई. से लेकर जीवन के अन्तिम क्षणों तक के पत्र इस संकलन की शोभा हैं। शिवपूजन जी ने पत्र आरा कलकत्ता, लखनऊ, काशी, लहेरियासराय, छपरा, पटना आदि अनेक स्थानों से उग्र को लिखा था। उनमें वह मनुष्यता थी, जिसके कारण निराला, उग्र, प्रेमचन्द, विनोदशंकर व्यास और न जाने कितने साहित्यिक उनके

आन्तरिक विश्वास भाजन थे। इन पत्रों में माता की मृत्यु से लेकर अपनी तीन पंक्तियों के निधन की जो हृदयद्रावक स्थिति स्पष्ट हुई उससे शिवपूजन जी का चरित्र झाँक उठता है। उन्होंने कहा था कि हृदय की कोई दवा नहीं। स्वभाव भी अजीब है, मर्ज लाइलाज है। मुरौवत का रोग असाध्य है। किन्तु तुम्हारा उपदेश एक बात के लिए अमोघ अस्त्र बनेगा। तुम्हारी शिक्षा से मैं खूब सहमत हूँ और गाँधी बाबा का अस्त्र अपनाऊँगा। मतवाला मंडल के एक वरिष्ठ सदस्य के रूप में बिताए गये अपने जीवन के सम्बन्ध में श्री शिवपूजन जी ने लिखा था—''मैं स्वीकार कर चुका हूँ और फिर स्वीकार करता हूँ और जीवन भर कहता और जपता रहूँगा कि मतवाला मंडल में जैसा व्यवहार बर्ताव था वैसा इस जीवन में, इस संसार में, कहीं कभी मिल नहीं सकता। 'मतवाला' मेरा कितना प्यारा था, कितना प्यारा उफ, क्या कहूँ, अब नहीं है। यह मेरे लिए असह्य है। किन्तु, भैया पतित शिवपूजन से कितना इक्सप्लेनेशन तलब करोगे? जरा करुणांचल का छोर आगे बढ़ाकर मेरी आँखों के आँसुओं को भी पोंछा करो, मैं तुच्छ, क्षुद्र, दीन, पामर हूँ तो क्या, तुम्हारा ही तो हूँ? यदि न अपनाओगे तो भी तुम्हें अपना ही समझूँगा। अफसोस आज मेरे दुख से तुम्हें और दुखी होना पड़ा। खेद है कि मैं यह बात सबसे नहीं कह सकता। यदि कह पाता तो मेरी धोखेबाजी और चालबाजी पर घृणा करनेवाले भी कुछ देर सम्हल जाते।''

पं. किशोरीदास वाजपेयी हिन्दी के सर्वमान्य भाषाविद्, पुराने अखाड़ियों के सरताज माने जाते हैं। उनके पांडित्य और विद्वत्ता को चैलेंज देने की ताकत किसी में नहीं थी, न है। वाजपेयी जी ने उग्र का पहली बार सम्पर्क 11 अक्टूबर सन् 1955 ई. को प्राप्त किया। उन्होंने 26 जनवरी सन् 1956 ई. को 'हिन्दी पंच' के प्रथम अंक पर अपनी बधाई भेजते हुए लिखा था कि वेश्यावृत्ति जान बूझकर है क्या? वेश्या और वैश्य में धन की ही सर्वस्व प्रवृत्ति समान। वेश्या वैश्यवृत्ति? 30 जनवरी सन् 1956 ई. को उग्र को वश्यवाक् सम्बोधित करते हुए उनकी लेखनी की प्रशंसा करते हुए वाजपेयी जी ने लिखा था कि आप जो कुछ लिखते हैं वही काव्य है और जैसी भाषा में लिखते हैं वही श्रेष्ठ है। व्याकरण तो आपकी भाषा का ही अनुगमन करता है।

सभी पत्रों का विवेचन नवीन जानकारियाँ देनेवाला है। उग्र के व्यक्तित्व को नये से नये रंगों में उभारने वाला है। नन्दकिशोर तिवारी से लेकर शिवप्रसाद गुप्त तक ने पत्र लिखे हैं। सभी में कोई न कोई नयी जानकारी मिलती है। उग्र के साहित्यिक और पत्रकार जीवन के सम्बन्ध में कालिकाप्रसाद दीक्षित, कृष्णकान्त मालवीय, दुलारेलाल भार्गव, प्रफुल्ल-प्रदान की बात किसी से भेज देंगे तो प्रसन्नता मुझे होगी वह परमात्मा जानेगा। मैं तो जेल जाते समय प्रसन्न था।

आपका पुत्र
कमलापति

लगता है यह पत्र कमलापति जी ने अपने पूज्य पिता जी को लिखा था जो किसी भाँति उग्र के संग्रह में आ गया था। या जो भी हो...।

आजीवन उग्र अपनी बल खाती, ठुमकती, नाचती और अर्थान्तर न्यास की अभिव्यक्त करने वाली भाषा में चार्वाक की परम्परा को हिन्दी साहित्य में पुनर्जीवित करते रहे। उनकी टक्कर का निर्भीक और सत्यवादी साहित्यरत्न भारतीय सहित्य में पैदा ही नहीं हुआ। परतन्त्रता के युग में लगभग आधा शताब्दी पूर्व अपने यार विनोदशंकर व्यास से आपस में 'उग्र' ने अहद किया था कि जो भी पहले मरेगा उसकी मौत पर जीवित जानदार यार रोएगा नहीं, न तो उसकी चिता के आगे किसी को शोकार्त नाद ही करने दिया जाएगा। उलटे गवाया जाएगा गवनहारिनियों को; नचाया जाएगा नाचनहारियों को। ऐसा निश्चय करते समय उग्र ने सोचा था कि जीवन बराबर बनारस फ्रेम में जड़वत् बड़ना रहेगा। अनुभव, ज्ञान, परिज्ञान में वयवृद्धि के साथ जमीन आसमान का अन्तर होता जाता है। भारत की राजधानी दिल्ली में रंगभरी एकादशी, संवत् 2023 ई. को हृदयगति रुकने से 'उग्र' का निधन हुआ। निधन के पूर्व स्वाहा की भूमिका रचकर वे मृत्यु में लीन हो गये। उनकी अस्थियों का अवशेष काशी नागरी प्रचारिणी सभा ने शहनाई के आशा भरे राग के स्वर में मोक्षदायिनी गंगा को अर्पित कर दिया—

''डूबा-मगर एक नाज रहा,
अहले साहिल को मैंने पुकारा नहीं।''

'उग्र' मरता नहीं,
उग्र मरते नहीं;
ज़िन्दा उग्र फिर हाजिर है!

परिशिष्ट

उग्र : मेरे साहित्य-बन्धु

पं. सूर्यनारायण व्यास

उग्र जी मेरे स्नही मित्र थे। हममें खटपट भी होती रहती थी; पर हमारे स्नेह-सम्बन्धों में अन्तर नहीं आया। बहुत-से लोग उनसे नाराज़ हो जाते थे; क्योंकि उग्रजी व्यावहारिक नहीं थे, मुँहफट अधिक थे। किन्तु उग्रजी हृदय से निष्कपट, निर्मल, ईमानदार व्यक्ति थे; स्वाभिमानी और निःस्वार्थ प्रथम श्रेणी के थे।

उग्रजी को समझने के लिए उनके व्यक्तित्व और कृतित्व में अन्तर करना होगा। वे व्यक्ति के रूप में उग्र थे, जैसे-को-तैसा कहने में वे किसी को चूकते नहीं थे। पर वे 'कृति' के रूप में अत्यन्त सहृदय-मार्मिक, पारदर्शी और प्रामाणिक थे। उनके आलोचक में क्षमा या सहिष्णुता नहीं थी; पर उनका लेखन यथार्थवादी था। परख पहुँची हुई थी।

हर चलते-फिरते व्यक्ति उनके पात्र बन सकते थे। जिस दुकान पर वे क्षण-भर खड़े हो जायें, उनकी पैनी निगाह में उसका पूरा चित्र आ जाता था, और वह कहानी का विषय बन जाता था। उन्हें खोज नहीं करनी पड़ती थी। साधारण-सी घटना भी अच्छा-खासा कहानी का 'प्लाट' दे जाती थी।

वे साहित्य के पारखी थे। संगीत के मर्मज्ञ थे, सितार उन्हें प्रिय था। वे धार्मिक और भक्त थे। शिव और राम उनके आराध्य थे। परन्तु किसी मुसलमान मित्र के साथ महीनों रहने में उससे बाधा नहीं आती थी। खाने और पीने में उन्हें कोई परहेज नहीं था।

बड़ी मार्मिक चुटकियाँ लेने में दक्ष थे; व्यंग्य-लेख और कविता भी ख़ूब लिखते थे। तुलसी की विनयपत्रिका और ग़ालिब के दीवान उनके धर्मग्रन्थ बन गये थे। उन्होंने जो लिखा, सर्वथा मौलिक लिखा; वे किसी से प्रेरित या प्रभावित नहीं थे। अपना पथ स्वयं उन्हीं का बनाया होता था। हर किसी से झगड़ पड़ना उनका स्वभाव हो गया था। इसमें वे अपने 'उग्र' नाम की सार्थकता समझते थे।

उन्होंने जीवन में कई पत्रों को जन्म दिया, सम्पादन किया; पर वे अधिक दिनों तक जमकर बैठ नहीं सके। वे दूसरों की ही नहीं, अपनी खुद की भी उग्र आलोचना करने से नहीं चूकते थे। इसीलिए पैर में शनीचर लगा रहा, वे एक जगह टिक नहीं पाये। काशी, कलकत्ता, बम्बई, उज्जैन, इन्दौर, जयपुर, दिल्ली भटकते रहे। और अन्त न चाहते हुए भी दिल्ली में ही हुआ।

शादी नहीं की। परिवार का प्रश्न ही क्या! मित्रों में से भी ऐसे कम ही होंगे, जिनसे पटा पाये हों! शिष्यों की परम्परा के पक्षपाती नहीं थे और वे चाहते भी, तो शायद ही उनकी कसौटी पर कोई कसा जाता। उन्होंने कुछ समय एक सुन्दर कुत्ता पाला था। उसकी आवभगत भी वे ख़ूब करते थे। रोज़ाना जलेबी-रबड़ी खिलाते, पिटाई भी करते उसके मुँह से 'राम' कहलाने के लिए। जब तक वह 'आम-आम' न कह दे, उसकी मुसीबत हो जाती थी।

उग्रजी ने पैसा कम नहीं कमाया। पर जो कमाया, उसे उड़ाने में देरी न की। रेसकोर्स पर हज़ारों से हार की, कभी कौड़ी कमाई नहीं। फ़िल्में बनायीं, पैसा भी आया। किन्तु उग्र का पैसे से मोह कभी नहीं रहा, वे निर्लिप्त साधु, मस्त फक्कड़ बने रहे। पैसे से उन्हें कोई खरीदने का साहस भी नहीं कर सकता था। सम्पत्तिशालियों से उनकी मित्रता भी थी; पर ज़रा ही चौंके कि उनकी उग्र आलोचना से नहीं चूकते।

उग्रजी की कलम का ओज 'मतवाला' में जिन्होंने देखा है, वे उनकी लेखनी का जादू माने बिना नहीं रह सकते।

जब काशी रहते थे, तब शिवपूजन जी भी वहीं पुस्तक-प्रकाशन के लिए रहा करते थे। शिवपूजन जी की द्वितीय पत्नी का सहसा रात्रि में अवसान हो गया। उस समय उनके पास कोई भी व्यक्ति नहीं था और स्थिति भी अत्यन्त साधारण थी। उग्र जी कई दिन हुए उनसे मिले भी नहीं थे। सहसा उसी रोज रात को जुए में हार गये और पैसे की ज़रूरत हुई। सीधे शिवपूजन जी के घर पहुँचे। दूसरी मंज़िल पर जाकर देखा। पत्नी का शव पड़ा था, एकाकी शिवपूजन जी पास बैठे थे। देखकर स्तब्ध रहे।

शिवजी ने पूछा कि कैसे, कहाँ से आ रहे हैं? तब बताया कि जुआ हारकर आ रहा हूँ; कुछ पैसे की ज़रूरत थी; पर यहाँ तो यह हालत है। तब शिवजी ने पूछा—कितने पैसे चाहिए? बताया—पचास रुपये! शिवजी ने कहा—उग्रजी, मेरे पास कुल 50 रुपये हैं, ले जाओ। सुबह होने पर शवयात्रा की कहीं और से व्यवस्था हो ही जाएगी। और उग्रजी शिवजी से पचास रुपये लेकर चल दिये।

सुबह तो सारी व्यवस्था हो ही गयी; पर उग्रजी का उस अवस्था में पचास रुपये ले जाना और शिवजी का ऐसी विकट स्थिति में पूरी पूँजी सहज भाव से दे देना, दोनों ही अपने में अद्‌भुत घटनाएँ हैं। उदारता और निर्लिप्तता के साथ मित्रता की कठोर कसौटी तो यह ही है। यह घटना उग्रजी के चरित्र को समझने में सहायक हो सकती

है।

उग्रजी ने स्पष्टवादिता के कारण यथार्थ चित्रण में 'चाकलेट' जैसी चीज़ें भी लिखीं, 'अश्लील' की कोटि में आनेवाली कहानियाँ भी कम नहीं लिखीं; पर स्वयं उग्र जी का चरित्र निष्कलंक रहा है। उस पर उँगली उठाने को अवकाश नहीं था। वे असहिष्णु अवश्य थे; किन्तु अनुदार नहीं थे।

उनके व्यंग्य-विनोद और उनकी कविताओं पर किसी ने प्रकाश नहीं डाला। उन्होंने बहुत कविताएँ लिखी हैं। जब प्रगति या प्रतीकवाद की हवा हिन्दी में प्रवाहित नहीं हुई थी, तब अनेक कविताएँ वादों के अनुरूप लिखी थीं। उन्होंने 'पारिजातों का बलिदान' एक काव्य-पुस्तिका लिखी थी, और स्नेहवश मुझे 'समर्पित' की थी। वह कल्पना-प्रचुर और भावमय थी। पढ़कर ही अनुभव किया जा सकता है। कुछ वर्ष पूर्व दिल्ली के एक सरकारी मासिक में मैंने 'उग्र का उपेक्षित काव्य' नामक लेख लेखा था। परन्तु उग्रजी दिल्ली के अनेक साहित्यिकों से टकरा चुके थे। वह नहीं छपा।

'विक्रम' पत्रिका का आरम्भ ही उग्रजी के अनुरोध पर किया गया था। किन्तु चार अंक के बाद की प्रकाशक से टकराहट हो गयी और एकआध असंयत टिप्पणी के कारण शासन से भी तुरन्त काम छोड़ दिया। उसके बाद विवश होकर मुझे सम्पादन का कार्य उठाना पड़ा। तब उग्रजी ने मुझे पत्र में लिखा—"छः महीने सम्पादन कर लिया, तो मैं शिष्य बन जाऊँगा।" इस पत्र ने मुझे सजग बना दिया, प्रेरित किया। सभी जानते हैं कि 'विक्रम' आगे आठ वर्ष तक चलता रहा। न मैं गुरु बना, न उग्रजी ही शिष्य।

ऐसी बातों के बाद भी हमारे उनके बीच स्नेह-सूत्र निरन्तर स्थिर बना रहा। मैं उनके स्वभाव, व्यवहार और हृदय को समझ सका था; इसलिए उनके साथ स्थिर सम्बन्ध बनाये रखने में मुझे कोई कठिनाई नहीं हुई। मैं दिल्ली में भी उनसे मिलता रहता था। पत्र-व्यवहार बराबर बना रहा था।

हाल ही में जब उनकी 'उग्र-ग़ालिब' पुस्तक प्रकाशित हुई, उन्होंने मुझे भिजवायी थी। उग्रजी के जीवन में यह एक नयी घटना थी। वे पहली बार एक सफल व्याख्याकार के रूप में साहित्य के समक्ष आये थे। ग़ालिब की कविता की सर्वथा मौलिक व्याख्या उन्होंने हिन्दी को प्रदान की है।

उग्रजी पूर्णतः स्वस्थ थे। वे नियमित रहते थे। कौन जानता था कि सहसा उनसे इस तरह बिछोह हो जाएगा? हिन्दी का यह ओजस्वी उग्र, बेजोड़ साहित्यकार उठ गया। अपने युग का स्वतन्त्र शैलीकार चला गया।

('आज' से साभार : नवनीत, जुलाई, 1969)

उग्र : जीवन से ठिठोली करनेवाला साहित्यकार

उग्रजी नहीं रहे। हिन्दी-साहित्य की भाषा का एक स्वतन्त्र शैलीकार चला गया।

जिन दिनों उग्रजी मेरे यहाँ रहते थे, स्व. बन्धुवर नवीनजी ने लिखा था कि "उग्र ने अपने को अजीब चूँचूँ का मुरब्बा बना रखा है, पर है हिन्दी में कोई व्यक्ति जो उग्रजी की तरह भाषा लिख सके?" बात सोलह आना सही है, उग्र भाषा के धनी थे, उनकी शैली को अपनाने का यत्न बहुतों ने किया, किन्तु वे नक़ल-नवीस ही बनकर रह गये।

मैं उग्रजी को 1920-21 से जानता था। जब वे 'आज' में 'अष्टावक्र' नाम से छोटे-छोटे व्यंग्य लिखा करते थे। इस व्यंग्य के लिए 'आज' के लोगों में खींचतान चला करती थी। कलकत्ते से 'मतवाला' निकला। उसकी मस्ती पर पाठक फिदा हो गये थे। उग्रजी की कलम वहाँ बहुत चमकी। उसी पत्र में क्रमश: 'चन्द हसीनों के खुतूत' निकलने लगा। उसको पढ़कर लोगों ने उग्र की कलम का लोहा मान लिया। यह इतना लोकप्रिय उपन्यास बना कि हज़ारों प्रतियाँ हाथों-हाथ बिक गयीं। फिर तो मतवाला में 'शराबी', 'बुधवा की बेटी', 'चार बेचारे' क्रमश: प्रकाशित होते रहे और पुस्तकाकार बन धड़ल्ले से बाज़ार को अपना बनाते चले गये। इन पुस्तकों से उग्रजी को चालीस हज़ार रुपये रॉयल्टी में मिले थे पर रुपया और उग्रजी का सदैव वैर-भाव रहा। वे गाँठ में बाँध नहीं सके, मुट्ठी में पड़ा और उन्होंने हाथ खोलकर बिखेर दिया। खाया-खिला दिया। रेस कोर्स पर जाकर लुटा दिया। फिर वही फ़ाक़ामस्ती का जीवन। कलकत्ते में रहते हुए ही उनकी एक पुस्तक को लेकर 'विशाल भारत' के द्वारा 'घासलेटी साहित्य' का आन्दोलन उठा। ख़ूब धूम मची। कलकत्ता कांग्रेस के अधिवेशन के साथ 'राष्ट्रभाषा प्रचार सम्मेलन' का बड़ा-सा बंडल लिये 'घासलेटी साहित्य' के विरोध में प्रकाशित अंक सदस्यों को बाँट रहे थे।

अन्तत: मतवाला के बन्द होने के पश्चात् उग्रजी साहित्य निर्माण से तटस्थ होकर फ़िल्मी दुनिया से चले गये थे और अनेक चित्रपट उनकी कथाओं पर बने। साहित्य से कुछ काल के लिए उन्होंने संन्यास ले लिया था। वर्षों बाद जब वे पुन: लिखने लगे, तब उनकी भाषा का वह जादू नहीं रह गया था। 'चन्द हसीनों के खुतूत' जैसी चीज़ के फिर नहीं दे सके। उन्हीं दिनों 'चिनगारिया' उन्होंने लिखी थी और वह सरकार ने ज़ब्त कर ली थी। उग्रजी ने क्रान्तिकारी कार्यों में योग दिया था। कुछ लेखों के लिए भी पुलिस पीछे पड़ गयी। उन्हें भूमिगत होना पड़ा। उग्रजी ने दस-बारह उपन्यास लिखे, अनेक कहानियाँ लिखीं और 'महात्मा ईसा' नामक नाटक भी लिखा जो कई बार अभिनीत हुआ। वे व्यंग्य बहुत बढ़िया लिखते थे, रिपोर्ताज़ भी कमाल का लिखते थे। कई पत्रों का सम्पादन भी किया।

वे अपने स्वभाव की स्वच्छन्ता के कारण किसी के साथ अधिक समय तक पटा

नहीं सके। जीवन पर अविवाहित, अनियन्त्रित, फक्कड़पन में रहे। हर किसी से झगड़ पड़ना, गुण की अपेक्षा दोष देखकर अविलम्ब प्रहार कर बैठना उनका स्वभाव बन गया था। जब मेरे पास रहे, (लगभग दो वर्ष तक) वे कभी अमर्यादित नहीं बने। भंग के सिवा किसी नशे या अखाद्य का सेवन नहीं किया। रोज़ाना सुबह चार-साढ़े चार बजे जगकर महाकाल के कुण्ड में स्नान कर लेते—चाहे वर्षा हो, शीत हो—और महाकाल मन्दिर में जाकर मन्दिर की सफ़ाई में लग जाते। सूर्योदय के समय लौटकर आधा पाव भंग पीसकर पानी के साथ उदरस्थ कर लेते, उस हालत में फिर वे लिखने को बैठ जाते। इतनी अधिक भंग पीकर भी नशे पर उनका नियन्त्रण रहता था।

जिन पर वे स्नेहाधिकार मानते उनसे साधिकार रकम ले लेते, बाज़ार में भी लोग महीनों उन्हें उधार माल दे देते। जब उनके पास पैसे पहुँचते तो तुरन्त सभी का पैसा, अपनी ओर से मनमाना सूद लगाकर, सरलता से लौटा देते। अकारण भी दुश्मनी मोल ले लेते थे। हर परिचित मित्र भी उनसे दूर भागने की सोचता रहता। एक बार दिल्ली से मुझे लिखा कि, ''यहाँ मैंने सभी से दुश्मनी कर ली है। लेखक, कवि, पत्रकार सभी नाराज़ हैं।'' मैंने लिखा कि अब 'सठिया' गये हो। यह प्रवृत्ति पलट दीजिए। पर उन्होंने उत्तर दिया—''मेरा नाम निरर्थक बन जाएगा, 'उग्रता' ही मेरी साधना है। यही मैंने 'सिद्धि' प्राप्त की है। अब ज़िन्दगी के चन्द दिनों के लिए उसे क्यों छोड़ूँ?''

उनको निकट से जाननेवाले कह सकते हैं कि उनका हृदय निर्विकार ही था। विरोधी भी उनका सब कुछ प्राप्त कर सकता था। समय पर वे शक्ति-भर सहयोगी बन जाते थे। पर विरोध करने पर निम्न स्तर पर भी सहज उतर जाते थे, किन्तु दिल दूषित नहीं था। जुड़ना जानते नहीं थे, टकराने में टाइम नहीं लगता था। उन्होंने जो लिखा उसमें प्रायः अश्लीलता भी आयी है। मैं उन्हें प्रायः कहा करता था कि, ''जो आपने शरीर से नहीं किया, वह अपनी कलम से कर देते हैं।'' वे इसे स्वीकार करते थे।

उग्रजी ने साहित्य के विविध पहलुओं पर लिखा। सैकड़ों कविताएँ उनकी यत्र-तत्र मुद्रित हुई हैं। बहुत कम शिक्षा-दीक्षा होने पर भी प्रतिभा के धनी थे, अँग्रेजी का ज्ञान स्वयं सम्पादित था, पर उन्होंने प्रसिद्ध अँग्रेज लेखकों की रचनाएँ पढ़ी थीं। उर्दू-पर्शियन का भी उन्हें पर्याप्त ज्ञान था। हाल ही में 'ग़ालिब-उग्र' की रचना कर सर्वथा अभिनव-व्याख्याकार के रूप में उन्होंने यश अर्जित किया था। वे तुलसीदास और ग़ालिब दोनों के भक्त थे।

वे मातृभक्त थे, माँ के जीते बराबर अपनी शक्ति-भर सेवा करते रहे। मिर्जापुर में पैदा हुए पर वहाँ रहे बहुत कम। अन्त में उज्जैन में बस जाने की उनकी चाह थी। मुझे लिखा था कि, ''कोई छोटा-सा प्लाट मिल जाए तो अपनी कुटी बनाकर महाकाल मन्दिर की झाड़ू लगाते रहने की कामना है। दिल्ली में अब भाड़ झोंकने

को जी नहीं करता!"

एक बार मेरी माताजी के समक्ष उन्होंने कहा था कि आपके चार बेटे हैं, वे योग्य हैं। पर मैं नालायक़ होते हुए भी आपका पाँचवाँ बेटा हूँ। मेरे घर रहते हुए दो वर्ष में शराब उन्होंने नहीं छुई। किन्तु एक रोज़ एक पुराने रईस मित्र के यहाँ पीने को विवश होना पड़ा। मेरे साथ ही वे भोजन करते थे। उन्हें उस रात देरी हो गयी तो मैं अपने दफ़्तर के आदमी को कह आया कि उग्रजी आ जायें तो घर पर भोजन के लिए भिजवा देना। मेरे जाने के बाद वे आये। जब आदमी ने उनसे मेरा सन्देश कहा तो उन्होंने एक 'चिट' पर यह लिखकर भिजवाया, "मुझे आज मित्र ने थोड़ी पिलवा दी है इसलिए ऐसी हालत में मैं माँ के सामने नहीं आऊँगा।" यह थी उनकी नशे में भी मर्यादाशीलता!

इन्तिहाए नशे में
आता है होश!
होशियारी
इन्तिजाए नशा है!

(ठिठोली, 1969)

पण्डित सूर्यनारायण जी व्यास
ज्योतिषाचार्य, पद्मभूषण,
महाकाल मन्दिर
उज्जैन (म.प्र.)
29 नवम्बर, 1962

आदरणीय व्यासजी,

नमस्कार!

मैं यहाँ अपने बनाये घोर आर्थिक कष्ट में हूँ, साथ ही, वैसे ही लड़ता जैसी भगवान ने आदत दे रखी है। आपका सदा का मैं ऋणी, साथ ही जानता हूँ कि कारू का ख़ज़ाना आपके यहाँ संचित है, फिर भी, देखिए कुछ मेरे भाग्य का भी हो, तो पत्र पाते ही फ़ौरन से पेश्तर कीजिए।

कृपा कीजिए! फ़िलहाल राजस्थान में मैं कुछ भी न करते हुए जो परम निकट है उससे भी विकट लड़ रहा हूँ। जो हो—जय हो।

—पाण्डेय बेचन शर्मा 'उग्र'

लौह-लेखनी के धनी-'उग्र'

पौष सुदी 8 संवत् 1957 की रात्रि 8-30 को चुनार, जिला मिर्ज़ापुर (उ.प्र.) के एक निर्धन ब्राह्मण पं. वैद्यनाथ पांडेय, माता जयकलीदेवी के घर जनमे 'उग्र' नाम से विख्यात साहित्यकार, पत्रकार, नाटककार, कवि, उपन्यासकार स्व. पांडेय बेचन शर्मा 'उग्र' एक विलक्षण और अलौकिक शैलीकार थे।

आपके भाइयों में कोई जीवित नहीं रह पाता था, अत: माँ ने लोगों के कहे अनुसार बालक 'उग्र' को झूठ-मूठ बेचकर टके का गुड़ खा लिया था, इसलिए नाम 'बेचन' पड़ा। 'अपनी ख़बर' में स्वयं 'उग्र' ने लिखा है—"आज जीवन के 60वें साल में साधिकार कह सकता हूँ कि मुझे ही नहीं मौत को भी यह नाम नापसन्द है, लेकिन अब इस उम्र में तो ऐसा लगता है, यह नाम नहीं तिलस्मी गंडा है जिसके आगे काल का हथकंडा भी नहीं चल पा रहा है।"

रामलीला में अभिनय करते-करते ही उग्र ने गरीबी की भयावहता को बाल्यावस्था में ही भोगा था, और यही खोज-परख युवक 'उग्र' के साहित्य के लिए वरदान थी, जिसकी वहज से वे साहित्य में अपना अंगद पाँव जमा सके। 'उग्र' अत्यन्त सफल पत्रकार और उच्च श्रेणी के दबंग साहित्यकार थे। बंगाल के शेर और प्रख्यात क्रान्तिकारी शचीन्द्रनाथ सान्याल ने अपनी प्रसिद्ध कृति 'बन्दी जीवन' में युवक 'उग्र' का वर्णन करते हुए लिखा है—

"इधर सन् 1925-26 में सुरेशचन्द्र जी की सहायता से एक प्रतिभावान युवक से मेरा परिचय हुआ। ये प्रतिभावान युवक 'आज' में "उग्र' नाम से अपने लेख दिया करते थे। आज ये सब बातें स्मरण करके मैं यथेष्ठ गौरव अनुभव करता हूँ कि एक यथेष्ठ प्रतिभाशाली युवक को मैंने उसकी तरुण अवस्था में ही पहचान लिया था।

आज "उग्र जी' ने साहित्य में अपना सुनिर्दिष्ट स्थान प्राप्त कर लिया है...इसमें तो कोई सन्देह नहीं कि उनकी लेखनी में अत्यन्त शक्ति है, इनकी सहायता से हमारे दल को एक ऐसा महत्त्वपूर्ण लाभ हुआ जिसके लिए हम सदा उनके कृतज्ञ रहेंगे, बनारस में मुझे अब तक जितने व्यक्ति मिले उनमें श्री राजेन्द्र लाहिड़ी (आपको

ब्रिटिश गवर्नमेंट ने काकोरी डकैती केस में फाँसी पर लटका दिया था) और श्री बेचन शर्मा विशेष उल्लेख योग्य थे। इसके अतिरिक्त और जितने व्यक्ति हमारे दल में आये थे उनमें से बहुतों ने बाद में काम करना छोड़ दिया। सौभाग्य की बात है कि इनमें से किसी ने भी बाद में विश्वासघात नहीं किया।''

—शचीन्द्र नाथ सान्याल, 'बंदी जीवन' (पृष्ठ 260, 62)

काशी विश्वनाथ के आँगन से अपने रचनात्मक जीवन और लेखन का आरम्भिक शंखनाद उद्घोष करते हुए वे मध्य प्रदेश भी आये और स्वराज्य (सं. सिद्धनाथ माधव आगरकर) वीणा (मध्य भारत हिन्दी सा. समिति इन्दौर) तथा भूत भावन भगवान महाकाल के आँगन उज्जैन में भी रहे जहाँ पद्मभूषण स्व. पं. सूर्यनारायण व्यास के सचालन में 'विक्रम' का सम्पादन किया और अपने मनमौज़ी फक्कड़पन, औघड़ स्वभाव की यादें छोड़ गये।

बहुत से लोग उनसे नाराज हो जाते (और अब भी हैं!) क्योंकि वे व्यावहारिक कम मुँहफट अधिक थे, किन्तु 'उग्र' हृदय से निष्कपट, निर्मल और ईमानदार आदमी थे। स्वाभिमानी और निस्वार्थी तो प्रथम श्रेणी के थे, इसलिए 'उग्र' को समझने के लिए उनके व्यक्तित्व और कृतित्व में अन्तर करना अब नितान्त आवश्यक है। 'उग्र' का मूल्यांकन ऊर्ध्व-रेखा में नहीं किया जा सकता है। उनको जानने के लिए एक व्यापक फैलाव से गुजरना होगा।

उन्नत ललाट, लम्बे कान और मस्तक पर तिलक बनाती दो सीधी रेखाओं वाला वह व्यक्तित्व अपने युग का सर्वाधिक टेढ़ा और चर्चित व्यक्तित्व था। उनके व्यक्तित्व में बनारासी मस्ती अक्खड़पन और हाज़िर-जवाबी कूट-कूट कर भरी थी। मिर्जापुरी सोटा उनका अभिन्न था। बम्बई रहे फिल्मी दुनिया में भी, तो सोटा साथ रहा। सारा हिन्दी-साहित्य उनकी कोप-दृष्टि से काँपता था। किसी भी व्यक्ति से लोहा बजाने में वे पीछे नहीं रहते थे।

दद्दा मैथिलीशरण गुप्त ने लगता है, लम्बे और गहरे अनुभव के बाद ही लिखा था—

'धूल और गुलाल दोनों 'उग्र' के हाथ
देखना है, आज किसका, भाग्य किसके साथ?'

बनारस से प्रख्यात कथाकार पं. विनोद शंकर व्यास उज्जैन में पं. सूर्यनारायण जी व्यास को पत्र लिखकर कहते—''इस 'उग्र' को हिन्दी-साहित्य में बस दो 'व्यास' समझे है— एक आप, एक मैं।—आप चुप रहते हैं, मैं कह देता हूँ...बस...।'' और सचमुच 'उग्र' था भी अद्भुत व्यक्तित्व। व्यासजी के साथ ही रहे, उन्हीं के 'भारतीय-भवन' में, और उन्हीं के ख़िलाफ़ आलोचना भी वहीं से लिखते, मगर अब मैं यह मानता हूँ कि बड़ों के झगड़े भी बड़े ही समझते हैं। आजादी के पूर्व जब स्व.

पं. व्यास को 'इंडियन डिफेंस एक्ट' के तहत महाराज ग्वालियर ने व्यक्तिगत राग-द्वेष से प्रेरित होकर नज़रबन्द करवाया तो, वे 'उग्र' ही थे जिन्होंने देशी रियासत में रहते हुए भी महाराज के विरुद्ध खून खोला देने वाले लेख लिखे—

'राजा के कान होते हैं आँखें नहीं!' उक्त लेख में उन्होंने लिखा था—

''मैं सूर्यनारायण व्यास का मित्र नहीं शत्रु हूँ, यही बात सारा हिन्दी-संसार हमारी आपसी आलोचना के कारण समझता है, और प्राय: मैंने उनकी उनके साहित्य की आलोचना ही की है, पर जो भी लिखा है वह उन्हें मार डालने की नीयत से कम और कूट-पीटकर पुष्ट करने की नीयत से अधिक...कान खोलकर सुन ले श्रीमन्त... चापलूसों के कान भरने पर एक तेजस्वी साहित्यकार के स्वाभिमान पर, सम्मान पर अगर आँच आयी तो यह बात और कोई बर्दाश्त कर ले, महाकाल 'उग्र' नहीं।''

वहीं 'उग्र' कृतित्व में अत्यन्त सहृदय, मार्मिक और पारदर्शी थे, मगर उनके आलोचक में क्षमा या सहिष्णुता नहीं थी, उनका लेखन यथार्थवादी और परख पहुँची हुई थी, हर चलते-फिरते व्यक्ति उनके पात्र थे। जिस दुकान पर क्षण-भर वे खड़े हो जायें उनकी पैनी निगाह में उसका पूरा चित्र आ जाता था, और बस वही उनकी कहानी का विषय बन जाता, उन्हें खोज नहीं करनी पड़ती थी। एन्टन चेखव की तरह साधारण-सी घटना भी उन्हें कहानी का प्लाट दे जाती। मेरे पू. पिता स्व. पं. सूर्य नारायण व्यास को नायक बनाकर लिखी कहानी 'पेशावर एक्सप्रेस' इसका अच्छा उदाहरण है।

यह कहानी 'सरस्वती' में छपी और चर्चित भी रही। 'चेखव' की तरह ही उन्होंने भी नन्हे-नन्हे अबोध, मूक पशुओं तक को केन्द्रीय पात्र बनाकर कहानी रची है तो 'घंटे' जैसे बेजान और निर्जीव पात्र को केन्द्र में रखकर उपन्यास भी रच दिया। सबसे बड़ा विस्मय तो यह है कि अध्ययन की अपनी प्रारम्भिक सीढ़ियों पर भी ठीक से शिक्षा न प्राप्त करने वाले 'उग्र' संस्कृत, उर्दू, अंग्रेजी, गुजराती, मराठी, प्राकृत, पालि के मर्मज्ञ थे। मोपासां, डीकन्स, स्पैन्सर, मौलियर, मेत्सिनी के धाराप्रवाह उद्धरण पर उद्धरण देने वाले, उग्र साहित्य के पारखी थे। संगीत के मर्मज्ञ थे। सितार उन्हें प्रिय था। धार्मिक और भक्त भी थे। शिव और राम आराध्य थे, पर जात-पात से कभी बँधे नहीं। कहीं भी कुछ भी खान-पान से संकोच भी नहीं करते। अमीर से अमीर और गरीब से गरीब उनके मित्र थे। मार्मिक चुटकियाँ लेते।

तुलसी की 'विनय पत्रिका' और गालिब का 'दिवान' उनके धर्मग्रन्थ हो गये थे।

जो लिखा सर्वथा मौलिक—किसी से प्रभावित या प्रेरित नहीं थे 'उग्र'। अपना पथ भी स्वयं बनाया। 'उग्र' के पाँच पूज्य गुरु थे—लाला भगवान दीन, पं. बाबू राव, विष्णु पराडकर, पं. कृष्णदत्त पालीवाल, श्री काशीपति तिवारी और त्रिदंडी जी। 'उग्र' के शब्दों में—''त्रिदंडी जी से मुझे लिखने का शौक मिला, काशीपति जी से सहृदयता,

दीन जी से 'दृष्टि', पराडकर जी से राह और पालीवाल जी से उत्साह।''

त्रिदंडी 'उग्र' के बड़े भाई थे। तमाम बुराइयों के बावजूद, लेखन की तरफ मोड़ने वाले उग्र के 'आदिगुरु' थे वे, काशीपति जी उग्र के बालबन्धु पं. कमलापति त्रिपाठी के अग्रज थे। उन्होंने 'उग्र' के प्रथम काव्य-संग्रह 'ध्रुव धारणा' के प्रकाशन के लिए आर्थिक सहायता भी की थी। लाला भगवानदीन ने 'उग्र' के पहले नाटक 'महात्मा ईसा' की भूमिका लिखकर 'उग्र' को हिन्दी साहित्य में प्रतिष्ठापित किया। पराडकर जी ने बरसों 'आज' अखबार में उग्र की आरम्भिक रचनाएँ वर्तनी, भाषा सुधार-सुधार प्रकाशित कीं। पालीवाल जी ने 'उग्र' का बड़ा उत्साहवर्धन किया।

फिर भी हर किसी से झगड़ पड़ना 'उग्र' के स्वभाव में था और शायद इसी में वे अपने नाम की सार्थकता भी समझते थे।

जीवन में कई पत्रों का सम्पादन किया। जन्म दिया पर अधिक समय जमकर कहीं भी नहीं बैठे। वे दूसरों की क्या अपनी खुद की उग्र आलोचना करते थे।

पैर में शनिश्चर था। एक जगह टिके नहीं। काशी, कलकत्ता, बम्बई, इन्दौर, उज्जैन, जयपुर, दिल्ली भटकते रहे और अन्त न चाहते हुए भी आखिर दिल्ली में हुआ। इन्दौर (म.प्र.) में उग्र का निवास 'समिति भवन' और उज्जैन में 'विक्रम' सम्पादक स्व. पं. सूर्यनारायण व्यास का 'भारती भवन' था। इन्दौर से समिति और वीणा (मासिक) प्रबन्धकों से झगड़कर गर्मागर्मी की। आखिर में प्रबन्धकों ने 'उग्र' की रचना 'वीणा' में छापने तक पर प्रतिबन्ध लगा दिया।

उज्जैन रहे तो 'विक्रम' में इतना और ऐसा लिखा कि संचालक स्व. पं. सूर्य नारायण जी व्यास को अन्ततः कारावास भोगना पड़ा। यही काम वे पूर्व में स्वदेश (गोरखपुर) के सम्पादक पं. दशरथ प्रसाद द्विवेदी के साथ कर चुके थे। सम्पादन किया था 'उग्र' ने और बकौल उनके जेल काटी द्विवेदी ने।

विवाह नहीं किया, अतः परिवार का प्रश्न ही नहीं। मित्रों में भली कम निभी। शिष्य परम्परा से नफ़रत थी और कोई शायद ही उनकी कसौटी पर खरा उतरता अगर शिष्य बनाते तो भी।

'भारती भवन' उज्जैन में रहते हुए कुत्ता भी पाला 'चिंङ्-क्यांग'। उसकी आवभगत खुद ही करते। रोज रबड़ी, जलेबी खिलाते...पीटते भी! उसके मुँह से 'राम-राम' कहने के लिए, जब तक वह 'आम-आम' भी न कह दे उसकी शामत ही रहती।

'उग्र' ने पैसा कम नहीं कमाया पर उड़ाने में भी देर न की। फिल्में बनायीं और सब रेस-जूए में हार गये...जब काशी में रहते थे, तब आचार्य शिवपूजन सहाय भी वहीं पर पुस्तक-प्रकाशन हेतु रहते। शिवपूजन जी की द्वितीय पत्नी का सहसा रात्रि में अवसान हो गया। वे अकेले थे, 'उग्र' कई दिनों से मिले नहीं थे। सहसा उसी रात उग्रजी जूए में हार गये। पैसों की ज़रूरत थी। वे सीधे शिवपूजन जी के घर जा

पहुँचे। दूसरी मंजिल पर पहुँचे, देखा पत्नी का शव, एकाकी शिवपूजन! स्तब्ध रह गये!! शिव जी ने पूछा—कैसे? कहाँ से आ रहे हैं? बताया—जूए में हार कर आ रहा हूँ। पैसों की जरूरत थी पर...यहाँ तो यह हालत है! तब शिव जी ने पूछा—कितने?

बताया—पचास रुपये!

शिव जी ने कहा—मेरे पास कुल पचास रुपये ही हैं, सुबह होने पर शव-यात्रा की कहीं से व्यवस्था हो जाएगी, तुम तो ले जाओ।

और 'उग्र' रुपये लेकर चल दिये। सुबह तो ख़ैर सब व्यवस्था हो गयी परन्तु उस अवस्था में भी उग्र का पचास रुपये ले लेना और शिव जी का देना, दोनों अपने आप में अद्‌भुत घटना है।

उदारता और निर्लिप्तता के साथ मित्रता की कठोर कसौटी यों यही है, यह घटना 'उग्र' के चरित्र को समझने में सहायक हो सकती है।

भाँग (विजया) और 'मद्य' के प्रेमी 'उग्र' सदा मस्त रहते। श्री सूर्य नारायण व्यास ने मैली तहमद, ढीला कुर्ताधारी 'उग्र' का वर्णन करते हुए लिखा है—''वे ठर्रा पान के बाद बांस से बँधी बँदरिया नचाते एक होटल में अपने एक मित्र के साथ जल-पान को पहुँचे। होटल में जल-पान के बाद 'उग्र' ने करीब बासठ रुपये टिप में दे डाले।''

सैकड़ों पुस्तकें उन्होंने लिखीं—गंगा का बेटा, आवारा, महात्मा ईसा, अन्नदाता माधव महराज महान, चुम्बन, चार बेचारे (नाटक)।

पारिजातों का बलिदान (काव्य, स्नेहवश मेरे पिता स्व. पं. व्यास जी को समर्पित किया!)

प्रस्तुत चर्चित उपन्यास 'घंटा' और 'जीजी जी' मालवा में ही रचे। उग्र ने स्पष्टवादिता के कारण यथार्थ चित्रण में 'चॉलकेट' जैसी चीज भी लिखी पर स्वयं उनका चरित्र निष्कलंक रहा।

उनकी प्रख्यात रचनाओं में—चन्द हसीनों के खुतूत, दिल्ली का दलाल, बुधवा की बेटी, चिनगारियाँ (ज़ब्त), पंजाब की महारानी (ज़ब्त), अपनी खबर (आत्मकथा) और चॉकलेट करारे व्यंग्य के कारण लोकप्रिय रहीं।

'चॉकलेट' पर से तो सम्पादकाचार्य स्व. पं. बनारसीदास चतुर्वेदी ने 'घासलेटी-साहित्य' के नाम से आन्दोलन ही छेड़ दिया था। मगर बाद में स्वयं गाँधी जी द्वारा ही दो बार उक्त रचना को पढ़कर समाज सुधारक कृति घोषित करने पर उसका विरोध कम हुआ।

प्रतिभावान को सदैव ही समाज की रूढ़ियों से लोहा लेना पड़ता है। इस आन्दोलन के परिणामस्वरूप 'उग्र' की प्रतिभा पर अच्छा प्रभाव नहीं पड़ा और बाद की रचनाओं में 'उग्र' का वह तेज अस्वाभाविक रूप से मन्द हो गया।

मेरे पूज्य पिता प्रख्यात साहित्यकार पद्‌मभूषण स्व. पं. सूर्यनारायण जी व्यास

से उनका असीम और आत्मीय स्नेह था। वे झगड़ते भी और साथ भी रहते। दोनों के मध्य हुआ मनोरंजक व्यक्तिगत पत्र-व्यवहार 'फाइल ऐंड प्रोफाइल' शीर्षक से ग्रन्थाकार के रूप में छप चुका है।

ग़रीब परवर, हुजूरेअला, जैसे मज़ेदार सम्बोधन से लिखे उन पत्रों में—'व्यास-उग्र' का हृदय सहस्त्र कमल-दलवत् प्रस्फुटित है।

अपने जीवन के अन्तिम क्षणों में लिखे पत्रों में उन्होंने व्यासजी को लिखा था कि वे दिल्ली से उकता गये हैं, और मालवा में मिल्कीयत चाहते हैं।

प्रकाशकों की चालबाज़ियों से परेशान 'उग्र' अन्त में पैसों-पैसों को तरसे। बार-बार व्यास जी से अत्यन्त मर्मान्तक शब्दों में पैसे मँगवाकर भी उन्होंने लिखा—अपनी रचनाएँ यहाँ कुछ घटिया प्रकाशकों को विवशता में कौड़ियों के मोल बेचना पड़ रही हैं। जीवन के अन्तिम क्षणों में वो ओजस्वी दबंग पत्रकार टूट गया था।

संग्राम, हिन्दुपंच, उग्र, भूत, मतवाला, विक्रम, वीणा, स्वदेश आदि अनेक पत्रों के संस्थापक, जनक, औघड़ और फक्कड़ जिन्दादिल और मस्त 'उग्र' सचमुच हिन्दी के विलक्षण-बेजोड़ शैलीकार थे। उनके लिखे अनेक प्रकाशित निबन्ध—अप्रकाशित लेख, कविता-कहानियाँ, उपन्यास, पत्र, जब्त कहानियाँ, नाटक 'भारतीय-भवन' में मेरे पास सुरक्षित हैं। यह अतिशयोक्ति नहीं सच्चाई है कि जिस दिन हिन्दी साहित्य में 'उग्र' का समय सम्पूर्ण रूप प्रकाशित हो जाएगा, हिन्दी के कई तथाकथित दिग्गज धराशायी नज़र आएँगे। 'उग्र' की एक-एक कहानी हिन्दी के कई 'उपन्यास सम्राटों' से लोहा लेने को पर्याप्त है। 'उग्र' कुछ अपनी प्रवृत्तियों से, प्रकृति से और कुछ विरोधियों-आलोचकों की उदारता-सौजन्यता से अजाने रह गये। फिर भी 'उग्र' अपनी विशिष्ट भाषा के लिए सदैव स्मरणीय हैं। उनकी भाषा से समस्त राष्ट्र की भाषा का स्वरूप निर्मित हुआ है। 'उग्र' मृत्यु में जीवन की साधना करने वाले एकनिष्ठ तपस्वी रहे। दद्दा मैथिलीशरण लिखते हैं—कलकत्ता से काशी लौटते समय पहली बार उनको लोकप्रिय पुस्तकों से रायल्टी का कई हजार नकद पुरस्कार मिला। उनके अभिन्न मित्र विनोद शंकर व्यास ने उन रुपयों को बैंक में जमा कर दिया और 'उग्र' को प्रेरित किया कि रुपयों को व्यर्थ खर्च न कर एक मकान बनवा लेना चाहिए। 'उग्र' का भी विचार था कि चुनार के गंगातट पर काले पत्थर का एक मकान बने और 'श्मशान' उसका नाम रहे, उग्र की इस अनोखी कल्पना में उनकी मृत्यु-पूजा परिलक्षित होती है, मृत्यु में भी जीवन की पूजा साधक ही करते हैं। कलम के धनी साधक 'उग्र' 23 मार्च 1967 को दिल्ली स्थित कृष्णानगर में यह दुनिया छोड़ गये।

उनकी मौज-मस्ती की यादों ने उन्हें आज भी हिन्दी साहित्य में अमर बनाए रखा है। सच ही कहा था निराला ने—'उग्र' की कुख्याति भी एक दिन साहित्य में ख्याति बनकर चमकेगी।

❑ ❑ ❑

णाणं
पयासयं
वीर नि. सं.
2470
ई. सन्
1944
भारतीय ज्ञानपीठ